La Roue du Temps

XX

Secrets

Robert Jordan

La Roue du Temps

XX

Secrets

Traduit de l'américain
par Simone Hilling

ÉDITIONS FRANCE LOISIRS

Titre original : *Crossroads of Twilight*
The Wheel of Time, volume 10

Édition du Club France Loisirs,
avec l'autorisation des Éditions Fleuve Noir

Éditions France Loisirs,
123, boulevard de Grenelle, Paris
www.franceloisirs.com

Carte : Ellisa Mitchell

ISBN 978-2-298-03655-8

La Roue du Temps
Le Mer Morte
Le Fin du Monde
Aile Dashar
Océan d'Aryth
Bandar Eban
Nord
RIVIERE DHAGON
ARAD DOMAN
RIVIERE AKUUM
ARIVELLE
RIVIERE
Katar
Pointe de Toman
Falme
Plaine d'Almoth
Le Bois Noir
Baerlon
Champ d'Emond
DEUX RIVIERES
RIVIERE ANDAHAR
Océan d'Aryth
Tanchico
TARABON
Tehannah
Elmora
Amador
AMADICIA
RIVIERE SHAKIA
Côte des Ombres
Tremalking
Doigt de Mordell
Quaim

La Grande Dévastation
Shayol Ghul
Les Terres maudites
Les Montagnes du destin
Maradon
Chachin
Shol Arbela
Fal Dara
Fal Moran
Les Défilés de Niamh
Plaine des Lances
KANDOR
ARAFEL
SHIENAR
Le Désert des Aiels
Les Collines noires
La Dague du Meurtrier des Siens
Tar Valon
RIVIERE IVO
RIVIERE HAEVIN
Le Mont du dragon
RIVIERE GAELIN
Col de Jangai
Vers Rhuidean
Echine du Monde
Les Prairies du Caralain
Cairhien
CAIRHIEN
Bois de Braem
ANDOR
Les Quatre Rois
Pont Blanc
Caemlyn
Aringill
RIVIERE STORN
RIVIERE IRALELL
RIVIERE MANETHERENDRELLE
Lugard
MURANDY
Collines de Kintara
Far Madding
Haddon Mirk
Stedding Shangtai
Salidar
ALTARA
Plaine de Maredo
TEAR
Tear
ILLIAN
Les Doigts du dragon
Godan
Les Terres englouties
Illian
Mer des tempêtes
Cindaking
Mayenne
Vers le Peuple de la mer

15.

Obscurité croissante

Le soleil du soir était une boule sanglante au-dessus des arbres, projetant une lumière sinistre sur le camp, étendue tentaculaire de piquets pour les chevaux, de chariots bâchés, de charrettes à hautes roues et de tentes de toutes les tailles et de toutes les formes, largement espacés dans la neige boueuse. Ça n'était ni le moment ni le lieu où Elenia, à cheval, aurait voulu être. L'odeur du bœuf qui cuisait dans les grandes marmites noires en fer suffisait à lui tourner l'estomac. L'air gelait son haleine et annonçait une nuit glaciale, quand le vent transperçait sa plus belle cape rouge, sans égard pour sa doublure de somptueuse fourrure blanche. La fourrure du renard des neiges était plus chaude que les autres, mais elle ne s'en était jamais rendu compte.

Tenant sa cape fermée avec sa main gantée, elle chevauchait lentement, s'efforçant en vain de ne pas frissonner. Étant donné l'heure, il semblait plus que probable qu'elle passerait la nuit ici, mais pour le moment, elle n'avait aucune idée de l'endroit où elle coucherait. Sans doute sous la tente d'un Seigneur et d'une Dame qui libéreraient les lieux à contrecœur et iraient chercher refuge ailleurs, tâchant de faire bonne figure malgré cette expulsion. En ce qui concernait son hébergement, Arymilla adorait la maintenir sur des charbons ardents jusqu'au dernier moment. Un suspense n'était pas plus tôt terminé qu'un autre le remplaçait. À l'évidence, Arymilla pensait que cette constante incertitude la mettrait mal à l'aise, peut-être même l'encouragerait à s'efforcer de lui plaire. Ce n'était pas la première erreur de calcul que commettait Arymilla, à commencer par la conviction que les griffes d'Elenia Sarand avaient été limées.

Son escorte était composée de quatre hommes arborant les Sangliers d'Or sur leur tunique – et sa servante, Janny, recroquevillée dans sa cape tel un paquet vert sur sa selle. Elle n'avait vu personne dans le camp susceptible d'être loyal envers Sarand. Ici et là, des groupes, rassemblés autour des feux de camp avec leurs blanchisseuses et leurs couturières, arboraient le Renard Rouge de la Maison Anshar. Une double colonne de cavaliers portant le Marteau Ailé de Baryn la croisa, marchant au pas, avec des visages durs derrière les barreaux de leurs visières. À long terme, leur présence importait peu. Karind et Lir s'étaient fait sérieusement taper sur les doigts pour leur lenteur à réagir quand Morgase était montée sur le trône. Cette fois, ils prendraient parti pour Anshar ou Baryn selon leur avantage, dès qu'ils le verraient clairement, abandonnant Arymilla avec autant d'empressement qu'ils s'étaient précipités pour la rejoindre. Le moment venu.

La plupart des hommes qui pataugeaient dans la boue glacée ou lorgnaient avec espoir ces marmites écœurantes, étaient des conscrits, fermiers et villageois rassemblés quand leur seigneur ou leur dame était parti à la guerre. Rares étaient ceux portant le badge d'une Maison sur leur tunique miteuse et leur cape rapiécée. Distinguer les prétendus soldats des maréchaux-ferrants et des armuriers était presque impossible, vu que presque tous portaient à la ceinture une épée ou une hache. Par la Lumière, bon nombre de *femmes* étaient armées de couteaux, assez longs pour être qualifiés de courtes épées, mais il n'y avait aucun moyen de faire la différence entre l'épouse de conscrit et la cochère de chariot. Elles étaient vêtues du même drap de laine, avaient les mêmes mains calleuses et le même visage fatigué. D'ailleurs, ça n'avait guère d'importance. Ce siège hivernal était une énorme erreur – les assiégeants mourraient de faim longtemps avant les assiégés – mais représentait une opportunité pour Elenia. Ayant repoussé son capuchon en arrière, malgré le vent glacial, pour qu'on puisse distinguer clairement ses traits, elle saluait gracieusement de la tête tous les rustauds crasseux qui jetaient le moindre coup d'œil dans sa direction, ignorant leur surprise à cette condescendance.

La plupart se souviendraient de son affabilité, se rappelleraient les Sangliers d'Or de son escorte, et sauraient qu'Elenia Sarand les avait remarqués. Un Haut Siège, comme une Reine, représentait le sommet d'une tour constituée par des hommes. Certes, ceux qui se trouvaient au pied symbolisaient des briques d'argile grossière, mais si ces briques s'effritaient, tout l'édifice s'écroulait. C'était une chose qu'Arymilla semblait avoir oubliée, si elle l'avait jamais sue. Elenia doutait qu'Arymilla s'entretînt jamais avec quiconque au-dessous du rang de maître d'hôtel ou de femme de chambre. Si cela avait été… prudent, elle-même aurait échangé quelques mots à chaque feu de camp, serrant peut-être une main sale ici et là, se rappelant les gens qu'elle avait déjà rencontrés ou feignant de les reconnaître. Purement et simplement, Arymilla n'avait pas l'intelligence nécessaire pour être reine.

Le camp couvrait plus d'espace que la plupart des villes. On aurait plutôt dit qu'une centaine de camps de tailles différentes s'étaient rassemblés les uns près des autres, de sorte qu'elle était libre de s'y promener sans trop se soucier de rester proche des limites extérieures, mais elle faisait attention quand même. Les sentinelles de garde seraient polies, pourtant, sans aucun doute, elles avaient des ordres. En principe, elle approuvait que les gens fassent ce qu'on leur demandait, mais il valait mieux éviter les incidents embarrassants. Compte tenu des conséquences probables si Arymilla pensait qu'elle avait tenté de partir. Elle avait déjà enduré une nuit glaciale dans la tente crasseuse d'un soldat, un abri indigne de son nom, envahie de vermine et grossièrement rapiécée. De plus, Janny n'était pas là pour l'aider à s'habiller. Et tout cela à cause d'un prétendu affront. Enfin, c'était vraiment un affront, mais elle ne pensait pas qu'Arymilla était assez intelligente pour s'en être aperçue. Par la Lumière, imaginer qu'*elle* devait prendre des gants avec… avec cette nunuche à la cervelle de petit pois !

Resserrant sa cape autour d'elle, elle tenta de feindre que son frisson n'était qu'une réaction contre le vent. Elle devait réfléchir à des choses plus importantes. Elle salua de la tête un jeune homme aux yeux écarquillés, avec une écharpe enroulée autour de la tête, qui recula comme si elle l'avait foudroyé. Imbécile de paysan !

C'était rageant de penser qu'à seulement quelques miles, cette gamine d'Elayne se prélassait bien au chaud dans le confort du Palais Royal, servie par des douzaines de domestiques parfaitement stylés, ne pensant sans doute qu'à ce qu'elle porterait ce soir au dîner préparé par les cuisinières du palais. Selon la rumeur, elle était enceinte d'un garde. C'était possible. Comme sa mère, Elayne n'avait jamais eu beaucoup le sens des convenances. Dyelin était le cerveau, un cerveau vif et dangereux malgré son manque pathétique d'ambition, peut-être conseillée par une Aes Sedai. Il devait bien y avoir au moins une véritable Aes Sedai au milieu de toutes ces rumeurs.

Tellement de fables leur parvenaient de la cité qu'il était difficile de distinguer la réalité de la fiction. Le Peuple de la Mer faisait des *trous dans l'air* ? N'importe quoi ! Pourtant, la Tour Blanche avait clairement intérêt à mettre l'une des leurs sur le trône. Comment pouvait-il en être autrement ? Tar Valon semblait être pragmatique dans ce domaine. L'histoire enseignait que quiconque monterait sur le Trône du Lion s'apercevrait bientôt que c'était la Tour Blanche qui l'avait favorisée depuis le début. Les Aes Sedais ne perdraient pas leurs relations avec l'Andor par manque d'habileté, surtout pas avec la Tour elle-même divisée. Elenia en était certaine, autant que de son propre nom. En fait, si la moitié de ce qu'elle entendait était vraie, la prochaine Reine d'Andor se trouverait en situation de demander ce qu'elle voudrait en échange du maintien de ces relations. En tout cas, personne ne poserait la Couronne de Roses sur sa tête avant l'été au plus tôt, et beaucoup de choses pouvaient changer d'ici là.

Elle faisait son deuxième tour du camp quand la vue d'un autre petit groupe de cavaliers, avançant lentement entre les feux de camp dans la lumière crépusculaire, lui fit froncer les sourcils et tirer sec sur ses rênes. Les femmes étaient en cape, capuchon rabattu sur le visage, l'une en soie bleu foncé doublée de fourrure noire, l'autre en simple drap gris. Les Trois Clés d'argent, brodées en grand sur les capes des quatre hommes d'armes de leur escorte, suffisaient à les identifier. Elle pensa à des tas de gens qu'elle aurait aimé rencontrer plus volontiers que Naean Arawn. En tout cas, si Arymilla ne leur avait pas interdit de la rencontrer sans elle – Elenia s'entendit grincer des dents – pour le moment, il paraissait plus sage de rester discrète. Surtout quand cette rencontre semblait ne présenter aucun avantage.

Malheureusement, Naean la vit avant qu'elle ne puisse tourner bride. Elle parla rapidement à son escorte, et, tandis que les hommes d'armes et la servante s'inclinaient sur leurs selles, elle partit vers Elenia à une allure qui fit jaillir des gerbes de boue sous les sabots de son hongre noir. Que la Lumière *calcine* l'imbécile ! Quoi qui poussât Naean à l'imprudence, il était peut-être bon de le savoir et dangereux de l'ignorer. Peut-être, mais cette découverte avait ses propres dangers.

— Restez là, et rappelez-vous que vous n'avez rien vu, dit sèchement Elenia à son escorte, talonnant les flancs de Vent de l'Aube sans attendre la réponse.

Elle n'avait que faire des courbettes interminables, pas plus que n'en exigeait la bienséance, et ses gens savaient qu'ils ne devaient rien faire que ce qu'elle commandait. C'étaient tous les autres qui l'inquiétaient ; qu'ils soient tous réduits en cendres ! Comme son alezan aux longues jambes bondissait en avant, elle perdit sa prise sur sa cape, qui se mit à flotter derrière elle comme la bannière pourpre de Sarand. Elle la laissa claquer devant les fermiers et la Lumière seule savait qui d'autre, le vent transperçant sa robe d'équitation.

Naean eut tout de même le bon sens de ralentir et de s'arrêter un peu plus loin qu'à mi-chemin, près de deux charrettes lourdement chargées, leurs brancards posés dans la boue. Le feu le plus proche était à près de vingt pas, et les tentes encore plus loin, leurs rabats soigneusement lacés pour que le froid n'y entre pas. Autour du feu, les hommes ne quittaient pas des yeux les grandes marmites de fer fumant au-dessus des flammes. Si l'odeur nauséabonde qui s'en élevait lui donnait envie de vomir, au moins, le vent qui charriait leur puanteur emporterait leurs paroles avec. Mais il valait mieux que ce soit important.

Avec un visage clair comme l'ivoire encadré de fourrure noire, Naean semblait belle malgré une certaine dureté de la bouche et des yeux, bleus comme la glace. Très droite et dans une calme attitude, elle ne semblait pas affectée par les événements. Son souffle, qui se condensait en buée blanche, était calme et régulier.

— Savez-vous où nous dormons ce soir, Elenia ? demanda-t-elle avec froideur.

Elenia ne fit aucun effort pour ne pas la foudroyer.

— C'est *ça* qui vous préoccupe ?

Risquer le mécontentement d'Arymilla pour une question stupide ! Elle montra les dents.

— Vous en savez autant que moi, Naean.

Elle faisait déjà pivoter sa monture quand Naean reprit la parole, avec un soupçon de véhémence.

— Ne jouez pas les idiotes avec moi, Elenia. Et ne venez pas me dire que vous n'êtes pas aussi prête que moi à vous couper les mains pour vous échapper de ce piège. Maintenant, pouvons-nous au moins feindre la civilité ?

Elenia maintint Vent de l'Aube de biais par rapport à Naean et la regarda en coin, par-delà la bordure de fourrure de son capuchon. De cette façon, elle pouvait aussi garder un œil sur les hommes rassemblés autour du feu. Aucun n'arborait les emblèmes d'une grande Maison. Ils pouvaient appartenir à n'importe qui. De temps en temps, l'un d'eux jetait un coup d'œil vers les deux cavalières, mais ce qui les intéressait vraiment, c'était d'approcher assez des flammes pour se réchauffer. Ça, et le temps qu'il faudrait pour que le bœuf dans la marmite soit réduit en bouillie. Ces gens semblaient capables de manger n'importe quoi.

— Croyez-vous *pouvoir* vous échapper ? demanda-t-elle doucement.

La politesse, c'était très bien, mais s'il fallait rester ici, à la vue de tous et plus longtemps que nécessaire... Pourtant, si Naean voyait un moyen de...

— Comment ? L'engagement que vous avez signé de soutenir Marne a été placardé dans tout l'Andor à l'heure qu'il est. De plus, vous ne pouvez pas croire qu'Arymilla vous laissera partir tranquillement.

Naean se troubla, et Elenia ne put réprimer un sourire pincé. Elle n'était pas aussi indifférente qu'elle voulait le paraître. Mais elle parvint à parler d'une voix neutre.

— J'ai vu Jarid hier, Elenia. Même de loin, il avait l'air bien sombre, galopant à rompre le cou de sa monture et le sien. Si je connais bien votre mari, il est en train d'échafauder un plan pour vous libérer. Pour vous, il cracherait dans l'œil du Ténébreux lui-même.

C'était vrai.

— Vous comprenez, j'en suis sûre, qu'il serait préférable que je fasse partie de ces plans.

— Mon mari a signé le même engagement que vous, Naean, et c'est un homme honorable.

Trop honorable pour son propre intérêt, mais la volonté d'Elenia avait été son guide avant même qu'ils se marient. Jarid avait signé l'engagement parce qu'elle lui avait dit de le faire, non qu'elle eût le choix en l'occurrence, et il le répudierait, même à contrecœur, si elle était assez folle pour le lui demander. Le problème venait de ce qu'il était difficile de lui dire ce qu'elle voulait en ce moment. Arymilla veillait à ce qu'il ne l'approche pas à moins d'un mile. Elle avait tout en main – autant qu'elle pouvait, étant donné les circonstances – mais elle avait besoin de mettre Jarid au courant, ne fût-ce que pour qu'il ne lui coupe pas la route. Cracher dans l'œil du Ténébreux ? Il était capable de les entraîner sciemment au désastre pour aider sa femme.

Elle dut faire un gros effort pour masquer sa frustration et la fureur qui monta soudain en elle, avec un sourire. Elle était très fière de savoir simuler le sourire en toutes occasions. Celui-là avait une nuance de surprise et de dédain.

— Je n'échafaude aucun plan, Naean, et Jarid non plus, j'en suis sûre. Mais si c'était le cas, pourquoi irais-je vous y inclure ?

— Parce que si je ne suis pas dans ces plans, Elenia, Arymilla pourrait en être informée. C'est peut-être une imbécile aveugle, mais elle voit parfaitement quand on lui dit où regarder. Et vous pourriez vous retrouver à partager une tente avec votre *fiancé*, sous la *très haute protection* de ses hommes d'armes.

Le sourire d'Elenia s'effaça. Sa voix se fit aussi froide que la boule de glace qui lui remplit brusquement l'estomac.

— Vous devriez surveiller vos paroles. Arymilla pourrait demander à ses Tarabonais de rejouer aux ficelles magiques avec vous. Franchement, je crois pouvoir le garantir.

Déjà blême, le visage de Naean prit une teinte cireuse. Elle chancela sur sa selle et saisit le bras d'Elenia pour s'empêcher de tomber. Une rafale lui arracha les pans de sa cape qu'elle laissa flotter. Ses yeux tout à l'heure si froids, étaient maintenant exorbités. Elle ne fit aucun effort pour cacher sa peur. Peut-être était-elle trop malade pour être capable de la dissimuler. Sa voix se fit haletante et paniquée.

— Je sais que vous préparez quelque chose, vous et Jarid. Je le sais ! Emmenez-moi avec vous et… et Arawn vous jurera fidélité dès que je serai libérée d'Arymilla.

Elle *était* vraiment secouée pour faire une telle proposition.

— Voulez-vous attirer davantage l'attention que vous ne l'avez déjà fait ? dit sèchement Elenia, dégageant son bras.

Vent de l'Aube et le hongre noir piaffèrent nerveusement, sentant l'humeur de leurs cavalières. Elenia tira sèchement sur les rênes de son alezan pour le calmer. Près du feu, deux hommes baissèrent vivement la tête. Sans aucun doute, ils pensaient que ces deux femmes nobles se disputaient dans la lumière crépusculaire, et ils ne voulaient pas attirer leur colère sur eux. Oui, ce devait être ça. Ils pouvaient propager des rumeurs, mais ils ne voulaient pas se mêler des querelles de leurs supérieurs.

— Je n'ai aucun plan… d'évasion ; absolument aucun, dit-elle d'une voix plus posée.

Refermant sa cape, elle tourna calmement la tête, scrutant la charrette et les tentes les plus proches. Si

Naean avait assez peur… Quand une ouverture se présenterait… Personne n'était assez près pour entendre, mais elle continua à parler à voix basse.

— La situation peut changer, naturellement. Qui sait ? Dans ce cas, je vous fais cette promesse, sous la Lumière et sur mon espoir de renaissance. Je ne partirai pas sans vous.

Le visage de Naean s'épanouit à cet espoir. Maintenant, le coup de grâce.

— Enfin, si j'ai en ma possession une lettre écrite de votre main, signée et scellée, dans laquelle vous renoncez explicitement à votre soutien à Marne de votre libre volonté, et jurez qu'Arawn me soutiendra pour le trône. Sous la Lumière et par *votre* espoir de renaissance. C'est à prendre ou à laisser.

Naean rejeta brusquement la tête en arrière et s'humecta les lèvres. Ses yeux affolés semblaient chercher une échappatoire, une aide. Son hongre noir continua à s'ébrouer et à piaffer, mais elle resserra machinalement les rênes pour l'empêcher de s'emballer. Oui, elle avait peur. Mais pas suffisamment pour ne pas comprendre ce que demandait Elenia. L'histoire de l'Andor contenait trop d'exemples pour qu'elle l'ignore. Mille possibilités demeuraient tant qu'il n'y avait rien d'écrit. La seule existence de cette lettre constituerait un mors entre les dents de Naean, dont Elenia tiendrait les rênes. Sa publication signifierait la destruction de Naean, à moins qu'Elenia ne soit assez folle pour reconnaître qu'elle avait écrit sous la contrainte. Elle pourrait insister, mais même une Maison plus paisible qu'Arawn exploserait. Les petites Maisons liées à Arawn depuis des générations chercheraient un autre protecteur. En quelques années, sinon moins, Naean deviendrait le Haut Siège d'une Maison insignifiante et discréditée. Cela s'était déjà produit.

— Nous avons bavardé assez longtemps, dit Elenia, rassemblant ses rênes. Je ne voudrais pas faire jaser. Nous aurons peut-être une autre occasion de parler seule à seule avant qu'Arymilla ne monte sur le trône.

Quelle idée exécrable !

— Peut-être.

Naean soupira longuement. Elenia fit pivoter sa monture, tranquillement ; puis Naean s'écria :

— Attendez !

Regardant par-dessus son épaule, Elenia attendit. Sans dire un mot. Ce qui devait être dit avait été dit. Il ne restait qu'à voir si Naean était assez désespérée pour se livrer elle-même aux mains d'Elenia. Elle devrait l'être. Elle, elle n'avait pas un Jarid qui travaillait pour elle. En fait, quiconque en Arawn suggérerait qu'il fallait porter secours à Naean se retrouverait en prison pour avoir contrecarré sa volonté. Sans Elenia, elle pouvait vieillir en captivité. Pourtant, avec la lettre, sa captivité serait d'un genre différent avec l'apparence d'une liberté totale. Elle semblait assez intelligente pour le comprendre.

— Je vous la ferai parvenir dès que possible, dit-elle enfin, d'un ton résigné.

— Il me tarde de la voir, murmura Elenia, se souciant à peine de dissimuler sa satisfaction.

Mais n'attendez pas trop longtemps, faillit-elle ajouter, réprimant ses paroles de justesse. Naean était maintenant une ennemie à terre. Mais il ne fallait pas oublier qu'une ennemie à terre pouvait très bien vous planter un couteau dans le dos si on la poussait trop loin. De plus, elle craignait la menace de Naean autant que Naean craignait la sienne. Peut-être davantage.

Retournant vers ses hommes d'armes, Elenia se sentit d'une humeur plus allègre que… qu'avant son « sauvetage » par les hommes d'Arymilla. Avant même que Dyelin l'emprisonne à Aringill, bien qu'elle n'eût jamais perdu l'espoir à l'époque. Sa prison, la maison du gouverneur, était assez confortable, même si elle devait partager un appartement avec Naean. Communiquer avec Jarid n'avait présenté aucun problème, et elle pensait s'être acquis des complicités parmi les Gardes de la Reine à Aringill. Beaucoup d'entre eux étaient si récemment sortis de Caemlyn qu'ils ne savaient pas exactement à qui ils devaient allégeance. Cette merveilleuse rencontre avec Naean lui avait tellement remonté le moral qu'elle sourit à Janny et lui promit une foule de robes neuves quand elles seraient à Caemlyn. Ce qui lui valut un sourire reconnaissant de la femme aux joues rebondies. Elenia achetait toujours de nouvelles robes pour sa femme de chambre quand elle se sentait particulièrement bien, chacune digne d'une marchande prospère. C'était un moyen pour s'assurer de sa fidélité et de sa discrétion, auxquelles, depuis vingt ans, Janny n'avait jamais failli.

Le soleil n'était plus qu'un anneau rouge au-dessus des arbres, et il était temps de trouver Arymilla pour savoir où elle dormirait ce soir. La Lumière fasse que ce soit dans un lit décent, sous une tente chaude pas trop enfumée. Avec un repas correct. Elle n'en demandait pas plus. Même cette idée n'affecta pas son humeur. Non seulement elle salua de la tête les groupes d'hommes et de femmes qu'elle croisa, mais elle leur sourit. Elle alla presque jusqu'à leur faire un signe de la main. Les choses progressaient mieux qu'elles ne le faisaient depuis longtemps. Naean était non seulement écartée en tant que prétendante au trône, mais elle était mise à la laisse et au pied, ce qui serait suffisant pour s'attacher Karind et Lir. Et il y avait ceux qui accepteraient *n'importe qui* sur le trône, sauf une deuxième Trakand. Ellorien, entre autres. Morgase l'avait fait *fouetter* ! Ellorien ne se déclarerait jamais pour une Trakand. Les griefs entre Aemlyn, Arathelle et Abelle pouvaient sans doute être exploités. Peut-être Luan ou Pelivar aussi. Elle avait sorti ses antennes. Et elle ne dilapiderait pas les atouts de Caemlyn comme l'avait fait ce garçon manqué d'Elayne. Historiquement, tenir Caemlyn suffisait en soi à acquérir le soutien de quatre ou cinq Maisons.

Le délai serait crucial, sinon tous les avantages reviendraient à Arymilla, mais Elenia se voyait déjà assise sur le Trône du Lion, avec les Hauts Sièges agenouillés devant elle pour lui jurer allégeance. Elle avait déjà établi la liste des Hauts Sièges qu'elle devrait remplacer. Aucun de ses opposants ne pourrait lui poser des problèmes à l'avenir. Une série de malheureux accidents y mettrait un terme. Dommage qu'elle ne puisse pas choisir leurs remplaçants, mais des accidents répétés pourraient se produire.

Ces heureuses ruminations furent interrompues par un petit homme rabougri qui surgit soudain près d'elle sur un solide cheval gris, les yeux fiévreux dans la lumière déclinante. Nasin avait des brindilles de pin plantées dans ses fins cheveux blancs. On aurait dit qu'il avait grimpé dans un arbre. Sa tunique et sa cape de soie rouge étaient si abondamment brodées de fleurs multicolores qu'elles auraient pu passer pour des tapis de l'Illian. Il était ridicule. Il était également le Haut Siège de la Maison la plus puissante d'Andor. Un homme assez fou.

— Elenia, mon cher trésor, brailla-t-il en postillonnant. Que votre vue est douce à mes yeux. Auprès de vous le miel semble insipide et les roses sont ternes.

Sans avoir besoin de réfléchir, elle tira sur les rênes de Vent de l'Aube, s'orientant vers la droite, mettant la jument brune de Janny entre eux.

— Je ne suis pas votre promise, Nasin, dit-elle sèchement, rageant d'être obligée de le dire tout haut, au risque d'être entendue. Je suis *mariée*, vieux fou ! Attendez ! ajouta-t-elle, levant une main.

Elle s'adressait à ses hommes d'armes qui avaient porté la main à leur épée. Une quarantaine d'hommes portant l'Épée et l'Étoile de la Maison Caeren le suivaient, et ils n'auraient pas hésité à tailler en pièces quiconque menacerait leur Haut Siège. Certains avaient déjà à moitié dégainé. Ils ne toucheraient pas à Elenia, naturellement. Nasin les aurait fait pendre jusqu'au dernier s'ils lui avaient fait la moindre égratignure. Par la Lumière, elle ne savait pas si elle devait rire ou pleurer.

— Avez-vous toujours peur de ce jeune balourd de Jarid ? demanda Nasin, orientant sa monture pour la suivre. Il n'a pas le droit de continuer à vous importuner. Le meilleur a gagné, et il devrait le reconnaître. Je lui lancerai un défi !

Sa main, à l'évidence osseuse dans son étroit gant rouge, tripota l'épée qu'il n'avait sans doute pas tirée depuis vingt ans.

— Je le taillerai en pièces comme un chien pour vous avoir effrayée !

Elenia manœuvra adroitement Vent de l'Aube, qui décrivit un cercle autour de Janny, laquelle murmura des excuses et feignit de vouloir s'écarter de son chemin, alors qu'elle faisait le contraire. Mentalement, Elenia ajouta quelques broderies aux robes qu'elle lui achèterait. Fougueux comme il l'était, il pouvait néanmoins passer en un clin d'œil de l'amour le plus courtois au pelotage le plus grossier, comme si elle avait été une vulgaire fille de cuisine. Ça, elle ne le tolérerait pas, encore moins en public. Continuant à tourner, elle afficha un sourire inquiet. Si ce vieux fou obligeait Jarid à le tuer, tout serait perdu !

— Vous savez que je ne supporterai jamais que des hommes se battent pour moi, Nasin.

Sa voix était rauque et anxieuse, mais elle n'essaya pas de la contrôler.

— Comment pourrais-je aimer un homme qui aurait du sang sur les mains ?

Le petit homme ridicule coula un regard sombre le long de son nez interminable, tant et si bien qu'elle commença à se demander si elle n'était pas allée trop loin. Certes, il était fou comme une hase au printemps, mais pas complètement.

— Je n'avais pas réalisé que vous étiez si… sensible, dit-il finalement, sans cesser ses efforts pour contourner Janny.

Son visage usé s'éclaira.

— Mais j'aurais dû le savoir. Je ne l'oublierai pas. Jarid peut vivre. Dans la mesure où il ne vous importune pas.

Brusquement, il sembla remarquer la présence de Janny pour la première fois, et, avec une grimace irritée, il leva le poing. Sans s'écarter, la chambrière potelée se raidit dans l'attente du coup. Elenia grinça des dents. Ses broderies en soie semblaient inconvenantes pour une servante, mais Janny les avait bien méritées.

— Seigneur Nasin, je vous ai cherché *partout*, cria une voix affectée.

Ils cessèrent de tourner en rond.

Elenia soupira de soulagement quand Arymilla apparut dans le crépuscule, entourée de son escorte, et dut réprimer un accès de fureur à se sentir soulagée. En soie verte surchargée de broderies, avec de la dentelle au cou et aux poignets, Arymilla était dodue, presque grosse, avec un sourire niais et des yeux bruns écarquillés en permanence, même quand il n'y avait rien d'intéressant à voir. Manquant d'intelligence pour voir la différence entre ce qui avait de l'intérêt et ce qui n'en avait pas, elle était juste assez astucieuse pour savoir qu'il existait des choses qui devaient l'intéresser et elle ne voulait pas que quiconque s'aperçoive qu'elles lui avaient échappé. Son seul intérêt dans la vie, c'était son propre bien-être et les moyens pour l'assurer. La seule raison qui la faisait prétendre au trône, c'est que les coffres royaux lui assureraient un meilleur confort que ceux d'un Haut Siège. Son escorte était plus nombreuse que celle de Nasin, même si la moitié seulement était constituée par des hommes d'armes arborant les Quatre Lunes de sa Maison. Les autres étaient pour la plupart des parasites et des sycophantes, petits seigneurs et dames de Maisons mineures, et autres personnages prêts à lécher les mains d'Arymilla pour une place proche du pouvoir. Elle aimait la flagornerie. Naean se tenait là, elle aussi, près de ses hommes d'armes et de sa femme de chambre, le regard froid, ayant apparemment repris son sang-froid. Elle gardait ses distances avec Jaq Lounalt, grand et mince, avec ce ridicule voile tarabonais cachant ses énormes moustaches et une coiffure conique qui remontait le capuchon de sa cape à une hauteur grotesque. Il souriait trop. On n'aurait jamais dit qu'il était capable d'humilier quelqu'un avec quelques mots seulement.

— Arymilla, dit Nasin d'un ton confus, fronçant les sourcils sur son poing comme étonné de le voir levé.

Reposant la main sur le pommeau de sa selle, il gratifia la sotte d'un sourire rayonnant.

— Arymilla, ma chère, dit-il chaleureusement.

Mais ça n'était pas la même chaleur que celle qu'il réservait à Elenia. D'une façon ou d'une autre, il semblait s'être à moitié convaincu qu'Arymilla était sa fille et sa favorite. Un jour, Elenia l'avait entendu lui parler longuement de sa « mère », sa défunte épouse, morte depuis près de trente ans maintenant. Arymilla s'était arrangée pour lui donner la réplique, quoique, à la connaissance d'Elenia, elle n'ait jamais rencontré Miedelle Caeren.

Malgré ses sourires paternels à Arymilla, ses yeux scrutaient la foule à cheval derrière elle. Son visage se détendit quand il repéra Sylvase, sa petite-fille et héritière, une robuste et placide jeune femme qui soutint son regard sans sourire, puis rabattit sur son visage son capuchon sombre doublé de fourrure. Elenia ne l'avait jamais vue sourire, froncer les sourcils ou manifester quelque émotion que ce soit ; elle arborait en permanence la placidité d'une vache. À l'évidence, elle en avait aussi l'intelligence. Arymilla gardait Sylvase plus près d'elle qu'Elenia et Naean, et tant que ça durerait, il n'y avait aucune chance que Nasin la prive de ses honneurs. Il était fou, mais rusé.

— J'espère que vous prenez bien soin de ma petite Sylvase, Arymilla, murmura-t-il. Il y a partout des coureurs de dot, et je veux que ma petite chérie soit en sécurité.

— Bien sûr que j'en prends soin, répondit Arymilla, poussant sa grosse jument et frôlant Elenia sans lui accorder un regard.

Le ton était doux comme le miel et affectueux à vomir.

— Vous savez que je prends soin d'elle comme de moi-même.

Avec ce sourire niais, elle ajusta la cape de Nasin sur ses épaules et la lissa avec l'air de quelqu'un qui posait un châle sur un infirme bien-aimé.

— Il fait bien trop froid dehors pour vous. Je sais ce qu'il vous faut. Une tente bien chauffée et du vin brûlant aux épices. Ma servante se fera un plaisir de vous en préparer. Arlene, accompagnez le Seigneur Nasin à sa tente et faites-lui un bon vin chaud.

Unc femme svelte de son entourage sursauta, puis s'avança lentement, repoussant la capuche de sa cape bleue, révélant un joli visage et un sourire timide. Soudain, tous ces flagorneurs rajustèrent leur cape, remontèrent leurs gants, évitant de regarder la servante d'Arymilla. Surtout les femmes. Chacune d'entre elles savait qu'elle risquait d'être choisie. Curieusement, Sylvase ne détourna pas les yeux. Il était impossible de voir son visage dans l'ombre de son capuchon, pourtant elle se tourna vers la servante.

Nasin sourit de toutes ses dents.

— Oui. Oui, du vin chaud me ferait du bien. Arlene, n'est-ce pas ? Venez Arlene, voilà une bonne petite. Vous n'avez pas trop froid, non ?

La fille couina quand il drapa un pan de sa cape sur ses épaules. Il l'attira contre lui, si fort qu'elle aurait presque pu tomber de sa selle.

— Vous aurez bien chaud dans ma tente, je vous le promets.

Sans jeter un regard en arrière, il s'éloigna au pas, gloussant et murmurant à l'oreille de la jeune femme qu'il tenait sous son bras. Ses hommes d'armes les suivirent, dans le crissement des cuirs et le lent clapotis des sabots dans la boue. L'un d'eux se mit à rire, comme s'il venait d'entendre une bonne plaisanterie.

Elenia branla du chef, écœurée. Pousser une jolie femme dans les bras de Nasin afin de le distraire, c'était une chose, mais se servir de sa propre servante, c'était révoltant, quoique pas autant que Nasin lui-même.

— Vous aviez promis qu'il n'approcherait plus de moi, Arymilla, dit-elle à voix basse et tendue.

Ce vieil idiot lubrique avait peut-être déjà oublié son existence, mais il s'en souviendrait la prochaine fois qu'il la verrait.

— Vous aviez promis de l'occuper.

Arymilla se renfrogna et tira sur ses gants nerveusement. Elle n'avait pas obtenu ce qu'elle voulait. À ses yeux, c'était un grand péché.

— Si vous voulez être à l'abri de vos admirateurs, vous devriez rester près de moi au lieu d'errer n'importe où. Qu'y puis-je si vous attirez les hommes ? En outre, je viens de vous en débarrasser et je ne vous ai pas entendue m'en remercier.

Elenia serra les dents à s'en endolorir les mâchoires. Feindre qu'elle soutenait la candidature de cette femme de son libre arbitre suffisait à lui donner envie de mordre. Ses choix avaient été assez clairs : écrire à Jarid, ou tolérer une lune de miel prolongée avec son « fiancé ». Elle aurait peut-être accepté cette dernière possibilité, si elle n'avait pas été certaine que Nasin l'enfermerait dans quelque manoir isolé, et finirait par l'oublier après l'avoir pelotée. Arymilla exigeait de sauver les apparences. Certaines de ses exigences étaient insupportables. Il fallait pourtant les supporter.

Pour le moment. Quand la situation serait clarifiée, Maître Lounalt pourrait peut-être se consacrer à Arymilla pendant quelques jours.

Elle puisa au fond d'elle-même un sourire d'excuse, et inclina la tête comme si elle avait été une courtisane parasite et avide. Après tout, si elle rampait devant Arymilla, ça signifiait qu'ils avaient raison, eux aussi. Le poids de leurs regards sur elle lui donna envie de prendre un bain. Sourire devant Naean la hérissait.

— Je vous offre toute la gratitude qui est en moi, Arymilla.

Ce n'était pas un mensonge. Toute la gratitude qui était en elle se résumait au désir de l'étrangler, à petit feu. Mais elle dut prendre une profonde inspiration pour continuer.

— Il faut me pardonner ce retard à l'exprimer.

Sa remarque était très amère.

— Nasin m'a accablée. Vous savez comment Jarid réagirait s'il avait vent de son comportement.

Sa voix prit enfin une nuance mielleuse. Cette imbécile d'Arymilla pouffa !

— Bien sûr que vous êtes pardonnée, Elenia, dit-elle en riant, son visage s'éclairant. Vous n'avez qu'à demander. Jarid est impulsif, n'est-ce pas ? Vous devez lui écrire une lettre et lui dire comme vous êtes contente. Car vous êtes contente, n'est-ce pas ? Vous pouvez la dicter à ma secrétaire. Je déteste me tacher les doigts d'encre, pas vous ?

— Bien sûr que je suis contente, Arymilla. Comment pourrait-il en être autrement ?

Cette fois, le sourire ne lui coûta aucun effort. Arymilla se croyait astucieuse. Se servir de sa secrétaire excluait toutes les possibilités d'utiliser des encres secrètes, mais elle pouvait dire ouvertement à Jarid de ne rien entreprendre sans son conseil, et cette frivole écervelée croirait qu'elle obéissait.

Hochant la tête avec une satisfaction pleine de suffisance, Arymilla rassembla ses rênes, imitée par sa coterie.

— Il se fait tard, dit-elle, et je veux me lever de bonne heure demain. La cuisinière d'Aedelle Baryn a préparé un excellent repas qui nous attend. Vous et Naean chevaucherez avec moi, Elenia.

Au ton, elle semblait leur faire une faveur. Elles n'eurent d'autre choix que de feindre que c'en était une, s'alignant à ses côtés.

— Et Sylvase aussi, naturellement. Venez, Sylvase.

La petite-fille de Nasin rapprocha sa jument, sans se ranger à côté d'Arymilla. Elle les suivit légèrement à l'arrière, avec les sycophantes d'Arymilla sur les talons, qui n'avaient pas été invités à lui tenir compagnie. Malgré les bourrasques capricieuses, plusieurs femmes et deux ou trois hommes tentèrent, sans succès, d'engager la conversation avec elle. Elle disait rarement deux mots de suite. Ceci dit, sans aucun Haut Siège à flatter, une héritière faisait l'affaire, et peut-être qu'un des hommes espérait l'épouser. L'un d'entre eux était peut-être un garde, ou un espion qui s'assurait qu'elle ne cherchait pas à communiquer avec quelqu'un de sa Maison. Ils devaient trouver excitant de frôler les limites du pouvoir. Elenia avait ses plans concernant Sylvase.

Arymilla ne rechignait pas à papoter, alors que quiconque doué de bon sens se serait emmitouflé dans sa cape. Tandis qu'ils s'éloignaient dans la nuit tombante, elle parlait à bâtons rompus du dîner que leur proposerait la sœur de Lir et de ses projets concernant son couronnement. Elenia murmurait son approbation quand le moment lui semblait opportun. Si l'imbécile voulait *promettre* une amnistie à tous ses anciens opposants, loin d'Elenia Sarand l'idée de la traiter d'imbécile. C'était assez pénible d'avoir à… à *minauder* devant elle, sans être obligée de l'écouter en plus. Puis Arymilla dit quelque chose qui frappa son oreille comme un coup de stylet.

— Ça ne vous ennuiera pas de partager votre lit avec Naean ? Il semble que nous soyons à court de tentes décentes.

Elle tressaillit. Pendant un instant, elle fut incapable de prononcer un mot. Tournant légèrement la tête, elle rencontra le regard choqué de Naean. Il était impossible qu'Arymilla fût déjà au courant de leur rencontre fortuite. Si tant est qu'elle la connaisse, pourquoi leur offrirait-elle l'occasion de comploter ensemble ? Un piège ? Des espions les avaient-ils entendues parler ? La servante de Naean ? Ou Janny ? Elle fut prise de vertige. Des mouches blanches et noires flottèrent devant ses yeux. Elle crut qu'elle allait s'évanouir.

Brusquement, elle réalisa qu'Arymilla lui avait posé une question directe, et qu'elle attendait la réponse, fronçant les sourcils avec une impatience croissante. Elle réfléchit à toute vitesse. Oui, elle avait la réponse.

— Un carrosse doré, Arymilla ?

Quelle idée ridicule ! Autant voyager dans une roulotte de Rétameur !

— Oh, charmant ! Vous avez vraiment des idées merveilleuses !

Le minaudage satisfait d'Arymilla calma un peu sa respiration. Elle *était* une imbécile sans cervelle. Peut-être y avait-il pénurie de tentes convenables. Elle pensait qu'elles étaient inoffensives maintenant. Domptées. Elenia, qui avait découvert les dents, transforma sa réaction en minaudage. Mais elle écarta toute idée de la faire « divertir » par le Tarabonais, même pour une heure. Avec la signature de Jarid au bas de son engagement, il n'y avait qu'une seule façon de lui dégager la voie pour le trône. Ils avaient tout en main et étaient prêts à avancer. La seule question, c'était de décider qui d'Arymilla ou de Nasin mourrait en premier.

La nuit s'appesantissait sur Caemlyn, avec un froid rigoureux accentué par des vents cinglants. Ici et là, une lueur indiquait que les gens n'étaient pas couchés, mais la plupart des volets étaient fermés. Le mince croissant de lune, bas sur l'horizon, ne faisait qu'accentuer l'obscurité. Même la neige sur les toits ou entassée devant les maisons où elle avait échappé aux piétinements, était d'un gris fantomatique. Celui qui, emmitouflé de la tête aux pieds dans une cape noire, avançait à grands pas dans la boue gelée laissée sur les pavés, répondait au nom de Daved Hanlon ou de Doilan Mellar avec une égale aisance ; un nom n'était rien de plus qu'un vêtement, et un homme en changeait quand c'était nécessaire. S'il avait agi selon ses désirs, il aurait été au Palais Royal, en train de se réchauffer les pieds devant un feu ronflant dans une cheminée, une chope dans une main, un pichet de brandy à côté de lui, une fille facile sur les genoux. Mais il devait satisfaire les désirs d'un autre. Au moins, la marche lui semblait plus facile ici que dans la Cité Neuve. Ce n'était pas agréable, dans cette boue gelée et glissante, pourtant ses bottes avaient moins de chances de se dérober sous lui que dans les rues en pente abrupte de la Cité Intérieure. De plus, l'obscurité lui convenait ce soir.

Il y avait peu de gens dans les rues quand il était parti, et ce nombre avait diminué à mesure que l'obscurité avait augmenté. Les sages restaient chez eux après la nuit tombée. De temps en temps, de vagues formes rôdaient dans les ombres les plus noires, et, après avoir brièvement observé Hanlon, détalaient et tournaient au premier croisement, s'efforçant d'étouffer des jurons quand ils pataugeaient dans la neige. Il n'était pas corpulent et à peine plus grand que la moyenne, avec, en plus, son épée et son plastron cachés sous sa cape. Comme les coupe-jarrets s'attaquaient le plus souvent aux plus vulnérables, il avançait avec assurance, sans avoir l'air de craindre les rôdeurs. Son attitude était renforcée par la longue dague dissimulée dans son gantelet droit.

Il était à l'affût des patrouilles de Gardes, mais il ne s'attendait pas à voir des rôdeurs. Ceux-ci auraient cherché d'autres terrains de chasse si les Gardes avaient patrouillé par là. Le cas échéant, il pouvait renvoyer d'un mot les Gardes trop curieux, mais il ne voulait être vu de personne, ni qu'on lui demande ce qu'il faisait si loin du palais à cette heure. Son pas ralentit quand il aperçut deux femmes chaudement emmitouflées à un carrefour loin devant. Comme elles s'éloignaient sans regarder dans sa direction, il souffla. Peu de femmes s'aventuraient seules dehors à cette heure. Sans même voir leurs visages, il aurait parié une poignée d'or contre une pomme que c'étaient des Aes Sedais, ou l'une de ces étrangères qui occupaient la plupart des lits du palais.

Le souvenir de cette bande lui fit froncer les sourcils et ressentir des picotements dans le dos, comme si on le caressait avec des orties. Quoi qui se passât au palais, ça lui donnait le bourdon. Les Atha'an Mieres étaient déjà suffisamment détestables, et pas seulement parce qu'elles parcouraient les couloirs en balançant les hanches de façon aguichante puis dégainaient leur couteau. Il n'avait même pas pensé à leur peloter les fesses après avoir réalisé qu'elles et les Aes Sedais se regardaient en chiens de faïence. Quoi qu'en dise la rumeur, il savait que les Aes Sedais ne prenaient pas une ride. Pourtant, certaines pouvaient canaliser, et il avait l'idée dérangeante que toutes en étaient capables. Ce qui était absurde. Les Atha'an Mieres bénéficiaient peut-être d'une autorisation spéciale. Mais pour ces Femmes de la Famille, comme les appelait Falion, chacun savait que, si trois femmes capables de canaliser et qui n'étaient pas Aes Sedais, s'asseyaient à la même table, une Aes Sedai apparaîtrait avant qu'elles n'aient eu le temps de vider un pichet de vin, leur dirait de s'en aller, et leur interdirait de s'adresser la parole. Ici, ces femmes résidaient au palais, se mêlaient aux Aes Sedais sans frictions. Quoi qui les ait poussées à se blottir les unes contre les autres, les Aes Sedais avaient été tout aussi anxieuses. Il y avait trop de bizarreries à son goût. Quand les Aes Sedais se comportaient bizarrement, c'était le moment pour un homme de protéger sa peau.

Avec un juron, il sortit de sa rêverie. Quelques pas plus loin, il eut un sourire pincé, tâtant du pouce le tranchant de sa dague. Le vent tomba, siffla au-dessus des toits et retomba. Dans le bref intervalle de silence, il entendit un crissement de bottes dans la neige. On l'avait suivi peu de temps après son départ du palais.

Au carrefour suivant, il tourna à droite, à la même allure régulière et tranquille, puis se colla contre la façade d'une écurie. Les larges portes en étaient fermées, et certainement barrées de l'intérieur, mais une forte odeur de cheval et de crottin flottait dans l'air. De l'autre côté de la rue, l'auberge était close, ses fenêtres noires calfeutrées. On n'entendait que le grincement de l'enseigne qui se balançait au-dessus de la porte, invisible dans la nuit.

Il entendit les bruits de bottes qui s'accéléraient, pour ne pas le perdre de vue trop longtemps. Une silhouette encapuchonnée tourna prudemment au coin. Sa main gauche jaillit, saisissant la gorge sous le capuchon en même temps que la droite lui porta un coup avec sa dague. Il s'était attendu à trouver un plastron ou une cotte de mailles sous la tunique de l'inconnu, mais l'acier s'enfonça facilement sous le sternum. Il ne sut pas pourquoi cela paralysa les poumons de sa victime, incapable de crier, jusqu'au moment où elle se noya dans son propre sang. Il n'avait pas le temps d'attendre. Aucun Garde n'était en vue pour le moment, mais rien ne disait que ça durerait. D'un mouvement brusque, il cogna la tête de l'homme contre le mur en pierre de l'écurie, assez fort pour lui fracturer le crâne, puis lui enfonça sa dague dans la poitrine jusqu'à la garde, sentant la lame toucher la colonne vertébrale.

Sa respiration resta régulière ; tuer était une chose qu'il fallait faire de temps en temps, aucune raison de s'exciter là-dessus. Il étendit le corps dans la neige le long du mur, puis essuya sa lame sur la tunique noire du mort tout en fourrant la main sous son aisselle pour ôter son gantelet d'acier. Tournant la tête, il observa la rue à droite et à gauche, tout en commençant à palper rapidement le visage du mort dans l'obscurité. Il sentit une barbe sous ses doigts, confirmant qu'il s'agissait bien d'un homme. Homme, femme ou enfant, ça ne faisait aucune différence pour lui – les imbéciles se comportaient comme si les enfants n'avaient pas d'yeux pour voir, ni de langue pour dire ce qu'ils avaient vu – pourtant il regretta de ne pas déceler un indice sur la victime qui lui aurait permis de l'identifier. Palpant la manche de l'homme, il toucha du drap épais, ni beau, ni particulièrement grossier, et un bras nerveux, qui aurait pu appartenir à un clerc, un cocher ou un laquais. Bref, à n'importe qui. Fouillant dans les poches, il en sortit un peigne en bois et une pelote de ficelle, qu'il jeta. Il s'attarda sur la ceinture. Un fourreau en cuir y pendait, vide. Personne au monde n'aurait pu dégainer après que la lame de Hanlon avait perforé ses poumons. Bien sûr, il existait de bonnes raisons pour qu'un homme sorte la nuit avec son couteau dégainé, mais la première qui lui vint à l'idée, c'est que c'était pour poignarder quelqu'un dans le dos ou lui couper la gorge.

Ne perdant pas de temps en spéculations, il trancha la bourse du mort sous les cordons. Le poids des pièces qu'il versa dans sa main et fourra vivement dans sa poche lui apprit qu'il n'y avait pas d'or, sans doute même pas une pièce d'argent. Une bourse vide ferait croire que le cadavre avait été la victime de brigands. Se redressant, il tira sur son gantelet. Quelques instants plus tard, il avait repris sa marche dans la boue, serrant sa dague contre son flanc sous sa cape, le regard aux aguets.

La plupart de ceux qui entendraient parler du mort accepteraient la thèse de l'assassinat pour vol, excepté celui qui avait envoyé cet individu à ses trousses. Le fait qu'il le suivait depuis le palais signifiait qu'il était en service commandé, mais par qui ? Il était pratiquement sûr que toute Atha'an Miere qui aurait eu envie de lui planter un couteau dans le corps l'aurait fait elle-même. Les Femmes de la Famille le troublaient juste par leur présence, mais elles étaient tranquilles et discrètes. Certes, ceux qui souhaitaient rester discrets étaient enclins à faire appel à un tueur à gages. Or il n'avait jamais échangé plus de trois mots de suite avec aucune d'elles, et il n'avait jamais tenté d'en dénoncer une. Ses soupçons se portaient plutôt sur les Aes Sedais, pourtant il était certain de n'avoir rien fait pour éveiller leur méfiance. N'importe laquelle pouvait avoir ses raisons de le vouloir mort. Mais impossible de savoir laquelle. Birgitte Trahelion était une idiote, qui semblait penser qu'elle était réellement un personnage de légende, peut-être même la vraie Birgitte, si tant est qu'elle ait jamais existé, mais elle pouvait parfaitement croire qu'il représentait une menace. C'était peut-être une catin, à tortiller des fesses dans les couloirs avec ses chausses moulantes, mais elle avait l'œil froid. Elle était capable de donner l'ordre de trancher une gorge sans battre un cil. La dernière hypothèse concernait celle qui l'inquiétait le plus. Ses propres maîtres n'étaient pas des gens les plus confiants, et pas toujours les plus dignes de confiance. Il se trouvait, en outre, que Dame Shiaine Avarhin, la maîtresse en question, était celle qui lui avait fait parvenir la convocation qui l'avait fait sortir dans la nuit, où, comme par hasard, un individu l'avait suivi, couteau en main. Il ne croyait pas aux coïncidences, quoi que disent les gens sur cet al'Thor.

L'idée de retourner au palais lui traversa l'esprit puis disparut en un éclair. Comme il avait de l'or caché sur lui, il pouvait payer comme n'importe qui pour franchir les portes, ou juste ordonner qu'on en ouvre une juste le temps de le laisser passer. Mais cela aurait signifié qu'il passerait le restant de ses jours à surveiller ses arrières en danger permanent. Ce n'était pas tellement différent de sa vie actuelle. De plus, cette garce de Birgitte aux yeux durs comme la pierre était la coupable la plus vraisemblable. Ou une Aes Sedai. Avait-il offensé cette Famille sans le vouloir ? Quand même, la prudence payait toujours. Il fléchit les doigts sur la poignée de sa dague. La vie lui semblait belle pour le moment, avec tout le confort et des tas de femmes complaisantes envers un Capitaine de la Garde, soit qu'elles béaient d'admiration, soit qu'elles le craignaient. Mais la vie en cavale était toujours préférable à la mort.

Il finit par trouver la rue et la maison qu'il cherchait. Il tambourina à la porte d'une haute bâtisse qui aurait pu appartenir à un marchand prospère mais discret. Sauf qu'il savait maintenant que ce n'était pas le cas. Avarhin était une Maison minuscule, sans vie disaient certains, mais dont il restait une fille, Shiaine, qui avait de l'argent.

Un battant s'ouvrit brusquement. Il se protégea les yeux avec sa main gauche de la lumière qui l'aveugla soudain. Il tenait sa dague dans la droite. Il resta caché, sur le qui-vive. Étrécissant les yeux entre ses doigts écartés, il reconnut la femme à la porte, dans une robe noire de servante. Pour autant, cela ne le tranquillisa pas.

— Embrasse-moi, Falion, dit-il en entrant.

L'air libidineux, il tendit la main vers elle. La gauche, naturellement.

La femme au long visage écarta sa main et referma derrière lui.

— Shiaine s'est enfermée avec un visiteur dans le salon du premier, dit-elle calmement, et la cuisinière est dans sa chambre à coucher. Il n'y a personne d'autre dans la maison. Pendez votre cape à la patère. Je vais lui dire que vous êtes arrivé, mais vous devrez peut-être attendre.

L'air libidineux de Hanlon disparut et sa main retomba. Malgré l'éternelle jeunesse de son visage, le mieux qu'on puisse dire de Falion, c'est qu'elle était élégante, et encore, en forçant le trait. Elle avait surtout le regard froid, et une attitude glaciale. Ce n'était pas le genre de femme qui l'attirait. À ce qu'il en savait, elle avait été punie par l'un des Réprouvés, et il était censé faire partie de la punition, ce qui modifiait la situation. Dans une certaine mesure. Trousser une femme contrainte ne l'avait jamais dérangé, et Falion n'avait certes pas le choix. Sa robe de servante témoignait qu'elle faisait le travail de quatre ou cinq femmes à elle seule ; le service, la plonge, la cuisine, dormant quand elle pouvait et rampant quand Shiaine fronçait les sourcils. Ses mains étaient rugueuses d'avoir fait la lessive et frotté les planchers. Pourtant, elle survivrait vraisemblablement à sa punition, et la dernière chose qu'il souhaitait, c'était qu'une Aes Sedai ait un grief personnel contre Daved Hanlon. En tout cas, pas tant que la situation pouvait changer avant qu'il n'ait eu l'occasion de lui planter un couteau dans le cœur. Parvenir à un arrangement avec elle avait été facile. Elle semblait avoir le sens pratique. Dès qu'on pouvait les voir, il la pelotait chaque fois qu'elle passait à portée de sa main, et quand il en avait le temps, il l'emmenait dans sa minuscule chambre de bonne sous les toits. Ils froissaient les draps, puis s'asseyaient sur l'étroite couchette et échangeaient des informations. Sur l'insistance de Falion, il lui faisait parfois quelques bleus au cas où Shiaine vérifierait. Il espérait qu'elle se rappellerait que c'était à sa demande.

— Où sont les autres ? dit-il, ôtant sa cape et la suspendant au portemanteau sculpté en forme de léopard.

Le bruit de ses bottes sur les dalles se répercuta en écho sur le haut plafond. C'était un bel espace, avec des corniches en plâtre peint, de riches tapisseries accrochées aux anneaux lambrissés, bien éclairé par des torchères à miroirs, avec autant de dorures qu'au Palais Royal, mais, qu'il soit réduit en cendres, s'il y faisait beaucoup plus chaud que dehors ! Falion haussa un sourcil devant la dague qu'il tenait à la main. Il la rengaina avec un sourire crispé. Il pouvait la dégainer plus vite que n'importe qui au monde, tout comme son épée.

— La nuit, les rues sont pleines de voleurs.

Malgré le froid, il ôta ses gantelets et les coinça derrière son ceinturon. Toute autre attitude aurait donné l'impression qu'il se croyait en danger. Au pire, le plastron devrait suffire.

— Je ne sais pas où est Marillin, dit-elle par-dessus son épaule, se détournant déjà et retroussant ses jupes pour monter l'escalier. Elle est sortie avant le coucher du soleil. Murellin est à l'écurie avec sa pipe. Nous pourrons parler quand j'aurai informé Shiaine de votre arrivée.

La regardant monter, il émit un grognement. Murellin, robuste individu que Hanlon n'aimait pas avoir dans son dos, s'exilait à l'écurie, derrière la maison, chaque fois qu'il voulait fumer sa pipe, parce que Shiaine détestait l'odeur de son grossier tabac, et comme il avait l'habitude d'y emporter un pot de bière, voire un pichet, il ne rentrerait pas de sitôt. Marillin l'inquiétait davantage. Elle était Aes Sedai elle aussi, apparemment autant sous les ordres de Shiaine que Falion ou lui-même, mais il n'avait pas d'arrangement avec elle. Pas de disputes non plus, mais il se méfiait des Aes Sedais par principe, Ajah Noire ou non. Où était-elle allée ? Pour faire quoi ? Un homme dans l'ignorance est un homme vulnérable. Or Marillin Gemalphin passait vraiment trop de temps à faire des choses qu'il ignorait totalement. Il en arrivait à la conclusion qu'il y avait beaucoup trop de choses à Caemlyn sur lesquelles il ne savait absolument rien. Il était grand temps qu'il les découvre s'il voulait rester en vie.

Quand Falion fut partie, il quitta le hall d'entrée glacial pour aller à la cuisine, à l'arrière de la maison. La pièce aux murs de brique était vide – la cuisinière savait très bien qu'elle ne devait pas pointer le nez hors de sa chambre au sous-sol quand on l'avait renvoyée pour la nuit –, le poêle en fonte noire et les fours étaient froids, mais une petite flambée dans le long âtre de pierre faisait de la cuisine l'une des rares pièces chaudes de la maison. Du moins, comparée aux autres. Shiaine était avare, sauf pour son confort personnel. Le feu brûlait dans la cheminée uniquement pour le cas où elle aurait voulu du vin chaud pendant la nuit, ou un lait de poule.

Depuis son arrivée à Caemlyn, il était venu dans cette maison plus d'une demi-douzaine de fois, et il savait dans quel placard trouver des épices, et dans quelle pièce un tonneau de vin. Toujours du bon vin. Shiaine ne lésinait jamais sur le vin, pas sur celui qu'elle avait l'intention de boire, en tout cas. Le temps que Falion revienne, il avait posé sur la table le pot de miel, une coupelle de gingembre et de clous de girofle, et un pichet plein de vin. Le tisonnier chauffait dans le feu. Shiaine pouvait aussi bien dire « Venez maintenant », c'est-à-dire « immédiatement », mais quand elle voulait faire attendre, ça durait parfois jusqu'à l'aube. Ces convocations le privaient tout le temps de sommeil. Qu'elle soit réduite en cendres !

— Qui est le visiteur ? demanda-t-il.

— Il n'a pas donné de nom, en tout cas, pas à moi, dit Falion, tout en calant la porte du hall ouverte avec une chaise.

Cela faisait fuir une partie de la maigre chaleur de la pièce, mais elle voulait entendre au cas où Shiaine l'appellerait. Ou peut-être voulait-elle s'assurer que l'autre femme n'écouterait pas à la porte.

— Un homme grand et mince à l'air dur, avec l'apparence d'un soldat. Un officier d'un grade quelconque, peut-être un noble d'après ses manières, et Andoran d'après son accent. Il semble intelligent et prudent. Ses vêtements sont assez simples, quoique coûteux, et il ne porte ni bagues ni broches.

Devant la table, elle fronça les sourcils, se tourna vers l'un des grands placards proches de la porte du hall et ajouta une seconde coupe en étain à celle qu'il avait sortie pour lui. Il ne lui était pas venu à l'idée d'en sortir deux, estimant sans doute qu'il était déjà regrettable d'avoir dû préparer son vin chaud lui-même. Aes Sedai ou pas, c'était elle la servante. Mais elle s'assit à la table et repoussa la coupelle d'épices comme si elle s'attendait à ce qu'il la serve.

— Mais Shiaine a eu deux visiteurs hier, plus imprudents que ce monsieur, poursuivit-elle. Celui du matin avait les Sangliers d'Or de Sarand sur les manchettes de ses gantelets. Il pensait sans doute que personne ne remarquerait ce détail. Quoi qu'il en soit, c'est un homme plutôt rebondi, aux cheveux blonds et au comportement hautain ; il a fait des compliments sur le vin, comme surpris d'en trouver du si bon dans la maison, et il a demandé à Shiaine de me faire fouetter pour lui avoir montré un respect insuffisant.

Elle dit tout cela d'une voix froide et posée. La seule fois où elle avait manifesté quelque véhémence, c'était quand Shiaine l'avait fouettée elle-même. Cette fois-là, il l'avait entendue hurler.

— Je dirais que c'est un compatriote qui a rarement séjourné à Caemlyn, mais qui croit savoir comment se comportent ses supérieurs. Vous le reconnaîtrez à sa verrue au menton et à sa petite cicatrice en croissant de lune à côté de l'œil gauche. Celui de l'après-midi était petit et noir, avec un nez pointu, des yeux méfiants et sans cicatrices ou signes particuliers. J'ai vu quand même qu'il portait une bague ornée d'un grenat carré à la main gauche. Il était peu loquace, très attentif à ce qu'il disait devant moi. Mais j'ai vu qu'il avait une dague gravée des Quatre Lunes de Marne sur le pommeau.

Croisant les bras, Hanlon s'appuya contre le manteau de la cheminée, et demeura impassible malgré sa perplexité. Il était certain que le plan prévoyait qu'Elayne monte sur le trône, mais ce qui se passerait après demeurait un mystère. On la lui avait promise en tant que reine. Qu'elle portât ou non une couronne quand il la prendrait lui importait peu, même si cela ajoutait du piment à la situation – la dresser serait un pur plaisir, même si elle était fille de fermier, d'autant que cette gamine l'avait réprimandé aujourd'hui devant tout le monde ! Les contacts avec Sarand et Marne signifiaient peut-être qu'Elayne mourrait sans être couronnée. Malgré toutes les promesses, peut-être l'avait-on choisi finalement pour qu'il la tue le moment venu, quand Shiaine (ou plutôt le Réprouvé) le jugerait opportun. Moridin, s'appelait-il. Hanlon n'avait jamais entendu prononcer ce nom avant d'entrer dans cette maison. Cela ne le dérangeait pas. Si un homme avait le culot de prétendre qu'il faisait partie des Réprouvés, Hanlon n'était pas assez bête pour en douter. Mais l'idée qu'il n'était sans doute qu'une dague dans toute cette intrigue le troublait. Tant qu'une lame fait son office, quelle importance si elle se casse ? Mieux valait être la main qui tenait le manche.

— Vous avez vu de l'or changer de mains ? demanda-t-il. Vous avez entendu quelque chose ?

— Je vous l'aurais dit, répondit-elle d'un ton pincé. Et d'après notre accord, c'est à mon tour de poser les questions.

Il parvint à masquer son irritation en prenant l'air expectatif. Cette imbécile lui demandait toujours des renseignements sur les Aes Sedais du Palais ou celles qu'elle appelait la Famille, ou encore sur le Peuple de la Mer. Elle voulait savoir la nature de leurs relations : lesquelles se parlaient en catimini et celles qui s'évitaient, ce qu'il les avait entendues dire. Comme s'il n'avait rien d'autre à faire que rôder dans les couloirs pour les espionner. Il ne lui mentait jamais – il y avait trop de chances qu'elle apprenne la vérité, même enterrée dans cette maison à jouer les servantes ; elle était Aes Sedai, après tout –, mais il était de plus en plus difficile de lui dire quelque chose de nouveau. Mais elle était intraitable : il devait lui fournir des informations s'il voulait qu'elle lui en donne. Aujourd'hui, il avait quelques menues informations : des filles du Peuple de la Mer s'en allaient, et toutes avaient été en révolution la journée durant, comme si on avait glissé des glaçons dans leur corsage. Elle devrait s'en contenter. Ce qu'il avait besoin de savoir, c'était des choses importantes, pas des cancans.

Mais avant qu'elle ait pu poser ses questions, la porte d'entrée de la maison s'ouvrit. Murellin était assez large pour occuper toute l'ouverture, mais ça n'empêcha pas un vent glacial de s'engouffrer en rafales qui firent danser les flammes et projetèrent des étincelles dans la cheminée jusqu'à ce que le gros homme eût refermé la porte. Il ne semblait pas sentir le froid, grâce à son épaisse tunique. En outre, il n'avait pas seulement les proportions d'un bœuf, il en avait aussi l'intelligence. Posant bruyamment une grande chope en bois sur la table, il coinça les pouces dans sa ceinture et lorgna Hanlon avec hostilité.

— Vous fricotez avec ma poule ? marmonna-t-il.

Hanlon sursauta, mais pas par peur de ce balourd de Murellin de l'autre côté de la table. Ce qui le stupéfia, ce fut l'Aes Sedai qui bondit de sa chaise et saisit le pichet de vin. Elle y jeta le gingembre et les clous de girofle, ajouta une mesure de miel et fit tourner le pichet pour mélanger le tout. Ensuite, se protégeant la main dans un pli de sa jupe, elle retira le tisonnier du feu et le plongea dans le vin, sans vérifier s'il était assez chaud et sans jamais regarder en direction de Murellin.

— Votre poule ? dit Hanlon, prudent.

Ce qui lui valut un sourire suffisant du gros homme.

— Quasiment. La dame a pensé que je pouvais aussi bien utiliser ce que vous dédaignez. Bref, Fally et moi, on se tient chaud la nuit.

Murellin contourna la table, souriant toujours, à l'adresse de la femme cette fois-ci. Un cri retentit dans le couloir. Il s'arrêta en soupirant, et son sourire s'évanouit.

— Falion ! cria sèchement la voix lointaine de Shiaine. Amenez Hanlon, et au trot !

Falion posa le pichet sur la table, en faisant déborder le vin, et se dirigea vers la porte avant que Shiaine n'ait terminé. Quand Shiaine parlait, Falion sursautait.

Hanlon frémit, mais pour une raison différente. La rattrapant, il lui saisit le bras comme elle montait la première marche. Un rapide regard en arrière lui apprit que la porte de la cuisine était fermée. Peut-être que Murellin était quand même sensible au froid.

— Qu'est-ce qui se passe ? demanda-t-il à voix basse.

— Ça ne vous regarde pas, dit-elle sèchement. Pouvez-vous m'apporter quelque chose qui le fera dormir ? Quelque chose à mettre dans sa bière ou son vin ? Il boit n'importe quoi, quel qu'en soit le goût.

— Si Shiaine croit que je n'obéis pas aux ordres, c'est mon affaire, et vous devriez le comprendre, si vous aviez la moindre cervelle.

Elle pencha la tête, le toisant de tout son haut derrière son long nez, froide comme un poisson.

— Cela n'a rien à voir avec vous. En ce qui concerne Shiaine, je vous *appartiendrai* tant que vous serez là. Vous comprenez, certaines circonstances changent.

Soudain, quelque chose d'invisible serra très fort son poignet, tirant sa main hors de sa manche. Quelque chose d'autre le saisit à la gorge et serra jusqu'à lui couper la respiration. En vain, il tâtonna de la main gauche à la recherche de sa dague. Le ton de Falion demeura calme.

— Je pensais que certaines choses devaient changer en conséquence, mais Shiaine ne raisonne pas logiquement. Elle dit que quand le Grand Maître Moridin voudra alléger ma punition, il le dira. Moridin m'a *donnée* à elle. Murellin représente le moyen de s'assurer que je le comprends, et que je reste son *chien* jusqu'à ce qu'elle en décide autrement.

Soudain, elle prit une profonde inspiration, et la pression disparut de son poignet et de sa gorge. L'air ne lui avait jamais paru si bon.

— Vous pouvez me fournir ce que je vous ai demandé ? dit-elle, calme comme si elle n'avait pas tenté de le tuer quelques instants plus tôt.

Il avait l'impression d'avoir eu la gorge serrée dans le nœud coulant du bourreau.

— Je peux vous avoir quelque chose qui le plongera dans un sommeil dont il ne se réveillera pas.

Dès que ce serait sans danger, il l'éventrerait comme une oie.

Elle renifla avec dérision.

— Shiaine me soupçonnerait en premier, et je pourrais aussi bien m'ouvrir les veines que d'objecter à une de ses décisions. Il suffit qu'il dorme toute la nuit d'une traite, sans se réveiller. Laissez-moi le soin de la réflexion, et nous nous en trouverons bien tous les deux.

Posant une main sur le pilastre de la rampe, elle regarda vers le haut de l'escalier.

— Venez ! Quand elle dit « immédiatement », ça veut dire « immédiatement ».

Dommage qu'il ne puisse pas la pendre par les pattes comme une oie, en attendant qu'il l'étripe.

Il la suivit, ses bottes claquant sur les marches et résonnant dans tout le hall. L'idée le frappa soudain qu'il n'avait pas entendu le visiteur s'en aller. À moins que la maison n'ait une sortie secrète, il n'y avait que la porte d'entrée et les deux autres de la cuisine. Manifestement, il allait donc faire la connaissance de ce soldat. C'était peut-être une surprise. Subrepticement, il remua sa dague dans son fourreau.

Comme prévu, un bon feu ronflait dans la grande cheminée de marbre veiné de bleu. C'était une pièce qu'il aurait valu la peine de cambrioler, avec des vases en porcelaine du Peuple de la Mer sur des consoles dorées, des tapisseries et des tapis qui valaient une petite fortune. Un petit tas couvert d'une couverture gisait au milieu de la pièce. Si le corps qu'elle cachait n'avait pas souillé de sang le tapis sur lequel il était étendu, il voulait bien manger les bottes qui dépassaient à l'extrémité.

Shiaine en personne était assise dans un fauteuil sculpté, en robe de soie bleue brodée d'or, avec une ceinture ouvragée en filigrane d'or et un lourd collier d'or à son cou frêle. Ses brillants cheveux bruns, lui tombant sur les épaules, étaient serrés dans un filet de dentelle raffinée. Elle paraissait délicate à première vue, mais il y avait quelque chose de rusé dans son visage, et son sourire n'atteignait jamais ses grands yeux bruns. À l'aide d'un mouchoir en dentelle, elle essuyait une petite dague au pommeau couronné d'une Goutte de Feu.

— Falion, allez dire à Murellin que j'ai un… paquet… à transporter tout à l'heure, dit-elle calmement.

Le visage de Falion resta lisse comme du marbre poli, mais elle fit une révérence servile avant de sortir en courant.

Regardant du coin de l'œil la dame et sa dague, Hanlon s'approcha du monticule et se baissa pour soulever un coin de la couverture. Des yeux bleus vitreux le fixèrent dans un visage qui, vivant, avait dû être dur. Les morts ont toujours l'air plus doux. Apparemment, il n'avait pas été aussi prudent ni aussi intelligent que Falion le pensait. Hanlon laissa la couverture retomber et se redressa.

— Il a dit quelque chose qui vous a déplu, ma Dame ? demanda-t-il avec douceur. Qui était-il ?

— Il a dit plusieurs choses qui m'ont déplu.

Elle leva sa dague, scrutant la petite lame pour s'assurer qu'elle était propre, puis elle la glissa dans le fourreau brodé d'or pendu à sa ceinture.

— Dites-moi, l'enfant d'Elayne est-il de vous ?

— Je ne sais pas qui a engendré ce gamin, répondit-il avec ironie. Pourquoi, ma Dame ? Vous trouvez que je me ramollis ? La dernière traînée qui a prétendu que je lui avais fait un enfant, je l'ai plongée dans un puits pour lui rafraîchir la tête et être bien sûr qu'elle n'en sortirait pas.

Sur une console, il y avait un pichet d'argent au long col et deux coupes ciselées sur un plateau.

— Est-ce sans danger ? demanda-t-il, regardant dans les coupes.

Toutes deux contenaient encore un peu de vin. Quelques gouttes d'un puissant additif dans l'une aurait fait du visiteur une proie facile.

— Catrelle Mosenain, fille d'un quincaillier de Maerone, dit-elle, comme si tout le monde était au courant. Vous lui avez fendu la tête avec une pierre avant de la jeter dans le puits, sans doute pour lui épargner la noyade.

Il faillit se troubler. Comment savait-elle le nom de la fille, et encore plus le coup de pierre ? Il ne s'en rappelait plus lui-même.

— Non, je doute que vous vous ramollissiez, mais je n'aimerais pas que vous embrassiez Dame Elayne sans me le faire savoir. Je détesterais.

Soudain, elle fronça les sourcils sur le mouchoir taché de sang qu'elle tenait à la main, et, se levant avec grâce, se dirigea d'un pas glissé vers la cheminée et le jeta dans le feu. Elle resta là un moment pour se réchauffer les mains, sans regarder dans sa direction.

— Pouvez-vous arranger l'évasion de quelques Seanchanes ? Le mieux serait de faire évader celles qu'on appelle des *sul'dams* et celles qu'on appelle des *damanes*.

Elle buta un peu sur les mots étrangers.

— Mais si vous ne pouvez pas faire évader les deux, quelques *sul'dams* feraient l'affaire. Elles libéreraient les autres.

— Peut-être.

Sang et foutues cendres, ce soir, elle passait du coq à l'âne, pis que Falion.

— Ce ne sera pas facile, ma Dame. Elles sont étroitement gardées.

— Je ne vous ai pas demandé si ce serait facile, dit-elle fixant les flammes. Pouvez-vous éloigner les gardes des entrepôts alimentaires ? Il me plairait que certains soient incendiés, et j'en ai assez de toutes ces tentatives avortées.

— Ça, je ne peux pas le faire, marmonna-t-il. À moins que vous me laissiez partir me terrer quelque part tout de suite après. Ils conservent le procès-verbal de tous les ordres, à faire grimacer un Cairhienin. Et ça ne servirait à rien de toute façon, pas avec ces foutus portails qui amènent tous les jours des foutus convois de ravitaillement.

À la vérité, il n'en était pas fâché. Délicat sur les moyens, certes, mais pas fâché. Il espérait que le palais serait le dernier endroit de Caemlyn à souffrir de la faim ; il avait participé à des sièges des deux côtés de la barrière, et il n'avait pas l'intention de recommencer à faire bouillir ses bottes pour préparer de la soupe. Mais Shiaine voulait des incendies.

— Nouvelle réponse que je n'ai pas sollicitée, dit-elle, branlant du chef et continuant à regarder les flammes. Mais il y a peut-être quelque chose à faire. Où en êtes-vous dans l'affection d'Elayne ? termina-t-elle d'un ton guindé.

— Plus proche d'elle que le jour de mon arrivée, grogna-t-il, foudroyant son dos.

Il essayait de ne jamais offenser ceux que les Réprouvés plaçaient au-dessus de lui, mais cette gamine le mettait à rude épreuve. Il aurait pu lui casser son cou frêle comme une brindille ! Pour empêcher ses mains de se refermer sur ce cou, il remplit une coupe et la leva, sans intention de boire. Toujours avec sa main gauche. Ce n'était pas parce qu'il y avait déjà un cadavre dans cette pièce qu'il n'y en aurait pas un second.

— Mais je dois procéder lentement. Ce n'est pas comme si je pouvais la coincer dans un coin et la chatouiller pour la déshabiller.

— Je suppose que non, dit Shiaine d'une voix étouffée. Ce n'est pas le genre de femme dont vous avez l'habitude.

Est-ce qu'elle *riait* ? Est-ce qu'elle *se moquait* de lui ? Il avait envie d'étrangler cette femme à face de renard !

Soudain elle se retourna. Il cligna des yeux en la voyant rengainer sa dague avec le plus grand naturel. Il ne l'avait pas vue accomplir son geste ! Machinalement, il but une gorgée de vin, et faillit s'étrangler quand il réalisa ce qu'il venait de faire.

— Aimeriez-vous voir Caemlyn pillé ? demanda-t-elle.

— Plutôt, si j'ai une bonne compagnie derrière moi et que les portes sont ouvertes.

Le vin devait être inoffensif. S'il y avait deux coupes, ça signifiait qu'elle avait bu, et s'il avait pris celle du mort, il ne devait pas rester au fond assez de poison pour incommoder une souris.

— C'est ça que vous voulez ? Je peux obéir aux ordres aussi bien qu'un autre.

Il le faisait quand il pensait pouvoir y survivre, et quand ils venaient des Réprouvés. Autant mourir en idiot que désobéir à un Réprouvé.

— Mais parfois, il est utile de savoir où et comment. Si vous me disiez ce que vous désirez, ici à Caemlyn, je pourrais vous aider à l'obtenir plus vite.

— Bien sûr, dit-elle avec un large sourire, tandis que ses yeux restaient froids comme des pierres. Mais d'abord, dites-moi pourquoi il y a du sang frais sur votre gantelet ?

Il lui rendit son sourire.

— Un coupe-jarret qui n'a pas eu de chance, ma Dame.

Qu'elle soit ou non celle qui lui avait envoyé l'homme, il l'ajouta à la liste de celles qu'il souhaitait égorger. En plus de Marillin Gemalphin. Après tout, l'unique survivant raconterait ce qui s'était passé.

16.

Le sujet des négociations

Le soleil matinal, bas sur l'horizon, laissait dans la pénombre une partie de Tar Valon, tandis que la neige scintillait. La cité elle-même semblait briller derrière ses longs murs blancs, surmontés de bannières et bien gardés. Pour Egwene, en selle sur son hongre rouan sur la rive dominant la ville, celle-ci semblait plus lointaine qu'elle ne l'était. Ici, l'Erinin s'élargissait jusqu'à plus de deux miles d'une rive à l'autre, et ses affluents, l'Alindrelle Erinin et l'Osendrelle Erinin, qui entouraient l'île, étaient presque aussi larges, de sorte que Tar Valon semblait flotter au milieu d'un grand lac, inabordable malgré les ponts construits pour ne pas gêner la navigation. La Tour Blanche elle-même, énorme flèche blanche s'élevant à des hauteurs vertigineuses au cœur de la cité, emplissait son cœur du mal du pays. Elle avait la nostalgie de la Tour, son foyer. Une volute de fumée attira son regard, légère plume noire s'élevant de la rive opposée au-delà de la cité, et elle grimaça. Brume piaffa dans la neige, mais une tape sur l'encolure suffit à le calmer. Il en faudrait davantage pour apaiser sa cavalière. Certes, son foyer lui manquait, mais c'était ce qui la contrariait le moins, comparé à ses autres problèmes.

Avec un soupir, elle posa ses rênes sur le pommeau de sa selle et porta sa lunette à monture de cuivre à son œil. Sa cape glissa sur son épaule, mais elle ignora le froid. Avec sa main gantée, elle abrita la lentille du soleil. Elle se concentra sur les bras incurvés du Port du Nord, qui se prolongeaient dans les courants venus de l'amont. Des gens évoluaient sur les remparts du port, mais à cette distance, elle avait du mal à distinguer les femmes des hommes. Malgré tout, elle se félicita de ne pas porter l'étole à sept bandes, et que son visage soit caché par son capuchon, au cas où quelqu'un là-bas aurait une lunette plus forte que la sienne. La large entrée du port artificiel était bloquée par une énorme chaîne en fer, tendue à quelques pieds au-dessus de la surface. De minuscules points sur l'eau, des oiseaux plongeurs qui pêchaient devant le port, donnaient une idée de la grosseur de la chaîne. Un seul maillon nécessitait deux hommes pour le soulever. Une barque pouvait passer sous la chaîne, mais aucun vaisseau ne pouvait entrer à l'insu de la Tour Blanche.

— Les voilà, Mère, murmura le Seigneur Gareth.

Elle abaissa sa lunette.

Son général était un homme trapu, portant un plastron très ordinaire sur une tunique brune, sans ornementation. Son visage était carré et parcheminé derrière les barreaux de son casque, et les ans lui avaient donné l'apparence de la sérénité. Si le Gouffre du Destin s'ouvrait devant Gareth Bryne, il réprimerait sa peur et ferait son devoir. Ses hommes le suivraient aveuglément. Bataille après bataille, il s'était fait le guide vers la victoire, c'est pourquoi elle se félicitait qu'il soit dans son camp. Elle suivit des yeux son doigt qui pointait vers l'amont.

Juste après la pointe, sept navires creusaient leur sillage vers l'aval. C'étaient de grands vaisseaux semblables à ceux qu'on voyait sur les fleuves et les rivières, dont un trois-mâts. Leurs voiles triangulaires déployées et leurs longs avirons tranchant net les eaux bleu vert augmentaient la vitesse. Manifestement, ils naviguaient le plus vite possible vers Tar Valon ! À cet endroit, le fleuve était assez profond pour que les navires puissent avancer près des côtes, sans se soucier des bancs de sable. Ils cheminaient les uns derrière les autres sans perdre le vent. Des matelots accrochés aux mâts surveillaient les rives.

En fait, ils n'avaient rien à craindre tant qu'ils restaient hors de portée des archers. Certes, d'où Egwene se trouvait, elle aurait pu, en quelques instants, mettre le feu à n'importe lequel, ou simplement percer des trous dans leurs coques et les laisser sombrer. Pourtant, cela impliquait que les équipages se noieraient, car les courants étaient forts, l'eau glaciale, et le trajet à la nage trop long jusqu'à la rive, du moins pour ceux qui savaient nager. Une seule mort aurait signifié qu'elle utilisait le Pouvoir comme une arme. Elle s'efforçait de vivre comme si elle était déjà liée par les Trois Serments, et les Serments protégeaient ces navires contre elle et contre toute autre sœur. Une sœur ayant juré sur la Baguette aux Serments ne pourrait pas se contraindre à faire les tissages nécessaires, peut-être même n'arriverait-elle pas à les former, à moins de se convaincre que ces navires représentaient pour elle un danger immédiat. Mais ni les capitaines ni les équipages ne semblaient le croire.

Comme les bateaux approchaient, des cris assourdis par la distance retentirent au-dessus de l'eau. En haut des mâts, les vigies pointèrent le doigt sur elle et Gareth, et il devint vite apparent qu'ils la prenaient pour une Aes Sedai avec son Lige. Ou du moins, les capitaines ne voulaient pas prendre le risque de croire qu'elle ne l'était pas. Au bout d'un moment, le bruit des avirons s'accéléra. Sur le gaillard d'arrière du vaisseau de tête, une femme, vraisemblablement le capitaine, agita les bras comme pour leur demander de souquer plus fort, et une poignée de matelots se mirent à courir sur le pont, serrant un filin ici, en larguant un autre ailleurs, pour modifier l'angle des voiles, bien qu'Egwene ne vît aucune différence dans leur vitesse. Sur les ponts, il y avait des hommes qui n'étaient pas des matelots, et la plupart étaient agglutinés contre la lisse, certains portant une lunette à leur œil. Ils semblaient mesurer la distance à parcourir jusqu'au port.

Elle imagina tisser des fusées, un éclatement de lumière, peut-être accompagné d'un bruit de tonnerre, et les faire exploser au-dessus de chaque navire ; pour que tous ceux ayant un minimum de bon sens sachent bien que ce n'était ni la vitesse ni la distance qui les protégeaient, mais seulement l'indulgence née des Trois Serments. Ils *devaient* savoir qu'ils étaient sains et saufs grâce aux Aes Sedais. Avec un profond soupir, elle secoua la tête et se réprimanda intérieurement. Ce simple tissage attirerait l'attention dans la cité, certainement davantage que l'apparition d'une sœur solitaire, puisque les sœurs venaient souvent sur la rive pour regarder Tar Valon et la Tour. Même si elle risquait d'engendrer une contre-offensive de même nature, ce genre d'échange pourrait être très difficile à arrêter. La situation risquait de lui échapper.

— Le capitaine du port n'a jamais laissé entrer plus de huit ou neuf navires à la fois depuis notre arrivée, dit Gareth, comme le premier arrivait à leur hauteur. Mais les capitaines semblent s'être mis d'accord sur la synchronisation. Un autre groupe apparaîtra bientôt et atteindra la cité à peu près au moment où les Gardes de la Tour seront sûrs que ces hommes viennent pour s'engager. Jimar Chubain en sait assez pour se méfier des hommes que je pourrais infiltrer sur ses vaisseaux. Il a davantage de Gardes rassemblés dans les ports qu'ailleurs, excepté aux tours commandant les ponts, et pas beaucoup ailleurs, à ma connaissance. Mais cela changera. Le défilé des navires commence à l'aube et continue presque jusqu'à la nuit, ici et également au Port du Sud. Ce groupe ne semble pas transporter autant de soldats que les autres. Tous les plans semblent brillants jusqu'au jour « J », Mère. Après, on doit s'adapter aux circonstances ou se faire écraser.

Egwene émit un bruit de contrariété. Il devait y avoir plus de deux cents passagers sur ces sept navires réunis, dont, probablement, des marchands, des négociants, ou d'autres voyageurs inoffensifs. Mais le soleil déclinant brillait sur les casques, les plastrons et les disques d'acier cousus sur les gilets de cuir. Combien de cargaisons semblables arrivaient chaque jour ? Quel qu'en fût le nombre, leur flot régulier se déversait dans la cité pour s'engager sous le commandement du Haut Capitaine Chubain.

— Pourquoi les hommes se précipitent-ils toujours si vite pour tuer ou se faire tuer ? marmonna-t-elle, irritée.

Le Seigneur Gareth la regarda calmement. Il immobilisa son cheval, grand hongre alezan avec une large bande blanche sur le museau, comme une statue. Parfois, elle pensait savoir une petite partie de ce qu'éprouvait Siuan pour cet homme. À d'autres moments, elle pensait que cela vaudrait la peine de le stupéfier, juste pour voir.

Malheureusement, elle connaissait aussi bien que lui la réponse à sa propre question. Beaucoup d'hommes se précipitaient pour soutenir une cause ou défendre ce qu'ils croyaient être juste, quand d'autres recherchaient l'aventure. Quelles que soient les motivations, un militaire pouvait gagner deux fois plus par jour qu'en marchant derrière une charrue, et encore moitié plus s'il montait assez bien pour intégrer la cavalerie. Les archers et les arbalétriers se situaient entre les deux. L'homme qui travaillait pour un autre pouvait rêver d'avoir un jour sa maison ou sa boutique, ou un petit pécule que son fils ferait fructifier, mais il avait sûrement entendu mille histoires de soldats revenus au pays après cinq ou dix ans de carrière, avec assez d'or pour s'installer confortablement, des histoires d'hommes sortis du rang. Pour un pauvre, avait dit Gareth sans ambages, considérer la pointe d'une lance était une vision plus profitable que de regarder la croupe du cheval de labour d'un autre. Même s'il avait plus de risques de mourir de la pique que de gagner gloire ou fortune. C'était une façon amère de considérer les choses, pourtant, Egwene imaginait que c'était ainsi que les passagers de ces bateaux les envisageaient. Elle-même avait constitué sa propre armée de cette manière-là. Pour un homme qui voulait voir l'usurpatrice chassée du Siège de l'Amyrlin, pour un homme qui savait avec certitude qui était Elaida, il y en avait dix, sinon cent, qui s'engageaient pour la solde. Les hommes à bord des bateaux levèrent les mains pour signifier aux gardes postés aux remparts du port qu'ils ne tenaient pas d'armes.

— Non, dit-elle.

Le Seigneur Gareth soupira. Sa voix resta calme, mais quand il parla, ses paroles ne furent guère réconfortantes.

— Mère, tant que le port restera ouvert, Tar Valon mangera mieux que nous, et au lieu d'être affaiblie par la faim, la Garde de la Tour deviendra plus nombreuse et plus forte. Je doute fort qu'Elaida laisse Chubain nous attaquer, ce que je souhaite pourtant. Chaque jour qui passe ajoute à la facture du boucher que nous devrons régler tôt ou tard. J'ai dit, dès le début, que tout se résumera à un assaut final, et cela n'a pas changé, mais tout le reste s'est modifié. Dites aux sœurs de nous introduire à l'intérieur des remparts, moi et mes hommes, et nous prendrons Tar Valon. Je peux m'emparer de la cité pour vous. Et il y aura moins de morts que si vous attendez.

Son estomac se noua, si serré qu'elle en eut la respiration coupée. Soigneusement, étape par étape, elle fit les exercices pour se détendre. La rive guidait le fleuve, sans le contrôler. Elle retrouva son calme.

Trop de gens avaient vu fonctionner les portails, et en un sens, Gareth était de la pire espèce. Son métier, c'était la guerre, et il y excellait. Dès qu'il avait appris qu'un portail pouvait livrer passage à des groupes conséquents, il en avait tout de suite compris les implications. Même les hautes murailles de Tar Valon, hors de portée des catapultes, et protégées par le Pouvoir, auraient pu être en papier contre une armée capable de Voyager. Mais que Gareth Bryne l'ait appris ou non, d'autres hommes s'empareraient de cette idée. Les Asha'man l'avaient déjà fait, semblait-il. La guerre avait toujours été affreuse, mais cela allait encore empirer.

— Non, répéta-t-elle. Je sais que des gens vont mourir avant que tout soit terminé.

Que la Lumière l'aide, elle les voyait mourir juste en fermant les yeux ! Ils mourraient encore plus nombreux si elle prenait les mauvaises décisions.

— Mais je dois assurer la survie de la Tour Blanche – contre la Tarmon Gai'don, pour faire rempart entre le monde et les Asha'man –, et la Tour mourra si les sœurs s'entretuent dans les rues de Tar Valon.

C'était déjà arrivé une fois. Il ne fallait pas que ça se reproduise.

— Si la Tour Blanche meurt, l'espoir meurt. Je ne devrais pas avoir à vous le répéter.

Brume piaffa et s'ébroua, bondissant comme s'il avait senti son irritation, mais elle lui serra fermement la bride et glissa sa lunette dans l'étui pendu à sa selle. Les oiseaux cessèrent leur pêche et s'envolèrent quand l'énorme chaîne bloquant le Port du Nord commença à s'abaisser. Elle s'enfoncerait profondément sous la surface avant que le premier navire n'atteigne l'embouchure du port. Depuis quand était-elle arrivée à Tar Valon par la même route ? Depuis une éternité. C'était une autre femme qui avait abordé au rivage, et avait été accueillie par la Maîtresse des Novices.

Gareth hocha la tête en grimaçant. Mais il ne renonçait jamais.

— Si vous devez assurer la survie de la Tour Blanche, Mère, ma tâche est de vous la donner. À moins que la situation n'ait changé. Je vois des sœurs chuchoter et regarder par-dessus leur épaule même si je ne sais pas ce que ça veut dire. Si vous voulez toujours la Tour, il faudra accepter le combat avant qu'il ne soit trop tard.

Soudain, l'atmosphère matinale se fit plus sombre, comme si des nuages voilaient le soleil. Quoi qu'elle fasse, le nombre de morts serait gigantesque, mais elle devait maintenir la Tour Blanche en vie. Il le fallait. Entre deux maux il faut choisir le moindre.

— J'en ai vu assez ici, dit-elle doucement.

Avec un dernier regard à la fumée s'élevant au-delà de la cité, elle fit pivoter Brume vers les arbres à une centaine de pas de la rive, où son escorte attendait au milieu des résineux, des lauréoles et des hêtres. Deux cents hommes de la cavalerie légère, en plastrons de cuir bouilli et tuniques couvertes de disques métalliques, auraient certainement attiré l'attention en apparaissant sur la rive, mais Gareth l'avait convaincue de la nécessité de ces hommes armés d'arcs courts et de lances. Sans aucun doute, cette fumée noire provenait des chariots de ravitaillement incendiés. Pourchasser les responsables s'était révélé impossible, jusqu'à présent. Les résidus de tissage indiquaient que des Aes Sedais les avaient aidés, et il était stupide de prendre des risques en pensant qu'Elaida n'avait pas posté de troupes sur cette rive. Rien n'aurait fait davantage plaisir à Elaida que de mettre la main sur Egwene al'Vere.

Ces soldats ne constituaient pas toute son escorte, bien évidemment. En plus de Sheriam, sa Gardienne, elle était accompagnée de six autres Aes Sedais, et de leur Lige pour celles qui les avaient amenés, de sorte que derrière les sœurs, huit hommes attendaient dans leurs capes aux couleurs changeantes, dont les ondulations au vent donnaient l'impression que cheval et cavalier disparaissaient partiellement dans les troncs. Conscients des dangers – au moins des pillards –, conscients que leur Aes Sedai était tendue à se rompre, ils scrutaient les arbres environnants comme s'il n'y avait pas de cavaliers. La sécurité de leur Aes Sedai était leur priorité absolue, et pour l'assurer, ils ne se fiaient à personne d'autre qu'à eux-mêmes. Sarin, un barbu très corpulent, se tenait si proche de Nisao qu'il semblait écraser la minuscule Jaune. Jori parvenait à dominer Morvrin quoiqu'il fût en fait plus petit qu'elle. Aussi large que Sarin, mais petit même pour un Cairhienin. Les trois Liges de Myrelle, les trois qu'elle osait avouer, l'entouraient de si près qu'elle n'aurait pas pu bouger son cheval sans pousser l'un des leurs. Le Setagana d'Anaiya, mince et noir, et aussi beau qu'elle était ordinaire, parvenait presque à l'entourer à lui seul. Tervail, avec son gros nez et son visage balafré, faisait de même avec Beonin. Carlinya qui n'avait pas de Lige, ce qui était assez courant pour une Blanche, observait les hommes des profondeurs de son capuchon doublé de fourrure.

Peu de temps avant, Egwene aurait hésité à se montrer en compagnie des six femmes qui, ainsi que Sheriam, lui avaient toutes juré allégeance, pour des raisons diverses ; tout autant qu'Egwene, elles voulaient garder un secret absolu autour de ce serment. Elles avaient été utilisées par Egwene pour influer sur le cours des événements, dans la mesure de ses moyens, alors que tout le monde pensait qu'elle n'était qu'une marionnette, une gamine Amyrlin que l'Assemblée de la Tour pouvait manipuler à sa guise et que personne n'écoutait. L'illusion avait disparu quand elle les avait poussées à déclarer la guerre à Elaida, reconnaissant finalement ce qu'elles visaient depuis qu'elles avaient quitté la Tour. L'Assemblée et les Ajahs s'étaient alors inquiétés de ce qu'elle pourrait faire et depuis, elles avaient tenté de reprendre le contrôle de la situation. Les Députées avaient été très surprises qu'elle accepte leur proposition de créer un conseil constitué d'une sœur de chaque Ajah, pour la conseiller. Peut-être pensaient-elles que le succès remporté par Egwene avec la déclaration de guerre lui était monté à la tête. Bien sûr, elle avait juste dit à Morvrin, à Anaiya et aux autres, de s'assurer qu'elles avaient été choisies et conservaient assez de prestige dans leur Ajah. Elle avait écouté leurs conseils, sans toutefois toujours les suivre, pendant des semaines d'affilée. Désormais, il était devenu inutile d'organiser des rencontres furtives ou de se passer des messages en secret.

Sheriam, portant l'étroite étole bleue par-dessus sa cape, parvint à leur adresser une révérence très protocolaire. Cette femme à la chevelure flamboyante pouvait être parfois incroyablement cérémonieuse.

— Mère, la Députée Delana désire vous parler, dit-elle, comme si Egwene n'avait pas vu la robuste Sœur Grise sur une jument pommelée aussi noire que la monture aux pieds noirs de Sheriam.

— Sur une question de quelque importance, précisa-t-elle.

Et la légère tonalité acide signifiait que Delana ne lui avait pas dit de quoi il s'agissait. Cela avait dû déplaire à Sheriam. Elle était très jalouse de ses prérogatives.

— En particulier, s'il vous plaît, Mère, dit Delana, repoussant en arrière son capuchon noir, révélant ses cheveux argentés.

Elle parlait d'une voix grave pour une femme, mais sans la précipitation de quelqu'un qui a des questions importantes à discuter.

Sa présence était presque une surprise. Delana soutenait souvent Egwene à l'Assemblée de la Tour, quand les Députées se chamaillaient pour savoir si une décision spécifique concernait la guerre contre Elaida. Dans ce cas, l'Assemblée était obligée d'exécuter les ordres d'Egwene comme s'ils avaient été décidés à l'unanimité, et même les Députées qui avaient voté pour la guerre n'aimaient pas trop cela, ce qui donnait lieu à des chicaneries interminables. Elles voulaient destituer Elaida, même si, livrées à elles-mêmes, elles se seraient disputées. Pourtant, le soutien de Delana n'était pas toujours le bienvenu. Un jour, elle se montrait l'incarnation même de la Grise consensuelle, quand le lendemain, elle exposerait ses arguments avec véhémence, se mettant toutes les sœurs à dos. On savait qu'elle avait laissé le loup entrer dans la bergerie en d'autres occasions. Par trois fois, elle avait demandé à l'Assemblée de déclarer officiellement qu'Elaida était de l'Ajah Noire, ce qui provoquait inévitablement un silence gêné, jusqu'à ce que quelqu'un propose d'ajourner la séance. Peu de Députées acceptaient de discuter ouvertement de l'Ajah Noire. Delana était prête à débattre de tout, depuis la façon dont elles trouveraient de quoi vêtir neuf cent quatre-vingt-sept novices, jusqu'à la question de savoir qui, dans l'Assemblée, soutenait secrètement Elaida, autre sujet qui donnait la chair de poule aux sœurs. Pourquoi était-elle sortie seule à cheval de si bonne heure ? Jusque-là, elle n'avait jamais approché Egwene ainsi. Les yeux bleu clair de Delana étaient aussi insondables que son visage lisse d'Aes Sedai.

— En rentrant, répondit Egwene, nous aurons besoin d'un peu d'intimité, ajouta-t-elle quand Sheriam ouvrit la bouche. Restez en arrière avec les autres, je vous prie.

Les yeux verts de la Gardienne s'étrécirent, peut-être de colère. En gardienne efficace et s'acquittant de sa charge avec enthousiasme, elle avait placé tous ses espoirs en Egwene, et ne cachait pas qu'elle détestait être exclue de ses rencontres. Contrariée ou non, elle accepta de la tête avec une légère hésitation. Si Sheriam nourrissait encore des doutes sur leurs prérogatives respectives, elle était fixée à présent.

À partir de l'Erinin, le terrain montait progressivement vers le gigantesque pic qui s'élevait à l'ouest. Le Mont du Dragon aurait dominé n'importe quel sommet, même dans l'Échine du Monde. Dans la région relativement plate de Tar Valon, sa cime couronnée de neige semblait monter jusqu'au ciel, avec un mince fil de fumée. Les arbres s'arrêtaient à mi-chemin de ses pentes, dont personne n'avait jamais réussi à atteindre le point culminant. On disait que les versants étaient jonchés des os de ceux qui avaient essayé. Pourquoi certains tentaient-ils cette ascension, personne ne pouvait l'expliquer. Parfois, les longues ombres crépusculaires de la montagne arrivaient jusqu'à la cité. Les habitants de la région étaient habitués à voir le Mont du Dragon dominer le ciel, comme ils avaient l'habitude de voir la Tour Blanche dominer les remparts, visible à des miles. Le Mont et la Tour étaient des éléments permanents du paysage, qui avaient toujours été là et y seraient toujours. Les récoltes et l'artisanat préoccupaient davantage la vie des gens.

Dans les minuscules hameaux ou dans les rares villages d'une centaine d'habitants, les enfants qui jouaient dans la neige ou portaient des seaux d'eau, s'arrêtaient pour regarder les soldats chevauchant sur les chemins. Ils n'avaient pas de bannières, mais certains arboraient la Flamme de Tar Valon sur leur cape ou sur les manches de leur tunique, et les étranges capes des Liges montraient que certaines femmes étaient des Aes Sedais. Même aussi près de la cité, les rares apparitions des sœurs faisaient toujours briller les yeux des enfants. Tout comme celles des soldats. Les fermes qui ravitaillaient Tar Valon couvraient la majorité des terres : champs clôturés de murs de pierre entourant de vastes demeures, et granges de pierre ou de brique, séparées par des taillis, des fourrés, et des bouquets d'arbres. Des groupes d'enfants des fermes couraient parfois parallèlement à la colonne sur une courte distance, bondissant dans la neige comme des lièvres. Les travaux de l'hiver retenaient les adultes à l'intérieur, mais ceux qui s'aventuraient dehors, chaudement emmitouflés, accordaient à peine un regard aux soldats, aux Liges, ou aux Aes Sedais. Le printemps serait bientôt là, avec les labours et les semailles. Ce que faisaient les Aes Sedais n'y changerait rien.

Il n'y avait aucune raison de poster des gardes à moins de s'attendre à une attaque. Cependant, le Seigneur Gareth avait formé une solide avant-garde et placé des ailiers sur les flancs, avec une arrière-garde fermant la marche, tandis qu'il conduisait le gros des troupes derrière les Liges, qui marchaient sur les talons de Sheriam et du « conseil ». Ils composaient tous un large anneau irrégulier autour d'Egwene, et elle pouvait presque imaginer qu'elle parcourait la campagne seule avec Delana si elle ne regardait pas trop autour d'elle. Au lieu d'inciter la Sœur Grise à parler – le trajet étant long jusqu'au camp, et personne n'étant autorisé à ouvrir un portail là où le tissage pouvait être observé, elle avait donc tout le temps d'entendre ce que Delana avait à dire –, Egwene comparait les fermes qu'elle croisait à celles des Deux Rivières.

Elle les observa, en réalisant que les Deux Rivières n'étaient plus son foyer. Reconnaître la vérité ne pouvait jamais être une trahison, pourtant elle avait besoin de se remémorer les Deux Rivières. On risque d'oublier qui on est si l'on oublie d'où on vient, et parfois la fille de l'aubergiste du Champ d'Emond avait l'impression d'être étrangère à elle-même. Chacune de ces fermes aurait paru incongrue transposée près du Champ d'Emond, mais elle ne pouvait pas en définir exactement la raison. L'architecture des maisons et l'inclinaison des toits étaient différentes. Les toits étaient plus souvent en ardoise qu'en chaume quand on les apercevait sous la neige qui les recouvrait. Bien sûr, il y avait moins de chaume et plus de pierre et de brique aux Deux Rivières maintenant qu'autrefois. Elle l'avait vu, dans le *Tel'aran'rhiod*. La transformation se faisait si lentement qu'on ne s'en apercevait pas, ou trop vite pour qu'on s'y adapte, mais elle avait toujours lieu. Rien ne demeurait immuable.

— Certaines pensent que vous allez le lier à vous comme Lige, dit soudain Delana d'un ton calme, comme si elle engageait une conversation à bâtons rompus.

Elle semblait ne s'intéresser qu'à son capuchon. Elle avait tant de classe à cheval qu'elle et sa monture semblaient ne faire qu'un.

— Certaines pensent que c'est déjà fait. Je n'ai plus de Lige moi-même depuis quelque temps, mais la seule présence d'un Lige peut être un réconfort. Si on le choisit bien.

Egwene haussa un sourcil et Delana ajouta :

— Le Seigneur Gareth. Il passe beaucoup de temps avec vous. Il est plus âgé qu'un Lige ne l'est d'ordinaire, mais les Vertes choisissent souvent un homme d'expérience la première fois. Je sais que vous n'avez jamais appartenu à une Ajah spécifique, mais j'ai toujours pensé à vous comme à une Verte. Si vous le liez, je me demande si Siuan sera soulagée ou retournée. Leur relation, si l'on peut l'appeler ainsi, est très bizarre, pourtant, elle paraît totalement à son aise.

— Vous devriez poser la question à Siuan elle-même.

Le sourire d'Egwene se fit légèrement mordant. Son ton aussi, d'ailleurs. Elle ne comprenait pas elle-même pourquoi Gareth Bryne lui avait offert ses services et son loyalisme, mais les Députées de l'Assemblée avaient mieux à faire que cancaner comme des villageoises.

— Vous pouvez dire à qui vous voudrez que je n'ai lié personne, Delana. Le Seigneur Gareth passe du temps avec moi, comme vous dites, parce que je suis l'Amyrlin et qu'il est mon général. Vous pouvez le leur rappeler aussi.

Ainsi, Delana pensait à elle comme à une Verte. C'était l'Ajah qu'elle aurait choisie, quoique, à la vérité, elle ne désirât qu'un seul Lige. Mais Gawyn était soit dans Tar Valon, soit en route pour Caemlyn, et dans les deux cas, elle ne le verrait pas avant longtemps. Elle flatta inutilement l'encolure de Brume et fit un gros effort pour que son sourire ne se transforme pas en rictus. Il avait été agréable d'oublier l'Assemblée, entre autres choses, pendant un temps. L'Assemblée lui faisait comprendre pourquoi Siuan ressemblait si souvent à une ourse affligée d'une rage de dents quand elle était Amyrlin.

— Je ne dirais pas que la question a donné lieu à de longues discussions, murmura Delana. Jusqu'à présent. On se demande quand même si vous allez lier un Lige et qui ce sera. Je doute que Gareth Bryne soit considéré comme un choix avisé.

Elle se retourna sur sa selle pour regarder le Seigneur Gareth qui chevauchait derrière elles. Mais quand elle reprit sa position première, elle dit tout bas :

— Sheriam n'a jamais été votre choix de Gardienne, bien sûr, mais vous devez savoir que les Ajahs ont confié au reste de cette bande le soin de vous surveiller.

Sa jument pommelée était plus petite que Brume, de sorte qu'elle dut lever les yeux pour regarder Egwene, tout en s'efforçant de ne pas en avoir l'air. Ces yeux bleus très clairs se firent soudain perçants.

— Certaines pensent que Siuan vous conseille… trop bien… d'après la façon dont vous avez obtenu la déclaration de guerre contre Elaida. Mais elle éprouve toujours du ressentiment au sujet de son changement de situation, n'est-ce pas ? Maintenant, c'est Sheriam qui est considérée comme la plus responsable de cette situation. En tout cas, les Ajahs aimeraient bien être averties un peu à l'avance si vous décidez de leur faire une autre surprise.

— Je vous remercie de l'avertissement, dit poliment Egwene.

Responsable ? Elle avait prouvé à l'Assemblée qu'elle n'était pas leur pantin, mais la plupart voulaient à toute force qu'elle soit celle de quelqu'un. Au moins, personne ne soupçonnait la vérité sur son conseil. Du moins, il fallait l'espérer.

— Il y a une autre raison pour laquelle vous devriez être méfiante, poursuivit Delana, l'intensité de son regard démentant le naturel de sa voix.

Pour elle, c'était plus important qu'elle ne voulait le montrer à Egwene.

— Vous pouvez être sûre que tout conseil que n'importe laquelle vous donnera viendra tout droit du chef de son Ajah. Et comme vous le savez, le chef d'une Ajah et ses Députées ne partagent pas toujours les mêmes idées. Suivre ces conseils trop à la lettre pourrait vous mettre en difficulté avec l'Assemblée. Toutes les décisions ne concernent pas la guerre, ne l'oubliez pas, mais vous aurez sans doute besoin du soutien que certaines pourraient vous donner.

— Une Amyrlin doit écouter tous les avis avant de prendre une décision, répondit Egwene, mais je me souviendrai de votre avertissement le moment venu, ma fille.

Delana la prenait-elle pour une imbécile ? Ou s'efforçait-elle de la faire sortir de ses gonds ? La colère provoquait des décisions hâtives ou des propos inconsidérés qu'il était souvent difficile de rattraper. Elle ne voyait pas où Delana voulait en venir, mais quand des Députées ne pouvaient pas la manipuler d'une certaine façon, elles en essayaient une autre. Depuis qu'elle était Amyrlin, elle avait acquis beaucoup d'expérience pour déjouer les manipulations. Prenant des inspirations profondes et régulières, elle se calma.

La Grise la regarda par-dessus son capuchon, le visage absolument lisse. Mais ses yeux bleus si clairs étaient perçants comme des vrilles.

— Vous pouvez vous enquérir de ce qu'elles pensent au sujet des négociations avec Elaida… Mère.

Egwene faillit sourire. La pause avait été délibérée. Apparemment, Delana n'aimait pas être appelée « ma fille » par une femme plus jeune que la plupart des novices. Plus jeune que la plupart de celles venues de la Tour, et encore plus que les nouvelles. Mais il faut dire que Delana elle-même était trop jeune pour être Députée. Et elle ne se contrôlait pas aussi bien que la fille de l'aubergiste.

— Et pourquoi le demanderais-je ?

— Parce que la question a été abordée à l'Assemblée ces derniers jours. Pas en tant que proposition, mais cela a été mentionné très discrètement, par Varilin et Takima, et aussi par Magla. Faiselle et Saroiya ont semblé intéressées par ce qu'elles avaient à dire.

Le ver de la colère se mit à se contorsionner dans le sein d'Egwene. L'écraser ne fut pas facile. Ces cinq-là avaient été Députées avant la scission de la Tour, mais plus important, elles étaient divisées entre les deux factions majeures qui luttaient pour le contrôle de l'Assemblée. En réalité, elles ne savaient pas si elles devaient suivre Romanda ou Lelaine, pourtant ces deux-là continueraient à s'opposer, quitte à sombrer toutes les deux. Elles contrôlaient également leurs disciples d'une poigne de fer.

Elle pouvait croire que les autres avaient été paniquées par les événements, mais pas Romanda et Lelaine. Depuis quelques jours, toute mention d'Elaida ou de conquête de la Tour avait fait place à des conversations inquiètes sur cette éruption du Pouvoir, incroyablement longue, incroyablement puissante. Pratiquement toutes voulaient savoir ce qui l'avait provoquée, et craignaient de l'apprendre. C'est seulement la veille qu'Egwene avait pu convaincre l'Assemblée qu'il était sans danger pour un petit groupe de Voyager jusqu'au lieu de cette éruption – même son souvenir était assez fort pour déterminer l'endroit exact où elle avait eu lieu – et la plupart des sœurs retenaient leur souffle en attendant le retour d'Akarrin et des autres. Toutes les Ajahs avaient voulu une représentante, mais Akarrin avait été la seule Aes Sedai vraiment impatiente d'y aller.

Pourtant, ni Romanda ni Lelaine ne semblaient intéressées. Pour violente et prolongée qu'ait été cette explosion de Pouvoir, cela s'était passé très loin, et sans dommages visibles. Si c'était l'œuvre des Réprouvés, comme cela semblait certain, la chance d'apprendre quelque chose était minuscule, et la possibilité de le contrer encore plus faible. Perdre son temps et ses efforts inutilement, c'était absurde alors qu'elles avaient une tâche importante qui les attendait. Ainsi parlaient-elles, grinçant des dents d'être d'accord pour une fois. Pourtant, elles étaient aussi d'accord pour qu'Elaida soit dépouillée de l'étole et du sceptre, Romanda avec une ferveur presque égale à celle de Lelaine. Si la destitution par Elaida d'une Amyrlin de l'Ajah Bleue l'avait mise en colère, la dissolution de cette même Ajah l'avait rendue enragée. Et elle envisageait des négociations… Ça n'avait pas de sens.

La dernière chose que voulait Egwene, c'est que Delana, ou quiconque, soupçonne que Sheriam et les « conseillères » étaient davantage qu'une meute de chiens de berger chargée de la surveiller, mais elle les convoqua d'un ordre bref. Elles eurent l'intelligence de ne pas dévoiler les secrets qui ne devaient pas l'être, sachant les risques qu'elles encouraient de se faire étriper par leurs propres Ajahs. Sans hâte, elles s'avancèrent et formèrent un groupe autour d'elle, arborant un masque de patience et de sérénité. Puis Egwene demanda à Delana de répéter ce qu'elle avait dit. Malgré sa requête initiale d'intimité, Delana ne protesta que pour la forme avant de s'exécuter. Aussitôt patience et sérénité volèrent en éclats.

— C'est de la folie ! s'exclama Sheriam avant qu'une autre ait pu ouvrir la bouche.

Elle semblait furieuse, et peut-être un peu effrayée. À juste titre : son nom figurait sur une liste de sœurs à neutraliser.

— Aucune ne peut croire que des négociations soient possibles.

— C'est aussi mon avis, dit Anaiya avec ironie.

Son visage ordinaire était plutôt celui d'une paysanne que d'une Aes Sedai, et elle s'habillait très simplement, du moins en public. En drap de laine, elle manœuvrait son hongre alezan aussi facilement que Delana sa jument. Très peu de choses pouvaient ébouriffer les plumes d'Anaiya. Bien sûr, il n'y avait pas de Bleues parmi les Députées envisageant de négocier ; pour elles, c'était la guerre à couteaux tirés.

— Elaida a exposé clairement la situation.

— Elaida est irrationnelle, dit Carlinya, rejetant la tête en arrière.

Elle remonta son capuchon d'un geste d'irritation. Carlinya montrait rarement ses émotions. Là, ses joues pâles étaient presque aussi rouges que celles de Sheriam. Elle parlait avec véhémence.

— Elle ne peut pas croire que nous allons toutes revenir ramper à ses pieds maintenant. Comment Saroiya peut-elle croire qu'elle transigera à moins que ça ?

— Ramper, c'est effectivement ce qu'Elaida a demandé, marmonna Morvrin, caustique.

Son visage rond, généralement placide, était revêche. Ses mains potelées se crispaient sur ses rênes. Elle foudroya si fort un vol de pies s'envolant d'un bouquet de bouleaux au passage des chevaux, qu'on pût craindre qu'elles ne tombent du ciel.

— Takima aime s'écouter parler, parfois. Elle *doit* parler tout haut pour se comprendre.

— Faiselle aussi, dit sombrement Myrelle, foudroyant Delana comme si c'était sa faute.

La sœur au teint olivâtre était connue chez les Vertes pour son mauvais caractère.

— Je ne m'attendais pas à l'entendre dire ce genre de bêtises. Elle n'a jamais été stupide.

— Je n'arrive pas à croire que Magla pense vraiment de telles choses, insista Nisao, les regardant chacune à son tour. C'est impossible. Pour commencer, et bien que ça me fasse mal de le dire, Romanda contrôle si étroitement Magla qu'elle couine chaque fois que Romanda éternue. Le seul doute qu'entretienne Romanda, c'est de décider s'il faudra fouetter Elaida avant de l'exiler.

Delana avait l'air si neutre qu'elle devait réprimer un sourire suffisant. À l'évidence, c'était la réaction qu'elle espérait.

— Romanda contrôle Saroiya et Varilin tout aussi étroitement. Quant à Faiselle et Takima, c'est tout juste si elles mettent un pied devant l'autre sans la permission de Lelaine, mais elles ont quand même parlé.

Pourtant, je crois que vos conseillères sont plus proches du sentiment général, Mère.

Lissant ses gants, elle coula un regard en coin à Egwene.

— Vous pouvez écraser ça dans l'œuf, si vous agissez fermement. Il semble que vous aurez le soutien qu'il vous faut de la part des Ajahs. Et le mien, bien sûr, à l'Assemblée. Le mien et bien d'autres, pour qu'on n'en parle plus.

Comme si Egwene avait besoin de soutien pour ça. Delana cherchait peut-être à se faire bien voir, ou juste à donner l'impression que son soutien à Egwene était son souci prioritaire.

Beonin chevauchait en silence, resserrant sa cape autour d'elle et fixant un point entre les oreilles de son cheval. Soudain, elle secoua la tête. Généralement, ses grands yeux bleu-gris lui donnaient l'air étonné, mais maintenant, un regard furieux sortait de sous son capuchon, foudroyant toutes les sœurs, y compris Egwene.

— Pourquoi des négociations devraient-elles être hors de question ?

Sheriam cligna les yeux de surprise, Morvrin ouvrit la bouche d'un air renfrogné, mais Beonin s'obstina, dirigeant sa colère contre Delana, son accent tarabonais plus prononcé que d'habitude.

— Nous sommes des Grises, vous et moi. Nous sommes des négociatrices, des médiatrices. Elaida a spécifié ses conditions les plus dures, comme c'est souvent le cas au début d'une négociation. Si nous parlons, nous pourrons peut-être opérer la réunification de la Tour et assurer la sécurité de toutes.

— Juger est aussi de notre ressort, dit sèchement Delana, et Elaida a été jugée.

Ce n'était pas tout à fait exact, mais elle semblait plus stupéfaite que les autres par la sortie de Beonin. Sa voix ruisselait de fiel.

— Vous êtes peut-être volontaire pour négocier vous-même et vous faire fouetter. Moi, pas ! Ça m'étonnerait que vous trouviez d'autres volontaires.

— La situation s'est modifiée, insista Beonin.

Elle tendit une main vers Egwene, presque suppliante.

— Elaida n'aurait pas publié sa proclamation concernant le Dragon Réincarné si elle ne l'avait pas eue en main, d'une façon ou d'une autre. Ce fanal de *saidar* était un avertissement. Les Réprouvés passent sans doute à l'action, et la Tour Blanche…

— Assez ! l'interrompit Egwene. Vous êtes volontaire pour ouvrir des négociations avec Elaida ? Avec les Députées qui sont toujours à la Tour ? rectifia-t-elle.

Elaida n'accepterait jamais de négocier.

— Oui, dit Beonin avec ferveur. La situation peut s'arranger à la satisfaction de toutes. Je le sais.

— Alors, vous avez ma permission.

Immédiatement, toutes, sauf Beonin, se mirent à parler en même temps, s'efforçant de la dissuader, lui disant que c'était de la folie. Anaiya criait aussi fort que Sheriam, et Delana avait les yeux exorbités, comme si elle était terrorisée. À la limite du groupe, certaines se mirent à regarder les sœurs autant qu'elles regardaient les fermes qu'elles croisaient, et un mouvement parcourut le groupe des Liges qui, pour l'heure, n'avaient pas besoin du lien pour savoir que leur Aes Sedai était agitée. Ils restèrent cependant à leur place. Les hommes sages restaient à l'écart quand les Aes Sedais commençaient à élever la voix.

Egwene ignora les cris et les gesticulations. Elle avait envisagé toutes les possibilités pour transformer ce désaccord en une Tour entière et unifiée. Elle avait parlé pendant des heures avec Siuan, qui avait plus de raisons que personne de vouloir destituer Elaida. Si cela avait pu sauver la Tour, Egwene se serait rendue à Elaida, aurait oublié si elle avait été élue légalement au Siège d'Amyrlin. Siuan avait failli avoir une attaque d'apoplexie à cette suggestion, pourtant, elle était tombée d'accord, à contrecœur, que préserver la Tour supplantait toute autre considération. Beonin affichait un si beau sourire… c'était un crime de l'effacer.

Egwene éleva la voix, juste assez pour dominer celle des autres.

— Vous vous mettrez en rapport avec Varilin et celles que Delana a nommées, et vous prendrez des mesures pour approcher la Tour Blanche. Voici les conditions que j'accepterai : Elaida devra démissionner et partir en exil.

Parce qu'Elaida n'accepterait jamais de reprendre les sœurs qui s'étaient rebellées contre elle. Une Amyrlin n'avait rien à dire sur la façon dont une Ajah se gouvernait, mais Elaida avait déclaré que les sœurs qui avaient fui la Tour n'appartenaient plus à aucune Ajah. D'après elle, elles devraient supplier pour que leur Ajah les réintègre, après avoir fait pénitence sous son contrôle direct. Elaida ne réunifierait donc pas la Tour, elle la diviserait encore plus.

— Ce sont les seuls termes que j'accepterai, Beonin. Les *seuls*. Vous me comprenez ?

Les yeux de Beonin se révulsèrent. Elle serait tombée de cheval si Morvrin ne l'avait pas ranimée, en la giflant. Toutes les autres regardaient Egwene comme si elles la voyaient pour la première fois. Même Delana, qui avait dû prévoir que quelque chose de semblable se produirait, d'après les premiers mots qu'elle avait dits. L'évanouissement de Beonin avait stoppé toute discussion, et le cercle de soldats autour d'elle se redressa à un ordre du Seigneur Gareth. Certains regardèrent vers les Aes Sedais, la mine visiblement anxieuse malgré leurs visages cachés derrière les barreaux de leurs visières.

— Il est temps de rentrer au camp, dit Egwene.

Calmement. Ce qui devait être fait le serait. Peut-être qu'une reddition aurait guéri la Tour, mais elle n'y croyait pas. Et maintenant, il faudrait peut-être que les Aes Sedais s'affrontent dans les rues de Tar Valon, à moins qu'elle ne trouve un moyen de faire réussir son plan.

— Nous avons du travail à faire, dit-elle, rassemblant ses rênes, et il ne reste plus beaucoup de temps.

Elle pria qu'il en reste assez.

17.

Secrets

Quand Delana fut certaine que sa semence toxique avait pris racine, elle murmura qu'il vaudrait mieux qu'on ne les voie pas rentrer au camp ensemble. Elle s'esquiva, mettant sa jument au grand trot dans la neige, et laissant les autres chevaucher dans un silence gêné, que rompait seulement le crissement des sabots. Les Liges gardaient leurs distances à l'arrière, les soldats de l'escorte ramenaient leur attention sur les fermes et les fourrés, sans un regard vers les Aes Sedais qu'Egwene voyait maintenant. Mais les hommes ne savent jamais quand ils doivent se taire. Ordonner le silence à un homme l'invite à cancaner, avec des amis proches en qui il a confiance, certes, comme si, à leur tour, ceux-ci n'allaient pas tout raconter à qui voudrait bien les entendre. Les Liges étaient peut-être différents – les Aes Sedais l'affirmaient, enfin, celles qui avaient des Liges – mais les soldats raconteraient sans aucun doute que des Aes Sedais s'étaient disputées, et que Egwene avait envoyé promener Delana. Celle-ci avait préparé très soigneusement son intervention. Pis que le chiendent ou la cuscute, la mauvaise graine était envahissante si on la laissait proliférer. La Sœur Grise s'était mise à l'abri de tout blâme très habilement. La vérité qui ressort toujours à la fin a le plus souvent été enveloppée de tant de rumeurs, de spéculations et de mensonges éhontés que personne ne la croit plus.

— J'espère qu'il est inutile de vous demander si l'une d'entre vous a déjà entendu parler de tout ça, dit Egwene avec naturel, feignant d'observer la campagne.

Elle fut rassurée quand toutes, indignées, nièrent en bloc, y compris Beonin, qui serrait les mâchoires et foudroyait Morvrin. Egwene avait pris le risque de leur faire confiance – elles ne pouvaient pas lui avoir prêté serment sans avoir l'intention de le respecter ; pas à moins d'être de l'Ajah Noire, une possibilité insidieuse qui justifiait en grande partie sa prudence – sachant que même les serments d'allégeance laissaient assez de marge pour que les gens les plus loyaux puissent faire les pires choses, convaincus que c'était dans votre propre intérêt. Et ceux qui avaient été contraints de jurer repéraient facilement les lacunes et les vides juridiques dans l'énoncé des serments.

— La vraie question, poursuivit-elle, c'est de savoir ce que recherche Delana.

Elle n'avait pas besoin d'en dire davantage, à ces expertes au Jeu des Maisons. Si Delana avait simplement voulu interrompre les négociations avec Elaida, sans que son nom apparaisse, elle aurait pu parler à Egwene en particulier à n'importe quel moment. Les Députées n'avaient pas besoin de prétexte pour venir dans le bureau de l'Amyrlin. Ou elle aurait pu se servir d'Halima, qui dormait presque toutes les nuits sur une paillasse dans la tente d'Egwene, bien qu'elle fût la secrétaire de Delana. Egwene souffrait d'affreux maux de tête, et certaines nuits, seuls les massages d'Halima les atténuaient assez pour qu'elle puisse dormir un peu. Un billet anonyme aurait suffi pour qu'elle présente à l'Assemblée un édit interdisant les négociations. Le chicaneur le plus tatillon aurait dû admettre que des pourparlers, pour mettre fin à la guerre, concernaient aussi la guerre. Mais à l'évidence, Delana voulait que Sheriam et les autres le sachent aussi. Son histoire ressemblait à une flèche pointée sur une autre cible.

— Créer des conflits entre les chefs des Ajahs et les Députées, dit Carlinya, froide comme la neige. Peut-être entre les Ajahs.

Ajustant calmement sa cape blanche richement brodée, et doublée d'une épaisse fourrure noire, on aurait dit qu'elle discutait le prix d'une pelote de fil.

— Pourquoi ? Ça, c'est ce que je ne sais pas. Elle ne peut pas savoir que nous serons prudentes, ou que nous avons des raisons de l'être. Logiquement, son but doit être l'un ou l'autre.

— La première réponse qui vient à l'esprit n'est pas toujours la bonne, Carlinya, dit Morvrin. On ne sait pas si Delana a réfléchi à ses actions aussi soigneusement que vous, ou si sa réflexion est conforme à la vôtre.

La robuste Brune croyait davantage au bon sens qu'à la logique, du moins le disait-elle, mais en réalité, elle mélangeait souvent les deux, combinaison qui la rendait très entêtée et méfiante à l'égard des réponses faciles et rapides. Ce qui n'était pas mauvais.

— Il est possible que Delana s'efforce d'influencer des Députées sur une question importante pour elle. Après tout, elle espère peut-être qu'on déclare Elaida membre de l'Ajah Noire. Quel que soit le résultat, il se peut que son but soit quelque chose que nous ne soupçonnons même pas. Les Députées peuvent être aussi mesquines que n'importe qui. Pour ce que nous en savons, elle a peut-être une dent contre une de celles qu'elle a nommées, datant du temps où elle était novice et où elles étaient ses enseignantes. Mieux vaut donc nous concentrer sur les conséquences que sur les motifs, avant d'en savoir plus.

Le ton était aussi placide que son large visage, mais la froideur de Carlinya vira au froid dédain un instant. Son rationalisme faisait peu de concessions aux faiblesses humaines, ou même à quiconque en désaccord avec elle.

Anaiya rit, d'un rire maternel amusé, qui fit piaffer son alezan, qu'elle remit bientôt au pas. On aurait dit une fermière maternelle amusée par les pitreries des villageois. Même certaines sœurs avaient la bêtise de ne pas tenir compte de ses avis.

— Ne boudez pas, Carlinya. Vous avez probablement raison. Non, Morvrin, elle a sans doute raison. En tout cas, je crois que nous pouvons anéantir tous ses espoirs de discorde.

Le ton n'était pas amusé du tout. Aucune Bleue n'était amusée par quoi que ce soit qui pût entraver la destitution d'Elaida.

Myrelle hocha sauvagement la tête, puis cligna des yeux quand Nisao dit :

— Pouvez-vous vous permettre de mettre fin à tout ça, Mère ?

La minuscule Jaune ne prenait pas souvent la parole.

— Peu m'importe ce que Delana essaie de faire. Si nous pouvons nous mettre d'accord sur ce que c'est, ajouta-t-elle vivement, avec un geste à Morvrin qui avait rouvert la bouche.

Nisao, qui avait l'air d'une enfant à côté des autres, avait eu ce geste péremptoire. Elle était une Jaune, après tout, avec toute l'assurance que cela impliquait, et peu disposée à reculer dans la plupart des cas.

— Je veux dire, au sujet des pourparlers avec les Députées de la Tour.

Un instant, toutes la regardèrent bouche bée, y compris Beonin.

— Et pourquoi voudrions-nous les autoriser ? dit finalement Anaiya d'un ton menaçant. Nous n'avons pas fait tout ce chemin pour finir par aller *discuter* avec Elaida.

Là, elle ressemblait à une fermière sur le point de se servir d'un fendoir caché derrière son dos.

Nisao leva les yeux sur elle et eut un reniflement dédaigneux.

— Je n'ai pas dit que nous le voulions. J'ai demandé si nous oserions l'arrêter.

— Je vois mal la différence, dit Sheriam, le ton glacial et le visage livide.

Livide de colère, pensa Egwene, mais c'était peut-être de peur.

— Alors, réfléchissez un moment et vous comprendrez peut-être, dit Nisao d'un ton sec.

Sec comme une lame, et aussi coupant.

— Pour l'heure, les discussions sur des négociations sont limitées à cinq Députées, mais est-ce que ça pourra continuer ainsi ? Quand le bruit se répandra que des pourparlers ont été proposés et rejetés, combien de temps faudra-t-il avant que le désespoir ne s'installe ? Non, écoutez-moi jusqu'à la fin ! Nous sommes toutes parties pleines d'une juste fureur en faveur de la justice, et pourtant, nous voici, immobiles à contempler les murailles de Tar Valon, tandis qu'Elaida se prélasse dans la Tour. Nous sommes là depuis près de deux semaines, et si ça continue comme ça, nous y serons toujours dans deux ans ou dans vingt. Plus nous attendons sans rien faire, plus il y aura de sœurs qui commenceront à trouver des excuses aux crimes d'Elaida. Plus elles commenceront à se dire que c'est *nous* qui devons réunifier la Tour, quel que soit le prix. Voulez-vous attendre jusqu'à ce que les sœurs retournent furtivement vers Elaida, les unes après les autres ? Personnellement, ça ne me plaît guère de rester sur la rive à défier cette femme avec seulement l'Ajah Bleue et vous autres pour compagnie. Des négociations montreraient au moins à tous qu'il se passe *quelque chose*.

— Personne ne retournera vers Elaida, protesta Anaiya, remuant sur sa selle.

Elle fronçait les sourcils, l'air troublé. On aurait dit qu'elle visualisait la scène.

La Tour faisait signe à toutes les Aes Sedais. Très vraisemblablement, même les Sœurs Noires aspiraient à voir la Tour réunifiée. Et elle était là, à seulement quelques miles, et pourtant hors d'atteinte.

— Des pourparlers pourraient nous faire gagner du temps, Mère, dit Morvrin à contrecœur.

Son froncement de sourcils était pensif et mécontent.

— Dans quelques semaines, le Seigneur Gareth trouvera peut-être les vaisseaux dont il a besoin pour bloquer le port. Cela modifiera tout en notre faveur. Sans moyen de faire entrer de la nourriture ni de faire sortir la population, la cité mourra de faim au bout d'un mois.

Egwene resta impassible au prix d'un gros effort. Il n'y avait pas grand espoir de trouver des vaisseaux pour bloquer le port, même si aucune ne le savait. Gareth le lui avait dit assez clairement, bien avant de quitter le Murandy. À l'origine, il espérait acheter des vaisseaux en se dirigeant vers le nord en suivant le cours de l'Erinin, s'en servir pour transporter du ravitaillement avant de les saborder à l'entrée du port. Utiliser des portails pour arriver à Tar Valon avait mis fin à ce projet de plus d'une façon. La nouvelle du siège avait quitté la cité avec le premier vaisseau appareillant après l'arrivée de l'armée. Désormais, aussi loin qu'il avait envoyé des éclaireurs vers le nord et le sud, les capitaines transportaient leurs produits par bateaux, à partir d'ancrages au milieu du fleuve.

Aucun capitaine ne voulait risquer la confiscation de son bâtiment. Gareth ne faisait ses rapports qu'à Egwene, et ses officiers uniquement à lui, pourtant n'importe quelle sœur aurait pu l'apprendre en bavardant avec quelques soldats.

Heureusement, même les sœurs qui cherchaient des Liges bavardaient rarement avec les soldats. On les considérait généralement comme une bande de voleurs illettrés, qui ne se lavaient que par accident, quand ils devaient franchir un cours d'eau. Pas le genre d'hommes avec lesquels les sœurs aimaient passer du temps, sauf par obligation. Grâce à cela, il était plus facile de préserver les secrets, dont certains étaient essentiels. Y compris, parfois, ceux qu'on cachait à son propre camp. Elle se rappelait le temps où elle ne pensait pas de cette façon, mais c'était une partie d'elle-même qu'elle avait dû abandonner en chemin. Elle vivait maintenant dans un autre monde, avec des règles très différentes de celles qui s'appliquaient à la fille de l'aubergiste du Champ d'Emond. Là-bas, un faux pas impliquait une simple convocation devant le Cercle des Femmes. Ici, il signifiait la mort, et pas seulement pour elle.

— Les Députées qui sont à la Tour devraient accepter de parler, intervint Carlinya en soupirant. Elles doivent savoir que plus longtemps dure le siège, plus le Seigneur Gareth a de chances de trouver ses vaisseaux. Mais je ne sais pas combien de temps elles continueront à parlementer quand elles réaliseront que nous n'avons pas l'intention de nous rendre.

— Elaida insistera là-dessus, marmonna Myrelle, comme si elle se parlait à elle-même.

Sheriam frissonna, resserrant sa cape autour d'elle comme si le froid l'avait saisie.

Seule Beonin avait l'air contente, se redressant sur sa selle, ses cheveux couleur de miel encadrant un large sourire. Mais elle ne triompha pas. Elle était bonne négociatrice, disait-on, et elle savait quand il convenait d'attendre.

— J'ai dit que vous pouviez commencer, dit Egwene.

Non qu'elle ait envisagé autre chose qu'une rebuffade, mais si on veut vivre selon les Trois Serments, il faut tenir sa parole. Il lui tardait de tenir la Baguette aux Serments. Ce serait tellement plus facile.

— Soyez seulement très prudente dans ce que vous direz. À moins de croire qu'il nous a poussé des ailes à toutes, elles doivent soupçonner que nous avons redécouvert le Voyage, mais elles ne peuvent pas en être certaines à moins que quelqu'un ne le confirme. Il vaut mieux pour nous qu'elles restent dans l'incertitude. C'est un secret que vous devez garder aussi jalousement que celui de nos furets à la Tour.

À ces mots, Myrelle et Anaiya sursautèrent. Carlinya regarda autour d'elle, comme effrayée, même si aucun Lige et aucun soldat n'étaient assez proches pour entendre à moins de crier. Morvrin prit un air encore plus revêche. Même Nisao eut l'air un peu nauséeux, quoiqu'elle n'ait rien eu à voir avec la décision de renvoyer en secret des sœurs à la Tour pour répondre à la convocation d'Elaida. L'Assemblée pouvait être contente d'apprendre qu'il y avait dix sœurs à la Tour cherchant, par tous les moyens, à saper l'autorité d'Elaida, même si ces efforts n'avaient pas eu de résultats concrets jusque-là. Pourtant, les Députées seraient assurément *furieuses* en réalisant qu'elles n'avaient pas appris ce secret parce qu'elles craignaient que certaines d'entre elles n'appartiennent à l'Ajah Noire. Pour Sheriam et les autres, autant leur révéler leurs serments d'allégeance à Egwene. Les résultats ne seraient sans doute pas très différents. Jusqu'à présent, l'Assemblée n'avait ordonné aucun châtiment, mais à la façon dont la plupart des Députées rongeaient leur frein à l'idée qu'Egwene puisse contrôler la guerre, ce ne serait guère une surprise si elles sautaient sur l'occasion de montrer qu'elles avaient encore quelque autorité, tout en exprimant leur mécontentement simultanément et avec force.

Apparemment, Beonin était la seule à s'être opposée à cette décision. Elle haleta et ses yeux se durcirent légèrement. Dans son cas, la réalisation soudaine de ce qu'elle devait entreprendre jouait peut-être un rôle. Trouver à la Tour quelqu'un acceptant de parler pouvait se révéler très ardu. Les yeux-et-oreilles à l'intérieur de Tar Valon ne divulguaient que des rumeurs sur ce qui se passait dans la Tour. Les nouvelles de la Tour elle-même n'arrivaient que par bribes, transmises par des sœurs s'aventurant dans le *Tel'aran'rhiod* pour en observer des reflets fugitifs du monde de la veille, mais chacune de ces bribes disait qu'Elaida gouvernait par édits et par caprices, l'Assemblée elle-même n'osant pas s'y opposer. Le visage de Beonin prit une coloration grisâtre, au point qu'elle finit par avoir l'air plus nauséeux que Nisao. Anaiya et les autres étaient sombres comme la mort.

Une onde de pessimisme déferla sur Egwene. Ces sœurs étaient les plus engagées contre Elaida, même Beonin qui traînait les pieds et préférait toujours parler qu'agir. Enfin, on savait que les Grises croyaient que tout pouvait se résoudre avec des discussions. Elles devraient essayer ça sur les Trollocs un de ces jours, ou avec un bandit, et voir ce que ça donnait ! Sans Sheriam et les autres, la résistance à Elaida se serait effritée depuis longtemps. Cela avait bien failli se passer, d'ailleurs. Quoi qu'il en soit, Elaida était aussi fermement établie à la Tour que jamais, et après tout ce qu'elles avaient subi, tout ce qu'elles avaient fait, il semblait que même Anaiya n'imaginait d'autre issue qu'un désastre assuré.

Non ! Prenant une profonde inspiration, Egwene se redressa sur sa selle. C'était *elle*, l'Amyrlin légitime, quoi que l'Assemblée ait pensé obtenir en l'élevant à cette charge, et elle devait animer la rébellion contre Elaida pour garder l'espoir de guérir la Tour. Si cela exigeait un semblant de négociations, ce ne serait pas la première fois que les Aes Sedais auraient feint de viser une cible tout en tirant sur une autre. Elle ferait n'importe quoi pour encourager la rébellion et destituer Elaida !

— Faites durer les pourparlers le plus longtemps possible, dit-elle à Beonin. Vous pouvez discuter de tout, tant que vous gardez pour vous les secrets, mais n'acceptez rien, et continuez à les faire parler.

Chancelant sur sa selle, la Grise semblait plus malade qu'Anaiya. On aurait dit qu'elle allait vomir.

Quand ils arrivèrent en vue du camp, le soleil était à mi-chemin de son zénith. La cavalerie légère retourna vers le fleuve, laissant Egwene et les sœurs parcourir seules le dernier mile dans la neige, suivies des Liges. Le Seigneur Gareth fit une pause, comme s'il désirait s'entretenir avec elle une fois encore. Finalement, il tourna son alezan vers ses hommes, trottant pour les rattraper comme ils disparaissaient derrière une longue ligne d'arbres. Il ne voulait pas aborder le problème de leurs discussions ou de leur désaccord en un lieu où l'on pourrait les entendre, convaincu que Beonin et les autres étaient exactement ce que tout le monde pensait d'elles, à savoir les chiens de garde des Ajahs. Egwene était un peu triste de lui cacher certaines choses, mais, en l'occurrence, moins de gens étaient dans le secret, et mieux il était gardé.

Le camp était une étendue tentaculaire de tentes disparates qui couvraient presque totalement une vaste prairie entourée d'arbres, à mi-chemin de Tar Valon et du Mont du Dragon, à l'intérieur d'un cercle de piquets pour les chevaux et de chariots bâchés et charrettes de toutes les formes. De la fumée s'élevait en plusieurs endroits, à quelques miles de la ligne des arbres. Les fermiers des environs restaient à l'écart, sauf quand ils venaient vendre leurs œufs, leur lait et leur beurre, ou parfois, quand quelque villageois avait besoin d'être Guéri à la suite d'un accident. Il n'y avait aucun signe de l'armée qu'Egwene avait amenée avec elle. Gareth avait concentré ses forces le long du fleuve, une partie en occupant les villes-ponts sur les deux rives, et le reste dans ce qu'il appelait des camps de réserve, placés pour contrer toute sortie en force de la cité, au cas où il se serait trompé sur le Haut Capitaine Chubain. « Il faut toujours tenir compte du fait qu'on a pu se tromper dans ses hypothèses », lui avait-il dit. Personne n'avait émis d'objections à ces dispositions. Certaines sœurs étaient toujours prêtes à lui chercher la petite bête, mais tenir les villes-ponts était la seule façon d'assiéger Tar Valon. Par voie de terre, en tout cas. Et beaucoup d'Aes Sedais étaient contentes d'avoir les soldats hors de leur vue, sinon hors de leur esprit.

À l'approche d'Egwene et des autres, trois Liges en capes aux couleurs changeantes sortirent du camp à cheval, l'un très grand, un autre assez petit, encadrant le troisième de taille moyenne, de sorte qu'ils semblaient s'être rangés en escalier. S'inclinant devant Egwene et les sœurs, saluant de la tête les autres Liges, ils avaient cet air dangereux des hommes si assurés de leur force qu'ils n'ont nul besoin d'en convaincre quiconque. « Un Lige à son aise est un lion au repos… », commençait un vieux dicton des Aes Sedais, la suite s'en étant perdue au cours des ans. Point n'était nécessaire d'en dire plus. Pourtant, les sœurs n'étaient pas certaines de la sécurité d'un camp plein d'Aes Sedais, de sorte que les Liges patrouillaient à des miles à la ronde, comme des lions en maraude. Anaiya et les autres se dispersèrent dès qu'elles atteignirent la première rangée de tentes, au-delà des chariots. Chacune allait trouver la chef de son Ajah, pour faire son rapport sur la chevauchée d'Egwene jusqu'au fleuve avec le Seigneur Gareth et pour s'assurer surtout que les chefs des Ajahs savaient que certaines Députées parlaient de négocier avec Elaida, et qu'Egwene était restée très ferme. Si elle avait connu l'identité de ces chefs, cela lui aurait facilité la vie, mais évidemment les serments d'allégeance ne supposaient pas qu'on puisse rompre un tel secret. Myrelle avait failli avaler sa langue quand Egwene l'avait suggéré. Être parachuté dans une tâche sans préparation n'était pas la meilleure façon d'apprendre à la remplir, et Egwene savait qu'elle avait des océans de connaissances à apprendre concernant la charge d'Amyrlin, en plus d'un travail à accomplir.

— Si vous voulez bien m'excuser, Mère, dit Sheriam quand Beonin, la dernière à partir, disparut parmi les tentes suivie de son Lige balafré, j'ai une table de travail couverte d'une montagne de papiers.

Sa voix manquait d'enthousiasme. La charge de Gardienne arrivait accompagnée de piles toujours croissantes de rapports à trier et de documents à préparer. Malgré son zèle pour le reste du travail, qui concernait le bon fonctionnement du camp, on l'avait parfois entendue marmonner, lorsqu'elle était confrontée à une nouvelle montagne de paperasses, regrettant amèrement de ne plus être Maîtresse des Novices.

Dès qu'Egwene l'eut excusée, elle talonna son pommelé aux pieds noirs qui partit au trot, dispersant un groupe d'ouvriers en grossières tuniques, cache-nez enroulés sur la tête et portant de grandes hottes sur le dos. L'un d'eux tomba à plat ventre dans la boue à demi gelée. L'Arinvar de Sheriam, mince Cairhienin aux tempes grisonnantes, s'arrêta le temps de s'assurer que l'homme se relevait, puis éperonna son étalon alezan noir pour la rejoindre, laissant l'ouvrier à ses jurons, dont la plupart semblaient destinés aux éclats de rire de ses compagnons. Tout le monde savait que, quand une Aes Sedai allait quelque part, tout le monde devait dégager la route.

Ce qui s'était renversé de la hotte de cet homme attira le regard d'Egwene et la fit frissonner : un gros tas de farine grouillant de charançons, au point qu'il y avait presque autant de points noirs que de farine. Ils devaient tous transporter de la farine avariée sur les tas de fumier. Inutile de tamiser une farine aussi infectée – il aurait fallu être affamé pour la manger –, mais on devait jeter tous les jours bien trop de paniers de farine et de grain. D'ailleurs, la moitié des barils de porc et de bœuf salé qu'ils ouvraient empestaient tellement qu'on ne pouvait rien en faire, à part les enterrer. Pour les domestiques et les ouvriers, au moins ceux qui avaient l'expérience de la vie des camps, ce n'était pas nouveau. À peine plus grave que d'ordinaire, mais pas exceptionnel. Les marchands qui cherchaient à augmenter leurs bénéfices mélangeaient souvent de la viande avariée à la bonne. Mais cela causait de grandes inquiétudes aux Aes Sedais. Chaque baril de viande, chaque sac de grain ou de farine, était protégé dès l'achat par un tissage de Conservation, et tout ce qui était tissé dans la Conservation ne pouvait pas changer tant que le tissage n'était pas ôté. La viande continuait à pourrir et les insectes se multipliaient. C'était comme si la *saidar* elle-même faiblissait. Néanmoins, pour une sœur, il était plus facile de plaisanter sur l'Ajah Noire que d'aborder un tel sujet.

L'un des rieurs, s'apercevant qu'Egwene les regardait, donna un coup de coude à son camarade couvert de boue, lequel modéra son langage. Ce qui ne l'empêcha pas de la foudroyer des yeux, comme pour la blâmer de sa chute. Avec son visage à moitié caché par son capuchon, et l'étole d'Amyrlin pliée dans son escarcelle, ils semblaient la prendre pour une Acceptée – comme beaucoup de ses sœurs, elle ne portait pas les vêtements réglementaires convenant à leur situation – ou pour une visiteuse. Des femmes se glissaient fréquemment dans le camp, cachant leur visage en public jusqu'à leur départ, qu'elles soient en drap élimé ou en soies magnifiques. Regarder de travers une étrangère ou une Acceptée était certainement moins dangereux que de faire la grimace à une Aes Sedai.

Elle était en selle depuis l'aube. Prendre un bain était hors de question – il fallait aller puiser l'eau aux puits creusés à un demi-mile à l'ouest du camp, ce qui poussait les sœurs, sauf les plus méticuleuses ou égocentriques, à limiter les longues ablutions –, mais elle aurait quand même bien aimé poser pied à terre. Ou mieux encore, reposer ses jambes sur un tabouret. Sa table de travail serait couverte d'une montagne de paperasses, elle aussi. La veille, elle avait demandé à Sheriam de lui communiquer les rapports sur l'état de réparation des chariots, et sur les réserves de fourrage pour les chevaux. Ils seraient rébarbatifs et ennuyeux, mais elle vérifiait tous les jours des rapports dans des domaines différents, pour savoir au moins si ce que les gens lui disaient était basé sur des faits ou des souhaits. Et il y avait toujours ceux des yeux-et-oreilles. Ce que les Ajahs décidaient de transmettre à l'Amyrlin constituait une lecture fascinante, comparé à ce que Siuan et Leane recevaient de leurs agents. Ce n'était pas tellement que tous ces rapports étaient contradictoires, mais ce que les Ajahs décidaient de garder pour elles permettait de faire des déductions intéressantes. Le confort et le devoir l'attiraient tous deux vers son bureau. C'était aussi l'occasion d'inspecter le camp sans que tout soit préparé à la hâte avant son arrivée. Rabattant un peu plus son capuchon sur son visage, elle talonna doucement les flancs de Brume.

Il y avait peu de cavaliers, essentiellement des Liges avec, parfois, un palefrenier dirigeant sa monture. Personne ne sembla les reconnaître, ni elle ni son cheval. Contrairement aux rues presque désertes, les chemins recouverts de planches grossières clouées sur des rondins bougeaient légèrement sous le poids des gens. Une poignée d'hommes, dans la foule, marchaient deux fois plus vite que tous les autres. À part les Liges, les hommes qui travaillaient parmi les Aes Sedais s'acquittaient de leurs tâches le plus vite possible. Presque toutes les femmes cachaient leur visage sous leur capuchon, mais il était facile de distinguer les Aes Sedais des visiteuses, qu'elles portent des capes ordinaires, ou brodées et doublées de fourrure : la foule s'écartait devant les sœurs. Tous les autres devaient se frayer un chemin. Mais il y avait peu de sœurs dehors en cette matinée glacée. La plupart devaient être au chaud dans leurs tentes. Seules, ou par groupes de deux ou trois, elles devaient lire, écrire des lettres, ou interroger leurs visiteuses. Les informations obtenues seraient partagées ou non avec le reste de l'Ajah de la sœur, et rarement avec d'autres.

Le monde voyait l'ensemble des Aes Sedais comme un monolithe, immense et solide, du moins avant que la division actuelle de la Tour ne soit connue de tous. En réalité, les Ajahs étaient des entités séparées, l'Assemblée étant leur unique point de rencontre, et les sœurs elles-mêmes n'étaient guère plus qu'une réunion d'ermites, ne prononçant pas plus de trois mots qu'il n'était absolument indispensable, et ce, uniquement avec des amies intimes. Ou avec une autre sœur à qui elles s'étaient alliées dans un but particulier. Même si tout le reste évoluait à la Tour, Egwene était certaine que cela ne changerait jamais. Les Aes Sedais avaient toujours été ainsi et le seraient à jamais, tel un grand fleuve, avec ses puissants courants invisibles, altérant son cours à une lenteur imperceptible. Egwene avait réussi à construire quelques digues à la hâte sur ce fleuve, déviant un affluent ici et là dans ses propres desseins, mais elle savait que ce n'étaient que des structures temporaires. Tôt ou tard, les courants de fond saperaient ses barrages. Elle pouvait seulement prier qu'ils durent assez longtemps. Prier, et les étayer autant qu'elle pouvait.

De temps en temps, une Acceptée apparaissait dans la foule, avec les sept bandes de couleur du capuchon blanc de sa robe blanche, mais la plupart, et de loin, étaient des novices en blanc sans ornement. Sur les vingt et une Acceptées du camp, seule une poignée possédait des capes aux sept bandes, et elles réservaient leurs robes à bandes pour enseigner ou assister les sœurs. Pourtant, de gros efforts avaient été faits pour que toutes les novices soient vêtues de blanc en permanence, même si elles ne possédaient qu'une robe de rechange. Inévitablement, les Acceptées s'efforçaient d'imiter la démarche glissée des Aes Sedais, gracieuses comme des cygnes, et une ou deux y parvenaient presque malgré l'inclinaison des planches, mais les novices détalaient presque aussi vite que les rares hommes, chargées de quelques commissions ou se rendant à un cours. Par groupes de six ou sept.

Les Aes Sedais n'avaient pas eu autant de novices à former depuis longtemps, avant les Guerres Trolloques, où elles étaient encore plus nombreuses. Elles s'étaient retrouvées avec près de mille élèves. Il en était résulté une confusion totale jusqu'à ce qu'on les répartisse en « familles ». Le nom n'était pas encore officiel, pourtant il était utilisé par les Aes Sedais, qui voyaient toujours d'un mauvais œil qu'on accepte toute femme qui le demandait. Maintenant, chaque novice savait où elle était censée être. Sans parler du fait que le nombre de fugitives avait diminué. C'était toujours un souci pour les Aes Sedais, et plusieurs centaines de ces femmes pouvaient être dignes du châle. Aucune sœur ne désirait perdre une de ces candidates, avant qu'on ait pris la décision de les renvoyer. De temps en temps, une femme s'esquivait après avoir réalisé que la formation était plus dure qu'elle ne l'avait cru et la route menant au châle plus longue que prévu, mais outre le fait que les familles facilitaient leur localisation, la fuite semblait moins attirante pour des femmes qui avaient cinq ou six « cousines », ainsi qu'on les appelait, sur lesquelles s'appuyer.

Avant le grand pavillon carré qui servait de Salle de la Tour, Egwene engagea Brume dans une rue latérale. Les planches devant le pavillon de toile marron clair étaient désertes – la Salle n'était pas un endroit dont on s'approchait si on n'avait rien à y faire –, mais les rideaux abondamment rapiécés étaient baissés, de sorte qu'il était impossible de savoir qui allait en sortir. N'importe quelle Députée reconnaîtrait Brume au premier regard, et il y avait des Députées qu'elle désirait éviter plus que d'autres. Lelaine et Romanda, par exemple, qui résistaient à son autorité aussi instinctivement qu'elles s'opposaient l'une à l'autre. Ou toutes celles qui avaient commencé à parler de négociations. C'était trop de croire qu'elles espéraient seulement rallier les esprits, sinon, elles n'auraient pas fait tant de messes basses. Malgré tout, les règles de politesse devaient être observées – même si elle regrettait souvent de ne pas pouvoir leur frictionner les oreilles –, et aucune sœur ne pouvait se croire rejetée si Egwene ne l'avait tout simplement pas vue.

Une faible lumière argentée jaillit derrière un haut mur de toile juste devant elle, entourant l'une des deux aires de Voyage du camp, et un moment plus tard, deux sœurs émergèrent de derrière les rabats. Ni

Phaedrine ni Shemari n'étaient assez puissantes pour tisser un portail par elle-même, mais une fois liées, Egwene pensait qu'elles pouvaient en ouvrir un juste assez large pour les laisser passer toutes les deux. Têtes rapprochées en profonde conversation, elles fermaient leurs capes d'une broche. Curieux. Egwene les croisa en détournant la tête. Les deux Brunes avaient été ses monitrices quand elle était novice, et Phaedrine semblait toujours surprise qu'Egwene soit maintenant l'Amyrlin. Maigre comme un héron, elle était tout à fait capable de patauger dans la boue pour demander à Egwene si elle avait besoin d'aide. Shemari, robuste femme au visage carré, qui ressemblait davantage à une Verte qu'à une bibliothécaire, avait toujours un comportement au-delà du convenable. Bien au-delà. Ses profondes révérences, normales pour une novice, comportaient au moins une nuance de moquerie, quelque impassible que demeurât son visage, et d'autant plus qu'on l'avait vue saluer Egwene à cent pas.

D'où venaient-elles ? se demanda Egwene. Visiblement, d'un endroit plus chaud que le camp. Personne ne surveillait les allées et venues des sœurs, bien sûr, pas même les Ajahs. La coutume gouvernait chacune, et la coutume décourageait formellement les questions directes sur ce que faisait une sœur et l'endroit où elle allait. Très probablement, Phaedrine et Shemari avaient été écouter ce qu'avaient à dire certains de leurs yeux-et-oreilles. Ou peut-être avaient-elles consulté quelque livre à la bibliothèque. Elles *étaient* des Brunes. Mais Egwene ne put s'empêcher de penser à la remarque de Nisao sur les sœurs qui revenaient dans le camp d'Elaida. Il était tout à fait possible de louer une barque pour traverser le fleuve et gagner la cité, où des douzaines de petites portes laissaient passer qui voulait entrer. En outre, avec un portail, il était inutile de risquer la location des barques et la traversée à la rame. Une seule sœur retournant à la Tour avec la connaissance de ce tissage leur enlèverait leur plus grand atout. Et il n'y avait aucun moyen de s'y opposer. Sauf en gardant confiance en l'opposition à Elaida. Sauf en faisant croire aux sœurs que tout cela pouvait se terminer rapidement. Si seulement il y avait un moyen d'en finir vite…

Non loin de l'aire de Voyage, Egwene tira sur ses rênes et fronça les sourcils devant une longue tente encore plus rapiécée que celle de la Salle. Une Aes Sedai descendit les planches en se pavanant – elle portait une cape bleue sans ornement, et son capuchon cachait son visage, mais les novices et les autres s'écartaient devant elle comme elles ne l'auraient jamais fait pour une marchande – et s'arrêta devant l'entrée, qu'elle considéra un long moment avant de pousser le rabat, avec une répugnance aussi évidente que si elle l'avait claironnée. Egwene n'était jamais entrée là. Elle sentait qu'on canalisait faiblement la *saidar* à l'intérieur, une quantité étonnamment faible même. Une rapide visite de l'Amyrlin ne devrait pas trop attirer l'attention. Elle désirait beaucoup voir ce qu'elle avait mis en mouvement.

Pourtant, démontant devant la tente, elle fut arrêtée par un détail : il n'y avait aucun endroit pour attacher

Brume. L'Amyrlin avait toujours quelqu'un qui se précipitait pour lui tenir l'étrier ou prendre son cheval, mais elle resta là, les rênes de son hongre à la main, avec des groupes de novices qui la croisaient sans lui accorder un regard, la prenant pour une visiteuse. Maintenant, toutes les novices connaissaient de vue toutes les Acceptées, mais peu avaient vu le Siège d'Amyrlin de près. Elle n'avait même pas le visage éternellement jeune d'une Aes Sedai pour leur signifier qui elle était. Avec un rire sans joie, elle plongea une main gantée dans son escarcelle. L'étole leur indiquerait qui elle était, et alors elle pourrait ordonner à l'une d'elles de tenir son cheval quelques minutes. Sauf si elles pensaient que c'était une plaisanterie de mauvais goût. Certaines novices du Champ d'Emond avaient tenté de lui enlever l'étole pour lui éviter des problèmes.

Brusquement, quelqu'un poussa le rabat de la tente, d'où Leane émergea, attachant sa cape vert foncé avec une broche en argent en forme de poisson. La cape était en soie, et richement brodée de fils d'or et d'argent, comme le corsage de sa robe d'équitation. Le dos de ses gants rouges était brodé également. Leane portait une attention minutieuse à sa toilette depuis qu'elle avait rejoint l'Ajah Verte. Ses yeux se dilatèrent légèrement à la vue d'Egwene, mais son visage cuivré reprit aussitôt son impassibilité. Embrassant la scène d'un coup d'œil, elle tendit la main pour arrêter une novice qui semblait circuler seule. Les novices allaient en classe par famille.

— Quel est votre nom, mon enfant ?

Beaucoup de choses avaient changé chez Leane, mais pas sa vivacité. À condition qu'elle le veuille, bien sûr. La plupart des hommes fondaient quand la voix de Leane se faisait langoureuse, mais elle ne gaspillait jamais cet effet avec des femmes.

— Faites-vous une course pour une sœur ?

La novice, une femme aux yeux clairs proche de l'âge mûr, à la peau parfaite qui n'avait jamais été exposée à un seul jour de travail aux champs, en resta bouche bée, avant de se ressaisir pour faire la révérence, déployant gracieusement ses jupes de ses mains gantées. Aussi grande que la plupart des hommes, svelte, gracieuse et belle, Leane n'avait pas non plus le visage éternellement jeune, mais c'était l'un des deux visages les plus connus du camp. Les novices désignaient avec respect cette sœur qui avait autrefois été Gardienne, neutralisée et Guérie, de sorte qu'elle pouvait de nouveau canaliser, bien que moins qu'avant. Les dernières recrues en blanc venaient d'apprendre que cela n'arrivait jamais, bien que la Guérison devînt partie intégrante de la légende, malheureusement. Il était plus difficile de convaincre une novice d'avancer lentement quand on ne pouvait pas lui montrer qu'elle risquait de mettre fin à sa quête en perdant pour toujours le Pouvoir Unique.

— Letice Murow, Aes Sedai, répondit l'autre respectueusement avec l'accent chantant du Murandy.

Au ton, on aurait dit qu'elle désirait en dire plus, ajouter un titre, peut-être, mais l'une des premières leçons apprises en arrivant à la Tour stipulait qu'on avait laissé son passé derrière soi. C'était une dure leçon pour certaines, surtout pour celles qui étaient titrées.

— Je vais rendre visite à ma sœur. Je ne l'ai pas vue plus d'une minute depuis notre départ du Murandy.

Les parentes étaient toujours réparties dans des familles différentes, de même que les femmes qui s'étaient connues avant d'être inscrites au livre des novices. Cela encourageait les nouvelles amitiés, et adoucissait les tensions inévitables quand les unes apprenaient plus vite que les autres, ou avaient un plus fort potentiel.

— Elle est libre, n'ayant pas classe avant le début de l'après-midi, et…

— Votre sœur devra attendre un peu plus longtemps, mon enfant, l'interrompit Leane. Tenez le cheval de l'Amyrlin.

Letice sursauta et regarda fixement Egwene, qui avait fini par sortir son étole. Tendant les rênes de Brume à la novice, elle rabattit son capuchon en arrière et posa la longue et étroite étole sur ses épaules. Légère comme une plume dans son escarcelle, l'étole pesait d'un grand poids sur ses épaules. Siuan prétendait que, parfois, on sentait à chacune de ses extrémités le poids de toutes les femmes qui l'avaient portée, rappel constant des responsabilités et des devoirs, et Egwene était d'accord avec elle. La mâchoire de la Murandienne s'affaissa encore plus bas que celle de Leane, et elle mit encore plus longtemps à se souvenir de faire la révérence. Elle avait entendu dire que l'Amyrlin était jeune, sans aucun doute, mais elle ne s'était sans doute jamais demandé à quel point.

— Merci, mon enfant, dit doucement Egwene.

Il fut un temps où elle avait trouvé étrange de dire « mon enfant » à une femme de dix ans ou plus son aînée. Tout change avec le temps…

— Ce ne sera pas long. Leane, voulez-vous demander qu'on envoie un palefrenier pour Brume ? Maintenant que j'ai démonté, je n'ai pas envie de me remettre en selle, et Letice doit pouvoir rendre visite à sa sœur.

— Je m'en occupe moi-même, Mère.

Après une souple révérence, Leane s'éloigna, sans donner le moindre signe qu'il y avait davantage entre elles que cette rencontre fortuite. Egwene avait bien plus confiance en elle qu'en Anaiya, ou même Sheriam. Elle ne cachait aucun secret à Leane, pas plus qu'à Siuan. Mais leur amitié était un secret que personne ne devait connaître. Leane avait des yeux-et-oreilles dans Tar Valon, sinon à la Tour même, et leurs rapports parvenaient à Egwene, et à elle seule. Leane était très choyée pour s'être accommodée de son statut inférieur, et toutes les sœurs l'aimaient, ne fût-ce que parce qu'elle était la preuve vivante que la neutralisation, cette terreur majeure de toute Aes Sedai, pouvait être inversée. Elles l'accueillaient à bras ouverts, et parce qu'elle *comptait moins* maintenant, étant d'un rang inférieur à la moitié des sœurs du camp, elles parlaient souvent devant elle de choses qu'elles n'auraient pas communiquées à l'Amyrlin. C'est pourquoi Egwene ne lui jeta pas même un regard quand elle s'éloigna, mais elle offrit un sourire à Letice – qui rougit et fit une nouvelle révérence – puis elle entra dans la tente, ôta ses gants et les coinça dans sa ceinture.

À l'intérieur, huit torchères à miroirs s'alignaient le long des murs entre des coffres en bois, l'un portant des traces de dorures, les autres aux ferrures peintes ; il n'y avait pas deux torchères identiques. Diverses tables de ferme étaient alignées au centre sur la toile recouvrant le sol, les trois bancs les plus éloignés occupés par une demi-douzaine de novices, chacune avec sa cape pliée près d'elle et entourée de l'aura de la *saidar*. Tiana, la Maîtresse des Novices, les surveillait anxieusement, circulant entre les tables, tout comme Sharina Melloy, une novice recrutée au Murandy.

Enfin, Sharina ne surveillait pas exactement ; elle observait calmement, et Egwene n'aurait peut-être pas dû être surprise de la trouver là. Digne grand-mère aux cheveux gris noués en chignon sur la nuque, Sharina avait gouverné une très grande famille d'une main ferme. Elle semblait avoir adopté toutes les autres novices comme petites-filles ou petites-nièces. C'était elle qui les avait réparties en familles, de son propre chef, apparemment exaspérée de les voir perdre leur temps. La plupart des Aes Sedais pinçaient les lèvres quand on le leur rappelait, même si elles avaient facilement adopté ce mode opératoire quand elles s'étaient rendu compte à quel point cela facilitait la surveillance et l'organisation des classes. Tiana inspectait le travail des novices si étroitement qu'il semblait évident qu'elle s'efforçait d'ignorer la présence de Sharina. Petite et mince, avec de grands yeux bruns et une fossette, Tiana avait l'air jeune malgré son visage marqué de l'éternelle jeunesse, surtout à côté de la novice plus grande, aux larges hanches et au visage ridé.

Les deux Aes Sedais canalisant à la table la plus proche de l'entrée, Kairen et Ashmanaille, avaient un auditoire de deux personnes, Janya Frende, Députée des Brunes, et Salita Toranes, Députée des Jaunes. Les Aes Sedais et les novices exécutaient toutes la même tâche. Devant chacune, un filet tissé de Terre, de Feu et d'Air entourait un petit bol fabriqué par les forgerons du camp. Ceux-ci s'étaient demandé pourquoi les sœurs avaient voulu ces objets en fer qui, en outre, devaient être aussi travaillés que s'ils avaient été en argent. Un second tissage de Terre et de Feu pénétrait chacun des filets pour aller au contact de l'objet, qui virait lentement au blanc.

L'habileté à tisser progressait avec la pratique, mais des cinq Pouvoirs, la puissance émanant de la Terre était la clé, et à part Egwene elle-même, seules neuf sœurs du camp – avec deux Acceptées et près de deux douzaines de novices – en avaient assez pour faire fonctionner les tissages. Mais peu de sœurs acceptaient d'y consacrer du temps. Ashmanaille, assez mince pour paraître plus grande qu'elle n'était, tambourinant des doigts de chaque côté de la coupe posée devant elle, fronçait les sourcils avec impatience sur la blancheur au milieu de l'objet. Les yeux bleus de Kairen étaient si froids qu'on aurait pu craindre qu'ils ne fassent voler en éclats le gobelet sur lequel elle travaillait. Ce devait être Kairen qu'Egwene avait vue entrer.

Pourtant, toutes ne manquaient pas d'enthousiasme. Janya, enveloppée de soie bronze clair, son châle frangé de brun drapé sur ses bras, étudiait le travail de Kairen et Ashmanaille avec l'empressement de quelqu'un désirant faire de même. Janya voulait tout savoir, savoir comment chaque chose était faite et pourquoi. Elle avait été très déçue de ne pas pouvoir fabriquer des *ter'angreals* – à part Elayne, seules trois sœurs y étaient parvenues jusqu'à maintenant, avec des résultats irréguliers – et elle avait fait de sérieux efforts pour acquérir cette capacité, même après que les tests avaient montré qu'elle n'avait pas la puissance requise dans l'utilisation de la Terre.

Salita fut la première à remarquer la présence d'Egwene. Visage rond et presque aussi noir que du charbon, elle lorgna Egwene sans ciller. Les franges jaunes de son châle oscillèrent un peu quand elle fit une révérence précise, au pouce près. Élevée à Salidar, Salita faisait partie d'une tendance que certaines – Siuan notamment – jugeaient préoccupante : il y avait trop de sœurs trop jeunes pour la charge de députée. Salita n'était Aes Sedai que depuis trente-cinq ans, et il était rare qu'une sœur ait un siège de députée avant d'avoir porté le châle pendant plus de cent ans. Elle avait voté pour la guerre contre Elaida, et elle soutenait fréquemment Egwene à l'Assemblée.

— Mère, dit-elle froidement.

Janya releva brusquement la tête, et son visage s'éclaira d'un grand sourire. Elle aussi était favorable à la guerre, seule femme à avoir été Députée avant la division de la Tour, excepté Lelaine et Lyrelle, deux

Bleues. Si son soutien n'était pas toujours inébranlable, il l'était dans ce domaine. Comme d'habitude, un flot de paroles s'échappa de ses lèvres.

— Je n'en reviens pas, Mère. C'est tout simplement stupéfiant. Je sais que je ne devrais plus m'étonner quand vous avez une idée que personne n'a eue avant vous. Parfois, je pense que nous sommes trop encroûtées dans nos habitudes, trop sûres de ce qui peut être fait ou non. Mais arriver à comprendre comment fabriquer du *cuendillar*… !

Elle fit une pause pour reprendre son souffle. Salita s'empara du silence avec froideur.

— Je maintiens que c'est mal. Je reconnais que cette découverte est une idée brillante de votre part, Mère, mais des Aes Sedais ne devraient pas fabriquer des choses… pour les vendre.

Salita mit dans ces mots tout le mépris d'une femme qui acceptait les revenus de son domaine de Tear sans jamais se demander d'où ils venaient. Cette attitude n'était pas rare, même si la plupart des sœurs vivaient de la pension annuelle que leur versait la Tour avant qu'elle ne se divise.

— De plus, poursuivit-elle, près de la moitié des sœurs qui doivent faire ce travail sont des Jaunes. Je reçois des plaintes tous les jours. Nous… Nous avons mieux à faire que de fabriquer des… babioles.

Cela lui valut un regard noir d'Ashmanaille, une Grise, et un regard glacial de Kairen, qui était une Bleue. Salita les ignora. Elles faisaient partie de ces sœurs qui pensaient que toutes les autres Ajahs n'étaient que des annexes à la leur, qui, naturellement, était la seule chargée d'une mission importante.

— Et les novices ne devraient pas non plus exécuter des tissages de cette complexité, ajouta Tiana, les rejoignant.

La Maîtresse des Novices n'avait jamais peur de dire ce qu'elle pensait aux Députées ou à l'Amyrlin, et elle semblait mécontente, sans s'apercevoir que ses lèvres pincées creusaient sa fossette et lui donnaient plutôt l'air boudeur.

— *C'est* une découverte remarquable, et personnellement, je n'ai rien contre le commerce, mais certaines de ces filles parviennent à peine à faire changer de couleur une boule de feu. Les laisser manier ce genre de tissages ne fera que nous compliquer la tâche quand il faudra les empêcher de passer à des choses qu'elles ne pourront pas maîtriser, et la Lumière sait que c'est déjà assez difficile maintenant. Elles pourraient même se blesser.

— Sottises ! Sottises ! s'exclama Janya, agitant une main fuselée comme pour écarter cette idée. Toutes les filles qui ont été choisies sont déjà capables de faire trois boules de feu en même temps, et cela exige très peu de Pouvoir en plus. Il n'y a aucun danger tant qu'elles sont sous la surveillance d'une sœur, ce qui est toujours le cas. J'ai vu les tableaux de service. En outre, ce que nous fabriquons en un jour permet de payer toute l'armée pendant plus d'une semaine, mais les sœurs ne peuvent pas produire autant à elles seules.

Étrécissant les yeux, elle sembla soudain voir à travers Tiana. Son débit ne ralentit pas, mais elle paraissait soliloquer à présent.

— Nous devrons faire très attention lors des ventes. Le Peuple de la Mer témoigne d'un appétit vorace pour le *cuendillar*, et d'après tous les rapports, ils ont encore de nombreux vaisseaux en Illian et à Tear – où les nobles le convoitent ardemment – mais même les appétits féroces ont des limites. Je ne peux pas encore décider s'il vaudra mieux tout mettre sur le marché en une seule fois, ou écouler ces produits progressivement. Tôt ou tard, même le prix du *cuendillar* commencera à baisser.

Brusquement, elle cligna des yeux et regarda d'abord Tiana, puis Salita, penchant la tête.

— Vous comprenez mon point de vue, n'est-ce pas ?

Salita la foudroya et remonta son châle sur ses épaules. Tiana leva les bras au ciel, exaspérée. Egwene resta calme. Pour une fois, elle n'avait pas honte d'être félicitée pour l'une de ses prétendues découvertes, contrairement à presque toutes les autres, excepté celle du Voyage, qui lui appartenait, quoique Moghedien l'eût mise sur la voie avant de s'évader. Cette femme ne savait rien faire – du moins ne l'avait-elle jamais montré, malgré les fortes pressions qu'Egwene avait exercées sur elle –, mais Moghedien avait une nette tendance à la cupidité, et même à l'Ère des Légendes, le *cuendillar* était un luxe très coûteux. Elle en savait assez sur sa fabrication pour qu'Egwene découvre le reste. En tout cas, quelles que fussent les objections et leur véhémence, le besoin d'argent signifiait que la production de *cuendillar* se poursuivrait. Même si, en ce qui la concernait, plus on attendrait pour en vendre, mieux ça vaudrait.

Sharina, tapant dans ses mains au fond de la tente, fit lever toutes les têtes. Kairen et Ashmanaille se retournèrent elles aussi, mais ce faisant, la Bleue lâcha son tissage, si bien que son gobelet rebondit sur la table dans un cliquetis métallique. C'était ennuyeux car il faudrait reprendre le processus, mais il serait très difficile de déterminer précisément à quel stade, et certaines sœurs profitaient de toutes les occasions pour faire autre chose pendant l'heure qu'elles passaient tous les jours dans la tente, en principe, le temps nécessaire pour fabriquer un objet. C'était censé les encourager à accroître leur habileté, mais peu y étaient parvenues jusque-là.

— Bodewhin, Nicola, c'est l'heure de votre prochain cours, annonça Sharina.

Elle ne parlait pas très haut, mais sa voix avait une force qui aurait dominé un brouhaha bien plus bruyant que le silence de la tente.

— Vous avez juste le temps de vous laver la figure et les mains. Faites vite si vous ne voulez pas être mal notées.

Bode – Bodewhin – agit avec un empressement plein d'efficacité, relâchant la *saidar* et plaçant son bracelet de *cuendillar* à moitié façonné dans l'un des coffres pour qu'une autre le termine, puis prit sa cape. Jolie, avec des joues rondes, elle portait ses cheveux noirs en deux longues tresses, bien qu'Egwene ne fût pas certaine qu'elle y aurait été autorisée par le Cercle des Femmes. Mais cette coutume appartenait au passé maintenant. Tirant sur ses mitaines en quittant la tente, Bode garda les yeux baissés, évitant Egwene. À l'évidence, elle ne comprenait toujours pas pourquoi une novice ne pouvait pas aller bavarder avec l'Amyrlin quand elle voulait, même si elles avaient grandi ensemble. Egwene n'aurait pas mieux demandé que de discuter avec Bode et les autres, mais une Amyrlin a des leçons à apprendre, elle aussi. Une Amyrlin a bien des devoirs, peu d'amies et pas de favorites. De plus, même un favoritisme apparent aurait marqué les filles des Deux Rivières, et leur vie avec les autres novices serait devenue un enfer. *Et ça ne me mettrait pas au mieux avec l'Assemblée*, pensa-t-elle avec ironie. Elle espérait que les filles des Deux Rivières le comprenaient.

Foudroyant Sharina de ses yeux noirs, Nicola, l'autre novice interpellée, ne quitta pas son banc et ne cessa pas de canaliser.

— Je pourrais être la meilleure en tissages si l'on me permettait de pratiquer vraiment, grommela-t-elle avec humeur. Je fais des progrès, je le sais. Je peux Prédire, vous savez.

Comme si cela avait à voir avec la fabrication du *cuendillar*.

— Tiana Sedai, dites-leur que je peux rester plus longtemps. Je peux finir ce bol avant mon prochain cours, et je suis sûre qu'Adine Sedai ne m'en voudra pas si je suis un peu en retard.

Si ce prochain cours commençait bientôt, elle serait plus qu'un peu en retard : après une heure de travail, il n'était encore qu'à moitié blanc.

Tiana ouvrit la bouche, mais avant qu'elle n'ait prononcé un mot, Sharina leva un doigt, puis, un instant plus tard, un second. Cela devait avoir une signification particulière, parce que Nicola pâlit, lâcha ses tissages instantanément, et se leva si brutalement qu'elle fit branler le banc, ce qui lui valut des regards noirs des deux autres novices qui y étaient assises. Elles se penchèrent vivement sur leur travail, et Nicola se précipita pour jeter son bol dans un coffre avant d'attraper sa cape. À la surprise d'Egwene, une femme qu'elle n'avait pas vue jusque-là, en larges chausses et courte tunique brune, se leva du sol où elle était assise au-delà des tables. Gratifiant l'assistance d'un regard meurtrier de ses yeux bleus, Areina sortit en courant de la tente derrière Nicola, telles les deux images jumelles de la contrariété et de la mauvaise humeur. Les voir toutes les deux ensemble mit Egwene mal à l'aise.

— Je ne savais pas que les novices pouvaient faire venir leurs amies aux cours, dit-elle. Est-ce que Nicola cause des problèmes ?

Nicola et Areina avaient tenté de la soumettre à un chantage, de même que Myrelle et Nisao, mais ce n'est pas de cela qu'elle parlait. Il s'agissait d'un autre secret.

— Mieux vaut qu'elle soit amie avec Areina qu'avec un palefrenier, dit Tiana avec un reniflement dédaigneux. Nous avons déjà eu deux grossesses à déplorer, vous savez, plus toutes celles que nous ignorons encore. Et cette fille a besoin d'amies pour se stabiliser.

Elle se tut quand deux autres novices en blanc firent leur entrée. Celles-ci couinèrent et s'arrêtèrent d'une glissade en voyant des Aes Sedais devant elles. Après des révérences hâtives, elles détalèrent vers le fond de la tente sur un geste de Tiana, et plièrent leur cape sur le banc avant de prendre dans un coffre un gobelet à moitié blanc et une coupe presque entièrement blanche.

Sharina surveilla leur installation, puis prit sa cape et la jeta sur ses épaules avant de repartir vers l'entrée de la tente.

— Si vous voulez bien m'excuser, Tiana Sedai, dit-elle, je dois aider à la préparation du déjeuner aujourd'hui, et je ne voudrais pas me mettre mal avec les cuisinières.

Ses yeux noirs s'attardèrent un instant sur Egwene.

— Eh bien, allez-y donc, dit sèchement Tiana. Je serais désolée d'apprendre que vous avez été fouettée à cause de votre retard.

Sans ciller, Sharina fit ses politesses, sans hâte mais sans traîner, à Tiana, aux Députées, à Egwene avec un nouveau regard pénétrant mais pas assez insistant pour être offensant. Quand le rabat se referma derrière elle, Tiana gonfla les joues d'exaspération.

— Nicola cause moins de problèmes que certaines, dit-elle sombrement.

— Sharina ne pose pas vraiment de problèmes, Tiana, fit remarquer Janya en hochant la tête.

Elle parlait aussi vite que d'habitude, mais sans élever la voix, pour ne pas se faire entendre au fond de la tente. Les désaccords entre sœurs n'étaient jamais exprimés devant les novices. Surtout quand c'était au sujet de l'une d'elles.

— Elle connaît déjà les règles mieux qu'une Acceptée, et ne sort jamais du droit chemin. Elle n'évite jamais les corvées, même les plus salissantes, et elle est toujours la première à donner un coup de main à une novice qui en a besoin. Sharina a son caractère, tout simplement. Par la Lumière, vous n'allez pas vous laisser intimider par une novice !

Tiana se raidit et ouvrit la bouche avec colère, mais une fois que Janya avait pris le mors aux dents, placer un mot n'était pas une mince affaire.

— En revanche, Nicola cause toutes sortes de problèmes, Mère, poursuivit vivement la Brune. Depuis que nous avons découvert qu'elle a le don de Prédiction, elle Prédit deux ou trois fois par jour, à ce qu'elle en dit, ou comme le raconte Areina. Nicola est assez intelligente pour réaliser que tout le monde sait qu'elle ne se rappelle rien de ce qu'elle Prédit, mais Areina semble être toujours là pour entendre ses Prédictions et s'en souvenir, et l'aider à les interpréter. N'importe qui au camp, doué d'une moitié de cerveau et d'une nature crédule, est capable d'avoir les mêmes visions – batailles avec les Seanchans ou les Asha'man, une Amyrlin emprisonnée, le Dragon Réincarné exécutant neuf choses impossibles – qui peuvent venir de la Tarmon Gai'don ou d'un estomac dérangé. Je pense que même la plupart des novices ont cessé de la croire.

— En plus, elle fourre son nez partout, intervint Salita. Elle et le palefrenier…

Son visage demeura lisse et froid, et elle ajusta son châle comme s'il était le sujet de toute son attention, mais elle accéléra un peu son débit, comme craignant que la Brune n'enchaîne.

— Ils ont été fouettés tous les deux pour avoir écouté aux portes, et j'ai moi-même surpris Nicola à regarder furtivement dans une aire de Voyage. Elle a dit qu'elle voulait juste voir un portail s'ouvrir, mais je crois plutôt qu'elle essayait d'apprendre le tissage. L'impatience, je peux la comprendre, mais la fraude ne peut pas être tolérée. Je ne crois plus que Nicola sera jamais élevée au châle, et franchement, je commence à me demander si on ne devrait pas la renvoyer le plus tôt possible. Le livre des novices est peut-être ouvert à toutes, termina-t-elle avec un regard neutre à Egwene, mais nous ne sommes pas obligées de revoir à la baisse tous nos critères de sélection.

Les yeux flamboyants, Tiana eut une moue entêtée, creusant de nouveau sa fossette.

On aurait presque pu oublier qu'elle portait le châle depuis plus de trente ans et croire qu'elle était elle-même une novice.

— Tant que je suis Maîtresse des Novices, dit-elle avec véhémence, la décision de renvoyer une fille m'appartient. Et je n'ai pas l'intention de perdre quelqu'un avec un tel potentiel.

Nicola serait un jour très puissante.

— Ou du potentiel de Sharina, ajouta-t-elle en grimaçant, lissant sa jupe avec irritation.

Celui de Sharina était réellement remarquable, au moins égal sinon supérieur à celui qu'avait manifesté

Nynaeve en son temps. Certaines pensaient qu'elle deviendrait très puissante, bien que cela relevât uniquement de la spéculation.

— Si Nicola vous a importunée, Mère, je m'en occuperai.

— C'était simple curiosité de ma part, répondit Egwene, prudente, s'abstenant de suggérer que les deux jeunes femmes devraient être étroitement surveillées.

Elle n'avait pas envie de parler de Nicola. Elle risquait de mentir, ou d'exposer des faits qu'elle ne voulait pas révéler. Un instant, elle se prit à regretter de ne pas avoir autorisé Siuan à organiser discrètement deux meurtres.

Choquée, elle releva brusquement la tête à cette pensée. S'était-elle donc tant éloignée du Champ d'Emond ? Elle savait qu'elle devrait ordonner que des hommes meurent au combat, tôt ou tard, et elle pensait être capable de condamner quelqu'un à mort en cas de nécessité. Si une mort pouvait en éviter des milliers, ou même seulement des centaines, n'était-il pas juste de l'ordonner ? Mais quel danger représentaient réellement Nicola et Areina, sinon qu'elles risquaient de dévoiler des secrets qui nuisaient à Egwene al'Vere ? Bien sûr, Myrelle et les autres auraient de la chance de s'en tirer avec une flagellation. Un châtiment exemplaire, certes, mais de là à tuer…

Brusquement, Egwene réalisa qu'elle fronçait les sourcils et que Tiana et les deux Députées la regardaient, Janya sans tenter de dissimuler sa curiosité derrière un masque de sérénité. Pour se couvrir, Egwene reporta son regard sur la table où Kairen et Ashmanaille s'étaient remises au travail. Sur la coupe d'Ashmanaille, le blanc avait un peu monté, mais dans ce court laps de temps, Kairen l'avait rattrapée. Plus que cela, en fait, vu que le gobelet était deux fois plus haut que la coupe.

— Votre technique progresse, Kairen, dit Egwene d'un ton approbateur.

La Bleue leva les yeux sur elle et prit une profonde inspiration. Son visage ovale devint l'incarnation du calme absolu autour de ses yeux bleus et glacés.

— La technique n'a pas grand-chose à y voir, Mère. Il faut juste installer le tissage, et attendre.

Ces derniers mots furent prononcés avec une nuance caustique. Il y avait eu une hésitation imperceptible avant le mot « Mère ». De Salidar, Kairen était partie, chargée d'une mission importante, qui s'était terminée en désastre, sans qu'elle en soit responsable. Quand elle les avait rejointes au Murandy, tout avait changé et l'étole d'Amyrlin était posée sur les épaules d'une fille qu'elle avait quittée simple novice. Ces derniers temps, Kairen avait passé beaucoup de temps avec Lelaine.

— Elle progresse dans *certains* domaines, dit Janya, fronçant les sourcils sur la Bleue.

Janya avait peut-être été aussi certaine que les autres que l'Assemblée s'était choisi une marionnette pour Amyrlin, mais elle semblait avoir accepté qu'Egwene porte l'étole et mérite le respect de chacune.

— Bien sûr, je doute qu'elle rattrape Leane, à moins qu'elle ne s'y applique, et encore moins vous-même, Mère. La jeune Bodewhin pourrait la rattraper, en fait. Je ne voudrais pas être surpassée moi-même par une novice, mais je suppose que toutes ici ne pensent pas comme moi.

Les joues de Kairen s'empourprèrent et elle baissa les yeux sur son gobelet.

Tiana renifla avec dédain.

— Bodewhin est une brave petite, mais elle passe plus de temps à pouffer et à jouer avec les autres novices qu'à s'appliquer si Sha... – elle inspira brusquement – si on ne la surveille pas. Hier, elle et Althyn Conly ont essayé de fabriquer deux objets en même temps, juste pour voir ce qui se passerait, et les deux se sont fondus en une masse informe. Invendable, naturellement, à moins de trouver un acheteur cherchant une paire de coupes moitié fer, moitié *cuendillar* unies selon un angle bizarre. Et la Lumière seule sait ce qui aurait pu arriver aux deux filles. Elles ne semblent pas en avoir souffert, mais qui sait ce qui peut arriver la prochaine fois ?

— Assurez-vous qu'il n'y ait pas de prochaine fois, dit distraitement Egwene, son attention concentrée sur la coupe de Kairen.

La ligne de blanc montait régulièrement. Quand Leane faisait ce tissage, le métal noir se transformait en *cuendillar* blanc comme si le fer sombrait dans du lait. Pour Egwene elle-même, le changement survenait en un clin d'œil, passant du noir au blanc en un éclair. Kairen avait besoin de temps pour progresser. Des jours ? Des semaines ? Tout le temps qui serait nécessaire, parce que toute autre chose se terminerait en désastre, pour les femmes impliquées et pour les hommes qui mourraient en combattant dans les rues de Tar Valon, et peut-être pour la Tour elle-même. Soudain, Egwene se félicita d'avoir approuvé la suggestion de Beonin. Dire à Kairen pourquoi elle devait s'appliquer davantage avait peut-être aiguillonné ses efforts, mais c'était là un autre secret à garder jusqu'à ce que vienne le moment de le révéler au monde.

18.

Conversation avec Siuan

Quand Egwene quitta la tente, on avait emmené Brume. L'étole aux sept bandes dans l'ouverture de sa cape lui donnait plus qu'un visage serein d'Aes Sedai pour lui ouvrir un chemin dans la foule. Elle avançait au milieu d'une ondulation de révérences qui se propageaient de proche en proche, avec parfois, le salut d'un Lige ou d'un artisan qui avait à faire au milieu des tentes des sœurs. Certaines novices réagissaient en voyant l'étole de l'Amyrlin, et des familles entières se précipitaient pour la saluer, pataugeant profondément dans la boue. Depuis qu'elle avait été obligée de punir certaines femmes des Deux Rivières, le bruit s'était répandu parmi les novices que l'Amyrlin était aussi dure que Sereille Bagand, et qu'il valait mieux ne pas éveiller son courroux, qui pouvait s'enflammer comme un feu de paille. Non que la plupart en aient su assez pour avoir une idée de ce qu'avait été Sereille, mais depuis cent ans, à la Tour, son nom était synonyme de rigueur inflexible. Les Acceptées s'assuraient par ailleurs que les novices connaissaient ce genre de tradition. Heureusement que son capuchon dissimulait son visage. Après avoir supporté de voir dix familles de novices sauter dans la boue pour lui faire place, elle grinça des dents si fort que l'apparence de son visage aurait pu confirmer la légende selon laquelle elle mastiquait du fer et crachait des clous. Elle avait l'affreuse impression que, dans quelques centaines d'années, les Acceptées utiliseraient son nom pour effrayer les novices tout comme elles le faisaient à présent avec celui de Sereille. Il ne restait plus qu'à régler un détail : la prise de la Tour Blanche. Les petites contrariétés devraient attendre. Elle pensa qu'elle aurait pu cracher des clous sans avoir mâché du fer.

La foule avait dégagé les alentours du bureau de l'Amyrlin installé dans une tente marron à la toile rapiécée. Comme la Salle, c'était un lieu à éviter à moins qu'on y ait à faire ou qu'on y soit convoqué. On ne se rendait jamais pour rien à la Salle de la Tour ou au bureau de l'Amyrlin ; on y était convoqué. Pour elle, la tente était un havre de paix. Franchissant rapidement les rabats, elle rejeta sa cape avec une impression de soulagement. Deux braseros répandaient une délicieuse chaleur réconfortante, avec très peu de fumée. De douces senteurs s'élevaient des herbes aromatiques saupoudrées sur les braises.

— À la façon dont ces sottes se comportent, on pourrait croire que je…, commença-t-elle à marmonner.

Elle ne s'étonna pas de voir Siuan debout près de la table de travail, en drap bleu uni, bien coupé, serrant sur son cœur une grande chemise en cuir repoussé. La plupart des sœurs semblaient croire, comme Delana, que son rôle se réduirait au protocole et aux courses. Elle était toujours là dès la première heure, ce qui semblait avoir échappé aux autres, qui pensaient, jusqu'à présent, qu'elle accomplissait sa tâche à contrecœur. Siuan avait été une Amyrlin qui mastiquait du fer, quoique aucune ne l'aurait cru maintenant si elle ne l'avait pas su avant. Les novices la montraient du doigt aussi souvent que Leane, mais d'un air de douter qu'elle fût vraiment ce qu'on disait d'elle. Jolie, quoique pas vraiment belle, avec une bouche délicate et de beaux cheveux noirs et brillants lui tombant sur les épaules, Siuan avait l'air encore plus jeune que Leane, seulement quelques années de plus qu'Egwene. On aurait pu la prendre pour une Acceptée n'eût été le châle frangé de bleu drapé sur ses bras. C'est pourquoi on ne la voyait jamais sans son châle, pour éviter les erreurs embarrassantes. Ses yeux n'avaient pas changé, ils étaient d'un bleu glacé pointées sur la femme dont la présence l'avait surprise.

Certes, Halima était la bienvenue, mais Egwene ne s'attendait pas à la voir allongée sur les coussins multicolores, soutenant sa tête d'une main. Alors que Siuan était jolie, elle, attirant les sourires des hommes et des femmes, Halima était ravissante, avec de grands yeux verts dans un visage parfait, une poitrine ferme et généreuse, qui fait déglutir les hommes et grimacer les autres femmes. Non qu'Egwene grimaçât ou crût les histoires colportées par les femmes jalouses de la façon dont Halima attirait les hommes, juste par sa présence. Après tout, elle n'était pas responsable de son physique. Mais même si sa situation de secrétaire auprès de Delana était due à la charité – paysanne presque inculte, Halima formait ses lettres avec la maladresse d'un jeune enfant, – Delana l'occupait toute la journée à des travaux plus ou moins utiles. Elle apparaissait rarement avant l'heure du coucher, et c'était presque toujours parce qu'elle avait entendu dire qu'Egwene avait la migraine. Nisao ne pouvait rien contre ces maux de tête, même en utilisant la nouvelle Guérison, alors que les massages d'Halima étaient très efficaces, même quand la douleur faisait gémir Egwene.

— Je lui ai dit que vous n'auriez pas le temps de recevoir des visites ce matin, Mère, dit sèchement Siuan, foudroyant toujours la femme allongée sur les coussins tout en prenant la cape d'Egwene. Mais j'aurais pu tout autant jouer aux ficelles magiques qu'ouvrir la bouche.

Suspendant la cape à une patère, elle renifla avec dédain.

— Peut-être qu'elle m'aurait écoutée si j'avais eu des moustaches et des chausses.

Siuan semblait croire toutes les rumeurs sur les prétendus ravages que faisait Halima parmi les jeunes artisans et les soldats.

Curieusement, Halima semblait s'amuser de cette réputation. Peut-être même s'en réjouissait-elle. Elle rit d'un rire grave et rauque, et s'étira sur les coussins, comme un chat. Comme elle aimait porter des robes en soie à profonds décolletés, incroyables par ce temps, son corsage de soie verte à taillades bleues contenait à peine sa poitrine.

— Vous paraissiez soucieuse ce matin, Mère, murmura la femme aux yeux verts, et vous êtes sortie sans bruit pour ne pas me réveiller. Je me suis dit que vous aimeriez parler. Vous n'auriez pas tant de maux de tête si vous parliez davantage de vos soucis. Vous savez au moins que vous pouvez vous confier à moi.

Lorgnant Siuan qui la considérait avec dédain, Halima eut un nouveau rire.

— Et vous savez que je n'attends rien de vous, contrairement à certaines.

Siuan renifla une fois de plus, et s'affaira ostensiblement à poser son dossier sur la table, exactement entre l'encrier en pierre et la jarre de sable. Elle alla même jusqu'à tripoter le plumier.

Avec effort, Egwene parvint à ne pas soupirer. Halima ne demandait rien, à part une paillasse dans la tente d'Egwene, pour être à pied d'œuvre quand survenait une migraine, mais dormir à côté d'Egwene devait lui poser des problèmes pour accomplir ses autres devoirs envers Delana. De plus, Egwene appréciait son franc-parler. C'était très facile de parler avec Halima et d'oublier pendant quelques instants qu'elle était le Siège d'Amyrlin, ce qu'elle ne pouvait pas se permettre même avec Siuan. Elle avait trop lutté pour être reconnue Aes Sedai et Amyrlin, et cette reconnaissance était encore trop fragile. Le moindre faux pas dans sa condition d'Amyrlin risquait d'en engendrer d'autres, jusqu'à ce qu'on ne la considère plus que comme une enfant. La présence d'Halima lui était donc précieuse, sans compter le soulagement qu'elle lui apportait. Mais elle était contrariée que toutes les femmes du camp semblent partager le point de vue de Siuan, à l'exception possible de Delana. La Grise semblait trop prude pour employer une fille légère, quelque charité qu'elle crût lui devoir. En tout cas, qu'elle pourchassât les hommes ou même qu'elle les bouleversât, ça n'était pas la question pour le moment.

— Je crains d'avoir du travail maintenant, Halima, dit-elle en ôtant ses gants.

Une montagne de travail, la plupart du temps. Pas trace des rapports de Sheriam sur la table, mais elle les lui enverrait bientôt, avec quelques pétitions qui, d'après elle, méritaient l'attention d'Egwene. Juste quelques-unes ; une dizaine de réclamations en réparation de griefs divers, pour lesquelles Egwene devrait exercer le jugement de l'Amyrlin. Elle aurait à étudier chaque cas, pour arriver à une décision juste.

— Vous pourrez peut-être déjeuner avec moi.

Si elle terminait assez tôt pour ne pas avoir à manger dans le bureau. Déjà, midi approchait.

— Ainsi, nous pourrons parler.

Halima se redressa brusquement, les yeux flamboyants, pinçant ses lèvres pulpeuses, mais ce mouvement d'humeur disparut aussitôt. Pourtant, son regard était orageux. Si elle avait été un chat, elle aurait fait le gros dos et sa queue hérissée aurait ressemblé à un goupillon. Se relevant avec grâce sur les tapis amoncelés au sol, elle lissa sa robe sur ses hanches.

— Très bien. Si vous êtes certaine de ne pas avoir besoin de moi…

Avec un synchronisme remarquable, une douleur sourde se mit à puiser derrière les yeux d'Egwene, signe avant-coureur certain d'une migraine épouvantable, mais elle secoua la tête et répéta qu'elle avait du travail. Halima hésita encore un moment, pinçant de nouveau les lèvres, crispant les mains sur ses jupes, puis elle attrapa sa cape de soie doublée de fourrure à la patère et sortit dignement, sans prendre la peine de la mettre sur ses épaules. Elle pouvait attraper la mort à sortir ainsi dans le froid.

— Tôt ou tard, ce tempérament de femme de pêcheur lui jouera des tours, marmonna Siuan avant que les rabats de la tente ne cessent de battre.

Fronçant les sourcils, elle remonta son châle sur ses épaules.

— Cette femme se modère en votre présence, mais avec moi, elle est plutôt grossière. Avec n'importe qui d'autre, d'ailleurs. On l'a entendue crier sur Delana, dont elle est la secrétaire. Qui plus est une Députée ! Je ne comprends pas comment Delana peut la supporter.

— C'est son affaire.

Juger le comportement des autres sœurs était autant interdit que d'interférer dans leurs jugements. Interdit seulement par la coutume, non par la loi, mais certaines coutumes sont plus fortes que des lois. Ce n'était pas à Siuan qu'elle devait le rappeler.

Se massant les tempes, Egwene s'assit avec précaution derrière sa table de travail, mais la chaise branla quand même. Comme elle était pliante pour pouvoir être rangée dans un chariot, ses pieds se repliaient parfois au mauvais moment. Malgré des tentatives répétées, aucun des menuisiers n'avait été capable de la réparer. La table se pliait elle aussi, mais elle s'était révélée plus stable. Elle regrettait de ne pas avoir profité de l'occasion d'acheter une autre chaise au Murandy. Il y avait tant de choses à acheter avec si peu d'argent. Déjà, elle avait acquis une paire de torchères et une lampe de bureau, en fer peint. Un bon éclairage ne semblait pas atténuer ses migraines, mais c'était mieux que de lire à la lueur d'une lanterne ou de quelques chandelles de suif. Si Siuan comprit la remontrance, cela n'atténua pas ses critiques pour autant.

— Et ce n'est pas seulement une question de tempérament. Une ou deux fois, j'ai bien cru qu'elle allait me frapper. Elle a assez de bon sens pour s'en abstenir, je suppose, mais tout le monde n'est pas Aes Sedai. Je suis convaincue qu'elle a cassé le bras d'un charron. Il a dit qu'il était tombé, mais j'ai la nette impression qu'il mentait, avec ses yeux fuyants et sa bouche tordue. Il n'aura pas voulu admettre qu'une femme lui avait brutalement ramené le coude en arrière !

— Laissez tomber, Siuan, dit Egwene avec lassitude. Cet homme voulait sans doute prendre des libertés avec elle.

Ce devait être ça. D'ailleurs, elle ne voyait pas comment Halima aurait pu casser le bras à un homme.

Au lieu d'ouvrir le dossier que Siuan avait placé sur sa table, elle posa les mains de chaque côté pour s'empêcher de se masser les tempes. Si elle ignorait la douleur, peut-être qu'elle finirait par disparaître. De plus, elle avait des informations pour Siuan.

— Il semble que certaines Députées parlent de négocier avec Elaida, commença-t-elle.

Le visage neutre, Siuan se percha sur l'un des deux trépieds branlants devant la table, et écouta avec attention. Ses doigts tambourinaient légèrement sur ses jupes, jusqu'à ce qu'Egwene ait terminé. Puis elle serra les poings et grommela une bordée de jurons, souhaitant aux Députées de mourir empoisonnées par des tripes de poisson avarié. Ses grossièretés étaient accentuées par le fait qu'elles sortaient d'un jeune et joli visage.

— Vous avez eu raison de les laisser faire, je suppose, murmura-t-elle quand elle eut épuisé ses invectives. Les pourparlers vont s'intensifier maintenant qu'ils ont commencé, et ainsi, vous garderez l'avantage. La réaction de Beonin ne devrait pas me surprendre. Elle est ambitieuse, et j'ai toujours pensé qu'elle serait retournée vers Elaida si Sheriam et les autres ne l'avaient pas élevée en grade.

Accélérant son débit, Siuan fixa les yeux sur Egwene comme pour donner du poids à ses paroles.

— En revanche, j'aimerais bien que Varilin et les autres me surprennent, Mère. Sans compter les Bleues, six Députées de cinq Ajahs ont fui la Tour après le coup d'éclat d'Elaida, dit-elle en tordant la bouche. Et voilà que nous en avons une de chacune de ces cinq Ajahs. Je suis allée dans le *Tel'aran'rhiod* la nuit dernière, à la Tour…

— J'espère que vous avez été prudente, dit sèchement Egwene.

Parfois, Siuan semblait à peine savoir ce que voulait dire le mot « prudence ».

Les sœurs faisaient la queue pour utiliser les quelques *ter'angreals* de rêve en leur possession, surtout pour visiter la Tour, et bien qu'il ne fût pas officiellement interdit à Siuan d'en utiliser un, c'était tout comme. Elle aurait pu mettre son nom sur la liste sans que l'Assemblée lui accorde une seule nuit d'utilisation. Outre les sœurs qui la jugeaient responsable de la division de la Tour – elle n'avait pas été réacceptée aussi chaleureusement que Leane, ni choyée par aucune –, beaucoup se rappelaient la rudesse de son enseignement, quand elle était l'une des rares à savoir se servir des *ter'angreals* de rêve. Siuan supportait mal la bêtise, et tout le monde s'était comporté en imbécile à sa première visite dans le *Tel'aran'rhiod*. À présent, elle devait prendre le tour de Leane quand elle voulait aller dans le Monde des Rêves. Si une autre sœur la voyait, l'interdiction deviendrait officielle, ou pis, déclencherait une enquête pour déterminer qui lui avait prêté un *ter'angreal*, laquelle démasquerait forcément Leane.

— Dans le *Tel'aran'rhiod*, dit Siuan avec un geste dédaigneux, je suis une femme différente à chaque détour de couloir.

C'était rassurant, mais ça venait peut-être davantage d'un manque de contrôle que d'une volonté précise. La croyance de Siuan en ses propres capacités était parfois plus grande qu'elle n'était justifiée.

— L'important, c'est que la nuit dernière j'ai vu une liste partielle des Députées et je suis parvenue à lire la plupart des noms avant qu'elle ne se transforme en une liste de vins.

C'était courant dans le *Tel'aran'rhiod*, où rien ne restait stable pendant longtemps, à moins d'être un reflet de quelque chose de permanent dans le monde réel.

— Andaya Forae a été promue pour les Grises, Rina Hafden pour les Vertes, et Juilaine Madome pour les Brunes. Aucune n'a porté le châle pendant plus de soixante-dix ans. Elaida a le même problème que nous, Mère.

— Je vois, dit lentement Egwene, réalisant qu'elle se massait les tempes.

La douleur continuait à battre derrière ses yeux. Elle allait augmenter, comme toujours. À la tombée de la nuit, elle regretterait d'avoir renvoyé Halima. Rabaissant sa main, elle déplaça le dossier en cuir d'un demi-pouce à gauche, puis le glissa de nouveau vers la droite.

— Et les autres ? Elles avaient six Députées à remplacer.

— Ferane Neheran a été promue pour les Blanches, reconnut Siuan, et Suana Dragand pour les Jaunes. Toutes les deux avaient déjà appartenu à l'Assemblée. Ce n'était qu'une liste partielle et je n'ai pas eu le temps de la lire en entier.

Elle se redressa, relevant un menton têtu.

— Une ou deux promues avant leur temps, ce serait déjà inhabituel – cela arrive, mais rarement –, or nous en sommes à onze, peut-être douze, entre nous et la Tour. Je ne crois pas à tant de coïncidences. Quand les poissonniers achètent tous au même prix, on peut parier qu'ils étaient tous à la même taverne la veille.

— Inutile de convaincre une convertie, Siuan.

Egwene se renversa sur sa chaise en soupirant, portant machinalement la main au pied de chaise qui se repliait toujours. À l'évidence, il se passait quelque chose de bizarre, mais qu'est-ce que ça signifiait ? Et qui pouvait influencer le choix des sœurs dans *toutes* les Ajahs ? Toutes sauf la Bleue, en tout cas ; elles avaient choisi une nouvelle Députée, mais Moria était Aes Sedai depuis largement plus de cent ans. Et peut-être que les Rouges n'étaient pas affectées ; personne ne savait quels changements, si changements il y avait, avaient eu lieu chez les Rouges. Les Noires étaient peut-être derrière tout cela, mais qu'est-ce qu'elles pouvaient y gagner si toutes ces trop jeunes Députées n'étaient pas des Noires ? Cela semblait impossible. Si l'Ajah Noire avait eu autant d'influence, l'Assemblée n'aurait été composée que d'Amies du Ténébreux depuis longtemps. Pourtant, il devait y avoir *quelqu'un* au cœur de tout cela. Ses réflexions accrurent la douleur derrière ses yeux.

— Si tout cela n'est que le fruit du hasard, vous regretterez d'y avoir vu de sombres machinations, Siuan, dit-elle avec un sourire forcé, pour adoucir sa remarque.

Une Amyrlin devait faire attention à ses paroles.

— Maintenant que vous m'avez convaincue qu'il y a une machination en forme de puzzle, je veux que vous en trouviez la solution. Qui est responsable et que cherchent-elles ? Jusqu'à ce que nous le sachions, nous sommes dans la plus totale ignorance.

— C'est tout ce que vous voulez ? demanda Siuan, ironique. Avant ou après le dîner ?

— Après, dit sèchement Egwene, qui soupira devant l'expression de sa compagne.

Inutile de s'en prendre à Siuan parce qu'elle avait la migraine. Les paroles d'une Amyrlin détiennent un pouvoir, et ont parfois des conséquences ; elle ne devait pas l'oublier.

— Le plus tôt sera le mieux, dit-elle d'un ton radouci. Je sais que vous serez aussi rapide que possible.

Qu'elle soit chagrinée ou non, Siuan sembla comprendre que la brusquerie d'Egwene n'était pas uniquement due au sarcasme. Malgré son apparence juvénile, elle avait des années de pratique dans la lecture des visages.

— Dois-je aller chercher Halima ? demanda-t-elle, faisant mine de se lever.

L'absence d'aigreur sur le nom d'Halima donna la mesure de son inquiétude.

— Ça ne prendra qu'une minute.

— Si je cédais à chaque douleur, je ne ferais jamais rien, dit Egwene, ouvrant le dossier. Bon, qu'avez-vous pour moi aujourd'hui ?

Elle garda les mains sur les papiers, pour s'empêcher de se masser les tempes.

Tous les matins, la première tâche de Siuan consistait à aller chercher les rapports des yeux-et-oreilles que les Ajahs consentaient à fournir à l'Amyrlin, plus ce que les sœurs avaient transmis à leurs Ajahs et que les Ajahs avaient décidé de communiquer à Egwene.

C'était un étrange processus, qui donnait pourtant une image assez juste du monde, quand on y ajoutait les informations de Siuan. Elle était parvenue à conserver les agents qu'elle avait eus en sa qualité d'Amyrlin, en refusant tout simplement de révéler leur identité à quiconque, malgré tous les efforts de l'Assemblée, et finalement, personne ne pouvait dire que ces yeux-et-oreilles appartenaient à l'Amyrlin et devaient donc faire leur rapport à Egwene. Certes, cela avait provoqué des protestations interminables, qui continuaient parfois, mais personne n'y pouvait rien.

Comme d'habitude, le premier rapport ne venait ni des Ajahs ni de Siuan, mais de Leane, écrit sur de minces feuilles de papier d'une écriture fluide et élégante. Egwene n'aurait su dire exactement pourquoi, mais, à la lecture des écrits de Leane, nul ne pouvait douter que ce fût l'écriture d'une femme. Après l'avoir lue, Egwene mettait chaque feuille dans la flamme de la lampe, la tenant pratiquement jusqu'à ce que le feu lui lèche les doigts, avant de tomber en poussière. Alors qu'elle et Leane se comportaient presque comme des étrangères en public, il n'aurait pas fallu qu'un de ses rapports tombe dans de mauvaises mains.

Peu de sœurs savaient que Leane avait des yeux-et-oreilles dans Tar Valon même. C'était peut-être la seule dans ce cas. C'est une faiblesse bien humaine que d'observer attentivement ce qui se passe au bout de la rue tout en ignorant ce qui se produit sous votre nez, et la Lumière savait que les Aes Sedais avaient autant de faiblesses que le commun des mortels.

Malheureusement, Leane n'avait pas grand-chose de nouveau à lui communiquer.

Ses gens se plaignaient que les rues étaient sales et de plus en plus dangereuses la nuit, sans être beaucoup plus sûres le jour. Autrefois, le crime était pratiquement inexistant à Tar Valon, mais à présent, les Gardes de la Tour avaient déserté les rues pour patrouiller les ports et les têtes de pont. Excepté pour encaisser les droits de douane et acheter du matériel, activités confiées à des intermédiaires, la Tour Blanche semblait s'être complètement isolée de la cité. Les grandes portes qui permettaient au public d'entrer dans la Tour demeuraient en permanence fermées à double tour, et personne n'avait vu une sœur hors de la Tour depuis le début du siège. Tout confirmait ce que Leane lui avait déjà appris. Pourtant, la dernière page fit hausser les sourcils à Egwene. Selon la rumeur circulant dans les rues, Gareth Bryne aurait trouvé un moyen d'accéder à la cité, et se préparerait à entrer à l'intérieur des murs avec toute son armée, d'un jour à l'autre.

— Si quelqu'un avait fait la moindre allusion aux portails, Leane l'aurait su, dit vivement Siuan devant l'expression d'Egwene.

Bien sûr, elle avait déjà lu tous ces rapports et savait ce qu'Egwene lisait à son tour. Remuant sur son tabouret branlant, elle faillit tomber sur les tapis tant elle prêtait peu d'attention à l'instabilité de son assise. Mais cela ne la réduisit pas au silence pour autant.

— Et vous pouvez être sûre que Gareth n'en a soufflé mot à personne, poursuivit-elle tout en reprenant son équilibre. Il n'est pas impossible qu'un de ses soldats soit assez bête pour déserter dans la cité, mais, lui, il sait quand il doit se taire. Il a juste la réputation d'attaquer quand cela semble impossible, c'est tout.

Dissimulant un sourire, Egwene mit dans la flamme la feuille mentionnant le Seigneur Gareth, et la regarda se gondoler et noircir. Quelques mois plus tôt, Siuan aurait fait un commentaire sarcastique sur « ce foutu Gareth ». Même si elle ne devait pas être très pressée d'avoir à s'occuper de sa lessive et de lui cirer les bottes, Egwene l'avait surprise en train de le regarder longuement lors d'une de ses rares visites au camp et Siuan aurait mieux fait de s'enfuir en courant quand Gareth avait jeté un petit coup d'œil dans sa direction. Mais Siuan, qui était Aes Sedai depuis plus de vingt ans, et avait été Amyrlin pendant dix ans, était aussi désemparée devant l'amour qu'un canard qui devrait tondre un mouton.

Egwene écrasa les cendres et s'épousseta les mains, son sourire disparaissant. De quel droit se permettait-elle de juger ainsi Siuan ? Elle était amoureuse, elle-même, mais elle ne savait absolument pas où était Gawyn, ni ce qu'elle ferait si elle l'apprenait. Il avait des obligations envers l'Andor, et elle envers la Tour. Et la seule façon de jeter un pont sur ce gouffre, à savoir de le lier comme Lige, pouvait le tuer. Mieux valait renoncer à lui, l'oublier complètement. Ça lui semblait aussi facile que d'oublier son propre nom. Et elle le *lierait* à elle. Elle le savait. Naturellement, elle ne le lierait pas sans savoir où il se trouvait, sans l'avoir sous la main, de sorte que tout revenait à la case départ. Les hommes étaient… un *casse-tête* !

S'arrêtant pour se frictionner les tempes – ce qui ne fit rien pour atténuer la douleur – elle écarta Gawyn de son esprit, autant qu'elle put. Se concentrant sur le présent, elle prit la feuille suivante.

La plus grande partie du monde avait disparu, en ce qui concernait les yeux-et-oreilles. Les quelques nouvelles des pays conquis par les Seanchans évoquaient des descriptions fantaisistes des bêtes seanchanes présentées comme preuves qu'ils se servaient des Engeances de l'Ombre, des contes horrifiants de femmes testées pour savoir si on les mettrait à la laisse comme *damanes*, et des histoires déprimantes de… de résignation. Les Seanchans, semblait-il, n'étaient pas des dirigeants pires que les autres, et meilleurs que certains – tant que vous n'étiez pas une femme capable de canaliser – et trop de gens paraissaient avoir abandonné toute idée de résistance une fois qu'il était apparu clairement que les Seanchans les laisseraient vivre à leur guise. Les nouvelles de l'Arad Doman étaient presque aussi mauvaises, n'étant rien que des rumeurs, reconnues comme telles par les sœurs ayant rédigé les rapports, mais communiquées juste pour montrer dans quel état était le pays. Le Roi Alsalam était mort. Non, il avait commencé à canaliser et était devenu fou. Rodel Ituralde, le Grand Capitaine, était mort lui aussi, ou bien il avait usurpé le trône et envahi la Saldaea. Les membres du Conseil des Marchands étaient tous morts eux aussi, ou bien ils avaient fui le pays, ou encore avaient provoqué une guerre civile pour déterminer qui serait le prochain roi. Tout pouvait être vrai ou complètement farfelu. Les Ajahs avaient l'habitude de tout contrôler, or, pour le moment, une partie du monde était enveloppée dans un épais brouillard. Quoi qu'il en soit, s'il y avait des perspectives plus précises, aucune Ajah n'avait daigné les communiquer.

Par ailleurs, les Ajahs considéraient des choses très différentes comme étant d'une importance capitale, tout en ignorant le reste. Les Vertes, par exemple, s'intéressaient tout particulièrement aux armées des Marches près de Nouvelle Braem, à des centaines de lieues de la Dévastation qu'elles étaient censées garder. Leur rapport parlait uniquement des problèmes de la population des Marches, comme s'il fallait y remédier immédiatement. Non qu'il suggérât quoi que ce soit, ne fût-ce que par allusions, pourtant la frustration était visible dans les pattes de mouche jetées à la hâte sur la feuille. Egwene connaissait la vérité grâce à Elayne, mais elle était contente de laisser les Vertes grincer des dents pour le moment, depuis que Siuan avait révélé pourquoi elles n'étaient pas pressées de mettre les choses au clair. D'après son agent à Nouvelle Braem, les gens des Marches étaient accompagnés par cinquante ou cent sœurs, peut-être même deux cents. Le nombre incertain d'Aes Sedais était peut-être follement exagéré, bien sûr, mais leur présence était un fait dont les Vertes devaient avoir conscience, même si les rapports envoyés à Egwene ne les mentionnaient jamais. Aucune Ajah n'avait évoqué leur présence dans ses rapports. Mais au fond, il y avait peu de différences entre deux cents sœurs et deux seulement. Personne n'arrivait à savoir avec certitude qui elles étaient ou pourquoi elles étaient là. Mettre le nez dans leurs affaires serait sûrement interprété comme une interférence. Il semblait étrange qu'elles puissent être engagées dans une guerre entre Aes Sedais.

— Au moins, elles ne suggèrent pas d'envoyer quelqu'un à Caemlyn.

Egwene cligna des yeux. La douleur s'était accentuée sous l'effort de la lecture.

Siuan eut un grognement de dérision.

— Pourquoi le feraient-elles ? À leur connaissance, Elayne est sous la coupe de Merilille et Vandene, alors elles sont sûres que leur Aes Sedai sera reine, et Verte en prime. De plus, aussi longtemps que les Asha'man restent en dehors de Caemlyn, personne ne veut prendre le risque de les provoquer. Dans cette situation, nous pourrions aussi bien essayer d'attraper à mains nues des guêpes gélatineuses. Même les Vertes le savent. De toute façon, cela n'empêchera pas certaines sœurs, Vertes ou autres, d'aller à Caemlyn. Juste pour voir certains de leurs yeux-et-oreilles. Ou pour se faire faire une robe ou une selle, ou la Lumière seule sait quoi d'autre.

— *Même* les Vertes ? dit Egwene d'un ton acerbe.

Tout le monde pensait que les Brunes étaient comme ci, les Blanches comme ça, même quand, à l'évidence, il n'en était rien. Parfois, elle se hérissait d'entendre ce genre de réflexion qui mettait toutes les Vertes dans le même panier, comme si elles étaient toutes une seule et même femme. Peut-être se considérait-elle comme une Verte, ce qui était stupide. L'Amyrlin était de toutes les Ajahs et d'aucune à la fois – elle ajusta l'étole sur ses épaules, se remémorant ce que signifiaient ces sept bandes – et elle n'avait jamais appartenu à aucune. Pourtant, elle ressentait un sentiment de… *similitude* entre elle et les Vertes.

— Combien de sœurs restent introuvables, Siuan ? Même les plus faibles peuvent Voyager où elles veulent, une fois liées, et je voudrais bien savoir où elles sont allées.

Un moment, Siuan fronça pensivement les sourcils.

— Une vingtaine, je pense, dit-elle enfin. Peut-être moins. Le nombre change tous les jours. Personne ne tient le compte à jour. Aucune sœur n'y resterait indifférente.

Elle se pencha en avant, s'équilibrant prudemment cette fois-ci quand le pied de son tabouret branla.

— Vous avez merveilleusement jonglé avec les situations jusqu'à présent, Mère, mais ça ne peut pas durer. À la fin, l'Assemblée découvrira tout ce qui se passe à Caemlyn. Elles peuvent accepter de garder le secret sur les Seanchanes prisonnières – cela sera considéré comme l'affaire de Merilille ou de Vandene –, mais elles savent déjà qu'il y a des Atha'an Mieres à Caemlyn. Elles apprendront le marché passé avec elles tôt ou tard, et l'existence de la Famille, sinon vos plans la concernant.

Siuan émit un nouveau grognement. Elle n'était pas trop sûre elle-même de ce qu'elle ressentait à l'idée que des Aes Sedais prennent leur retraite dans la

Famille, et encore moins comment d'autres sœurs prendraient la chose.

— Mes yeux-et-oreilles n'ont encore rien découvert, mais quelqu'un finira par trouver quelque chose, c'est certain. Vous ne pouvez pas tarder plus longtemps, ou vous risquez de patauger au milieu d'un banc de brochets argentés.

— Un de ces jours, marmonna Egwene, il faudra que je voie ces brochets argentés dont vous parlez tout le temps.

Elle leva une main comme Siuan ouvrait la bouche.

— Un de ces jours. L'accord avec le Peuple de la Mer causera des problèmes, admit-elle, mais quand les Ajahs entendront les allusions, elles ne réaliseront pas tout de suite de quoi il s'agit. Des sœurs enseignant aux Atha'an Mieres à Caemlyn ? Ça ne s'est jamais vu, mais qui va poser des questions ou interférer contrairement à la coutume ? Je suis sûre qu'il y aura toutes sortes de récriminations, peut-être même quelques questions à l'Assemblée, mais avant qu'on sache qu'on a vraiment passé un marché, j'aurai lancé mon plan pour la Famille.

— Vous pensez que *cela* ne va pas leur aiguiser les dents ?

Déplaçant son châle sur ses épaules, Siuan ne prit guère la peine de dissimuler son incrédulité. En fait, elle l'accentua en fronçant les sourcils.

— Cela provoquera une discussion, reconnut Egwene.

Un euphémisme. Cela déclencherait une tempête de protestations, proche de l'émeute, chez les Aes Sedais.

Mais la Tour déclinait depuis plus de mille ans, et elle avait l'intention de mettre fin à cette décadence.

— Mais je veux procéder par étapes. Les Aes Sedais répugnent peut-être à parler de leur âge, Siuan, mais elles comprendront bientôt que jurer sur la Baguette aux Serments raccourcit leur vie de moitié, au moins. Personne ne *désire* mourir avant son heure.

— Si elles sont vraiment convaincues qu'il y a une femme de la Famille âgée de plus de six cents ans, grogna Siuan.

Egwene soupira de contrariété. C'était une autre chose dont Siuan n'était pas certaine : la prétention de la Famille à la longévité. Egwene appréciait les conseils de Siuan, et sa liberté de ton, mais parfois elle semblait traîner les pieds autant que Romanda ou Lelaine.

— S'il le faut, Siuan, ajouta-t-elle, irritée, je laisserai les sœurs parler avec certaines femmes ayant cent ans de plus que la plus âgée d'entre elles. Elles pourront essayer de les écarter comme Irrégulières et menteuses, mais Reanne Corly peut prouver qu'elle a été à la Tour. D'autres aussi. Avec un peu de chance, je convaincrai les sœurs de se faire libérer des Trois Serments pour prendre leur retraite dans la Famille avant qu'elles n'apprennent que nous avons passé un marché avec le Peuple de la Mer. Et une fois qu'elles auront accepté que n'importe quelle sœur puisse être déliée des Trois Serments, ce sera beaucoup moins difficile de les convaincre de laisser faire les sœurs du Peuple de la Mer. À côté de ça, le reste, c'est de la roupie de sansonnet. Comme vous le dites sans cesse, l'habileté et la rapidité sont nécessaires pour accomplir quoi que ce soit à l'Assemblée, mais la chance est absolument indispensable. Eh bien, je serai aussi habile et rapide que je pourrai. Quant à la chance, il semble qu'elle soit de mon côté pour une fois.

Siuan tergiversa, mais elle finit par en convenir. Elle pensait même qu'Egwene pourrait réussir, avec de la chance et une bonne synchronisation. Non qu'elle fût convaincue pour ce qui concernait la Famille ou les accords avec les Atha'an Mieres, mais ce que proposait Egwene était sans précédent, de sorte que la plus grande part pourrait être acceptée par l'Assemblée avant que les Députées n'aient réalisé ce qui leur arrivait. Egwene voulait bien s'en contenter. Quoi qui fût présenté à l'Assemblée, il se trouvait toujours assez de Députées dans l'opposition pour qu'un consensus fût difficile à trouver dans le meilleur des cas, et rien n'y était fait sans le consensus général. Il lui semblait que la plupart de ses rapports avec les Députées consistaient à les convaincre de faire ce qu'elles ne voulaient pas faire. Là, il n'y avait aucune raison pour que ce soit différent.

Tandis que les Vertes se concentraient sur les gens des Marches, les Grises se focalisaient sur le sud à présent. Toutes les Ajahs étaient obnubilées par les rapports venus d'Illian et de Tear concernant le grand nombre d'Irrégulières dans le Peuple de la Mer, ce qu'elles trouvaient étonnant, si c'était vrai, même si elles doutaient de leur véracité, sachant que les sœurs l'auraient su depuis longtemps. Comment une telle chose aurait-elle pu se produire sans que personne n'en sache rien ? Personne non plus ne fit remarquer qu'elles s'étaient contentées de ce qu'elles voyaient en surface, sans se soucier d'enquêter en profondeur. Mais les Grises étaient fascinées par la pression que les Seanchans exerçaient sur l'Illian, et par le siège récemment commencé de la Pierre de Tear. Les guerres et les menaces de guerre préoccupaient toujours beaucoup les Grises, vu que leur rôle consistait à mettre fin aux conflits et à étendre leur influence. Chaque fois que les Grises arrêtaient une guerre par un traité, elles accroissaient l'influence de toutes les Aes Sedais, et celle des Grises en particulier. Pourtant, les Seanchans semblaient hors d'atteinte de négociations, par des Aes Sedais en tout cas, et l'indignation des Grises à être ainsi dédaignées s'exprimait en paroles acerbes sur les incursions des Seanchans au-delà de la frontière, et sur les forces croissantes que rassemblait le Seigneur Gregorin, Gouverneur de l'Illian pour le Dragon Réincarné, titre qui en soi éveillait quelque inquiétude. Tear avait son propre Gouverneur pour le Dragon Réincarné, le Haut Seigneur Darlin Sisnera, et il était assiégé dans la Pierre par des nobles qui refusaient d'accepter Rand. C'était un siège très étrange. La Pierre avait ses propres docks, et les ennemis de Darlin ne pouvaient pas lui couper les approvisionnements, même en tenant le reste de la cité ; ils semblaient se contenter d'attendre et voir venir. Peut-être ne voyaient-ils pas quoi faire d'autre. Seuls les Aiels avaient tenté d'assiéger la Pierre. Les Grises avaient quelque espoir pour Tear.

Egwene releva la tête en lisant le bas de la page, qu'elle posa précipitamment pour prendre la suivante. Les Grises avaient eu quelque espoir... Apparemment, une Sœur Grise avait été reconnue en sortant de la Pierre, et suivie jusqu'à ce qu'elle rencontre le Haut Seigneur Tedosian et la Haute Dame Estanda, deux des principaux assiégeants.

— Merana, dit-elle en un souffle. Ils disent que c'était Merana Ambrey, Siuan.

Machinalement, elle se massait les tempes. La douleur derrière ses yeux avait encore augmenté.

— Elle aura peut-être une bonne influence.

Siuan se leva et traversa la pièce jusqu'à une petite table contre une paroi de la tente, où plusieurs tasses dépareillées et deux pichets reposaient sur un plateau. Le pichet d'argent contenait du vin chaud aux épices, le pichet en faïence bleue du thé. Ils avaient été posés là à l'aube pour l'arrivée de l'Amyrlin et avaient refroidi depuis longtemps. Personne n'avait prévu qu'Egwene chevaucherait jusqu'au fleuve.

— Tant que Tedosian et les autres ne réalisent pas pour qui elle travaille vraiment.

Le châle de Siuan tomba sur son épaule quand elle tâta les côtés du pichet en faïence. L'aura de la *saidar* l'entoura quand elle canalisa brièvement le Feu pour en réchauffer le contenu.

— Ils ne lui feront pas confiance pour négocier s'ils découvrent qu'elle est la créature du Dragon Réincarné.

Versant du thé dans une tasse en étain, elle y ajouta une généreuse mesure de miel, remua, et la rapporta à Egwene.

— Cela vous fera peut-être du bien à la tête. C'est une sorte de concoction d'herbes qu'a composée Chesa, mais le miel en cache le goût.

Egwene but une gorgée prudente, et posa la tasse en frissonnant. Si le goût était aussi âcre avec du miel, elle n'imaginait pas ce que ce devait être sans. Peut-être que la migraine était préférable.

— Comment pouvez-vous prendre ça si calmement, Siuan ? La présence de Merana à Tear est la première preuve que nous détenons. Ça n'est pas une coïncidence.

Au début, il n'y avait eu que des murmures, venant des Ajahs et des yeux-et-oreilles de Siuan. Il y avait des Aes Sedais au Cairhien, et elles semblaient entrer et sortir librement du Palais Royal quand le Dragon Réincarné s'y trouvait. Puis les murmures s'étaient faits rauques, inquiets, hésitants. Les yeux-et-oreilles de Cairhien ne voulaient pas le dire. Aucune ne voulait répéter ce que disaient ses agents : il y avait des Aes Sedais au Cairhien qui semblaient suivre les ordres du Dragon Réincarné. Pis, les noms qui filtraient étaient ceux de femmes qui s'étaient trouvées à Salidar, parmi les premières à résister à Elaida, tandis que d'autres étaient connues pour leur fidélité à cette même Elaida. Personne n'avait mentionné tout haut la Compulsion dont Egwene connaissait l'existence, mais elles devaient y penser.

— Inutile de s'arracher les cheveux quand le vent ne souffle pas dans le bon sens, répliqua Siuan, se rasseyant sur son tabouret.

Elle fit mine de se croiser les jambes, mais reposa précipitamment les deux pieds par terre quand le tabouret menaça de basculer. En grommelant, elle rajusta son châle d'un haussement d'épaules.

— Il faut ajuster la voilure pour profiter au maximum de la direction du vent. Réfléchissez froidement et vous rentrez au port saine et sauve ; laissez-vous emporter par les éléments, et vous sombrez.

Parfois, Siuan parlait comme si elle travaillait encore sur un bateau de pêche.

— Je crois qu'il faut boire plus d'une gorgée de cette tisane pour que ça vous fasse du bien, Mère.

Avec une grimace, Egwene poussa la tasse un peu plus loin. L'arrière-goût du liquide était aussi affreux que la migraine.

— Siuan, si vous voyez un moyen de tirer parti de cet imbroglio, faites-le-moi savoir. Je ne veux même pas penser à *utiliser* le fait que Rand ait pu se servir de la Compulsion sur les sœurs. Je ne veux pas penser à cette éventualité.

Ni à celle qu'il connût ce tissage repoussant, ou qu'il pût l'imposer à n'importe qui. Elle le connaissait, ce tissage – autre petit cadeau de Moghedien – et elle souhaitait oublier comment on s'en servait.

— Dans ce cas, il s'agit moins de l'utiliser que d'en imaginer les effets. Il faudra s'en occuper éventuellement, et peut-être donner à Rand une bonne leçon. Mais vous ne voulez pas que les sœurs lui courent après, et ces nouvelles de Cairhien inspirent la prudence.

La voix de Siuan était assez calme, mais elle ne tenait pas en place, à l'évidence agitée intérieurement. Ce n'était pas une chose dont une Aes Sedai pouvait parler *trop* calmement.

— Mais d'autre part, si les gens réfléchissent, ils réalisent que toutes ces histoires qui le font se soumettre à Elaida sont absurdes. Elle a peut-être envoyé des sœurs pour le surveiller, mais elles n'auraient pas accepté des sœurs qui voudraient destituer Elaida. Réaliser cela donnera peut-être un peu de courage à celles qui ont commencé à penser que peut-être Elaida le tenait sous sa coupe. Pour toutes, c'est une raison de moins de penser lui céder.

— Et Cadsuane ? dit Egwene.

De tous les noms leur parvenant de Cairhien, c'est celui qui avait causé la plus forte onde de choc parmi les sœurs. Cadsuane Melaidhrin était une légende, avec autant de versions positives que négatives. Certaines sœurs étaient sûres et certaines qu'il s'agissait d'une erreur ; Cadsuane devait être morte à l'heure qu'il était. D'autres semblaient juste souhaiter qu'elle le soit.

— Êtes-vous certaine qu'elle soit restée à Cairhien après la disparition de Rand ?

— Je me suis assurée que mes gens gardaient l'œil sur elle dès que j'ai entendu son nom, dit Siuan, d'un ton fiévreux. Je ne sais pas si elle est une Amie du Ténébreux ; je le soupçonne seulement, mais je peux garantir qu'elle était au Palais du Soleil une semaine après sa disparition.

Fermant très fort les paupières, Egwene pressa ses paumes sur ses yeux. Cela n'affecta en rien les aiguilles qui pulsaient dans sa tête. Peut-être que Rand était en compagnie d'une Sœur Noire, ou l'avait été. Peut-être qu'il avait usé de la Compulsion sur des Aes Sedais. Sur des sœurs, c'était pis que tout. Ce qu'on osait utiliser sur des Aes Sedais aurait dix fois, cent fois plus de chances d'être utilisé contre des personnes sans défense. Finalement, il faudrait traiter avec lui, d'une façon ou d'une autre. Elle avait grandi avec Rand, mais elle ne devait pas se laisser influencer par cela. Il était le Dragon Réincarné, l'espoir du monde, et en même temps peut-être la plus grande menace à laquelle on était confronté. Les Seanchans ne pouvaient pas faire plus de dégâts que le Dragon Réincarné. Et elle allait *utiliser* la possibilité qu'il ait usé de la Compulsion sur des sœurs. Le Siège d'Amyrlin qu'elle était devenue n'avait vraiment plus grand-chose à voir avec la fille d'aubergiste qu'elle avait été.

Fronçant les sourcils sur la tasse en étain, elle la prit et s'obligea à avaler le breuvage infect d'une traite, toussant et s'étranglant. Peut-être que le goût lui ferait oublier sa migraine.

Tandis qu'elle reposait la tasse avec un cliquetis métallique, Anaiya entra dans la tente, la bouche tombante et le front plissé.

— Akarrin et les autres sont revenues, Mère, dit-elle. Moria a convoqué l'Assemblée pour écouter leur rapport.

— De même qu'Escaralde et Malind, annonça Morvrin, entrant derrière Anaiya avec Myrelle.

La Verte semblait l'incarnation de la colère froide : son visage olivâtre était imperturbable, mais ses yeux flamboyaient comme des braises. Morvrin avait l'air si sombre qu'Anaiya en paraissait joyeuse.

— Elles envoient les novices et les Acceptées chercher toutes les Députées, dit la Brune.

— Impossible de savoir ce qu'Akarrin a découvert, mais je crois qu'Escaralde et les autres ont l'intention de s'en servir pour influencer l'Assemblée.

Contemplant quelques feuilles noires flottant au fond de sa tasse, Egwene soupira. Elle devrait être là, elle aussi. À présent, elle avait à affronter les Députées avec une migraine *et* un horrible goût amer dans la bouche. Peut-être était-ce là une pénitence anticipée pour ce qu'elle s'apprêtait à faire à l'Assemblée.

19.

Surprises

Selon la coutume, l'Amyrlin était informée de la réunion de l'Assemblée. Cependant, rien ne disait qu'on devait l'attendre pour ouvrir la session, ce qui signifiait qu'elle avait peu de temps devant elle. Egwene avait envie de se précipiter vers le grand pavillon avant que Moria et les autres ne puissent accomplir les mauvaises surprises qu'elles avaient en réserve. Il fallait pourtant respecter le protocole réglementaire concernant l'arrivée de l'Amyrlin à l'Assemblée. Elle contint donc son élan et envoya Siuan chercher Sheriam pour être introduite dans les règles par la Gardienne des Chroniques. Siuan lui avait dit que c'était une façon d'avertir les sœurs de sa présence – il y avait toujours des questions qu'elles pouvaient vouloir discuter sans que l'Amyrlin le sache – et elle ne semblait pas tout à fait plaisanter.

En tout cas, il était inutile d'aller au pavillon avant de pouvoir y entrer. Calmant son impatience, elle se prit la tête dans les mains et se massa les tempes tout en essayant de continuer sa lecture des rapports. Malgré le « thé » nauséabond, ou peut-être à cause de lui, sa migraine faisait danser les mots sur les pages chaque fois qu'elle clignait les yeux, et la présence d'Anaiya et des autres n'arrangeait rien.

Siuan n'était pas plus tôt partie qu'Anaiya rejeta sa cape en arrière et s'assit sur le tabouret branlant libéré par Siuan et se mit à élucubrer sur les desseins poursuivis par Moria et les autres.

— Les gens apeurés commettent des erreurs, Mère, y compris les Aes Sedais, murmura-t-elle, posant les mains sur ses genoux. Au moins, vous pouvez être certaine que Moria sera ferme au sujet d'Elaida, du moins sur le long terme. Elle attribue à Elaida la mort de toutes les sœurs qui sont décédées après la déposition de Siuan. Moria veut qu'Elaida soit fouettée pour chacun de ces décès, avant d'être remise au bourreau. Elle est dure, davantage que Lelaine à certains égards. Plus coriace en tout cas. Elle n'aura pas de scrupules à faire des choses que Lelaine refuserait. Je crains fort qu'elle ne fasse pression pour donner l'assaut sur la cité dès que possible. Si les Réprouvés agissent si ouvertement et à une telle échelle, alors il vaudrait mieux une Tour blessée mais unifiée qu'une Tour divisée. Je crains que ce ne soit la façon dont Moria considère les choses. Après tout, même si nous voulons faire l'impossible pour éviter que des sœurs s'entretuent, ce ne serait pas la première fois. La Tour existe depuis longtemps et a guéri de bien des blessures. Nous pourrons guérir de celle-là aussi.

La voix d'Anaiya s'accordait à son visage, patiente, chaleureuse et réconfortante, mais en faisant ces remarques, elle était grinçante. Par la Lumière, Anaiya disait que c'était ce qu'elle craignait venant de Moria, mais elle semblait en accord avec ses sentiments. Elle était résolue, imperturbable, et jamais imprudente en paroles. Si elle était en faveur d'un assaut, combien d'autres étaient de cet avis ? Comme d'habitude, Myrelle était lunatique, farouche, et sans gêne. Elle marchait impatiemment de long en large, dans l'espace confiné de la tente, donnant un coup de pied dans ses jupes vert foncé et parfois aussi dans l'un des coussins alignés le long de la paroi, avant de faire demi-tour pour repartir dans l'autre sens.

— Si Moria est assez effrayée pour réclamer un assaut, c'est qu'elle a une peur bleue. Une Tour trop blessée pour pouvoir lutter seule ne pourra pas affronter les Réprouvés ni personne d'autre. C'est Malind qui devrait vous inquiéter. Elle dit tout le temps que la Tarmon Gai'don peut nous tomber dessus d'un jour à l'autre. Je l'ai entendue dire que ce que nous avons senti pourrait bien être le coup d'envoi de la Dernière Bataille. *Et* que ça peut se reproduire ici la prochaine fois. Où l'Ombre pourrait-elle frapper mieux qu'à Tar Valon ? Malind n'a jamais eu peur de faire des choix difficiles ou de battre en retraite quand elle le jugeait nécessaire. Elle abandonnerait Tar Valon *et* la Tour immédiatement si elle pensait que cela préserverait au moins certaines d'entre nous pour la Tarmon Gai'don. Elle proposera de lever le siège, et de fuir quelque part où les Réprouvés ne nous trouveront pas jusqu'à ce que nous soyons prêts à leur rendre coup pour coup. Si elle pose la question comme il faut à l'Assemblée, elle réussira peut-être à créer un consensus sur ses positions.

Cette seule idée fit danser les mots de plus belle devant les yeux d'Egwene.

Morvrin, son visage rond figé par une expression implacable, planta les poings sur ses hanches généreuses, accueillant chaque suggestion d'une remarque acerbe : « Nous n'en savons pas assez pour le moment pour être sûres qu'il s'agit des Réprouvés. » « Nous ne pouvons pas savoir ce qu'elle dira avant qu'elle ne parle. » « C'était peut-être ça, et peut-être pas. » « Les suppositions ne sont pas des preuves. » On disait qu'elle ne croyait jamais que le jour était là avant d'avoir vu elle-même le soleil se lever. Sa voix ferme montrait qu'elle ne tolérait pas les inepties ni les conclusions hâtives. Et ça n'avait rien d'apaisant pour une tête douloureuse. Elle ne s'opposait pas aux suggestions, elle gardait juste l'esprit ouvert pour pouvoir prendre sa décision quand on en arrivait aux points de désaccord.

Egwene referma le dossier en cuir repoussé. Entre le goût écœurant du thé et les pulsations dans sa tête – sans parler des voix incessantes autour d'elle –, elle n'arrivait pas à lire. Les trois sœurs la regardèrent, surprises. Elle avait manifesté clairement depuis longtemps que c'était elle qui commandait, mais elle s'efforçait de ne pas se mettre en colère. Serments d'allégeance ou non, une jeune femme en colère était trop vite qualifiée de capricieuse. Ce qui ne faisait que la faire enrager davantage, accroissait sa migraine…

— J'ai attendu assez longtemps, dit-elle, s'efforçant de parler d'une voix neutre.

Sa migraine rendait son ton un peu sec. Sheriam pensait peut-être la retrouver à la Salle de l'Assemblée.

Prenant sa cape, elle sortit dans le froid tout en la jetant sur ses épaules. Morvrin et les deux autres hésitèrent un instant avant de la suivre. L'accompagner à l'Assemblée leur donnait un peu l'apparence de faire partie de son entourage. Or, elles étaient *censées* la surveiller, et Egwene soupçonnait que même Morvrin était impatiente d'entendre le rapport d'Akarrin, et ce que Moria et les autres avaient l'intention d'en faire.

Rien de trop difficile à réaliser, espérait Egwene, rien de semblable à ce que pensaient Anaiya et Myrelle. En cas de nécessité, elle pouvait essayer d'appliquer la Loi de la Guerre, mais même si elle réussissait, gouverner par décrets avait ses inconvénients. Quand les gens *doivent* vous obéir sur un point, ils trouvent toujours des moyens d'éviter leurs obligations sur d'autres choses. C'était un équilibre naturel auquel on ne pouvait pas échapper. Pis, elle avait appris comme il était enivrant de voir les gens sursauter chaque fois qu'elle ouvrait la bouche. On finit par considérer que c'est dans l'ordre des choses, et quand il ne se passe rien, on se retrouve en porte-à-faux. De plus, avec les martèlements dans sa tête, elle était prête à mordre quiconque la regarderait de travers. Et même si les gens devaient accepter d'obéir, ils ne le prenaient jamais bien.

Le soleil juste au-dessus des têtes, telle une boule d'or dans un ciel bleu parsemé de nuages blancs, ne diffusait aucune chaleur, dessinait des ombres blêmes et faisait scintiller la neige là où elle n'était pas piétinée. L'air était aussi froid qu'aux abords du fleuve. Egwene ignora le froid, même si seuls les morts auraient pu s'en abstraire. C'était l'heure du repas de midi, mais il était impossible de nourrir autant de novices en même temps. Egwene et son escorte avançaient dans une marée de femmes vêtues de blanc qui sautaient pour leur faire place et s'inclinaient à son passage. Comme Egwene avançait très vite, elles étaient généralement passées avant que les novices n'aient fait davantage que déployer leurs jupes. La Salle de l'Assemblée n'était pas loin. À quatre reprises, il fallait pourtant patauger dans les allées boueuses. Il avait été question de construire des pontons en bois, assez hauts pour passer dessous à cheval. Mais ces travaux auraient donné l'impression que le camp s'installait dans la durée, ce que personne ne souhaitait. Même les sœurs à l'origine de ce projet ne faisaient guère pression pour qu'on les construise. Il fallait donc continuer à patauger, retroussant jupes et capes pour ne pas arriver crotté jusqu'aux genoux. Puis la foule s'éclaircit à l'approche de la Salle. Les abords du pavillon de toile aux rideaux rapiécés étaient toujours presque déserts.

Nisao et Carlinya l'y attendaient déjà, la minuscule Jaune mordillant sa lèvre inférieure et lorgnant anxieusement Egwene. Carlinya semblait le calme incarné, l'œil froid, les mains croisées à la taille. Elle avait cependant oublié sa cape, des taches de boue maculaient l'ourlet brodé de sa jupe claire, et son casque de boucles noires aurait eu besoin d'un bon coup de peigne. Après les politesses d'usage, elles se joignirent à Anaiya et aux deux autres, à quelques pas derrière Egwene. Elles parlaient à voix basse de la pluie et du beau temps.

Beonin descendit la chaussée en courant, entourée d'un nuage de buée, et s'arrêta d'une glissade, fixant Egwene avant de rejoindre les autres. La tension qui creusait des cernes autour de ses yeux bleu-gris était plus apparente que précédemment. Peut-être pensait-elle que cette session affecterait ses négociations. Mais elle *savait* que les pourparlers seraient factices, juste un stratagème pour gagner du temps. Egwene contrôla sa respiration et pratiqua des exercices de novices, mais cela n'atténua pas sa migraine.

Il n'y avait aucun signe de Sheriam autour des tentes avoisinantes, mais il faut dire que le chemin de planches était plutôt encombré devant le pavillon. Akarrin et les cinq autres sœurs parties avec elle, une pour chaque Ajah, attendaient en groupe de l'autre côté de l'entrée. La plupart saluèrent distraitement Egwene, tout en gardant leurs distances. Peut-être les avait-on averties de ne rien dire à personne avant de parler devant l'Assemblée. Bien sûr, Egwene aurait pu leur demander leurs rapports sur-le-champ ; à l'Amyrlin, elles les auraient sans doute donnés. Sans doute. Les relations de l'Amyrlin avec les Ajahs étaient toujours délicates, y compris souvent avec l'Ajah dont elle était issue. Presque aussi délicates que les relations avec l'Assemblée. Egwene se força à sourire et à les saluer gracieusement de la tête.

Toutes les sœurs ne semblaient pas conscientes de sa présence. Akarrin, svelte dans sa robe de drap brun et sa cape aux broderies vertes, regardait dans le vague, hochant la tête de temps à autre. Apparemment, elle répétait ce qu'elle allait dire. Elle n'était pas puissante dans le Pouvoir, à peine plus que Siuan, et encore, pourtant seule une autre des six, Therva, svelte femme en jupe d'équitation à taillades jaunes et cape bordée de jaune, l'égalait dans ce domaine. Cela donnait la mesure navrante de l'effroi des sœurs devant cet étrange fanal de *saidar*. La plus puissante aurait dû s'avancer pour la tâche qui leur avait été confiée, mais à part Akarrin, leur absence de zèle avait été notoire. Ses compagnes semblaient toujours moins qu'enthousiastes. Shana, qui était d'habitude très réservée, malgré ses yeux qui lui donnaient l'air perpétuellement étonnée, semblait inquiète à en perdre la tête. Elle scrutait l'entrée de la Salle et ses mains tripotaient incessamment sa cape. Reiko, solide Arafelline Bleue, baissait les yeux, mais les clochettes d'argent tressées dans ses longs cheveux noirs tintaient comme si elle branlait du chef dans son capuchon. Seul le visage au long nez de Therva arborait un air de sérénité absolue, ce qui, en soi, était mauvais signe. Qu'est-ce qu'elles avaient vu ? Que *poursuivaient* Moria et les deux autres Députées ?

Egwene contrôla son impatience ; à l'évidence, l'Assemblée n'était pas encore en session. Elle était en cours de rassemblement, et plusieurs Députées la croisèrent et pénétrèrent dans le grand pavillon sans se presser. Salita hésita comme si elle allait parler, puis fléchit seulement un peu les genoux avant de remonter sur ses épaules son châle frangé de jaune et d'entrer rapidement. Kwamesa promena son nez pointu devant Egwene avant de s'incliner, tout comme devant Anaiya et les autres, mais il faut dire que la mince Grise toisait tout le monde, s'efforçant de paraître plus grande qu'elle ne l'était en réalité. Berana, le visage hautain et ses grands yeux bruns froids comme la neige, fit une pause pour s'acquitter des politesses d'usage envers Egwene, puis fronça les sourcils sur Akarrin. Au bout d'un long moment, réalisant peut-être qu'Akarrin ne la voyait pas, elle lissa ses jupes blanches brodées d'argent, qui n'en avaient nul besoin, ajusta son châle sur ses bras pour que les franges blanches tombent parfaitement, et passa entre les rabats de l'entrée d'un pas glissé comme si elle allait par hasard dans cette direction. Toutes les trois faisaient partie des Députées que Siuan trouvait trop jeunes. Comme Malind et Escaralde. Mais Moria était Aes Sedai depuis cent trente ans. Par la Lumière, Siuan voyait des conspirations partout !

Juste comme Egwene commençait à penser que sa tête allait exploser de frustration sinon à cause de sa migraine, Sheriam apparut soudain, retroussant ses jupes et sa cape en courant presque dans la boue.

— Je suis terriblement désolée, Mère, dit-elle, hors d'haleine, canalisant à la hâte pour se débarrasser de la boue dont elle s'était éclaboussée.

La terre tomba sur les planches en une poudre sèche quand elle secoua ses vêtements.

— Je… J'ai entendu dire que l'Assemblée se réunissait, et je savais que vous me chercheriez, alors je suis venue aussi vite que j'ai pu. Je suis désolée.

Ainsi, Siuan la cherchait toujours.

— Vous êtes là maintenant, dit Egwene avec fermeté.

Sheriam devait être bouleversée d'avoir fait des excuses devant toutes les Sœurs présentes, devant Akarrin et ses compagnes encore plus que devant Anaiya et les autres. Même quand les gens savent à quoi s'en tenir, ils ont tendance à vous prendre pour ce que vous paraissez être, et une Gardienne ne devait pas être vue en train de s'excuser et de se tordre les mains. Elle ne pouvait pas l'ignorer.

— Entrez, et annoncez-moi.

Prenant une profonde inspiration, Sheriam rabattit son capuchon en arrière, ajusta sur ses épaules son étroite étole bleue et franchit les rabats de la tente. Sa voix psalmodia clairement les paroles rituelles : « Elle vient, elle vient… »

Egwene attendit à peine qu'elle ait terminé « … la Flamme de Tar Valon, le Siège d'Amyrlin », avant de traverser les cercles de braseros et de torchères entourant les parois du pavillon. Les torchères éclairaient bien, et les braseros, qui émettaient aujourd'hui des senteurs de lavande, réchauffaient tout l'espace. Tout le monde pouvait jouir d'une véritable chaleur.

L'installation du pavillon respectait des règles très anciennes, légèrement modifiées du fait qu'elles ne se réunissaient pas dans la Tour Blanche, dans la grande salle circulaire appelée Salle de la Tour. Face à l'entrée, un banc rudimentaire mais bien ciré trônait sur un podium carré recouvert d'une étoffe aux sept couleurs des Ajahs. Le tissu, et l'étole autour du cou d'Egwene, étaient sans doute les deux seuls signes que l'Ajah Rouge était représentée. Certaines Bleues avaient voulu faire enlever la couleur rouge, puisque Elaida avait apparemment fait repeindre le Siège d'Amyrlin en supprimant le bleu, de même que sur son étole, mais Egwene avait résisté. Si elle devait appartenir à toutes les Ajahs et à aucune, alors elle serait de *toutes* les Ajahs. Sur les carpettes multicolores qui servaient de tapis, deux rangées de bancs partaient de l'entrée par groupes de trois, posés sur des estrades couvertes d'étoffes aux couleurs des Ajahs. Par tradition, les deux Députées les plus âgées pouvaient prétendre aux places les plus proches de l'Amyrlin pour leurs Ajahs respectives, en l'occurrence la Bleue et la Jaune. Après, tout dépendait de l'ordre d'arrivée et de l'endroit où les sœurs voulaient s'asseoir, les premières choisissant la place de leur Ajah.

Il n'y avait que neuf Députées présentes, trop peu pour que l'Assemblée soit déjà en session, légalement parlant, mais une bizarrerie dans leur placement frappa tout de suite Egwene. Comme on pouvait s'y attendre, Romanda était déjà assise, un banc vide entre elle et Salita ; Lelaine et Moria occupaient les bancs du bout réservés aux Bleues. Romanda, ses cheveux ramenés sur la nuque en un chignon gris, était la Députée la plus âgée, et presque toujours la première à occuper sa place quand l'Assemblée était convoquée. Lelaine, la plus âgée après elle, malgré ses brillants cheveux noirs, semblait incapable de lui laisser prendre un avantage sur elle, si petit fût-il. Les hommes qui avaient installé les estrades – elles étaient entreposées le long des parois quand l'Assemblée n'était pas en session – venaient sans doute de partir par le fond, parce que Kwamesa, déjà assise sur son banc, était la seule Députée Grise en vue, et Berana, qui s'installait juste sur le sien, la seule Blanche. Mais Malind, une Kandorie au visage rond et aux yeux d'aigle, et unique Verte pour le moment, était à l'évidence entrée avant elles, mais étrangement, elle avait choisi d'asseoir les Vertes près de l'entrée du pavillon. Généralement, plus proche on était du Siège d'Amyrlin, mieux ça valait. Et juste à son opposé, Escaralde était debout devant les estrades couvertes d'une étoffe brune, discutant à voix basse avec Takima. Presque aussi petite que Nisao, Takima était une femme-oiseau silencieuse, mais elle pouvait être énergique quand elle voulait, et, les poings sur les hanches, elle ressemblait à un moineau en colère qui gonfle ses plumes pour intimider l'adversaire. À la façon dont elle dardait des regards foudroyants vers Berana, c'était le placement qui la dérangeait. Il était trop tard pour changer quelque chose pour cette session, bien sûr, mais malgré tout, Escaralde dominait Takima de tout son haut, comme sur le point d'en découdre pour défendre son choix. Egwene s'étonna qu'Escaralde pût y parvenir. Elle mesurait quelques pouces de moins que Nisao. Ce devait être par pure force de sa volonté. Escaralde ne reculait jamais quand elle pensait être dans son droit. Si Moria voulait un assaut immédiat sur Tar Valon et Malind battre en retraite, que voulait donc Escaralde ?

Malgré les assertions de Siuan sur les Députées qui désiraient être averties de la présence de l'Amyrlin, l'arrivée d'Egwene ne fit pas sensation. Quelles qu'aient été les raisons pour lesquelles Malind et les autres avaient convoqué l'Assemblée pour entendre le rapport d'Akarrin, elles n'avaient pas jugé la question assez sensible pour être réservée uniquement aux oreilles des Députées, de sorte que de petits groupes de quatre ou cinq Aes Sedais étaient debout derrière les bancs des Députées de leur Ajah. Elles firent la révérence quand Egwene traversa la tente pour rejoindre sa place. Les Députées elles-mêmes lui accordèrent à peine un regard, ou inclinèrent brièvement la tête. Lelaine la regarda froidement, puis recommença à froncer les sourcils sur Moria, femme d'apparence ordinaire en simple drap bleu. On ne remarquait pas tout de suite l'éternelle jeunesse de son visage. Elle regardait droit devant elle, absorbée dans ses pensées. Romanda fut de celles qui penchèrent un peu la tête. Dans la Salle, le Siège d'Amyrlin avait toujours la même aura, mais un peu moins qu'à l'extérieur. Sans doute parce que les Députées avaient conscience de leur pouvoir. Siuan disait que des Amyrlins avaient autant échoué en pensant que les Députées étaient vraiment leurs égales qu'en croyant que la différence était plus grande qu'elle ne l'était vraiment. C'était comme courir en haut d'un mur étroit, avec des molosses féroces de chaque côté. On maintenait soigneusement son équilibre, en faisant plus attention où on mettait les pieds qu'aux chiens. Mais on avait toujours conscience de la présence des deux meutes.

Détachant sa cape tout en montant sur son estrade aux rayures multicolores, Egwene la plia et la posa sur son banc avant de s'asseoir. Les bancs étaient durs, et certaines Députées apportaient des coussins quand elles pensaient que la session s'éterniserait. Egwene préférait s'en abstenir. L'interdiction des discours empêchant rarement quelques-unes de faire d'interminables digressions, l'inconfort de l'assise pouvait aider à rester éveillée pendant les pires élucubrations. Sheriam prit la place de la Gardienne, debout à la gauche d'Egwene. Peut-être aurait-elle dû apporter un coussin.

Les autres bancs commençaient à se remplir lentement. Aledrin et Saroiya avaient rejoint Berana, Aledrin assez potelée pour faire paraître minces les deux autres. Bien sûr, les lignes verticales de volutes blanches courant sur les jupes de Saroiya avaient toujours cet effet amincissant, alors que les larges manches blanches d'Aledrin et le panneau neigeux du devant de sa robe avaient l'effet opposé. Apparemment, chacune s'efforçait de découvrir si les autres savaient ce qui se passait, et dardait des regards vers les Bleues, les Brunes et les Vertes. Varilin, femme-cigogne rousse plus grande que la plupart des hommes, avait pris place près de Kwamesa. Réajustant nerveusement son châle, Varilin dardait inlassablement ses regards de Moria à Malind en passant par Escaralde. Magla, son châle frangé de jaune étroitement enroulé autour de ses larges épaules, et Faiselle, une Domanie au visage carré, vêtue de soie couverte de broderies vertes, entraient juste dans le pavillon, chacune ignorant l'autre, alors que leurs jupes se frôlaient. Magla était fermement dans le camp de

Romanda, Faiselle dans celui de Lelaine, et les deux groupes ne se mélangeaient pas. D'autres sœurs arrivaient par à-coups, Nisao et Myrelle parmi une demi-douzaine qui se glissèrent derrière Magla et Faiselle. Morvrin était déjà parmi les Brunes derrière Takima et Escaralde, et Beonin se tenait debout à la limite des Grises, derrière Varilin et Kwamesa. À ce rythme, la moitié des Aes Sedais du camp se presseraient dans le pavillon avant longtemps.

Tandis que Magla traversait encore les tapis vers le banc des Jaunes, Romanda se leva.

— Nous sommes plus de onze maintenant, alors nous pouvons commencer.

Sa voix était étonnamment aiguë, une belle voix de soprano, si tant est qu'on ait pu l'imaginer en train de chanter, son visage semblait toujours renfrogné, ou tout au moins désapprobateur.

— Je ne pense pas que nous devions faire de cette réunion une session officielle, s'empressa-t-elle d'ajouter quand Kwamesa se leva. Je ne vois aucune raison pour cela, mais s'il le faut, finissons-en rapidement. Certaines d'entre nous ont des choses plus importantes à faire. Comme vous aussi, j'en suis sûre, Mère.

Ces dernières paroles furent accompagnées d'un profond salut de la tête, d'un ton peut-être *un peu trop* respectueux. Pas assez pour être qualifié de sarcastique, bien sûr. Elle était trop intelligente pour se mettre dans son tort ; les imbéciles obtenaient rarement un siège de Députée, ou ne le gardaient pas longtemps ; Romanda, elle, avait un siège à l'Assemblée depuis près de quatre-vingts ans. C'était son second mandat de Députée. Egwene inclina légèrement la tête, le regard froid. Reconnaissant par là qu'on lui avait adressé la parole et qu'elle avait noté le ton. Un équilibre prudent.

Kwamesa regarda autour d'elle, bouche bée, ne sachant pas si elle devait dire les phrases que prononçait toujours la plus jeune Députée présente pour ouvrir la session. La place de Romanda lui donnait une influence considérable et une certaine autorité, mais d'autres pouvaient la contredire sur ce point. Un certain nombre de Députées froncèrent les sourcils et remuèrent sur leur banc, mais aucune ne parla.

Lyrelle entra dans le pavillon d'un pas glissé, se dirigeant vers les bancs des Bleues. Grande pour une Cairhienine, ce qui, en réalité, correspondait à une taille moyenne partout ailleurs, elle était élégante en soie à taillades bleues, au corsage brodé de rouge et d'or, avec des mouvements fluides. Certaines disaient qu'elle avait été danseuse avant de venir à la Tour comme novice. Par comparaison, Samalin, la Verte au visage de renard qui entra sur ses talons, parut hommasse, quoiqu'il n'y eût rien de gauche chez la Murandienne. Toutes deux eurent l'air surprises de voir Kwamesa debout, et se hâtèrent vers leurs bancs respectifs. Finalement, Varilin tira Kwamesa par la manche, jusqu'à ce que l'Arafelline se rasseye. Le visage de Kwamesa semblait calme, mais elle parvenait à irradier le mécontentement. Elle attachait beaucoup d'importance au cérémonial.

— Il y a peut-être une bonne raison pour une session officielle, dit Lelaine, d'une voix qui parut grave après celle de Romanda.

Ajustant tranquillement son châle, elle se leva avec grâce, évitant délibérément de regarder Egwene. Très belle femme, Lelaine était aussi la dignité incarnée.

— Il semble que des pourparlers avec Elaida aient été autorisés, dit-elle avec froideur. Je sais que, d'après la Loi de la Guerre, nous n'avons pas à être consultées sur ce sujet, mais je crois aussi que nous devrions en discuter en session, vu que beaucoup d'entre nous pourraient être neutralisées si Elaida conservait un pouvoir quelconque.

Le mot « neutralisée » n'effrayait plus autant depuis que Siuan et Leane avaient été Guéries de la neutralisation. Cependant, des murmures s'élevèrent parmi les Aes Sedais debout derrière les bancs. Il semblait que l'idée des négociations ne s'était pas répandue aussi vite que l'avait prévu Egwene. Elle ne pouvait pas dire si les sœurs étaient excitées ou atterrées, mais, à l'évidence, elles étaient surprises. Y compris certaines Députées. Janya, qui était entrée pendant l'intervention de Lelaine, s'arrêta pile, de sorte qu'un groupe de sœurs entrant derrière elle la bouscula. Elle fixa la Bleue, puis, plus longtemps et plus durement, Egwene elle-même. Clairement, Romanda n'avait entendu ni l'une ni l'autre, à la façon dont elle pinça les lèvres, et les expressions des Députées trop jeunes allaient du calme glacial de Berana à l'horreur non déguisée de Salita, en passant par la surprise de Samalin. Même Sheriam chancela un instant sur ses pieds. Egwene espéra qu'elle n'allait pas vomir devant toute l'Assemblée.

Les réactions de celles que Delana avait citées comme favorables aux négociations furent plus intéressantes. Varilin se tenait parfaitement immobile, et étudiait ses jupes en réprimant apparemment un sourire. Mais Magla s'humectait les lèvres d'un air hésitant, regardant Romanda du coin de l'œil. Saroiya avait fermé les yeux et remuait les lèvres comme si elle priait. Faiselle et Takima regardèrent Egwene, avec un froncement de sourcils presque identique. Puis chacune remarqua l'autre et sursauta, arborant un air de sérénité royale. À l'heure qu'il était, Beonin les avait certainement informées de ce qu'avait dit Egwene. Pourtant, à part Varilin, elles paraissaient toutes bouleversées. Elles ne pouvaient pas penser qu'il était question de négocier la fin des hostilités. Toutes les femmes assises dans le pavillon risquaient d'être neutralisées et exécutées juste parce qu'elles étaient là. Si tant est qu'il eût existé une autre solution que la destitution d'Elaida, elle s'était envolée des mois plus tôt, quand cette Assemblée avait choisi. On ne reviendrait pas sur ce choix.

Lelaine parut satisfaite des réactions. Avant qu'elle ne se soit rassise, Moria se leva d'un bond, ce qui attira tous les regards et provoqua d'autres murmures. Personne ne trouvait Moria particulièrement gracieuse, mais l'Illianere n'était pas une femme bondissante.

— Cela nécessite une discussion, dit-elle, mais plus tard. Cette Assemblée a été convoquée par trois

Députées posant la même question. Cette question doit être discutée avant toute autre. Qu'est-ce qu'ont découvert Akarrin et son groupe ? Je demande qu'elles fassent leur rapport devant l'Assemblée.

Lelaine fronça les sourcils sur la Bleue, et peu pouvaient rivaliser avec elle en froncements de sourcils, avec ses yeux perçants comme des alênes, pourtant la loi de la Tour était simple sur ce point, et bien connue de toutes. D'une voix mal assurée, Sheriam demanda à Aledrin, la plus jeune après Kwamesa, d'escorter Akarrin et son groupe devant l'Assemblée. Egwene décida qu'elle ferait bien de parler à la rousse flamboyante dès la fin de cette session. Si Sheriam continuait ainsi, elle serait bientôt pire qu'inutile en tant que Gardienne.

Delana entra en coup de vent au milieu d'un groupe de sœurs, dernière Députée à arriver, et s'installa sur son banc, drapant son châle sur ses bras, le temps que la rondelette Députée Blanche revienne avec les six sœurs et les conduise devant Egwene où elles restèrent debout.

Apparemment, Aledrin pensait que, la session fût-elle officielle ou non, elle au moins observerait le cérémonial d'usage.

— Vous avez été convoquées devant l'Assemblée de la Tour pour relater ce que vous avez vu, dit-elle, avec son fort accent tarabonais.

Ses cheveux blond foncé – qu'elle portait dans un filet de dentelle blanche plutôt que tressés et ornés de perles – et ses yeux bruns n'étaient pas courants au Tarabon.

— Je vous ordonne de parler de ces choses sans dérobades et sans réserves, et de répondre à toutes les questions, sans rien omettre. Affirmez ici que vous parlerez ainsi, sous la Lumière et sur votre espoir de renaissance et de salut, ou que vous en supporterez les conséquences.

Ces anciennes sœurs savaient très bien quelles libertés de manœuvre permettaient les Trois Serments. Un détail omis par-ci, une imprécision par-là, et tout le sens s'en trouvait modifié, sous le couvert de la vérité.

Akarrin donna son accord d'une voix forte et quelque peu impatiente, et les autres d'un ton plus cérémonieux et embarrassé. Bien des sœurs avaient passé toute leur vie sans jamais être appelées à témoigner devant l'Assemblée. Akarrin attendit que la dernière ait répété chaque mot du serment avant de retourner vers son banc.

— Dites-nous ce que vous avez vu, Akarrin, dit Moria dès que la Sœur Blanche se retourna.

Akarrin se raidit visiblement, et quand elle s'assit, des touches de couleur coloraient ses joues. Moria aurait dû attendre. Elle devait être très anxieuse.

Par tradition, Akarrin adressa sa réponse au Siège d'Amyrlin.

— Ce que nous avons vu, Mère, c'est un trou dans la terre, grossièrement circulaire, dit-elle, soulignant ses paroles d'un hochement de tête pour marquer chaque mot.

Elle semblait choisir ses mots avec prudence, comme pour s'assurer que c'était clair pour tout le monde.

— À l'origine, c'était peut-être un cercle parfait, en forme de demi-sphère, mais les parois se sont effondrées par endroits. Le trou a approximativement trois miles de diamètre et un mile et demi de profondeur.

Quelqu'un soupira bruyamment, et Akarrin fronça les sourcils, comme si on avait tenté de l'interrompre. Pourtant elle continua :

— Nous ne sommes pas absolument certaines de la profondeur. Le fond est couvert d'eau et de glace. Nous pensons que cela finira par devenir un lac. En tout cas, nous avons pu établir notre position exacte sans trop de difficulté, et nous sommes prêtes à affirmer que le trou se trouve à l'endroit où se dressait autrefois la cité de Shadar Logoth.

Elle se tut, et pendant un long moment, on n'entendit que le froufrou des jupes des Aes Sedais qui remuaient avec gêne sur leurs bancs.

Egwene avait envie de bouger, elle aussi. Par la Lumière, un trou de cette taille couvrirait la moitié de Tar Valon !

— Avez-vous une idée de la façon dont ce… ce trou a été créé, Akarrin ? demanda-t-elle finalement.

Elle se félicita d'avoir parlé d'une voix neutre. Sheriam tremblait ! Egwene espéra qu'elle était seule à l'avoir remarqué. Les actions d'une Gardienne se reflétaient toujours sur l'Amyrlin, en bien ou en mal. Si la Gardienne manifestait de la peur, beaucoup de sœurs croiraient qu'Egwene était effrayée. Ce n'était pas une chose qu'elle désirait qu'on soupçonne.

— Chacune d'entre nous a été choisie parce qu'elle a une certaine capacité à lire les résidus, Mère. Mieux que la plupart, à dire vrai.

Ainsi, elles n'avaient pas été choisies simplement parce qu'aucune sœur plus puissante n'était intéressée. Il y avait une leçon à tirer de cela. Ce que faisaient les Aes Sedais était rarement aussi simple qu'il le semblait au premier abord. Egwene souhaitait cesser d'avoir à réviser des leçons qu'elle croyait déjà apprises.

— Nisain est la meilleure d'entre nous dans ce domaine, poursuivit Akarrin. Avec votre permission, Mère, je vais la laisser répondre.

Nisain lissa nerveusement ses jupes de drap sombre et s'éclaircit la gorge. Grise dégingandée, au menton fort et aux yeux bleus saisissants, elle s'était fait une petite réputation concernant les questions de droit et les traités, mais, à l'évidence, elle était gênée de parler devant l'Assemblée. Elle regarda Egwene dans les yeux, comme si elle voulait ignorer toutes les Députées rassemblées.

— Étant donné la quantité de *saidar* utilisée là-bas, Mère, il n'est pas étonnant d'avoir trouvé des résidus presque aussi épais que la neige.

Elle avait conservé son accent murandien, et ses sons chantants.

— Même après si longtemps, j'aurais dû être capable d'avoir une idée de ce qui a été tissé, si cela ressemblait le moins du monde à ce qui m'est familier, mais je n'en ai aucune idée. Aucune. J'ai pu retracer le tissage, Mère, et cela n'avait aucun sens. En fait, il semblait si étranger que, peut-être, il n'avait pas été…

S'éclaircissant de nouveau la gorge, elle déglutit. Son visage pâlit un peu plus.

— … peut-être pas été tissé par une femme. Nous avons pensé qu'il s'agissait des Réprouvés, bien sûr, alors j'ai testé les résonances. Nous l'avons toutes fait.

Se retournant à demi pour montrer ses compagnes, elle reprit vivement sa position première. À l'évidence, elle préférait de beaucoup regarder Egwene que les Députées, toutes penchées en avant, le regard intense.

— Je ne peux pas dire de quoi il s'agit, à part qu'une demi-sphère de trois miles de diamètre a été creusée, ni comment ç'a été fait. Mais le *saidin* a été utilisé, c'est certain. La résonance était si forte que nous aurions dû pouvoir la sentir. Il y a eu plus de *saidin* utilisé que de *saidar*, beaucoup plus, dans la proportion du Mont du Dragon comparé à une taupinière. Et c'est tout ce que je peux dire, Mère.

Un son léger traversa la salle : c'était le souffle des sœurs qu'elles retenaient depuis un moment. L'expiration de Sheriam sembla la plus bruyante, mais c'était peut-être parce qu'elle était la plus proche.

Egwene se força à rester impassible. Les Réprouvés, et un tissage qui pouvait détruire la moitié de Tar Valon… Si Malind proposait la fuite, pouvait-elle tenter de faire rester les sœurs pour affronter un tel phénomène ? Pouvait-elle abandonner Tar Valon et la Tour, et la Lumière seule savait combien de dizaines de milliers de vies ?

— Quelqu'un a-t-il une question ? demanda-t-elle.

— J'en ai une, dit Romanda d'un ton sec.

Son calme n'avait pas varié d'un cheveu.

— Mais pas pour ces sœurs. Si personne n'a de question à leur poser, je suis sûre qu'elles préfèrent se soustraire aux regards inquisiteurs des Députées.

Ce n'était pas exactement son rôle de suggérer cela, mais ce n'était pas précisément interdit, alors Egwene laissa passer. Personne d'autre n'avait de questions pour Akarrin et ses compagnes, et Romanda les remercia chaleureusement de leurs efforts.

— À qui adresserez-vous votre question ? demanda Egwene tandis qu'Akarrin et les cinq autres se dispersaient pour se joindre au nombre croissant des sœurs debout entre les torchères et les braseros.

Comme Romanda l'avait dit, elles étaient impatientes d'échapper aux regards des Députées, mais elles voulaient toutefois entendre ce qu'il adviendrait de leur travail. Egwene eut du mal à ne pas prendre un ton mordant. Romanda feignit de ne pas s'en apercevoir. Ou peut-être ne s'en aperçut-elle pas.

— À Moria, dit-elle. Nous avons soupçonné les Réprouvés dès le début. Nous savions que ce qui se passait était puissant et lointain. En fait, tout ce que nous avons appris, c'est que Shadar Logoth a disparu. Je peux seulement dire que le monde s'en trouvera mieux sans ce trou de l'Ombre.

Elle fixa la Députée Bleue avec un froncement de sourcils qui avait déjà mis dans ses petits souliers plus d'une Aes Sedai se sentant tout à coup ravalée au rang de novice.

— Ma question est la suivante : est-ce que cela change quelque chose pour nous ?

— Ça devrait, répliqua Moria, la regardant dans les yeux.

Elle n'appartenait pas à l'Assemblée depuis aussi longtemps que Romanda, mais les Députées étaient, normalement, des égales.

— Depuis longtemps, nous avons préparé des plans pour le cas où les Réprouvés nous attaqueraient. Toutes les sœurs savent former un cercle, ou se joindre à un cercle en formation jusqu'à ce qu'il y ait treize sœurs dans chaque cercle. Toutes doivent pouvoir participer, même les novices, même les dernières arrivées.

Lelaine la regarda durement, mais, malgré son désir de réprimander Moria, elles étaient de la même Ajah. Elles devaient au moins donner l'apparence de faire front commun. Mais dans son effort de se taire, Lelaine pinça les lèvres. Romanda n'avait pas à subir une telle contrainte.

— Faut-il revenir sur ce que chacune d'entre nous sait déjà ? Nous sommes celles qui ont pris ces mesures. Peut-être l'avez-vous oublié ?

Cette fois, sa voix était tranchante. Les manifestations ouvertes de colère étaient interdites à l'Assemblée, mais pas les provocations.

Si Moria en fut piquée, elle ne le manifesta pas autrement qu'en ajustant son châle.

— Je dois expliquer depuis le début parce que nous n'avons pas pensé sur un assez long terme. Malind, est-ce que nos cercles peuvent résister à ce qu'Akarrin et Nisain ont décrit ?

Malgré ses yeux farouches, la bouche pulpeuse de Malind semblait toujours prête à sourire, mais elle avait le visage sévère en se levant, et elle regarda les deux Députées tour à tour, comme pour imprimer ses paroles dans leur esprit.

— Ils ne le peuvent pas. Même si nous réarrangeons les cercles, pour que les sœurs les plus puissantes se trouvent toujours dans le même – et cela signifie qu'elles devraient vivre, manger et dormir ensemble, si elles avaient à se lier instantanément –, nous serions comme des souris face à un chat. Un grand nombre de souris peut l'emporter sur un gros chat affamé, mais pas sans de lourds sacrifices. Et si trop de ces souris meurent, la Tour Blanche meurt aussi.

De nouveau, une onde de soupirs parcourut la salle, comme une brise intermittente.

Le visage d'Egwene resta calme, mais elle dut s'efforcer de lâcher ses jupes. Qu'est-ce qu'elles allaient proposer ? Un assaut ou la fuite ? Par la Lumière, comment pourrait-elle s'opposer ?

Lelaine ne put supporter plus longtemps la tension.

— Que suggérez-vous, Moria ? dit-elle sèchement. Même si nous réunifions la Tour aujourd'hui même, cela ne changera rien.

Moria eut un petit sourire, comme si l'autre Bleue venait de dire exactement ce qu'elle espérait entendre.

— Mais nous devons évoluer. Nos cercles les plus puissants sont trop faibles. Nous n'avons pas d'*angreals*, encore moins de *sa'angreals*, alors, autant les ignorer. D'ailleurs, je ne suis pas certaine qu'il y ait quelque chose, même à la Tour, qui puisse faire une différence assez importante. Alors, comment pouvons-nous rendre nos cercles plus puissants ? Assez puissants, espérons-nous, pour affronter ce qui s'est passé à Shadar Logoth et l'arrêter ? Escaralde, qu'avez-vous à dire à ce sujet ?

Stupéfaite, Egwene se pencha en avant. Ainsi, elles travaillaient ensemble. Mais dans quel but ?

Elle ne fut pas la seule à réaliser que les trois Députées qui avaient demandé la convocation de l'Assemblée étaient debout toutes les trois. Moria et Malind avaient fait une déclaration claire. Escaralde se tint debout comme une reine, mais la minuscule Brune semblait très consciente des regards qui se glissaient entre elle, Moria et Malind, consciente des fronts plissés et des visages trop immobiles. Elle ajusta deux fois son châle avant de parler. On aurait dit qu'elle faisait un cours à une classe, la voix fluette mais énergique.

— Les anciens écrits sont très clairs à ce sujet, quoique peu connus, j'en ai peur. Ils amassent la poussière plus qu'ils n'attirent les lecteurs. Ceux rassemblés aux premières années de la Tour affirment clairement que les cercles n'étaient pas limités à treize à l'Ère des Légendes. Le mécanisme précis – je devrais dire l'équilibre précis – est inconnu, mais ne devrait pas être trop difficile à retrouver. Pour celles d'entre vous qui n'ont pas passé tout le temps qu'elles auraient dû à la bibliothèque de la Tour, ma *manière* d'accroître la taille d'un cercle implique…

Pour la première fois, elle hésita, et se força visiblement à continuer.

— … implique que nous devons inclure des hommes qui peuvent canaliser.

Faiselle se leva comme mue par un ressort.

— Que suggérez-vous ? demanda-t-elle, puis elle se rassit immédiatement, comme craignant qu'on ne pense qu'elle la soutenait.

— Je demande qu'on évacue la Salle ! dit Magla en se levant.

Comme Moria, elle était d'Illian, et son agitation faisait ressortir son accent.

— Cela n'est pas matière à discussion, sauf devant l'Assemblée et à huis clos.

Elle aussi se rassit dès qu'elle eut terminé, les yeux flamboyants, ses larges épaules affaissées, ses mains s'ouvrant et se crispant sur ses jupes.

— Je crains qu'il ne soit trop tard pour ça, dit Moria tout haut.

Elle dut parler fort pour être entendue par-dessus les murmures excités des sœurs debout derrière les Députées ; c'était comme le bourdonnement d'une ruche géante.

— Ce qui est dit est dit, et entendu par trop de sœurs pour que quiconque tente de rattraper ces paroles.

Sa poitrine se souleva quand elle prit une profonde inspiration, et elle éleva un peu plus la voix.

— Je propose à l'Assemblée que, si cela s'avère nécessaire, nous passions un accord avec la Tour Noire pour inclure des hommes dans nos cercles.

Si sa voix parut s'étrangler vers la fin, cela n'avait rien d'étonnant. Peu d'Aes Sedais pouvaient parler de la Tour Noire sans émotion, sans dégoût, et même sans haine. Cela calma le bourdonnement. Le silence absolu s'établit le temps de trois battements de cœur.

— C'est de la folie !

Le glapissement de Sheriam fracassa le silence. La Gardienne ne participait jamais aux discussions de l'Assemblée. Elle ne pouvait même pas entrer dans la Salle sans l'Amyrlin. Le visage cramoisi, Sheriam se redressa, soit pour affronter l'inévitable remontrance, soit pour se défendre. Mais l'Assemblée avait autre chose à penser qu'à la réprimander.

Se levant d'un bond juste le temps d'exprimer leur opinion, les Députées se mirent à parler, à crier, parfois plusieurs en même temps.

— Folie est un mot trop faible ! hurla Faiselle.

— Comment pouvons-nous nous *allier* avec des hommes qui canalisent ? vociféra Varilin en même temps.

— Ces soi-disant Asha'man sont souillés ! cria Saroiya, sans aucune trace de la réserve tant vantée des Aes Sedais.

Les mains crispées sur son châle, elle tremblait si fort que les longues franges blanches oscillaient.

— Souillés par la main du Ténébreux !

— Cette seule suggestion fait de nous les ennemies de tous les idéaux qu'a toujours défendus la Tour, dit Takima avec force. Nous serions méprisées par toutes les femmes qui ont porté le titre d'Aes Sedai depuis la nuit des temps !

Magla alla jusqu'à brandir le poing, avec une fureur qu'elle ne tenta pas de dissimuler.

— Seule une Amie du Ténébreux peut suggérer une chose pareille ! Une Amie du Ténébreux !

Moria pâlit sous l'accusation, puis s'empourpra de colère.

Egwene ne savait pas quelle était sa position sur cette question. La Tour Noire était la création de Rand, création peut-être nécessaire s'il devait y avoir quelque espoir de gagner la Dernière Bataille, pourtant, les Asha'man *étaient* des hommes qui pouvaient canaliser, chose redoutée depuis trois mille ans, et ils canalisaient un *saidin* souillé par l'Ombre. Rand lui-même était un homme qui pouvait canaliser, pourtant sans lui, l'Ombre gagnerait la Tarmon Gai'don. Que la Lumière lui pardonne d'envisager tout cela si froidement, mais c'était la pure vérité. Quelle que fût sa position sur la question, la situation devenait ingérable. Escaralde échangeait des insultes avec Faiselle, toutes les deux à pleins poumons. Des insultes ouvertes ! Dans la Salle de l'Assemblée ! Saroiya avait abandonné sa froide réserve caractéristique de l'Ajah Blanche et hurlait sur Malind, qui hurlait en retour, toutes les deux en même temps. Il aurait fallu un miracle pour que chacune entende ce que vociférait l'autre, et c'était peut-être une bénédiction qu'elles ne puissent le faire. Étonnamment, Romanda et Lelaine n'avaient pas ouvert la bouche depuis le début. Immobiles sur leur banc, elles se fixaient sans ciller. Sans doute chacune s'efforçait-elle de deviner quel parti prendrait l'autre, pour prendre le parti opposé. Magla descendit de son banc et marcha vers Moria, l'air belliqueux. Elle serrait les poings. Son châle brodé de plantes grimpantes tomba par terre, sans qu'elle s'en aperçoive.

Egwene se leva et embrassa la Source. Sauf pour certaines fonctions précises, le canalisage était interdit à l'Assemblée – autre coutume rappelant des jours plus sombres –, mais elle fit un tissage très simple d'Air et de Feu.

— Une proposition a été présentée à l'Assemblée, dit-elle avant de lâcher la *saidar*.

Cela n'était pas aussi difficile que ça l'avait été autrefois. Le souvenir de la douceur du Pouvoir perdurait, suffisamment pour la soutenir jusqu'à la prochaine fois.

Magnifiées par le tissage, ses paroles résonnèrent comme le tonnerre dans le pavillon. Les Aes Sedais eurent un mouvement de recul, grimaçant et se bouchant les oreilles. Le silence qui suivit fut assourdissant. Magla la regarda, bouche bée, puis sursauta en réalisant qu'elle était à mi-chemin des bancs des Bleues. Ouvrant vivement les poings, elle fit une pause pour ramasser son châle et se hâta de retourner à son siège. Sheriam pleurait.

— Une proposition a été présentée à l'Assemblée, répéta Egwene dans le silence.

Après son râle amplifié par le Pouvoir, sa voix résonna dans ses propres oreilles. Peut-être *avait-elle parlé* plus fort qu'elle ne le pensait. Ce tissage n'avait jamais été fait pour être utilisé à l'intérieur, même entre des murs de toile.

— Que dites-vous en faveur d'une alliance avec la Tour Noire, Moria ?

Elle s'assit dès qu'elle eut terminé. Quelle *était* sa position sur cette question ? Quelles difficultés devrait-elle affronter ? Comment cette alliance pouvait-elle être utilisée à leur avantage ? Que la Lumière l'assiste. C'étaient les deux premières choses qui venaient à l'esprit. Elle souhaitait que Sheriam sèche ses yeux et se redresse. Elle était le Siège d'Amyrlin, et elle avait besoin d'une Gardienne, pas d'une chiffe molle.

Il fallut quelques minutes pour que l'ordre revienne, les Députées ajustant leurs vêtements, lissant leurs jupes sans nécessité, évitant de se regarder et surtout de regarder les sœurs debout derrière les bancs. Certains visages s'empourprèrent, d'une rougeur qui n'avait rien à voir avec la colère : les Députées ne se disputaient pas comme des chiffonnières. *Surtout* pas devant d'autres sœurs.

— Nous sommes devant deux difficultés apparemment insurmontables, dit finalement Moria.

Elle avait retrouvé sa voix froide et posée, mais une faible rougeur continuait à colorer ses joues.

— Les Réprouvés ont découvert une arme – découvert ou retrouvé, car ils l'auraient sans aucun doute utilisée avant s'ils l'avaient possédée –, une arme que nous ne pouvons pas contrer. Une arme dont nous ne possédons pas l'équivalent, même si la Lumière sait que nous le souhaiterions. Une arme que nous ne pouvons pas arrêter et à laquelle nous ne survivrons pas. Par ailleurs, les… les Asha'man ont poussé comme de la mauvaise herbe. Des rapports dignes de foi pensent qu'ils sont presque aussi nombreux que toutes les Aes Sedais vivantes. Même si ce nombre est excessif, nous ne pouvons pas nous permettre de penser qu'il est largement surestimé. Et leurs rangs grossissent de jour en jour. Nous aurions dû désactiver ces hommes, bien sûr, mais nous les avons ignorés à cause du Dragon Réincarné. Nous avons repoussé le problème, pour nous en occuper plus tard. L'amère vérité, c'est qu'il est trop tard. Ils sont trop nombreux. Peut-être était-il déjà trop tard quand nous avons appris pour la première fois ce qu'ils faisaient.

« Si nous ne pouvons pas désactiver ces hommes, nous devons les contrôler d'une façon ou d'une autre. Un accord avec la Tour Noire – *alliance* est un mot trop fort – aux conditions soigneusement étudiées, serait un premier pas pour protéger le monde de leur action. Nous pourrions aussi les inclure dans nos cercles.

Levant un index prudent, Moria promena son regard sur les bancs, mais sa voix resta froide et posée.

— Nous devrons signifier clairement qu'une sœur contrôlera toujours les flux – je ne propose pas de laisser un homme diriger un cercle lié –, mais avec des hommes dans les cercles, nous pourrons les élargir. Avec la bénédiction de la Lumière, peut-être pourrons-nous élargir les cercles suffisamment pour contrer cette arme des Réprouvés. Ce sera faire d'une pierre deux coups. Si nous ne lançons pas cette pierre, l'un d'eux nous tuera sûrement. C'est aussi simple que ça.

Un grand silence retomba. Debout, recroquevillée sur elle-même à quelques pas d'Egwene, les épaules agitées de soubresauts, Sheriam n'avait toujours pas maîtrisé ses sanglots.

Puis Romanda poussa un bruyant soupir.

— Peut-être pouvons-nous élargir suffisamment les cercles pour contrer les Réprouvés, dit-elle doucement.

Cela donna plus de poids à ses paroles que si elle avait crié.

— Peut-être pouvons-nous contrôler les Asha'man. Mot trop faible peut-être, quel que soit le contexte.

— Quand on se noie, répliqua Moria tout aussi doucement, on se raccroche à n'importe quelle branche, même si on n'est pas sûr qu'elle supportera notre poids, jusqu'à ce qu'on reprenne pied. L'eau ne nous est pas encore passée par-dessus la tête, Romanda. Mais nous nous noierons. Nous nous noierons.

De nouveau, le silence s'installa, ponctué par les hoquets de Sheriam. Avait-elle perdu tout contrôle d'elle-même ? Mais il faut dire qu'elles avaient toutes l'air catastrophées, même Moria, Malind ou Escaralde. Ce n'était pas une perspective réjouissante qui s'offrait à elles. Le visage de Delana avait pris une couleur verdâtre. Comme si elle était prise de nausée, elle aussi.

Egwene se leva une fois de plus, assez longtemps pour poser la question requise. Même quand l'impensable était proposé, il fallait suivre le rituel. Peut-être même davantage que d'ordinaire.

— Qui s'oppose à cette proposition ?

À ce moment-là, une foule d'oratrices se manifestèrent, même si toutes avaient suffisamment retrouvé leur contrôle pour observer le protocole. Mais Magla fut la plus rapide à se lever, et les autres se rassirent, sans manifester la moindre impatience. Faiselle parla après Magla, et Varilin après Faiselle. Puis vinrent Saroiya, et finalement Takima. Chacune prit longuement la parole, les interventions de Varilin et Saroiya frôlant en longueur les discours interdits par la coutume, et chacune s'exprima avec toute l'éloquence dont elle était capable. Personne n'obtenait un siège de Députée sans pouvoir faire preuve d'éloquence en toutes circonstances. Il fut bientôt clair qu'elles se répétaient inlassablement les unes les autres, avec des mots différents.

Les Réprouvés et leur arme ne furent jamais mentionnés. La Tour Noire était le sujet des Députées, la Tour Noire et les Asha'man. La Tour Noire était une plaie sur la face du monde, une menace aussi grande que la Dernière Bataille elle-même. Son seul nom évoquait des liens avec l'Ombre, outre le fait qu'elle était un affront direct à la Tour Blanche. Les prétendus Asha'man – personne n'utilisait le mot sans le faire précéder de « prétendu », ou le prononçait en ricanant ; il voulait dire « gardiens » dans l'Ancienne Langue, et ils étaient tout sauf des gardiens – étaient des hommes capables de *canaliser* ! Des hommes condamnés à la folie si la moitié mâle du Pouvoir ne les tuait pas avant. De Magla à Takima, chacune mettait dans ce nom toute l'horreur possible. Ils avaient généré trois mille ans d'horreurs, et la Destruction du

Monde avant ça. De tels hommes avaient *détruit* le monde, et l'Ère des Légendes, et précipité le monde dans la désolation. Voilà avec *quoi* on leur demandait de faire *alliance*. Elles risquaient de subir l'anathème dans toutes les nations, et à juste titre. Elles seraient raillées par toutes les Aes Sedais. C'était impossible. *Impossible.*

Quand Takima se rassit enfin, arrangeant soigneusement son châle sur ses bras, elle arborait un petit sourire satisfait. À elles toutes, elles étaient parvenues à faire paraître les Asha'man plus redoutables, plus dangereux, que les Réprouvés et la Dernière Bataille réunis. Peut-être les égaux du Ténébreux lui-même.

Puisque Egwene avait posé les questions rituelles, c'était à elle de clore la session. Jugeant le moment opportun – le calme était revenu dans le pavillon et Sheriam avait finalement réussi à maîtriser ses sanglots, même si des larmes brillaient encore sur ses joues – elle se leva, le temps de dire :

— Qui est pour un accord avec la Tour Noire ?

Le hoquet de la Gardienne fit un bruit de tonnerre dans le silence qui suivit cette question et le sourire de Takima se tordit quand Janya se leva, à peine fut-elle posée.

— Même une petite branche vaut mieux que rien, quand on se noie, dit-elle. J'aimerais mieux faire une tentative plutôt que de m'en remettre à l'espoir jusqu'à tant que je coule.

Elle avait l'habitude de parler au mauvais moment.

Samalin se leva près de Malind, puis, dans la bousculade, ce fut au tour de Salita, Berana et Aledrin, avec Kwamesa un souffle plus tard. Neuf Députées debout. Le temps s'arrêta. Egwene réalisa qu'elle se mordait les lèvres, et s'arrêta aussitôt, espérant que personne ne l'avait remarqué. Elle sentait encore l'empreinte de ses dents. Elle espérait ne pas s'être blessée jusqu'au sang. Non que quiconque la regardât : toutes les sœurs semblaient retenir leur souffle.

Romanda fronçait les sourcils sur Salita, qui regardait droit devant elle, le teint grisâtre et les lèvres tremblantes. Romanda hocha lentement la tête, puis elle se leva, violant elle aussi les convenances.

— Parfois, dit-elle regardant Lelaine dans les yeux, nous devons faire des choses que nous préférerions ne pas faire.

Lelaine soutint son regard sans ciller. Son visage aurait pu être en porcelaine. Elle releva le menton par petites secousses. Et soudain, elle se leva, baissant des yeux impatientés sur Lyrelle, qui la regarda, bouche bée, quelques instants, avant de se lever à son tour.

Toutes avaient le regard fixe ; aucune ne pipait mot. C'était fait.

Presque. Egwene s'éclaircit la gorge, cherchant à attirer l'attention de Sheriam. La suite appartenait à la Gardienne, mais Sheriam, debout, essuyait ses larmes de la main et promenait son regard sur les bancs, comme si elle comptait combien de Députées étaient debout et espérait s'être trompée dans ses calculs. Egwene se racla la gorge plus fort, et la femme aux yeux verts sursauta et se retourna pour la regarder. Alors, il sembla s'écouler une éternité avant qu'elle ne se rappelle à ses devoirs.

— Au moindre consensus, annonça-t-elle d'une voix mal assurée, un accord sera négocié avec… avec la Tour Noire.

Prenant une profonde inspiration, elle se redressa de toute sa hauteur et sa voix reprit de la force. Elle était de retour en terrain familier.

— Dans l'intérêt de l'unité, je demande à la majorité de se lever.

C'était un appel puissant. Même en des domaines où l'on pouvait se contenter du moindre consensus, le consensus maximal était toujours préférable, toujours recherché. Il faudrait des heures de discussions, des jours peut-être, pour l'atteindre, mais les efforts ne cesseraient pas avant que toutes les Députées acceptent, ou il était clair comme de l'eau de roche qu'il n'y aurait pas d'accord avec la Tour Noire. Delana se leva, comme une marionnette mue contre sa volonté, regardant autour d'elle avec hésitation.

— Je ne peux pas me lever pour… *ça*, dit Takima, à l'encontre de tout protocole. Quoi que dise chacune, quelle que soit la longueur de la session, je ne peux pas me lever et je ne me lèverai pas ! Je-ne-me-lèverai-pas !

Aucune autre ne se leva non plus. Bien sûr, Faiselle remua sur son banc, bougea comme si elle allait se lever, ajusta son châle, se remit à se tortiller comme pour se mettre debout. Aucune autre n'en fit autant. Saroiya se mordillait les phalanges, le visage horrifié, et Varilin avait l'air d'avoir reçu un coup de marteau entre les deux yeux. Magla s'accrochait aux extrémités de son banc, comme pour se retenir à sa place, fixant les tapis devant elle. À l'évidence, elle avait conscience du froncement de sourcils que Romanda dirigeait sur sa nuque, mais sa seule réaction fut de courber les épaules.

La déclaration de Takima aurait dû mettre un terme à la session. Inutile de rechercher la majorité quand une Députée affirmait qu'elle ne se lèverait pas. Mais Egwene décida de faire une entorse de son cru à la coutume et au protocole.

— Y a-t-il quelqu'une qui pense devoir démissionner de son siège à cause de cette affaire ? demanda-t-elle à haute et intelligible voix.

Des soupirs de stupeur emplirent le pavillon. Cette proposition pouvait briser l'Assemblée. Autant tirer les choses au clair dès maintenant, s'il fallait en arriver là. Saroiya la regarda, affolée, mais aucune ne bougea.

— Alors nous allons négocier, dit-elle. Avec prudence. Cela prendra du temps de décider qui approchera la Tour Noire, et d'évaluer leur réaction.

Par la Lumière, ce ne serait pas facile…

— Tout d'abord, avez-vous des suggestions sur la composition de notre… ambassade ?

20.

Dans la nuit

Bien avant la fin de la session, et malgré la cape sur laquelle elle était assise, Egwene avait le postérieur engourdi par le dur banc en bois. Après avoir écouté les discussions interminables, elle aurait souhaité que ses oreilles soient engourdies, elles aussi. Sheriam, obligée de rester debout, passait d'un pied sur l'autre. Egwene aurait pu partir, les libérant, toutes les deux. Rien n'exigeait que l'Amyrlin reste, et, dans le meilleur des cas, on écoutait poliment ses commentaires. Après quoi, l'Assemblée s'éparpillait. Cela n'avait rien à voir avec la guerre, et avec le mors qu'elle avait entre les dents, l'Assemblée n'allait pas la laisser mettre la main sur les rênes. Elle aurait pu sortir n'importe quand – avec une courte interruption dans les discussions pour respecter le protocole – mais dans ce cas, elle craignait qu'au point du jour on lui présente un plan dont les Députées auraient déjà commencé l'exécution, sans qu'elle ait la moindre idée de ce qu'il impliquait.

Qui parla le plus longtemps ? Magla et Saroiya, Takima, Faiselle et Varilin, chacune visiblement agitée quand une autre Députée détenait la parole. Certes, elles avaient accepté la décision de l'Assemblée, du moins en apparence. Que faire d'autre, sinon démissionner ? Quand une stratégie avait été choisie, par quelque consensus que ce fût, *chacune* était censée la suivre ou, à tout le moins, ne pas s'y opposer. C'était bien là le problème. Aucune des cinq ne s'opposa à une Députée de son Ajah, bien sûr. Cependant, les quatre autres se levaient d'un bond quand une Députée se rasseyait, et toutes les cinq si la Députée était une Bleue. Celle qui avait la parole expliquait de façon très persuasive en quoi l'oratrice précédente n'avait rien compris et les menait droit à la catastrophe. Non qu'Egwene discernât aucun signe de collusion. Elles se lorgnaient entre elles avec autant de méfiance qu'à l'égard des autres.

Quoi qu'il en soit, les débats étaient encore loin de déboucher sur un accord. Les avis différaient sur le nombre de sœurs qu'on enverrait à la Tour Noire parmi chaque Ajah, au sujet du moment opportun, sur ce qu'elles devaient demander, sur ce qu'elles étaient autorisées à accepter, sur ce qu'elles devaient catégoriquement refuser. Pour couronner le tout, chaque Ajah, sauf la Jaune, se considérait comme exceptionnellement qualifiée pour diriger la mission, depuis Kwamesa obnubilée par la négociation du traité lui-même, jusqu'à Escaralde, qui prétendait que la connaissance de l'histoire était une nécessité pour cette entreprise sans précédent. Berana fit même remarquer qu'un accord de cette nature devait se faire dans une rationalité absolue : traiter avec les Asha'man allait enflammer les passions. En fait, elle s'enflamma passablement elle-même. Romanda voulait que la délégation soit conduite par une Jaune, même si la mission exigeait peu de Guérison ; elle en fut donc réduite à expliquer avec obstination que les autres risquaient d'être influencées par les intérêts personnels de leur Ajah, et oublier le but de leur présence.

Les Députées d'une même Ajah se soutenaient uniquement pour éviter de s'opposer ouvertement ; il n'y avait pas deux Ajahs pour s'accorder sur autre chose que le fait d'accepter d'envoyer une ambassade à la Tour Noire. Le terme d'« ambassade » était controversé même par celles qui étaient en sa faveur au départ. Moria elle-même semblait déconcertée par cette idée.

Egwene n'était pas la seule à trouver lassants les arguments et contre-arguments incessants, chacune coupant les cheveux en quatre, tant et si bien qu'il n'en restait rien au bout d'un moment et qu'il fallait tout recommencer. Les sœurs debout derrière les bancs commencèrent à s'esquiver. D'autres les remplaçaient puis repartaient à leur tour au bout de quelques heures. Le temps que Sheriam prononce le rituel : « Partez maintenant dans la Lumière », la nuit était tombée et seules quelques douzaines de sœurs demeuraient avec Egwene et les Députées, dont beaucoup s'affaissaient comme si elles étaient passées dans une essoreuse. Absolument rien n'avait été décidé, sauf que de nouvelles discussions étaient nécessaires avant de trouver une solution.

Dehors, une demi-lune pâle flottait dans un ciel de velours noir constellé d'étoiles scintillantes, et l'air était froid. Egwene s'éloigna du pavillon, souriant à ce que disaient les Députées qui se dispersaient derrière elle, et dont certaines continuaient la discussion. Romanda et Lelaine marchaient ensemble, mais la voix claire de la Jaune s'élevait dans l'aigu, se rapprochant dangereusement de la vocifération, et celle de la Bleue n'avait rien à lui envier. En général, elles se disputaient quand elles étaient forcées de se supporter, mais c'était la première fois qu'Egwene les voyait ensemble alors qu'elles n'y étaient pas obligées. À contrecœur, Sheriam proposa d'aller chercher les rapports sur les réparations des chariots et le fourrage, qu'Egwene avait demandés pour le matin, mais elle ne chercha pas à dissimuler son soulagement quand l'Amyrlin lui dit d'aller se coucher. Avec une rapide révérence, elle détala dans la nuit, resserrant sa cape autour d'elle. La plupart des tentes étaient plongées dans l'obscurité, telles des ombres au clair de lune. Peu de sœurs restaient éveillées après la tombée de la nuit. Les chandelles et l'huile étaient rares.

Pour le moment, le délai convenait à Egwene, mais ce n'était pas l'unique raison de son sourire. À un certain moment des discussions, sa migraine avait totalement disparu. Elle n'aurait aucun mal à dormir cette nuit. Halima guérissait toujours ses insomnies, mais ses rêves étaient agités et sombres après les massages d'Halima. Curieusement, elle ne s'en rappelait jamais, sauf qu'ils étaient sombres et troublés, peut-être des douleurs résiduelles que les mains d'Halima n'avaient pas réussi à atteindre. C'était inquiétant en soi. Elle avait pourtant appris à enregistrer chaque rêve.

Comme la Salle de l'Assemblée et son bureau, sa tente se dressait dans une petite clairière, accessible par un chemin de planches, les voisines les plus proches se trouvant à une douzaine de toises pour donner à l'Amyrlin un peu d'intimité. Au moins, c'est ainsi qu'on justifiait cet espace dégagé. Et c'était peut-être vrai. Egwene al'Vere n'était plus une étrangère. La tente n'était pas grande, moins de quatre toises au carré, et très encombrée à l'intérieur, avec quatre coffres cerclés de cuivre, remplis de vêtements, empilés contre une paroi, deux couchettes et un guéridon minuscule, un brasero et une table de toilette en bronze, une psyché et l'un des rares vrais fauteuils du camp. Très peu décoré, il prenait trop de place, mais il était confortable, et c'était un grand luxe quand elle voulait lire en ramenant ses pieds sous elle. La deuxième couchette était pour Halima, et elle s'étonna qu'elle ne soit pas déjà là à l'attendre. Mais la tente n'était pas inoccupée.

— Vous n'avez rien mangé au petit déjeuner, sauf du pain, Mère, dit Chesa d'un ton doucement accusateur quand Egwene passa entre les rabats de la tente.

Presque corpulente dans sa simple robe grise, la servante assise sur un tabouret raccommodait des bas à la lumière d'une lampe à huile. Elle était jolie, sans un seul fil blanc dans les cheveux, pourtant, il lui semblait que Chesa était à son service depuis toujours, et pas seulement depuis Salidar. D'ailleurs, elle prenait toutes les libertés d'une fidèle servante, y compris le droit de la gronder.

— Vous n'avez rien mangé non plus à midi, à ce qu'on m'a dit, poursuivit-elle, levant dans la lumière un bas de soie blanc pour examiner la reprise qu'elle faisait au talon. Votre dîner refroidit sur la table depuis au moins une heure. Personne ne m'a rien demandé, mais si on me questionnait, je dirais que vos maux de tête viennent de là. Vous êtes bien trop maigre.

Puis, elle posa le bas dans son panier à ouvrage et se leva pour prendre la cape de l'Amyrlin et fit remarquer qu'Egwene était froide comme la glace. Pour elle, c'était une autre cause de ses migraines. Les Aes Sedais s'efforçaient d'ignorer les températures extrêmes, mais leur corps savait bien ce qu'il en était. Mieux valait bien s'emmitoufler et porter du rouge. Tout le monde savait que c'était la couleur la plus chaude. Manger, ça réchauffait aussi.

— Merci, Mère, dit Egwene d'un ton léger, ce qui fit rire Chesa.

Elle prit pourtant l'air choquée. Malgré toutes les libertés qu'elle s'accordait, Chesa était à cheval sur les convenances au point qu'auprès d'elle Aledrin semblait laxiste.

— Je n'ai pas la migraine ce soir, grâce à votre thé.

Malgré son goût infect, ce n'était pas pire que de rester assise à une session de l'Assemblée pendant plus d'une demi-journée.

— Et je n'ai pas très faim non plus. Un petit pain me suffira.

Évidemment, les rapports entre maîtresse et servante n'étaient jamais simples. La servante vous voit toujours sous votre plus mauvais jour, connaît vos défauts et vos faiblesses. Il n'y a pas d'intimité possible. Chesa grommela entre ses dents pendant qu'elle déshabillait Egwene, puis l'enveloppa dans une robe de chambre – un cadeau d'Anaiya, en soie rouge, bordée de dentelle vaporeuse du Murandy et brodée de fleurs d'été – et Egwene la laissa soulever le linge couvrant le plateau posé sur le petit guéridon.

Le bol de lentilles s'était figé, mais un léger canalisage y remédia. Après la première cuillerée, Egwene découvrit qu'elle avait quelque appétit. Elle vida le bol, puis mangea le fromage blanc veiné de bleu, les olives ratatinées, et les deux petits pains croustillants, même si elle fut obligée d'en ôter les charançons. Comme elle ne voulait pas s'endormir trop tôt, elle ne but qu'une coupe de vin aux épices, qu'il fallut réchauffer aussi, ce qui lui donna une légère amertume. Chesa arbora un grand sourire d'approbation en regardant les plats vides sauf la coupelle avec les noyaux d'olives.

Quand elle fut allongée sur son étroite couchette, sous deux couvertures de laine et un édredon en duvet d'oie, Chesa emporta le plateau, mais s'arrêta à l'entrée de la tente.

— Voulez-vous que je revienne, Mère ? Si vous avez vos maux de tête… Bon, cette femme a dû trouver de la compagnie sinon elle serait là à l'heure qu'il est.

Il y avait un mépris évident à l'égard de « cette femme ».

— Je pourrais vous refaire un pot de thé. Je l'ai acheté à un colporteur qui disait que c'était souverain pour les têtes douloureuses. Et aussi pour les articulations et les maux d'estomac.

— Vous pensez vraiment que c'est une fille légère, Chesa ? murmura Egwene.

Déjà bien au chaud sous ses couvertures, elle était somnolente. Elle avait envie de dormir, mais pas tout de suite. La tête, les articulations, et le ventre ? Nynaeve mourrait de rire si elle entendait ça. Après tout, c'étaient peut-être les bavardages interminables des Députées qui avaient chassé sa migraine.

— Halima aime flirter, je suppose, mais je ne crois pas qu'elle aille plus loin.

Un instant, Chesa garda le silence, avec une moue pensive.

— Elle me met… mal à l'aise, Mère, dit-elle finalement. Elle a quelque chose de bizarre. Je le sens chaque fois qu'elle est là. C'est comme de sentir que quelqu'un se glisse derrière moi, ou de réaliser qu'un homme me regarde prendre un bain, ou…

Elle s'esclaffa d'un rire forcé.

— Je ne sais pas comment décrire ça. C'est bizarre.

Egwene soupira et se renfonça un peu plus sous ses couvertures.

— Bonne nuit, Chesa.

Canalisant brièvement, elle éteignit la lampe, plongeant la tente dans le noir.

— Vous dormirez dans votre lit ce soir.

Halima serait peut-être embarrassée de trouver quelqu'un dans son lit. Avait-elle *vraiment* cassé le bras à un homme ? Il avait dû la provoquer, d'une façon ou d'une autre.

Elle avait envie de rêver, cette nuit, de faire des rêves sereins, dont elle se souviendrait, mais il fallait d'abord qu'elle entre dans une autre sorte de rêve qu'elle n'avait pas fait depuis longtemps, car il fallait qu'elle soit déjà endormie. Elle n'avait pas besoin d'un de ces *ter'angreals* que l'Assemblée gardait si jalousement. Glisser dans une transe légère n'était pas plus difficile que de le décider, surtout fatiguée comme elle l'était, et…

Délivrée de son corps, elle flottait dans un noir infini, entourée d'une mer de lumières, immense tourbillon de minuscules points plus scintillants que les étoiles par la nuit la plus claire, et plus nombreux. C'étaient les rêves des gens du monde entier, des rêves si étranges qu'elle ne pouvait pas même commencer à les comprendre, tous visibles ici dans l'étroit interstice séparant le *Tel'aran'rhiod* du monde de la veille, l'espace infini entre la réalité et les rêves. Elle en reconnut certains au premier coup d'œil. Ils semblaient tous pareils, mais elle les connaissait aussi sûrement qu'elle connaissait le visage de ses sœurs. Certains, elle les évitait. Les rêves de Rand étaient toujours protégés d'un écran, et si elle essayait de les pénétrer, elle craignait qu'il s'en aperçoive. L'écran l'empêcherait de voir quoi que ce soit de toute façon. Dommage qu'elle ne puisse pas localiser quelqu'un grâce à ses rêves ! Deux points lumineux pouvaient se tenir côte à côte, alors que les rêveurs étaient séparés par un millier de miles. Les rêves de Gawyn l'attiraient, mais elle les fuyait sachant qu'ils comportaient leurs propres dangers. Ceux de Nynaeve la faisaient réfléchir. Elle voulait inspirer à cette insensée une sainte frousse, que Nynaeve était parvenue à ignorer jusque-là. Egwene ne voulait pas s'abaisser à la traîner dans le *Tel'aran'rhiod* contre sa volonté. C'était le genre de chose que faisaient les Réprouvés, incapables de résister à cette tentation.

Bougeant sans bouger, elle chercha un rêveur particulier. Les lumières semblaient tourbillonner autour d'elle, filer si vite qu'elles devenaient des traits lumineux tandis qu'elle flottait immobile dans cette mer d'étoiles. Elle espérait qu'au moins l'un de ceux qu'elle cherchait dormait déjà. Vaguement consciente de son corps, elle se sentit bâiller et replier ses jambes sous les couvertures.

Puis elle vit le point de lumière qu'elle cherchait. Il grossit peu à peu en arrivant vers elle. L'étoile dans le ciel se transforma en pleine lune, puis un mur scintillant emplit sa vision. Elle évita de le toucher pour éviter de gêner le rêveur. De plus, ce serait embarrassant de se glisser par accident dans les rêves d'un autre. Traversant par la force de sa volonté l'espace infime qui restait entre elle et le rêve, elle parla doucement, pour ne pas donner l'impression qu'elle hurlait. Elle n'avait pas de corps, pas de bouche, mais elle parlait.

ELAYNE, C'EST EGWENE. REJOIGNEZ-MOI À L'ENDROIT HABITUEL.

Elle ne pensait pas que quelqu'un puisse surprendre ses paroles, pas sans qu'elle le sache, mais il valait mieux ne pas prendre des risques inutiles.

Le point lumineux s'éteignit. Elayne s'était réveillée. Mais elle se souviendrait, et elle saurait que la voix n'avait pas été qu'une partie de son rêve.

Egwene se déplaça… de côté. Ou peut-être termina-t-elle un pas qui s'était arrêté à mi-course. Elle bougea et…

… Elle se tenait debout dans une petite pièce vide, meublée d'une table en bois sculpté, et de trois chaises à dossier droit. Les deux fenêtres donnaient sur la nuit noire, pourtant il y avait une lumière étrange, différente du clair de lune, de celle d'une lampe ou du soleil. Elle semblait venir de nulle part. Mais ça suffisait pour voir clairement cette triste petite pièce. Les lambris poussiéreux étaient rongés par la vermine, et les vitres cassées des fenêtres avaient laissé entrer la neige et une épaisse couche de brindilles et de feuilles mortes. La table et les chaises ne bougeaient pas, pourtant, par moments, le temps de tourner la tête, la neige semblait avoir disparu, et les brindilles et les feuilles avoir changé de place, comme dispersées par le vent. Un univers mouvant s'offrait à ses yeux. À présent, plus rien ne lui semblait bizarre, pas plus que la sensation que des yeux invisibles l'observaient. Rien n'était vraiment réel, c'était juste la façon d'être des choses dans le *Tel'aran'rhiod*. Un reflet de la réalité et un rêve mélangés. Dans le Monde des Rêves, tout paraissait vide. La pièce donnait la même sensation de vide vertigineux que celle des lieux réellement abandonnés dans le monde.

Quelques mois plus tôt, cette petite pièce avait été le bureau de l'Amyrlin dans l'auberge de la Petite

Tour. Le village de Salidar, conquis sur la forêt environnante, bourdonnait d'activité, cœur de la résistance à Elaida. À présent, si elle sortait, elle verrait de jeunes arbres poussant dans la neige au milieu de ces rues qu'elles avaient eu tant de mal à défricher. Des sœurs Voyageaient encore à Salidar, pour visiter les pigeonniers, toutes voulant éviter qu'un pigeon envoyé par l'un de leurs yeux-et-oreilles ne tombe entre d'autres mains, mais seulement dans le monde réel. Ici, aller visiter les pigeonniers aurait été aussi inutile que souhaiter que les pigeons vous trouvent par miracle. Les animaux apprivoisés semblaient n'avoir aucun reflet dans le Monde des Rêves, et rien de ce qu'on faisait ici ne touchait le monde de la veille. Les sœurs ayant accès à un *ter'angreal* de rêve avaient d'autres lieux à visiter qu'un village déserté de l'Altara, et personne d'autre non plus n'avait de raisons de venir ici. C'était l'un des rares endroits du monde où Egwene était sûre qu'on ne la surprendrait pas.

Attendant l'apparition d'Elayne, elle s'efforça de modérer son impatience. Elayne n'était pas une Rêveuse, elle avait besoin d'un *ter'angreal.* Et elle voudrait dire à Aviendha où elle allait, sans aucun doute. Comme l'attente s'éternisait, Egwene se surprit à arpenter le grossier parquet avec irritation. Ici, le temps s'écoulait différemment. Une heure dans le *Ter'aran'rhiod* pouvait ne durer que quelques minutes dans le monde réel, ou l'inverse. Elayne pouvait se déplacer comme le vent. Egwene vérifia sa tenue : une robe d'équitation grise aux riches broderies vertes sur le corsage et à larges bandes sur la jupe divisée

– avait-elle pensé à l'Ajah Verte ? –, ses cheveux emprisonnés dans un filet d'argent. La longue étole étroite de l'Amyrlin devait être autour de son cou. Elle fit disparaître l'étole, puis, au bout d'un moment, la fit réapparaître, machinalement. L'étole faisait partie d'elle-même, et c'était en tant que Amyrlin qu'elle avait besoin de parler à Elayne.

Pourtant, celle qui apparut comme l'éclair n'était pas Elayne, mais Aviendha. Vêtue de façon étonnante, en soie bleue brodée d'argent, l'encolure et les poignets bordés de dentelle claire. Avec cette robe, son lourd bracelet d'ivoire semblait aussi déplacé que le *ter'angreal* suspendu à son cou au bout d'un cordon de cuir, anneau de pierre étrangement torsadé piqué de couleurs.

— Où est Elayne ? demanda anxieusement Egwene. Est-ce qu'elle va bien ?

L'Aielle jeta un regard stupéfait sur sa tenue, et brusquement, elle fut en volumineuse jupe sombre et blouse blanche, avec un châle sombre drapé sur les épaules, un foulard plié retenant en arrière ses cheveux auburn lui tombant jusqu'à la taille, plus longs que dans la vie réelle. Tout était changeant dans le Monde des Rêves. Un collier d'argent apparut autour de son cou, composé de rangées compliquées de disques ouvragés que les Kandoris appelaient « flocons de neige », cadeau qu'Egwene lui avait fait il y avait très longtemps, lui semblait-il.

— Elle n'a pas réussi à faire fonctionner ça, dit Aviendha, le bracelet d'ivoire glissant jusqu'à son poignet quand elle toucha l'anneau torsadé toujours attaché à son cordon de cuir, maintenant au-dessus du collier. Ce sont les bébés.

Soudain, elle eut un grand sourire. Ses yeux couleur d'émeraude semblaient scintiller.

— Parfois, elle est très coléreuse. Elle a jeté l'anneau par terre et l'a piétiné.

Egwene renifla. Les bébés ? Ainsi, il y en aurait plus d'un. Curieusement, Aviendha semblait accepter qu'Elayne soit enceinte, et pourtant, Egwene était convaincue qu'elle était amoureuse de Rand elle aussi. Les Aiels avaient des attitudes pour le moins bizarres. Mais Egwene ne l'aurait pas cru d'Elayne ! Et Rand ! En fait, personne n'avait déclaré que Rand était le père, et elle pouvait difficilement poser la question, mais elle savait compter. De plus, elle doutait fort qu'Elayne ait couché avec un autre homme. Elle réalisa que ses vêtements étaient en gros drap foncé et lourd, avec un châle bien plus épais que celui d'Aviendha. C'était une tenue pratique dans les Deux Rivières. À porter pour siéger au Cercle des Femmes. Ou quand une écervelée s'était fait mettre enceinte sans qu'il y ait de mariage en vue. Elle inspira profondément. Elle était à nouveau dans sa robe d'équitation à broderies vertes et le reste du monde ne ressemblait pas aux Deux Rivières. Par la Lumière, elle était parvenue assez loin pour le savoir. Qu'elle l'appréciât ou non, elle pouvait vivre avec.

— Tant qu'elle et… et les bébés… vont bien.

Par la Lumière, combien ? Non, elle n'allait pas poser la question. Elayne avait sûrement la meilleure sage-femme de Caemlyn. Il valait mieux changer de sujet tout de suite.

— Avez-vous des nouvelles de Rand ? Ou de Nynaeve ? J'aurais deux mots à lui dire, pour s'être enfuie comme ça avec lui !

— Aucune nouvelle des deux, répondit Aviendha, ajustant son châle comme une Aes Sedai évitant le regard de son Amyrlin.

Egwene fit claquer sa langue, mécontente d'elle. Elle commençait vraiment à voir des conspirations partout. Rand se cachait, voilà tout. Nynaeve était une Aes Sedai, libre de faire ce qu'elle voulait. Même quand l'Amyrlin commandait, les Aes Sedais trouvaient souvent le moyen de n'en faire qu'à leur tête. Mais l'Amyrlin allait réprimander vertement Nynaeve al'Meara quand elle lui mettrait la main dessus. Quant à Rand…

— Je crains que vous n'ayez bientôt des ennuis, dit-elle.

Une jolie théière en argent apparut sur la table, sur un plateau en argent martelé, avec deux délicates tasses en porcelaine verte. Une fine volute de vapeur sortait du bec verseur. Elle aurait pu faire apparaître le thé directement dans les tasses, mais l'acte de les remplir faisait partie de l'offrande. On pouvait mourir de soif en tentant de boire ce qu'on trouvait dans le *Tel'aran'rhiod*, mais ce thé avait un goût qui semblait venir d'une récolte récente, et elle y avait mis juste la quantité de miel qu'il fallait. S'asseyant sur l'une des chaises, elle commença à le déguster à petites gorgées, tout en exposant ce qui s'était passé à l'Assemblée.

Aviendha tenait sa tasse, regardant Egwene sans ciller. Ses jupes sombres et sa blouse blanche devinrent le *cadin'sor*, tunique et chausses de gris et de brun qui se fondent dans l'obscurité. Ses longs cheveux furent subitement courts, et cachés par la *shoufa*, le voile noir pendant sur la poitrine. De façon incongrue, le bracelet d'ivoire était toujours à son poignet bien qu'une Vierge de la Lance ne portât jamais de bijoux.

— Tout cela à cause du fanal que nous avons perçu, marmonna-t-elle quand Egwene se tut. Parce qu'elles pensent que les Engeances de l'Ombre ont une arme.

Une bien curieuse façon de l'exprimer.

— Qu'est-ce que ce pourrait être d'autre ? demanda Egwene, prudente. Est-ce que l'une des Sagettes en a parlé ?

Il y avait longtemps qu'elle ne croyait plus que les Aes Sedais détenaient la science infuse. Il arrivait que les Sagettes apportent des informations susceptibles de stupéfier la sœur la plus flegmatique.

Aviendha fronça les sourcils. Elle se retrouva vêtue de chausses, d'une blouse et d'un châle, puis de nouveau en soie bleue et dentelle, cette fois avec le collier kandori et le bracelet d'ivoire. L'anneau de rêve était toujours suspendu à son cordon. Un châle apparut sur ses épaules. La pièce était froide comme l'hiver, et il ne semblait pas que de la dentelle vaporeuse puisse fournir beaucoup de chaleur.

— Les Sagettes n'en savent pas plus que vos Aes Sedais. Mais elles ne sont pas aussi effrayées, je crois. La vie est un songe, et tout le monde finit par se réveiller. Nous faisons la danse des lances avec le Tueur de Feuilles.

Ce nom pour désigner le Ténébreux avait toujours semblé étrange à Egwene, venant du Désert des Aiels totalement dépourvu d'arbres.

— Mais personne n'entre dans la danse en étant certain de survivre ou de vaincre. Je ne crois pas que les Sagettes envisageraient une alliance avec les Asha'man. Est-ce sage ? ajouta-t-elle, prudente. D'après ce que vous dites, je ne suis pas certaine que vous le souhaitiez.

— Je ne vois pas d'autre choix, dit Egwene à contrecœur. Ce trou fait *trois miles* de diamètre. À mon avis, c'est notre seul espoir.

Aviendha contempla son thé.

— Et si les Engeances de l'Ombre n'avaient pas d'arme ?

Soudain, Egwene réalisa ce que voulait dire son interlocutrice. Aviendha, en formation pour devenir une Sagette, *était* une Sagette qu'elle en portât ou non le costume. C'était sans doute la raison pour laquelle elle portait le châle. Une partie d'Egwene avait envie de sourire. Son amie changeait, et n'était plus la Vierge de la Lance, souvent tête brûlée, qu'elle avait d'abord connue. Une autre partie d'elle-même se souvenait que les Sagettes n'avaient pas toujours les mêmes objectifs que les Aes Sedais. Ce que les sœurs appréciaient au plus haut point ne signifiait parfois rien pour les Sagettes. L'idée qu'elle devait penser à Aviendha comme à une Sagette et non plus juste comme à une amie, l'attrista profondément. Une

Sagette verrait ce qui était bon pour les Aiels plutôt que ce qui l'était pour la Tour Blanche. Pourtant, c'était une bonne question.

— Nous devrons traiter avec la Tour Noire tôt ou tard. Aviendha et Moria ont raison : il y a déjà trop d'Asha'man pour qu'il soit possible de les désactiver tous avant la Dernière Bataille. Peut-être qu'un rêve me fournira une autre solution, mais aucun ne m'en a proposé jusqu'à présent.

Aucun de ses rêves ne lui avait montré *quoi que ce soit* d'utile jusqu'à présent.

— Cela nous donne au moins l'ébauche d'une tactique pour les contrôler. En tout cas, cela se fera si les Députées sont capables de se mettre d'accord sur quelque chose à part le fait qu'elles doivent tenter d'obtenir un accord. Nous devons donc vivre avec.

Aviendha sourit dans sa tasse. Pour une raison inconnue, elle semblait soulagée. Mais elle parla d'un ton sérieux.

— Vous autres Aes Sedais, vous pensez toujours que les hommes sont des imbéciles. Souvent, ils ne le sont pas. Faites attention avec ces Asha'man. Mazrim Taim est loin d'être idiot, et je crois même qu'il est très dangereux.

— L'Assemblée en a conscience, dit Egwene, ironique. Qu'il fût dangereux, soit. Pour l'imbécillité, il faudrait peut-être en discuter.

— Je ne sais pas pourquoi nous parlons de ça. Cela ne dépend plus de moi. L'important, c'est que les sœurs finiront par décider que la Tour Noire n'est plus une raison de rester à l'écart de Caemlyn, si nous engageons des pourparlers avec eux. La semaine prochaine ou demain, vous verrez des sœurs arriver juste pour surveiller la santé d'Elayne et voir comment se passe le siège. Maintenant, reste à savoir comment garder secret ce que nous désirons cacher. J'ai quelques suggestions, et j'espère que vous en avez d'autres.

L'idée que des Aes Sedais étrangères puissent surgir dans le Palais Royal troubla Aviendha au point qu'elle passa dc la soie bleue au *cadin'sor*, aux jupes de drap et blouse d'*algode* tout en parlant, sans paraître s'en apercevoir. Son visage resta suffisamment impassible. Elle n'avait certes pas à s'inquiéter si les visiteuses découvraient la Famille, ou les *sul'dams* captives avec leurs *damanes*, ou le marché conclu avec le Peuple de la Mer, mais elle s'inquiétait des répercussions sur Elayne. Le Peuple de la Mer fit non seulement apparaître le *cadin'sor*, mais aussi un bouclier rond en peau de bœuf près de sa chaise et trois courtes lances aielles. Egwene eut envie de demander s'il y avait un problème particulier avec les Pourvoyeuses-de-Vent, mais elle tint sa langue. Si Aviendha n'en parlait pas, c'est qu'elle et Elayne voulaient le résoudrc cllcs-mêmes. Elle l'aurait sûrement évoqué s'il s'était agi de quelque chose qu'Egwene aurait dû savoir. Mais était-ce certain ?

En soupirant, Egwene reposa sa tasse sur la table, où elle disparut aussitôt, et se frotta les yeux. La suspicion faisait vraiment partie de son être à présent. Et sans elle, il était peu probable qu'elle survive longtemps.

Là, elle n'était pas obligée d'agir en fonction de ses soupçons, pas avec une amie.

— Vous êtes fatiguée, dit Aviendha, de nouveau en blouse blanche, jupe sombre et châle, Sagette inquiète aux yeux verts perçants. Vous ne dormez pas bien ?

— Je dors bien, mentit Egwene, parvenant à sourire.

Aviendha et Elayne avaient assez de soucis sans qu'elle leur parle de ses migraines.

— Je ne vois rien d'autre, dit-elle en se levant. Et vous ? Alors, nous avons terminé, ajouta-t-elle quand Aviendha secoua la tête. Dites à Elayne de prendre bien soin d'elle. Prenez soin d'elle. Et de ses bébés.

— Bien sûr, dit Aviendha, de nouveau en soie bleue. Mais vous devez vous occuper de vous. Je crois que vous vous menez trop durement. Dormez bien et réveillez-vous de même, dit-elle à la façon dont les Aiels se souhaitent bonne nuit.

Puis elle s'évanouit.

Egwene fronça les sourcils sur l'endroit où son amie avait disparu. Elle ne se menait pas trop durement, seulement autant qu'il le fallait. Elle réintégra son corps et constata qu'il dormait profondément.

Ce qui ne voulait pas dire qu'elle dormait, elle. Son corps reposait, animé d'une respiration lente et régulière. Elle se glissa dans ce sommeil pour que les rêves puissent l'atteindre. Elle aurait pu attendre d'être réveillée et se remémorer ensuite les rêves qu'elle notait dans un petit carnet relié en cuir qu'elle cachait au fond d'un coffre à vêtements, sous des chemises de lin qu'elle ne mettrait qu'au printemps. Cependant, l'observation des rêves à mesure qu'ils se déroulaient gagnait du temps. Elle pensait que ça l'aidait à les interpréter. Au moins, pour ceux qui n'étaient pas des fantaisies oniriques.

Car celles-là étaient nombreuses. Gawyn y figurait souvent, grand et beau jeune homme qui la prenait dans ses bras, dansait et faisait l'amour avec elle. Une fois, en rêve, elle s'était refusée à lui. Elle avait rougi rien que d'y penser en se réveillant. À présent, cela lui paraissait si bête, si infantile... D'une façon ou d'une autre, elle le *lierait* à elle comme Lige un jour ; elle l'épouserait et elle ferait l'amour avec lui jusqu'à ce qu'il demande grâce. Même dans son sommeil, elle pouffa à cette idée. D'autres rêves n'étaient pas aussi agréables. Elle se retrouvait sous les arbres, avec de la neige jusqu'à la taille, sachant qu'elle devait atteindre l'orée de la forêt. Quand elle apercevait enfin la lisière, en un clin d'œil, la limite reculait au loin, la laissant patauger de plus belle. D'autres fois, elle poussait une lourde meule vers le sommet d'une colline abrupte, puis, presque arrivée au but, glissait, tombait et voyait l'énorme pierre rouler jusqu'au bas de la pente. Elle devait redescendre et recommencer, sauf que chaque fois la colline était plus haute qu'avant. Elle en savait assez sur les rêves pour reconnaître d'où venaient ceux-là, même s'ils n'avaient pas de signification particulière, hormis le fait qu'elle était très fatiguée et qu'elle se sentait impuissante face à la tâche apparemment infinie qui l'attendait. Son corps tressautait durant ces rêves laborieux, et tentait d'apaiser ses muscles, de les détendre. Le demi-sommeil ne valait guère mieux que les insomnies à s'agiter sur sa couchette. Grâce à ses efforts, elle obtint quelques résultats.

D'autres rêves s'intercalaient entre ceux-là.

Mat, sur la prairie d'un village, faisait une partie de bowling. Les chaumières avaient des formes vagues, comme dans les rêves – avec des toits en ardoise, des maisons en pierre ou en bois – mais lui était bien net, vêtu d'une belle tunique verte et coiffé d'un chapeau à large bord, exactement comme il était le jour où il était entré dans Salidar. Il n'y avait personne d'autre en vue. Roulant la boule entre ses mains, il courait puis la lançait sur l'herbe rase. Les neuf quilles tombaient, se dispersaient comme sous un coup de pied. Mat se retournait, prenait une autre boule, et toutes les quilles étaient de nouveau debout. Ou plutôt une nouvelle série de quilles. Celles d'avant gisaient toujours où elles étaient tombées. Il relançait la boule, qui roulait paresseusement. Egwene avait envie de hurler. Les quilles n'étaient pas de simples morceaux de bois. C'étaient des hommes qui se tenaient debout, regardant la boule venir sur eux. Aucun ne bougeait jusqu'au moment où la boule les envoyait valser. Mat se retournait pour prendre une troisième boule. D'autres quilles, des hommes debout bien alignés parmi ceux affalés par terre, comme morts. Vraiment morts. Indifférent, Mat continuait à jouer.

C'était un vrai rêve ; elle le sut bien avant qu'il se termine. Les prémices d'un avenir qui se réaliserait peut-être, un avertissement. Les vrais rêves représentaient toujours des éventualités, jamais des certitudes – elle devait souvent se le rappeler : Rêver n'était pas

Prophétiser –, mais celles-ci étaient terribles. Chacune de ces quilles humaines représentait des milliers d'hommes. De cela, elle *était* certaine. Et une Illuminatrice en faisait partie. Mat en avait connu une autrefois, mais il y avait longtemps de ça. Les Illuminateurs étaient dispersés, leurs maisons de guilde détruites. Une Illuminatrice exerçait même son art dans un cirque ambulant avec lequel Elayne et Nynaeve avaient voyagé un certain temps. Mat pouvait trouver un Illuminateur n'importe où. Malgré tout, ce n'était qu'une éventualité. Elle en avait déjà rêvé au moins deux fois. Le rêve n'était pas exactement le même, mais avait toujours la même signification. Cela rendait-il sa réalisation plus certaine ? Il faudrait qu'elle le demande à une Sagette, or elle y répugnait de plus en plus. Chaque question qu'elle leur posait révélait quelque chose. Leurs objectifs n'étaient pas les siens. Pour sauver le maximum d'Aiels, elles laisseraient raser la Tour Blanche jusqu'aux fondations.

Autres rêves.

Elle peinait en montant un étroit sentier rocailleux taillé dans la paroi d'une immense falaise. Des nuages l'entouraient, cachant le sol en bas et le sommet en haut, pourtant elle savait que ces deux points étaient loin d'elle. Elle devait poser les pieds avec prudence. Le sentier sillonnait sur une corniche fissurée à peine assez large pour qu'elle s'y tienne debout, une épaule collée à la paroi. De gros cailloux risquaient à tout moment de rouler sous son pied, la précipitant dans le vide. Le principe était le même que lorsqu'elle poussait une meule de pierre en haut d'une colline ou quand elle tirait des charrettes. Mais elle savait que c'était un vrai rêve.

Brusquement, la corniche s'effondrait sous ses pieds dans un craquement de pierre éclatée. Elle essayait, en pleine panique, de se raccrocher à la paroi ; cherchant une prise, elle parvenait *in extremis* à glisser l'extrémité de ses doigts dans une minuscule fissure, et sa chute s'arrêtait dans une secousse à lui arracher le bras. Les pieds ballants dans les nuages, elle écoutait les pierres rebondir contre la falaise jusqu'à ce que le son s'évanouisse sans que jamais elle n'entende le choc des cailloux heurtant le sol. Elle voyait vaguement la corniche effondrée sur sa gauche à dix pieds. Elle aurait très bien pu se trouver à un mile de là, pour les chances qu'elle avait de l'atteindre. Dans l'autre direction, le brouillard cachait ce qui restait du sentier, mais cela lui paraissait encore plus éloigné. Elle n'avait pas de force dans les bras. Impossible de se hisser, il fallait seulement rester accrochée par le bout des doigts jusqu'au moment où elle tomberait. Les bords de la crevasse semblaient aussi tranchants que des couteaux.

Soudain, une femme apparaissait, sortant des nuages et descendant la face verticale de la falaise, aussi aisément que si elle empruntait un escalier. Elle portait une épée en bandoulière dans le dos. Son visage vacillait, flou, tandis que l'arme paraissait aussi solide que la pierre. La femme arrivait au niveau d'Egwene et lui tendait la main.

— Nous pouvons atteindre le sommet ensemble, disait-elle, d'une voix traînante à l'accent familier.

Egwene repoussa le rêve comme elle l'aurait fait avec une vipère. Elle sentit son corps tressauter, s'entendit gémir, mais ne put rien faire. Elle avait déjà rêvé de Seanchans, d'une Seanchane en quelque sorte liée à elle, or celle-ci allait la *sauver*. Non ! On l'avait mise à la laisse ; on avait fait d'elle une *damane*. Elle aimait mieux mourir qu'être sauvée par une Seanchane ! Un long moment passa avant qu'elle ne soit capable de calmer son corps endormi. Pas une Seanchane. Jamais !

Lentement, le rêve revint.

Elle montait un autre sentier sur une falaise enveloppée de nuages. Le chemin était large et pavé de pierres blanches et lisses, sans cailloux. La falaise était blanche comme la craie et lisse comme si on l'avait polie. Malgré les nuages, la pierre claire luisait presque. Elle montait rapidement, et réalisait bientôt que le sentier décrivait une spirale. La falaise était en réalité une flèche. Cette pensée ne lui avait pas plus tôt traversé l'esprit qu'elle se retrouvait au sommet, sur un disque apparemment plat et poli entouré d'un mur de brouillard. Au centre de ce disque se dressait un petit socle blanc supportant une lampe à huile en verre transparent. La flamme blanche brûlait, claire et régulière, sans vaciller.

Soudain, deux corbeaux noirs surgirent comme l'éclair. Traversant le disque comme des flèches, ils frappaient la lampe et continuaient sans ralentir. La lampe tournoyait et chancelait, dansant sur le socle, projetant des gouttelettes d'huile. Certaines de ces gouttelettes s'enflammaient puis s'éteignaient.

D'autres tombaient autour du socle, chacune transformée en une minuscule flamme vacillante. Et la lampe continuait à branler sur le point de tomber.

Egwene se réveilla en sursaut dans le noir. Elle savait. Pour la première fois, elle savait ce qu'un rêve signifiait. Mais pourquoi rêvait-elle d'une Seanchane qui voulait la sauver, puis de Seanchans attaquant la Tour Blanche ? L'attaque ébranlerait la communauté des Aes Sedais et menacerait la Tour elle-même. Bien sûr, ce n'était qu'une possibilité. Mais il s'agissait d'un vrai rêve…

Elle, qui croyait réfléchir calmement, faillit embrasser la Source quand elle entendit bouger les rabats de la tente. Elle passa vivement en revue les exercices des novices pour reprendre son sang-froid, l'eau coulant sur des pierres lisses, le vent soufflant dans de hautes herbes. Par la Lumière, elle avait eu peur ! Elle ouvrit la bouche pour demander qui était là.

— Endormie ? murmura doucement Halima.

Elle paraissait tendue, presque excitée.

— Bien, une bonne nuit de sommeil me ferait du bien à moi aussi.

L'écoutant se déshabiller dans le noir, Egwene demeura immobile. Si elle montrait qu'elle était réveillée, elle devrait parler avec elle et s'en trouverait embarrassée. Elle était à peu près certaine qu'Halima s'était trouvé de la compagnie, même si ce n'était pas pour toute la nuit. Elle pouvait faire ce qu'elle voulait, bien sûr, mais Egwene était quand même déçue. Regrettant de s'être réveillée, elle se sentit de nouveau sombrer dans le sommeil, et cette fois, ne chercha pas à lutter. Elle décida qu'elle se rappellerait tous les rêves et qu'elle avait grand besoin d'un vrai sommeil.

Chesa vint au point du jour pour apporter le petit déjeuner sur un plateau et l'aider à s'habiller. Il était encore tôt, le soleil se levait à peine et la lumière des lampes était indispensable. Les braises du brasero s'étaient éteintes pendant la nuit, et le froid pénétrant paraissait gris. Il neigerait peut-être dans la journée. Halima se tortilla pour passer sa chemise et sa robe, plaisantant en riant qu'elle aimerait bien avoir une servante, pendant que Chesa fermait les rangées de boutons de la robe d'Egwene. La servante rondelette avait le visage fermé, ignorant totalement Halima. Egwene ne dit rien. À dessein. Halima n'était pas sa servante. Elle n'avait rien à lui imposer.

Juste comme Chesa finissait de boutonner les minuscules boutons et donnait une tape sur le bras d'Egwene, Nisao entra, tête baissée, laissant pénétrer avec elle une vague d'air froid. Par l'entrebâillement, Egwene vit qu'il faisait toujours gris dehors. Il allait sûrement neiger.

— Je dois parler en particulier à la Mère, dit la Jaune, resserrant sa cape autour d'elle comme s'il neigeait déjà.

Un ton aussi ferme était rare chez cette petite femme.

Egwene adressa un signe de tête à Chesa qui s'inclina avant de lâcher, sur le point de sortir :

— Ne laissez pas refroidir votre petit déjeuner.

Halima s'immobilisa, lorgnant Nisao et Egwene, puis elle attrapa sa cape jetée en tas au pied de sa couchette.

— Delana a du travail pour moi, je suppose, dit-elle, soudain irritée.

Quand elle sortit, Nisao fronça les sourcils sur son dos, mais sans rien dire, elle embrassa la *saidar* et tissa une garde contre les écoutes autour d'elle et d'Egwene. Sans demander la permission.

— Anaiya et son Lige sont morts, dit-elle. Des ouvriers apportant des sacs de charbon hier soir ont entendu du bruit, comme quelqu'un qui se débattait, et par miracle, ils ont tous couru voir ce que c'était. Et ils ont trouvé Anaiya et Setagana gisant dans la neige, morts tous les deux.

Egwene s'assit lentement dans son fauteuil, qui ne lui parut pas particulièrement confortable. Anaiya morte. Excepté son sourire, elle n'avait aucun charme, mais quand elle souriait, elle réchauffait tout le monde autour d'elle. C'était une femme au visage ordinaire qui adorait les robes en dentelle. Egwene savait qu'elle aurait dû aussi ressentir de la tristesse pour Setagana, mais c'était un Lige. De toute façon, eût-il échappé à la mort, qu'il n'aurait sans doute pas survécu longtemps.

— Comment est-ce arrivé ? dit-elle.

Nisao n'aurait pas tissé cette garde simplement pour lui dire qu'Anaiya était morte.

Le visage de Nisao se durcit, et, malgré la protection, elle jeta un coup d'œil par-dessus son épaule, comme si elle craignait que quelqu'un n'écoute à l'entrée de la tente.

— Les ouvriers pensent qu'ils ont mangé des champignons vénéneux. Des fermiers ramassent n'importe lesquels pour les vendre. Certains paralysent les poumons ou vous font enfler la gorge, de sorte qu'on meurt étouffé.

Egwene hocha la tête avec impatience. Elle avait grandi dans un village, après tout.

— Tout le monde a eu l'air d'accepter cette explication, poursuivit Nisao sans hâte.

Ouvrant et refermant les mains sur les bords de sa cape, elle semblait répugner à arriver à sa conclusion.

— Ils n'avaient pas de blessures, pas de plaies. Aucune raison de penser que la mort venait d'autre chose que de la cupidité d'un fermier vendant de mauvais champignons. Mais…

Elle soupira, regardant une fois de plus par-dessus son épaule, et baissa la voix.

— Je suppose que c'étaient toutes ces discussions sur la Tour Noire à l'Assemblée d'hier. J'ai testé pour trouver des résonances. Ils ont été tués avec le *saidin*.

Elle eut une grimace de dégoût.

— Je crois que quelqu'un a simplement tissé des flux d'Air solides autour de leur tête et les a laissés s'étouffer.

Frissonnante, elle resserra sa cape autour d'elle.

Egwene eut envie de frissonner, elle aussi. Elle fut surprise de ne pas frémir. Anaiya morte. Étouffée. La façon de tuer était volontairement cruelle, utilisée par quelqu'un ne voulant pas laisser de traces.

— Vous en avez déjà parlé à quelqu'un ?

— Bien sûr que non, dit Nisao avec indignation. Je suis venue tout droit ici. Enfin, dès que j'ai su que vous étiez réveillée.

— Dommage. Vous aurez à justifier ce délai. Nous ne pouvons pas garder le secret sur ces morts.

Pourtant, des Amyrlins avaient gardé des secrets plus sombres, pour le bien de la Tour tel qu'elles le concevaient.

— Si nous avons parmi nous un homme qui peut canaliser, les sœurs doivent être sur leurs gardes.

Qu'un homme soit capable de canaliser parmi les ouvriers et les soldats, cela semblait invraisemblable. Mais qu'un homme vienne au camp uniquement pour tuer une seule sœur et son Lige était impensable. Ce qui soulevait une autre question.

— Pourquoi Anaiya ? Était-elle juste au mauvais endroit au mauvais moment, Nisao ? Où sont-ils morts ?

— Près des chariots, dans la partie sud du camp. Je ne sais pas pourquoi ils étaient là à cette heure de la soirée. À moins qu'Anaiya n'ait eu besoin d'aller aux latrines, et que Setagana ait pensé qu'il devait l'escorter.

— Alors vous allez le découvrir pour moi, Nisao. Que faisaient là Anaiya et Setagana alors que tout le monde dormait ? Pourquoi ont-ils été tués ? Cela, vous le garderez secret. Jusqu'à ce que vous puissiez me donner les causes de leur mort, personne, à part nous deux, ne doit savoir ce que vous cherchez.

Nisao ouvrit la bouche et la referma.

— S'il le faut, murmura-t-elle, presque entre ses dents.

Elle n'était vraiment pas faite pour garder des secrets, et elle le savait. Le dernier l'avait conduite directement à jurer allégeance à Egwene.

— Est-ce que cela mettra fin au projet d'accord avec la Tour Noire ?

— J'en doute, dit Egwene avec lassitude.

Par la Lumière, comment pouvait-elle être déjà si lasse ? Le soleil n'était pas encore au-dessus de l'horizon.

— En tout cas, je crois que la journée sera très longue.

Et le seul espoir auquel elle se raccrocha, ce fut de passer une nouvelle nuit sans migraine.

21.

Une marque

Alviarin franchit le portail et le laissa se refermer derrière elle là où une brillante fente blanc-bleu s'estompait rapidement. Elle éternua presque immédiatement à cause de la poussière soulevée par ses souliers. Tout de suite après, un nouvel éternuement la secoua, puis un troisième qui lui mit les larmes aux yeux. Uniquement éclairée par le globe lumineux flottant devant elle, la cave, aux parois creusées dans le roc trois étages au-dessous de la Bibliothèque de la Tour, ne contenait rien, sauf des siècles de poussière. Elle aurait préféré de beaucoup aller directement dans ses appartements de la Tour, mais il y avait toujours le risque d'y trouver une servante. Il lui faudrait alors se débarrasser du cadavre en espérant que personne ne se souviendrait de l'avoir vue entrer chez elle. « Restez cachée et n'éveillez pas le moindre soupçon », avait ordonné Mesaana. Cela semblait bien timoré alors que l'Ajah Noire arpentait les couloirs de la Tour avec impunité depuis sa fondation. Mais lorsqu'une Élue commandait, seule une insensée désobéissait. À moins qu'il n'y ait le moindre risque d'être découverte.

Énervée, Alviarin canalisa pour forcer la poussière à se déposer par terre, avec tant de force que le sol aurait dû trembler. Elle n'aurait pas eu à le faire si la poussière avait été balayée. Depuis des années, personne n'était descendu aussi bas dans les sous-sols de la Bibliothèque ; personne ne remarquerait donc que c'était propre. Mais il y avait toujours quelqu'un pour faire ce que personne ne faisait. Elle l'effectuait souvent elle-même et n'avait pas l'intention de se faire prendre à cause d'une stupide imprudence. Elle grommela quand même entre ses dents en canalisant pour faire tomber la poudre rouge de ses souliers et des ourlets de sa robe et de sa cape. Il semblait peu probable que quiconque la reconnaisse comme étant originaire de Tremalking, la plus grande des îles du Peuple de la Mer, mais quelqu'un pourrait se demander où elle avait ramassé toute cette boue. Le parc de la Tour était couvert de neige sauf aux endroits où elle avait été déblayée, et la terre gelée était dure comme de la pierre. Toujours grommelant, elle canalisa de nouveau pour étouffer le grincement des gonds rouillés quand elle poussa la porte mal ajustée. Il y avait une façon de faire un tissage et de le dissimuler, pour qu'elle ne soit pas obligée d'étouffer ces grincements à chaque fois – elle était certaine que c'était possible – mais Mesaana refusait de la lui enseigner.

Mesaana était la vraie cause de sa contrariété. L'Élue enseignait ce qu'elle voulait, et rien de plus, faisait allusion à des merveilles, mais les gardait pour elle. Et Mesaana se servait d'elle comme d'une commissionnaire. Alviarin siégeait à la tête du Conseil

Suprême, et connaissait le nom de toutes les Sœurs Noires. Mesaana ne pouvait pas en dire autant. Elle manifestait peu d'intérêt pour ceux à qui elle donnait des ordres, pourvu que ceux-ci *soient* exécutés à la lettre. Trop souvent, elle exigeait qu'ils le soient par Alviarin, elle-même, la forçant à fréquenter des hommes et des femmes qui se croyaient ses égaux juste parce qu'ils servaient aussi le Grand Seigneur. Trop d'Amis du Ténébreux se croyaient les égaux des Aes Sedais, ou même leurs supérieurs. Pire, Mesaana lui interdisait de faire un exemple. Ils se comportaient comme d'ignobles petits rongeurs, incapables de canaliser, et Alviarin devait être polie avec eux, uniquement parce que certains pouvaient être utiles à un quelconque Élu ! À l'évidence, Mesaana ne savait pas lequel avec certitude. Comme elle faisait partie des Élus, cette incertitude faisait sourire Alviarin dans la poussière des corridors.

Éclairée par la boule de lumière blafarde flottant devant elle, Alviarin avançait d'un pas glissé sur les pavés inégaux du couloir, lissant la poussière derrière elle par petites touches d'Air plumeuses, pour qu'elle ne semble pas avoir été dérangée, tout en se répétant quelques paroles choisies qu'elle aimerait dire à Mesaana. Elle n'en prononcerait aucune, naturellement, ce qui ne fit qu'attiser son irritation. Critiquer l'un des Élus même dans des termes les plus anodins, était un chemin direct vers la souffrance d'un châtiment garanti, sinon vers la mort. Presque certainement les deux, à vrai dire. Avec les Élus, ramper et obéir était la seule façon de survivre. C'était le prix de l'immortalité. Avec ça, elle pouvait acquérir tout le pouvoir qu'elle désirait, bien plus qu'aucune Amyrlin n'en avait jamais eu. Mais d'abord, il fallait survivre.

Quand elle atteignit le premier palier, elle ne se soucia plus de dissimuler ses traces. Ici, il y avait beaucoup moins de poussière, et elle était sillonnée de traces de roues de charrettes à bras et d'empreintes de pieds ; les siennes ne se remarqueraient pas. Mais elle continua à marcher vite. Le plus souvent, l'idée de vivre éternellement la réjouissait, tout comme la perspective de disposer d'autant de pouvoir par l'intermédiaire de Mesaana, qu'elle en avait maintenant par l'intermédiaire d'Elaida. Enfin, presque ; espérer amener Mesaana au même stade de soumission qu'Elaida était trop ambitieux, mais elle pouvait quand même tirer les ficelles de la femme qui assurerait son élévation. Aujourd'hui, son esprit revenait sans cesse au fait qu'elle s'était absentée de la Tour pendant près d'un mois. Mesaana ne se serait pas donné la peine de vérifier son influence sur Elaida pendant son absence, mais si cette dernière se comportait mal, l'Élue en attribuerait sûrement la faute à Alviarin. Bien sûr, Elaida était parfaitement soumise depuis leur dernière rencontre. Elle l'avait *suppliée* de l'exempter des pénitences privées dispensées par la Maîtresse des Novices. Bien sûr, elle était trop soumise pour s'écarter du droit chemin. Sans ralentir sa marche, Alviarin repoussa fermement Elaida de son esprit.

Un second palier l'amena à l'étage supérieur des sous-sols, où elle laissa la boule lumineuse s'évanouir et relâcha la *saidar*. Ici, les ombres étaient parsemées de flaques de lumière blême qui se touchaient presque les unes les autres, émises par des lampes enfoncées dans des appliques en fer sur les murs en pierre taillée. Rien ne bougeait, à part un rat qui détala, ses griffes crissant sur les pavés. Cela la fit presque sourire. Les yeux du Grand Seigneur étaient partout maintenant, même si personne n'avait remarqué que tisser des gardes ne servait plus à rien. Elle ne pensait pas que ça provenait de Mesaana ; les gardes ne fonctionnaient plus, tout simplement, comme elles étaient censées le faire. Il y avait… des lacunes. En tout cas, elle ne se souciait pas que le rat l'ait vue, mais elle s'esquiva vivement dans un étroit escalier en spirale. Il risquait d'y avoir du monde à cet étage.

Peut-être, se dit-elle en montant, pouvait-elle tâter Mesaana au sujet de cet impossible fanal de Pouvoir pendant qu'elle était… fragile. L'Élue penserait qu'elle cachait quelque chose si elle n'en parlait pas. Toute femme au monde capable de canaliser devait se demander ce qui s'était passé. Elle devait juste veiller à ne rien laisser échapper suggérant qu'elle avait visité le site. Longtemps après la disparition du fanal, naturellement – elle n'était pas assez bête pour aller se promener au milieu de *ça*. Pourtant Mesaana semblait penser qu'Alviarin pouvait exécuter ses *corvées* sans prendre un instant pour elle. Cette femme pouvait-elle croire qu'elle n'avait pas d'affaires personnelles à régler ? Il valait mieux se comporter comme tel. Pour le moment, au moins.

En haut des marches, elle s'immobilisa devant une petite porte assez grossière de ce côté, pour se ressaisir, tout en pliant sa cape sur son bras. Mesaana était une Élue, mais n'en était pas moins humaine. Mesaana commettait aussi des erreurs, et n'hésiterait pas à tuer Alviarin sur-le-champ si elle en faisait une. Ramper, obéir et survivre. Rester en permanence sur ses gardes. Elle savait cela longtemps avant de rencontrer l'un des Élus. Sortant son étole blanche de Gardienne de son aumônière, elle la mit autour de son cou et entrouvrit la porte d'un cheveu pour écouter. Le silence, comme prévu. Elle entra dans la Neuvième Réserve et referma la porte derrière elle. Du côté intérieur, la porte était tout aussi simple, mais soigneusement polie et bien cirée.

La Bibliothèque de la Tour était divisée en douze réserves, du moins à la connaissance de tous, dont la Neuvième était la plus petite, consacrée aux textes sur les différents systèmes arithmétiques. C'était malgré tout une grande salle ovale couronnée d'un dôme aplati, avec des rangées et des rangées de hautes étagères en bois, chacune entourée d'une étroite galerie quatre toises au-dessus des dalles du sol aux sept couleurs des Ajahs. De hautes échelles se dressaient le long des étagères, sur roulettes pour pouvoir être déplacées facilement, soit sur le sol, soit sur les galeries, et des torchères en cuivre à miroirs, avec des bases si lourdes qu'il fallait trois ou quatre hommes pour en déplacer une. L'éclairage était une préoccupation constante à la Bibliothèque. Les torchères étaient toutes allumées, pour faciliter la recherche d'un livre ou d'un manuscrit dans sa boîte. Une petite charrette à bras contenant trois gros volumes dans un coffret en cuir, à replacer dans les rayons, était toujours à l'endroit où elle se souvenait l'avoir vue la dernière fois qu'elle avait traversé la salle. Elle ne comprenait pas l'intérêt d'avoir plusieurs systèmes arithmétiques, ni pourquoi tant de livres avaient été écrits sur ce sujet, et, bien que la Tour se piquât de posséder la plus grande collection de livres, couvrant tous les sujets possibles, il semblait que la plupart des Aes Sedais étaient de son avis. Comme elle n'avait jamais vu une autre sœur dans la Neuvième Réserve, elle s'en servait comme issue. Devant les hautes portes voûtées grandes ouvertes, elle écouta, pour s'assurer qu'il n'y avait personne dans les couloirs, avant de se glisser dehors. N'importe qui aurait trouvé étrange qu'elle se soit prise de passion soudaine pour l'arithmétique.

Se hâtant dans les couloirs principaux, aux carreaux disposés en bandes aux sept couleurs des Ajahs qui se répétaient indéfiniment, il lui vint à l'esprit que la Bibliothèque était plus silencieuse que d'habitude, même en tenant compte du nombre réduit de sœurs qui y vivaient actuellement. On en voyait toujours une ou deux, ne fût-ce que des bibliothécaires – quelques Brunes avaient un appartement à ce niveau, en plus de leurs appartements à la Tour –, pourtant les immenses personnages sculptés dans les murs, sujets aux vêtements extravagants ou animaux étranges de dix pieds de haut ou plus, auraient pu être ses seuls habitants. Les suspensions en forme de roues suspendues dix toises au-dessus du sol grinçaient doucement au bout de leur chaîne. Le bruit de ses pas semblait étrangement fort, résonnant sous la voûte du plafond.

— Puis-je faire quelque chose pour vous ? demanda une voix féminine derrière elle.

Stupéfaite, Alviarin pivota sur elle-même, manquant lâcher sa cape, avant de se ressaisir.

— Je voulais juste traverser la Bibliothèque, Zemaille, dit-elle, immédiatement irritée.

Si elle était nerveuse au point de se justifier devant une bibliothécaire, il fallait qu'elle se reprenne en main sérieusement, avant de faire son rapport à Mesaana. Elle avait presque envie de dire à Zemaille ce qui se passait à Tremalking, juste pour tester sa réaction.

Le visage sombre et terne de la Sœur Brune ne changea pas, mais une nuance d'émotion indéchiffrable altéra sa voix. Grande et très mince, Zemaille arborait toujours ce masque réservé et distant, mais Alviarin la soupçonnait d'être moins timide et moins aimable qu'elle ne le montrait.

— C'est assez compréhensible. La Bibliothèque est reposante et c'est une triste époque pour toutes. Encore plus triste pour vous, bien sûr.

— Bien sûr, répéta Alviarin, machinalement.

Triste époque ? Pour elle en particulier ? Elle envisagea d'entraîner cette femme dans un coin discret où elle pourrait l'interroger et la supprimer, mais elle remarqua une autre Brune, femme ronde à la peau encore plus sombre que Zemaille, qui les regardait plus loin dans le couloir. Même si Aiden et Zemaille étaient toutes les deux faibles dans le Pouvoir, les supprimer toutes les deux serait difficile, voire impossible. Pourquoi étaient-elles au rez-de-chaussée ? On les voyait rarement, naviguant entre les salles des niveaux supérieurs qu'elles partageaient avec Nyein, la troisième Sœur du Peuple de la Mer, et la Treizième Réserve, où l'on conservait les archives secrètes. Toutes les trois travaillaient là, volontairement immergées jusqu'au cou dans leur travail. Elle continua à marcher, se disant qu'elle était nerveuse sans raison, mais elle avait la chair de poule entre les omoplates, et cette pensée ne fit rien pour la calmer.

L'absence de bibliothécaires à la grande entrée lui donna encore plus la chair de poule. Des bibliothécaires étaient *toujours* postées à *toutes* les entrées, pour s'assurer que pas un morceau de papier ne sortait de la Bibliothèque sans qu'elles le sachent. Alviarin canalisa pour pousser le battant sculpté d'une des grandes portes avant d'y arriver et le laissa entrouvert sur ses gonds de bronze tandis qu'elle descendait vivement les marches de marbre. La neige avait été déblayée dans la large avenue dallée bordée de chênes conduisant à la Tour Blanche. Dans le cas contraire, Alviarin aurait canalisé pour dégager la voie devant elle, et tant pis pour ce qu'en auraient pensé les autres. Mesaana lui avait exposé clairement le prix à payer au cas où elle aurait pris le risque que quelqu'un apprenne le tissage pour le Voyage, ou tout simplement son existence. Elle aurait aimé pouvoir Voyager à partir de là. Avec la Tour en vue, se dressant à travers les arbres et luisant sous le pâle soleil matinal, elle y serait arrivée en un seul pas. Au lieu de quoi, elle dut marcher à grandes enjambées, réprimant son envie de courir.

Elle ne s'étonna pas de trouver déserts les larges et hauts corridors de la Tour. Quelques domestiques affairés, portant la Flamme de Tar Valon sur le cœur, lui firent des courbettes à son passage. Ces temps-ci, les sœurs restaient dans les quartiers de leurs Ajahs dans la mesure du possible. À moins de croiser un membre de son Cœur, rencontrer une Aes Sedai qu'elle savait être de l'Ajah Noire aurait été inutile : Alviarin les connaissait, mais elles ne la connaissaient pas. De plus, elle n'allait pas révéler son appartenance à quiconque à moins d'y être obligée. Peut-être qu'un de ces merveilleux instruments de l'Ère des Légendes dont parlait Mesaana lui permettrait un jour de questionner n'importe quelle sœur, encore fallait-il que Mesaana accepte de les lui montrer un jour. Pour le moment, c'était encore des ordres codés, déposés sur des oreillers ou dans des endroits secrets. Ce qui semblait autrefois une réponse presque instantanée paraissait maintenant incroyablement différé. Un domestique chauve et trapu s'inclina en retenant sa respiration, et elle reprit son air impassible. Elle se piquait de son détachement glacial, adoptant une attitude très décontractée. D'ailleurs, traverser la Tour en fronçant les sourcils ne la mènerait nulle part.

Il y avait à la Tour une personne qu'elle savait exactement où trouver, et de qui elle pouvait exiger des réponses sans arrière-pensées. Néanmoins, elle devrait rester prudente – des questions intempestives pouvaient devenir révélatrices – mais Elaida lui dirait tout. En soupirant, elle commença à monter.

Mesaana lui avait parlé d'une autre merveille de l'Ère des Légendes qu'elle aurait bien voulu voir : l'« ascenseur ». Les machines volantes semblaient plus impressionnantes, bien sûr, mais il était beaucoup plus facile d'imaginer un engin mécanique capable de vous monter d'étage en étage. Elle n'était pas vraiment certaine que des édifices plus hauts que la Tour Blanche aient existé alors – dans le monde entier, même la Pierre de Tear ne pouvait pas rivaliser avec la Tour – mais le simple fait de connaître l'existence de ces « ascenseurs » rendait laborieuse la montée des rampes en spirale et des longs escaliers.

Elle s'arrêta au bureau de l'Amyrlin, trois étages plus haut. Comme prévu, les deux pièces étaient désertes, les tables de travail vides et polies comme des miroirs. Les pièces elles-mêmes semblaient nues, sans tapisseries ni ornements, seulement des tables, des chaises et des torchères éteintes. À présent, Elaida descendait rarement de ses appartements situés près du sommet de la Tour. Il fut un temps où cela l'isolait encore davantage du reste de la Tour. Peu de sœurs effectuaient cette ascension de bon cœur. Mais aujourd'hui, après avoir monté près de quatre-vingts toises, Alviarin envisageait sérieusement d'ordonner à Elaida de descendre.

L'antichambre d'Elaida était déserte, bien sûr, même si un dossier posé sur une table indiquait que quelqu'un était venu. Alviarin jeta sa cape sur la table et poussa la porte conduisant aux appartements, récemment sculptée de la Flamme de Tar Valon.

Elle fut surprise par le soulagement qu'elle ressentit en voyant Elaida assise derrière sa table de travail abondamment sculptée et dorée, l'étole à sept bandes – non, six maintenant – autour du cou et la Flamme de Tar Valon incrustée en pierres de lune au milieu des dorures du haut dossier. Une sourde inquiétude, dont elle n'avait pas eu conscience jusque-là, lui avait fait craindre qu'Elaida fût morte dans un stupide accident. Cela aurait expliqué le commentaire de Zemaille. Choisir une autre Amyrlin aurait pu prendre des mois, et ses jours de Gardienne auraient été comptés. Pourtant, ce qui la surprit plus que son soulagement, ce fut la présence de plus de la moitié des Députées de l'Assemblée, assises devant la table de travail dans leurs châles frangés. Elaida savait pourtant qu'elle ne devait pas recevoir de telles délégations hors de sa présence. L'immense horloge dorée contre le mur, un meuble vulgaire surchargé d'ornements, sonna deux fois pour annoncer midi. De minces silhouettes d'Aes Sedais se levèrent et s'écartèrent quand elle ouvrit la bouche pour dire aux Députées qu'elle devait parler en particulier à l'Amyrlin. Elles le firent sans trop protester. Une Gardienne n'avait pas autorité pour leur ordonner de sortir, mais elles savaient que l'autorité d'Alviarin allait au-delà de celle que lui conférait l'étole.

— Alviarin ! dit Elaida d'un ton surpris, avant qu'elle ait pu prononcer un mot.

La dureté du visage d'Elaida s'adoucit en une expression proche du plaisir. Ses lèvres frémirent, dans une grimace proche du sourire. Elaida n'avait pas eu beaucoup d'occasions de sourire depuis un certain temps.

— Restez là-bas, avec les autres, et taisez-vous jusqu'à ce que j'aie le temps de m'occuper de vous, dit-elle, désignant d'une main impérieuse un coin de la pièce.

Les Députées remuèrent les pieds et ajustèrent leur châle. La corpulente Suana gratifia Alviarin d'un regard méfiant, et Shevan, anguleuse et grande, la regarda droit dans les yeux. Les autres évitèrent de croiser son regard.

Frappée de stupeur, elle resta immobile comme une statue sur les tapis de soie multicolores. Ce ne pouvait pas être une simple rébellion de la part d'Elaida – elle n'était pas folle ! – mais, au nom du Grand Seigneur, que s'était-il passé pour lui donner une telle assurance ?

Elaida abattit la main sur la table, et fit tressauter l'une des boîtes laquées.

— Quand je vous dis d'attendre debout dans un coin, ma fille, j'entends être obéie, dit-elle d'un ton menaçant, les yeux scintillants. Ou dois-je convoquer la Maîtresse des Novices pour que ces Députées puissent assister à votre pénitence « privée » ?

Le visage d'Alviarin s'empourpra, moitié de colère, moitié d'humiliation. S'entendre dire des choses pareilles, et en public ! La peur monta en elle, et elle sentit son estomac se gonfler d'acide. Quelques mots de sa part, et Elaida serait accusée d'avoir envoyé des sœurs au désastre et à la captivité. Des rumeurs suspectes avaient commencé à circuler sur des événements survenus au Cairhien, et se faisaient plus précises de jour en jour. Quand on apprendrait qu'en plus, Elaida avait envoyé cinquante sœurs pour combattre des centaines d'hommes capables de canaliser, même la présence des sœurs rebelles hivernant au Murandy avec leur armée ne pourrait lui permettre de conserver l'étole autour de son cou ou sur sa tête. Impossible qu'elle ose faire ça. À moins que… À moins qu'elle ne puisse discréditer Alviarin comme appartenant à l'Ajah Noire. Cela pouvait lui faire gagner un peu de temps, une fois que les faits survenus aux Sources de Dumai et à la Tour Noire seraient connus, mais Elaida était prête à se raccrocher à des fétus de paille. Non, ce n'était pas possible, ça ne pouvait pas *être* possible. La fuite était assurément impossible. Pour commencer, si Elaida était prête à lancer des accusations, la fuite ne ferait que les confirmer. Ensuite, Mesaana la retrouverait et la tuerait si elle fuyait. Tout cela fulgura dans sa tête tandis que, avec des jambes de plomb, elle se dirigeait vers le coin comme une novice en pénitence. Il devait y avoir un moyen de rattraper cela, quoi qu'il fût arrivé entretemps. Il y avait toujours un moyen de se rattraper. Écouter lui permettrait peut-être de le trouver. Elle aurait prié, si le Seigneur Noir avait écouté les prières.

Elaida l'étudia un moment, puis hocha la tête avec satisfaction. Mais ses yeux brillaient encore d'émotion. Soulevant le couvercle d'une des trois boîtes laquées posées sur son bureau, elle en sortit une petite figurine de tortue, en ivoire jauni par le temps, et la caressa. C'était une de ses habitudes quand elle avait besoin de se calmer les nerfs.

— Bien, dit-elle. Vous étiez en train de m'expliquer pourquoi je devrais participer à des négociations.

— Nous n'en demandions pas la permission, Mère, dit Suana, avançant un menton arrogant.

Elle avait un menton trop fort, carré comme une pierre, qui lui donnait un air arrogant.

— Une décision de cette nature appartient à l'Assemblée. Le sentiment y est très favorable dans l'Ajah Jaune.

Ce qui signifiait qu'elle y était favorable elle-même. Elle était le chef de l'Ajah Jaune, la Première Tisserande. Alviarin le savait parce que l'Ajah Noire connaissait presque tous les secrets des Ajahs, et que, le point de vue de Suana *était* celui de son Ajah.

Doesine, l'autre Jaune présente, lui lança un coup d'œil en coin. Pâle et mince comme un garçon, Doesine avait l'air de quelqu'un qui n'avait pas envie d'être là, joli garçon boudeur qu'on aurait traîné là par l'oreille. Les Députées protestaient souvent contre les pressions exercées par le chef de leur Ajah, pourtant, il n'était pas impossible que Suana l'ait convaincue.

— Beaucoup de Blanches sont également en faveur de pourparlers, dit Ferane, fronçant distraitement les sourcils sur une tache d'encre au bout d'un doigt rondelet. Compte tenu des circonstances présentes.

Elle était Première Raisonneuse, chef de l'Ajah Blanche, mais moins encline que Suana à croire que son avis était représentatif de celui de toute son Ajah. Ferane était souvent aussi vague que la pire des Brunes – les longs cheveux noirs encadrant son visage poupin avaient besoin d'un coup de peigne, et une partie des franges de son châle semblait avoir été trempée dans le thé de son petit déjeuner – mais elle repérait la moindre faiblesse dans la logique d'un raisonnement. Elle aurait pu être là toute seule, parce qu'elle ne croyait pas avoir besoin de la présence des autres Sœurs Blanches.

Elaida se renversa dans son grand fauteuil, les yeux lançant des éclairs, ses caresses sur la tortue se faisant plus rapides. Andaya prit alors vivement la parole, sans vraiment regarder Elaida, en feignant d'ajuster son châle gris sur ses épaules.

— L'idée, Mère, est de trouver un moyen pacifique de mettre fin à cette situation, dit-elle, avec un fort accent tarabonais comme chaque fois qu'elle était mal à l'aise.

Fréquemment hésitante en présence d'Elaida, elle regarda Yukiri comme pour solliciter son soutien, mais la svelte petite femme détourna légèrement la tête. Yukiri était remarquablement entêtée pour une si petite femme ; contrairement à Doesine, elle n'aurait pas cédé à la pression. Alors pourquoi était-elle là si elle n'avait pas envie d'y être ? Réalisant qu'elle était livrée à elle-même, Andaya poursuivit précipitamment.

— Nous ne pouvons pas nous permettre de créer un nouveau conflit dans les rues de Tar Valon, ou dans la Tour. Il faut tout faire pour éviter ça. Jusque-là, les rebelles semblent se contenter d'observer la cité, mais ça ne va pas durer. Elles ont redécouvert comment Voyager, Mère, et s'en sont servi pour déplacer une armée sur des centaines de lieues. Nous devons entamer des pourparlers avant qu'elles ne décident d'utiliser le Voyage pour transporter leur armée dans Tar Valon. Sinon, tout est perdu.

Les poings crispés dans ses jupes, Alviarin déglutit avec effort. Elle avait l'impression que ses yeux allaient sauter hors de sa tête. Les rebelles savaient Voyager ? Elles étaient déjà ici, à Tar Valon ? Et ces crétines voulaient *parlementer* ? Elle voyait les plans si soigneusement échafaudés s'évaporer comme la rosée sous le soleil d'été. Peut-être que le Seigneur Noir l'écouterait si elle priait avec ardeur.

Elaida continua à froncer les sourcils aussi fort, mais elle posa la tortue d'ivoire très doucement et sa voix redevint presque normale, avec un noyau d'acier sous la douceur des mots.

— Est-ce que les Brunes et les Vertes sont aussi en faveur de pourparlers ?

— Les Brunes…, commença Shevan, puis elle eut une moue pensive et modifia visiblement ce qu'elle allait dire.

Extérieurement, elle semblait très calme, mais elle frottait ses longs pouces contre ses index osseux sans s'en rendre compte.

— L'Ajah Brune est assez claire en ce qui concerne les précédents historiques. Vous avez toutes lu les histoires secrètes, ou vous auriez dû. Chaque fois que la Tour a été divisée contre elle-même, le désastre a frappé le monde. Avec la Dernière Bataille qui approche, dans un monde qui contient une Tour Noire, nous ne pouvons pas nous permettre de rester divisées un jour de plus qu'il n'est nécessaire.

Il ne semblait pas que le visage d'Elaida pût s'assombrir davantage, mais c'est pourtant ce qui arriva à la mention de la Tour Noire.

— Et les Vertes ? demanda-t-elle, contrôlant toujours sa voix.

Les trois Députées Vertes étaient là, indiquant un soutien unanime de leur Ajah, ou une forte pression de leur chef. En sa qualité de doyenne, Talene aurait dû répondre à Elaida – les Vertes respectaient leur hiérarchie – mais elle lança un coup d'œil à Yukiri pour une raison inconnue, puis à Doesine, et baissa les yeux sur le tapis et se mit à tripoter ses jupes de soie vertes. Rina s'assombrit légèrement, fronçant de perplexité son nez en trompette, mais elle portait le châle depuis moins de cinquante ans, et ce fut donc à Rubinde de répondre. Robuste, Rubinde paraissait petite et trapue à côté de Talene, et presque ordinaire malgré ses yeux couleur saphir.

— J'ai pour instruction de faire valoir les mêmes arguments que Shevan, dit-elle, ignorant le regard stupéfait de Rina.

À l'évidence, elle avait subi des pressions d'Adelorna, Capitaine-Générale des Vertes.

— La Tarmon Gai'don approche, la Tour Noire représente une menace presque aussi grande, et le Dragon Réincarné a disparu, s'il n'est pas mort. Nous ne pouvons plus nous diviser. Si Andaya peut convaincre les rebelles de revenir à la Tour, nous devons la laisser essayer.

— Je vois, dit Elaida d'un ton morne.

Mais, curieusement, elle reprit des couleurs et une ébauche de sourire atteignit ses lèvres.

— Eh bien, tâchez de les convaincre, si vous le pouvez. Mais mes édits sont toujours valables. L'Ajah Bleue n'existe plus, et toute sœur qui a suivi cette gamine d'Egwene al'Vere devra faire pénitence sous ma direction avant d'être réadmise dans *n'importe quelle* Ajah. J'ai l'intention de me servir de la Tour comme d'une arme lors de la Tarmon Gai'don.

Ferane et Suana ouvrirent la bouche pour protester, mais Elaida leva la main pour leur couper la parole.

— J'ai parlé, mes filles. Laissez-moi seule maintenant. Et occupez-vous de… ces pourparlers.

Les Députées n'y pouvaient rien à moins de la défier ouvertement. Ce qui était le droit de l'Assemblée était leur droit, mais l'Assemblée osait rarement empiéter sur l'autorité du Siège d'Amyrlin, à moins qu'elle ne fût unie contre l'Amyrlin. Or cette Assemblée était tout ce qu'on voulait sauf unie. Alviarin y avait veillé. Elles sortirent, Ferane et Suana raides et la bouche pincée, Andaya détalant quasiment. Aucune ne jeta un seul regard en direction d'Alviarin.

Elle attendit à peine que la porte se soit refermée.

— Cela ne change rien, Elaida, vous le comprenez sûrement. Vous devez réfléchir calmement, ne pas trébucher sur une aberration momentanée.

Elle savait qu'elle disait n'importe quoi, mais elle ne pouvait pas s'arrêter.

— Le désastre des Sources de Dumai, le désastre certain de la Tour Noire peuvent vous faire perdre votre siège. Vous avez besoin de moi pour garder la baguette et l'étole. Vous avez besoin de moi, Elaida. Vous…

Elle serra les dents avant que sa langue ne se délie complètement. Il devait encore y avoir un moyen.

— Je m'étonne que vous soyez revenue, dit Elaida, se levant et lissant ses jupes à taillades rouges.

Elle n'avait jamais renoncé à se vêtir comme une Rouge. Curieusement, elle souriait franchement en contournant la table.

— Étiez-vous cachée quelque part dans la cité depuis l'arrivée des rebelles ? Je pensais que vous vous embarqueriez dès que vous apprendriez leur présence. Qui aurait pensé qu'elles redécouvriraient le Voyage ? Imaginez ce que nous pourrons faire quand nous le saurons aussi.

Souriante, elle traversa le tapis d'un pas glissé.

— Maintenant, voyons donc. Qu'est-ce que j'ai à craindre de vous ? À la Tour, on ne parle que des histoires qui nous parviennent du Cairhien mais, même si les sœurs obéissent au jeune al'Thor, ce que personnellement je ne crois pas, tout le monde blâme Coiren. Elle avait la responsabilité de l'amener ici, et elle a pratiquement été jugée et condamnée dans l'esprit des sœurs.

Elaida s'arrêta devant Alviarin, l'acculant dans le coin. Elle ne souriait pas avec ses yeux, qui, eux, brillaient. Alviarin ne pouvait pas détacher les yeux de ce regard.

— La semaine dernière, j'ai appris beaucoup de choses sur la Tour Noire, reprit Elaida, ses lèvres frémissant de dégoût en prononçant ce nom. Il semble que les Asha'man sont encore plus nombreux que vous ne le supposiez. Mais tout le monde pense que Toveine a eu le bon sens de s'en informer avant d'attaquer. Il y a eu beaucoup de discussions à ce sujet. Si elle revient ici, vaincue et la tête basse, c'est elle qui sera blâmée. Alors vos menaces…

Alviarin s'affaissa contre le mur, clignant des paupières pour s'éclaircir la vision, avant de réaliser qu'Elaida l'avait giflée. Sa joue enflait déjà. L'aura de la *saidar* entourait Elaida et un écran était descendu sur Alviarin avant qu'elle ne puisse bouger, l'isolant du Pouvoir. Mais Elaida n'avait pas l'intention d'utiliser le Pouvoir. Elle ramena le poing en arrière. Toujours souriante.

Lentement, elle prit une profonde inspiration et laissa retomber son bras. Mais elle laissa l'écran en place.

— Vous en serviriez-vous vraiment ? demanda-t-elle, presque avec douceur.

Alviarin lâcha brusquement la poignée de sa dague. Elle l'avait saisie par réflexe, mais même si Elaida n'avait pas tenu le Pouvoir : la tuer alors que tant de Députées savaient qu'elles étaient ensemble équivalait à se tuer elle-même. Son visage s'empourpra quand Elaida renifla avec dédain.

— Il me tarde de vous voir la tête sur le billot pour trahison, Alviarin, mais avant d'avoir des preuves, il y a une ou deux choses que je peux faire. Vous rappelez-vous combien de fois vous avez convoqué Silviana pour m'imposer une pénitence privée ? J'espère que oui, parce que vous en subirez dix pour chacune que j'ai dû supporter. Ah, autre chose…

D'un coup sec, elle tira l'étole qu'Alviarin avait autour du cou.

— Comme personne n'a pu vous trouver à l'arrivée des rebelles, j'ai demandé à l'Assemblée de vous démettre de votre charge de Gardienne. Pas à l'Assemblée plénière, bien sûr. Vous pourriez y avoir conservé quelque influence. Mais il a été étonnamment facile d'obtenir un consensus de celles qui étaient présentes ce jour-là. Une Gardienne est censée rester proche de son Amyrlin, pas d'aller vagabonder toute seule. À la réflexion, vous n'avez peut-être aucune influence, puisqu'il se trouve que vous vous êtes cachée dans la cité pendant toute votre absence. À moins que vous ne soyez revenue en bateau pour constater le désastre, pensant que vous pouviez récupérer quelque chose dans les ruines ?

« Peu importe. Il aurait sans doute mieux valu pour vous de sauter dans le premier navire en partance. Mais je dois reconnaître que l'idée de vous voir fuir de village en village, honteuse de montrer votre visage à une autre sœur, est bien nettement moins réjouissante comparée au plaisir que je prendrai à vous voir souffrir. Maintenant, hors de ma vue avant que je ne décide que ce sera le fouet plutôt que la ceinture de Silviana.

Jetant par terre l'étole blanche, elle lui tourna le dos et relâcha la *saidar*, glissant vers son fauteuil comme si Alviarin avait cessé d'exister.

Alviarin s'enfuit en courant, avec l'impression de sentir dans son cou l'haleine des Chiens Noirs. Elle était à peine capable de réfléchir depuis qu'Elaida avait prononcé le mot *trahison*. Il résonnait dans sa tête, lui donnait envie de hurler. La trahison ne pouvait signifier qu'une chose. Elaida savait, et elle cherchait des preuves. Que le Seigneur Noir lui pardonne. Mais il ne pardonnait jamais. La miséricorde était bonne pour ceux qui avaient peur d'être forts. Elle n'avait pas peur. Elle se sentait sur le point d'éclater de terreur.

Redescendant de la Tour, elle continua à fuir. S'il y avait des domestiques dans les couloirs, elle ne les vit pas. L'horreur l'aveuglait. Arrivée au sixième niveau, elle courut à ses appartements. Enfin, elle supposa que c'étaient toujours ses appartements. Les pièces avec balcons ouvrant sur la grande place devant la Tour allaient avec l'office de Gardienne. Pour le moment, il suffisait qu'elle dispose encore de ses appartements.

Le mobilier se composait de meubles domanis laissés par la précédente occupante, en bois clair nervuré, incrustés de nacre et d'ambre. Dans la chambre à coucher, elle ouvrit l'une des armoires, et tomba à genoux, repoussant les vêtements pour fouiller dans le fond à la recherche d'un coffret de deux mains de côté qu'elle possédait depuis des années. Les motifs sculptés étaient compliqués mais maladroits, rangées de nœuds variés apparemment exécutés par un sculpteur ayant plus d'ambition que de talent. Les mains tremblantes, elle le transporta sur une table, et le posa pour essuyer ses mains moites sur sa robe. Pour ouvrir la boîte, il fallait simplement écarter les doigts le plus possible pour pouvoir presser simultanément sur quatre nœuds du bois. Le couvercle se souleva légèrement, et elle l'ouvrit tout grand, révélant son bien le plus précieux enveloppé dans un morceau d'étoffe brune pour qu'il ne cliquette pas si une servante secouait la boîte. La plupart des servantes de la Tour ne se seraient pas risquées à voler, mais il y avait quand même des exceptions.

Pendant un moment, Alviarin se contenta de contempler le paquet, son bien le plus précieux, datant de l'Ère des Légendes. Elle n'avait jamais osé s'en servir jusqu'à présent. « Seulement en cas d'extrême urgence », avait dit Mesaana, dans les situations les plus désespérées, mais quelle circonstance pouvait être plus désespérée que la sienne ? Bien que Mesaana leur ait dit que l'objet pouvait encaisser des coups de marteau sans se briser, elle le déballa avec autant de précaution que si elle avait déballé un bibelot en verre soufflé, révélant un *ter'angreal*, une brillante baguette rouge pas plus grosse que son index, bien lisse excepté quelques lignes croisées très fines gravées en un réseau sinueux. Embrassant la Source, elle toucha ces lignes d'un très fin flux d'Air et de Terre à deux des croisements. Cela n'aurait pas été nécessaire à l'Ère des Légendes, mais quelque chose appelé « flux permanent » n'existait plus. Un monde où n'importe quel *ter'angreal* pouvait être utilisé par des gens incapables de canaliser semblait bizarre au-delà de toute compréhension. Pourquoi cela avait-il été autorisé ?

Pressant très fort du pouce une extrémité de la baguette – le Pouvoir Unique ne se suffisait pas – elle s'assit lourdement et se renversa contre le dossier de sa chaise, fixant l'objet dans sa main. C'était fait. Elle se sentait vide à présent. Seules, ses peurs voltigeaient dans l'obscurité comme d'énormes chauves-souris.

Au lieu d'envelopper le *ter'angreal*, elle le mit dans son escarcelle, et se leva le temps de remettre la boîte dans l'armoire. Jusqu'à ce qu'elle soit sûre d'être en sécurité, elle porterait toujours cette baguette sur elle. Mais, pour l'heure, tout ce qu'elle pouvait faire, c'était de rester assise et d'attendre, se balançant d'avant en arrière, les mains crispées entre ses genoux. Il lui était impossible d'arrêter de se balancer tout comme de cesser les gémissements graves qui s'échappaient de sa bouche. Depuis la fondation de la Tour, aucune sœur n'avait jamais été accusée d'appartenir à l'Ajah Noire. Certes, il y avait eu des soupçons émis par des sœurs individuellement, et de temps en temps, des Aes Sedais étaient mortes pour garantir que ces soupçons n'iraient pas plus loin, mais il n'y avait jamais eu d'inculpation officielle. Si Elaida parlait ouvertement du billot du bourreau, elle ne devait pas être loin de l'inculper. On avait aussi fait disparaître des Sœurs Noires, quand les soupçons se précisaient trop. L'Ajah Noire demeurait cachée, quel qu'en soit le prix. Elle aurait voulu pouvoir arrêter de gémir.

Soudain, la lumière baissa dans la chambre, envahie d'ombres crépusculaires tournoyantes. Le soleil semblait incapable de franchir les vitres des fenêtres. Alviarin se jeta à genoux le temps d'un souffle, les yeux baissés. Elle tremblait du désir d'exprimer ses peurs, mais avec les Élus, il fallait respecter les formes.

— Je vis pour servir, Grande Maîtresse, dit-elle.

Elle ne pouvait pas perdre un instant, et encore moins une heure, à hurler de douleur. Elle croisait étroitement les mains pour les empêcher de trembler.

— Quelle est cette extrême urgence, mon enfant ?

C'était une voix cristalline de femme. Mais le ton trahissait le mécontentement.

— Si vous pensez que je vais lever le petit doigt pour vous rendre l'étole de Gardienne, vous vous trompez lourdement. Vous pouvez toujours faire ce que je désire, au prix d'un effort supplémentaire. Et vous pouvez considérer votre pénitence aux mains de la Maîtresse des Novices comme une légère punition, en ce qui me concerne. Je vous avais avertie de ne pas pousser Elaida trop loin dans ses retranchements.

Alviarin ravala ses protestations. Elaida n'était pas une femme qui pliait sans qu'on la pousse très fort. Mesaana devait le savoir. Mais les protestations pouvaient s'avérer dangereuses avec les Élus, tout comme beaucoup de choses. Quoi qu'il en soit, la ceinture de Silviana était une bagatelle comparée à la hache du bourreau.

— Elaida sait, Grande Maîtresse, dit-elle dans un souffle, levant les yeux.

Devant elle se dressait une femme d'ombre-et-lumière, vêtue d'ombre-et-lumière, noirs profonds et blancs argentés coulant les uns dans les autres, toujours changeants ; un visage sombre, des yeux d'argent aux sourcils froncés, une bouche pincée aux lèvres argentées… Ce n'était qu'une Illusion. De celles qu'Alviarin aurait tout aussi bien pu créer elle-même. Un éclair de soie verte brodée de bandes ouvragées couleur bronze fulgura quand Mesaana traversa le tapis domani de son pas glissé. Mais Alviarin ne pouvait pas voir les tissages qui créaient l'Illusion, pas plus qu'elle n'avait senti ceux tramés par la femme pour arriver jusqu'à elle et plonger la pièce dans la pénombre. Malgré tout ce qu'elle pouvait sentir, Mesaana ne pouvait pas canaliser du tout ! Le désir de ces deux secrets la consumait généralement, mais aujourd'hui elle s'en apercevait à peine.

— Elle sait que j'appartiens à l'Ajah Noire, Grande Maîtresse. Elle m'a démasquée, puis elle a missionné quelqu'un pour enquêter en profondeur. Des douzaines d'entre nous sont peut-être en danger.

Mieux valait présenter la menace comme aussi générale que possible pour être sûre d'obtenir une réaction. De plus, ce pouvait être vrai.

Mesaana fit un geste dédaigneux de sa main argentée. Son visage brillait comme une lune autour de ses yeux à présent noirs comme du charbon.

— C'est ridicule. Elaida n'arrive pas à décider d'un jour à l'autre si elle doit croire à l'existence de l'Ajah Noire. Vous essayez juste de vous éviter quelques souffrances. Peut-être qu'elles vous instruiront de votre erreur.

Alviarin se mit à supplier tandis que Mesaana levait la main plus haut. Un tissage qu'elle ne se rappelait que trop bien se forma dans l'air. Il fallait qu'elle lui fasse comprendre !

Brusquement, les ombres de la pièce tressautèrent. Tout sembla glisser de côté tandis que l'obscurité s'épaississait en blocs sombres. Puis l'obscurité disparut. Stupéfaite, Alviarin se retrouva les mains suppliantes tendues vers une femme aux yeux bleus en chair et en os, vêtue de vert brodé de bronze. Cette femme, cruellement familière, semblait proche de la force de l'âge. Elle savait que Mesaana arpentait la Tour sous le vêtement d'une sœur, quoiqu'aucun des Élus qu'elle avait rencontrés n'ait jamais eu l'air d'éternelle jeunesse des Aes Sedais, mais elle ne parvenait pas à mettre un nom sur ce visage. Et elle réalisa aussi autre chose. Ce visage avait peur.

— Elle a été très utile, dit Mesaana, d'un ton serein et d'une voix qui sollicita sa mémoire. Et maintenant, je vais devoir la tuer.

— Vous avez toujours été… effroyablement prodigue, répliqua une voix dure.

Sous le choc, Alviarin tomba à la renverse devant la haute silhouette d'un homme en armure noire, toute en plates se chevauchant comme les écailles d'un serpent, debout devant une fenêtre. Mais ce n'était pas un homme. Ce visage exsangue n'avait pas d'yeux, juste une peau blanche et morte dans les orbites. Elle avait déjà vu des Myrddraals au service du Seigneur Noir, et elle était même parvenue à soutenir leur regard sans yeux sans donner libre cours à la terreur qu'ils engendraient, mais celui-là la fit reculer jusqu'à ce que son dos cogne contre un pied de la table. Les Myrddraals se ressemblaient tous comme deux gouttes d'eau : grands, minces et identiques. Celui-là faisait cependant une tête de plus que les autres, et avait une apparence terrifiante, qui pétrifiait Alviarin. Machinalement, elle voulut embrasser la Source. Et faillit hurler. La Source avait disparu ! Elle n'était pas entourée d'un écran ; il n'y avait simplement rien à embrasser ! Le Myrddraal la regarda et sourit. Les Myrddraals ne souriaient jamais. Jamais. Elle se mit à haleter.

— Elle peut encore être utile, dit le Myrddraal d'une voix grinçante. Je ne voudrais pas que l'Ajah Noire soit détruite.

— Qui êtes-vous pour défier une Élue ? demanda Mesaana avec un mépris affecté dont l'effet s'évanouit lorsqu'elle s'humecta les lèvres.

— Croyez-vous que la Main de l'Ombre soit juste un nom ?

La voix du Myrddraal n'était plus grinçante. Creuse, elle semblait résonner comme dans des cavernes, venant d'une distance inimaginable. La créature grandissait en parlant, au point que sa tête allait frôler bientôt le plafond.

— Vous avez été convoquée, et vous n'êtes pas venue. J'ai le bras long, Mesaana.

Tremblant visiblement, l'Élue ouvrit la bouche, peut-être pour supplier. Soudain un feu noir la traversa et elle hurla tandis que ses vêtements tombaient en poussière. Des bandes de feu plaquaient ses bras contre ses flancs, s'enroulaient étroitement autour de ses jambes. Une boule crépitante et noire apparut dans sa bouche, écartant ses mâchoires. Elle se contorsionnait, nue et impuissante. Alviarin faillit se souiller en voyant ses yeux révulsés.

— Voulez-vous savoir pourquoi une Élue doit être punie ?

La voix était redevenue grinçante, le Myrddraal semblait simplement trop grand. Mais Alviarin ne s'y trompa pas.

— Vous voulez regarder ? demanda-t-il.

Elle aurait dû se prosterner face contre terre, ramper pour sauver sa vie, mais elle était paralysée. Elle ne pouvait pas détacher les yeux de ce regard aveugle.

— Non, Grand Seigneur, parvint-elle à articuler, la bouche sèche comme de la poussière.

Elle savait. Le visage inondé de larmes, elle savait.

De nouveau, le Myrddraal sourit.

— Beaucoup sont tombés de très haut parce qu'ils voulaient en savoir trop.

Le Grand Seigneur, vêtu d'une peau de Myrddraal, coula près d'elle et la croisa. Il marchait, bien que « couler » fût la seule façon de décrire sa façon de bouger. La forme spectrale vêtue de noir se pencha vers elle. Elle aurait voulu crier quand il lui toucha le front d'un doigt. Elle aurait hurlé si elle avait pu émettre un son. Ses poumons étaient vides. Le contact du doigt la brûla comme du fer rouge. Vaguement, elle se demanda pourquoi elle ne sentait pas l'odeur de grillé de sa propre chair. Le Grand Seigneur se redressa, et la douleur de la brûlure diminua puis disparut. Pourtant sa terreur ne diminua pas le moins du monde.

— Vous êtes marquée comme mon bien, grinça le Grand Seigneur. Maintenant, Mesaana ne vous fera aucun mal. À moins que je ne l'y autorise. Vous allez découvrir qui menace ici mes créatures et vous les libérerez.

Il se détourna d'elle, et l'armure noire tomba sur le sol. Elle fut stupéfaite quand, au lieu de disparaître, elle heurta les dalles avec le fracas de l'acier. Il était vêtu de noir, mais elle n'aurait su dire si c'était de soie, de cuir ou d'autre chose. La noirceur du vêtement semblait boire toute la lumière de la pièce. Mesaana commença à se débattre dans ses liens, émettant des ululements stridents malgré son bâillon, qui montèrent crescendo jusqu'au hurlement de désespoir.

Alviarin ne savait pas comment elle était sortie de son appartement – elle ne comprenait pas comment elle était debout alors qu'elle avait les jambes en coton – mais elle se retrouva en train de courir dans les couloirs, jupes retroussées jusqu'aux genoux et filant aussi vite qu'elle pouvait. Soudain, un large escalier s'ouvrit devant elle, et elle eut toutes les peines du monde à s'arrêter avant de partir en vol plané. S'affaissant contre le mur, tremblant de tous ses membres, contemplant la courbe descendante des marches de marbre blanc. Mentalement, elle voyait son corps rebondissant dans l'escalier, désarticulé.

Le souffle coupé, respirant à grands halètements rauques, elle porta une main tremblante à son front. Ses idées s'entrechoquaient comme elle aurait culbuté dans l'escalier. Le Grand Seigneur l'avait marquée comme son bien. Ses doigts glissèrent sur sa peau lisse, sans cicatrice. Elle avait toujours apprécié la connaissance – le pouvoir venait de la connaissance – mais elle n'avait pas envie de savoir ce qui se passait dans les appartements qu'elle venait de quitter. Elle aurait souhaité ne pas savoir qu'il se passait quelque chose. Le Grand Seigneur l'avait marquée, mais Mesaana, le sachant, trouverait un moyen de la tuer. Le Grand Seigneur l'avait marquée et lui avait donné un ordre. Elle pouvait vivre, si elle découvrait qui pourchassait l'Ajah Noire. Se redressant avec effort, elle essuya précipitamment ses larmes avec ses paumes. Elle ne parvenait pas à détacher les yeux de l'escalier qui descendait devant elle. Elaida la soupçonnait certainement, mais si ce n'était que ça, elle pouvait toujours mettre au point une chasse à l'homme. Il suffisait de désigner Elaida comme cible. Puis la livrer au Grand Seigneur. De nouveau, elle porta des doigts hésitants à son front. Toute l'Ajah Noire était à ses ordres. Peau lisse et sans cicatrice. Talene avait été là, dans les appartements d'Elaida. Pourquoi avait-elle regardé Yukiri et Doesine de cette façon ? Talene était une Sœur Noire, mais elle ne savait pas qu'Alviarin l'était, naturellement. Une marque quelconque se verrait-elle dans un miroir ? Y avait-il quelque chose que les autres puissent voir ? Si elle devait concevoir une chasse, il faudrait peut-être commencer par Talene. Mais elle ne pouvait s'empêcher de regarder l'escalier, de voir son corps rebondir jusqu'en bas. Le Grand Seigneur l'avait marquée.

22.

Une réponse

Pevara attendit avec un peu d'impatience, pendant que la mince Acceptée posait sur une console le plateau cerclé d'argent et découvrait le plat de gâteaux. Petite avec un visage sérieux, Pedra ne connaissait pas la rancune et ne cherchait pas à traîner après avoir passé la matinée à faire des commissions pour une Députée, toujours précise et prudente. C'étaient des qualités précieuses à encourager. Malgré tout, quand l'Acceptée demanda si elle devait servir le vin, Pevara lui répondit sèchement :

— Nous le ferons nous-mêmes, mon enfant. Vous pouvez attendre dans l'antichambre.

Pour un peu, elle l'aurait renvoyée à ses chères études.

Pedra déploya sa jupe blanche aux bandes colorées en une gracieuse révérence, sans aucun signe d'énervement à l'inverse des Acceptées quand une Députée se montre hargneuse. Trop souvent, elles interprétaient le ton mordant d'une Députée comme un désaveu sur leur capacité pour le châle, comme si les Députées n'avaient rien d'autre à faire.

Pevara attendit la fermeture de la porte et le déclic du pêne avant de hocher la tête avec approbation.

— Celle-là sera bientôt Aes Sedai, dit-elle.

C'était toujours satisfaisant quand une femme était élevée au châle, mais encore plus quand elle n'avait pas paru prometteuse au départ.

— Mais elle n'est pas des nôtres, je crois, répondit son hôte, surprise, qui se détourna d'une rangée de miniatures représentant la famille défunte de Pevara, alignées sur le manteau de marbre sculpté de la cheminée. Elle manque d'assurance avec les hommes. Je crois qu'ils la rendent nerveuse.

Tarna, elle, n'avait certes jamais été nerveuse avec les hommes, ni avec grand-chose d'autre, depuis qu'elle avait été élevée au châle, juste vingt ans plus tôt. Pevara se rappelait qu'elle avait été une novice très fébrile, mais les yeux bleus de la femme aux cheveux clairs étaient calmes comme des pierres à présent, et aussi chauds d'ailleurs que des pierres en hiver. Malgré cela, il y avait quelque chose dans ce visage fier et froid, dans le pli de la bouche, donnant à penser qu'elle était mal à l'aise ce matin. Pevara n'imaginait pas ce qui pouvait provoquer cette nervosité chez Tarna Feir.

Pourtant, la vraie question était la suivante : pourquoi était-elle venue lui rendre visite ? Pour elle, cela frisait l'inconvenance de venir voir une Députée en privé, surtout pour une Rouge. Tarna gardait encore son appartement au quartier des Rouges, mais tant qu'elle conservait son nouveau poste, elle n'appartenait plus à l'Ajah Rouge malgré les broderies cramoisies de sa robe gris foncé. Retarder son installation dans ses nouveaux appartements pouvait être interprété comme un signe de modestie par celles qui ne la connaissaient pas.

Tout ce qui sortait de l'ordinaire éveillait la méfiance de Pevara, depuis que Seaine l'avait embarquée dans la chasse à l'Ajah Noire. Et Elaida faisait confiance à Tarna, comme elle l'avait fait à Galina. Il était sage d'être méfiante envers *quiconque* jouissait de la confiance d'Elaida. Le seul fait de penser à Galina – que la Lumière la réduise en cendres ! – fit grincer des dents à Pevara. Mais il y avait un autre rapport. Galina s'était tout spécialement intéressée à Tarna quand elle était novice, tout comme à toute novice ou Acceptée susceptible de rejoindre l'Ajah Rouge. C'était une raison supplémentaire d'être prudente.

Non que Pevara laissât paraître quoi que ce soit sur son visage, naturellement. Elle était Aes Sedai depuis trop longtemps pour ça. Souriante, elle prit sur le plateau le pichet d'argent à long bec d'où sortait une douce odeur d'épices.

— Prendrez-vous du vin, Tarna, pour fêter votre élévation ?

Le gobelet en main, elles s'assirent dans des fauteuils décorés de spirales sculptées, dont le style démodé au Kandar depuis près de cent ans plaisait à Pevara. Elle n'avait aucune raison de changer d'ameublement selon les caprices de la mode. Les fauteuils lui servaient depuis leur fabrication, et ils étaient confortables, en y ajoutant quelques coussins. Tarna s'assit avec raideur, au bord du siège. À l'évidence, elle était mal à l'aise.

— Je ne suis pas certaine qu'il convienne de fêter quoi que ce soit, dit-elle, tripotant l'étroite étole rouge drapée autour de son cou.

Elle avait choisi une couleur d'un brillant écarlate, presque scintillant.

— Elaida a insisté, et je n'ai pas pu refuser. Beaucoup de choses ont changé depuis que j'ai quitté la Tour, à l'intérieur comme à l'extérieur. Alviarin a rendu toutes les sœurs… vigilantes… au sujet de la Gardienne. Je soupçonne que certaines voudront la voir fouetter quand elle reviendra. Et Elaida…

Elle fit une pause pour déguster son vin. Quand elle abaissa le gobelet, elle parla de tout autre chose.

— Une non-conformiste, c'est souvent ainsi que l'on vous qualifie. J'ai même entendu dire qu'un jour, vous avez dit que vous aimeriez avoir un Lige.

— J'ai été qualifiée de pis que ça, dit Pevara, ironique.

Qu'allait-elle dire concernant Elaida ? À l'entendre, on aurait dit qu'elle aurait refusé l'étole de Gardienne si elle avait pu. Étrange. Tarna n'avait rien de timide ni de réservé. Se taire semblait le mieux. Surtout au sujet des Liges. Elle avait dû trop parler, si la rumeur racontait *ça*. Elle dégusta lentement son vin. On y avait mis trop de miel à son goût, et pas assez de gingembre.

Raide, Tarna se leva et s'approcha de la cheminée, où elle s'absorba dans la contemplation des miniatures dans leurs cadres laqués blancs. Elle leva une main pour toucher un ovale couleur d'ivoire, et Pevara sentit ses épaules se raidir malgré elle. Georg, son plus jeune frère, n'avait que 12 ans à sa mort, lors d'un soulèvement des Amis du Ténébreux. Bien que n'appartenant pas à une famille ayant les moyens de s'offrir des miniatures en ivoire, dès qu'elle avait eu assez d'argent, elle avait trouvé un peintre qui avait travaillé d'après ses souvenirs. Georg avait été un magnifique garçon, grand pour son âge, et ignorant totalement la peur. Longtemps après l'événement, elle avait appris comment son petit frère était mort : un couteau à la main, debout sur le corps de leur père, et s'efforçant de protéger leur mère de la populace. C'était si loin maintenant. Ils auraient tous été morts depuis longtemps, et aussi leurs enfants et les enfants de leurs enfants. Mais certaines haines ne meurent jamais.

— Le Dragon Réincarné est *ta'veren*, dit-on, dit finalement Tarna, contemplant toujours le portrait de Georg. Croyez-vous qu'il modifie le destin partout ? Ou bien changeons-nous l'avenir nous-mêmes, jusqu'à ce que nous nous retrouvions dans un endroit imprévu ?

— Que voulez-vous dire ? interrogea Pevara, un peu plus sèchement qu'elle ne l'aurait voulu.

Ça ne lui plaisait pas que cette femme regarde si intensément le portrait de son frère tout en parlant d'un homme capable de canaliser, fût-il le Dragon Réincarné. Elle se mordit les lèvres pour s'empêcher de dire à Tarna de se retourner et de la regarder.

— Je ne prévoyais pas de grande difficulté à Salidar. Pas de grand succès non plus, mais ce que j'ai trouvé…

Avait-elle branlé du chef, ou simplement modifié l'angle sous lequel elle regardait la miniature ? Elle parla lentement, mais avec une tension sous-jacente.

— J'ai quitté une soigneuse de pigeons à un jour du village, et ça m'a pris moins d'une demi-journée pour revenir vers elle. Après avoir lâché les oiseaux avec des copies de mon rapport, j'ai voyagé si vite que j'ai dû la payer car elle ne pouvait pas soutenir l'allure. Je ne sais même pas combien de chevaux j'ai montés. Parfois, l'animal était tellement épuisé que je devais montrer mon anneau pour que l'écurie me le change, même en y ajoutant de l'argent. Et comme j'avançais vite, je suis arrivée dans un village du Murandy en même temps que… qu'une équipe de recruteurs. Si je n'avais pas eu une peur paralysante pour la Tour à cause de ce que j'avais vu à Salidar, j'aurais chevauché jusqu'à Ebou Dar où j'aurais pris un bateau pour l'Illian en remontant le fleuve, mais l'idée d'aller au sud au lieu du nord, celle d'attendre un vaisseau m'a envoyée à Tar Valon comme une flèche. Et je les ai vus dans ce village.

— Qui, Tarna ?

— Les Asha'man.

Elle se retourna. Ses yeux étaient toujours bleus comme la glace, mais inquiets. Elle tenait son gobelet à deux mains, comme pour profiter de sa chaleur.

— Je ne savais pas alors qui ils étaient, bien sûr, mais ils recrutaient ouvertement des hommes pour le Dragon Réincarné, et il m'a semblé plus sage d'écouter avant de parler. Bien m'en a pris. Ils étaient six, Pevara, six hommes en tuniques noires. Deux avec une épée d'argent épinglée à leur col testaient les hommes pour savoir s'ils aimeraient apprendre à canaliser. Oh, ils ne le disaient pas ouvertement. Ils appelaient ça : « brandir l'éclair ». Brandir l'éclair et chevaucher le tonnerre. Mais c'était clair pour moi, tout comme pour les idiots à qui ils parlaient.

— Oui, heureusement pour vous que vous avez gardé le silence, dit doucement Pevara. Six hommes pouvant canaliser auraient été plus que dangereux pour une sœur toute seule. Nos yeux-et-oreilles ne parlent que de ces groupes de recruteurs – ils sont partout, de la Saldaea jusqu'à Tear –, mais personne ne semble savoir comment les arrêter. Si ce n'est pas déjà trop tard.

De nouveau, elle faillit se mordre les lèvres.

Curieusement, ces remarques détendirent un peu Tarna. Elle se rassit, se renversa dans son fauteuil, quoiqu'une certaine méfiance perdurât dans son attitude. Elle choisit ses mots avec soin, portant son gobelet à ses lèvres, mais sans boire, remarqua Pevara.

— J'ai eu tout le temps de réfléchir sur le bateau me ramenant dans le nord. Et encore plus de temps après que cet imbécile de capitaine eut échoué son bâtiment si violemment qu'il a démâté et fait un trou dans la coque. Il a fallu des jours pour chercher un autre vaisseau après avoir débarqué, et des jours pour trouver un cheval. Six de ces hommes envoyés dans un village m'ont finalement convaincue. Oh, dans le district environnant aussi, mais il n'est pas très peuplé. Je… Je crains qu'il ne soit trop tard.

— Elaida pense qu'ils peuvent tous être désactivés, dit Pevara, évasive.

Elle s'était déjà trop dévoilée.

— Alors qu'ils peuvent envoyer six hommes dans un petit village et qu'ils savent Voyager ? À mon avis, il n'y a qu'une seule solution. Nous…

Tarna prit une profonde inspiration, se remettant à tripoter son étole rouge vif. Cela semblait davantage une réaction de regret qu'une façon de gagner du temps.

— Les Sœurs Rouges doivent les prendre comme Liges, Pevara.

C'était si stupéfiant que Pevara cligna des yeux. N'eût été ses réserves de sang-froid, elle en serait restée bouche bée.

— Parlez-vous sérieusement ?

Ces yeux bleu glacé la regardèrent sans ciller. Le pire était passé – l'impensable exprimé tout haut – et Tarna était redevenue une femme de pierre.

— Ce n'est pas un sujet de plaisanterie. La seule autre possibilité, c'est de leur laisser la bride sur le cou. Qui d'autre peut le faire ? Les Sœurs Rouges ont l'habitude d'affronter des hommes pareils, et sont prêtes à prendre les risques nécessaires. Toutes les autres reculeront. Chaque sœur devra s'occuper de plus d'un, mais les Vertes semblent s'en sortir assez bien. Pourtant, je crains qu'elles ne s'évanouissent face à une telle éventualité. Nous… les Sœurs Rouges… nous sommes les mieux préparées pour braver ce genre de situation et faire ce qui doit être fait.

— En avez-vous parlé à Elaida ? demanda Pevara.

Tarna secoua la tête.

— Elaida croit ce que vous avez dit. Elle…

La blonde fronça les sourcils sur son vin avant de poursuivre :

— Elaida croit souvent ce qu'elle a envie de croire, et voit ce qu'elle a envie de voir. J'ai essayé de lui parler des Asha'man le jour de mon retour, non pas pour lui suggérer ce lien de Lige. Je ne suis pas une imbécile. Elle m'a interdit de prononcer leur nom devant elle. Mais vous, vous êtes… non-conformiste.

— Et vous croyez qu'ils pourront être neutralisés *après* avoir été liés ? Je n'ai aucune idée du résultat sur la sœur détentrice du lien et, en vérité, je ne veux pas le savoir, soupira Pevara.

C'était elle qui cherchait à gagner du temps maintenant, réalisa-t-elle. Au début, elle ne savait pas où finirait cette entrevue, et elle était à mille lieues d'imaginer une telle conclusion.

— Ce pourrait être la fin et se révéler impossible, répondit froidement Tarna.

Elle était vraiment en pierre.

— D'une façon ou d'une autre, je ne vois aucune autre solution pour tenter de contrôler ces Asha'man. Les Sœurs Rouges doivent les lier comme Liges. S'il y a un moyen, je serai parmi les premières volontaires. Mais cela *doit* être fait.

Assise dans son fauteuil, elle dégustait lentement son vin, et pendant un long moment, Pevara ne put que la regarder, consternée. Rien, dans les propos de Tarna, ne prouvait qu'elle n'était pas de l'Ajah Noire, mais elle ne pouvait pas se méfier de toutes les sœurs susceptibles de l'être sans pouvoir prouver le contraire. Pourtant, s'agissant des Noires, il aurait fallu qu'elle puisse le faire, mais elle avait d'autres questions à régler. Elle était une Députée, pas simplement un chien de chasse. Elle devait penser à la Tour Blanche, aux Aes Sedais éloignées de la Tour. Et à l'avenir.

Plongeant les doigts dans son escarcelle brodée, elle en sortit une mince feuille de papier roulée dans un tube très fin. Il lui sembla que des lettres de feu auraient dû étinceler dessus. Jusqu'à maintenant, elle était l'une des deux femmes de la Tour sachant ce qu'il y avait d'écrit sur cette feuille. Même après l'avoir sorti de son escarcelle, elle hésita avant de le tendre à Tarna.

— Cela vient de nos agents du Cairhien, mais a été envoyé à Toveine Gazai.

Tarna releva brusquement les yeux en entendant le nom de Toveine, puis les baissa aussitôt pour reprendre sa lecture. Son visage de pierre resta de glace même quand elle eut fini de lire.

— Cela ne change rien, dit-elle franchement en remettant le papier dans son tube.

Froidement.

— Cela rend encore plus urgent ce que je propose.

— Au contraire, soupira Pevara. Cela change tout. Cela change le monde entier.

23.

Ornements

Il faisait à peine chaud dans la pièce et une couche de buée recouvrait les vitres pleines de bulles des fenêtres aux cadres peints en rouge. Cadsuane, debout, les fixait comme si elle pouvait voir clairement le morne paysage à l'extérieur. Quelques malheureux, emmitouflés et chapeautés, s'échinaient dans les champs boueux entourant le manoir, se baissant parfois pour ramasser une poignée de terre. Bientôt, il faudrait commencer à labourer et à fumer, mais seule cette inspection annonçait la proche arrivée du printemps. Au-delà des champs, la forêt n'était qu'arbres noirs aux branches dénudées se détachant sur le gris délavé du ciel matinal. Une bonne couche de neige aurait rendu le paysage moins désolé, mais il neigeait trop peu par ici pour que la neige tienne d'une chute à l'autre. Néanmoins, l'endroit était parfait pour mener à bien ses projets, avec l'Échine du Monde à peine à plus d'une bonne journée de cheval vers l'est. Qui aurait l'idée de chercher à l'intérieur des frontières de Tear ? Mais avait-il été trop facile de convaincre le garçon de rester là ? En soupirant, elle se détourna de la fenêtre, sentant osciller les ornements d'or de sa chevelure, petites lunes et étoiles, oiseaux et poissons. Elle avait une conscience aiguë de leur présence, depuis quelque temps. Quoique… Il y a peu, elle avait envisagé de dormir sans les enlever.

Le salon était grand mais peu décoré, comme le manoir lui-même, avec des corniches de bois sculpté peintes en rouge et des meubles peints de couleurs vives, sans dorures eux aussi. Deux longues cheminées en pierre apparente, quoique bien taillée, flanquaient la pièce de part et d'autre, avec des chenets en fer forgé plus conçus pour durer que pour décorer. De petits feux aux flammes tremblotant sur des bûches à demi consumées suffisaient à lui réchauffer les mains, seule chose qui l'intéressait. S'il avait pu, Algarin l'aurait entourée de brasiers et étouffée sous les domestiques, même s'il en employait très peu. Petit Seigneur de la Terre, il était loin d'être riche, pourtant il remboursait ses dettes rubis sur l'ongle, alors que la plupart des autres hommes n'auraient rien payé du tout.

La porte sans sculptures du hall s'ouvrit en grinçant – la plupart des domestiques d'Algarin étaient presque aussi vieux que lui, et bien que tout fût propre et épousseté, les lampes garnies d'huile et les chandelles mouchées, les gonds du manoir semblaient échapper à leur vigilance – pour livrer passage à Verin, encore en tenue de voyage, simple drap de laine brun avec une jupe divisée et une cape sur le bras, tapotant ses cheveux striés de gris pour les remettre en place. Le visage carré de la robuste petite Sœur semblait contrarié. Elle secouait la tête.

— Bien, les Atha'an Mieres sont livrées à Tear, Cadsuane. Je n'ai pas approché de la Pierre, mais j'ai entendu dire que le Haut Seigneur Astoril a cessé de se plaindre de ses articulations grinçantes et a rejoint Darlin à l'intérieur. Qui aurait pensé qu'Astoril se remuerait, et pour rejoindre Darlin en plus ? Les rues sont pleines d'hommes d'armes, la plupart saouls et se battant entre eux quand ils ne combattent pas les Atha'an Mieres, qui sont presque aussi nombreux à eux seuls que tous les autres réunis. Harine était horrifiée. Elle s'est précipitée vers les navires dès qu'elle a pu en louer un, s'attendant à être nommée Maîtresse-des-Vaisseaux et à rétablir l'ordre. Il semble pratiquement certain que Nesta din Reas soit morte.

Cadsuane était contente de laisser babiller cette petite Sœur boulotte. Verin n'était pas aussi distraite qu'elle le prétendait. Certaines Brunes étaient vraiment capables de trébucher sur leurs propres pieds parce qu'elles ne les voyaient pas, mais Verin savait montrer du recul et du détachement. Et ce qu'elle ne disait pas était révélateur également. Cadsuane était moins sûre de l'autre Sœur qu'elle ne l'aurait souhaité. Et elle appréciait peu l'incertitude.

Malheureusement, Min devait avoir écouté à la porte, et la patience n'était pas le fort de la jeune femme.

— J'avais dit à Harine que ce ne serait pas comme ça, protesta-t-elle, faisant irruption dans la pièce. Je lui ai dit qu'elle serait punie pour le marché qu'elle a conclu avec Rand. C'est seulement après ça qu'elle deviendra Maîtresse-des-Vaisseaux, et je ne peux pas dire si ce sera dans dix jours ou dans dix ans.

Mince, jolie et grande dans ses bottes à hauts talons, avec des boucles noires tombant sur ses épaules, Min avait une voix grave de femme. Elle portait une tunique rouge de garçon et des chausses bleues. La tunique était brodée de fleurs multicolores sur les revers et les manches, et sur les chausses.

— Vous pouvez entrer, Min, dit doucement Cadsuane.

Le ton qu'elle employait faisait généralement mettre les gens au garde-à-vous. Ceux qui la connaissaient, en tout cas. Des taches de couleur apparurent sur les joues de Min.

— Je crains que la Maîtresse-des-Vagues ne sache déjà tout ce qu'elle pourrait apprendre par votre vision. Mais vu votre impatience, peut-être avez-vous lu l'aura d'une autre et que vous voulez me faire part de ce que vous avez vu ?

Le don particulier de la jeune femme s'était révélé utile par le passé, et le serait peut-être encore à l'avenir. De l'avis de Cadsuane, elle disait la vérité sur les images et les auras qu'elle voyait flotter autour des gens, mais elle omettait certaines choses. Surtout quand il s'agissait de la personne que Cadsuane aurait aimé connaître par-dessus tout.

Min leva un menton têtu. Elle avait changé depuis Shadar Logoth, ou peut-être avant, mais ça n'était pas en mieux.

— Rand veut que vous alliez le voir. Il a dit de vous le demander. Il est inutile de vous montrer contrariée.

Cadsuane la regarda sans rien dire et laissa le silence s'éterniser. Contrariée ?

— Dites-lui que je viendrai quand je pourrai, dit-elle enfin. Fermez bien la porte derrière vous, Min.

La jeune femme ouvrit la bouche comme pour ajouter quelque chose, mais elle eut assez de bon sens pour se taire. Elle fit même une révérence passable, malgré ses bottes ridicules, et ferma la porte derrière elle avec vigueur. En fait, elle la claqua presque.

Verin secoua la tête une fois de plus, avec un rire légèrement amusé.

— Elle est amoureuse du jeune homme, Cadsuane, et elle a mis son cœur dans la poche de Rand. Elle suivra son cœur plutôt que sa tête, quoi que vous puissiez dire ou faire. Elle a eu peur qu'il lui meure entre les mains, je crois, et vous savez comme cela peut rendre une femme obstinée.

Cadsuane pinça les lèvres. Verin en savait plus qu'elle sur les hommes – elle n'avait jamais eu de rapports avec ses Liges, à l'inverse de certaines Vertes, et ne fréquentait jamais les autres hommes –, mais la Brune avait frôlé la vérité sans le savoir. Au moins, Cadsuane ne pensait pas que l'autre sœur savait Min liée au jeune al'Thor. Elle-même le savait uniquement parce que certaines informations avaient imprudemment échappé à Min. Même l'huître la plus hermétiquement fermée finit par livrer sa chair si l'on arrive à entrouvrir la coquille ne serait-ce que d'un cheveu. Parfois, elle livrait aussi une perle inattendue. Certes, Min voudrait que le garçon reste en vie qu'elle l'aime ou non, mais pas plus que Cadsuane.

Drapant sa cape sur le dossier d'un fauteuil, Verin s'approcha de la cheminée la plus proche et se chauffa les mains aux braises. Verin n'avançait pas exactement d'un pas glissé, mais sa démarche était plus gracieuse que ne le suggérait sa corpulence. Qu'est-ce qui, en elle, n'allait pas ? Avec le temps, toutes les Aes Sedais finissaient par se cacher derrière des masques. Au bout d'un certain nombre d'années, cela devenait une habitude.

— Je crois que la situation à Tear peut encore se régler pacifiquement, dit-elle, contemplant le feu.

Elle aurait tout aussi bien pu se parler à elle-même.

— Hearne et Simaan frisent le désespoir, effrayés à l'idée que les autres Hauts Seigneurs reviennent de l'Illian et ne les piègent dans la cité. Étant donné leurs autres choix, on pourra peut-être les amener à accepter Darlin. Estanda est faite d'une autre étoffe, mais si on peut la convaincre qu'il y a là un avantage pour elle…

— Je vous avais dit de ne pas approcher d'eux, intervint Cadsuane d'un ton sévère.

La robuste Aes Sedai cligna les yeux de surprise.

— Je ne les ai pas approchés. Les rues bourdonnent de rumeurs, et je sais les mettre en rapport pour en tirer un peu de vérité. Effectivement, j'ai vu Alanna et Rafela, mais je me suis cachée derrière un homme qui vendait des friands sur une brouette avant qu'elles ne m'aperçoivent. Je suis sûre qu'elles ne m'ont pas vue.

Elle se tut, attendant à l'évidence que Cadsuane explique pourquoi elle devait aussi éviter les sœurs.

— Je dois aller voir le garçon maintenant, Verin, se contenta de répondre Cadsuane.

C'était l'inconvénient, quand on acceptait de conseiller quelqu'un. Même si on s'arrangeait pour imposer toutes les conditions qu'on voulait – la plupart, en tout cas –, il fallait toujours se présenter tôt ou tard quand on vous appelait. Éventuellement. Mais cela lui donna une raison d'éluder la curiosité de Verin. La réponse était simple. Si on essayait de trouver tout seul la solution de tous les problèmes, on n'en trouvait aucune. Et en ce qui concernait certains d'entre eux, la façon de les résoudre ne comptait pas sur le long terme. Mais ne pas répondre laissait Verin avec une énigme, de quoi l'occuper un moment. Quand Cadsuane n'était pas sûre de quelqu'un, elle voulait que la réciproque soit vraie.

Verin prit sa cape et quitta la pièce avec elle. Cadsuane avait-elle l'intention de l'accompagner ? Une fois sorties du salon, elles rencontrèrent Nesune qui descendait le couloir d'un pas vif. Elle s'arrêta brusquement. Il n'y avait guère plus d'une poignée de personnes qui avaient réussi à ignorer Cadsuane, pourtant Nesune y parvint, ses yeux presque noirs se fixant sur Verin.

— Tiens, vous êtes donc de retour ?

La meilleure des Brunes avait l'habitude d'énoncer l'évidence.

— Vous avez écrit un article sur les animaux des Terres Englouties, si j'ai bonne mémoire.

Ce qui signifiait que Verin l'avait effectivement écrit ; Nesune se rappelait toujours tout ce qu'elle avait vu – une qualité utile, si Cadsuane avait eu assez confiance en elle pour s'en servir.

— Le Seigneur Algarin m'a montré la peau d'un gros animal qu'il dit originaire des Terres Englouties, mais je suis convaincue que c'est le même que j'ai observé…

Par-dessus son épaule, Verin regarda Cadsuane, désemparée, tandis que Nesune l'entraînait par la manche. Elles n'eurent pas fait trois pas dans le couloir qu'elle parlait déjà avec animation de ce stupide serpent.

C'était un spectacle remarquable, et troublant en un sens. Nesune était fidèle à Elaida, ou l'avait été, tandis que Verin était de celles qui voulaient la destituer. Ou l'avait été. Maintenant, elles parlaient amicalement de serpents. Toutes deux avaient juré allégeance au jeune al'Thor, ce qui pouvait être mis sur le compte de sa nature de *ta'veren*, qui lui faisait inconsciemment enrouler le Dessin autour de lui, mais ce serment était-il suffisant pour qu'elles ignorent ce qui les opposait au sujet de l'actuelle titulaire du Siège d'Amyrlin ? Ou bien étaient-elles affectées par la proximité d'un *ta'veren* ? Bien sûr, elle ne savait pas ce que faisaient deux des poissons et l'une des lunes, mais il paraissait peu probable que cela vînt de ces ornements. Cela pouvait être simplement parce que Verin et Nesune étaient toutes les deux des Brunes. Les Brunes pouvaient tout oublier quand elles s'apprêtaient à étudier quelque chose. Les serpents ? Pouah ! Les petits ornements oscillèrent quand elle secoua la tête avant de se détourner, laissant les deux Brunes derrière elle. Que voulait le garçon ? Nécessaire ou non, elle n'avait jamais aimé le rôle de conseillère.

Dans les couloirs, les courants d'air faisaient onduler les tapisseries de style antique, et abîmées d'avoir été déplacées maintes fois. Construit en plusieurs temps, le manoir avait d'abord été une ferme qui s'était agrandie de dépendances au gré des fortunes et des naissances successives. La Maison Pandaloan n'avait jamais été riche, mais il y avait eu des époques où ils étaient nombreux. Les résultats en étaient visibles, pas seulement sur les tapisseries usées et démodées. Les corniches étaient peintes de couleurs vives, en rouge, bleu ou jaune, mais la hauteur des couloirs variait. Les fenêtres, qui autrefois ouvraient sur la campagne, donnaient maintenant sur des cours, généralement vides, excepté quelques bancs placés par rapport à la lumière. Parfois, il n'y avait pas d'autre moyen pour aller d'un point à un autre que d'emprunter une galerie couverte donnant sur l'une de ces cours. Les colonnes étaient en bois peint plus souvent qu'en pierre.

Sur l'une de ces galeries, à grosses colonnes vertes, deux sœurs, debout, regardaient au-dessous d'elles l'activité de la cour. Puis Cadsuane ouvrit la porte donnant accès à la colonnade. Beldeine la vit sortir et se raidit, tripotant le châle frangé de vert qu'elle portait depuis moins de cinq ans. Jolie, avec de hautes pommettes et des yeux noisette en amande, elle n'avait pas encore acquis l'éternelle jeunesse et paraissait plus jeune que Min, surtout quand elle lança un regard glacial à Cadsuane et partit vivement dans l'autre direction.

Merise, sa compagne, la suivit des yeux avec amusement, déplaçant légèrement son châle frangé de vert.

Grande et le plus souvent grave, avec ses cheveux sévèrement tirés en arrière, dégageant un visage très pâle, Merise n'était pas une femme qui souriait souvent.

— Beldeine s'inquiète parce qu'elle n'a pas encore de Lige, dit-elle avec son accent du Tarabon, quand Cadsuane s'arrêta à côté d'elle, mais elle ramena ses yeux bleus sur la cour. Elle semble envisager un Asha'man, si elle peut en trouver un. Je lui ai dit de parler à Daigian. Si ça ne l'aide pas, elle, cela aidera Daigian.

Tous les Liges étaient rassemblés dans la cour pavée, en chemise malgré le froid, la plupart assis sur des bancs de bois peint et regardaient deux d'entre eux s'entraîner avec des épées d'entraînement en bois. Jahar, l'un des trois Liges de Merise, était un beau jeune homme bronzé. Les clochettes d'argent attachées au bout de ses deux longues tresses tintaient sous la fureur de l'assaut. On aurait dit une lance noire en mouvement. Bien qu'il n'y ait pas un souffle d'air, l'étoile à huit branches, comme une rose des vents en or, s'élevait, se déplaçant dans les cheveux de Cadsuane. Si elle l'avait tenue dans sa main, elle l'aurait sentie vibrer. Elle savait déjà que Jahar était un Asha'man. Même si l'étoile ne l'avait désigné comme tel, elle l'aurait au moins avertie qu'un homme capable de canaliser était proche. Plus il y avait d'hommes pouvant canaliser, plus l'étoile vibrait. Lan, l'adversaire de Jahar, un très grand gaillard aux larges épaules, avec un visage de pierre et des cheveux grisonnants tombant sur ses épaules, n'était pas le second

Asha'man présent au manoir, mais il était tout aussi redoutable. Il n'avait pas l'air aussi rapide que Jahar, mais ses gestes étaient fluides comme de l'eau. Sa lame d'entraînement était toujours là pour parer celle de Jahar, le faisant chaque fois légèrement sortir de l'alignement.

Soudain, l'épée de bois de Lan frappa Jahar au côté avec un bruyant craquement, un coup mortel avec une lame d'acier. Tandis que le jeune homme récupérait de la violence du choc, Lan recula, en garde. Nethan, autre Lige de Merise aux tempes blanches, se leva, mince et grand quoiqu'un peu plus petit que Lan. Jahar l'écarta de la main et se remit en garde, décidé à continuer.

— Est-ce que Daigian tient le coup ? demanda Cadsuane.

— Mieux que je ne m'y attendais, reconnut Merise. Mais elle reste enfermée dans sa chambre la plupart du temps, et pleure en privé.

Son regard se porta sur le banc vert où le Tomas trapu et grisonnant de Verin était assis près d'un homme n'ayant plus qu'une couronne de cheveux blancs.

— Damer a voulu la Guérir, mais Daigian a refusé. Elle n'avait peut-être jamais eu de Lige avant, mais elle sait que le deuil d'un Lige permet de conserver son souvenir. Je suis étonnée que Corele ait envisagé d'autoriser la Guérison.

Branlant du chef, la Tarabonaise se remit à observer Jahar. Les autres Liges ne l'intéressaient pas, du moins pas comme le sien.

— Les Asha'man pleurent comme les autres Liges. Je pensais que Jahar et Damer suivaient simplement l'exemple des autres, mais Jahar dit que cela fait aussi partie de leurs coutumes. Je ne me suis pas imposée, bien entendu, mais je les ai regardés boire en souvenir du jeune Eben de Daigian. Ils n'ont jamais prononcé son nom, mais il y avait une coupe pleine pour lui. Bassane et Nethan savent qu'ils peuvent mourir n'importe quand, et ils l'acceptent. Jahar *s'attend* à mourir tous les jours. Pour lui, chaque heure est la dernière.

Cadsuane dut faire un effort pour ne pas regarder Merise, qui parlait rarement autant. Son visage était lisse, ses manières imperturbables, mais quelque chose l'avait bouleversée.

— Je sais que vous vous exercez à vous lier avec lui, dit-elle avec tact, regardant en bas dans la cour.

La délicatesse s'imposait quand on parlait à une Sœur de son Lige. Elle regardait dans la cour, fronçant les sourcils.

— Avez-vous décidé si le jeune al'Thor a réussi à Shadar Logoth ? Est-il vraiment parvenu à purifier la moitié mâle de la Source ?

Corele s'exerçait aussi à se lier avec Damer, mais la Jaune se concentrait tellement sur ses efforts futiles pour comprendre comment faire avec la *saidar* ce qu'il faisait avec le *saidin*, qu'elle n'aurait pas remarqué la souillure du Ténébreux si elle lui avait coulé dans la gorge. Dommage qu'elle n'ait pas été élevée au châle cinquante ans plus tard, où elle aurait elle-même lié un homme comme Lige sans avoir besoin de le solliciter. Mais un tel délai aurait signifié que Norlea serait morte dans sa petite maison des Collines Noires avant que Cadsuane Melaidhrin aille à la Tour Blanche. Cela aurait altéré beaucoup de choses dans l'histoire. Par exemple, il aurait été peu probable qu'elle soit dans sa situation actuelle. C'est pourquoi elle posa la question avec tact, et attendit.

Merise resta un long moment immobile et muette, puis elle soupira.

— Je ne sais pas, Cadsuane. La *saidar* est un calme océan qui vous emmène où on veut aller pourvu qu'on connaisse les courants et qu'on se laisse porter. Le *saidin...* C'est une avalanche de pierres brûlantes. Une montagne de glace qui s'écroule. Le *saidin* me semble *plus propre* que la première fois que je me suis liée avec Jahar, mais n'importe quoi peut se cacher dans ce chaos. N'importe quoi.

Cadsuane hocha la tête. Elle n'était pas certaine d'avoir attendu une autre réponse. Pourquoi aurait-elle trouvé une réponse certaine à l'une des deux plus importantes questions au monde, alors qu'elle n'en trouvait aucune sur bien des problèmes plus simples ? Dans la cour, l'épée de bois de Lan s'immobilisa en touchant la gorge de Jahar, puis il recula et se remit en garde. De nouveau, Nethan se leva, et Jahar l'écarta de la main, levant furieusement son épée et se remettant en garde. Le troisième Lige de Merise, Bassane, petit, trapu, et presque aussi bronzé que Jahar bien qu'il fût Cairhienin, fit une plaisanterie grossière sur les jeunes qui trébuchent sur leur propre épée. Tomas et Damer se regardèrent en branlant du chef ; les hommes de leur âge avaient généralement renoncé depuis longtemps à ce genre d'enfantillages. Le combat reprit.

Les quatre autres Liges n'étaient pas les seuls spectateurs dans la cour. Une svelte jeune fille à la longue tresse noire, qui regardait anxieusement depuis son banc rouge, était la cible des regards courroucés de Cadsuane. Nynaeve aurait dû mettre son anneau du Grand Serpent bien en évidence pour qu'on la croie Aes Sedai, ce qu'elle était. Pas seulement parce que son visage était celui d'une adolescente ; Beldeine semblait encore aussi jeune. Nynaeve trépignait sur son banc, toujours prête à bondir. De temps en temps, ses lèvres remuaient comme si elle criait des encouragements, et parfois elle se tordait les mains comme pour montrer à Lan la façon de manier son épée. Cette fille frivole et passionnée montrait rarement qu'elle avait une cervelle. Min n'était pas la seule à avoir donné son cœur et sa tête à un homme. Selon la coutume du Malkier disparu, la pastille rouge peinte sur le front de Nynaeve indiquait qu'elle était mariée à Lan, même si les Jaunes épousaient rarement leur Lige. D'ailleurs, très peu de sœurs le faisaient. Et bien sûr, Lan n'était pas le Lige de Nynaeve même s'ils prétendaient mordicus le contraire. De qui était-il le Lige ? Ils éludaient la question comme des voleurs s'esquivent dans la nuit.

Les bijoux que portait Nynaeve étaient plus intrigants : un long collier d'or et une mince ceinture en or avec des bracelets et bagues assortis, les gemmes bleues, rouges et vertes qui les ornaient juraient avec sa robe à taillades jaunes. Elle arborait aussi un étrange bijou à la main gauche, des anneaux d'or attachés à un bracelet par des chaînes plates. C'était un *angreal*, beaucoup plus puissant que la pie-grièche ornant les cheveux de Cadsuane. Les autres bijoux de Nynaeve étaient très semblables à ses autres ornements, des *ter'angreals* à l'évidence datant de la Destruction du Monde, quand une Aes Sedai pouvait trouver bien des mains tournées contre elle, surtout celles des hommes capables de canaliser. C'était étrange de penser qu'on les appelait aussi Aes Sedais. C'était un peu comme rencontrer un homme qui se serait appelé Cadsuane.

Portait-elle ces bijoux à cause d'al'Thor ou à cause des Asha'man ? Ou encore à cause de Cadsuane Melaidhrin ? Nynaeve avait démontré son loyalisme envers un jeune homme de son village, ainsi que la méfiance qu'il lui inspirait. Elle avait une cervelle, quand elle décidait de s'en servir. Pourtant, jusqu'à ce que cette question ait reçu une réponse, lui faire confiance était beaucoup trop dangereux. L'ennui, c'est que beaucoup de choses semblaient très dangereuses ces derniers temps.

— Jahar devient plus fort, dit brusquement Merise.

Un instant, Cadsuane fronça les sourcils sur la Verte. Plus fort ? La chemise du jeune homme commençait à coller à son dos, alors que Lan n'avait pas commencé à transpirer. Puis elle comprit. Merise pensait à sa force dans le Pouvoir. Cadsuane se contenta de hausser un sourcil interrogateur. Elle ne se rappelait même pas la dernière fois où elle avait laissé une émotion apparaître sur son visage. Ce devait être pendant ses années dans les Collines Noires, quand elle avait commencé à gagner les ornements qu'elle portait à présent.

— J'ai d'abord cru que ses exercices intensifs avec les Asha'man, l'avait amené au maximum de sa force, dit Merise, fronçant les sourcils sur les deux hommes qui s'entraînaient toujours.

En fait, c'était plutôt Jahar qu'elle regardait ainsi, avec un léger plissement du front, car elle réservait ses vrais froncements de sourcils à ceux qui pouvaient voir et reconnaître son mécontentement.

— À Shadar Logoth, je croyais que c'était mon imagination. Il y a trois ou quatre jours, je pensais à moitié que je m'étais trompée. Maintenant, je suis sûre d'avoir raison. Si cet homme acquiert de la puissance par étapes, impossible de savoir jusqu'où il ira.

Pourtant, elle n'exprima pas ses craintes qu'il devienne plus puissant qu'elle. Le dire aurait été impensable, et bien que Merise se soit habituée à faire l'impensable – la plupart des sœurs se seraient évanouies à la seule idée de lier un homme pouvant canaliser –, elle n'était jamais à l'aise pour en parler. Cadsuane parla d'un ton neutre. Par la Lumière, elle détestait faire preuve de tact.

— Il a l'air content, Merise.

Les Liges de Merise avaient toujours l'air contents. Elle savait les prendre.

— Il est dans une fureur de…

Elle toucha le côté de sa tête comme pour palper le bouquet de sensations qu'elle ressentait par le lien. Elle *était* vraiment bouleversée.

— Pas de rage. De frustration.

Plongeant la main dans son escarcelle verte en cuir repoussé, elle en sortit une petite broche en émail, silhouette sinueuse rouge et or, comme un serpent avec des pattes et une crinière de lion.

— Je ne sais pas où le jeune al'Thor a trouvé ça, mais il l'a donné à Jahar. Apparemment, pour un Asha'man, c'est l'équivalent du châle. J'ai dû le lui enlever, bien sûr ; il en est encore au stade où il doit apprendre à accepter de faire seulement ce que je lui permets. Mais la perte de l'objet le perturbe... Devrais-je le lui rendre ? En un sens, il le recevrait de ma main.

Cadsuane commença à hausser les sourcils avant de s'en rendre compte. Merise demandait conseil au sujet d'un de ses *Liges* ?

Naturellement, Cadsuane avait suggéré qu'elle commence par le sonder, mais ce degré d'intimité était... comment dire, impensable ?

— Je suis certaine que vous prendrez la bonne décision.

Avec un dernier regard sur Nynaeve, elle laissa Merise caresser du pouce la broche en émail, les sourcils froncés sur le spectacle de la cour : Lan venait de vaincre Jahar une fois de plus, mais le jeune homme voulait continuer. Quoi que Merise décidât, elle avait déjà appris une chose qui ne lui plaisait pas. Les frontières entre Aes Sedai et Lige avaient toujours été aussi nettes que leurs liens. Les Aes Sedais commandaient et les Liges obéissaient. Mais si Merise, entre toutes, tergiversait au sujet d'un détail aussi insignifiant qu'une épingle de col – elle qui dirigeait ses Liges d'une main ferme –, alors il faudrait fixer de nouvelles frontières, au moins avec les Liges qui pouvaient canaliser. Il semblait peu probable qu'on cesse de les lier comme Liges dès maintenant ; Beldeine en était la preuve. Les gens ne changeaient jamais vraiment, mais le monde changeait, avec une régularité déconcertante. Il fallait vivre avec, ou au moins traverser l'époque.

Comme prévu, la porte des appartements du jeune al'Thor était gardée. Alivia était là, bien sûr, assise sur un banc à l'entrée, les mains patiemment croisées sur ses genoux. La Seanchane aux cheveux clairs s'était désignée comme protectrice du jeune homme, en quelque sorte. Alivia lui était reconnaissante de l'avoir libérée du collier de *damane*. Mais il y avait plus. Pour commencer, Min ne l'aimait pas, et ce n'était pas une jalousie ordinaire. Alivia semblait ne pas savoir ce que les hommes et les femmes avaient à faire ensemble. Mais il existait des rapports entre elle et le jeune homme, révélés par des regards exprimant la détermination pour elle, et l'espoir pour lui, même si c'était difficile à croire. Jusqu'à ce que Cadsuane sache de quoi il retournait, elle n'avait pas l'intention de les séparer. Les yeux bleus perçants d'Alivia se posèrent sur Cadsuane avec une méfiance respectueuse, sans pour autant la voir comme une ennemie. Alivia était expéditive avec ceux qu'elle considérait comme des ennemis d'al'Thor.

L'autre gardienne était à peu près de la même taille qu'Alivia, mais les deux femmes n'auraient guère pu être plus différentes, et pas seulement parce que les yeux d'Elza étaient bruns et qu'elle avait le visage lisse et sans âge d'une Aes Sedai, alors qu'Alivia avait de fines pattes d'oie au coin des yeux et des fils blancs presque invisibles dans ses cheveux. Elza se leva d'un bond dès qu'elle vit Cadsuane, se redressant de toute sa taille devant la porte et resserrant son châle.

— Il n'est pas seul, dit-elle d'un ton glacial.

— Avez-vous l'intention de m'interdire l'entrée ? demanda Cadsuane, tout aussi froidement.

La Verte andorane aurait dû s'effacer sur le côté. Elza était suffisamment inférieure à elle dans le Pouvoir pour ne pas hésiter, et encore moins attendre un ordre, mais elle resta plantée devant la porte, les yeux étincelants.

C'était un dilemme. Cinq autres sœurs présentes au manoir avaient juré allégeance au jeune homme, et celles restées fidèles à Elaida regardaient Cadsuane comme si elles soupçonnaient ses intentions à l'égard d'al'Thor. Ce qui soulevait la question : pourquoi n'en était-il pas de même pour Verin ? Mais seule Elza s'efforçait de l'écarter de lui. Son attitude empestait la jalousie, ce qui était absurde. Elle ne pouvait pas se croire la plus compétente pour le conseiller. S'il y avait eu le moindre signe qu'Elza désirât le jeune homme, comme amant ou comme Lige, Min aurait montré les dents. Min avait un instinct très sûr. Cadsuane aurait grincé des dents si elle avait été susceptible de le faire.

Puis Alivia se pencha vers elle.

— C'est lui qui l'a envoyée chercher, Elza, dit-elle de sa voix traînante. Il sera mécontent si nous l'arrêtons. Contre nous, pas contre elle. Laissez-la passer.

Elza regarda la Seanchane du coin de l'œil avec un rictus méprisant. Alivia était très supérieure à elle dans le Pouvoir mais c'était une Irrégulière et une menteuse du point de vue d'Elza qui semblait ne pas accepter qu'Alivia ait été *damane*. Elza lança un regard à Cadsuane, puis à la porte derrière elle, et ajusta son châle. À l'évidence, elle n'avait pas envie de déplaire au jeune homme.

— Je vais voir s'il est prêt à vous recevoir, dit-elle, renfrognée. Qu'elle attende ici, ajouta-t-elle à l'adresse d'Alivia, plus sèchement, avant de se retourner pour frapper légèrement à la porte.

Une voix d'homme répondit, et elle entrebâilla la porte juste assez pour se glisser dans la pièce, refermant derrière elle.

— Il faut lui pardonner, dit Alivia, de sa voix traînante de Seanchane si irritante. À mon avis, c'est juste qu'elle prend son serment très au sérieux. Elle n'a pas l'habitude de servir qui que ce soit.

— Les Aes Sedais tiennent parole, répliqua Cadsuane, ironique.

Alivia lui donnait l'impression que sa façon de parler était aussi vive et rapide que celle des Cairhienines.

— C'est notre devoir.

— En effet. Et au cas où vous ne le sauriez pas, j'en suis convaincue moi aussi. Je lui dois tout et je ferai ce qu'il voudra de moi.

Une remarque fascinante. Puis Elza ressortit. Derrière elle venait Algarin, sa barbe joliment taillée en pointe. Il s'inclina devant Cadsuane, avec un sourire qui accentua ses rides. Sa tunique de drap sombre, datant de sa jeunesse, pendait sur lui, informe, et ses cheveux étaient clairsemés. Il n'y avait aucune chance d'apprendre pourquoi il avait rendu visite au jeune al'Thor.

— Il va vous recevoir maintenant, dit Elza d'un ton sec.

Le jeune homme se tenait debout quand Cadsuane entra, presque aussi grand et large d'épaules que Lan, en tunique noire à broderies d'or sur les manches et le haut col. À son goût, cette tenue ressemblait trop à une tunique d'Asha'man, même avec ses broderies, mais elle ne dit rien. Il s'inclina avec courtoisie, l'accompagnant jusqu'à un fauteuil garni d'un coussin à pompons, devant la cheminée, et lui demandant si elle voudrait du vin.

Celui du pichet, posé sur une console avec deux coupes, était froid, mais il pouvait en demander d'autre. Elle avait travaillé si dur pour l'obliger à se montrer poli qu'il pouvait bien s'habiller comme il voulait. Il y avait des domaines plus importants où elle devait le guider. Ou l'aiguillonner. Ou le pousser, selon le besoin. Elle n'allait pas perdre du temps à lui parler de sa tunique.

Inclinant poliment la tête, elle refusa le vin. Une coupe de vin offrait bien des possibilités – déguster lentement quand on avait besoin de réfléchir, contempler sa coupe quand on voulait dissimuler son regard –, pourtant elle ne devait pas quitter ce jeune homme des yeux. Son visage était presque aussi peu expressif que celui d'une sœur. Avec ses cheveux auburn et ses yeux bleu-gris, il aurait pu passer pour un Aiel, mais peu d'Aiels avaient le regard aussi froid. À côté de lui le ciel matinal qu'elle regardait tout à l'heure paraissait presque chaleureux. Il était encore plus froid qu'il ne l'était avant Shadar Logoth. Plus dur aussi, malheureusement. Plus… las, également.

— Algarin a un frère qui pourrait canaliser, dit-il, se tournant vers un fauteuil, face à elle.

Au milieu de son mouvement, il chancela. Il se retint à un bras du fauteuil, aboyant un éclat de rire, feignant d'avoir trébuché sur ses bottes. Il n'avait pas saisi le *saidin* – elle l'avait déjà vu chanceler quand il le saisissait – sinon, ses ornements l'auraient avertie. Corele disait qu'il avait simplement besoin d'un peu de sommeil pour récupérer de Shadar Logoth. Par la Lumière, il fallait qu'elle le maintienne en vie, sans quoi elle aurait travaillé pour rien !

— Je sais, dit-elle.

Et comme il semblait qu'Algarin lui avait tout dit, elle ajouta :

— C'est moi qui ai capturé Emarin et qui l'ai emmené à Tar Valon.

Il était curieux qu'Algarin en soit reconnaissant, aux yeux de certains, mais son jeune frère avait survécu plus de dix ans à la désactivation après qu'elle l'avait aidé à se réconcilier avec sa situation. Les frères étaient très proches.

Les sourcils du jeune homme frémirent quand il s'assit dans son fauteuil. *Il ne le savait pas.*

— Algarin désire être testé, dit-il.

Elle soutint son regard avec sérénité et garda le silence. Les enfants d'Algarin étaient mariés, ceux qui vivaient encore. Peut-être était-il prêt à donner son domaine à ses descendants. Dans tous les cas, un homme de plus ou de moins capable de canaliser ne faisait aucune différence à ce stade. À moins que ce ne fût le jeune homme qui la regardait fixement.

Au bout d'un moment, il remua le menton, ébauche d'un salut de la tête. L'avait-il testée ?

— Ne craignez pas que je vous le cache quand vous vous conduirez en imbécile, mon garçon.

La plupart des gens se souvenaient, après une première entrevue, qu'elle avait la langue acérée. Mais ce jeune homme avait besoin qu'on le lui rappelle de temps en temps. Il émit un grognement. C'était peut-être un rire attristé. Elle se souvint qu'il désirait qu'elle lui apprenne quelque chose, même s'il ne semblait pas savoir quoi. Peu importait d'ailleurs ; ce pouvait être n'importe quoi dans une longue liste qu'elle avait à peine entamée.

Le visage du jeune al'Thor aurait pu être taillé dans la pierre, tant il était peu expressif. Il se leva d'un bond et se mit à faire les cent pas entre la cheminée et la porte, serrant les poings dans son dos.

— J'ai parlé avec Alivia au sujet des Seanchans, dit-il. Ce n'est pas sans raison qu'ils appellent leur troupe l'Armée Toujours Victorieuse. Elle n'a jamais perdu une guerre. Des batailles, oui, mais jamais une guerre. Quand ils perdent une bataille, ils font une pause et réfléchissent à ce qu'ils ont mal fait, ou à ce que l'ennemi a bien fait. Puis ils changent de tactique pour pouvoir gagner.

— C'est la sagesse même, dit-elle, quand le flot de paroles s'arrêta.

À l'évidence, il attendait un commentaire.

— Je connais des hommes qui font la même chose, poursuivit-elle. Davram Bashere, entre autres. Gareth Bryne, Rodel Ituralde, Agelmar Jagad. Même Pedron Niall, quand il était en vie. Tous de grands capitaines.

— Oui, dit-il, sans cesser de marcher.

Il ne la regarda pas, peut-être ne la voyait-il pas, mais il écoutait. Il fallait espérer qu'il entendait également.

— Cinq hommes, tous de grands capitaines. Les Seanchans le sont *tous*, depuis mille ans. Ils évoluent mais ne renoncent pas.

— Considérez-vous la possibilité qu'ils ne puissent pas *être* vaincus ? demanda-t-elle avec calme.

Le calme convenait toujours jusqu'à ce qu'on connaisse les faits.

Le jeune homme pivota vers elle, le cou rigide et les yeux froids comme la glace.

— Je peux les vaincre éventuellement, dit-il, s'efforçant de continuer à parler poliment.

C'était une bonne chose. Moins elle aurait à prouver qu'elle pouvait punir toute transgression à ses règles, mieux ça vaudrait.

— Mais…

Il l'interrompit d'un grognement au bruit d'une dispute dans le couloir.

Un instant plus tard, la porte s'ouvrit brusquement, et Elza entra à reculons, toujours discutant à voix haute, et tentant d'arrêter deux autres sœurs les bras tendus. Erian, son visage clair cramoisi, poussait l'autre Verte devant elle. Sarene, si belle qu'elle faisait paraître Erian presque ordinaire, avait l'air plus calme, comme on pouvait s'y attendre d'une Blanche, mais elle secouait la tête d'exaspération, et assez vigoureusement pour faire cliqueter les perles multicolores de ses tresses. Sarene avait un tempérament coléreux, quoique généralement elle le contrôlât.

— Bartol et Rashan vont venir, annonça Erian tout haut, son agitation renforçant son accent de l'Illian.

Les deux hommes étaient ses Liges, laissés en arrière au Cairhien.

— Je ne les ai pas envoyés chercher, mais quelqu'un a Voyagé avec eux. Il y a une heure, je les ai soudain sentis plus proches, et à présent, plus proches encore. Ils viennent vers nous.

— Mon Vitalien se rapproche aussi, dit Salene. Il sera ici dans quelques heures, je crois.

Elza laissa retomber ses bras, foudroyant toujours les deux sœurs.

— Mon Fearil sera bientôt ici également, marmonna-t-elle.

C'était son unique Lige ; on disait qu'ils étaient mariés. Les Vertes qui se mariaient prenaient rarement un autre Lige en même temps. Cadsuane se demanda si elle aurait parlé de son arrivée au cas où les autres n'auraient rien dit.

— Je ne m'y attendais pas si tôt, dit doucement le jeune homme.

Il y avait pourtant de l'acier dans sa voix.

— Mais je n'aurais pas dû penser que les événements m'attendraient, n'est-ce pas, Cadsuane ?

— Les événements n'attendent jamais personne, dit-elle en se levant.

Erian réagit comme si elle ne l'avait pas vue jusqu'à présent. Pourtant, Cadsuane était certaine que son visage était aussi lisse que celui d'al'Thor. Et peut-être aussi dur. Ils ignoraient ce qui amenait ces Liges de Cairhien et qui avait Voyagé avec eux. Cela pourrait causer des problèmes. Mais elle pensa avoir obtenu une nouvelle réponse du jeune homme, et elle devrait considérer très soigneusement ce qu'elle allait lui conseiller. Parfois, les réponses étaient plus épineuses que les questions.

24.

La tempête forcit

Le soleil de l'après-midi aurait dû entrer à flots dans la chambre à coucher de Rand, mais dehors, il pleuvait dru, et toutes les lampes étaient allumées pour dissiper la grisaille crépusculaire. Le tonnerre faisait trembler les vitres. Un violent orage était descendu du Rempart du Dragon plus vite qu'un cheval au galop, rafraîchissant l'atmosphère presque assez pour qu'il neige. Les gouttes fouettant la maison ressemblaient à de la neige fondue. Malgré les bûches flambant dans l'âtre, la chambre ne se réchauffait pas.

Allongé sur son lit, ses bottes croisées aux chevilles, il fixait le baldaquin, s'efforçant de mettre de l'ordre dans ses pensées. Il pouvait oublier l'orage, mais pour Min, blottie sous son bras, c'était une autre affaire. Elle n'essayait pas de le distraire. Qu'allait-il faire à son sujet ? Au sujet d'Elayne et d'Aviendha ? Leurs deux images n'étaient plus que de vagues présences dans ses pensées, à cette distance de Caemlyn. Enfin, il supposait qu'elles y étaient toujours. Mais les suppositions étaient dangereuses quand il s'agissait d'elles. Tout ce qu'il savait sur elles pour le moment, c'était une impression générale du lieu où elles se trouvaient, et la certitude qu'elles étaient vivantes. Mais le corps de Min était étroitement pressé contre le sien, et le lien la rendait aussi vibrante dans sa tête qu'elle l'était en chair et en os. Était-il trop tard pour mettre Min, Elayne et Aviendha en sécurité ?

Qu'est-ce qui vous fait penser que vous pouvez assurer la sécurité de quiconque ? chuchota Lews Therin dans sa tête. Le fou décédé était un vieil ami maintenant. *Nous allons* tous *mourir. Elles aussi. Contentez-vous d'espérer de ne pas être celui qui les tuera.* Pas un ami au sens noble du terme, juste un ami dont il ne pouvait pas se débarrasser. Il ne craignait plus de tuer Min, Elayne ou Aviendha pas plus qu'il ne redoutait de devenir fou. Plus qu'il ne l'était, en tout cas, avec ce mort qui l'habitait et parfois un visage flou qu'il pouvait presque reconnaître. Oserait-il interroger Cadsuane sur l'un ou l'autre ?

Ne faites confiance à personne, murmura Lews Therin, *y compris à moi*, termina-t-il avec un rire narquois. Sans avertissement, Min lui donna un coup de poing dans les côtes, assez fort pour le faire grogner.

— Vous redevenez mélancolique, berger, gronda-t-elle. Si vous recommencez à vous inquiéter pour moi, je jure que je…

Elle avait tant de façons différentes de râler, Min, chacune accordée à une sensation différente à travers le lien. Il percevait sa légère irritation teintée d'inquiétude. Parfois elle était tranchante, comme si elle allait le décapiter.

— Pas de ça maintenant, l'avertit-elle, avant qu'il puisse bouger la main qui reposait dans le dos de Min et que, roulant sur le flanc, elle se lève d'un même mouvement fluide.

Elle rajusta sa tunique brodée avec un regard désapprobateur. Depuis qu'elle l'avait lié à elle, elle lisait encore mieux ses pensées.

— Qu'est-ce que vous comptez faire, Rand ? Et Cadsuane ? Savez-vous ce qu'elle va faire ?

Un éclair fulgura devant les fenêtres. Le tonnerre refit trembler les vitres.

— Je n'ai jamais été encore capable de prévoir ce qu'elle allait faire, Min. Pourquoi en serait-il autrement aujourd'hui ?

L'épais matelas de plume s'affaissa sous lui quand il balança les jambes sur le côté et s'assit face à elle. Machinalement, il faillit presser une main sur ses anciennes blessures au flanc, mais il se ressaisit à temps et modifia son mouvement, boutonnant sa tunique à la place. À demi cicatrisées, elles le faisaient souffrir depuis Shadar Logoth. Ou peut-être qu'il avait davantage conscience de leurs élancements. Elles étaient comme une chaudière brûlante de fièvre concentrée sur une surface pas plus grande que la paume. L'une d'elles au moins, espérait-il, commencerait à guérir maintenant que Shadar Logoth n'existait plus. Peut-être était-il encore trop tôt pour qu'il sente une différence. Ce n'était pas le côté que Min avait frappé du poing – elle y faisait toujours attention –, mais il pensait avoir réussi à lui cacher sa souffrance. Inutile de lui donner une raison de plus de s'inquiéter. La source d'inquiétude devait venir de Cadsuane. Ou des autres.

À présent, le manoir et toutes ses dépendances étaient bondés. Il paraissait inévitable que, tôt ou tard, quelqu'un chercherait à utiliser les Liges restés au Cairhien ; leurs Aes Sedais n'avaient pas claironné qu'elles allaient rejoindre le Dragon Réincarné, mais elles n'en avaient pas non plus fait mystère. Malgré tout, il n'avait pas imaginé que tant de gens viendraient avec elles. Davram Bashere, avec une centaine de ses chevau-légers, avait démonté sous une pluie battante en râlant parce que leurs selles étaient fichues. Il s'agissait de plus d'une demi-douzaine d'Asha'man en tuniques noires qui, pour une raison inconnue, ne s'étaient pas protégés du déluge. Ils avaient chevauché avec Bashere, mais étaient arrivés en deux groupes, toujours séparés par une courte distance, tous enveloppés d'une aura de méfiance vigilante. L'un des Asha'man était Logain Ablar. Logain ! Un Asha'man portant l'Épée et le Dragon épinglés à son col ! Bashere et Logain voulaient lui parler en tête à tête, et chacun individuellement. Ces visiteurs inattendus n'étaient pas les plus surprenants. Il avait cru que les huit Aes Sedai étaient des amies de Cadsuane, pourtant il aurait juré qu'elle avait été aussi surprise que lui de leur présence. Plus bizarre encore, toutes sauf une semblaient avoir un Asha'man pour Lige ! Ce n'étaient pas des prisonniers, et certes pas des gardes, mais Logain avait rechigné à parler devant Bashere, tout comme Bashere à laisser Logain parler le premier à Rand. À présent, ils étaient tous en train de se sécher et de s'installer dans leurs chambres, le laissant essayer de mettre de l'ordre dans ses idées. Dans la mesure où il le pouvait, avec Min blottie contre lui. Que ferait Cadsuane ? Il avait essayé de lui demander conseil. Mais les événements les avaient dépassés. La décision avait été prise, quoi que pensât Cadsuane. Des éclairs fulgurèrent aux fenêtres. À l'instar de Cadsuane, on ne savait jamais où ils frapperaient.

Alivia pourrait l'achever, marmonna Lews Therin. *Elle nous aidera à mourir ; elle nous débarrassera de Cadsuane si nous le lui demandons.*

Je ne veux pas la tuer, lui répliqua mentalement Rand. *Je ne peux pas la laisser mourir.* Lews Therin le savait aussi bien que lui, mais il grommela quand même. Depuis Shadar Logoth, il paraissait parfois un peu moins fou. Ou peut-être que Rand l'était un peu plus. Après tout, il prenait l'habitude de parler à un mort dans sa tête, comme si c'était une chose normale, et ça, c'était malsain.

— Vous devez faire *quelque chose*, marmonna Min, croisant les bras. L'aura de Logain parle de sa gloire, plus fort que jamais. Peut-être pense-t-il toujours qu'il est le vrai Dragon Réincarné. Et il y a quelque chose de… noir… dans les images que j'ai vues autour du Seigneur Davram. S'il se retourne contre vous, ou s'il meurt… J'ai entendu un soldat dire que le Seigneur Dobraine pourrait mourir. En perdre même un seul serait un rude coup. Si vous les perdiez tous les trois, il vous faudrait peut-être un an pour vous en remettre.

— Si vous l'avez vu, alors ça arrivera. Je dois faire ce que je peux, Min, et éviter de me faire du souci au sujet de ce que je ne peux pas accomplir.

Elle lui lança un regard assassin, comme si elle s'apprêtait à lui faire une scène.

Un grattement à la porte lui fit tourner la tête. Min changea d'attitude. Il supposa qu'elle avait sorti un couteau de lancer de sa manche et qu'elle le cachait derrière son poignet. Elle cachait plus de couteaux sur elle que Thom Merrilin. Ou Mat. Des couleurs tournoyèrent dans sa tête, se résorbant presque en… en quoi ? Un homme sur le siège de cocher d'un chariot ? Ça n'était pas le visage qui apparaissait parfois dans ses pensées, en tout cas. L'image s'estompa en un instant, sans le vertige qui accompagnait le visage.

— Entrez, dit-il en se levant.

Elza entra, déployant ses jupes vert foncé en une élégante révérence, les yeux brillants. D'apparence aimable, avec la tranquille assurance d'un chat, elle sembla à peine voir Min. De toutes les sœurs qui lui avaient juré allégeance, c'était la plus zélée. La seule, en fait. Car, si certaines l'avaient fait pour des raisons personnelles, Verin et celles qui l'avaient rejoint aux Sources de Dumai n'avaient pas eu le choix devant un *ta'veren*. Malgré sa froideur extérieure, Elza semblait brûler intérieurement de la passion de le voir atteindre la Tarmon Gai'don.

— Vous avez demandé que l'on vous prévienne quand l'Ogier arriverait, dit-elle, sans le quitter des yeux.

— Loial ! s'exclama joyeusement Min, remettant le couteau dans sa manche tout en croisant Elza, qui cligna des yeux à la vue de la lame. J'aurais pu tuer Rand pour vous laisser gagner votre chambre avant que je vous voie !

Le lien disait qu'elle ne le pensait pas. Pas exactement.

— Merci, dit Rand à Elza, prêtant l'oreille aux exclamations joyeuses venant du salon, le rire léger de Min et le roulement de tonnerre par lequel Loial exprimait son hilarité, comme si c'était la terre qui riait.

Le tonnerre roula dans le ciel.

Peut-être que la passion de l'Aes Sedai allait jusqu'à désirer savoir ce qu'il dirait à Loial, parce qu'elle pinça les lèvres et hésita avant de faire une nouvelle révérence et de quitter la chambre. Une brève interruption dans les cris de joie annonça sa traversée du salon, et leur reprise signala sa sortie. Alors, il saisit le Pouvoir. Il fallait que personne ne le voie faire.

Le feu l'inonda, plus chaud que le soleil, et froid à faire paraître printanier le plus violent blizzard, menaçant de l'anéantir pour un instant d'inattention. Saisir le *saidin* revenait à lutter pour la survie. Le vert des corniches fut soudain plus vert, le noir de sa tunique plus noir, l'or de ses broderies plus éclatant. Il voyait le grain des colonnes du lit sculptées de lianes, voyait les marques de polissage laissées par l'ébéniste tant d'années auparavant. Le *saidin* lui donnait l'impression d'avoir été à moitié aveugle et sourd sans lui. C'était une partie de ce qu'il ressentait.

Propre, chuchota Lews Therin. *De nouveau pur et propre*.

C'était vrai. La souillure qui avait marqué la moitié mâle du Pouvoir depuis la Destruction, avait disparu. Rand sentit pourtant une violente nausée monter en lui et l'envie de se plier en deux et de vider son estomac sur le sol. La chambre parut tournoyer un instant, et il dut poser une main sur la colonne de lit la plus proche pour se soutenir. Il ne savait pas pourquoi il ressentait encore cette nausée, une fois la souillure disparue. Lews Therin ne le savait pas non plus, ou ne voulait pas le dire. Mais ces nausées étaient la raison pour laquelle il ne laissait personne le voir quand il saisissait le *saidin*. Elza brûlait peut-être du désir de le voir atteindre la Dernière Bataille, mais bien trop d'autres individus souhaitaient qu'il échoue, et ce n'étaient pas tous des Amis du Ténébreux.

En cet instant de faiblesse, Lews Therin voulut saisir le *saidin*. Rand le sentait avidement tendu vers le Pouvoir. Était-ce plus difficile de le repousser qu'avant ? À certains égards, il semblait faire partie de lui plus solidement qu'avant Shadar Logoth. Peu importait. Il ne lui restait que peu de chemin à parcourir avant de mourir. Prenant une profonde inspiration, il ignora la nausée et entra dans le salon dans le roulement du tonnerre.

Min se tenait debout au milieu de la pièce, tenant une main de Loial dans les deux siennes. Elle lui souriait. Il fallait ses deux mains pour en tenir une seule de Loial, et elles étaient loin de la couvrir entièrement. Le haut de son crâne était à peine à un pied du plafond. Il était revêtu d'une tunique propre en drap bleu foncé, s'évasant sur de larges chausses jusqu'en haut des bottes lui arrivant aux genoux. Pour une fois, ses poches n'étaient pas gonflées par les formes anguleuses de livres. Ses yeux grands comme des soucoupes s'éclairèrent à la vue de Rand, et le sourire de sa large bouche fendit son visage en deux. Deux oreilles huppées pointant de ses cheveux en désordre frémissaient de plaisir.

— Le Seigneur Algarin a des chambres spéciales pour les Ogiers, déclara-t-il d'une voix ressemblant au son d'une grosse caisse. Vous vous rendez compte ? Et six ! Bien sûr, elles n'ont pas servi depuis quelque temps, mais elles sont aérées toutes les semaines, de sorte qu'elles ne sentent pas le moisi, et les draps de lin sont de bonne qualité. Je pensais que je serais obligé de me plier en deux dans un lit fait pour les humains. Nous ne restons pas longtemps ici, n'est-ce pas ?

Ses longues oreilles s'affaissèrent un peu, puis commencèrent à frémir, trahissant sa gêne.

— Je ne crois pas que nous le devrions. Je veux dire, je pourrais m'habituer à avoir un vrai lit, et ce n'est pas désirable si je reste avec vous. Je veux dire… Bon, vous savez ce que je veux dire.

— Je sais, dit doucement Rand.

Il aurait pu rire devant la consternation de l'Ogier, mais le rire semblait l'avoir déserté ces derniers temps. Filant une toile contre les écoutes autour de la pièce, il la noua pour relâcher le *saidin*. Les dernières traces de nausée disparurent immédiatement. En général, il parvenait à contrôler le malaise au prix d'un effort, mais c'était stupide de se l'imposer quand ce n'était pas indispensable.

— Vos livres n'ont-ils pas trop souffert des intempéries ?

À son arrivée, le premier soin de Loial avait été de vérifier l'état de ses livres.

Soudain une idée frappa Rand : il avait pensé à ce qu'il venait de faire en termes de « filer une toile ». C'était la façon de s'exprimer de Lews Therin. Ce genre de chose arrivait trop souvent, les formulations du mort dérivant dans sa tête, ses souvenirs se mêlant aux siens. Il était Rand al'Thor. Il avait tissé une garde contre les écoutes et attaché le tissage, non pas filé et noué une toile. Mais l'un lui venait à l'esprit aussi facilement que l'autre.

— Mes *Essais* de Willim de Maneches sont humides, dit Loial, avec une moue écœurée, et frictionnant sa lèvre supérieure avec son doigt gros comme une saucisse.

S'était-il mal rasé, ou portait-il une moustache naissante sous son large nez ?

— Les pages resteront peut-être tachées. Je n'aurais pas dû être aussi négligent. Et mon livre de notes a pris l'humidité lui aussi. Pourtant, l'encre n'a pas coulé. Tout est encore lisible, mais il faut vraiment que je fasse une boîte pour protéger…

Lentement, il fronça les sourcils dont les longues pointes tombèrent sur ses joues.

— Vous avez l'air fatigué, Rand. Il a l'air fatigué, Min.

— Il en a trop fait, mais il se repose maintenant, dit Min, sur la défensive.

Rand sourit. À peine. Min le défendrait toujours, même contre l'excès de sollicitude de ses amis.

— Vous vous reposez, berger, ajouta-t-elle, lâchant l'énorme main de Loial et plantant ses poings sur ses hanches. Asseyez-vous et reposez-vous. Oh, asseyez-vous, Loial. Je vais attraper un torticolis si je dois continuer à lever la tête comme ça.

Loial gloussa en examinant l'une des chaises à dossier droit d'un air dubitatif. Comparée à lui, on aurait dit une chaise d'enfant.

— Berger. Vous ne savez pas comme c'est bon de vous entendre l'appeler « berger », Min.

Il s'assit avec précaution. La chaise craqua sous son poids, et ses genoux se relevèrent devant lui.

— Je suis désolé, Rand, mais c'est comique, et je n'ai pas eu beaucoup d'occasions de rire ces derniers mois.

La chaise tenait bon. Avec un rapide coup d'œil vers la porte, il ajouta, un peu trop fort :

— Karldin n'a guère le sens de l'humour.

— Vous pouvez parler librement, dit Rand. Nous sommes en sécurité derrière… une garde.

Il avait failli dire « derrière un bouclier », ce qui n'était pas la même chose. Sauf qu'il savait que ça l'était.

Il était trop fatigué pour s'asseoir, et trop épuisé pour trouver facilement le sommeil. Alors, il alla se planter devant l'âtre. Des rafales soufflant dans la cheminée faisaient danser les flammes sur les bûches et parfois refoulaient des bouffées de fumée dans la pièce. Il entendait la pluie tambouriner sur les vitres, mais le tonnerre semblait s'être éloigné. Peut-être que la tempête se terminait. Croisant les mains derrière son dos, il se détourna du feu.

— Qu'ont dit les Anciens, Loial ?

Au lieu de répondre tout de suite, Loial regarda Min, comme pour chercher un encouragement ou un soutien. Assise au bord d'un fauteuil bleu, les jambes croisées, elle sourit à l'Ogier en hochant la tête, et il poussa un profond soupir, semblable à un grand vent traversant des cavernes.

— Karldin et moi, nous avons rendu visite à tous les *steddings*, Rand. Tous sauf le *stedding* Shangtai, naturellement. Je ne pouvais pas y aller, mais j'ai laissé un message à son intention partout où nous sommes passés, et Daiting n'est pas loin de Shangtai. Quelqu'un l'y portera. La Grande Souche se réunit à Shangtai et cela attirera les foules. C'est la première fois que la Grande Souche est convoquée depuis mille ans, depuis que vous autres humains avez livré la Guerre des Cent Ans, et c'était le tour de Shangtai. Ils doivent préparer quelque chose de très important, mais personne n'a voulu me dire la raison de cette convocation. Ils ne disent rien sur une Souche avant qu'on ait de la barbe au menton, marmonna-t-il, tripotant quelques rares poils poussant sur son large menton.

Apparemment, il avait l'intention de remédier à son manque de barbe, mais il n'était pas certain que ce fût possible. Loial avait plus de 90 ans, mais pour un Ogier, c'était encore l'adolescence.

— Les Anciens ? interrogea patiemment Rand.

Il fallait être patient avec Loial, tout comme avec n'importe quel Ogier. Ils n'avaient pas la même notion du temps que les humains, et Loial avait tendance à discourir longuement, si on le laissait faire.

Les oreilles de Loial frémirent et il lança un nouveau coup d'œil à Min, qui l'encouragea d'un sourire.

— Bon, comme j'ai dit, j'ai rendu visite à tous les *steddings* sauf Shangtai. Karldin ne voulait jamais y entrer. Il préférait dormir tous les soirs sous un buisson qu'être coupé de la Source une seule minute.

Rand garda le silence, mais Loial tendit les mains vers eux.

— J'arrive au cœur du sujet, Rand. J'y arrive. J'ai fait ce que j'ai pu, mais je ne sais pas si ça a suffi. Les *steddings* des Marches m'ont dit de rentrer à la maison et de laisser ces questions aux plus âgées et aux plus sages. Shadon et Mardoon, dans les montagnes sur la Côte de l'Ombre, m'ont dit la même chose. Les autres *steddings* ont accepté de garder les Portes des Voies. Je pense qu'ils ne croient pas vraiment à un danger quelconque, mais ils ont accepté, alors vous savez qu'ils les surveilleront étroitement. Et je suis sûr que quelqu'un préviendra Shangtai. Les Anciens de Shangtai n'ont jamais aimé avoir une Porte des Voies juste à côté de leur *stedding*. J'ai entendu l'Ancien Haman dire au moins une centaine de fois que c'était dangereux. Je sais qu'ils accepteront de la surveiller.

Rand hocha lentement la tête. Les Ogiers ne mentaient jamais, ou du moins les rares qui s'y risquaient mentaient si mal qu'ils ne recommençaient jamais. La parole d'un Ogier avait autant de force que le serment de quiconque. Les Portes des Voies seraient étroitement gardées. Sauf celles situées dans les Marches, et dans les montagnes au sud de l'Amadicia et du Tarabon. De Porte à Porte, on pouvait voyager de l'Échine du Monde jusqu'à l'Océan d'Aryth, des Marches jusqu'à la Mer des Tempêtes, le tout dans un monde étrange hors du temps, ou peut-être parallèle au temps. Deux jours de marche dans les Voies pouvaient vous faire parcourir cent miles ou cinq cents, selon la Voie choisie. Si vous acceptiez d'en affronter les dangers. On pouvait mourir très facilement dans les Voies, ou pire. Elles s'étaient assombries et délabrées depuis longtemps. Les Trollocs ne s'en souciaient pas, au moins quand ils étaient entraînés par un Myrddraal. Les Trollocs avaient pour seul objectif de tuer, surtout quand ils étaient entraînés par un Myrddraal. Et neuf Portes des Voies resteraient sans surveillance, au risque de livrer passage à des dizaines de milliers de Trollocs. Instaurer une quelconque garde sans la coopération des *steddings* pouvait être impossible. Beaucoup de gens croyaient que les Ogiers n'existaient pas, et peu de ceux qui croyaient à leur existence voulaient se mêler de leurs affaires sans autorisation.

Soudain, Rand réalisa qu'il n'était pas le seul à être fatigué. Loial avait l'air épuisé et décharné. Sa tunique était fripée et pendait sur son corps amaigri. Il était dangereux pour un Ogier de vivre trop longtemps hors d'un *stedding*, et Loial avait quitté le sien cinq bonnes années auparavant. Peut-être que les brèves visites de ces derniers mois n'avaient pas été suffisantes pour lui.

— Vous devriez peut-être rentrer chez vous maintenant, Loial. Le *stedding* Shangtai n'est qu'à quelques jours d'ici.

La chaise de Loial craqua de façon alarmante quand il se leva d'un bond. Ses oreilles de dressèrent aussi, aux aguets.

— Ma mère y sera, Rand. C'est une célèbre Oratrice. Elle ne manquerait jamais une Grande Souche.

— Elle ne peut pas être déjà revenue des Deux Rivières, lui dit Rand.

La mère de Loial était aussi une célèbre marcheuse, pourtant il y avait des limites, même pour les Ogiers.

— Vous ne la connaissez pas, marmonna Loial, de sa voix de grosse caisse résonnant lugubrement. Et elle aura Erith à la remorque. C'est sûr.

Min se pencha vers l'Ogier, une lueur dangereuse dans l'œil.

— À la façon dont vous parlez d'Erith, je sais que vous désirez l'épouser. Alors, pourquoi la fuyez-vous toujours ?

Rand l'observait depuis la cheminée songeant à ses propres liens. Aviendha supposait qu'il l'épouserait, et aussi Elayne et Min, selon la coutume des Aiels. Elayne semblait le penser également, pour étrange que cela parût. Il croyait qu'elle le pensait. Et Min ? Elle ne l'avait jamais dit. Il n'aurait jamais dû les laisser le lier. Le lien les étoufferait de chagrin quand il mourrait.

Maintenant, les oreilles de Loial tremblaient de prudence. Il fit des gestes apaisants comme si Min était la plus grande des deux.

— C'est vrai que je le désire, Min. Bien sûr. Erith est belle, et très perspicace. Vous ai-je jamais raconté avec quelle attention elle m'a écouté expliquer… Bien sûr que je l'ai fait. Je le dis à tous ceux que je rencontre. Je veux vraiment l'épouser. Mais pas maintenant. Ce n'est pas comme pour vous, les humains, Min. Vous faites tout ce que veut Rand. Erith attendra de moi que je m'installe et que je reste à la maison. Les épouses ne laissent jamais leur mari aller nulle part ou faire quoi que ce soit, si cela exige de quitter le *stedding* plus de quelques jours. J'ai mon livre à finir, et comment pourrai-je le faire si je ne vois pas tout ce que fait Rand ? Je suis certain qu'il a fait toutes sortes de choses depuis que j'ai quitté le Cairhien, et je sais que je ne retrouverai jamais tout. Erith ne comprendrait pas. Min ? Min, êtes-vous en colère contre moi ?

— Qu'est-ce qui vous fait croire que je suis en colère ? demanda-t-elle froidement.

Loial poussa un gros soupir, si manifestement soulagé que Rand la regardât aussi. Par la Lumière, l'Ogier pensait qu'elle voulait dire qu'elle n'était pas en colère ! Rand savait que Loial tâtonnait dans le noir quand il s'agissait des femmes, même de Min – peut-être spécialement de Min – mais il valait mieux qu'il prenne le temps d'en apprendre davantage avant d'épouser Erith. Sinon, elle l'écorcherait comme une chèvre malade. Mieux valait le faire sortir de la pièce avant que Min ne le fasse à la place d'Erith. Rand s'éclaircit la gorge.

— Réfléchissez-y pendant la nuit, Loial, dit-il. Vous aurez peut-être changé d'avis au matin.

Une partie de son être espérait que ce serait le cas. L'Ogier était loin de chez lui depuis trop longtemps. Mais une autre part de son être… Il pouvait utiliser

Loial si ce qu'Alivia lui avait dit des Seanchans était vrai. Parfois, il se dégoûtait lui-même.

— En tout cas, il faut que je parle à Bashere maintenant. Et à Logain.

Il pinça la bouche en prononçant ce nom. Que *faisait* Logain en tunique noire d'Asha'man ?

Loial ne se leva pas. Son trouble sembla s'accentuer, à ses oreilles couchées et ses sourcils tombants.

— Rand, il y a quelque chose que je dois vous dire. Sur les Aes Sedais qui sont arrivées avec nous.

De nouveau des éclairs fulgurèrent devant les fenêtres et la foudre tomba plus violemment que jamais. Pour certaines tempêtes, une accalmie ne faisait qu'annoncer le pire.

Je vous avais dit de les tuer toutes quand vous en aviez l'occasion, dit Lews Therin en riant. *Je vous l'avais dit.*

— Êtes-vous *certaine* qu'elles ont été liées, Samitsu ? demanda Cadsuane fermement et assez haut pour se faire entendre par-dessus le fracas du tonnerre sur le toit du manoir.

Le tonnerre et l'éclair convenaient à son humeur. Elle aurait aimé montrer les dents. Il lui fallut une bonne dose de son entraînement et de son expérience pour continuer à siroter calmement son thé au gingembre. Elle n'avait pas laissé les émotions la dominer depuis très longtemps, mais elle avait envie de mordre quelque chose. Ou quelqu'un.

Samitsu tenait à la main une tasse en porcelaine, dont elle n'avait pas bu une goutte. La svelte sœur cessa de fixer les flammes de la cheminée de gauche, et les clochettes de ses cheveux noirs tintèrent quand elle secoua la tête. Elle ne s'était pas donné la peine de sécher correctement ses cheveux, qui pendaient lourdement en mèches humides dans son dos. Ses yeux noisette exprimaient l'embarras.

— Ce n'est guère une question que je peux poser à une sœur, n'est-ce pas, Cadsuane, et elles ne m'ont évidemment rien dit. D'abord, j'ai pensé qu'elles avaient fait comme Merise et Corele. Et la pauvre Daigian.

Une brève grimace de sympathie traversa son visage. Elle connaissait la douleur qui rongeait Daigian depuis la mort d'Eben. Toutes les sœurs qui n'en étaient plus à leur premier Lige ne le savaient que trop bien. Quoi que l'on fasse, que l'on lutte ou non, c'était une terrible épreuve que l'on ne pouvait comprendre que si l'on était vraiment concerné. Malheureusement, elle ne pouvait pas faire grand-chose à part essayer de trouver un moyen d'équilibrer les événements.

— Je suis contente que vous me donniez un petit avertissement avant que je rencontre Toveine et les autres, mais je veux que vous retourniez au Cairhien dès demain matin.

— Je ne pouvais rien faire, Cadsuane, dit Samitsu avec amertume. La moitié des gens à qui je donnais un ordre se sont mis à demander à Sashalle s'ils devaient l'exécuter, et l'autre moitié me balançait au visage qu'elle avait déjà dit le contraire. Le Seigneur Bashere l'a convaincue de libérer les Liges – je n'ai pas la moindre idée de la façon dont il a su leur présence – et elle en a convaincu Sorilea. Je n'ai rien pu faire pour empêcher ça. Sorilea se comportait comme si j'avais abdiqué ! Elle ne comprend pas, et elle a clairement manifesté qu'elle me prend pour une imbécile. Il est inutile que je retourne là-bas, sauf si vous m'y envoyez pour porter les gants de Sashalle.

— Je vous y envoie pour l'observer, Samitsu. Rien de plus. Je veux savoir ce que fait une de ces sœurs Fidèles du Dragon quand ni moi ni les Sagettes ne regardons par-dessus leur épaule, des verges à la main. Vous avez toujours été très observatrice.

La patience n'était pas toujours son fort, mais il en fallait parfois avec Samitsu. La Sœur Jaune *était* observatrice, intelligente, volontaire la plupart du temps, et surtout elle était la meilleure Guérisseuse vivante – en tout cas jusqu'à l'apparition de Damer Flinn –, mais parfois son assurance s'effondrait totalement. Le bâton ne fonctionnait jamais avec Samitsu, mais les tapes dans le dos marchaient bien, et il était ridicule de ne pas se servir de ce qui marchait. À mesure que Cadsuane lui rappelait son intelligence, son adresse à Guérir – c'était toujours nécessaire avec Samitsu, elle pouvait tomber en dépression pour n'avoir pas pu Guérir un mort –, son ingéniosité, l'Arafelline commençait à retrouver son calme et son assurance.

— Vous pouvez être sûre que Sashalle ne changera pas de bas sans que je le sache, dit-elle brusquement.

En vérité, Cadsuane n'en attendait pas moins.

— Mais si je peux me permettre de demander…

Sa confiance retrouvée, le ton de Samitsu était à peine courtois ; dès qu'elle retrouvait un semblant d'assurance, sa timidité s'envolait.

— … pourquoi vous êtes ici, au fin fond de Tear ? Que va faire le jeune al'Thor ? Ou plutôt, devrais-je dire, qu'est-ce que vous allez lui demander de faire ?

— Il a l'intention de faire quelque chose de très dangereux, répliqua Cadsuane.

Des éclairs fulgurèrent devant les fenêtres, tels des traits d'argent dans un ciel noir comme la nuit. Elle savait exactement ce qu'il avait l'intention de faire. Ce qu'elle ne savait pas, c'est si elle devait l'en empêcher.

— Ça n'a pas de fin, tonna Rand en écho au tonnerre.

Avant cette entrevue, il avait ôté sa tunique et roulé ses manches de chemise, découvrant les Dragons rouge et or enroulés autour de ses avant-bras, et dont la tête à crinière dorée reposait sur le dos de ses mains. À chacun de ses regards, l'homme qui lui faisait face devait se rappeler qu'il se trouvait devant le Dragon Réincarné. Mais il serrait les poings, pour s'empêcher de céder aux exhortations de Lews Therin et d'étrangler ce maudit Logain Ablar.

— Je n'ai que faire d'une guerre avec la Tour Blanche, et vous autres maudits Asha'man, n'essayez pas de m'entraîner dans une guerre contre la Tour Blanche ! Suis-je assez clair ?

Logain, les mains légèrement posées sur la longue poignée de son épée, ne broncha pas. Il était grand, bien que plus petit que son interlocuteur, et son regard assuré ne trahissait rien du torrent de reproches qu'il venait d'encaisser de la bouche de Rand. L'Épée d'Argent et le Dragon rouge et or scintillaient à la lumière des lampes sur le haut col de sa tunique noire, qui semblait repassée de frais.

— Désirez-vous qu'on les libère ? demanda-t-il calmement. Et que les Aes Sedais libèrent ceux des nôtres qu'elles ont capturés ?

— Non ! dit Rand d'un ton sec.

Et acide.

— Ce qui est fait ne peut pas être défait.

Merise avait été tellement choquée quand il avait suggéré qu'elle libère Narishma qu'on aurait cru qu'il lui demandait d'abandonner un chiot sur le bord de la route. Et il soupçonnait que Flinn et Corele se battraient aussi vigoureusement chacun de leur côté pour conserver leur lien ; à présent, il était pratiquement certain qu'il y avait autre chose qu'un simple lien entre ces deux-là. Bon, si une Aes Sedai pouvait lier un homme qui canalisait, qui pouvait prétendre qu'une jolie femme ne puisse s'intéresser à un vieillard boiteux ?

— Mais vous réalisez la pagaille que vous avez créée, non ? Actuellement, le seul homme capable de canaliser qu'Elaida veut prendre vivant, c'est moi, et cela uniquement jusqu'à la Dernière Bataille. Après ça, elle mettra toute son énergie à vous éliminer tous par tous les moyens qu'elle trouvera. Je ne sais pas comment les rebelles réagiront, mais Egwene a toujours été une redoutable négociatrice. Il va falloir que j'interdise aux Asha'man de se lier à des Aes Sedais jusqu'à ce qu'elles possèdent autant d'entre vous que vous en possédez d'elles. Cela, avec le risque qu'elles ne décident purement et simplement de vous tuer les uns après les autres à la première occasion. Ce qui est fait est fait, mais il ne faut pas que ça se reproduise !

Logain se raidit un peu plus à chaque mot, mais continua à regarder Rand. Il était visible comme des cornes sur un bélier qu'il ignorait les autres personnes présentes dans le salon. Min n'avait pas voulu assister à cette rencontre et était sortie pour se plonger dans la lecture des œuvres de Herid Fel auxquelles Rand ne comprenait rien, mais qu'elle trouvait fascinantes. Pourtant, il avait insisté pour que Loial reste, et l'Ogier feignait d'observer les flammes dans l'âtre. Sauf quand il regardait la porte, oreilles huppées frémissantes, avec, sans doute, le secret espoir de pouvoir s'éclipser discrètement à la faveur de la tempête. À côté de l'Ogier, Davram Bashere paraissait encore plus petit qu'il ne l'était, homme grisonnant aux yeux noirs en amande, au nez en bec d'aigle et aux grosses moustaches tombantes. Bashere passait plus de temps à contempler son vin qu'à regarder ailleurs, mais chaque fois que son regard tombait sur Logain, il caressait machinalement la poignée de son épée, une lame flamboyante plus courte que celle de Logain. Rand pensait que c'était un geste inconscient.

— C'est Taim qui a donné l'ordre, dit froidement Logain, gêné de devoir s'expliquer devant un auditoire.

Soudain, des éclairs projetèrent sur le masque sinistre de son visage des ombres sanglantes.

— J'ai supposé que cet ordre venait de vous.

Son regard se déplaça légèrement en direction de Bashere, et ses lèvres se pincèrent.

— Taim fait beaucoup de choses dont tout le monde pense que c'est sur votre ordre, poursuivit-il à contrecœur, mais il a ses propres plans. Flinn, Narishma et Manfor sont sur la liste des déserteurs, comme tous les Asha'man que vous gardiez près de vous. Et il a une coterie de vingt ou trente qu'il garde à portée de la main et qu'il entraîne en privé. Tout homme qui porte le Dragon fait partie de ce groupe, sauf moi, et il m'aurait privé du Dragon s'il l'avait osé. Quoi que vous ayez fait, il est temps de vous intéresser à la Tour Noire avant que Taim ne la divise encore plus que ne l'est la Tour Blanche. S'il y parvient, vous découvrirez que la plupart sont fidèles à lui, pas à vous. Lui, ils le connaissent. Mais la majorité d'entre eux ne vous ont jamais vu.

Rand déroula ses manches avec irritation et se laissa tomber dans un fauteuil. Ce qu'il avait fait, ce n'était pas l'affaire de Logain. Il savait que le *saidin* était propre, mais il ne croirait pas que Rand ou un autre avait effectivement exécuté la purification. Pensait-il que le Créateur avait décidé de leur tendre une main secourable au bout de trois mille ans de souffrances ? Le Créateur avait créé le monde, puis il avait laissé l'humanité en faire ce qu'elle voulait, un paradis ou le Gouffre du Destin, au choix. Le Créateur avait créé bien des mondes, regardé chacun s'épanouir ou mourir, et il avait continué à en faire une infinité d'autres. Un jardinier ne pleurait pas chaque fleur qui se fanait.

Un instant, il pensa que ces réflexions appartenaient à Lews Therin. Aussi loin qu'il se rappelât, il n'avait jamais divagué ainsi au sujet du Créateur. Mais il *sen-*

tait Lews Therin l'approuver de la tête. Malgré tout, ce n'était pas le genre de pensées qui lui seraient venues à l'esprit avant Lews Therin. Quel espace restait-il entre eux ?

— Taim devra attendre, dit-il avec lassitude.

Combien de temps Taim attendrait-il ? Il n'entendit pas Lews Therin rager qu'il devait le tuer, ce qui le surprit. Il aurait voulu en ressentir un soulagement.

— Êtes-vous venu juste pour vous assurer que Logain arrivait jusqu'à moi sans encombre, Bashere ? Ou pour me dire que quelqu'un a poignardé Dobraine ? Ou avez-vous une tâche urgente pour moi, vous aussi ?

Au ton de Rand, Bashere haussa un sourcil et il serra les dents en regardant Logain. Au bout d'un moment, il renifla si fort que ses moustaches avaient dû en frémir.

— Deux hommes ont mis ma tente à sac, dit-il, posant sa coupe sur une table sculptée bleue contre le mur, dont l'un porteur d'une note que j'aurais juré avoir écrite moi-même si je n'avais pas su qu'il n'en était rien. C'était un ordre d'emporter certains « articles ». Loial me dit que les individus qui ont poignardé Dobraine avaient le même genre de note. Avec un peu de réflexion, un aveugle aurait compris ce qu'ils cher chaient. Dobraine et moi étions les candidats les plus probables pour garder les sceaux. Vous en avez trois, et vous dites que tous les trois sont brisés. Peut-être que l'Ombre sait où se trouve le quatrième.

Tandis que le Saldaean parlait, Loial s'était détourné de la cheminée, les oreilles rigides.

— Ça, c'est sérieux, Rand. Si quelqu'un brise tous les sceaux de la prison du Ténébreux, ou même seulement un ou deux de plus, le Ténébreux pourrait se libérer. Même vous, vous ne pouvez pas affronter le Ténébreux. Je veux dire, je sais que les Prophéties affirment que vous l'affronterez, mais ce doit juste être une façon de parler.

Même Logain eut l'air inquiet, observant Rand comme s'il l'évaluait par rapport au Ténébreux.

Rand se renversa dans son fauteuil, prenant bien soin de dissimuler sa fatigue. Les sceaux de la prison du Ténébreux d'une part, Taim divisant les Asha'man de l'autre. Le septième sceau était-il déjà brisé ? L'Ombre effectuait-elle les premiers mouvements de la Dernière Bataille ?

— Vous m'avez dit quelque chose, un jour, Bashere. Si votre ennemi vous propose deux cibles…

— Frappez la troisième, termina vivement Bashere, et Rand hocha la tête.

Il avait déjà décidé, de toute façon. Le tonnerre secoua les vitres à faire trembler les cadres. La tempête forcissait.

— Je ne peux pas combattre l'Ombre et les Seanchans en même temps. Je vous envoie tous les trois négocier une trêve avec les Seanchans.

Bashere et Logain se turent, comme frappés de stupeur. Jusqu'au moment où ils se mirent à argumenter, parlant tous les deux en même temps. Loial semblait juste au bord de l'évanouissement.

Elza s'agitait, écoutant Fearil lui rapporter ce qui s'était passé au Cairhien depuis qu'elle l'avait laissé là-bas. Ce n'était pas la voix dure de son Lige qui l'irritait. Elle détestait les éclairs et aurait voulu pouvoir instituer une garde contre la violente lumière qui fulgurait aux fenêtres, comme elle en avait établi une contre les écoutes. Personne ne trouverait étrange ce désir d'intimité, vu qu'elle avait passé vingt ans à convaincre tout le monde qu'elle était mariée avec lui. Malgré sa voix, Fearil avait le physique d'un homme que les femmes peuvent épouser, grand, mince et assez beau. La dureté de sa bouche ne le faisait paraître que plus bel homme. Naturellement, à la réflexion, certains pouvaient trouver bizarre qu'elle n'ait jamais eu qu'un seul Lige à la fois. Un homme compétent était difficile à trouver, mais peut-être devait-elle commencer à chercher. De nouveau, des éclairs illuminèrent les fenêtres.

— Oui, oui, assez, finit-elle par l'interrompre. Vous avez fait ce qu'il fallait, Fearil. Il aurait paru bizarre que vous soyez le seul à refuser de rejoindre votre Aes Sedai.

Une impression de soulagement fulgura dans le lien. Elle était stricte pour ce qui concernait l'exécution de ses ordres, et tout en sachant qu'elle ne pouvait pas le tuer – qu'elle ne le tuerait pas, en tout cas –, une punition exigeait simplement qu'elle masque le lien afin de ne pas partager sa souffrance. Ça, et une garde pour étouffer ses cris. Elle détestait les cris presque autant que les éclairs.

— C'est aussi bien que vous soyez avec moi, poursuivit-elle.

Dommage que Fera soit toujours retenue en captivité par les sauvages Aiels, mais elle devrait questionner la Blanche pour savoir exactement pourquoi elle avait juré avant qu'on puisse lui faire confiance. Jusqu'au voyage au Cairhien, elle ne savait pas qu'elle partageait quelque chose avec Fera. Elle regrettait que pas une bribe de son cœur ne soit avec elle, mais elle était la seule à avoir été envoyée au Cairhien. Elle ne discutait pas les ordres qu'elle recevait, pas plus que Fearil avec ceux qu'elle lui donnait.

— Je crois que quelques personnes devront mourir bientôt.

Dès qu'elle aurait décidé lesquelles. Fearil baissa la tête, et un sursaut de plaisir lui parvint par le lien. Il aimait tuer.

— Dans l'intervalle, vous tuerez tous ceux qui menacent le Dragon Réincarné. Tous.

Après tout, cela lui était devenu parfaitement clair après avoir été elle-même captive des sauvages. Le Dragon Réincarné devait arriver jusqu'à la Tarmon Gai'don, sinon comment le Grand Seigneur pourrait-il l'y vaincre ?

25.

Quand il faut porter des bijoux

Perrin arpentait avec impatience les tapis à fleurs couvrant le sol de la tente ; gêné aux entournures dans la tunique en soie vert foncé qu'il avait rarement portée depuis que Faile l'avait fait faire. Elle disait que les riches broderies d'argent mettaient son torse en valeur, mais le large ceinturon de cuir soutenant sa hache soulignait qu'il était un roturier cherchant à paraître au-dessus de sa condition. Parfois, il tirait sur ses gantelets ou foudroyait du regard sa cape doublée de fourrure posée sur le dos d'un fauteuil, à portée de sa main. Deux fois, il tira de sa manche une feuille de papier et la déplia pour étudier, tout en faisant les cent pas, le plan de Malden, la ville où Faile était prisonnière.

Jondryn, Get et Hu avaient réussi à rattraper quelques habitants de Malden en fuite. Il n'avait pas été facile de trouver les bons interlocuteurs car les citadins assez forts pour se battre étaient morts ou portaient la tenue blanche des *gai'chains* pour les Shaidos ; ceux qui avaient survécu et fui étaient les vieux et les très jeunes, les malades et les infirmes. D'après Jondryn, la seule idée que quelqu'un puisse les forcer à retourner en ville et à combattre les Shaidos leur faisait prendre leurs jambes à leur cou vers le nord, l'Andor et la sécurité. La seule chose utile qu'ils en avaient tiré, c'était ce plan qui représentait un puzzle, avec son dédale de rues, la forteresse de la Dame et la grande citerne dans le coin nord-est. Il semblait prometteur par les possibilités qu'il offrait. Mais encore fallait-il résoudre le problème auquel il n'apportait aucune réponse, à savoir les positions précises de l'immense masse des Shaidos entourant la ville fortifiée, sans parler de quatre ou cinq cents Sagettes Shaidos capables de canaliser. Alors il remit la feuille dans sa manche et continua à faire les cent pas.

La tente rouge à rayures l'irritait autant que le plan. Elle était meublée avec des chaises dorées pliantes, une table fixe en mosaïque, une psyché, une coiffeuse, et même des coffres cerclés de cuivre alignés le long de la paroi. Dehors, il faisait à peine jour. Douze lampes étaient allumées, leurs miroirs étincelant. Les braseros qui avaient un peu dégourdi le froid glacial de la nuit contenaient encore quelques braises. Il avait même fait sortir deux tentures de soie de Faile, brodées de bandes de fleurs et d'oiseaux, accrochées aux piquets du toit. Il avait laissé Lamgwin lui tailler la barbe et raser ses joues et son cou ; il s'était lavé et avait enfilé des vêtements propres. Il avait fait installer la tente comme si Faile devait revenir d'un moment à l'autre d'une promenade à cheval, pour que tous ceux qui le regarderaient voient en lui un valeureux Seigneur, et aient confiance en lui. Mais tout cela ne faisait que lui rappeler que Faile n'était pas partie en promenade. Ôtant l'un de ses gantelets, il mit sa main dans sa poche et fit glisser ses doigts sur le cordon en cuir. Trente-deux nœuds maintenant et autant de jours sans Faile. Il n'avait pas besoin de ça pour le savoir, mais parfois, il restait éveillé toute la nuit dans le lit où elle n'était pas, comptant ces nœuds. D'une certaine façon, ils étaient devenus un lien avec elle. D'ailleurs, il préférait l'insomnie aux cauchemars.

— Si vous ne vous asseyez pas, vous serez trop fatigué pour chevaucher jusqu'à So Habor, même avec l'aide de Neald et de ses portails, dit Berelain, d'un ton légèrement amusé. Je suis épuisée rien qu'à vous regarder.

Il parvint à ne pas la foudroyer. En robe d'équitation de soie bleu foncé, un large tour de cou en or serti de Gouttes de Feu et la mince couronne de Mayene avec le faucon d'or en vol sur la tête, la Première de Mayene était assise sur sa cape écarlate, sur l'une des chaises pliantes, ses mains gantées de rouge croisées sur les genoux. Elle avait l'air aussi calme qu'une Aes Sedai, et son odeur était… celle de la patience. Sans qu'il sache pourquoi, elle avait cessé d'exhaler l'odeur de convoitise qui lui donnait l'impression d'être un agneau bien gras piégé dans des épineux prêt à se faire dévorer, mais il lui en était presque reconnaissant. C'était bon d'avoir quelqu'un à qui dire à quel point Faile lui manquait. Elle écoutait, et son odeur exprimait la sympathie.

— Je veux être là si… quand Gaul et les Vierges ramèneront des prisonniers.

Le lapsus le fit grimacer autant que l'hésitation. C'était comme s'il doutait. Tôt ou tard, ils finiraient par capturer quelques Shaidos, mais apparemment, ce n'était pas facile. Ça n'avançait à rien à moins qu'ils ne puissent les emmener. Les Shaidos étaient des imprudents comparés aux autres Aiels. Sulin avait aussi fait preuve de patience pour le lui expliquer.

— Qu'est-ce qui retient Arganda ? gronda-t-il.

Comme si ce nom avait enfin convoqué le Ghealdanin, Arganda poussa les rabats de la tente, le visage de pierre et les yeux creux. Il semblait avoir aussi peu dormi que Perrin. Il portait son plastron d'argent, sans son casque. Il ne s'était pas encore rasé ce matin, et un voile gris se hérissait sur son menton. Oscillant au bout de sa main gantée, une bourse en cuir cliqueta quand il la posa sur la table, à côté de deux autres.

— Du coffre de la Reine, dit-il avec aigreur.

Ces dix derniers jours, il ne s'était pas exprimé autrement.

— Assez pour couvrir notre part et même au-delà. J'ai dû fracturer la serrure, et poster trois hommes pour garder le coffre. C'est très tentant, une fois la serrure brisée.

— Très bien, très bien, dit Perrin, s'efforçant de modérer son impatience.

Peu lui importait qu'Arganda dût poster cent hommes pour garder le coffre-fort de sa reine. Sa propre bourse était la plus plate des trois, et pourtant, il avait dû glaner les moindres parcelles d'or et d'argent qu'il avait pu trouver pour la remplir. Jetant sa cape sur ses épaules, il prit les trois bourses et frôla Arganda en sortant dans la grisaille du matin.

Désabusé, il constata que le camp avait pris un aspect plus permanent, bien que ce ne fût pas prévu, et il ne pouvait rien y faire. Bien des hommes des Deux Rivières couchaient maintenant sous des tentes rapiécées, en toile brun clair, non pas rayées rouge comme la sienne, mais chacune assez grande pour huit ou dix hommes, leurs armes dépareillées entassées devant. Les autres avaient transformé leurs abris temporaires en solides petites huttes de branches de sapins entrelacées. Les tentes et les huttes formaient au mieux des rangées sinueuses très différentes de celles bien droites des Ghealdanins et des Mayeners, pourtant cela ressemblait un peu à un village, avec des chemins et des rues où la neige était piétinée jusqu'à la terre nue et gelée. Un anneau de pierre entourait chaque feu de camp, où des groupes d'hommes, en cape et capuchon, attendaient leur petit déjeuner. C'était le contenu de ces marmites en fer noirci qui obligeait Perrin à bouger ce matin. Avec tant d'hommes à chasser, le gibier se faisait rare, et les denrées s'épuisaient. Ils en étaient à chercher les réserves de glands des écureuils, pour les moudre afin d'allonger la farine d'avoine. Si tard dans l'hiver, ceux qu'ils trouvaient étaient vieux et secs dans le meilleur des cas. Cette mixture aigre remplissait les estomacs, mais il fallait avoir faim pour l'avaler. La plupart des visages que vit Perrin surveillaient avidement les marmites. Les dernières charrettes sortaient en cahotant par une percée dans la palissade de pieux pointus érigée autour du camp, les cochers cairhienins emmitouflés jusqu'aux oreilles et tassés sur leurs sièges comme des sacs de laine noirs. Tout le contenu des charrettes était empilé au centre du camp. Une fois vidées, elles cahotèrent dans les ornières gelées laissées par les précédentes, en une file qui disparut dans la forêt environnante.

L'apparition de Perrin, avec Berelain et Arganda sur les talons, fit sensation, excepté parmi les affamés des Deux Rivières. Certes, quelques-uns saluèrent prudemment de la tête – un ou deux imbéciles s'inclinèrent gauchement –, mais la plupart s'efforçaient de ne pas le regarder quand Berelain était là. Imbéciles ! Imbéciles sans cervelle ! Mais il y en avait bien d'autres encore, rassemblés non loin de la tente aux rayures rouges, tassés dans les allées entre les autres tentes. Un soldat mayener sans armure, en tunique grise, arriva en courant avec la jument blanche de Berelain, saluant et se baissant pour lui tenir l'étrier. Annoura était déjà sur son élégante jument noire, aussi sombre que celle de Berelain était claire. Avec ses fines tresses emperlées sortant de son capuchon et lui tombant sur la poitrine, l'Aes Sedai semblait à peine voir la femme qu'elle était censée conseiller. Le dos très raide, elle regardait fixement les tentes des Aiels, où rien ne bougeait, sauf les fines volutes s'élevant des cheminées. Le borgne Gallenne, en casque rouge, plastron et couvre-œil, compensa l'inattention de la sœur tarabonaise. Dès que Berelain apparut, il aboya un ordre qui figea cinquante Gardes Ailés en statues, leurs longues lances à pointe d'acier et enrubannées à la verticale. Quand elle se mit en selle, il lança un autre ordre qui les propulsa comme un seul homme sur leurs montures.

Arganda fronça les sourcils sur les tentes aielles et sur les Mayeners, puis rejoignit dignement l'endroit où des lanciers ghealdanins attendaient, en armures scintillantes et casques coniques verts, et parla doucement à leur officier, un homme mince du nom de Kireyin que Perrin soupçonnait d'être de noble naissance, à son regard hautain, visible derrière les barreaux de la visière de son casque argenté. Arganda était assez petit pour que Kireyin ait à se pencher pour l'entendre, et cette nécessité accentua sa raideur. Derrière Kireyin, un soldat portait une bannière rouge avec les trois Étoiles d'Argent à six branches du Ghealdan au lieu d'une lance au ruban vert, et l'un des Gardes Ailés portait le Faucon d'Or de Mayene sur champ d'azur.

Aram était là lui aussi, mais se tenait à l'écart, sans monture. Enveloppé de sa cape verte crasseuse, la poignée de son épée dépassant derrière son épaule, il partageait ses regards jaloux entre les Mayeners et les Ghealdanins. Quand il vit Perrin, il cessa de froncer les sourcils, mais prit l'air boudeur. Il s'éloigna en hâte, bousculant les hommes des Deux Rivières qui attendaient leur déjeuner. Il ne s'arrêtait pas pour s'excuser quand il se cognait dans quelqu'un. Aram était devenu de plus en plus susceptible, hargneux et narquois, avec tout le monde sauf Perrin, à mesure que les jours passaient et qu'ils attendaient sans bouger. La veille, il avait failli en venir aux coups avec deux Ghealdanins, sur un sujet qu'aucun ne put vraiment se rappeler une fois qu'on les eut séparés, sauf qu'Aram se plaignit que les Ghealdanins lui avaient manqué de respect et qu'ils étaient grossiers. C'était pour ça que l'ancien Rétameur restait au camp ce matin. La situation serait assez délicate à So Habor sans qu'Aram déclenche une bagarre quand Perrin aurait le dos tourné.

— Gardez l'œil sur Aram, dit-il doucement quand Dannil lui amena son alezan. Et surveillez étroitement Arganda, ajouta-t-il, fourrant les bourses dans ses fontes dont il boucla les rabats.

Le poids de la contribution de Berelain équilibrait celui de la sienne et de celle d'Arganda réunies. C'est qu'elle avait des raisons de se montrer généreuse. Ses hommes étaient aussi affamés que les autres.

— Pour moi, Arganda m'a l'air d'un homme sur le point de faire une bêtise.

Steppeur piaffa un peu et rejeta la tête en arrière, quand Perrin prit les rênes, mais l'étalon se calma bientôt sous sa main douce et ferme.

Dannil frictionna ses moustaches en forme de défenses de morse d'une main rougie par le froid, coula un regard en coin à Arganda, puis exhala un nuage de buée.

— Je le surveillerai, Seigneur Perrin, marmonna-t-il, remontant sa cape, mais vous aurez beau dire que c'est moi qui commande en votre absence, dès que vous aurez le dos tourné, il ne m'écoutera pas.

Malheureusement, c'était vrai. Perrin aurait préféré emmener Arganda avec lui et laisser Gallenne au camp, mais ils n'avaient accepté ni l'un ni l'autre. Le Ghealdanin comprenait que les hommes et les chevaux mourraient bientôt de faim à moins qu'ils ne trouvent de la nourriture et du fourrage, mais il ne pouvait se résoudre à passer un jour de plus loin de sa reine. À certains égards, il semblait encore plus fou d'inquiétude que Perrin. Laissé à lui-même, il se serait rapproché des Shaidos un peu plus chaque jour, jusqu'à être juste sous leur nez. Perrin était prêt à mourir pour libérer Faile. Arganda était juste prêt à mourir.

— Faites ce que vous pourrez pour l'empêcher de faire une bêtise, Dannil.

Au bout d'un moment, il ajouta :

— Pourvu que vous n'en veniez pas aux mains.

Après tout, les moyens de Dannil pour le contenir étaient limités. Il y avait trois Ghealdanins pour deux hommes des Deux Rivières, et Faile ne serait jamais libérée s'ils se mettaient à s'entre-tuer. Perrin faillit poser sa tête sur le flanc de Steppeur. Par la Lumière, ce qu'il était fatigué ! Il ne voyait aucune issue devant lui.

De lents bruits de sabots annoncèrent l'arrivée de Masuri et Seonid, avec leurs trois Liges chevauchant derrière elles, enveloppés de leurs capes aux couleurs ondoyantes, si longues qu'elles recouvraient presque entièrement cavaliers et montures. Les deux Aes Sedais étaient vêtues de soies scintillantes, et un lourd collier d'or et des rangées de perles étaient visibles à l'encolure de la cape noire de Masuri. Un petit bijou blanc oscillait sur le front de Seonid, au bout d'une longue chaîne en or attachée dans ses cheveux. Annoura se détendit sur sa selle. Plus loin, parmi les tentes aielles, six Sagettes alignées suivaient la scène, la tête enveloppée dans un châle noir. Sans doute que les habitants de So Habor auraient été aussi heureux de voir des Aielles que ceux de Malden, mais Perrin n'était pas certain que les Sagettes laisseraient les sœurs l'accompagner sans elles. C'était la raison pour laquelle ils n'étaient pas partis plus tôt. Le soleil était un anneau rouge et or au-dessus de la cime des arbres.

— Plus tôt nous partirons, plus tôt nous reviendrons, dit-il, se mettant en selle.

Dès qu'il sortit par l'ouverture faite dans la palissade pour laisser passer les charrettes, des hommes des Deux Rivières commencèrent à remettre le pieu en place. Tout le monde se méfiait des hommes de Masema tout proches.

Il n'y avait qu'une centaine de pas jusqu'à l'orée de la forêt, mais son regard y décela un mouvement, un cavalier s'éloignant furtivement dans l'ombre épaisse des grands arbres. Il devait s'agir d'un des guetteurs de Masema, se hâtant pour le prévenir que Perrin et Berelain quittaient le camp. Mais même s'il chevauchait vite, il ne serait pas revenu à temps. Si Masema voulait la mort de Perrin et Berelain, ce qui semblait probable, il devrait attendre une autre occasion. Mais Gallenne n'était pas prêt à prendre des risques. Santes et Gendar, les deux preneurs-de-larrons de Berelain, avaient disparu depuis qu'ils étaient allés au camp de Masema, et pour Gallenne, c'était un message aussi clair que si Masema leur avait renvoyé leurs têtes dans un sac. Avant même d'atteindre la ligne de frondaison, il avait déployé ses lanciers autour de Berelain enveloppant, dans le même mouvement, Perrin qui chevauchait à ses côtés. Si ça n'avait tenu qu'à lui, Gallenne aurait emmené tous ses Gardes Ailés, environ neuf cents, ou, mieux encore, il aurait dissuadé Berelain de partir. Perrin avait d'ailleurs essayé de le faire, mais en vain. Elle écoutait volontiers, puis n'en faisait qu'à sa tête. Faile était comme ça, elle aussi. La plupart du temps, il s'y résignait puisqu'il n'y avait rien d'autre à faire.

Les grands arbres et les affleurements rocheux pointant à travers la neige brisèrent leur formation, mais c'était un spectacle pittoresque, même dans la pénombre de la forêt, que de voir tous ces rubans flottant sous la légère brise dans les pâles rayons du soleil autour des cavaliers en armures rouges, silhouettes chatoyantes qui disparaissaient par moments derrière les chênes et les lauréoles. Les trois Aes Sedais chevauchaient à la suite de Perrin et Berelain, suivies de leurs Liges, l'œil aux aguets, puis venaient le porte-bannière de Berelain devant Kireyin et le reste de la troupe. L'épaisseur de la forêt était peu favorable aux belles formations et aux bannières éclatantes, mais c'était quand même un spectacle impressionnant. N'eût été les circonstances, Perrin aurait pu s'en réjouir.

Berelain sembla percevoir ses pensées.

— Si on va acheter un sac de farine, il faut porter du simple drap, dit-elle, afin que la meunière pense que vous ne pouvez pas payer plus que le juste prix. Quand on veut acheter de la farine à pleins chariots, il faut porter des bijoux pour qu'elle pense que vous aurez de quoi revenir acheter tout ce qu'elle pourra trouver.

Perrin grogna un éclat de rire, malgré lui. Cela ressemblait beaucoup à quelque chose que Maître Luhan lui avait dit un jour, avec une bourrade dans les côtes pour le prévenir que c'était une plaisanterie, et une lueur dans l'œil signifiant quelque chose en plus. Il fallait s'habiller en pauvre quand on recherchait une petite faveur, et en riche quand on en voulait une grande. Il était content que l'odeur de Berelain ne fût plus celle d'un loup en chasse. Cela lui faisait un souci de moins.

Ils rattrapèrent bientôt la dernière charrette de la file immobilisée en attendant qu'ils atteignent l'aire de Voyage. À grands coups de hache et au prix d'un travail harassant, les hommes avaient dégagé les arbres abattus par les portails, et ménagé une petite clairière, mais elle était surpeuplée quand Gallenne déploya son cercle de lanciers, tournés vers l'extérieur. Fager Neald était déjà là, sémillant Murandien aux moustaches lissées en pointes sur un hongre pommelé. Sa tunique n'éveillait pas l'attention de quiconque n'ayant jamais vu un Asha'man ; la seule autre qu'il possédait était noire également, et au moins il n'avait pas d'épingles de col pour se singulariser. La neige était peu profonde, mais les vingt hommes des Deux Rivières commandés par Wil al'Seen étaient restés en selle, plutôt qu'au sol près de leurs montures, à attendre que leurs pieds gèlent dans leurs bottes. Ils avaient l'air plus dur que ceux ayant quitté les Deux Rivières avec lui, leurs grands arcs en bandoulière dans le dos, épées et carquois pendus à leurs ceintures. Perrin espérait pouvoir bientôt les renvoyer chez eux, ou, mieux encore, les y ramener.

La plupart avaient une hache d'armes en équilibre sur leur selle, mais Tod al'Caar et Flann Barstere portaient des bannières, la Tête de Loup écarlate de Perrin, et l'Aigle Rouge de Manetheren. Tod serrait ses lourdes mâchoires d'un air têtu, et Flann, grand et mince jeune homme de la Colline au Guet, avait l'air boudeur. Sans doute qu'il n'aimait pas ce rôle. Et Tod non plus, peut-être. Wil le gratifia d'un de ces regards francs et innocents qui trompaient tant de filles au village – Wil appréciait l'abondance de broderies sur sa tunique, les jours de fête, et il adorait être à la tête des bannières, sans doute dans l'espoir qu'une femme croirait qu'elles étaient à lui – mais Perrin ferma les yeux. Il ne s'était pas attendu à voir ces trois hommes dans la clairière, pas plus que leurs bannières.

Serrant sa cape autour de lui comme si la légère brise était un vent de tempête, Balwer talonna gauchement son rouan vers Perrin. Deux des courtisans de Faile arrivaient dans son sillage, l'air méfiant. Les yeux bleus de Medore juraient dans son visage sombre de Tearene, mais il faut dire que sa tunique aux larges manches rayées de vert semblait déplacée sur son opulente poitrine. Fille d'un Haut Seigneur, elle était jusqu'au bout des doigts l'incarnation d'une femme de noble naissance, et les vêtements d'homme ne lui allaient pas. Latian, pâle Cairhienin en tunique presque aussi sombre que celle de Neald, quoique à taillades rouges et bleues en travers de la poitrine, n'était guère plus grand qu'elle, et, affligé d'un rhume, sa façon de renifler et de frictionner son nez pointu lui donnait l'air moins important. Autre surprise, ni l'un ni l'autre ne portait l'épée.

— Mon Seigneur, ma Dame Première, dit-il de sa voix sèche, s'inclinant sur sa selle, tel un moineau sautillant sur une branche.

Ses yeux se posèrent brièvement sur les Aes Sedais derrière eux, mais il ne manifesta rien de plus.

— Mon Seigneur, intervint Balwer, je viens de me rappeler que je connais quelqu'un à So Habor. Un coutelier nomade, mais il est peut-être chez lui. Je ne l'ai pas vu depuis plusieurs années.

C'était la première fois qu'il affirmait avoir un ami quelque part, et il pouvait sembler curieux qu'il résidât dans une ville perdue au nord de l'Altara. Perrin hocha la tête. Il soupçonnait qu'il y avait chez cet ami bien autre chose que Balwer ne voulait bien le dire. Il commençait à soupçonner aussi que Balwer avait plus d'envergure qu'il ne voulait le laisser paraître.

— Et vos compagnons, Maître Balwer ?

Le visage de Berelain resta impassible sous son capuchon bordé de fourrure, mais à son odeur, elle était amusée. Elle savait très bien que Faile avait utilisé ses jeunes partisans pour espionner, et elle était certaine que Perrin en faisait autant.

— Ils avaient envie d'une sortie, ma Dame Première, répliqua le petit homme osseux d'un ton neutre. Je me porte garant pour eux, mon Seigneur. Ils ont promis de ne pas faire de vagues, et ils pourraient apprendre quelque chose.

Son odeur fleurait l'amusement – teintée d'une nuance de moisi, bien sûr, venant de lui – auquel se mêlait un brin d'irritation. Balwer savait qu'elle savait, ce qui lui déplaisait, mais elle n'en parlait jamais ouvertement, ce qui, en revanche, lui plaisait. Il y avait vraiment autre chose chez Balwer qu'il s'efforçait de cacher.

Il devait avoir ses raisons pour emmener ces deux jeunes gens. D'une façon ou d'une autre, il était parvenu à s'attacher tous les jeunes admirateurs de Faile, et il les envoyait observer et écouter aux camps des Ghealdanins et des Mayeners, et même des Aielles. D'après lui, ce que disaient et prévoyaient les amis était aussi intéressant que ce que projetaient les ennemis, et permettait de vérifier la réalité des liens d'amitié. Naturellement, Berelain savait que ses gens étaient espionnés. Et Balwer savait aussi qu'elle savait. Et elle savait qu'il... C'était trop subtil pour un forgeron campagnard.

— Nous perdons du temps, dit Perrin. Ouvrez le portail, Neald.

L'Asha'man lui sourit. Caressant sa moustache lissée – Neald souriait trop depuis qu'ils avaient retrouvé les Shaidos ; peut-être était-il impatient d'en découdre avec eux –, il fit un geste majestueux de la main.

— À vos ordres, dit-il d'un ton enjoué.

La familière fente de lumière argentée apparut, s'élargissant dans l'air.

Sans attendre les autres, Perrin franchit le portail, se retrouvant dans un champ couvert de neige, entouré d'un muret de pierre, dans un terrain vallonné qui semblait dépourvu d'arbres après la forêt qu'ils laissaient derrière eux, juste à quelques miles de la cité, sauf erreur de la part de Neald. Dans ce cas, pensa Perrin, il lui arracherait ses moustaches ridicules. Comment Neald pouvait-il être *joyeux* ?

Bientôt, il chevaucha vers l'ouest sous un ciel gris nuageux, sur une route enneigée, les charrettes aux hautes roues cahotant derrière lui à la queue leu leu, les ombres matinales s'étirant devant eux. Steppeur tira sur les rênes, désirant galoper, mais Perrin le maintint au pas, accordant sa vitesse à celle des charrettes. Les Mayeners de Gallenne devaient chevaucher dans les champs proches de la route pour maintenir leur cercle autour de lui et Berelain. Il fallait pour cela franchir les murets séparant les champs. Certains de ces murets avaient des passages permettant d'aller d'une propriété à une autre, sans doute pour partager les charrues et leurs équipages. Pour les autres, ils sautèrent par-dessus avec panache, les rubans de leurs lances flottant au vent.

Wil et les deux idiots portant la Tête de Loup et l'Aigle Rouge rejoignirent le porte-bannière mayener derrière les Aes Sedais et leurs Liges, mais les autres des Deux Rivières s'échelonnèrent le long de la ligne des charrettes. Il y avait beaucoup trop de charrettes pour la vingtaine de gardes, mais leur proximité rassurait les cochers. Non que quiconque s'attendît à rencontrer des brigands, ni des Shaidos d'ailleurs, mais aucun ne se sentait à l'aise hors de la protection du camp. En tout cas, sur ce terrain, ils pourraient voir toutes les menaces de quelque côté qu'elles viennent.

Les basses collines vallonnées ne permettaient pas de voir très loin. C'était une région agricole, des maisons et des granges en pierre aux toits de chaume parsemaient la campagne, sans aucun signe inquiétant nulle part. Même la plupart des fourrés accrochés aux pentes servaient de réserves pour le bois de chauffage. Soudain, une évidence frappa Perrin : la neige sur la route devant eux n'était pas fraîche ; pourtant, les seules traces étaient celles faites par les éclaireurs de Gallenne. Personne ne bougeait autour de ces maisons et de ces granges sombres ; aucune fumée ne sortait des grosses cheminées. La campagne semblait absolument silencieuse et déserte. Ses cheveux se dressèrent sur sa nuque.

Une Aes Sedai poussa un léger cri. Il regarda pardessus son épaule et suivit le doigt de Masuri pointé vers le nord sur une silhouette fuyant dans l'air. Au premier regard, on aurait pu la prendre pour une grosse chauve-souris, filant vers l'est sur de longues ailes nervurées, étrange animal à long cou et à longue queue. Gallenne aboya un juron, et porta sa lunette à son œil. Perrin voyait bien à l'œil nu, et distingua même la silhouette d'un humain accroché au dos de la créature, qu'il montait comme un cheval.

— Les Seanchans, dit Berelain dans un souffle, le ton et l'odeur soucieux.

Perrin se retourna sur sa selle pour suivre la créature des yeux, jusqu'à ce que l'éclat du soleil lui fasse détourner la tête.

— Quels qu'ils soient, ils n'ont rien à voir avec nous, dit-il.

Si Neald avait fait une erreur, il l'étranglerait de ses mains.

26.

À So Habor

Neald, qui avait dû rester en arrière pour maintenir le portail ouvert jusqu'à ce que Kireyin et les Ghealdanins soient passés, avait placé l'ouverture très près de sa cible. Lui et Kireyin rattrapèrent Perrin juste comme il arrivait sur un promontoire et tirait sur ses rênes, So Habor devant lui, sur l'autre rive d'une petite rivière enjambée par deux ponts de bois. Bien que Perrin ne soit pas soldat, il comprit immédiatement pourquoi Masema n'avait pas attaqué la ville. À proximité de la rivière s'élevaient deux massives murailles dotées de tours, celles de la muraille intérieure plus hautes que celles de l'extérieure. Deux barges étaient amarrées à la longue jetée qui longeait les remparts côté rivière, d'un pont à l'autre. Les larges portes des ponts, étroitement fermées, semblaient les seules ouvertures dans cette étendue de murs aux pierres grises grossièrement taillées. Construit pour repousser les nobles cupides du voisinage, So Habor n'avait rien à craindre de la racaille du Prophète, même s'ils étaient venus par milliers. Tout homme, prédateur ou chef de guerre, qui voulait assiéger la ville, devait s'armer d'engins lourds et de patience. Or Masema préférait terroriser les villages et les villes sans défense.

— Eh bien, ça me fait plaisir de voir des gens sur les remparts, là-bas, dit Neald. Je commençais à croire que tous les habitants de la région étaient morts et enterrés.

Il semblait ne plaisanter qu'à moitié. Son sourire était forcé.

— Tant qu'ils nous vendent du grain, murmura Kireyin de sa voix nasale et blasée.

Débouclant son casque argenté à plumes, il le posa sur le pommeau de sa selle. Son regard passa sur Perrin, se posa brièvement sur Berelain, avant qu'il ne se retourne sur sa selle pour s'adresser aux Aes Sedais du même ton las.

— On prend racine ici ou on descend ?

Berelain l'observa, haussant un sourcil, d'un regard meurtrier. Kireyin ne parut pas s'en apercevoir.

Perrin avait les cheveux dressés sur la nuque, d'autant plus depuis qu'il avait vu la ville. Peut-être était-ce juste la partie loup de son être, celle qui détestait l'enfermement. En haut des remparts, les gardes, dont certains possédaient des longues-vues, les montraient du doigt. Ceux-là, au moins, verraient clairement les bannières. Tous pourraient voir les soldats, avec les rubans de leurs lances flottant dans la brise matinale, et les premières charrettes de la file qui s'étirait sur la route à perte de vue. Peut-être que tous les fermiers s'étaient réfugiés en ville.

— On n'est pas venus là pour se croiser les bras, dit-il.

À elles deux, Berelain et Annoura étaient convenues de la façon d'aborder So Habor. La dame ou le seigneur local avait sûrement entendu parler des déprédations des Shaidos, à quelques miles de là, et peut-être aussi de la présence du Prophète en Altara. C'était suffisant pour inspirer la méfiance ; peut-être assez pour que les gardes lâchent des volées de flèches avant de se préoccuper de savoir sur qui ils avaient tiré. Dans les deux cas, il était hautement improbable qu'ils accueillent des soldats étrangers. Les lanciers restaient déployés le long du promontoire, pour montrer que ces visiteurs possédaient des hommes d'armes, même s'ils choisissaient de ne pas s'en servir. Non que So Habor se laisse impressionner par une centaine d'hommes, mais les armures des Ghealdanins et les armures rouges des Gardes Ailés attestaient que les visiteurs n'étaient pas des bandits de grand chemin. Les hommes des Deux Rivières n'impressionneraient personne tant qu'ils ne banderaient pas leurs grands arcs. Ils restaient donc près des charrettes, pour soutenir le moral des cochers. La mise en scène était absurde, tout en trompe-l'œil. La Première de Mayene et une Aes Sedai devaient savoir quoi faire dans cette situation.

Gallenne prit la tête de la colonne pour descendre vers la rivière, son casque écarlate posé sur sa selle, le dos très droit. Perrin et Berelain chevauchaient derrière lui, avec Seonid entre eux, et Masuri et Annoura de chaque côté. Les trois Aes Sedais avaient rabattu leurs capuchons en arrière pour pouvoir être reconnues depuis les remparts. Les Aes Sedais étaient bien accueillies pratiquement partout, même là où les gens auraient préféré les voir ailleurs. Derrière, après les Liges, venaient les quatre porte-bannière et Kireyin, son casque en équilibre sur la cuisse, vexé d'être relégué au niveau des Liges et foudroyant dédaigneusement Balwer, qui traînait à l'arrière avec ses deux compagnons. Personne n'avait dit à Balwer qu'il pouvait venir, mais on ne le lui avait pas interdit non plus. Il s'inclinait chaque fois que le noble le regardait, puis se remettait à observer les remparts.

Perrin ne parvenait pas à se débarrasser d'un sentiment de malaise à mesure qu'ils approchaient de la ville. Les sabots des chevaux claquèrent sur le pont le plus méridional, une large structure assez haute au-dessus de la rivière pour que des barges, semblables à celles amarrées à la jetée, passent facilement dessous à la rame. Aucune de ces embarcations n'était équipée pour accueillir un mât. L'une des barges était assez basse sur l'eau, tirant sur ses amarres, et l'autre avait l'air abandonnée. Une odeur aigre et fétide lui fit se frictionner le nez, mais personne d'autre ne sembla la percevoir.

Non loin du pied du pont, Gallenne s'arrêta. Les portes closes, bardées de barres de fer d'un pied de large, auraient imposé une pause, de toute façon.

— Nous avons entendu parler des troubles affectant ce pays, cria-t-il à l'adresse des gardes, parvenant à être cérémonieux quoique beuglant à pleins poumons. Mais nous ne sommes que de passage, et nous venons faire du commerce, pas la guerre ; pour acheter du grain et d'autres articles utiles, pas pour nous battre. J'ai l'honneur d'annoncer Berelain sur Paendrag

Paeron, Première de Mayenne, Bénie de la Lumière, Défenseur des Vagues, Haut Siège de la Maison Paeron, venue pour s'entretenir avec le seigneur ou la dame de ce pays. J'ai l'honneur d'annoncer Perrin t'Bashere Aybara…

Pour Perrin, il ajouta Seigneur des Deux Rivières, et plusieurs autres titres auxquels Perrin ne pouvait prétendre et dont il n'avait jamais entendu parler, puis il enchaîna sur les Aes Sedais, donnant à chacune son titre honorifique et ajoutant aussi son Ajah. La présentation était très impressionnante. Quand il se tut, ce fut… le silence.

En haut sur les créneaux, des hommes aux visages sales échangeaient des regards sombres et des murmures véhéments, agitant nerveusement leurs arcs et leurs haches. Seuls quelques-uns portaient un casque ou une pièce d'armure. La plupart étaient en grossières tuniques, mais sur l'un d'eux, Perrin crut distinguer de la soie sous une bonne couche de crasse. Difficile d'être sûr, sous cette épaisseur de saleté. Même ses oreilles ne parvenaient pas à saisir ce qu'ils disaient.

— Comment savoir si vous êtes vivants ? cria finalement une voix enrouée.

Berelain cligna des yeux de surprise, mais personne ne rit. C'était une croyance populaire, mais Perrin sentit vraiment ses cheveux se dresser sur sa nuque. Quelque chose n'allait pas. Les Aes Sedais ne semblaient pas y être sensibles. Mais il faut dire que les Aes Sedais pouvaient dissimuler n'importe quoi derrière leur masque de froide sérénité. Annoura branla du chef. Les perles de ses tresses cliquetèrent.

— Ne m'obligez pas à vous prouver que je suis vivante, vous risqueriez de le regretter, annonça tout haut Seonid avec son accent cairhienin, le ton plus véhément que le visage. Et plus encore si vous continuez à me viser avec cet arc.

Plusieurs relevèrent précipitamment leur arc, le pointant vers le ciel.

D'autres murmures continuèrent à bruire en haut des murailles, mais quelqu'un devait avoir reconnu des Aes Sedais. Enfin, les portes s'ouvrirent en grinçant sur leurs gonds rouillés. Une odeur pestilentielle sortit de la ville, celle que Perrin avait déjà perçue, mais en plus fort. Vieille crasse et vieille sueur, tas de fumier en décomposition, pots de chambre trop rarement vidés. Perrin sentit ses oreilles se coucher en arrière. Gallenne souleva à moitié son casque rouge comme pour le réajuster sur sa tête, avant de talonner sa monture pour franchir la porte. Perrin suivit sur Steppeur, remuant sa hache dans sa boucle de ceinturon.

Juste après la porte, un individu crasseux en tunique déchirée enfonça un doigt dans la jambe de Perrin, puis recula précipitamment quand Steppeur voulut le mordre. L'homme avait été beaucoup plus corpulent, mais maintenant, sa tunique pendait sur lui toute flasque, comme sa peau.

— Je voulais juste être sûr, marmonna-t-il, se grattant distraitement le flanc. Mon Seigneur… ajouta-t-il à retardement.

Ses yeux semblèrent se fixer sur Perrin pour la première fois, et il cessa de se racler la peau. Après tout, ce n'est pas tous les jours qu'on voit des yeux d'or.

— Vous avez déjà vu beaucoup de morts en train de marcher ? demanda Perrin avec ironie, s'efforçant de plaisanter tout en flattant l'encolure de sa monture.

Un destrier bien dressé voulait être récompensé pour avoir protégé son cavalier.

L'homme recula comme si le cheval lui avait de nouveau montré les dents ; sa bouche se tordit en un rictus et il s'éloigna de biais, jusqu'à ce qu'il se cogne dans la jument de Berelain. Derrière elle, Gallenne tenait toujours son casque à la main comme s'il s'apprêtait à s'en coiffer la tête d'une seconde à l'autre, mais son œil unique s'efforçait de voir dans six directions à la fois.

— Où puis-je trouver votre Seigneur ou votre Dame ? demanda Berelain, impatiente.

Même si Mayene était une petite nation, elle n'avait pas l'habitude d'être ignorée.

— Tout le monde semble avoir perdu sa langue, mais vous, je vous ai entendu parler. Eh bien, mon brave ? Parlez !

L'homme leva les yeux sur elle, s'humectant les lèvres.

— Le Seigneur Cowlin… le Seigneur Cowlin est… en voyage, Haute Dame.

Ses yeux se portèrent sur Perrin, puis se détournèrent.

— Les marchands de grain… C'est eux que vous voulez voir. On peut toujours les trouver à La Barge d'Or. Par là.

Il tendit une main, pointant vaguement vers l'intérieur de la ville, puis détala soudain, les regardant pardessus son épaule comme craignant d'être poursuivi.

— Nous devrions aller voir ailleurs, dit Perrin.

Cet homme avait peur d'autre chose que de ses yeux jaunes. Cet endroit semblait… anormal.

— Nous y sommes déjà, répliqua Berelain d'un ton très pratique.

Dans cette puanteur, Perrin ne percevait pas son odeur ; il devrait se contenter de ce qu'il voyait et entendait. Le visage de Berelain était assez calme pour être celui d'une Aes Sedai.

— J'ai été dans des villes qui sentaient encore plus mauvais que celle-là, Perrin. Et si ce Seigneur Cowlin est en voyage, ce ne sera pas la première fois que je traiterai avec des marchands. Vous ne croyez pas réellement qu'ils ont vu marcher des morts, quand même ?

Qu'est-ce qu'un homme pouvait répondre à ça sans passer pour un idiot ?

Quoi qu'il en soit, les autres franchissaient déjà la porte, en désordre. Wynter et Alharra collaient à Seonid comme deux chiens de garde mal assortis, l'un clair, l'autre foncé, et tous les deux prêts à vous sauter à la gorge au moindre clin d'œil. Ils étaient en parfaite harmonie avec So Habor. Kirklin, chevauchant près de Masuri, avait posé sa main sur la poignée de son épée. Kireyin se bouchait les narines avec sa main, avec des éclairs dans les yeux, furieux qu'on l'oblige à respirer une telle puanteur. Medore et Latian avaient l'air nauséeux, quand Balwer regardait simplement autour de lui, penchant la tête. Il les entraîna tous les deux à l'écart dans une étroite rue latérale menant vers le nord.

Les bannières colorées étaient vraiment déplacées, pensa Perrin, comme ils chevauchaient dans les ruelles étroites et sinueuses de la ville. Certaines étaient assez larges pour une ville comme So Habor, mais on s'y sentait oppressé, comme si les bâtisses en pierre érigées de chaque côté étaient plus hautes que leurs un ou deux étages, et semblaient vous tomber sur la tête. Le ciel était grisâtre. Les gens se hâtaient sur les pavés sales, mais ils n'étaient pas assez nombreux pour justifier l'abandon de tant de fermes du voisinage. Ils fuyaient sans but. Personne ne regardait personne. Malgré la présence de la rivière à leurs portes, ils semblaient avoir oublié toute hygiène. Perrin ne vit pas un seul visage sans une épaisse couche de crasse ni un vêtement qui n'ait été porté depuis au moins huit jours pour travailler dur dans un tas de fumier. Plus ils s'enfonçaient dans la ville, plus la puanteur augmentait. *On s'habitue à tout avec le temps*, supposa-t-il. Mais le pire, c'était le silence. À So Habor, on n'entendait pas même un chuchotement. La ville semblait à peine respirer.

Trouver leur chemin fut difficile, car la plupart des gens à qui ils s'adressaient détalaient quand on leur adressait la parole. Ils finirent par démonter devant une auberge d'apparence prospère, à deux étages de pierres grises bien taillées sous un toit d'ardoises, avec une enseigne au-dessus de la porte annonçant La Barge d'Or. Sur l'enseigne, on pouvait voir quelques traces de dorures sur les lettres et un tas de grain amoncelé dans une barge. Aucun palefrenier ne sortit de l'écurie contiguë à l'auberge, de sorte que les porte-bannière furent contraints de tenir les chevaux. Tod était si absorbé par la contemplation du flot de gens crasseux qu'ils croisaient, caressant la poignée de sa courte épée, que Steppeur faillit lui arracher deux doigts quand il prit ses rênes. Le Mayener et le Ghealdanin semblaient regretter de ne pas tenir une lance à la place de la bannière. Flann avait l'air hagard. Malgré le soleil matinal, la lumière était… ombreuse. L'atmosphère était encore pire dans l'auberge.

Au premier abord, la salle commune confirmait la prospérité de l'auberge, avec ses tables rondes bien cirées, de vraies chaises au lieu de bancs, sous les poutres d'un haut plafond. Sur les murs, des fresques représentaient des champs d'orge, d'avoine et de millet, mûrissant sous un soleil éclatant, et une pendule peinte de couleurs vives trônait sur le manteau sculpté d'une cheminée en pierre blanche. Mais l'âtre était vide, et l'air presque aussi glacial que dehors. La pendule était terne et détraquée. Tout était couvert de poussière. Les seuls clients, six hommes et cinq femmes, étaient penchés sur leurs coupes à une table ovale, plus grande que les autres, dressée au milieu de la salle.

L'un des hommes se leva d'un bond en jurant, pâlissant sous sa crasse à l'entrée de Perrin et des autres. Une femme rondelette, aux cheveux raides et gras, porta sa coupe en étain à sa bouche, et s'efforça de boire si vite que le vin coula sur son menton. C'étaient peut-être à cause de ses yeux d'or.

— Que s'est-il passé dans cette ville ? demanda Annoura d'une voix ferme, rejetant sa cape en arrière comme si un brasier crépitait dans l'âtre.

Le regard calme qu'elle promena sur l'assemblée les figea tous. Brusquement, Perrin réalisa que Seonid et Masuri ne les avaient pas suivis à l'intérieur. Il doutait fort qu'elles les attendent dans la rue avec les chevaux. Ce qu'ils *faisaient*, elles et leurs Liges, la Lumière seule le savait.

L'homme qui s'était levé tira sur son col. Sa tunique défraîchie qu'on devinait en beau drap de laine comportait une rangée de boutons dorés montant jusqu'au cou. Elle était maculée de nombreuses taches de nourriture. Sa peau flasque pendouillait en bajoues.

— A… arrivé, Aes Sedai ? balbutia-t-il.

— Taisez-vous, Mycal ! dit vivement une femme hagarde.

Les manches et le col de sa robe sombre étaient brodés, mais la crasse en rendait les couleurs incertaines. Elle avait les yeux creusés.

— Qu'est-ce qui vous fait croire qu'il est arrivé quelque chose, Aes Sedai ?

Annoura s'apprêtait à répondre, mais Berelain intervint au moment où elle rouvrait la bouche.

— Nous cherchons les marchands de grain.

L'expression d'Annoura ne changea pas, mais elle referma la bouche avec un claquement sonore.

Les gens assis autour de la table échangèrent des regards appuyés. Une femme hagarde étudia Annoura un moment, son regard passa vivement à Berelain, remarquant à l'évidence les soies et les bijoux. Et le diadème. Elle déploya ses jupes en une révérence passable.

— Nous sommes la guilde des marchands de So Habor, ma Dame. Ce qui reste de…

Elle se tut et prit une inspiration saccadée.

— Je suis Rahema Arnon, ma Dame. En quoi pouvons-nous vous servir ?

Le visage des marchands s'éclaircit légèrement en apprenant que leurs visiteurs étaient venus acheter du grain et d'autres produits qu'ils pouvaient leur fournir : de l'huile pour les lampes et pour la cuisine, des haricots, des aiguilles et des clous pour les fers à cheval, des tissus, des chandelles et une douzaine d'autres choses dont le camp manquait. Les marchands se firent un peu moins craintifs.

Maîtresse Arnon cria à l'aubergiste d'apporter du vin : « le meilleur vin ; vite maintenant, vite ». Puis une femme au long nez passa la tête dans la salle, hésitante. Maîtresse Arnon se rua sur elle et l'attrapa par la manche pour l'empêcher de disparaître. L'homme à la tunique répugnante appela un certain Speral, lui demandant d'apporter les jarres d'échantillons. Après trois appels sans réponse, il rit nerveusement et se précipita dans une arrière-salle dont il revint un moment plus tard, les bras chargés de trois grands conteneurs cylindriques en bois, avec le même ricanement. Les autres arboraient des sourires craintifs tout en accompagnant Berelain, avec force révérences et courbettes, au haut bout de la table ovale. Perrin coinça ses gantelets dans son ceinturon, et, adossé au mur, observa.

Ils avaient prévu de laisser le rôle de marchandage à Berelain. Elle voulait bien admettre, à contrecœur, qu'il en savait plus qu'elle sur les chevaux, mais elle avait négocié des traités couvrant la vente d'années de production d'huile de poissons. Annoura avait eu un sourire pincé à l'idée qu'un paysan parvenu pût participer aux négociations. Elle ne le traitait pas en tant que tel – lui donnait du « mon Seigneur » aussi bien que Seonid et Masuri – pourtant, il était clair qu'elle considérait certaines choses comme étant au-delà de ses capacités. Pour le moment, elle ne souriait pas, debout derrière Berelain et étudiant les marchands comme si elle voulait mémoriser leurs visages.

L'aubergiste apporta du vin dans des coupes en étain noircies depuis des semaines, sinon des mois. Perrin se contenta de contempler la sienne en faisant tournoyer son vin. Il remarqua que Gallenne, adossé au mur opposé, la main sur la poignée de son épée, ne buvait pas non plus, et que Berelain n'avait pas touché son vin. Kireyin renifla le sien, puis but à longs traits et cria à Maîtresse Vadere, une femme aux ongles noirs, avec de la crasse incrustée dans les rides de ses phalanges, de lui en apporter un pichet.

— Un peu léger pour votre meilleur vin, lui dit-il de sa voix nasillarde, mais ça chassera peut-être la puanteur.

Elle le regarda d'un air ahuri, puis posa un pichet en étain sur sa table sans dire un mot. Apparemment, Kireyin interpréta ce silence comme du respect.

Maître Crossin, celui à la tunique constellée de taches, dévissa le bout d'un cylindre en bois et posa sur la table des poignées de grain : du millet jaune, de l'avoine brune et de l'orge d'un brun un peu plus foncé. Sans doute n'avait-il pas plu avant la moisson.

— La plus belle qualité, comme vous pouvez voir, dit-il.

— Oui, la plus belle, dit Maîtresse Arnon avec un sourire, qu'elle réprima aussitôt. Nous ne vendons que ce qu'il y a de meilleur.

Pour des commerçants sûrs de la qualité de leurs produits, ils ne semblaient pas marchander avec ardeur. Dans son village, Perrin avait déjà vu des hommes et des femmes qui vendaient leurs tontes et leur tabac à des marchands de Baerlon. Ils refusaient toujours l'offre des acheteurs, se plaignant parfois que les marchands voulaient les réduire à la mendicité, y compris quand le prix avait doublé par rapport à l'année précédente. Ils suggéraient même qu'ils pourraient attendre l'année suivante pour vendre. C'était une chorégraphie aussi compliquée que n'importe quelle danse des jours de fête.

— Je suppose que nous pouvons vous accorder un rabais pour une si grande quantité, dit un chauve à Berelain, grattant sa barbe striée de gris.

Elle était coupée court et assez graisseuse pour lui coller au menton. Rien qu'à le regarder, Perrin avait envie de gratter la sienne.

— L'hiver a été dur, marmonna une femme au visage rond.

Seuls deux autres marchands se donnèrent la peine de froncer les sourcils sur elle.

Perrin posa sa coupe sur une table proche, et s'approcha du groupe au milieu de la salle. Annoura lui lança un regard réprobateur, mais plusieurs marchands le regardèrent avec curiosité et méfiance.

Gallenne avait de nouveau fait ses présentations, mais ces gens ne savaient pas exactement où se trouvait Mayene. Visiblement pour eux, les Deux Rivières étaient juste synonymes de « bon tabac ». Il est vrai que le tabac des Deux Rivières était réputé. Sans la présence des Aes Sedais, ses yeux les auraient sans doute fait fuir. Personne ne se tut quand Perrin prit une poignée de millet, les minuscules sphères lisses et jaune vif dans sa main. Le grain était la première chose propre qu'il voyait dans cette ville. Le laissant retomber en pluie sur la table, il dévissa le couvercle d'un autre conteneur. Le filetage creusé dans le bois était profond et neuf. Les couvercles fermaient bien. Maîtresse Arnon détourna les yeux des siens et s'humecta les lèvres.

— Je veux inspecter le grain des greniers, dit-il.

Autour de la table, la moitié des assistants frémirent.

Maîtresse Arnon se redressa.

— Nous ne vendons pas ce que nous n'avons pas, fulmina-t-elle. Vous pouvez regarder nos serviteurs charger tous les sacs dans vos charrettes, si vous voulez passer des heures dans le froid.

— J'allais justement proposer une visite aux entrepôts, intervint Berelain.

Elle se leva, et, prenant ses gants rouges à sa ceinture, les enfila.

— Je n'achète jamais de grain sans voir l'endroit où on le conserve.

Maîtresse Arnon s'affaissa. Le chauve posa la tête sur la table. Mais personne ne dit rien.

Les marchands démoralisés ne prirent pas la peine de se couvrir de leurs capes avant de les conduire dans la rue. La brise était devenue froide, comme seul peut l'être un vent de fin d'hiver, quand tout le monde pense au printemps, mais ils ne semblèrent pas le remarquer. Ils courbaient le dos, mais cela n'avait rien à voir avec le froid.

— On peut s'en aller maintenant, Seigneur Perrin ? demanda anxieusement Flann quand Perrin et les autres apparurent. Cet endroit me donne envie de prendre un bain.

Annoura le foudroya en passant, ce qui le fit broncher comme les marchands. Il lui adressa un sourire conciliant, mais sans conviction et tardif, car elle lui tournait déjà le dos.

— Dès que ce sera possible, dit Perrin.

Les marchands détalaient dans la rue, tête baissée. Berelain et Annoura parvinrent à les suivre sans avoir l'air de courir, en glissant vers l'avant, l'une aussi calme que l'autre, telles deux belles dames en promenade, faisant fi de la saleté sous leurs pieds, de la puanteur de l'air, ou des passants crasseux qui sursautaient à leur vue et parfois prenaient leurs jambes à leur cou. Gallenne avait finalement coiffé son casque et tenait ouvertement à deux mains la poignée de son épée, prêt à dégainer. Kireyin portait son casque sur la hanche, l'autre main occupée par sa coupe de vin. Lorgnant dédaigneusement les visages sales qui l'entouraient, il reniflait le breuvage comme si c'était une pomme de senteur, luttant contre les odeurs pestilentielles. Les entrepôts se trouvaient dans une rue pavée à peine plus large qu'un chariot, entre les deux remparts de la ville. Ici, près de la rivière, l'odeur était moins forte. La rue balayée par le vent était déserte. Pas même un chien errant en vue. Pourquoi une ville ayant du grain à vendre était-elle affamée ? Perrin pointa le doigt sur un entrepôt choisi au hasard, semblable aux autres. C'était une bâtisse en pierre, sans fenêtres, avec une grande porte en bois à double battant fermée par une barre en bois qui aurait pu servir de poutre à la charpente de La Barge d'Or. Les marchands se rappelèrent brusquement qu'ils avaient oublié d'amener des hommes pour soulever la barre. Ils proposèrent de revenir sur leurs pas pour aller chercher de l'aide. Pendant ce temps, Dame Berelain et Annoura pourraient se reposer devant le feu à La Barge d'Or. Ils étaient certains que Maîtresse Vadere ferait du feu dans la cheminée. Ils se turent quand Perrin posa la main sous la barre et la souleva hors de ses crochets. Elle était lourde, mais il recula en la tenant pour avoir la place de se retourner, et la jeta par terre dans un grand craquement. Les marchands le regardèrent, ahuris. C'était sans doute la première fois qu'ils voyaient un homme en tunique de soie faire un tel effort physique. Kireyin leva les yeux au ciel et se remit à humer son vin.

— Des lanternes, dit Maîtresse Arnon d'une voix fébrile. Il nous faut des lanternes, ou des torches. Si…

Une boule de lumière apparut, flottant au-dessus de la main d'Annoura, assez forte dans le matin gris pour que tous projettent des ombres légères sur les pavés et les murs. Des marchands mirent leur main en visière pour se protéger les yeux. Au bout d'un moment, Maître Crossin ouvrit la porte en tirant sur un anneau de fer.

À l'intérieur, c'était l'odeur familière de l'orge, presque assez forte pour couvrir la puanteur de la ville. Devant la lumière d'Annoura, de petites formes détalèrent dans l'ombre. Perrin aurait mieux vu sans elle, ou plus loin dans l'obscurité. La boule étincelante projetait une large flaque de lumière, obscurcissant tout le reste. Il sentit la présence d'un chat, plus sauvage qu'apprivoisé. Et aussi un rat. Un couinement dans les profondeurs de l'entrepôt lui indiqua qu'un chat et un rat se battaient. Il y avait toujours des rats dans les greniers à grain, et des chats pour les chasser. C'était réconfortant et normal. Presque assez pour apaiser son malaise. Il sentit par ailleurs une odeur connue. Un miaulement féroce venu du fond se transforma en hurlements de douleur qui cessèrent brusquement. Apparemment, les rats de So Habor étaient de bons chasseurs. De nouveau, les cheveux de Perrin se dressèrent sur sa nuque, mais il n'y avait là certainement rien que le Ténébreux voulût espionner.

Inutile de pénétrer très loin dans l'entrepôt. Des sacs grossiers emplissaient la pénombre, en hautes piles posées sur des claies en bois pour qu'ils ne reposent pas directement sur le sol. Il y avait des rangées et des rangées de piles de sacs montant presque jusqu'au plafond, et sans doute la même quantité à l'étage. Ce niveau-là contenait assez de grain pour nourrir ses gens pendant des semaines. S'approchant de la pile la plus proche, il plongea sa dague dans un sac brun clair et coupa jusqu'en bas la solide toile de jute. Un flot d'orge s'en échappa, et, nettement visibles à la lumière d'Annoura, une multitude de taches noires gigotantes. Des charançons. Il aurait voulu que ses cheveux cessent de se dresser sur sa nuque. Le froid aurait pourtant dû suffire pour tuer les charançons.

Le sac était une preuve. À présent, il connaissait l'odeur des charançons. Il éventra un autre sac, puis un troisième. Tous dégorgèrent un flot de grains d'orge jaunes et de charançons noirs.

Les marchands se tenaient debout sur le seuil, recroquevillés les uns contre les autres, la lumière du jour derrière eux, mais la boule d'Annoura éclairait à plein leurs visages soucieux et désespérés.

— Nous nous ferons un plaisir de vanner chaque sac que vous prendrez, dit Maîtresse Arnon d'une voix mal assurée. Pour une modeste augmentation…

— Pour la moitié du prix convenu tout à l'heure, l'interrompit sèchement Berelain.

Fronçant le nez de dégoût, elle écarta ses jupes des charançons qui détalaient sur les pavés au milieu des grains d'orge.

— Vous ne les enlèverez jamais tous.

— Et pas de millet, dit sombrement Perrin.

Ses hommes avaient besoin de nourriture, et les soldats aussi, mais les grains de millet étaient à peine plus gros que les charançons. Ils pourraient vanner tout leur saoul, ils rapporteraient autant de charançons que de millet.

— Nous prendrons davantage de haricots à la place, mais il faudra les vanner aussi.

Soudain, quelqu'un hurla dans la rue. Il ne s'agissait pas d'un chat attaquant un rat, mais d'un homme terrorisé. Perrin ne réalisa pas qu'il avait empoigné sa hache jusqu'à ce qu'il se retrouve avec son manche dans la main, bousculant les marchands debout devant la porte. Ils se blottirent plus étroitement les uns contre les autres, s'humectant les lèvres, sans même tenter de voir qui avait hurlé.

Kireyin était adossé au mur de l'entrepôt d'en face, son casque étincelant à plumes blanches par terre à côté de sa coupe en étain. Son épée était à moitié dégainée, mais il semblait figé, ses yeux exorbités fixant le mur du bâtiment. Perrin venait de sortir. Il lui toucha le bras et Kireyin sursauta.

— J'ai vu un homme, dit le Ghealdanin, hésitant. Il était là. Il m'a regardé et…

Kireyin se passa la main sur le visage. Malgré le froid, il avait le front luisant de sueur.

— Il a traversé le mur. Vous devez me croire.

Quelqu'un gémit. *L'un des marchands*, se dit Perrin.

— J'ai aussi vu l'homme, dit Seonid derrière lui, et ce fut à son tour de sursauter.

Son nez ne lui servait à rien dans cette ville !

Jetant un dernier coup d'œil sur le mur que Kireyin lui avait montré, l'Aes Sedai s'en éloigna avec une répugnance palpable. Ses Liges étaient grands, la dominant de toute leur hauteur, mais ils ne laissèrent entre eux et elle que l'espace suffisant pour dégainer.

— Il m'est difficile de mentir, Seigneur Perrin, dit Seonid avec ironie, quand Perrin exprima des doutes, mais son ton redevint bientôt aussi grave que son visage et son regard si intense qu'il suffit à mettre Perrin mal à l'aise. Les morts marchent à So Habor, poursuivit-elle. Le Seigneur Cowlin a fui la ville par peur de l'esprit de son épouse. Il semble qu'il y ait des doutes sur la cause de sa mort. Il n'est pas un homme ou une femme en ville qui n'ait jamais vu un mort marcher. Certains disent que des gens sont morts d'avoir été touchés par un défunt. Je ne peux pas le vérifier, mais des gens sont morts de frayeur. Personne ne sort le soir à So Habor, ni n'entre quelque part sans être annoncé. Les gens frappent sur les ombres avec ce qu'ils ont sous la main, et parfois, ils trouvent à leurs pieds un mari, une épouse, ou un voisin sans vie. Ce n'est pas de l'hystérie ou un conte pour enfants, Seigneur Perrin. Je n'avais jamais entendu parler d'une chose pareille, mais c'est vrai. Vous devez laisser ici l'une d'entre nous.

Perrin branla du chef, lentement. Il ne pouvait pas se permettre de perdre une Aes Sedai s'il voulait libérer Faile. Maîtresse Arnon commença à sangloter quand il répondit :

— So Habor devra affronter ses morts tout seul.

Mais la peur des morts n'expliquait pas tout. Peut-être que les gens étaient paralysés par la peur pour penser à se laver. Il semblait improbable que toute la population soit affectée à ce point. Ils paraissaient être devenus indifférents à tout. Et des charançons se reproduisant en hiver par un froid glacial ? Il y avait pire à So Habor que des esprits en promenade, et son instinct lui disait de partir sur-le-champ, sans se retourner, regrettant simplement que ce soit impossible.

27.

Ce qui doit être fait

Le vannage eut lieu sur la rive orientale enneigée de la rivière, exposée au glacial vent du nord. Les citadins transportaient les sacs sur les ponts dans des chariots à quatre chevaux et des charrettes à bras. D'habitude, les acheteurs amenaient leurs chariots devant les entrepôts, ou, au pire, on apportait les sacs jusqu'à la jetée, mais Perrin n'avait pas l'intention de faire entrer ses cochers dans So Habor. Ni personne d'autre, d'ailleurs. Ce qu'il émanait de la ville était peut-être contagieux. Et les cochers étaient déjà assez mal à l'aise comme ça, fronçant les sourcils sur les habitants crasseux, qui ne parlaient jamais, mais qui riaient nerveusement quand ils croisaient par hasard un autre regard. Les marchands lugubres qui surveillaient le travail ne valaient pas mieux. Dans le Cairhien natal des cochers, les marchands étaient des individus propres et respectables, au moins extérieurement, qui ne sursautaient pas à chaque fois que quelqu'un bougeait à la périphérie de leur champ visuel. Entre les marchands qui regardaient avec méfiance tous ceux qu'ils ne connaissaient pas, et les gens de la ville qui repassaient les ponts en traînant les pieds, répugnant visiblement à rentrer dans leurs murs, les cochers étaient sur les nerfs. Pâles, habillés en noir, ils étaient rassemblés en petits groupes, serrant la poignée de leurs dagues, et regardant les habitants comme s'ils avaient été des fous meurtriers.

Perrin circulait lentement à cheval, surveillant le vannage, examinant la file de charrettes s'étirant à perte de vue, sur le point d'être chargées, ou les chariots et les brouettes de la ville roulant sur les ponts. Il faisait en sorte d'être visible pour tous. Le voir ainsi déambuler, feignant l'insouciance, semblait calmer les gens. Pour quelle raison ? Il l'ignorait. Personne ne quittait son poste, même s'ils continuaient à lorgner de travers les habitants de So Habor. Ils gardaient leurs distances, et c'était aussi bien. Si jamais leurs cervelles de Cairhienins apprenaient que certains étaient des morts, la moitié fouetteraient leurs attelages pour fuir sur-le-champ. Ce genre d'histoire pouvait faire tourner toutes les têtes, la nuit venue. Le pâle soleil, presque caché par des nuages gris, n'était pas encore à mi-chemin de son zénith, mais il était de plus en plus évident qu'ils devraient passer la nuit ici. Et peut-être même plus longtemps. Il avait la mâchoire tétanisée par ses efforts pour ne pas grincer des dents, et même Neald se mit à éviter ses yeux furibonds. Il ne tança personne. Pourtant, il en avait envie.

Le travail du vannage se révéla difficile. Chaque sac devait être ouvert et vidé dans de grands paniers plats en osier, chacun exigeant deux personnes pour remuer le grain ou les haricots. Le vent glacial emportait les charançons en une pluie de points noirs, et des hommes et des femmes, armés de grands éventails maniés à deux mains, ajoutaient leur vent aux rafales. Le courant rapide entraînait tout ce qui tombait dans la rivière. Bientôt, la neige sur les rives fut piétinée et la gadoue pleine d'insectes morts ou mourants de froid, avec une bonne couche d'orge et d'avoine parsemée de haricots rouges. Une nouvelle couche venait toujours remplacer celle que les pieds enfonçaient dans la terre. Ce qui restait dans les paniers semblait plus propre. On remit les céréales dans les grossiers sacs de jute, qui avaient été retournés et battus vigoureusement par des enfants pour en chasser la vermine. Les sacs de nouveau remplis allaient directement dans les charrettes des Cairhienins dès qu'ils étaient fermés. La pile de sacs vides augmentait à un rythme prodigieux.

Appuyé sur le pommeau de sa selle, Perrin tentait de calculer si deux pleines charrettes venant des entrepôts équivalaient une seule des siennes, quand Berelain arrêta sa jument blanche près de lui, fermant étroitement sa cape écarlate d'une main gantée de rouge pour se protéger du vent. Annoura tira sur ses rênes à quelques pas, son visage éternellement jeune, lisse et indéchiffrable. L'Aes Sedai feignait de rester discrète, mais elle était assez proche pour entendre tout ce qui se dirait, même sans utiliser le Pouvoir. Son nez en bec d'aigle lui donnait un air prédateur. Ses tresses emperlées ressemblaient à une étrange crête d'aigle aplatie.

— Vous ne pouvez pas secourir tout le monde, lui dit calmement Berelain.

Loin de la puanteur de la ville, il percevait son odeur frisant la colère.

— Parfois, il faut choisir. So Habor est sous la responsabilité du Seigneur Cowlin. Il n'avait pas le droit d'abandonner les siens.

Il en déduisit qu'elle n'était pas en colère contre lui.

Perrin fronça les sourcils. Pensait-elle qu'il se sentait coupable ? Comparé à la vie de Faile, les ennuis de So Habor le laissaient totalement froid. Il tourna son alezan vers les murailles grises de l'autre côté de la rivière, pour ne plus voir les enfants aux yeux creux qui empilaient les sacs vides. Un homme fait son devoir comme il le peut.

— Annoura a-t-elle une idée de ce qui s'est passé ici ? grogna-t-il.

Il avait parlé doucement, mais il était sûr qu'Annoura avait entendu.

— Je n'ai pas grande idée de ce que pense Annoura, répliqua Berelain, sans aucun effort pour baisser la voix. Elle est plus réservée qu'elle ne l'était. C'est à elle de raccommoder ce qu'elle a déchiré.

Sans regarder l'Aes Sedai, elle se détourna et s'éloigna.

Annoura resta en arrière, regardant Perrin sans ciller.

— Vous êtes *ta'veren*, certes, mais vous n'êtes qu'un fil dans le Dessin, comme moi. Même le Dragon Réincarné ne représente qu'un fil à tisser dans le Dessin. Même un fil *ta'veren* n'est qu'un élément minuscule, inséré de façon aléatoire dans le tissage où il disparaît.

— Ces fils sont des êtres humains, dit Perrin avec lassitude. Il arrive parfois que ces êtres humains n'aient pas envie d'être tissés dans le Dessin sans avoir leur mot à dire.

— Et vous croyez que ça change quoi que ce soit ?

Sans attendre la réponse, elle leva ses rênes et talonna sa jument brune aux fines attaches pour suivre Berelain en un galop qui fit flotter sa cape derrière elle.

Elle n'était pas la seule Aes Sedai à vouloir parler à Perrin.

— Non, dit-il fermement à Seonid après l'avoir écoutée, flattant l'encolure de Steppeur.

Pourtant, c'était le cavalier qui avait besoin d'être rassuré. Il avait envie d'être loin de So Habor.

— J'ai dit non, et je le pense.

Elle resta très raide sur sa selle, pâle petite silhouette taillée dans la glace. Sauf que ses yeux étaient des braises brûlantes, et qu'elle empestait une fureur à peine contenue. Seonid était douce comme le lait avec les Sagettes, mais Perrin n'était pas une Sagette. Derrière elle, le visage sombre d'Alharra était de marbre. Wynter était rouge au-dessus de ses moustaches en croc. Ils devaient accepter ce qui se passait entre leur Aes Sedai et les Sagettes, mais Perrin n'était pas… Le vent fouettait leurs capes de Liges, libérant leurs mains pour saisir l'épée, si besoin était. Ondulant au vent, leurs couleurs passaient du gris au brun, du bleu au blanc.

— S'il le faut, j'enverrai Edarra vous chercher, l'avertit Perrin.

Le visage froid et le regard brûlant, un frisson la parcourut, faisant osciller la petite gemme blanche qui ornait son front. Non qu'elle craignît le sort que lui réserveraient les Sagettes s'il fallait la ramener au camp *manu militari* ; elle frissonnait juste de l'offense que lui faisait subir Perrin, et qui faisait ressembler son odeur à une épine acérée. Il offensait de plus en plus souvent les Aes Sedais.

— Et vous ? demanda-t-il à Masuri. Vous voulez aussi rester à So Habor ?

La mince Aes Sedai avait la réputation de ne pas mâcher ses mots, directe comme une Verte bien qu'elle fût Brune. Cependant elle dit calmement :

— Ne m'enverriez-vous pas chercher par Edarra, moi aussi ? Il y a bien des façons de servir, et nous ne pouvons pas toujours choisir celle qui nous plairait.

Ce qui, à la réflexion, était vrai. Il ne savait toujours pas pourquoi elle rendait secrètement visite à Masema. Soupçonnait-elle qu'il savait ? Le visage de Masuri restait impassible. Kirklin arborait un air blasé depuis qu'ils étaient sortis de So Habor. Il paraissait avachi alors qu'il se tenait très droit sur sa selle, sans un souci au monde et sans une idée dans la tête. Mais croire cela de Kirklin revenait à acheter chat en poche.

Les habitants de So Habor travaillaient avec acharnement tandis que le soleil montait dans le ciel, comme pour les aider à oublier quelque temps leurs soucis. Perrin se dit qu'il se méprenait peut-être au sujet de cette ville, mais il pensait quand même avoir raison. Au-delà des remparts, l'air paraissait trop sombre, comme si un grand nuage pesait au-dessus de la ville.

À midi, les cochers déblayèrent la neige sur la pente vers la rivière, pour pouvoir allumer de petits feux et faire du thé avec les mêmes feuilles infusées déjà plusieurs fois. Il n'y avait pas de thé en ville. Certains cochers regardaient les ponts, comme s'ils pensaient pouvoir trouver à manger en ville. Un coup d'œil aux vanneurs crasseux leur indiqua qu'il fallait aller chercher leurs petits sacs de farine d'avoine et de glands moulus. Au moins, ils savaient que ces mixtures étaient propres. Certains lorgnaient les sacs chargés sur les charrettes. Il fallait faire tremper les haricots et moudre le grain dans les grands moulins à bras qu'ils avaient laissés au camp.

Perrin n'avait pas faim, mais buvait du thé dans un gobelet cabossé en étain quand Latian le trouva. En fait, le Cairhienin ne s'approcha pas. Au lieu de ça, le petit homme à la tunique noire à rayures passa lentement à cheval devant le maigre feu près duquel Perrin se tenait, puis tira sur ses rênes en fronçant les sourcils. Il démonta, souleva l'antérieur de son hongre et se rembrunit. Il leva les yeux deux fois, pour voir si Perrin approchait.

En soupirant, Perrin rendit le gobelet bosselé à la petite femme trapue qui le lui avait prêté, une cochère grisonnante qui déploya sa jupe pour faire la révérence, et grimaça un sourire en branlant du chef. Elle était si maladroite que Neald, accroupi près du feu, tenant à deux mains une chope en étain, se mit à rire aux larmes. Peut-être commençait-il à devenir fou. Par la Lumière, cette ville engendrait vraiment des idées joyeuses !

Latian se redressa suffisamment pour saluer Perrin et dire :

— Je vous vois, mon Seigneur.

Ensuite, il se pencha de nouveau comme un imbécile pour reprendre le pied de sa monture.

Une jambe de cheval ne devait jamais être soulevée de cette façon, à moins de vouloir recevoir un coup de pied. Mais il faut dire que Perrin n'en attendait pas moins de lui. Parfois, Latian s'amusait à imiter un Aiel, avec ses cheveux frôlant ses épaules, liés sur la nuque en une pâle imitation de la coiffure des Aiels, et à présent, il se prenait pour un espion. Perrin posa la main sur l'encolure du hongre pour prévenir toute réaction intempestive, et arbora un air concentré pour examiner un sabot auquel il n'y avait absolument rien à redire, excepté une encoche dans le fer qui se romprait dans quelques jours s'il n'était pas remplacé. Ses mains le démangèrent de s'emparer des outils du maréchal-ferrant. Il avait l'impression de n'avoir pas changé un fer à cheval ou travaillé dans une forge depuis des années.

— Maître Balwer vous envoie un message, mon Seigneur, dit Latian sans lever la tête. Son ami fait sa tournée pour vendre ses produits, mais il sera de retour demain ou après-demain. Il demande si vous seriez d'accord pour que nous vous rattrapions à ce moment-là.

Jetant un coup d'œil sous le ventre du cheval, il regarda les vanneurs près de la rivière et ajouta :

— Mais sans doute que vous ne partirez pas avant que tout soit fini.

Perrin considéra le vannage, fronçant les sourcils sur la file de charrettes attendant encore leur tour pour être chargées sur la demi-douzaine qui avaient déjà leurs bâches de toile solidement attachées. L'une d'elles contenait du cuir pour raccommoder les bottes, des chandelles et d'autres produits. Mais pas d'huile. À So Habor, l'huile de lampe était aussi rance que l'huile de cuisine. Et si Gaul ou les Vierges avaient des nouvelles de Faile ? Peut-être l'avaient-ils vue ? Il donnerait n'importe quoi pour parler à quelqu'un qui l'aurait vue et pourrait lui dire qu'elle allait bien. Et si les Shaidos décidaient brusquement de lever le camp ?

— Dites à Balwer de ne pas s'attarder trop longtemps, grogna-t-il. Quant à moi, je serai parti dans l'heure.

Il tint parole. La plupart des charrettes et des cochers durent rester en arrière pour rentrer au camp par leurs propres moyens, ce qui leur prendrait une journée, avec Kireyin et les soldats casqués de vert pour assurer leur protection, et l'interdiction pour tous de traverser les ponts. Le regard froid, apparemment totalement remis de ses émotions, le Ghealdanin l'assura qu'il avait bon pied bon œil, et qu'il était prêt. Il retournerait sans doute dans So Habor juste pour se prouver qu'il n'avait pas peur. Perrin ne perdit pas son temps à tenter de l'en dissuader. Pour commencer, il fallait trouver Seonid. Ayant appris son départ imminent, elle ne s'était pas vraiment cachée, mais elle avait confié son cheval à ses Liges et aux yeux de tous. Elle avait tenté de s'esquiver à pied, dissimulée par des charrettes. Mais la pâle Aes Sedai n'avait pas cherché à masquer son odeur, ne sachant pas qu'elle aurait dû le faire. Elle fut surprise qu'il la retrouve rapidement, et indignée quand il la ramena à sa monture devant Steppeur. Malgré tout, à peine une heure plus tard, il quittait So Habor, avec les Gardes Ailés établissant leur cercle d'armures rouges autour de Berelain, les hommes des Deux Rivières entourant les huit charrettes chargées cahotant derrière les trois bannières restantes, et Neald souriant jusqu'aux oreilles. Sans parler de ses efforts pour engager la conversation avec les Aes Sedais. Perrin ne savait pas ce qu'il ferait si l'Asha'man devenait fou. Dès que le promontoire eut caché So Habor derrière eux, il sentit se dénouer un nœud entre ses épaules, dont il n'avait pas réalisé la présence. Il en restait tout de même dix autres, plus un nœud d'impatience qui lui tordait le ventre. La sympathie évidente de Berelain ne pouvait rien pour les dénouer.

Le portail de Neald les ramena dans la petite clairière couverte de neige de l'aire de Voyage au milieu des grands arbres. Ils avaient ainsi parcouru quatre lieues en un pas. Perrin n'attendit pas que les charrettes soient passées. Il crut entendre Berelain faire une remarque contrariée quand il talonna Steppeur vers le camp au trot. À moins que ce ne fût une Aes Sedai. Ce qui était beaucoup plus vraisemblable.

Le silence le frappa quand il s'engagea entre les tentes et les huttes des hommes des Deux Rivières. Le soleil n'était pas encore trop bas sur l'horizon, mais il n'y avait pas de marmites sur les feux, et peu d'hommes s'étaient rassemblés autour des feux de camp, serrant leurs capes et fixant intensément les flammes. Quelques-uns étaient assis sur les grossiers tabourets que Ban Crawe savait fabriquer ; les autres se tenaient debout ou accroupis. Aucun ne leva les yeux, ni n'accourut pour prendre son cheval. Ce n'était pas le silence qu'il sentait. C'était plutôt la tension ; l'odeur lui évoqua un arc tendu. Il l'entendait presque craquer.

Comme il démontait devant la tente à rayures rouges, Dannil apparut, venant des tentes des Aielles et marchant d'un bon pas. Sulin et la Sagette Edarra le suivaient, restant facilement à sa hauteur sans paraître se presser. Le visage de Sulin était hâlé par le soleil. Celui d'Edarra, à peine visible sous le châle enroulé autour de sa tête, était l'image du calme. Malgré ses jupes volumineuses, elle faisait aussi peu de bruit que la Vierge aux cheveux blancs, sans le moindre cliquetis de ses bracelets et colliers d'or et d'ivoire. Dannil mâchonnait l'extrémité de son épaisse moustache, dégainant distraitement d'un pouce son épée puis la rengainant violemment. Dégainer et rengainer… Il prit une profonde inspiration avant de parler.

— Les Vierges ont ramené cinq Shaidos, Seigneur Perrin. Arganda les a emmenés dans les tentes des Ghealdanins pour les soumettre à la question. Masema est avec eux.

Perrin ignora la présence de Masema au camp.

— Pourquoi avez-vous laissé Arganda les emmener ? demanda-t-il à Edarra.

Dannil n'aurait pas pu l'arrêter, mais pour les Sagettes, c'était une autre histoire.

Edarra ne semblait guère plus âgée que Perrin, mais ses yeux bleus semblaient en avoir déjà vu plus qu'il n'en verrait jamais. Elle croisa les bras dans un grand cliquetis de bracelets, et avec une nuance d'impatience.

— Même les Shaidos savent comment embrasser la souffrance, Perrin Aybara. Il faudra des jours pour que l'un d'entre eux se mette à parler. Il n'y avait pas de raison d'attendre.

Si les yeux d'Edarra étaient froids, ceux de Sulin étaient glacés.

— Mes sœurs de la Lance et moi, dit-elle, nous l'aurions fait plus rapidement. Mais Dannil Lewin a dit que vous ne vouliez pas qu'on les frappe. Gerard Arganda est un homme impatient, et il se méfie de nous.

— Dans tous les cas, vous n'apprendrez pas grand-chose. Ce sont des Chiens de Pierre. Ils mettront du temps à parler, et ils en diront le moins possible. Dans ces cas-là, il faut toujours glaner des informations ici et là pour se faire une idée d'ensemble.

Embrasser la souffrance. Il y en avait toujours quand on subissait la question. Jusque-là, il n'avait pas laissé cette pensée se former dans sa tête. Mais pour retrouver Faile…

— Faites étriller Steppeur, dit-il à Dannil d'un ton bourru en lui jetant les rênes.

La partie du camp occupée par les Ghealdanins n'avait rien à voir avec le fouillis des abris plus ou moins sommaires plantés n'importe où par les hommes des Deux Rivières. En effet, parfaitement rectilignes, des rangées de tentes pointues s'alignaient, devant lesquelles se dressaient des faisceaux de lances et flanquées de chevaux sellés attachés sur le côté, prêts à partir. Dans cet univers si parfaitement agencé, les seuls éléments qui paraissaient anarchiques, c'étaient les queues des chevaux et les longs rubans des lances qui voletaient au gré du vent. Les allées entre les tentes avaient toutes la même largeur, et on aurait pu tracer une ligne droite entre les feux de camp. Tout était net et ordonné.

Une odeur de porridge et de glands bouillis flottait dans l'air, et quelques hommes en tuniques vertes raclaient du doigt leur assiette en étain pour en récupérer les dernières miettes ; d'autres récuraient déjà les marmites. Aucun ne manifestait le moindre signe de tension. Ils mangeaient, c'est tout, et s'acquittaient de leurs corvées. C'étaient des choses qu'il fallait faire.

Un groupe important formait un cercle près des pieux acérés marquant la limite extérieure du camp. Guère plus de la moitié d'entre eux portaient les tuniques vertes et les plastrons polis des lanciers ghealdanins. D'autres tenaient une lance ou avaient une épée à la ceinture sur leur tunique fripée. On pouvait toujours reconnaître les hommes de Masema, même de dos.

Une autre odeur lui parvint quand il approcha du cercle. Celle de la viande rôtie. Il perçut un son étouffé qu'il s'efforça de ne pas entendre. Quand il commença à se frayer un passage à travers le cercle, les soldats se retournèrent sur lui et s'écartèrent à contrecœur. Les hommes de Masema reculèrent, marmonnant au sujet des yeux jaunes et des Engeances de l'Ombre.

Quatre hommes de grande taille, roux et pâles dans leur *cadin'sor* gris et brun, étaient allongés par terre, les poignets attachés aux chevilles. Des branches solides avaient été passées derrière leurs coudes et leurs genoux. Le visage tuméfié, ils avaient des bâillons entre les dents. Un cinquième homme était nu, attaché en croix à quatre chevilles enfoncées dans le sol. On l'avait tellement étiré que ses tendons saillaient. Il se débattait autant que le lui permettaient ses liens, et hurlait dans les chiffons fourrés dans sa bouche des beuglements étouffés d'agonie. Un petit tas de braises sur son ventre émettait quelques volutes de fumée. C'était donc l'odeur de chair brûlée que Perrin avait sentie. Les braises collaient à sa peau, et chaque fois que ses soubresauts en faisaient tomber une, un soldat souriant et crasseux s'accroupissait près de lui, la remplaçait par une autre puisée avec des pincettes dans un pot qui faisait fondre la neige sous lui. Perrin le connaissait. Il s'appelait Hari, et il aimait collectionner les oreilles qu'il enfilait sur un cordon de cuir. Oreilles d'hommes, de femmes, d'enfants, tout était bon pour Hari.

Sans réfléchir, Perrin s'avança et donna un coup de pied dans les braises que l'homme avait sur le ventre. Certaines atteignirent Hari, qui recula d'un bond avec un râle étonné, qui se transforma en hurlement quand sa main atterrit dans le pot. Il s'effondra sur le flanc, tenant sa main brûlée et foudroyant Perrin.

— Cette brute joue la comédie, Aybara, dit Masema.

Perrin n'avait même pas remarqué sa présence. Il se tenait là campé sur ses jambes, le visage hargneux sous son crâne rasé. L'odeur de sa folie sinuait à travers la puanteur de la chair brûlée.

— Je les connais. Ils font semblant d'avoir mal, mais, je vous le répète, c'est de la comédie. Ils sont durs et coriaces comme des pierres.

Arganda, debout près de Masema, serrait si fort la poignée de son épée que sa main tremblait.

— Peut-être acceptez-vous de perdre votre femme, Aybara, dit-il d'un ton grinçant. Mais moi, je refuse de perdre ma reine !

— On ne peut pas faire autrement, enchaîna Aram, mi-suppliant, mi-exigeant.

Il était de l'autre côté de Masema, serrant les bords de sa cape verte comme pour empêcher ses mains de tirer son épée. Ses yeux étaient presque aussi brûlants que ceux de Masema.

— Vous m'avez enseigné qu'un homme doit faire ce qui doit être fait.

Perrin s'efforça d'ouvrir ses poings. Ce qui devait être fait, pour Faile.

Berelain et les Aes Sedais se frayèrent un chemin dans la foule, Berelain fronçant un peu le nez à la vue de l'homme aux chevilles entravées. À leur expression, les trois Aes Sedais auraient pu contempler un morceau de bois. Edarra et Sulin étaient avec elles, tout aussi impassibles. Certains soldats ghealdanins froncèrent les sourcils sur les deux Aielles et marmonnèrent entre leurs dents. Les hommes de Masema, en haillons et crasseux, foudroyaient de la même façon les Aielles et les Aes Sedais. La plupart s'écartèrent des trois Liges, et ceux qui ne bougèrent pas furent tirés en arrière par leurs compagnons. Même certains imbéciles connaissent les limites de la stupidité. Masema foudroya Berelain de ses yeux brûlants, avant de décider de feindre qu'elle n'existait pas. Même certains imbéciles ne connaissent pas de limites.

Se penchant, Perrin dénoua le bâillon de l'homme étendu par terre et enleva les chiffons de sa bouche. Il parvint de justesse à sauver sa main d'une morsure vicieuse de Steppeur.

Aussitôt, l'Aiel rejeta la tête en arrière et se mit à chanter d'une voix grave et claire :

Lave les lances tandis que le soleil monte dans le ciel
Lave les lances pendant que le soleil décline
Lave les lances ; qui craint de mourir ?
Lave les lances ; personne que je connais !

Masema éclata de rire au milieu du chant. Les cheveux de Perrin se dressèrent sur sa nuque. Jusque-là, il n'avait jamais entendu rire Masema. Ce n'était pas un son agréable.

Comme il ne voulait pas perdre un doigt, il détacha sa hache de sa ceinture et s'en servit pour refermer la bouche du prisonnier. Ses yeux de la couleur du ciel se levèrent vers lui dans un visage hâlé par le soleil, dénué de peur. L'homme sourit.

— Je ne vous demande pas de trahir votre peuple, dit Perrin, la gorge douloureuse de rage contenue. Les Shaidos ont capturé plusieurs femmes. Tout ce que je veux savoir, c'est comment les récupérer. L'une s'appelle Faile. Elle est aussi grande que vos femmes, avec des yeux noirs en amande, un nez puissant et une bouche intrépide. C'est une très belle femme. Si vous l'avez vue, vous ne l'aurez pas oubliée. L'avez-vous vue ?

Écartant sa hache, il se redressa.

Le Shaido le fixa un moment, puis leva la tête et se remit à chanter, sans quitter Perrin des yeux. C'était un chant joyeux, sur un rythme entraînant :

Un jour, j'ai rencontré un homme loin de chez lui.
Ses yeux étaient jaunes et son esprit, de pierre.
Il m'a demandé de tenir la fumée dans ma main,
Et dit qu'il pouvait me montrer une terre pleine d'eau.
Il mit sa tête sur le sol et ses pieds en l'air,
Et dit qu'il pouvait danser comme une femme belle.
Il dit qu'il pouvait rester debout jusqu'à devenir pierre.
Quand j'ai cligné des yeux, il a disparu.

Laissant sa tête retomber en arrière, le Shaido rit, d'un gloussement grave et vibrant. Il aurait tout aussi bien pu se trouver étendu sur un confortable matelas de plume.

— Si… si vous ne supportez pas l'interrogatoire, dit Aram, au désespoir, alors allez-vous-en. Laissez-nous faire.

Ce qui doit être fait. Perrin regarda les visages qui l'entouraient : Arganda le foudroyait haineusement, lui autant que les Shaidos, Masema empestait la folie et le mépris. Si ces hommes étaient durs comme des pierres, il fallait vouloir et pouvoir blesser une pierre. Edarra, les bras croisés, avait le visage aussi indéchiffrable que celui d'une Aes Sedai. Les Shaidos savaient comment embrasser la souffrance. Cela prendrait des jours. Sulin, la cicatrice de sa joue livide dans son visage parcheminé, avait le regard assuré, l'odeur implacable. Ils céderaient peu à peu. Berelain dégageait une odeur de justice, en souveraine qui avait déjà condamné à mort sans en perdre le sommeil pour autant. Ce qui devait être fait. Embrasser la souffrance. Oh, Lumière, Faile…

Il leva sa hache, légère comme une plume dans sa main, et l'abattit comme le marteau sur l'enclume, sur le poignet gauche du Shaido.

L'homme grogna de douleur, puis se redressa convulsivement avec un grondement sauvage, arrosant délibérément le visage de Perrin du sang jaillissant de son moignon.

— Guérissez-le, ordonna-t-il aux Aes Sedais en s'écartant.

Il ne tenta pas de s'essuyer le visage. Le sang dégoulinait dans sa barbe. Il se sentait vide. Il n'aurait pas pu lever sa hache une seconde fois, sa vie en eût-elle dépendu.

— Vous êtes fou ? dit Masema avec colère. Vous ne pouvez pas lui rendre sa main !

— J'ai dit, Guérissez-le ! gronda-t-il.

Seonid s'avançait déjà, soulevant ses jupes pour glisser sur le sol et s'agenouiller à la tête de l'homme. Il mordait son moignon, dans un effort inutile pour arrêter l'hémorragie par la pression de ses dents. Mais il n'y avait aucune peur dans ses yeux. Ni dans son odeur. Aucune.

Seonid prit la tête du Shaido dans ses mains, et soudain, il se convulsa de nouveau, agitant les bras en tout sens. Le jet de sang diminua, puis s'arrêta quand il retomba sur le sol, le visage grisâtre. Tremblant, il souleva son bras pour regarder la peau bien lisse qui recouvrait maintenant le moignon. S'il y avait une cicatrice, Perrin ne la vit pas. L'homme lui montra les dents. À son odeur, il n'avait toujours pas peur. Seonid s'affaissa comme si elle avait outrepassé ses limites. Alharra et Wynter firent un pas en avant, et elle les écarta de la main, se relevant avec un profond soupir.

— On m'a dit que vous étiez capables de résister pendant des jours sans parler, dit Perrin, d'une voix qui sonnait trop fort à ses oreilles. Vous voulez me montrer comme vous êtes coriaces et braves, je sais que vous l'êtes et je n'ai pas de temps à perdre. Mais ma femme est prisonnière depuis trop longtemps. On va vous séparer et vous interroger pour savoir si vous les avez vues, elles et ses compagnes, et où. C'est tout ce que je veux. Plus de charbons ardents ni rien d'autre, juste des questions. Mais si l'un de vous refuse de répondre, ou si vos réponses sont trop différentes, chacun perdra quelque chose.

Il fut surpris de constater qu'il pouvait relever sa hache. La lame en était maculée de sang.

— Deux mains et deux pieds, dit-il froidement.

Par la Lumière, il était de glace !

— Ce qui signifie que vous aurez quatre occasions de répondre à la même question. Et si vous vous taisez tous, je ne vous tuerai pas. Je vous abandonnerai dans un village où l'on vous laissera mendier, où les enfants jetteront une pièce à de féroces Aiels sans pieds ni mains. Réfléchissez, et décidez si ça vaut la peine de me priver de ma femme.

Même Masema le regardait comme s'il voyait pour la première fois l'homme qui se tenait devant lui avec sa hache. Quand il se retourna pour partir, les hommes de Masema, comme les Ghealdanins, s'écartèrent comme s'il était une armée de Trollocs à lui tout seul.

Il partit vers la palissade, et la forêt une centaine de pas plus loin, mais il poursuivit son chemin et, la hache à la main, il marcha jusqu'au moment où il fut entouré d'arbres immenses, laissant l'odeur du camp loin derrière lui. Celle du sang, qu'il transportait avec lui, forte et métallique. Impossible de la fuir.

Il n'aurait su dire combien de temps il marcha. Il remarqua à peine le changement d'inclinaison des rayons transperçant la pénombre du sous-bois. Le sang commençait à sécher sur son visage, dans sa barbe. Combien de fois avait il dit qu'il ferait n'importe quoi pour retrouver Faile ? Un homme faisait ce qu'il avait à faire. Pour Faile, c'était n'importe quoi.

Brusquement, il leva sa hache à deux mains au-dessus de sa tête et la lança de toutes ses forces. Elle tournoya dans l'air et s'enfonça dans le tronc d'un chêne avec un bruit mat.

Avec un soupir qui sembla purger ses poumons, il se laissa tomber sur un rocher aussi haut et large qu'un banc, et posa les coudes sur ses genoux.

— Vous pouvez vous montrer maintenant, Elyas, dit-il avec lassitude. Je sens votre odeur.

Elyas sortit légèrement de l'ombre, ses yeux jaunes luisant sous le large bord de son chapeau. Comparés à lui, les Aiels étaient bruyants. Rengainant son long couteau, il s'assit près de Perrin sur le rocher. Pendant un moment, il se contenta de passer les doigts dans la toison striée de gris qui recouvrait sa poitrine. Il montra de la tête la hache plantée dans le tronc du chêne.

— Je vous ai dit un jour de la garder jusqu'à ce que vous commenciez à trop aimer vous en servir. Ce moment est-il arrivé ?

Perrin secoua vigoureusement la tête.

— Non ! Pas ça ! Mais…

— Mais quoi, mon fils ? Je crois que vous avez presque fait peur à Masema. Sauf que vous sentez la peur, vous aussi.

— Enfin il a peur, marmonna Perrin, haussant les épaules, mal à l'aise.

Certaines choses étaient difficiles à exprimer. Mais le moment était peut-être venu de parler.

— La hache. Je ne l'ai pas remarquée la première fois ; seulement en y repensant après. C'était le soir où j'ai rencontré Gaul et que les Blancs Manteaux ont essayé de nous tuer. Plus tard, combattant les Trollocs aux Deux Rivières, je n'étais pas sûr. Mais aux Sources de Dumai, je l'étais. Je suis effrayé pendant une bataille, Elyas, effrayé et triste, peut-être parce que je ne reverrai plus jamais Faile.

Son cœur se serra douloureusement, à lui faire mal à la poitrine. Faile.

— Sauf que… j'ai entendu Grady et Neald parler de ce qu'ils ressentent, quand ils embrassent le Pouvoir Unique. Ils disent qu'ils se sentent plus *vivants*. Moi, au cours d'une bataille, je suis trop effrayé pour cracher par terre, mais je me sens plus *vivant* que jamais, sauf quand je tiens Faile dans mes bras. Je ne crois pas que je le supporterais si j'en arrivais à ressentir la même chose pour ce que je viens de faire là-bas. Je ne pense pas que Faile voudrait encore de moi.

Elyas grogna.

— Je ne crois pas que vous avez cela en vous, mon fils. Le danger affecte les hommes de façons différentes. Certains sont froids comme des horloges, mais vous ne m'avez jamais paru froid. Quand votre cœur s'accélère, il vous réchauffe le sang. Il paraît logique qu'il aiguise aussi vos sens. Qu'il vous rende plus conscient. Peut-être que vous mourrez dans quelques minutes, ou d'ici un battement de cœur, mais vous n'êtes pas mort pour le moment, et tout votre corps le sait, de la pointe des dents jusqu'aux orteils. C'est ainsi. Mais vous n'êtes pas obligé d'aimer ça.

— J'aimerais le croire, dit simplement Perrin.

— Vivez aussi longtemps que moi, dit Elyas avec ironie, et vous le croirez. Jusque-là, n'oubliez pas que je vis depuis plus longtemps que vous, et que j'étais là avant vous.

Assis sur le rocher, ils contemplèrent la hache. Perrin désirait y croire. À présent, le sang avait noirci sur la lame. Il n'avait jamais paru si noir. À quand remontait la scène ? D'après la lumière filtrant à travers les arbres, le soleil déclinait.

Ses oreilles perçurent le crissement de sabots dans la neige, venant vers lui. Quelques minutes plus tard, Neald et Aram apparurent, l'ancien Rétameur montrant des traces dans la neige, et l'Asha'man branlant du chef, impatient. La piste était nette, mais en vérité Perrin n'aurait pas parié sur Neald pour la suivre. C'était un homme de la ville.

— Arganda pense que nous devons attendre que vous ayez repris votre sang-froid, dit Neald, se penchant sur sa selle et observant Perrin. Moi, je crois qu'il ne peut pas refroidir davantage.

Il hocha la tête, une nuance de satisfaction sur les lèvres. Il était habitué à faire peur aux gens, à cause de sa tunique noire et de ce qu'elle représentait.

— Ils ont parlé, dit Aram, et ils ont tous donné les mêmes réponses.

Son froncement de sourcils indiquait que ces réponses ne lui plaisaient pas.

— Je crois que la perspective de devenir des mendiants les a plus effrayés que votre hache. Mais ils disent qu'ils n'ont jamais vu Dame Faile. Ni aucune autre. On pourrait de nouveau essayer les braises. Peut-être que ça leur rafraîchirait la mémoire.

Était-il impatient ? De retrouver Faile ou d'utiliser les braises ?

Elyas grimaça.

— Ils vous redonneront les mêmes réponses. Ils vous diront ce que vous voulez entendre. Il y avait peu de chances de toute façon. Il y a des milliers de Shaidos et des milliers de prisonniers. Un homme peut passer toute sa vie au milieu de tant de gens, et se souvenir de quelques centaines, au plus.

— Alors, il faut les tuer, dit sombrement Aram. Sulin dit que les Vierges ont eu soin de les capturer alors qu'ils étaient désarmés, pour pouvoir les soumettre à la question. Ils n'accepteront pas d'être des *gai'shains*. Si un seul s'évade, il préviendra les Shaidos de notre présence, et ils nous poursuivront.

Perrin se leva, les articulations rouillées et douloureuses. Il ne pouvait pas libérer les Shaidos.

— On peut les garder prisonniers, Aram.

La précipitation lui avait déjà presque fait perdre Faile, et il avait de nouveau agi avec précipitation. Une belle formule pour dire qu'il avait tranché en vain la main d'un homme… Il s'était toujours efforcé de réfléchir et d'agir avec prudence. À présent, il devait réfléchir, sachant que toute réflexion le faisait souffrir. Faile était perdue dans une mer blanche de prisonniers.

— Peut-être que d'autres *gai'shains* sauraient où elle est, marmonna-t-il, se retournant vers le camp.

Mais comment mettre la main sur des *gai'shains* ? Ils n'étaient jamais autorisés à sortir du camp, sauf sous bonne garde.

— Et ça, mon fils ? demanda Elyas.

Perrin sut de quoi il parlait sans même regarder la hache.

— Je la laisse pour celui qui la trouvera, dit-il d'une voix dure. Peut-être qu'un imbécile de ménestrel en fera une histoire.

Il partit vers le camp à grands pas, sans regarder en arrière. Avec sa boucle vide, son large ceinturon était trop léger. Tout ça pour rien…

Trois jours plus tard, les charrettes revinrent de So Habor, lourdement chargées, et Balwer entra dans la tente de Perrin avec un homme de haute taille, pas rasé, vêtu d'une tunique de drap crasseuse, et portant une épée beaucoup mieux entretenue que lui-même. D'abord, Perrin ne le reconnut pas derrière sa barbe. Puis il reconnut son odeur.

— Je ne pensais pas vous revoir un jour, dit-il.

Balwer cligna des yeux, ce qui équivalait chez lui à rester bouche bée de surprise. Sans doute que le petit homme-oiseau s'était réjoui à l'idée de lui faire cette surprise.

— J'ai cherché… Maighdin, dit Tallanvor d'un ton brusque, mais les Shaidos se déplaçaient plus vite que moi. Maître Balwer dit que vous savez où elle est.

Balwer lança un regard pénétrant au jeune homme, mais sa voix resta aussi sèche et neutre que son odeur.

— Maître Tallanvor est arrivé à So Habor juste avant mon départ, mon Seigneur. Je l'ai rencontré tout à fait par hasard. Sans doute un heureux hasard. Il a peut-être des alliés pour vous. Je lui laisse la parole.

Tallanvor fronça les sourcils sur ses bottes et se tut.

— Des alliés ? l'encouragea Perrin. Seule une armée pourrait m'être utile, mais j'accepterai toute aide que vous pourrez m'apporter.

Tallanvor regarda Balwer, qui réagit en s'inclinant avec un sourire encourageant. Le barbu prit une profonde inspiration.

— Quinze mille Seanchans, à peu près. La plupart sont Tarabonais, mais ils se battent sous la bannière des Seanchans. Et… Et ils ont au moins une douzaine de *damanes*.

Sa voix se fit pressante, et il accéléra son débit, de crainte que Perrin ne l'interrompe.

— Je sais que c'est un peu comme accepter de l'aide du Ténébreux, mais ils pourchassent les Shaidos, eux aussi, et je suis prêt à accepter l'aide du Ténébreux pour libérer Maighdin.

Un moment, Perrin fixa les deux hommes, Tallanvor tripotant nerveusement la poignée de son épée, Balwer comme un moineau attendant de quel côté un cricket va sauter. Des Seanchans. Et des *damanes*. Oui, ça revenait à accepter l'aide du Ténébreux.

— Asseyez-vous et parlez-moi de ces Seanchans, dit-il.

28.

Un bouquet de roses en bouton

Depuis le jour où ils avaient quitté Ebou Dar avec le Grand Cirque Itinérant et Magnifique Spectacle des Merveilles de Valan Luca, le voyage était aussi catastrophique que l'avait prévu Mat dans ses moments les plus pessimistes. Pour commencer, il pleuvait tous les jours durant plusieurs heures. Une fois, il avait même plu pendant trois jours d'affilée, en déluges de pluie glacée et de neige fondue qui transperçaient les tuniques des voyageurs, frissonnants et gelés jusqu'aux os. L'eau ruisselait sur la route de terre battue comme si elle avait été pavée, retardant d'autant la progression de la caravane des chariots qui déjà n'avançaient pas vite par beau temps. Au début, tous les artistes s'étaient réjouis de quitter une ville en quasi-état de guerre, où régnait une insécurité permanente, avec son lot de raids nocturnes, de navires torpillés, de meurtres non élucidés. Soulagés aussi de s'éloigner des foudres d'un noble Seanchan, ivre de rage et de frustration après la disparition de sa femme, et capable de passer sa colère sur quiconque serait soupçonné de l'avoir arrachée à ses griffes. Au départ, ils allaient aussi vite que possible, aiguillonnant les chevaux pour accélérer l'allure. Mais à chaque mile supplémentaire parcouru, ils se sentaient plus loin du danger, plus en sécurité. Le premier après-midi…

— Il faut ménager les bêtes, expliqua Luca, regardant dételer les chevaux de sa roulotte ridiculement peinturlurée, pour les conduire à une ligne de piquets sous un léger crachin.

Le soleil déclinant n'était qu'à mi-chemin de l'horizon, mais déjà des volutes grises s'élevaient des cheminées des tentes et des roulottes.

— Personne ne nous poursuit, et Lugard est encore loin. Les bons chevaux sont rares et chers.

Luca fronça les sourcils en branlant du chef. Parler d'argent le mettait toujours de mauvaise humeur. Il était avare, sauf en ce qui concernait sa femme.

— Il n'y a pas beaucoup d'endroits sur cet itinéraire où ça vaut la peine de s'arrêter plus d'un jour. La plupart des villages sont trop petits pour qu'on fasse le plein de spectateurs, même si toute la population se déplace, et on ne sait jamais ce qu'on peut espérer d'une ville avant d'y être installé. Vous ne me payez pas assez pour que je puisse renoncer aux recettes du spectacle.

Resserrant sa cape écarlate abondamment brodée pour se protéger de l'humidité, il regarda sa roulotte par-dessus son épaule. Une odeur amère flotta dans le crachin. Mat n'était pas sûr d'avoir envie de manger ce que concoctait la femme de Luca.

— Vous êtes certain que personne ne nous poursuit, Cauthon ?

Irrité, enfonçant un peu plus son chapeau sur sa tête, Mat s'éloigna à grands pas en grinçant des dents, au milieu de la multitude de tentes et de chariots. Il ne le payait pas assez ? Pour le prix, Luca aurait dû accepter de faire *galoper* ses bêtes jusqu'à Lugard. Enfin, pas vraiment galoper – il n'avait pas envie de tuer les chevaux –, mais ce perroquet prétentieux aurait dû au moins se presser un peu.

Non loin de la roulotte de Luca, à cheval sur un tabouret, Chel Vanin mitonnait un ragoût dans une petite marmite suspendue au-dessus d'un feu. La pluie tombait en rigole dans la marmite depuis le bord affaissé de son chapeau, mais le gros homme ne semblait pas le remarquer, ni s'en soucier. Gorderan et Fergin, deux des Bras Rouges, grommelaient des jurons en enfonçant des piquets dans le sol boueux pour les cordes d'attache de la tente brun sale qu'ils partageaient avec Harnan et Metwyn. Et aussi avec Vanin, mais Vanin possédait des talents qui, d'après lui, le dispensaient de dresser la tente. Vanin était un maréchal-ferrant expérimenté, mais, plus important, il était le meilleur traqueur et le meilleur voleur de chevaux du pays, pour invraisemblable que ça parût, étant donné sa corpulence.

Fergin aperçut Mat et ravala un juron quand son marteau rata le piquet et atterrit sur son pouce. Lâchant l'outil, il fourra son doigt dans sa bouche et s'accroupit, en poussant des hurlements de douleur.

— On va passer une partie de la nuit dehors à garder les femmes, mon Seigneur. Vous ne pourriez pas engager des palefreniers à notre place, pour qu'on puisse au moins rester au sec jusqu'à ce qu'on ne puisse pas faire autrement ?

Gorderan enfonça son index dans l'épaule de Fergin ; il était aussi gros que Fergin était maigre.

— Les palefreniers monteront la tente et voleront tout ce qu'ils pourraient embarquer, c'est ça que tu veux, Fergin ?

Un nouveau coup d'index dans l'épaule.

— Tu veux qu'un de ces chapardeurs se tire avec mon arc ou ma selle ? C'est une belle selle.

Le troisième coup d'index faillit faire tomber Fergin sur le flanc.

— Si on ne dresse pas cette tente, Harnan va nous faire monter la garde toute la nuit, c'est moi qui te le dis.

Fergin le regarda de travers et grommela, mais il ramassa son marteau, essuyant la boue de sa tunique. Il était assez bon soldat, mais pas très malin.

Vanin cracha entre ses dents, ratant la marmite de justesse. L'odeur du ragoût de Latelle était alléchante, mais Mat décida qu'il n'allait encore pas manger. Tapotant sa cuillère en bois au bord de la marmite pour l'égoutter, le gros homme leva sur Mat ses yeux aux lourdes paupières. Son visage rond semblait souvent à moitié endormi, mais seul un idiot s'y serait laissé prendre.

— À cette vitesse, on sera à Lugard l'été prochain, si on y arrive jamais.

— On y arrivera, Vanin, dit Mat, avec plus d'assurance qu'il n'en ressentait pour le moment.

La grossière tunique de drap qu'il avait enfilée quelques heures plus tôt était déjà trempée, et de l'eau dégoulinait dans son dos. Difficile de se sentir à l'aise avec la pluie ruisselant le long de votre colonne vertébrale.

— L'hiver est presque fini. Le printemps venu, nous avancerons plus vite. Vous verrez. Au milieu du printemps, nous serons à Lugard !

Il n'en était pas si sûr. Il n'avait parcouru que deux lieues le premier jour. Deux lieues et demie constituaient une bonne étape. Il y avait peu de villes sur la Grande Route du Nord, qui devenait ensuite « la Route d'Ebou Dar », ou « la Route du Bac », ou tout simplement « la Route », comme si c'était la seule. Mais Luca s'arrêtait dans tous les villages et les villes, quelle qu'en soit la taille. Près de la moitié de la journée était consacrée à la préparation du spectacle et au montage du mur de toile, avec sa grande bannière bleue aux lettres rouges au-dessus de l'entrée. Grand Cirque Itinérant de Valan Luca. L'homme était trop âpre au gain pour laisser passer une occasion de remplir ses caisses en vidant les bourses des populations qu'il rameutait dans son cirque et trop vaniteux pour renoncer à parader dans une de ses éclatantes tuniques rouges, bouffi d'orgueil devant l'admiration des foules.

À la vérité, la singularité des artistes, et les animaux en cage venus de pays lointains, suffisaient à attirer les gens. D'ailleurs, même les animaux moins exotiques faisaient l'affaire ; peu de gens s'étaient jamais assez éloignés de chez eux pour voir un ours, et encore moins un lion. Seule la pluie battante décourageait les spectateurs, et quand il pleuvait trop, les jongleurs et les acrobates refusaient de faire leur numéro sans protection au-dessus de leurs têtes. Alors, Luca râlait et délirait, vociférant qu'il lui faudrait trouver des toiles goudronnées pour abriter tous les numéros, ou avoir une tente assez grande pour couvrir tout le spectacle. Une tente ! Il avait vraiment la folie des grandeurs ! Pourquoi pas un palais sur roues, pendant qu'il y était ?

Pourtant, si la lenteur de la progression de la caravane avait été l'unique souci de Mat, il aurait été un homme heureux. Parfois, deux ou trois convois de colons seanchans, arrivés parmi les premiers, se traînaient lentement sur la route, avec leurs bizarres chariots pointus, et leurs bovins, moutons et chèvres aux formes étranges, avant que les premières roulottes du cirque ne s'ébranlent. Parfois, des colonnes de soldats seanchans les dépassaient en rangées d'hommes aux casques ressemblant à d'énormes têtes d'insectes, marchant au pas cadencé, et par colonnes de cavaliers aux armures à plates chevauchantes rayées. Une fois, ils virent des hommes à cheval sur des *thorms*, créatures aux écailles couleur bronze, semblables à des chats gros comme des chevaux. Sauf qu'ils avaient trois yeux. Une vingtaine de *thorms* progressant en reptation sinueuse avançaient plus vite qu'un cheval au trot. Ni les cavaliers ni leurs montures ne prêtèrent vraiment attention au cirque, mais les chevaux se mirent à paniquer, hennissant et se cabrant à leur passage. Les lions, ours et léopards rugirent dans leurs cages, et tous se jetèrent sur les barreaux, y compris le cerf bizarre, pour tenter de s'enfuir. Il fallut passer des heures à les calmer pour pouvoir reprendre la route. Et Luca insista pour qu'on soigne immédiatement les blessures que les animaux s'étaient faites. La ménagerie représentait un gros investissement. Deux fois, des officiers en casque à plumes demandèrent à voir l'autorisation de Luca pour les chevaux, et Mat eut des sueurs froides, avec des gouttes de transpiration grosses comme des grains de raisin, jusqu'à ce qu'ils repartent, satisfaits. À mesure qu'ils progressaient vers le nord, les Seanchans se raréfiaient sur la route. Pourtant, il transpirait toujours à la vue d'un groupe de Seanchans, soldats ou colons, peu importait. Même si Suroth n'avait rien dit concernant la disparition de Tuon, les soldats devaient la rechercher. Il suffisait d'un officier trop zélé qui comparerait le nombre de chevaux autorisés à leur effectif réel, après quoi, ils passeraient tous les chariots et les roulottes au peigne fin, c'était certain ; ou d'une fervente *sul'dam* pensant peut-être trouver une femme capable de canaliser parmi les jongleurs, les acrobates et les contorsionnistes. Ses gouttes de sueur étaient grosses comme des prunes !

Malheureusement, tous ne se souciaient pas de leur propre peau comme ils l'auraient dû. À l'extérieur d'un minuscule hameau, un groupe de chaumières où même Luca ne pensait pas pouvoir tirer deux piécettes de cuivre, Mat, en cape de drap sous la pluie battante, observait trois Aes Sedais se faufiler furtivement dans la caravane sous le soleil couchant. Le tonnerre roula au loin. Elles étaient emmitouflées dans des capes sombres, les capuches rabattues sur le visage, pourtant il n'avait aucun doute sur leur identité. Sous le déluge, elles passèrent à dix toises de lui sans le voir, mais le médaillon d'argent suspendu sous sa chemise se glaça contre sa peau. Au moins l'une d'entre elles canalisait ou tenait le Pouvoir. Qu'il soit réduit en cendres, mais elles étaient toutes les trois folles à lier.

Les trois Aes Sedais n'avaient pas plus tôt disparu au milieu des roulottes et des tentes, que trois autres formes fantomatiques apparurent, se hâtant derrière elles. L'une d'elles pointa le doigt sur lui, mais les autres s'arrêtèrent à peine, puis repartirent à la poursuite des Aes Sedais. Un juron lui monta aux lèvres, mais il ne le proféra pas. Il était au-delà de ce genre de réaction. S'il nommait tous les gens qu'il aurait voulu voir disparaître lorsqu'ils croisaient une patrouille seanchane, les *sul'dams* auraient été à peu près à égalité avec Tuon et Selucia.

— Je me demande bien ce qu'elles veulent..., dit Noal derrière lui.

Mat fit un saut qui propulsa un torrent de pluie à l'intérieur de son capuchon avant de couler dans son cou. Il aurait souhaité que Noal perde l'habitude de le prendre ainsi par surprise.

— J'ai l'intention de le découvrir, grommela-t-il, rajustant sa cape.

Il ignorait pourquoi il s'en souciait. Sa tunique n'était que légèrement humide, mais sa chemise était déjà trempée. Assez curieusement, Noal n'était plus avec lui quand il arriva à la roulotte blanchie à la chaux rayée de gris, où dormaient les Aes Sedais et les *sul'dams*. Noal aimait fourrer son nez partout. Peut-être avait-il décidé qu'il était assez mouillé. Blaeric et Fen étaient déjà enroulés dans leur couverture sous la roulotte, trop heureux de pouvoir un peu oublier la pluie et la boue, mais il n'aurait pas parié qu'ils dormaient. Effectivement, l'un d'eux s'assit quand il pataugea sur les quelques marches menant à l'entrée. Lequel ? Mystère, car il ne dit rien, mais Mat sentit son regard sur lui. Il n'hésita pas et entra sans frapper.

À l'intérieur, six femmes se tenaient debout, leur cape trempée à la main. Au mur, deux lampes montées sur cardans donnaient une bonne lumière, meilleure qu'il n'aurait voulu, en un sens. Les six visages pivotèrent vers lui avec cet air figé qu'ont les femmes quand un homme met le pied là où ça leur déplaît. Dans la roulotte, l'air sentait la laine mouillée et donnait l'impression que la foudre venait de tomber. La pluie tambourinait sur le toit, le tonnerre roulait, mais le médaillon à la tête de renard n'était pas plus froid que n'importe quel morceau d'argent. Peut-être que Blaeric et Fen l'avaient laissé entrer espérant qu'il allait se faire décapiter. Peut-être désiraient-ils simplement ne pas être mêlés à cette histoire. Pourtant, un Lige devait être prêt à mourir si son Aes Sedai décidait que c'était nécessaire. Pas Mat Cauthon. Il ferma la porte d'un coup de hanche qui le laissait tranquille pour le moment.

Quand il leur fit des reproches, Edesina réagit avec véhémence, secouant ses longs cheveux noirs qui cascadaient dans son dos.

— Je vous suis très reconnaissante de m'avoir sauvée des Seanchans, Maître Cauthon, et je vous prouverai ma gratitude, mais il y a des limites. Je ne suis pas votre servante pour exécuter ainsi tous vos ordres. Il n'y avait pas de Seanchans au village, et nous avons caché nos visages. Il n'était pas utile d'envoyer après nous vos… vos chiens de garde.

Le regard qu'elle lança aux trois Seanchanes était assez flamboyant de colère pour faire frire des œufs. Edesina avait dépassé le stade où quiconque ayant l'accent seanchan la rendait nerveuse. Elle voulait retrouver son autorité. Et elle avait les *sul'dams* sous la main. Mat comptait sur la légendaire maîtrise des Aes Sedais pour que les choses ne s'enveniment pas davantage. À condition qu'il ne soit pas déjà trop tard… Un de ses plus vieux souvenirs à leur sujet, c'était la vision d'Aes Sedais explosant comme des fusées d'Illuminateur.

Le visage sombre de Bethamin n'affichait aucun signe d'inquiétude. Elle finit de secouer sa cape et la suspendit à une cheville, pendant qu'Edesina parlait, puis elle lissa sa jupe sur ses hanches. Ce soir, elle portait des jupons vert pâle. Elle se plaignait de l'indécence des vêtements d'Ebou Dar, et Mat songea qu'il devrait lui trouver autre chose maintenant qu'ils étaient loin de la côte, mais elle remplissait joliment son profond décolleté. Pourtant, elle parlait d'un ton trop maternel pour son goût.

— Elles ont vraiment caché leurs visages, mon Seigneur, dit-elle d'une voix traînante, et elles sont restées groupées. Aucune n'a tenté de s'éclipser toute seule. Dans l'ensemble, elles se sont très bien tenues.

Une mère fière de ses enfants. Ou peut-être une dresseuse de chiens fière de ses bêtes. La blonde Seta hocha la tête avec approbation. Dresseuse de chiens, sans aucun doute.

— Si mon Seigneur ne veut pas qu'elles sortent, nous pouvons toujours utiliser l'*a'dam*, dit Renna d'un ton obséquieux. On ne peut vraiment pas leur faire confiance une fois lâchées dans la nature.

Elle alla jusqu'à s'incliner devant lui, à la façon des Seanchanes, c'est-à-dire pliée en deux, ses grands yeux bruns pleins d'espoir. Teslyn déglutit et serra sa cape trempée sur sa poitrine. Elle n'avait certes pas surmonté sa peur des *sul'dams*, malgré son air capable de mastiquer des clous. Joline, hautaine comme toujours, se redressa, les yeux flamboyants. Qu'elle ait ou non la sérénité d'une Aes Sedai, la foudre pouvait aussi bien frapper quand les yeux de Joline se mettaient à flamboyer. C'était souvent le cas avec les jolies femmes.

— Non, dit vivement Mat. C'est inutile. Donnez-moi ces colliers et je m'en débarrasserai.

Par la Lumière, pourquoi s'était-il mis ces femmes sur le dos ? Parfois, ce qui semblait une bonne idée sur le moment pouvait se révéler d'une stupidité totale rétrospectivement.

— Vous n'avez qu'à être toutes très prudentes. Nous ne sommes pas encore à trente miles d'Ebou Dar. Les routes sont truffées de ces maudits Seanchans.

Il lança un regard d'excuse aux trois Seanchanes. Elles *étaient* de son côté après tout. Façon de parler. Elles n'avaient pas d'autre endroit où aller, sauf Egeanin, et elles savaient qui détenait l'argent. Bethamin haussa les sourcils d'étonnement. Les nobles seanchans ne s'excusaient jamais, même d'un regard.

— Des soldats seanchans ont traversé le village hier, dit Teslyn, avec un accent de l'Illian particulièrement appuyé.

Joline déplaça sur elle ses yeux flamboyants, mais elle n'eut aucune réaction, si ce n'est de se retourner pour suspendre sa cape.

— Sur la route, ils ont posé des questions sur les étrangers. Et certains se sont plaints d'être envoyés dans le Nord.

Teslyn regarda les *sul'dams* par-dessus son épaule, puis détourna les yeux et prit une profonde inspiration.

— Il semble que le Retour soit dirigé vers l'est. Les soldats croyaient que l'Armée Toujours Victorieuse livrerait l'Illian à leur Impératrice avant la fin du printemps. La Cité proprement dite et tout le reste.

Quand elles allaient à la Tour Blanche, les Aes Sedais renonçaient à leur pays natal, mais pour toutes les Illianeres, la cité d'Illian était simplement la Cité.

— C'est bon, dit Mat, à moitié pour lui-même, réfléchissant.

Les soldats parlaient tout le temps à tort et à travers. C'était l'une des raisons pour lesquelles on ne leur révélait les plans qu'à la dernière minute. Teslyn haussa ses fins sourcils, et il ajouta :

— La route de Lugard sera dégagée sur la plus grande partie du trajet.

Teslyn hocha sèchement la tête, pas très satisfaite. Entre ce que les Aes Sedais étaient censées faire, et ce qu'elles faisaient effectivement, il y avait parfois un monde…

— Nous n'avons parlé à personne, mon Seigneur, seulement surveillé les filles, dit Bethamin, encore plus lentement que d'habitude.

En général, les Seanchans parlaient à la vitesse du miel coulant au milieu d'une tempête de neige. À l'évidence, c'était elle qui commandait dans le groupe des *sul'dams*. Elle regarda cependant les deux autres avant de poursuivre.

— À Ebou Dar, dans le quartier des *sul'dams*, on ne parlait que de l'Illian. Pays riche et riche cité où beaucoup gagneraient de nouveaux noms. Et la richesse.

Elle ajouta cela comme si la richesse comptait peu comparée à un nouveau nom.

— Nous aurions dû réaliser que vous aviez besoin de savoir ces choses-là.

Une inspiration profonde faillit faire jaillir ses seins hors de son décolleté.

— Si vous avez des questions, mon Seigneur, nous sommes toutes prêtes à y répondre et à vous dire ce que nous savons.

Renna s'inclina une nouvelle fois, le visage plein de zèle, et Seta dit d'une voix flûtée :

— Nous pourrions écouter dans les villes et les villages où nous nous arrêtons, mon Seigneur. Contrairement à certaines qui pourraient, à juste titre, vous paraître peu fiables, à nous, vous pouvez faire confiance.

Quand une femme vous proposait son aide, est-ce qu'elle commençait toujours par vous jeter dans une marmite d'eau bouillante en attisant le feu dessous ? Le visage de Joline devint un masque de glace dédaigneux, comme si les Seanchanes n'étaient pas dignes de son attention. Son regard réfrigérant tomba sur Mat Cauthon. Edesina pinça les lèvres, et son regard tenta de transpercer Mat et les *sul'dams*. Même Teslyn parut indignée. Elle était reconnaissante, elle aussi, mais elle était Aes Sedai. Et c'est sur lui qu'elle fronçait les sourcils. Il soupçonnait qu'elle sauterait comme une grenouille terrorisée si une *sul'dam* frappait dans ses mains.

— Ce que je veux, expliqua-t-il patiemment, c'est que vous restiez toutes dans les roulottes.

Il fallait être patient avec les femmes, Aes Sedais comprises. Il commençait à l'apprendre à ses dépens.

— La moindre rumeur d'Aes Sedai dans cette caravane, et nous serons submergés par les Seanchans. Quelqu'un viendra tôt ou tard vérifier ce qu'il y a derrière ces rumeurs, et nous serons tous dans le pétrin. Ne vous montrez pas. Faites profil bas jusqu'à ce que nous approchions de Lugard. Ce n'est pas trop vous demander, si ?

Les éclairs zébrèrent les fenêtres d'une lumière bleue, et le tonnerre gronda, si proche que la roulotte trembla.

Apparemment, c'était trop demander. Bien sûr, les Aes Sedais relevaient leurs capuchons quand elles sortaient, la pluie le justifiant amplement. Mais l'une d'entre elles voyagea sur le siège du cocher et elles ne firent guère d'efforts pour se faire passer pour des servantes aux yeux des artistes. Elles allaient aussi dans les villages, et parfois dans les villes, persuadées qu'il n'y avait pas de Seanchans. Par deux fois, elles durent revenir précipitamment quand elles se retrouvèrent dans une ville grouillant de colons en route vers le nord. Elles lui rapportaient ce qu'elles apprenaient au cours de leurs sorties. Il pensa que c'était sincère. Teslyn semblait reconnaissante, pour une Aes Sedai. Edesina, plus ou moins.

Malgré leurs différences, Joline, Teslyn et Edesina restaient groupées, comme un troupeau d'oies. Si on en voyait une, on les voyait toutes les trois. Sans doute parce que, lorsqu'elles se promenaient, emmitouflées dans leurs capes et encapuchonnées, Bethamin, Renna et Seta apparaissaient derrière elles une minute plus tard, avec le plus grand naturel, mais sans jamais perdre de vue « les filles ». En gardeuses d'oies. Un aveugle aurait vu qu'il y avait des tensions entre les deux groupes, et qu'aucune d'elles n'était une servante ; les *sul'dams* ayant souvent occupé des positions respectées, des situations d'autorité, leur attitude était aussi arrogante que celle des Aes Sedais. Mais il était coincé.

Bethamin et les deux autres se méfiaient des Seanchans autant que les Aes Sedais, pourtant elles les suivaient systématiquement quand elles allaient au village ou à la ville, et Bethamin lui rapportait toujours ce qu'elles avaient entendu, avec Renna qui arborait un sourire doucereux et Seta minaudant que « les filles » avaient manqué ceci ou cela, ou prétendaient ne pas avoir entendu. On n'était jamais certain avec quelqu'un ayant l'audace de se qualifier d'Aes Sedai ; peut-être devrait-il penser à les remettre à la laisse, au moins jusqu'à ce qu'ils soient en sécurité.

Leurs informations n'étaient guère différentes de ce que les sœurs lui rapportaient. Les indigènes cancanaient sur ce qu'ils avaient entendu des Seanchans de passage. Beaucoup de colons étaient nerveux, la tête pleine de rumeurs sur la sauvagerie des Aiels qui ravageaient l'Altara, même si les indigènes affirmaient que c'était quelque part dans le nord. Il semblait que quelqu'un de plus haut placé en soit venu à la même conclusion, parce que beaucoup de colons avaient été détournés vers l'est et l'Illian. Une alliance avait été conclue avec quelqu'un de puissant dont on attendait qu'il donne à la Haute Dame Suroth accès à de nombreux pays. Les *sul'dams* refusèrent de se laisser convaincre de ne pas écouter les rumeurs. Et elles s'arrangèrent aussi pour ne jamais lui remettre les *a'dams*. En vérité, les laisses d'argent et les *sul'dams* étaient ses seuls moyens de pression sur les Aes Sedais. La gratitude ? Venant d'une Aes Sedai ! Non qu'il ait eu l'intention de remettre les sœurs à la laisse. Il était totalement et définitivement coincé.

Il n'avait aucun besoin de ce que les *sul'dams* et les Aes Sedais apprenaient. Il avait de meilleures sources, des gens fiables. Il faisait confiance à Thom, quand on pouvait arracher le ménestrel aux cheveux blancs à une partie de Serpents et Renards avec Olver ou à ses rêvasseries sur une lettre froissée qu'il avait toujours dans la poche poitrine de sa tunique. Thom était capable d'entrer dans une auberge, de raconter une histoire et parfois de jongler un peu, puis de ressortir en sachant ce que chacun avait dans la tête. Mat avait confiance en Juilin également – il faisait presque aussi bien que Thom, sans jongler ni raconter d'histoires – mais il insistait toujours pour emmener Thera avec lui, lui donnant sagement le bras quand ils allaient en ville. Pour la réhabituer à la liberté, disait-il. Elle souriait à Juilin, ses grands yeux noirs brillant, sa petite bouche en cœur sollicitant le baiser. Peut-être avait-elle été Panarch du Tarabon, comme le prétendaient Juilin et Thom, mais Mat commençait à en douter. Il avait entendu des contorsionnistes dire en plaisantant que la servante tarabonaise épuisait le preneur-de-larrons tairen au point qu'il pouvait à peine marcher. Et Panarch ou servante, Thera faisait mine de s'agenouiller dès qu'elle entendait un accent seanchan. Mat se disait qu'elle dirait à genoux tout ce qu'elle savait à n'importe quel Seanchan qui lui poserait une question, en commençant par Juilin Sandar et en finissant par la roulotte où vivaient les Aes Sedais. Thera représentait un danger plus grand que toutes les Aes Sedais et les *sul'dams* réunies. Juilin se hérissait à la moindre réserve sur la fiabilité de sa dulcinée, et faisait tournoyer sa canne en bambou comme s'il avait envie d'assommer Mat. Il n'y avait pas d'issue, mais Mat trouva une solution provisoire.

— Bien sûr que je peux les suivre, dit Noal avec un sourire édenté, affirmant que c'était un jeu d'enfant.

Posant son doigt noueux sur son nez cassé, il glissa son autre main sous sa tunique, où il cachait ses couteaux.

— Êtes-vous certain qu'il ne vaudrait pas mieux s'assurer qu'elle ne parle plus à personne ? Ce n'est qu'une suggestion, mon garçon. Si vous dites non, c'est non.

Mat refusa tout net. Il avait tué une femme dans sa vie, et en avait laissé massacrer une autre. Il n'allait pas s'en mettre une troisième sur la conscience.

— Il semble que Suroth ait conclu une alliance avec un roi quelconque, dit Juilin en souriant, une coupe de vin aux épices à la main.

En tout cas, Thera semblait le faire sourire plus souvent. Elle était blottie près du tabouret de Juilin dans leur tente exiguë, la tête sur ses genoux, et il lui caressait doucement les cheveux.

— On parle beaucoup d'un nouvel allié puissant. Et les colons ont tous une peur bleue des Aiels.

— La plupart des colons semblent avoir été envoyés vers l'est, dit Thom, contemplant tristement sa coupe.

Tandis que Juilin paraissait plus heureux de jour en jour, Thom paraissait de plus en plus triste. Il y avait aussi Noal dans la tente, qui ne quittait pas Juilin et Thera d'une semelle. Lopin et Nerim étaient assis en tailleur au fond. Les deux serviteurs de Mat avaient sorti leurs paniers à ouvrage et examinaient les belles tuniques que Mat avait emportées d'Ebou Dar, pour effectuer les racommodages qu'ils jugeaient nécessaires, de sorte que la petite tente était vraiment surpeuplée.

— Et il y a aussi beaucoup de soldats, poursuivit Thom. Tout annonce qu'ils vont s'abattre sur l'Illian comme un coup de marteau.

Au moins, il savait que la vérité était sans fard quand elle sortait de leurs bouches. Bethamin et Seta n'avaient jamais appris à faire la révérence. D'une certaine façon, il était plus à l'aise avec Renna qui s'inclinait trop. Cela semblait honnête. Étrange mais honnête.

Mat lui-même ne jetait qu'un rapide coup d'œil dans les villes et les villages, le col relevé et le chapeau enfoncé sur les yeux, avant de rentrer au cirque. Il portait rarement une cape qui pouvait gêner l'usage des couteaux qu'il cachait partout sur lui. Non qu'il s'attendît à en avoir besoin. C'était juste une précaution inspirée par la prudence. Il ne buvait pas, ne dansait pas, et surtout ne jouait pas. Le son des dés, secoués dans un cornet dans la salle commune d'une auberge, l'attirait, mais sa chance aux dés aurait vite attiré l'attention. Dans cette région de l'Altara, hommes et femmes avaient des dagues à la ceinture et étaient prompts à s'en servir. Comme il voulait passer inaperçu, il avançait sans regarder personne, hochait froidement la tête à l'adresse des serveuses qui lui souriaient, et ne buvait jamais plus d'une coupe de vin. Après quoi, il rentrait au cirque faire son travail. Un travail qu'il avait commencé le premier soir, après sa fuite d'Ebou Dar.

— J'ai besoin que vous veniez avec moi, dit-il alors, ouvrant le coffre sur le flanc du chariot sous son lit.

C'est là qu'il conservait son or, honnêtement gagné au jeu. La plus grosse part venait d'une course hippique, et il n'avait pas plus de chance qu'un autre avec les chevaux. Pour le reste… Si un homme voulait jeter les dés, jouer aux cartes ou à pile ou face, il devait être prêt à perdre. Domon, assis sur l'autre lit, passant la main sur son crâne rasé, avait retenu la leçon. Cet homme aurait dû accepter de coucher par terre comme un bon *so'jhin*, mais au début, il avait insisté pour tirer le second lit à pile ou face avec Mat. Egeanin avait le premier lit, bien entendu. Mais tirer à pile ou face était aussi facile que jeter les dés. Tant que la pièce n'atterrissait pas sur la tranche, comme ça arrivait parfois pour lui. Jusqu'à ce que Mat ait gagné quatre fois de suite. Le cinquième soir, la pièce avait atterri sur la tranche, trois fois d'affilée. Maintenant, ils couchaient par terre à tour de rôle. Mais c'était encore le tour de Domon ce soir. Trouvant le sachet de cuir qu'il cherchait, il le mit dans sa poche et referma le coffre du pied.

— Il faudra l'affronter tôt ou tard, dit-il. Et j'ai besoin de vous pour arranger les choses.

Il avait besoin de quelqu'un sur qui focaliser l'ire de Tuon, une sorte de bouc émissaire qui lui servirait de faire-valoir mais il ne pouvait pas le dire à Egeanin.

— Vous êtes une noble Seanchane, et vous pouvez m'empêcher de commettre une erreur.

— Pourquoi avez-vous besoin d'arranger les choses ?

La voix traînante d'Egeanin était dure comme une scie. Elle était adossée à la porte de la roulotte, les poings sur les hanches, ses yeux bleus perçants comme des vrilles sous sa longue perruque noire.

— Pourquoi avez-vous besoin de la voir ? N'en avez-vous pas déjà assez fait ?

— Vous n'allez pas me faire croire que vous avez peur d'elle, railla Mat, éludant la question.

Quelle réponse pouvait-il donner qui n'aurait pas paru insensée ?

— Vous pourriez vous la fourrer sous le bras aussi facilement que moi. Mais je promets de ne pas la laisser vous couper la tête ou vous rouer de coups.

— Egeanin n'a peur de rien, gronda Domon, protecteur. Si elle ne veut pas venir avec vous, vous n'avez qu'à aller courtiser la petite tout seul. Et y passer la nuit si ça vous chante.

Egeanin continua à lancer à Mat des regards furibonds. Puis elle lança un coup d'œil sur Domon, et ses épaules s'affaissèrent quelque peu, puis elle arracha sa cape à la patère où elle était suspendue.

— Allons-y, Cauthon, grogna-t-elle. S'il faut le faire, autant en finir au plus tôt.

Elle sortit de la roulotte en coup de vent, et Mat dut presser le pas pour la rattraper. On aurait pu croire qu'elle n'avait pas envie de rester seule avec Domon tant la scène paraissait absurde.

Une fois devant la roulotte sans fenêtres, une ombre bougea dans l'obscurité profonde. Le croissant de lune sortit des nuages le temps que Mat reconnaisse la mâchoire prognathe de Harnan.

— Tout est tranquille, mon Seigneur, dit-il.

Mat hocha la tête et prit une profonde inspiration, tâtant le sachet en cuir dans sa poche. L'air était pur, lavé par la pluie et loin des piquets des chevaux. Tuon devait être soulagée de ne plus respirer les odeurs de crottin et des cages d'animaux. Les roulottes des artistes à sa gauche étaient aussi sombres que les chariots bâchés transportant le matériel, à sa droite. Inutile d'attendre plus longtemps. Il poussa Egeanin devant lui sur les marches menant à la porte de la roulotte pourpre.

Il y avait plus de monde à l'intérieur qu'il ne s'y attendait. Setalle était assise sur un lit et brodait. Selucia se tenait debout au fond, fronçant les sourcils sous son foulard. Noal était assis sur l'autre lit, apparemment perdu dans ses pensées, et Tuon était par terre en tailleur, faisant une partie de Serpents et Renards avec Olver.

Quand Mat entra, l'enfant se retourna avec un sourire jusqu'aux oreilles qui lui fendit le visage en deux.

— Noal nous a raconté l'histoire de Co'dansin, Mat, s'exclama-t-il. C'est un autre nom de Shara. Saviez-vous que les Ayyads tatouent leurs visages ? C'est comme ça qu'ils appellent les femmes qui peuvent canaliser, à Shara.

— Non, je ne savais pas, dit Mat, regardant Noal de travers.

C'était déjà regrettable que Vanin et les Bras Rouges lui donnent de mauvaises habitudes, sans parler de celles qu'il prenait avec Thom et Juilin, sans que Noal aille lui farcir la tête d'idioties.

Soudain, Noal se claqua la cuisse et se redressa.

— Je me rappelle maintenant, dit-il, et il se mit à chanter :

La Fortune voyage haut comme le soleil
Avec le renard qui fait s'envoler le corbeau.
La chance est son âme, l'éclair est son œil,
Il arrache les lunes au ciel.

L'homme au nez cassé regarda autour de lui, comme venant de réaliser la présence des autres.

— J'essayais de me rappeler ça. C'est tiré des Prophéties du Dragon.

— Très intéressant, Noal, marmonna Mat.

Les couleurs tournoyèrent dans sa tête exactement comme quand les Aes Sedais paniquaient. Elles s'évanouirent en un éclair sans former une image cette fois, mais il se sentit aussi transi que s'il avait dormi tout nu à la belle étoile. Ces Prophéties, c'était bien la dernière chose qu'il avait envie qu'on lui rappelle.

— Un jour peut-être, vous pourrez nous réciter tout l'épisode, mais pas ce soir, d'accord ?

Tuon le regarda à travers ses cils, poupée de porcelaine noire perdue dans une robe trop grande pour elle. Par la Lumière, ce qu'elle avait de longs cils ! Elle ignora Egeanin comme si elle n'existait pas. Egeanin faisait de son mieux pour se fondre dans le décor. Voilà pour ses espoirs de diversion.

— Joujou n'a pas l'intention d'être grossier, murmura Tuon de sa voix de miel. C'est juste qu'on ne lui a pas appris les bonnes manières. Mais il est tard, Maître Charin ; il est temps d'aller mettre Olver au lit.

Peut-être l'escorterez-vous jusqu'à sa tente ? Nous rejouerons une autre fois. Aimeriez-vous que je vous apprenne à jouer aux Pierres ?

Olver accepta avec enthousiasme, tout sourires. À son âge, il aimait déjà tout ce qui lui donnait l'occasion de faire du charme à une femme, sans parler de l'occasion de lui dire des choses qui auraient mérité qu'on le gifle, à lui faire enfler la tête plus qu'elle ne l'était déjà. Si Mat découvrait jamais lequel de ses « oncles » lui enseignait ça… Mais l'enfant rassembla les pièces de son jeu et les enveloppa soigneusement dans l'échiquier en étoffe, sans se le faire répéter deux fois. Il fit même une très jolie révérence en remerciant la Haute Dame, puis il sortit avec Noal. Mat hocha la tête avec approbation. Il avait lui-même enseigné à l'enfant à faire la révérence, mais Olver ajoutait généralement un sourire enjôleur qui s'adressait à toutes les jolies femmes de l'assistance. S'il découvrait jamais qui…

— Vous avez une raison de me rendre visite, Joujou ? dit Tuon d'un ton froid. Il est tard, et je pensais me coucher.

Il fit la révérence et la gratifia de son plus beau sourire. Il pouvait être poli, même si elle ne l'était pas.

— Je voulais juste m'assurer que vous allez bien. Ces roulottes sont inconfortables sur la route. Et je sais que vous n'êtes pas satisfaite des vêtements que je vous ai trouvés. Alors, j'ai pensé que ceci vous ferait plaisir.

Pêchant le sachet de cuir dans sa poche, il le lui présenta avec élégance.

Selucia se raidit, ses yeux bleus flamboyèrent, mais Tuon agita ses doigts fuselés, et la servante se calma. Un peu. Mat aimait bien les femmes combatives, en général, mais si elle gâchait son effet, il lui donnerait la fessée. Il s'accrocha avec effort à son sourire, et parvint même à l'élargir un peu. Tuon retourna plusieurs fois le sachet dans sa main avant d'en dénouer les cordons et d'en vider le contenu sur ses genoux. C'était un lourd collier d'or et d'ambre sculpté. Un bijou de valeur, et seanchan en prime. Mat en était fier. Il l'avait acheté à une acrobate, qui le tenait d'un officier seanchan amoureux d'elle. Elle avait bien voulu le lui vendre après le départ de l'officier. Elle trouvait qu'il ne convenait pas à son teint. Il sourit et attendit. Les bijoux attendrissent toujours le cœur d'une femme.

Pourtant la réaction des trois femmes ne fut pas celle qu'il escomptait. Tuon leva le collier à deux mains jusqu'à la hauteur de son visage, l'examinant comme si elle n'avait jamais rien vu de tel. Les lèvres de Selucia se retroussèrent en un rictus. Setalle posa son tambour à broder sur ses genoux et le regarda, branlant du chef.

Brusquement, Tuon lança le bijou à Selucia par-dessus son épaule.

— Il ne me va pas, dit-elle. Le voulez-vous, Selucia ?

Le sourire de Mat s'estompa.

Selucia prit le collier entre le pouce et l'index, comme si elle tenait un rat mort par la queue.

— Tout juste bon pour une danseuse nue à porter sous son voile, dit-elle avec ironie.

D'un geste du poignet, elle lança le collier à Egeanin, ordonnant sèchement :

— Mettez-le !

Egeanin le rattrapa juste avant qu'il ne l'atteigne en pleine figure. Le sourire de Mat s'évanouit tout à fait.

Il s'attendait à une explosion, mais Egeanin ouvrit le fermoir d'une main tremblante et repoussa sa lourde perruque pour l'attacher à son cou. Son visage était si inexpressif qu'il aurait pu être sculpté dans la neige.

— Tournez-vous, commanda Selucia, car c'était un ordre, sans aucun doute. Que je voie.

Egeanin tourna, raide comme un piquet.

Perplexe, Setalle la regarda intensément, puis secoua la tête à l'adresse de Mat avant de se remettre à sa broderie. Qu'il soit réduit en cendres, il avait acheté le collier pour Tuon, qui l'avait donné à Selucia devant lui, et maintenant il était à *Egeanin* ?

— Elle est venue pour officialiser son nouveau nom, dit pensivement Tuon. Comment s'appelle-t-elle déjà ?

— Leilwin, répondit Selucia. Un nom parfait pour une danseuse nue. Leilwin Sansbarque, peut-être ?

Tuon hocha la tête.

— Oui, Leilwin Sansbarque. C'est parfait.

Egeanin sursauta comme si chaque mot la giflait.

— Puis-je me retirer ? demanda-t-elle avec raideur en s'inclinant.

— Si vous voulez, grommela Mat.

L'amener avec lui n'avait pas été sa meilleure idée, mais peut-être que, sans elle, il parviendrait à sauver la situation.

Les yeux braqués sur le plancher, Egeanin tomba à genoux.

— S'il vous plaît, puis-je me retirer ?

Assise par terre, très droite, Tuon leva les yeux sur elle, sans la voir. Selucia toisa Egeanin de la tête aux pieds avec un œil critique. Setalle enfonça son aiguille dans le tissu tendu sur son tambour. Aucune ne regarda Mat.

Egeanin se prosterna. Mat ravala un juron quand elle baisa le sol.

— S'il vous plaît, dit-elle d'une voix rauque. Je vous supplie de m'accorder l'autorisation de me retirer.

— Vous pouvez partir, Leilwin, dit Selucia, froide comme une reine s'adressant à un voleur de poules, et vous ne paraîtrez plus devant moi sans être couverte d'un voile de danseuse nue.

Egeanin recula à quatre pattes, puis passa la porte, dégringolant les marches si vite que Mat en resta bouche bée.

Avec effort, il parvint à récupérer son sourire. Il n'avait aucune raison de rester, mais il pouvait sortir avec dignité.

— Eh bien, je suppose…

De nouveau, Tuon agita les doigts, toujours sans le regarder, et Selucia lui coupa la parole.

— La Haute Dame est fatiguée, Joujou. Vous avez la permission de sortir.

— Écoutez, je m'appelle Mat. C'est un nom facile à retenir, Mat.

Tuon se comportait comme une poupée de porcelaine.

Pourtant, Setalle posa sa broderie, se leva, portant légèrement la main sur la poignée de la dague passée à sa ceinture.

— Jeune homme, si vous comptez traîner ici jusqu'à ce que nous nous préparions pour la nuit, vous vous trompez lourdement.

Elle sourit en parlant, mais elle avait la main sur son arme et elle était suffisamment Ebou Darie pour la lui planter dans le corps. Tuon restait immobile, telle une reine sur son trône, vêtue par erreur d'une robe trop grande. Mat sortit.

Egeanin s'appuyait de la main contre le flanc de la roulotte, baissant la tête. De l'autre main, elle serrait le collier. Harlan s'éloigna un peu dans l'obscurité, juste pour montrer qu'il était là. C'était un homme sage, et il lui paraissait prudent de ne pas s'approcher d'Egeanin à un pareil moment. Quant à Mat, il était trop irrité pour être raisonnable.

— Qu'est-ce que ça veut dire, tout ça ? demanda-t-il. Vous n'avez plus à vous mettre à genoux devant Tuon. Et Selucia ? C'est une drôle de femme de chambre ! Je ne connais personne qui s'abaisserait devant sa reine comme vous l'avez fait devant elle.

Dans l'ombre, le visage d'Egeanin semblait dur, mais sa voix était hagarde.

— La Haute Dame est… ce qu'elle est. Selucia est sa *so'jhin*. Personne du Bas Sang n'oserait la regarder en face, et peut-être pas non plus ceux du Haut Sang.

Le fermoir s'ouvrit dans un claquement métallique quand elle se débarrassa du collier.

— Mais maintenant, je ne suis plus d'aucun Sang.

Ramenant un pied en arrière, elle lança le collier aussi loin qu'elle put dans la nuit, y mettant tout le poids de son corps.

Mat ouvrit la bouche. Il aurait pu acheter au moins une douzaine de bons chevaux avec le prix qu'il l'avait payé. Il la referma sans rien dire. Il était assez sage pour savoir quand une femme était vraiment d'humeur à vous planter un couteau dans le corps. Il avait appris autre chose. Si Egeanin se comportait ainsi devant Tuon et Selucia, alors il fallait s'assurer que les *sul'dams* n'approchaient pas d'elles. La Lumière seule savait ce qu'elles feraient si Tuon se mettait à agiter les doigts.

Ce qui lui laissait une tâche à accomplir. Il détestait le travail, mais ses souvenirs lui avaient farci la tête de batailles. Il détestait aussi les batailles – on pouvait s'y faire tuer ! –, mais c'était préférable au travail. La stratégie et la tactique. Il fallait connaître le terrain et l'ennemi. Si on ne pouvait pas vaincre d'une façon, on en trouvait une autre.

Le lendemain soir, il retourna à la roulotte pourpre, seul. Quand Olver eut terminé sa partie de Pierres avec Tuon, Mat la convainquit de continuer le jeu avec lui. Assis par terre en face de la petite femme noire, il se demanda d'abord s'il devait gagner ou perdre. Certaines femmes aiment gagner tout le temps, mais l'homme doit les entraîner pour y parvenir. Certaines aiment que l'homme gagne, ou au moins qu'il gagne plus souvent qu'il ne perde. Pendant qu'il tergiversait, Tuon prit les choses en main. Au milieu de la partie, il réalisa qu'elle l'avait conduit dans un piège dont il ne pouvait pas sortir. Ses pierres blanches bloquaient partout ses pierres noires. C'était une victoire nette et écrasante.

— Vous ne jouez pas très bien, Joujou, dit-elle d'un ton moqueur.

Malgré tout, ses grands yeux liquides le considéraient avec froideur, le pesant, l'évaluant. Un homme pouvait se perdre dans des yeux pareils.

Il sourit et fit ses adieux avant qu'elle ne pense à le jeter dehors. Stratégie. Penser à l'avenir. Étonner. Le soir suivant, il apporta une petite rose rouge en papier, faite par l'une des costumières du cirque. Il l'offrit à Selucia, qui en fut stupéfaite. Setalle haussa les sourcils, et même Tuon sembla déconcertée. Tactique. Déséquilibrer l'adversaire. À la réflexion, les femmes et les batailles n'étaient pas très différentes. Les deux enveloppaient un homme dans le brouillard et, à la moindre imprudence de sa part, pouvaient le tuer presque par inadvertance.

Tous les soirs, il allait en visite à la roulotte pourpre, faire une partie de Pierres sous les yeux vigilants de Selucia et de Setalle, et il se concentrait sur l'échiquier croisillonné. Tuon jouait très bien, et il se surprenait tout le temps à regarder comment elle plaçait ses pierres, les doigts pointés d'une façon étrangement gracieuse. Il y était d'autant plus sensible qu'elle portait des ongles d'un pouce de long auxquels elle faisait très attention. Ses yeux représentaient également un danger. Il fallait garder les idées claires à la bataille ou aux Pierres, et le regard de Tuon semblait pénétrer jusqu'à l'intérieur de son cerveau. Mais il s'attela à la tâche, et parvint à gagner quatre des sept parties suivantes, plus un match nul. Tuon était contente quand elle gagnait, et déterminée quand elle perdait, sans les crises de colère qu'il avait redoutées, sans apartés virulents, sauf qu'elle s'obstinait à l'appeler Joujou, sans son air hautain et glacial de reine, du moins tant qu'ils jouaient. Elle adorait ce jeu tout simplement, riant triomphalement quand elle l'attirait dans un piège, ravie quand il trouvait un mouvement astucieux pour en sortir. C'était une femme différente quand elle s'absorbait totalement dans la partie.

Une fleur brodée sur une pièce de lin bleu suivit la rose en papier, et, deux jours plus tard, une autre fleur rose, sur un carré de soie aussi large qu'une paume de femme, toutes deux pour Selucia, dont les yeux bleus étaient de plus en plus soupçonneux quand ils se posaient sur lui. Tuon lui dit qu'elle pouvait les garder, et elle les rangea soigneusement, enveloppées dans un tissu de lin. Il laissa passer trois jours sans apporter de cadeau, puis il se présenta, un petit bouquet de boutons de roses en soie à la main, avec de courtes tiges et des feuilles luisantes, qui semblaient aussi vrais que nature, en plus jolis. Il les avait commandés à la costumière le jour où il avait apporté la première rose en papier.

Selucia avança d'un pas, tendant la main pour accepter le bouquet avec un sourire, mais il s'assit, posant les fleurs près de lui, légèrement plus près de Tuon. Il ne dit rien, les posa simplement sans plus s'en occuper. Tuon n'y accorda pas un regard. Plongeant la main dans les sachets de cuir contenant les pierres du jeu, il en prit une dans chacun, puis les mélangea dans ses mains tant et si bien qu'il ne savait plus lui-même où en était la blanche et la noire, puis présenta ses poings fermés à Tuon. Elle hésita un instant, étudiant son visage, sans expression, puis tapa sur sa main gauche. Il l'ouvrit, révélant une pierre blanche.

— J'ai changé d'avis, Joujou, dit-elle posant soigneusement la pierre blanche à l'intersection de deux lignes vers le centre de l'échiquier. Vous jouez très bien.

Mat cligna des yeux. Pouvait-elle savoir ce qu'il mijotait ? Selucia était debout derrière Tuon, apparemment absorbée dans la contemplation de l'échiquier presque vide. Setalle tourna une page de son livre et se déplaça un peu pour avoir une meilleure lumière. Bien sûr que non. Elle parlait des Pierres. Si elle soupçonnait seulement son jeu véritable, elle le jetterait dehors sans pitié. N'importe quelle femme en ferait autant. Elle parlait des Pierres, c'était certain.

C'était le jour où le résultat fut nul, chacun contrôlant la moitié de l'échiquier en groupes de Pierres irréguliers. Mais en vérité, c'est elle qui avait gagné.

— J'ai tenu parole, Joujou, dit-elle de sa voix traînante tandis qu'il remettait les Pierres dans les sachets. Pas de tentative d'évasion, pas de trahison. Mais je me sens prisonnière.

Du geste, elle montra l'intérieur de la roulotte.

— J'ai envie de me promener. À la nuit tombée. Vous pourriez m'accompagner.

Son regard effleura le bouquet puis se leva sur Mat.

— Pour que vous soyez sûr que je ne m'enfuirai pas.

Setalle marqua sa page du doigt, et le regarda, tout comme Selucia, debout derrière Tuon. Elle *avait* tenu parole, pour insensé que ça parût. Des promenades dans la pénombre, quand la plupart des artistes étaient au lit, ne feraient de mal à personne, pas s'il était là pour la surveiller. Alors pourquoi eut-il l'impression de perdre le contrôle de la situation ?

Tuon accepta de sortir en cape et capuchon, à son grand soulagement.

Ses cheveux noirs commençaient à repousser sur son crâne rasé, mais pour le moment, ce n'était guère que du duvet. Une femme de la taille d'une enfant, avec des cheveux plus courts que ceux d'un homme, ne serait pas passée inaperçue, même la nuit. Selucia et Setalle les suivaient toujours à distance, la femme de chambre pour garder un œil protecteur sur sa maîtresse, et Setalle pour garder un œil sur Selucia. Du moins, c'est ainsi que Mat voyait les choses. Parfois, il lui semblait qu'elles le surveillaient toutes les deux. Elles étaient terriblement complices pour une prisonnière et sa gardienne. Par hasard, il avait entendu Setalle prévenir Selucia qu'il se comportait en mufle avec les femmes ! Selucia avait répondu avec calme que sa maîtresse lui briserait les deux bras s'il lui manquait de respect, comme si elle avait oublié qu'elles étaient en captivité !

Il espérait profiter des promenades pour en apprendre un peu plus sur Tuon. Mais elle s'arrangeait toujours pour esquiver ses questions et détourner la conversation, généralement sur lui.

— Aux Deux Rivières, il n'y a que des fermes et des forêts, dit-il comme ils faisaient un tour dans l'allée principale du cirque.

Des nuages cachaient la lune, et les roulottes multicolores ne représentaient que des formes sombres identiques.

— Tout le monde plante du tabac et élève des moutons. Mon père élève aussi des vaches et fait le commerce des chevaux, mais pour la plupart, c'est le tabac et les moutons d'un bout de l'année à l'autre.

— Votre père fait le commerce des chevaux, murmura Tuon. Et vous Joujou, qu'est-ce que vous faites ?

Par-dessus son épaule, il jeta un coup d'œil sur les deux femmes qui les suivaient comme des fantômes. Setalle n'était peut-être pas assez près pour l'entendre s'il baissait la voix, mais il décida d'être honnête. De plus, il régnait un silence de mort dans le campement, la nuit venue. Elle pouvait entendre, et elle savait ce qu'il avait fait à Ebou Dar.

— Je suis un joueur professionnel, dit-il.

— Mon père se qualifiait aussi de « joueur », dit doucement Tuon. Il est mort à cause d'un mauvais pari.

Et comment était-on censé découvrir ce que *cela* signifiait ?

Un autre soir, passant devant une rangée de cages, chacune construite pour tenir dans un chariot, il demanda :

— Qu'est-ce qui vous amuse, Tuon ? Je veux dire les choses que vous faites juste par plaisir ? À part les parties de Pierres.

À trente pieds, il sentait presque Selucia se hérisser à l'entendre l'appeler par son nom, mais Tuon n'en parut pas scandalisée. Enfin, ce fut son impression.

— Je dresse des chevaux et des *damanes*, dit-elle, regardant dans une cage où dormait un lion.

L'animal, telle une grande ombre, était allongé sur la paille derrière les épais barreaux.

— Il a vraiment une crinière noire ? Il n'existe pas de lions à crinière noire au Seanchan.

Elle dressait des *damanes* ? Pour le plaisir ? Par la Lumière !

— Des chevaux ? Quelle race de chevaux ?

C'étaient peut-être des chevaux de bataille, si elle dressait des foutues *damanes*. Pour le plaisir.

— Maîtresse Anan me dit que vous êtes un gredin, Joujou, dit-elle, d'un ton calme, mais sans aucune animosité.

Elle se tourna vers lui, le visage caché dans l'ombre de son capuchon.

— Combien de femmes avez-vous embrassées dans votre vie ?

Le lion se réveilla et toussa, en un son grave et caverneux propre à faire dresser les cheveux sur la tête. Tuon ne broncha pas.

— On dirait qu'il va encore pleuvoir, dit-il d'une voix éraillée. Selucia va me tuer si je vous ramène trempée.

Il l'entendit rire doucement. Qu'avait-il dit de si drôle ?

Il y avait un prix à payer, naturellement. Les choses tournaient peut-être à son avantage, mais il y avait toujours un prix à payer.

Le soleil était bas sur l'horizon, boule d'or rouge à demi cachée par les nuages. Il ne pleuvait pas, pour une fois, et malgré le froid, Mat et Egeanin étaient assis devant la roulotte verte qu'ils partageaient, faisant une partie de Pierres à la vue de tous. Parmi les nombreux passants, des femmes retroussant leurs jupes jetaient un coup d'œil sur la roulotte. Malgré la capuche qui les dissimulait, Mat savait quelles étaient leurs expressions. Pratiquement aucune femme du cirque ne voulait parler à Mat Cauthon. Avec irritation, il fit tinter les pierres noires qu'il tenait dans sa main gauche.

— Je leur donnerai leur or quand nous arriverons à Lugard. C'est la seule chose qui les intéresse. Ils ne devraient pas fourrer leur nez dans mes affaires.

— Vous pouvez difficilement les blâmer, dit Egeanin de sa voix traînante, étudiant l'échiquier. Vous et moi, nous sommes censés être des amoureux en fuite, mais vous passez plus de temps avec… elle… qu'avec moi.

Elle avait toujours du mal à qualifier Tuon de Haute Dame.

— Vous vous conduisez avec elle comme un prétendant.

Elle tendit le bras pour placer une pierre, mais arrêta son geste, la main au-dessus de l'échiquier.

— Vous ne pouvez tout de même pas penser qu'elle acceptera une cérémonie officielle ! Vous ne pouvez pas être bête à ce point !

— Quelle cérémonie ? De quoi parlez-vous ?

— Vous l'avez présentée comme votre épouse par trois fois à Ebou Dar, le fameux soir de notre fuite, dit-elle lentement. Vous n'êtes vraiment pas au courant ? Il suffit qu'une femme dise trois fois qu'un homme est son mari, et que lui dise trois fois qu'elle est sa femme, et ils sont mariés. Généralement il y a des bénédictions ensuite, sachant que leurs déclarations devant témoins font en fait le mariage. Vous ne le saviez *vraiment* pas ?

Mat éclata de rire et haussa les épaules. Mais il riait jaune.

— Mais elle, elle n'a rien dit.

À ce moment-là, il lui avait enfoncé un bâillon dans la bouche !

— Ainsi donc, quoi que je puisse vous dire, ça ne compte pas.

Mais il savait ce qu'Egeanin allait dire. Aussi sûr que l'eau mouille, il le savait. On lui avait dit qui il allait épouser.

— Avec ceux du Sang, c'est un peu différent. Parfois un noble d'une contrée de l'Empire épouse une noble originaire d'une autre. Un mariage arrangé. La Famille Impériale n'en fait jamais d'autres. S'ils ne souhaitent pas attendre d'être réunis, alors l'une reconnaît le mariage à l'endroit où elle se trouve, et lui fait de même de son côté. Tant qu'ils parlent tous les deux devant témoins, sans qu'il s'écoule plus d'un an et un jour entre les deux déclarations, le mariage est légal. *Sincèrement*, vous ne le saviez pas ?

Les pierres lui échappèrent de la main, se répandant sur l'échiquier et rebondissant dans toutes les directions. Cette satanée fille savait. Peut-être pensait-elle que tout cela était une aventure ou un jeu. Peut-être pensait-elle qu'être enlevée était aussi amusant que dresser des chevaux ou des foutues *damanes* ! Mais il savait qu'il était la truite attendant qu'elle lui lance l'hameçon.

Il délaissa la roulotte pourpre pendant deux jours. Inutile de courir – il avait déjà ce maudit hameçon qu'il s'était fourré lui-même dans la bouche – mais il n'était pas obligé de l'avaler. Sauf qu'il savait que c'était juste une question de temps, quand elle déciderait de le ferrer.

Bien que le cirque avançât lentement, ils finirent par arriver au bac de l'Eldar, partant d'Alkindar sur la rive occidentale jusqu'à Coramen à l'est, petites villes fortifiées, aux maisons de pierre couvertes de tuiles avec une demi-douzaine de jetées de pierre chacune. Le soleil était haut dans le ciel avec quelques nuages blancs comme de la laine fraîchement lavée. Pas de pluie aujourd'hui, peut-être. C'était un point de passage important, avec des navires de commerce venant de l'amont amarrés à plusieurs jetées, et de grands bacs semblables à des barges traversant lentement à la rame. Apparemment, c'était aussi l'avis des Seanchans. Ils avaient des camps militaires en dehors des deux villes, et, à en juger par les murs de pierre qu'ils commençaient d'ériger autour des camps, et les constructions en pierre qu'ils bâtissaient à l'intérieur, ils n'avaient pas l'intention de s'en aller de sitôt.

Mat traversa avec les premiers chariots, monté sur Pips. Le hongre brun avait un aspect suffisamment ordinaire pour un œil inexpérimenté, pour qu'il ne paraisse pas déplacé qu'il soit monté par un homme en grossière tunique de drap, son bonnet de laine enfoncé sur les oreilles pour se protéger du froid. Il n'envisageait pas sérieusement de s'enfuir dans les collines boisées au-delà de Coramen. Il y pensait, mais il ne l'envisageait pas sérieusement. Elle allait le ferrer, qu'il fuie ou non. Alors il arrêta Pips au bout d'un débarcadère, et regarda le cirque traverser puis cahoter dans la ville. Il y avait des Seanchans au bout des jetées, une escouade de soldats corpulents en armures à plates peintes en rouge et vieil or, sous les ordres d'un jeune et svelte officier arborant trois minces plumes bleues à son étrange casque. Ils semblaient juste chargés de maintenir l'ordre, mais l'officier vérifia le permis de chevaux de Luca, qui à son tour demanda au noble seigneur s'il connaissait un terrain en dehors de la ville où il pourrait donner son spectacle. Mat en aurait pleuré. Dans la rue derrière lui, il voyait des soldats en armure sortir des boutiques et des tavernes. Un *raken* descendit du ciel sur ses longues ailes nervurées, atterrissant dans un camp de l'autre côté de la rivière. Trois ou quatre de ces créatures au cou serpentin étaient déjà au sol. Il devait y avoir des centaines de soldats dans ces camps. Peut-être un millier. Et Luca voulait donner une représentation !

Puis un ferry arriva à l'extrémité capitonnée d'une jetée, la rampe s'abaissa, et la roulotte pourpre sans fenêtres cahota sur les pavés. Setalle conduisait, Selucia à sa gauche, regardant depuis les profondeurs du capuchon de sa cape d'un rouge éteint. Et à sa droite, emmaillotée dans une cape noire qui ne laissait pas voir un pouce de sa personne, Tuon.

Mat crut que les yeux allaient lui jaillir de la tête. Les dés avaient recommencé à bouger sous son crâne, avec le même cliquetis des dés qui roulent sur une table. Ils allaient attirer l'attention du Ténébreux, cette fois ; il le savait.

Il n'y avait rien à faire, sauf suivre la roulotte pourpre, chevauchant sur son flanc comme si la vie était belle dans la grand-rue de la ville, au milieu des crieurs des boutiques et des colporteurs proposant leurs produits sur des plateaux, et des soldats seanchans. Ils ne marchaient plus en formation, et lorgnaient avec intérêt les chariots multicolores. Mat suivait, attendant que Tuon se mette à crier. Elle avait donné sa parole, mais une prisonnière peut faire n'importe quoi pour briser ses chaînes. Il lui suffisait d'élever la voix, et d'appeler un millier de soldats seanchans à son secours. Les dés roulaient et rebondissaient dans la tête de Mat, qui suivait, attendant les yeux du Ténébreux.

Tuon ne dit pas un mot. Du fond de son capuchon, elle observait avec prudence et curiosité, emmitouflée dans sa cape noire et blottie contre Setalle comme une enfant recherchant la protection de sa mère dans une foule inconnue. Pas un mot jusqu'à ce qu'ils passent les portes de Coramen, cahotant vers la crête s'élevant derrière la ville, où Luca rassemblait déjà les chariots du cirque. C'est alors que Mat fut certain qu'il n'y avait pas d'échappatoire pour lui. Elle allait le ferrer comme il faut. Simplement, elle attendait le bon moment.

Le soir, il s'assura que toutes les Seanchanes restaient dans leur roulotte, ainsi que les Aes Sedais. Personne n'avait vu aucune *sul'dam* ou *damane*, à sa connaissance. Pour une fois, les Aes Sedais ne discutèrent pas. Tuon non plus. Elle eut juste une exigence, qui fit hausser les sourcils à Setalle presque jusqu'à ses cheveux. Elle la formula plutôt comme une requête, le rappel d'une promesse qu'il lui avait faite. Mais il reconnaissait toujours les exigences des femmes. Il répondit qu'il devait y réfléchir, juste pour qu'elle ne commence pas à s'imaginer qu'elle pouvait obtenir de lui tout ce qu'elle voulait. Il y réfléchit pendant toute la journée durant laquelle Luca prépara le spectacle. Il réfléchit et jura, pendant que de nombreux Seanchans venaient regarder les artistes, bouche bée ; il y réfléchit pendant que les chariots roulaient vers l'est à travers les collines, avançant plus lentement que jamais, mais il savait quelle réponse il devait faire.

Le troisième jour après avoir quitté la rivière, atteignant Jurador, la ville du sel, il dit à Tuon qu'il était d'accord. Elle lui sourit, et les dés s'arrêtèrent aussitôt dans sa tête. Il ne l'oublierait jamais. C'était à pleurer !

29.

Quelque chose clignote

— C'est de la folie ! gronda Domon, bras croisés, comme s'il bloquait la sortie de la roulotte.

C'était peut-être le cas, d'ailleurs. Il avançait un menton belliqueux, pointant une barbe taillée court, mais qui était quand même plus longue que ses cheveux, et semblait prêt à serrer les poings. Il était massif, pas aussi gros toutefois qu'il en avait l'air au premier abord. Mais, autant que possible, Mat désirait éviter de se colleter avec lui.

Il finit de nouer l'écharpe en soie noire autour de son cou, pour dissimuler sa cicatrice, et en rentra les extrémités dans sa tunique. Le risque que quelqu'un à Jurador ait entendu parler d'un homme d'Ebou Dar avec une écharpe noire était mince… Bien, les probabilités lui semblaient favorables, même sans tenir compte de sa chance. Naturellement, il ne fallait pas oublier qu'il était *ta'veren*, mais si le destin avait décidé qu'il se retrouverait face à face avec Suroth ou avec une poignée de domestiques du Palais Tarasin, il pourrait rester au lit avec une couverture sur la tête que ça arriverait quand même. Parfois, on doit juste croire à sa chance. Mais ce qui l'inquiéta, c'était que, quand il se réveilla le matin, les dés avaient recommencé à rouler dans sa tête.

— J'ai promis, dit-il.

Ça lui semblait bon de porter de nouveau des vêtements décents. La tunique était en fin drap de laine vert, bien coupée et tombant presque jusqu'aux genoux et aux revers de ses bottes. Il n'y avait pas de broderies – quelques-unes auraient pourtant fait bon effet – mais il y avait un peu de dentelle aux poignets. Et une belle chemise de soie. Il regrettait de ne pas avoir un miroir. Un homme doit se faire le plus beau possible en un pareil jour. Prenant sa cape sur le lit, il la jeta sur ses épaules. Pas tape-à-l'œil, comme celle de Luca. Gris foncé, presque aussi sombre que la nuit. Seule la doublure était rouge. La broche qui la fermait était un simple nœud d'argent, pas plus gros que le pouce.

— Elle a donné sa parole, Bayle, dit Egeanin. Sa parole. Elle ne la trahira jamais.

Egeanin semblait totalement convaincue. Plus convaincue que Mat, en tout cas. Mais parfois un homme doit prendre des risques. Même si c'était au prix de sa tête. Il *avait* promis. Et il avait sa chance.

— C'est quand même de la folie, gronda Domon.

Mais il s'écarta à contrecœur de la porte, quand Mat se coiffa de son chapeau noir à large bord. Mais il continua à la foudroyer.

Elle suivit Mat hors de la roulotte, fronçant à son tour les sourcils, et tripotant sa longue perruque noire. Peut-être que la perruque la mettait encore mal à l'aise, bien qu'elle la portât depuis près d'un mois, ou qu'elle ne lui allait pas aussi bien maintenant que ses cheveux repoussaient. Quoi qu'il en soit, c'était toujours mieux que de se promener tête nue. Cette perruque, elle n'y renoncerait pas avant qu'ils aient mis au moins cent miles de plus entre eux et Ebou Dar. Peut-être même pas avant qu'ils n'aient traversé les Monts Damona pour aller vers le Murandy.

Le ciel était clair, le soleil tout juste au-dessus de l'horizon, invisible derrière le mur en toile du cirque, mais si l'on pouvait dire que la matinée était tiède, c'était seulement comparé à une tempête de neige. Ça n'était pas la fraîcheur revigorante d'une matinée de fin d'hiver aux Deux Rivières, mais un froid qui s'insinuait profondément dans les chairs et mettait une légère buée dans votre haleine. Les artistes s'agitaient comme des fourmis, emplissant l'air de leurs cris, pour savoir qui avait pris les massues du jongleur, emprunté ces chausses à paillettes, ou déplacé un podium. Cela ressemblait à un début d'émeute, pourtant il n'y avait aucune colère dans les voix. Avant la représentation, ils hurlaient et s'agitaient en tous sens, mais ils n'en venaient jamais aux mains et s'arrangeaient toujours pour que chacun soit prêt et à sa place quand les premiers spectateurs arrivaient. Ils étaient peut-être lents à lever le camp, mais le spectacle était leur gagne-pain et pour ça, ils étaient capables de se remuer.

— Vous croyez *vraiment* que vous pouvez l'épouser ? marmonna Egeanin, marchant près de lui en donnant des coups de pied dans ses vieilles jupes brunes.

Il n'y avait rien de délicat chez Egeanin. Elle avançait à grandes enjambées, et se maintenait au niveau de Mat. Elle semblait faite pour avoir une épée à la ceinture.

— Il n'y a aucune explication pour ça. Bayle a raison. Vous *êtes* fou !

Mat eut un grand sourire.

— La question est la suivante : est-ce qu'elle a l'intention de m'épouser ? Parfois les mariages réunissent les gens les plus étranges.

Quand on sait qu'on va être pendu, le mieux c'est de sourire sous le nœud coulant. Alors il sourit et la planta là, les sourcils froncés dans son visage dur. Il pensa qu'elle marmonnait des jurons entre ses dents, mais il ne comprenait pas pourquoi. Ce n'était pas elle qui devait se marier avec la dernière personne qu'elle désirait épouser. Une femme noble, froide et méprisante, alors qu'il aimait les serveuses de taverne aux sourires engageants et aux yeux consentants. L'héritière d'un trône, et pas de n'importe lequel : le Trône de Cristal, le Trône Impérial du Seanchan. Une femme qui l'étourdissait tant et si bien qu'il finissait par se demander si c'était lui qui la retenait captive, ou le contraire. Quand le destin vous tient à la gorge, il n'y a rien à faire… sinon sourire.

Il continua à marcher d'un pas alerte, jusqu'à ce qu'il arrive en vue de la roulotte pourpre sans fenêtres. Là, il rata une marche. Une troupe d'acrobates, qui se donnaient le nom de Frères Chavana, même si on voyait comme le nez au milieu de la figure qu'ils venaient, non seulement de mères différentes, mais aussi de pays différents, se ruèrent hors d'une roulotte verte toute proche, criant et gesticulant en tout sens.

Ils jetèrent un coup d'œil sur la roulotte pourpre, un autre sur Mat, mais ils étaient trop absorbés par leur dispute. Gorderan s'appuyait sur une roue, se grattant la tête et fronçant les sourcils sur deux femmes debout au pied des marches de la roulotte. Toutes les deux étaient emmitouflées dans des capes sombres, le visage caché, mais le foulard à fleurs couvrant la tête de la plus grande était très reconnaissable. Bon. Il aurait dû savoir que Tuon voudrait emmener sa femme de chambre. Une femme noble ne va jamais nulle part sans sa servante. Il croisa les yeux bleus de Selucia avec un sourire, et ôta son chapeau pour faire une élégante révérence à Tuon. Pas trop ostentatoire, juste rejetant sa cape en arrière avec panache.

— Êtes-vous prête à aller faire des achats ?

Il faillit ajouter « ma Dame », mais tant qu'elle ne l'appellerait pas par son nom…

— Je suis prête depuis une heure, Joujou, dit Tuon de sa voix traînante.

Retroussant nonchalamment un pan de la cape de Mat, elle examina la doublure rouge et sa tunique avant de laisser la cape retomber.

— La dentelle vous va bien. Peut-être ferai-je ajouter de la dentelle à vos robes si je fais de vous un porteur de coupe.

Le sourire de Mat s'évanouit aussitôt. Pouvait-elle quand même le faire *da'covale* si elle l'épousait ? Il faudrait qu'il demande à Egeanin. Par la Lumière, pourquoi les femmes compliquent-elles toujours tout ?

— Voulez-vous que je vous accompagne, mon Seigneur ? demanda lentement Gorderan.

Il passa les pouces dans sa ceinture, le regard absent.

— Je pourrais peut-être vous porter les paquets ?

Tuon ne pipa mot. Elle se contentait de lever les yeux sur Mat, dans l'expectative, des yeux plus froids que jamais. Les dés rebondissaient et se heurtaient dans sa tête. Enfin, il n'hésita que le temps d'un battement de cœur, avant de renvoyer Gorderan d'un signe de tête. Il fallait faire confiance à sa chance. Faire confiance à la parole de Tuon. *La confiance, c'est la mort.* Il écarta fermement cette pensée. Ce n'était pas une chanson, et sa mémoire ne pouvait le guider. Dans son crâne, les dés continuaient à tournoyer.

S'inclinant légèrement, il offrit son bras à Tuon, qui l'examina comme si c'était la première fois qu'elle le voyait, avec une moue sur ses lèvres pulpeuses. Puis elle resserra sa cape et s'ébranla, Selucia sur les talons, ne lui laissant d'autre choix que de presser le pas derrière elles. Les femmes ne font jamais rien pour faciliter la vie.

Malgré l'heure matinale, deux gaillards corpulents armés de gourdins gardaient déjà l'entrée, et un troisième avec un pichet de verre transparent pour recueillir les pièces et les introduire dans la tirelire posée par terre. Aucun des trois n'avait l'air assez malin pour subtiliser une pièce sans tomber sur le nez, mais Luca ne prenait aucun risque. Vingt à trente personnes attendaient déjà entre les gros câbles qui encadraient la file d'attente jusqu'à la banderole bleue du cirque. Malheureusement, Latelle était là aussi, l'air sévère, en robe bleue à paillettes rouges et cape à paillettes bleues. La femme de Luca était dresseuse d'ours. Mat pensait que les ours accomplissaient leur numéro de peur que Latelle ne les morde.

— J'ai la situation bien en main, lui dit-il. Croyez-moi, il n'y a aucune raison de s'inquiéter.

Il aurait pu économiser sa salive.

Latelle l'ignora, fronçant des sourcils soucieux sur Tuon et Selucia. Au cirque, elle et Luca étaient les deux seules personnes connaissant leur identité. Il n'y avait eu aucune raison de les informer de cette balade matinale. Luca, lui, aurait piqué une crise. Le regard que Latelle adressa à Mat n'était pas soucieux, plutôt dur comme la pierre.

— N'oubliez pas, dit-elle avec calme, que si vous nous envoyez à la potence, vous y serez aussi.

Puis elle renifla dédaigneusement, et se remit à observer les gens qui attendaient pour entrer. Latelle savait encore mieux que Luca juger du poids d'une bourse avant qu'on en délie les cordons. Elle était aussi dix fois plus coriace que son mari. Les dés continuèrent à culbuter. Quoi qui les ait mis en branle, le moment fatidique n'était pas encore arrivé. Le moment décisif.

— C'est une bonne épouse pour Maître Luca, murmura Tuon, quand ils se furent un peu éloignés.

Mat lui lança un regard en coin, et rajusta son chapeau sur sa tête. Elle n'avait pas parlé d'un ton moqueur. Haïssait-elle Luca *à ce point* ? Ou lui disait-elle quel genre d'épouse elle serait ? Ou… Qu'il soit réduit en cendres, il allait devenir aussi fou que Domon le lui prédisait, à s'efforcer de comprendre cette femme ! C'était sans doute à cause d'elle que les dés s'agitaient dans sa tête. Qu'allait-elle faire ?

Le trajet était court pour aller à la ville, sur une route en terre battue traversant des collines dénudées, mais la chaussée était encombrée de passants comme les collines l'étaient de moulins à vent et de puits de sel. Regardant droit devant eux, ils marchaient d'un pas si décidé qu'ils semblaient ne rien voir devant eux. Mat évita un homme au visage rond qui faillit le bousculer, ce qui l'obligea à sauter en arrière pour éviter un vieil homme qui avançait à toute vitesse sur ses jambes grêles.

— Est-ce que vous vous entraînez pour une nouvelle danse, Joujou ? dit Tuon, levant les yeux vers lui par-dessus son épaule frêle. Ce n'est pas très gracieux.

Il s'apprêtait à lui faire remarquer que la route était très chargée, quand soudain, il réalisa qu'il ne voyait plus personne au-delà de Tuon et Selucia. Les gens présents tout à l'heure avaient disparu, et la route était déserte. Lentement, il tourna la tête. Il n'y avait personne non plus derrière lui, à part les spectateurs qui faisaient la queue, laquelle ne semblait pas plus longue qu'à son départ. Au-delà du cirque, la route déserte serpentait dans les collines vers une forêt lointaine. Pas une âme en vue. Il pressa sa main contre sa poitrine, tâtant le médaillon à tête de renard sous sa tunique. Juste un morceau d'argent au bout d'un cordon de cuir. Il aurait voulu le sentir froid comme la glace. Tuon haussa un sourcil. Le regard de Selucia le traitait d'imbécile.

— Je ne peux pas vous acheter une robe en restant là, dit-il.

C'était la raison de cette expédition. Il lui avait promis de lui acheter une robe plus ajustée que celles qui pendouillaient sur elle et lui donnaient l'air d'une enfant déguisée en adulte. Il était pratiquement sûr qu'il l'avait promis, et, elle, elle en était absolument certaine. Les broderies des costumières du cirque plaisaient à Tuon, mais pas les tissus qu'elles avaient à leur disposition. Les costumes des artistes scintillaient de perles et de paillettes, les étoffes criardes étant ce qu'elles trouvaient de moins cher. Celles qui avaient des costumes en tissu de meilleure qualité les gardaient et les usaient jusqu'à la corde. Jurador tirait sa prospérité de l'exploitation et du commerce du sel, qui lui rapportait beaucoup. Les boutiques de la ville avaient sans doute en stock toutes les étoffes qu'une femme pouvait désirer.

Cette fois, Tuon n'agita pas les doigts. Elle échangea un regard avec Selucia. La femme de chambre secoua la tête, avec un rictus à la fois triste et ironique. Tuon secoua la tête. Puis, resserrant leur cape, elles partirent vers les portes de la ville. Ah, les femmes ! Il pressa le pas pour les rattraper. Elles étaient ses prisonnières, après tout. Elles l'étaient. Leurs ombres s'étiraient devant elles. Ces passants avaient-ils projeté des ombres avant de disparaître ? Il ne se rappelait pas non plus si leur haleine se condensait en buée devant leur bouche. Peu importait. Ils n'étaient plus là, et il n'allait pas se torturer pour savoir d'où ils venaient et où ils étaient allés. Cela avait sans doute quelque chose à voir avec sa nature de *ta'veren*. Il ne fallait plus y penser. Il le fallait, pourtant. Le tintamarre des dés ne laissait place à rien d'autre. Les gardes de la porte ne semblaient pas curieux des étrangers, ou du moins, pas d'un homme et de deux femmes à pied. Ces militaires au visage dur, avec des plastrons peints en blanc et des casques coniques surmontés d'une touffe qui ressemblait à une queue-de-cheval, promenèrent des yeux impassibles sur les deux femmes encapuchonnées, s'arrêtant un instant avec suspicion sur Mat, puis se rappuyèrent sur leur hallebarde, fixant la route d'un air absent. C'étaient des hommes de la ville, très vraisemblablement, en tout cas pas des Seanchans. Les marchands de sel et la Dame locale, Aethelaine, cette dernière répétant apparemment tout ce que les marchands de sel lui disaient de dire, avaient prêté le Serment du Retour sans hésitation et offert de payer une taxe sur le sel avant qu'on la leur demande. Les Seanchans finiraient par installer ici un fonctionnaire, sans aucun doute, juste pour garder un œil sur la situation, mais pour le moment, ils avaient des missions plus pressantes pour leurs soldats. Mat avait envoyé Thom et Juilin en ville pour être certain qu'il n'y ait pas de Seanchans avant d'accepter cette excursion. Un imbécile peut trébucher sur sa propre chance s'il n'est pas prudent.

Jurador était une ville riche et animée, avec des rues pavées, larges et bordées de maisons de pierre à toits de tuiles. Les habitations et les boutiques voisinaient avec les écuries et les tavernes, dans un bruyant tintamarre : marteau d'un forgeron frappant l'enclume ici, claquements des métiers à tisser là, et partout, semblait-il, des tonneliers cerclant des barils pour le transport du sel. Des colporteurs vendaient des aiguilles et des rubans, des friands et des noix grillées sur des plateaux, ou des navets ridés par l'hiver et de misérables prunes dans des brouettes. Dans chaque rue, des hommes et des femmes gardaient les marchandises exposées sur d'étroites tables devant leurs boutiques, tout en braillant la liste de ce qu'on pouvait trouver à l'intérieur.

Repérer les demeures des marchands de sel était facile : deux étages de pierre au lieu d'un, couvrant huit fois plus de terrain que les autres, chacune avec une galerie à colonnes sur la rue, protégée par des barrières de fer forgé peint en blanc entre les colonnes. Au rez-de-chaussée, les fenêtres de ces maisons étaient également pourvues de ces grilles, quoique pas toujours peintes. C'était le seul détail qui faisait songer à Ebou Dar. Ici, pas de profonds décolletés pigeonnants, pas de robes retroussées et cousues pour révéler les jupons de couleurs vives. Les femmes portaient des robes à hauts cols fermés jusqu'au menton, quelques broderies pour les gens modestes, plus nombreuses pour les riches, qui arboraient des capes entièrement brodées et des voiles transparents sur le visage, posés sur des peignes ouvragés en or ou en ivoire, plantés dans des tresses noires enroulées. Les courtes tuniques des hommes étaient presque autant décorées et de couleurs vives. Riches ou pauvres, tous les hommes avaient à la ceinture un long couteau, avec des lames un peu moins recourbées que celles d'Ebou

Dar, dont ils caressaient la poignée comme s'ils s'apprêtaient à dégainer d'une seconde à l'autre. De l'extérieur, le palais de Dame Aethelaine ne différait pas des maisons des marchands de sel, mais il était situé sur la grand-place de la ville, un vaste espace dallé où une grande fontaine ronde en marbre projetait des gerbes de gouttelettes d'eau qui sentait la mer. Cette eau, c'était le symbole de la richesse de Jurador, pompée aux mêmes sources que celle des puits de sel des collines environnantes. Mat visita une bonne partie de la ville avant que le soleil n'atteigne son zénith.

Chaque fois que Tuon et Selucia repéraient une boutique avec des rouleaux de soierie exposés dehors, elles s'arrêtaient devant les longues tables étroites, tâtaient les tissus, et chuchotaient, têtes rapprochées, écartant d'un geste les boutiquiers. Ils étaient très vigilants, jusqu'à ce qu'ils s'aperçoivent que Mat les accompagnait. Mal fagotées dans leurs robes de gros drap usé, elles ne ressemblaient pas à des acheteuses de soie. Mat, un pan de sa cape rejeté en arrière pour en montrer la doublure, en avait l'air, lui. Mais chaque fois qu'il tentait de manifester de l'intérêt, ou qu'il approchait assez pour entendre ce qu'elles disaient, les femmes se taisaient et le regardaient du fond de leurs capuchons, jusqu'à ce qu'il recule d'un ou deux pas. Puis Selucia penchait la tête vers Tuon, et elles se remettaient à chuchoter et à toucher les tissus en tout genre. Heureusement, il avait mis une grosse bourse d'or dans la poche de sa tunique. Mais rien ne semblait à leur goût. Invariablement, Tuon secouait la tête, et toutes les deux repartaient dans la foule, Mat pressant le pas pour rester à leur niveau, jusqu'à la boutique suivante. Les dés continuaient à rebondir dans son crâne.

Ils n'étaient pas les seuls du cirque en ville. Il repéra l'Illuminatrice Aludra, le visage encadré par ses tresses emperlées, fendant la foule avec un homme aux cheveux blancs qui devait être un marchand de sel, à en juger par l'abondance des broderies couvrant sa tunique à fleurs et à colibris. Que pouvait-elle attendre d'un marchand de sel ? Quoi qu'elle lui ait dit, le sourire approbateur de l'homme ajouta quelques rides à son visage, et il hocha la tête.

Les deux femmes se dirigèrent vers la boutique suivante, ignorant les profondes révérences du boutiquier. Les marchands alpaguaient Mat, pensant qu'il voulait s'acheter de la soie. Non qu'il eût dédaigné une tunique de soie neuve, mais comment aurait-il pu penser à ça avec ces maudits dés dans la tête ? Thom les croisa, resserrant autour de lui sa cape couleur bronze, caressant ses longues moustaches blanches, et bâillant comme s'il n'avait pas dormi de la nuit. C'était peut-être le cas. Le ménestrel n'avait pas recommencé à boire, mais Lopin et Nerim se plaignaient qu'il restait éveillé jusqu'à des heures indues, la lampe allumée, pour pouvoir lire et relire sa précieuse lettre. Qu'est-ce qu'il pouvait y avoir de si fascinant dans la lettre de la morte ? Par la Lumière, peut-être que ces gens sur la route… Non, il ne voulait pas y penser.

Tuon palpa un coupon de soie, puis le lâcha et se détourna. Selucia toisa la marchande d'un tel air que la solide boutiquière recula, offensée. Voulant éviter les drames, Mat la gratifia d'un sourire désarmant que les femmes trouvaient, en général, irrésistible. Enfin, c'est ce qu'il croyait, car la boutiquière le regarda avec un reniflement dédaigneux, et se pencha pour caresser sa pièce de soie aussi tendrement qu'un bébé dans son berceau.

Plus loin dans la rue, une femme en cape ordinaire laissa son capuchon retomber en arrière, et le souffle de Mat s'arrêta dans sa gorge. Edesina le remit sans se presser. De toute façon, le mal était fait, son visage à l'éternelle jeunesse d'Aes Sedai était apparu. Personne dans la rue ne sembla avoir remarqué quoi que ce soit, mais il ne voyait pas toutes les têtes. Quelqu'un pensait-il à une récompense ? Il n'y avait peut-être pas de Seanchans à Jurador pour le moment, mais des soldats traversaient souvent la ville. Edesina tourna le coin d'une rue, et deux silhouettes en cape noire la suivirent. Ne restait-il qu'une seule *sul'dam* au camp pour surveiller deux Aes Sedais ? Peut-être que Joline – à moins que ce ne soit Teslyn – se tenait à proximité et qu'il ne l'avait pas vue. Il s'étira le cou, cherchant une autre cape ordinaire dans la foule.

Brusquement, l'idée le frappa comme une pierre entre les deux yeux. Toutes les capes autour de lui étaient brodées. Où étaient passées ces têtes de mule de Tuon et Selucia ? Les dés tournoyaient-ils plus vite dans sa tête ?

Le souffle court, il se mit sur la pointe des pieds. La rue était une rivière de capes, de tuniques et de robes brodées. Cela ne voulait pas dire qu'elles tentaient de s'évader. Tuon *avait* donné sa parole ; elle avait laissé passer une occasion parfaite de le trahir. Il leur aurait pourtant suffi, à l'une ou l'autre, de prononcer trois mots, et quiconque les aurait entendus aurait aussitôt reconnu l'accent seanchan. Cela pouvait être suffisant pour lancer les chiens sur leurs traces. Devant lui, il vit deux boutiques vendant des étoffes, une de chaque côté de la rue, mais aucune trace des deux femmes. Elles avaient pu tourner dans une rue latérale assez facilement, mais laquelle ? Il devait faire confiance à sa chance, d'autant plus favorable quand le jeu était aléatoire. Ces maudites femmes pensaient sûrement qu'il s'agissait d'un jeu stupide. Qu'il soit réduit en cendres, il devait laisser agir sa chance.

Fermant les yeux, il tourna en rond au milieu de la rue, et fit un pas. Au hasard. Il se cogna rudement dans quelqu'un, assez fort pour leur arracher un cri à tous deux. Ouvrant les yeux, Mat se trouva en face d'un homme corpulent avec une petite bouche et quelques broderies sur les épaules de sa grossière tunique, qui le foudroyait en tripotant la poignée de son couteau incurvé. Peu importait. Il était juste en face d'une des deux boutiques. Renfonçant son chapeau sur ses yeux, il s'enfuit en courant.

Les dés roulaient plus vite.

Des étagères remplies de pièces de tissu tapissaient les murs du sol au plafond de la boutique, et d'autres étaient empilées dehors sur de longues tables. La marchande était une femme décharnée, avec une grosse verrue au menton, son assistante mince et jolie, avec des yeux furibonds.

— Pour la dernière fois, si vous ne me dites pas ce que vous voulez, je vais envoyer Nelsa chercher les gardes.

Tuon et Selucia, le visage toujours caché sous leur capuchon, longeaient lentement un mur tapissé de pièces d'étoffe, s'arrêtant de temps en temps pour en toucher une, mais sans jamais accorder la moindre attention à la boutiquière.

— Elles sont avec moi, dit Mat, haletant.

Tirant la bourse de sa poche, il la jeta sur la table la plus proche. Le son lourd qu'elle produisit mit un grand sourire sur le visage de la marchande.

— Donnez-leur ce qu'elles veulent, lui dit-il.

Et il ajouta fermement à l'adresse de Tuon :

— Si vous achetez quelque chose, ce sera ici. J'ai suffisamment marché pour la matinée.

Il regretta aussitôt d'avoir parlé ainsi. Tuon leva ses grands yeux sur lui. Ses lèvres pulpeuses s'incurvèrent légèrement en un sourire. C'était un sourire énigmatique. La Lumière seule savait ce qu'il signifiait. Il détestait quand les femmes faisaient ça. Au moins, les dés ne s'étaient pas arrêtés. Ce devait être bon signe, non ?

Tuon n'avait pas besoin de parler pour faire son choix, pointant le doigt en silence sur les pièces de soie les unes après les autres, et montrant de ses petites mains noires combien la marchande devait en couper avec ses grands ciseaux. Elle s'acquitta du travail en personne, et à la réflexion, c'était aussi bien. De la soie de diverses nuances de rouge passa sous les ciseaux, de la soie verte, et plus de nuances de bleu que Mat n'en connaissait. Tuon choisit aussi des tissus en lin d'épaisseurs différentes, et plusieurs longueurs de drap de laine de couleur – elle consultait Selucia en murmures étouffés – mais le gros de ses achats, c'étaient des étoffes de soie. On lui rendit sa bourse beaucoup plus plate qu'il ne s'y attendait.

Une fois que tous les achats furent pliés et attachés, puis enveloppés dans un grossier tissu de lin – sans frais supplémentaires –, ils formaient un tas aussi grand que la charge d'un colporteur. Et cela ne le surprit pas d'apprendre qu'il devait le porter sur les épaules, tenant son chapeau dans une main. Démenez-vous comme un beau diable, achetez de la soie à une femme, et elle trouve encore le moyen de vous faire travailler ! Peut-être qu'elle se vengeait parce qu'il lui avait parlé durement tout à l'heure.

Tout le long de la route du retour, marchant derrière les deux femmes, des abrutis le regardaient, bouche bée. Elles avançaient en pas glissés, suffisantes comme des chattes repues. Même emmitouflées, leur attitude proclamait leur dédain. Le soleil était encore loin de son zénith, mais la queue devant le cirque s'étirait presque jusqu'à la ville. La plupart le regardaient et le montraient du doigt, comme s'il était un imbécile patenté. L'un des grands palefreniers gardant la caisse le gratifia d'un ricanement édenté, mais Mat le regarda d'un tel air qu'il trouva préférable de ramener ses yeux sur les pièces des spectateurs tombant dans le pichet de verre puis dans la caisse. Mat se dit qu'il n'avait jamais été autant soulagé de rentrer au cirque.

Il n'avait pas fait trois pas que Juilin accourut, miraculeusement sans Thera ni son bonnet rouge. Le visage du preneur-de-larrons aurait pu être taillé dans du vieux chêne. Lorgnant le flot des spectateurs qui entraient, il parla à voix basse et pressante.

— Je venais vous chercher. C'est Egeanin. Elle a été… blessée. Venez vite.

Le ton en disait assez. Mat réalisa que les dés tambourinaient dans sa tête. Il jeta le paquet de tissus aux palefreniers, leur enjoignant de le garder aussi jalousement que la caisse ou qu'il lâcherait les femmes sur eux, mais il n'attendit pas pour voir s'ils prenaient sa menace au sérieux. Juilin repartit en courant, et Mat le suivit dans l'allée centrale où les foules bruyantes de spectateurs ahuris regardaient les quatre Frères Chavana, torse nu, faire une pyramide humaine, des contorsionnistes en chausses diaphanes et vestes scintillantes s'asseoir sur leur propre tête et une voltigeuse en chausses bleues à paillettes grimper à une longue échelle de bois pour commencer son numéro. Un peu avant la voltigeuse, Juilin tourna dans une allée étroite et encombrée de linge séchant sur des cordes tendues entre les tentes et les roulottes, où les artistes, assis sur des tabourets ou sur les marches des roulottes, attendaient pour faire leur numéro ; des enfants du cirque y jouaient avec des ballons et des cerceaux. Maintenant, Mat savait où ils allaient, mais Juilin courait trop vite pour être rattrapé.

Devant lui, il vit sa roulotte verte. Latelle regardait dessous, et Luca, en cape rouge vif, faisait signe à deux jongleuses de dégager. Les deux femmes, en larges chausses et le visage blanc comme des bouffons de nobles, regardèrent sous la roulotte sans se presser pour obéir. En approchant, il vit ce qu'elles venaient de regarder. En bras de chemise, Domon, assis par terre sous la roulotte, berçait dans ses bras Egeanin inconsciente. Elle avait les yeux clos, et un filet de sang coulait de la commissure de ses lèvres. Sa perruque était de travers. Cela attirait l'œil, pour une raison inconnue. Elle qui se souciait toujours tellement de sa tenue. Les dés grondaient comme le tonnerre.

— Voilà une histoire qui pourrait devenir désastreuse pour moi ! dit Luca, lançant des regards noirs qu'il répartit entre Mat et Juilin.

Mais il ne semblait pas effrayé.

— Un désastre ! Voilà ce qui m'attend…

Il écarta d'un coup de pied un groupe d'enfants aux yeux écarquillés, et grogna à l'adresse d'une femme rondelette en jupes scintillant de perles argentées. Miyora faisait exécuter à ses léopards des tours que même Latelle n'osait pas essayer, mais elle se contenta de rejeter la tête en arrière avant de s'éloigner. Personne ne prenait Luca autant au sérieux que lui-même.

Il sursauta quand Tuon et Selucia arrivèrent en toute hâte, comme sur le point de leur demander de partir, avant que Mat n'intervienne. En fait, il fronça les sourcils d'un air pensif et soucieux. Apparemment, Latelle n'avait pas dit à Luca qu'il était sorti avec les deux femmes, et il était clair qu'elles avaient quitté l'enceinte du cirque, à voir Selucia chargée d'un énorme ballot qu'elle portait sur le dos, le soutenant de ses mains, toujours très droite malgré son fardeau. On aurait pu penser qu'une servante aurait été habituée à porter des paquets, pourtant, son visage était l'incarnation de la désapprobation. Latelle la toisa de la tête aux pieds, puis regarda Mat avec un sourire méprisant, comme si c'était sa faute si cette femme bombait le torse, faisant ressortir son opulente poitrine. Latelle s'y connaissait en sourires méprisants, pourtant, la mine de Tuon la faisait presque paraître aimable.

Sur le moment, Mat ne se soucia pas de ce qu'elle pensait. Les *foutus* dés. Rejetant sa cape en arrière, il mit un genou à terre et prit le pouls d'Egeanin à la gorge. Il battait faiblement et irrégulièrement.

— Qu'est-ce qui s'est passé ? demanda-t-il. Avez-vous envoyé chercher une sœur ?

Déplacer Egeanin aurait sans doute suffi à la tuer, mais peut-être que la Guérison agirait, si les Aes Sedais faisaient vite. Il se garda pourtant de prononcer ce nom à voix haute, avec les passants qui jetaient vers eux des regards curieux avant que Luca ou Latelle ne les fassent circuler.

— C'est Renna !

Domon cracha le nom. Malgré ses cheveux courts et sa barbe d'Illian sans moustache, il ne semblait pas ridicule. Il avait l'air plutôt effrayé et en rage.

— Je l'ai vue poignarder Egeanin dans le dos et s'enfuir en courant. Si j'avais pu la rattraper, je lui aurais tordu le cou. Je n'ai que mes mains pour empêcher Egeanin de se vider de son sang. Où sont ces foutues Aes Sedais ? gronda-t-il.

— Je suis là, Bayle Domon, annonça Teslyn avec froideur, se ruant vers eux avec Thera, qui, après un coup d'œil horrifié à Tuon et Selucia, s'accrocha au bras de Juilin en couinant, les yeux rivés au sol. À la façon dont elle se mit à trembler, elle aurait pu défaillir dans l'instant.

L'Aes Sedai aux yeux durs fit la grimace, comme si elle avait la bouche pleine de ronces, quand elle vit qui était étendue par terre. Elle s'agenouilla vivement sous la roulotte près de Domon, et prit la tête d'Egeanin entre ses mains osseuses.

— Joline ferait sans doute mieux que moi, marmonna-t-elle entre ses dents, mais je pourrai peut-être…

La tête de renard en argent se glaça sur la poitrine de Mat, et Egeanin eut un sursaut si violent que sa perruque tomba, et qu'elle faillit échapper aux bras de Domon, tandis que ses yeux s'ouvraient brusquement. La convulsion dura le temps qu'elle se redresse à moitié ; puis, de nouveau, elle s'affaissa contre la poitrine de Domon, haletante, et le médaillon redevint une pièce d'argent ouvragé. Il y était presque habitué maintenant.

Teslyn s'affaissa, elle aussi, jusqu'au moment où Domon, modifiant sa prise sur Egeanin, stabilisa l'Aes Sedai d'une main.

— Merci, dit Teslyn au bout d'un moment, comme si on le lui arrachait de la bouche. Mais je n'ai pas besoin d'aide.

Malgré tout, elle s'appuya à la roulotte pour se relever, ses yeux froids d'Aes Sedai défiant quiconque de faire un commentaire.

— La lame a glissé sur une côte et a manqué le cœur. Tout ce qu'il lui faut maintenant, c'est se reposer et manger.

Elle n'avait pas traîné pour arriver sur les lieux, réalisa Mat. Plus loin, un groupe de femmes en capes à paillettes regardaient, intenses et concentrées, devant une tente à rayures vertes. Ailleurs, une demi-douzaine d'hommes et de femmes en tuniques blanches sur des chausses très ajustées, des acrobates faisant de la voltige sur cheval, dardaient des regards sur Teslyn, tenant des conciliabules à voix basse. Il était trop tard pour se soucier de savoir si quelqu'un avait reconnu le visage d'une Aes Sedai. Trop tard pour se soucier de savoir si quelqu'un avait compris qu'il avait assisté à une Guérison. Les dés martelaient le crâne de Mat. La partie n'était pas encore terminée.

— Et Renna ? demanda Mat, s'adressant à Juilin. Juilin !

Le preneur-de-larrons sursauta et cessa de foudroyer Tuon et Selucia, et de murmurer à l'oreille de Thera, tout en continuant à la tenir contre lui tandis qu'elle tremblait de tous ses membres.

— Vanin et les Bras Rouges, Lopin et Nerim sont partis à sa recherche. Olver aussi. Il s'est sauvé avant que j'aie pu l'arrêter. Mais dans cette cohue…

Il écarta un bras de Thera le temps de montrer la grand-rue. Le brouhaha était audible même à cette distance.

— Il lui suffit de mettre la main sur une cape pailletée, et elle pourra disparaître avec les premiers spectateurs. Si nous essayons d'arrêter toutes les femmes qui ont relevé leur capuche, et même seulement de regarder à l'intérieur, on va déclencher une émeute.

— Un désastre… répétait inlassablement Luca, resserrant étroitement sa cape autour de lui.

Latelle le prit par la taille. Un geste qui devait être aussi réconfortant pour lui que le coup de patte d'un léopard et qui eut d'ailleurs à peu près le même effet…

— Que je sois réduit en cendres ! Pourquoi ? grogna Mat. Renna était toujours prête à me lécher la main ! Si quelqu'un devait se mettre à dérailler, je pensais plutôt…

Il ne regarda même pas Thera, ce qui n'empêcha pas Juilin de le fusiller des yeux.

Domon s'était levé, tenant Egeanin dans ses bras. D'abord, elle remua faiblement – Egeanin n'était pas du genre à se laisser transporter comme une poupée –, mais elle finit par réaliser que si on la remettait sur ses pieds, elle s'écroulerait aussitôt. Elle s'affaissa contre la poitrine de l'Illianer, avec un regard noir plein de rancune. Domon apprendrait : quand une femme a besoin de votre aide contre son gré, elle vous le fait payer.

— Je suis la seule qui connaissait son secret, dit-elle d'une voix faible avec son accent traînant. La seule qui pouvait le révéler, en tout cas. Elle a dû penser qu'elle pourrait rentrer chez elle en sécurité, en se débarrassant de moi.

— Quel secret ? demanda Mat.

Elle hésita, fronçant les sourcils sur la poitrine de Domon. Finalement, elle soupira.

— Une fois, Renna avait été mise à la laisse. Bethamin et Seta aussi. Elles peuvent canaliser ; ou peut-être apprendre ; je ne sais pas. Mais ces trois-là ont porté l'*a'dam*. Cela marche peut-être aussi sur les *sul'dams*.

Mat siffla entre ses dents. Alors ça, ce serait comme un coup de pied dans la tête pour les Seanchans.

Luca et sa femme échangèrent des regards perplexes, à l'évidence n'ayant rien compris à la conversation. La mâchoire de Teslyn s'était affaissée, sa sérénité d'Aes Sedai emportée par le choc. Selucia grogna de colère, ses yeux bleus flamboyant, et fit un pas vers Domon, laissant tomber par terre son ballot de tissu. Tuon remua vivement les doigts, l'arrêtant tout net, toute tremblante. Le visage de Tuon était un masque noir, indéchiffrable. Mais ce qu'elle avait entendu ne lui plaisait pas. À la réflexion, elle avait dit qu'*elle* dressait des *damanes*. Oh, qu'il soit réduit en cendres ! En plus de tout le reste, il allait épouser une femme qui pouvait canaliser ?

Des bruits de sabots annoncèrent que Harnan et les trois autres Bras Rouges arrivaient à un trot rapide par l'étroite ruelle entre les tentes et les roulottes. Sous leur cape, ils portaient l'épée à la ceinture, Metwyn avec, en plus, une dague presque aussi longue qu'une courte épée, et Gorderan avait son arbalète pendue à sa selle, déjà tendue, carreau encoché. Harnan avait un arc de cavalerie et un carquois à la hanche. Fergin guidait Pips.

Harnan ne se donna pas la peine de démonter. Lorgnant soupçonneusement Tuon et Selucia, Luca et

Latelle avec presque autant de méfiance, il se pencha sur la selle, le grossier tatouage de faucon ressortant nettement sur sa joue.

— Renna a volé un cheval, mon Seigneur, dit-il à voix basse. Elle a renversé l'un des palefreniers de l'entrée en sortant. Vanin la suit. Il dit qu'elle pourrait atteindre Coramen dans la soirée. Elle est partie dans cette direction. Elle avance beaucoup plus vite que les chariots. Mais elle monte à cru. Avec un peu de chance, nous la rattraperons.

À l'entendre, ça allait de soi.

Il ne semblait pas y avoir d'autre choix, pas vraiment. Les dés continuaient à lui marteler le crâne. Il y avait peut-être une chance qu'ils tombent du bon côté. Une petite. Celle qui suivait Mat Cauthon depuis des lustres.

— Que vos gens reprennent la route aussi vite qu'ils peuvent lever le camp, Luca, dit-il, sautant sur Pips. Laissez le mur de toile et tout ce que vous ne pouvez pas charger rapidement dans les chariots. Partez vite, c'est tout.

— Vous êtes fou ? bredouilla Luca. Si j'essaie de disperser tous ces spectateurs, je vais déclencher une émeute ! Et ils voudront être remboursés !

Par la Lumière, la tête sur le billot, cet homme penserait encore à l'argent !

— Pensez à ce qui se passera si un millier de Seanchans vous trouvent là demain.

La voix de Mat était aussi froide que possible. S'il échouait, les Seanchans retrouveraient le cirque, même s'ils fouettaient les chevaux à tour de bras. Luca le savait aussi, à en juger par son rictus dégoûté, comme s'il venait de mordre dans une prune pourrie. Les dés tambourinaient de plus belle.

— Juilin, laissez tout l'or à Luca, et gardez une grosse bourse.

Peut-être que des pots-de-vin l'aideraient à se dédouaner, quand les Seanchans auraient constaté qu'il ne détenait pas leur Fille des Neuf *fichues* Lunes.

— Rassemblez tout le monde et partez dès que vous pourrez. Quand vous serez hors de vue de la ville, prenez par la forêt. Je vous retrouverai.

— Tout le monde ?

Protégeant Thera de son corps, Juilin désigna Tuon et Selucia de la tête.

— Laissez ces deux-là à Jurador, et peut-être que les Seanchans cesseront de les chercher. Ça pourrait au moins les ralentir. Vous n'arrêtez pas de dire que vous les libérerez tôt ou tard.

Mat rencontra les yeux de Tuon. Ils étaient noirs et liquides dans son visage lisse sans expression. Elle avait repoussé légèrement son capuchon en arrière, de sorte qu'il voyait clairement son visage. S'il la laissait là, elle ne pourrait pas prononcer les mots, et si elle les disait, il serait trop loin pour qu'ils comptent. S'il la laissait en arrière, il ne connaîtrait jamais le sens de ses sourires mystérieux. Par la Lumière, il était vraiment idiot ! Pips piaffa avec impatience.

— Tout le monde, dit-il.

Tuon hocha-t-elle légèrement la tête, comme se parlant à elle-même ? Pourquoi l'aurait-elle fait ?

— Allons-y, dit-il à Harnan.

Ils durent mettre les chevaux au pas pour traverser la foule jusqu'à la sortie, mais une fois sur la route, Mat lança Pips au galop, sa cape ballonnant derrière lui, et la tête baissée pour empêcher son chapeau de s'envoler. Ce n'était pas une allure qu'un cheval pouvait soutenir très longtemps. L'itinéraire contournait des collines et franchissait des crêtes, et devenait rectiligne quand l'éminence n'était pas trop élevée. Ils franchirent, dans de grandes gerbes d'eau, des rivières où les chevaux avaient de l'eau jusqu'aux chevilles, et foncèrent sur des ponts en bois pour traverser les rivières profondes. Des arbres commençaient à réapparaître sur les pentes, pins et lauréoles verts au milieu des branches dénudées. Des fermes s'accrochaient à quelques collines, des maisons basses en pierre couronnées de tuiles, et des granges plus hautes, avec, de temps en temps, un hameau d'une dizaine de maisons.

À quelques kilomètres du cirque, Mat repéra un gros homme devant lui, assis sur sa selle comme un sac de saindoux. Son cheval isabelle aux jambes déliées avalait le terrain à un trot rapide et régulier. Il était logique qu'un voleur de chevaux soit doté d'un bon animal. Entendant des bruits de sabots, Vanin se retourna et ralentit, mettant sa monture au pas. C'était mauvais signe.

Quand Mat ralentit Pips à côté de lui, Vanin cracha par terre.

— Le mieux pour nous, ce serait de trouver son cheval mort d'épuisement, parce que je pourrais alors la traquer à pied, marmonna-t-il. Elle va plus vite que je ne l'imaginais, surtout à cru. En se dépêchant, on la rattrapera peut-être au coucher du soleil. Si son cheval n'est pas blessé ou crevé, c'est à peu près à ce moment-là qu'elle devrait arriver à Coramen.

Mat renversa la tête en arrière pour regarder le soleil, pratiquement au-dessus de leurs têtes. C'était une longue distance à couvrir en moins d'une demi-journée. S'il tournait bride, il pouvait être à bonne distance de Jurador, dans l'autre sens, d'ici au coucher du soleil, en compagnie de Thom, Juilin et des autres. Avec Tuon. Et les Seanchans aux trousses, avertis qu'ils devaient pourchasser Mat Cauthon. L'homme qui avait kidnappé la Fille des Neuf Lunes n'aurait pas assez de chance pour s'en tirer simplement en étant fait *da'covale*. Et demain ou après-demain, les Seanchans empaleraient Luca. Luca et Latelle. Petra, Clarine et les autres. Une forêt de pals. Les dés cliquetaient et rebondissaient dans sa tête.

— On peut réussir, dit-il.

Il n'y avait pas d'autre choix.

Vanin cracha.

Il n'existe qu'une façon d'avancer rapidement et sur une longue distance à cheval, si l'on veut préserver sa monture. Il faut le mettre au pas sur un demi-mile, puis au trot sur un autre demi-mile. Même chose au petit galop puis au grand galop, et retour au pas. Le soleil commença à décliner, et les dés tournoyaient. Ils contournaient des collines clairsemées, et longeaient des crêtes couronnées d'arbres. Ils franchissaient des rivières en trois foulées, mouillant à peine les sabots des montures, et des cours d'eau de trente pas de large sur des ponts en bois et en pierre. Le soleil déclina, et les dés tournèrent de plus en plus vite. Presque de retour à l'Eldar, et toujours pas trace de Renna, à part des traces sur la terre battue, que Vanin montrait du doigt comme si c'était des panneaux indicateurs.

— On approche maintenant, marmonna le gros homme.

Mais au ton, il n'avait pas l'air heureux.

Puis ils contournèrent une colline qui dominait un pont en contrebas. Au-delà, la route s'incurvait vers le nord pour franchir une crête par un col. Le soleil rasant les éblouissait. Coramen était de l'autre côté de la crête. Tirant son chapeau sur ses yeux pour se protéger de la lumière, Mat chercha du regard une femme, n'importe laquelle, à cheval ou à pied, et son cœur s'emballa. Vanin jura et montra quelque chose du doigt.

Un alezan couvert d'écume montait péniblement la pente de l'autre côté de la rivière, une femme lui talonnant frénétiquement les flancs, pour accélérer l'allure. Renna avait été trop pressée d'atteindre les Seanchans pour rester sur la route. Elle était peut-être à deux cents pas d'eux, et elle aurait pu être à des miles. Sa monture était sur le point de tomber, mais elle pouvait démonter et courir jusqu'en vue de la garnison avant qu'ils ne la rattrapent. Il ne lui restait plus qu'à atteindre la crête, à une cinquantaine de pieds.

— Mon Seigneur ? dit Harlan.

Il levait son arc, flèche encochée. Gorderan avait sa lourde arbalète à l'épaule, un carreau en place.

Mat sentit quelque chose trembler et mourir en lui. Il ne savait pas quoi. Les dés roulaient comme le tonnerre.

— Tirez, dit-il.

Il avait envie de fermer les yeux. L'arbalète tira ; le carreau décrivit un arc noir dans l'air. Elle était presque parvenue à se relever à l'encolure de l'alezan quand la flèche de Harnan l'atteignit.

Lentement, elle bascula de son cheval, glissant sur la pente, roulant, rebondissant sur les arbustes, de plus en plus vite jusqu'au moment où elle tomba dans la rivière. Un moment, elle flotta sur le ventre contre la rive, puis le courant la saisit et l'emporta, ses jupes ballonnant sur l'eau. Lentement, elle dériva vers l'Eldar. Finalement, elle arriverait peut-être à la mer. Il importait à peine que les dés se soient immobilisés. Cela faisait trois. *Jamais plus*, pensa-t-il comme Renna disparaissait derrière un coude de la rivière. *Même si j'en meurs, jamais plus.*

Ils repartirent vers l'est, sans se presser. C'était inutile, et Mat était épuisé. Pourtant, ils ne s'arrêtèrent pas, sauf pour abreuver les chevaux et les laisser souffler. Personne n'avait envie de parler.

Aux petites heures de la nuit, ils atteignirent Jurador, une masse sombre aux portes closes. Des nuages couvraient la lune. Curieusement, le mur de toile du cirque était toujours en place juste au-delà de la ville. Une paire de solides gaillards gardaient l'entrée, enveloppés dans des couvertures, et ronflaient sous la grande banderole. Même de la route et dans l'obscurité, on voyait nettement que les tentes et les roulottes étaient toujours derrière le mur.

— Au moins, je pourrai dire à Luca qu'il n'a plus à s'enfuir, dit Mat avec lassitude, dirigeant Pips vers l'entrée. Peut-être qu'il nous donnera un coin pour dormir un peu.

Pour tout l'or qu'il lui avait laissé, Luca aurait dû lui céder sa propre roulotte, mais le connaissant, Mat n'espérait qu'un tas de paille propre. Demain, il se mettrait en route pour trouver Thom et les autres. Et Tuon. Demain, quand il se serait reposé.

Un plus grand choc l'attendait dans la roulotte de Luca. Elle était grande pour une roulotte, avec une table étroite trônant au milieu et assez d'espace pour circuler autour. La table, le buffet et les étagères cirés brillaient comme des miroirs. Tuon était assise dans un fauteuil doré – Luca avait un fauteuil doré, alors que tout le monde se contentait de tabourets ! –, Selucia debout derrière elle. Luca, rayonnant, regardait Latelle présenter à Tuon un plat de pâtisseries fumantes, que la petite femme noire examinait comme si elle allait vraiment manger un plat préparé par la femme de Luca.

Tuon ne manifesta aucune surprise quand Mat entra dans la roulotte.

— Est-elle captive ou morte ? dit-elle, prenant un gâteau du bout de ses doigts déliés étonnamment gracieux.

— Morte, jeta-t-il. Luca, par la Lumière, qu'est-ce…

— Je l'interdis, Joujou ! dit sèchement Tuon, pointant le doigt sur lui. Je vous interdis de pleurer une traîtresse !

Sa voix s'adoucit un peu, mais demeura ferme.

— Elle a mérité la mort en trahissant l'Empire, et elle vous aurait trahi facilement aussi. Elle essayait de vous trahir. Ce que vous avez fait était juste !

Le ton était péremptoire.

Mat ferma les yeux un instant.

— Tout le monde est encore là aussi ? demanda-t-il.

— Naturellement, dit Luca, souriant benoîtement. La Dame, la Haute Dame, pardonnez-moi, dit-il avec une profonde révérence. Elle a parlé avec Merrilin et Sandar et… Enfin, vous savez ce que c'est. C'est une femme très persuasive, la Dame, la Haute Dame. Cauthon, à propos de mon or, vous avez dit qu'ils devaient me le remettre, mais Merrilin a dit qu'il me couperait la gorge d'abord, et Sandar a menacé de m'assommer, et…

Sa voix mourut sous le regard de Mat, puis il s'éclaira.

— Regardez ce que la Dame m'a donné !

Ouvrant un tiroir d'un coup sec, il en tira une feuille pliée qu'il tint respectueusement à deux mains. Le papier était épais et blanc comme neige.

— C'est un sauf-conduit. Pas scellé, bien sûr, mais signé. Le Grand Cirque Itinérant et Magnifique Spectacle des Merveilles est maintenant sous la protection de la Haute Dame Tuon Athaem Kore Paendrag. Tout le monde sait qui c'est, bien sûr. Je pourrai aller au Seanchan. Je donnerai mon spectacle devant l'Impératrice ! Puisse-t-elle vivre à jamais, ajouta-t-il précipitamment avec une autre révérence à Tuon.

Pour rien, pensa lugubrement Mat. Il se laissa tomber sur un lit, les coudes sur les genoux, s'attirant un regard très significatif de Latelle. Sans doute que seule la présence de Tuon l'empêcha de l'assommer.

Tuon leva sa main de poupée de porcelaine noire de façon péremptoire, mais royale malgré sa misérable robe trop grande.

— Vous ne devez pas vous en servir sauf en cas de force majeure, Maître Luca.

— Bien sûr, Haute Dame, bien sûr.

Luca s'inclina à répétition, à croire qu'il allait baiser le plancher.

Tout ça pour rien !

— J'ai désigné spécifiquement les personnes qui ne sont pas sous ma protection, Joujou.

Tuon avala une bouchée de gâteau et, du doigt, essuya délicatement une miette sur sa lèvre.

— Devinez-vous quel est le premier sur cette liste ?

Elle sourit, comme pour elle-même, amusée par quelque chose qu'il ne pouvait pas voir. Soudain, il remarqua que le petit bouquet de boutons de roses en soie qu'il lui avait donné était épinglé à son épaule.

Malgré lui, Mat éclata de rire. Il jeta son chapeau par terre, et rit. Il réalisa qu'il ne connaissait vraiment pas cette femme ! Absolument pas ! Il rit à s'en faire mal aux côtes.

30.

Ce que peut faire la baguette aux serments

Le soleil frôlait l'horizon, détourant parfaitement la silhouette de la Tour Blanche, au loin, mais le froid de la nuit précédente semblait s'aviver, et de gros nuages noirs filant dans le ciel annonçaient de la neige. L'hiver s'était attardé au-delà de ce qu'il aurait dû, ne desserrant son emprise que par à-coups. Les bruits du matin pénétrèrent dans la tente d'Egwene, pourtant isolée des autres. Le camp semblait vibrer. Les travailleurs devaient transporter l'eau du puits, du bois et du charbon de bois dans les charrettes. Les serveuses allaient chercher le petit déjeuner des sœurs, et les novices du second service se hâtaient vers le réfectoire, celles du premier et du troisième service vers leurs classes. La journée verrait sans doute la fin des négociations fallacieuses en cours à Darein, autour d'une table installée sous un pavillon au pied du pont menant à Tar Valon. Fallacieuses des deux côtés. Les commandos d'Elaida continuaient à frapper impunément de l'autre côté de la rivière. Quoi qu'il en soit, la journée verrait la dernière réunion avant longtemps.

Scrutant son bol, Egwene remarqua puis retira une petite particule noire dans son porridge fumant, s'essuyant le doigt sur une serviette en lin sans regarder d'assez près pour s'assurer que c'était bien un charançon. Elle en mit une cuillerée dans sa bouche et s'efforça de se concentrer sur les petits morceaux d'abricots séchés que Chesa y avait mêlés. Quelque chose *craqua-t-il* sous sa dent ?

— Tout remplit le ventre pourvu que ça rentre, comme disait ma mère, murmura Chesa comme si elle se parlait à elle-même.

C'est ainsi qu'elle donnait des conseils à Egwene, sans franchir la ligne séparant la servante de la maîtresse. Au moins, elle donnait ses avis quand Halima n'était pas là. Or Halima était partie tôt ce matin-là. Chesa s'était assise sur l'un des coffres à vêtements, pour le cas où Egwene aurait besoin d'elle. De temps en temps, ses yeux dérivaient sur le tas de vêtements qui devaient aller chez la blanchisseuse. Peu lui importait de raccommoder et de repriser devant Egwene, mais dans son idée, trier le linge sale aurait été franchir cette fameuse ligne.

Réprimant une grimace, Egwene allait lui dire d'aller déjeuner – Chesa considérait aussi comme une transgression de manger avant Egwene –, mais avant qu'elle ait ouvert la bouche, Nisao entra dans la tente, entourée de l'aura de la *saidar*. Comme les rabats de la tente retombaient, Egwene aperçut, chauve et barbu, ce nabot de Lige de Nisao, attendant dehors. Le capuchon de la minuscule sœur était rabattu en arrière, soigneusement arrangé sur ses épaules, pour que sa doublure de velours jaune soit bien visible. Pourtant, elle resserrait sa cape autour d'elle comme si elle ressentait intensément le froid. Elle ne dit rien, mais lança un regard pénétrant à Egwene. Chesa attendit le signe de tête de sa maîtresse, puis prit sa cape et détala. Elle n'était peut-être pas capable de voir la lumière du Pouvoir, mais elle savait quand Egwene voulait être seule.

— Kairen Stang est morte, dit Nisao sans préambule.

Elle avait le visage lisse, la voix froide et neutre. Assez petite pour qu'Egwene se sente grande, elle se redressait de toute sa taille, comme pour gagner un pouce de plus. En général, Nisao ne faisait jamais ça.

— Sept sœurs avaient déjà testé les résonances avant mon arrivée. Elle a été tuée par le *saidin*, cela ne fait aucun doute. Elle a la nuque brisée. Écrasée. Comme si on avait fait faire un tour complet à sa tête. Au moins, ce fut rapide.

Nisao prit une inspiration profonde et saccadée, puis réalisa ce qu'elle avait fait et se redressa encore un peu plus.

— Son Lige est prêt à tuer. On lui a fait boire une infusion de simples pour le faire dormir, mais il sera difficile à contrôler quand il se réveillera.

Elle ne mit pas sur le mot « simples » la nuance péjorative qu'y mettaient la plupart des Jaunes, quand elles parlaient des herbes médicinales, preuve de son désarroi même si son visage était calme.

Egwene posa sa cuillère sur la petite table et se renversa sur sa chaise. Soudain, le fauteuil ne lui semblait plus confortable. Maintenant, la meilleure après Leane, c'était Bode Cauthon. Une novice. Elle s'efforça de ne pas penser à ce qu'était Bode. Avec quelques jours supplémentaires de pratique, Bode ferait le travail aussi bien que Kairen. Presque. Mais elle ne le dit pas. Nisao connaissait certains secrets, mais pas tous.

— Anaiya, et maintenant Kairen. Toutes les deux de l'Ajah Bleue. Connaissez-vous un autre lien entre elles ?

Nisao secoua la tête.

— Anaiya était Aes Sedai depuis cinquante ou soixante ans quand Kairen est arrivée à la Tour, si j'ai bonne mémoire. Elles avaient peut-être des connaissances communes. Je ne sais pas, Mère.

Maintenant, elle semblait fatiguée et ses épaules s'affaissaient légèrement. Sa discrète enquête sur la mort d'Anaiya n'avait mené nulle part, et elle savait que maintenant, Egwene allait y ajouter Kairen.

— Renseignez-vous, ordonna Egwene. Discrètement.

Ce deuxième meurtre ferait déjà assez jaser sans jeter de l'huile sur le feu. Pendant un moment, elle étudia l'autre sœur. Nisao pouvait présenter des excuses après coup ou prétendre qu'elle doutait depuis le début, mais jusqu'à présent, elle avait toujours été un modèle de Sœur Jaune, pleine d'assurance et de certitude. Mais plus maintenant.

— Est-ce que beaucoup de sœurs se promènent en tenant la *saidar ?*

— J'en ai remarqué plusieurs, Mère, dit Nisao avec raideur.

Elle releva le menton, avec une nuance de défi. Mais au bout d'un moment, l'aura qui l'entourait s'éteignit. Elle resserra sa cape comme si toute sa chaleur s'était brusquement envolée.

— Je doute que la *saidar* ait pu sauver Kairen. Sa mort a été trop soudaine. Mais ça permet de se sentir plus… en sécurité.

Quand la petite femme partit, Egwene remua sa cuillère dans son porridge. Elle ne vit plus aucune particule noire, mais elle n'avait plus faim. Finalement, elle se leva et mit à son cou l'étole aux sept bandes de couleur, puis jeta sa cape sur ses épaules. Aujourd'hui en particulier, elle n'allait pas ruminer des idées noires. Aujourd'hui, elle respecterait sa routine quotidienne.

Dehors, les charrettes à hautes roues cahotaient dans les ornières gelées des rues, pleines de tonneaux d'eau, de piles de rondins fendus et de sacs de charbon de bois. Les cochers et les cavaliers suivaient, emmitouflés dans leurs capes pour se protéger du froid. Comme d'habitude, des familles de novices avançaient sur les chemins de planches, s'arrangeant généralement pour faire leurs révérences sans s'arrêter aux Aes Sedais qui passaient. Le manque de respect dû à une sœur pouvait être puni d'une flagellation, tout comme le retard à un cours, et les professeurs étaient généralement moins tolérants que les Aes Sedais rencontrées au passage, et qui leur montraient de l'indulgence, sachant pourquoi les novices se hâtaient.

Naturellement, les femmes en blanc s'effaçaient toujours devant l'étole rayée sortant du capuchon d'Egwene, mais elle refusait de se laisser décourager, plus qu'elle ne l'était déjà, par des novices faisant des révérences dans la rue, dérapant et glissant sur le sol gelé, et parfois tombant sur le nez avant que leurs cousines n'aient pu les rattraper. « Cousine », c'est le nom que les membres d'une même famille avaient pris l'habitude de se donner, et parfois, cela semblait créer un lien supplémentaire entre elles, une sorte d'intimité familiale. Ce qui la mettait de mauvaise humeur, c'étaient les Aes Sedais qu'elle voyait partout, avançant sur les planches dans une onde de courbettes. Elle n'en vit pas plus d'une douzaine entre sa tente et le bureau de l'Amyrlin, mais trois sur quatre étaient enveloppées de l'aura de la *saidar*. Elles marchaient par deux la plupart du temps, suivies de leurs Liges quand elles en avaient. Elles semblaient sur le qui-vive, enveloppées ou non de la *saidar*, les capuches pivotant sans cesse pour balayer les alentours.

Cela lui rappela l'époque où la méningite avait frappé le Champ d'Emond, quand chacun se promenait le nez couvert d'un mouchoir imbibé de brandy – Doral Barran, la Sagesse d'alors, avait dit que ça pouvait protéger de la contagion –, cramponné à ses mouchoirs et surveillant les autres, pour voir qui serait le prochain. Onze personnes étaient mortes avant que l'épidémie ne s'arrête, mais il fallut attendre un mois avant que la population renonce à se protéger. Pendant longtemps, elle avait associé l'odeur du brandy à la peur. Elle la sentait presque en ce moment. Deux sœurs avaient été assassinées parmi elles, par un homme qui non seulement pouvait canaliser, mais qui était apparemment capable d'aller et venir comme il voulait. La peur se répandait parmi les Aes Sedais plus vite que ne l'aurait fait la méningite.

La tente qu'elle utilisait comme bureau était déjà chaude à son arrivée, le brasero émettant un parfum de roses. Les torchères à miroirs et la lampe de table étaient allumées. Suspendant sa cape au portant dans un coin, elle prit place devant sa table, soutenant machinalement le pied branlant. Tout ce qu'elle avait à faire, c'était suivre sa routine. Demain, elle pourrait faire ses annonces.

Sa première visiteuse lui créa un choc, car c'était peut-être la dernière personne qu'elle s'attendait à voir entrer dans sa tente. Theodrin était une Brune élancée aux joues en forme de pommes, une Domanie à la peau cuivrée et à la bouche têtue. Autrefois, elle semblait toujours sur le point de sourire. Elle avança sur les tapis élimés, assez près pour que la frange de son châle frôle la table. Tandis qu'elle faisait une révérence cérémonieuse, Egwene lui tendit son anneau du Grand Serpent à baiser. À formalisme, formalisme et demi.

— Romanda désire savoir si elle pourra vous voir aujourd'hui, Mère, dit-elle.

Elle avait parlé doucement, mais il y avait quand même un certain entêtement sous-jacent dans le ton.

— Dites-lui qu'elle peut venir quand elle voudra, ma fille, répondit Egwene avec prudence.

Theodrin fit une nouvelle révérence, sans changer d'expression. Comme la Brune s'apprêtait à partir, une Acceptée la frôla en entrant dans la tente, rabattant en arrière son capuchon blanc. Emara était mince et aussi petite que Nisao. Il semblait qu'un vent fort aurait pu l'emporter, pourtant elle menait d'une main ferme les novices confiées à ses soins, plus ferme que bien des sœurs. Mais il faut dire qu'elle était dure avec elle-même, et que les novices étaient censées avoir la vie dure. Emara roula des yeux devant la frange du châle de Theodrin, et sa bouche se tordit en un rictus méprisant, qu'elle réprima pour déployer ses jupes blanches à rayures devant Egwene. Theodrin s'empourpra.

Egwene abattit une main sur la table, assez fort pour faire trembler l'encrier en pierre et le pot de sable.

— Avez-vous oublié qu'on doit la politesse à une Aes Sedai, mon enfant ? dit-elle sèchement.

Emara pâlit – l'Amyrlin avait sa réputation à tenir – et fit précipitamment une révérence encore plus profonde à Theodrin, qui hocha la tête avec raideur avant de sortir de la tente beaucoup plus vite qu'elle n'y était entrée.

Emara bredouilla, avec un accent illianer renforcé par sa nervosité, une requête de Lelaine demandant à rencontrer l'Amyrlin. À une époque, Romanda et Lelaine s'étaient montrées beaucoup moins cérémonieuses, apparaissant sans s'annoncer et n'importe quand, mais la déclaration de guerre à Elaida avait changé beaucoup de choses. Egwene fit la même réponse à cette requête qu'à celle de Romanda, quoique d'un ton plus sec, et Emara faillit tomber en faisant sa révérence et sortit presque en courant. Un clou de plus enfoncé dans la légende d'Egwene al'Vere, le Siège d'Amyrlin qui faisait ressembler Sereille Bagand à un oreiller en duvet d'oie.

Dès que l'Acceptée fut sortie, Egwene leva la main et fronça les sourcils sur ce qu'elle avait couvert jusque-là : la feuille de papier pliée que Theodrin avait déposée sur la table pendant qu'elle baisait son anneau. Elle se rembrunit un peu plus quand elle l'ouvrit. La petite page était couverte d'une écriture fluide et précise, mais il y avait une tache d'encre sur un bord. Theodrin était pourtant très soignée. Peut-être essayait-elle de se conformer à la réputation des Brunes.

« Romanda a envoyé deux sœurs au Cairhien en Voyageant, pour enquêter sur des rumeurs qui font jaser les Jaunes. Je ne sais pas de quoi il s'agit, Mère, mais je le découvrirai. J'ai entendu l'une d'elles mentionner Nynaeve, pas comme si elle était au Cairhien, mais comme si la rumeur avait un rapport avec elle. »

L'imbécile avait même signé !

— Qu'est-ce que c'est que ça, Mère ?

Egwene sursauta de saisissement, et eut juste le temps de redresser le pied de sa chaise avant qu'elle ne s'effondre avec elle sur les tapis. Elle reporta son regard courroucé sur Siuan, qui s'était arrêtée juste après le seuil, avec son châle frangé de bleu et ses dossiers serrés contre elle. Elle haussa légèrement les sourcils devant la surprise d'Egwene.

— Tenez, dit Egwene avec irritation en lui lançant le papier.

Ce n'était pas le moment de sursauter et de trembler !

— Vous êtes au courant pour Kairen ?

Bien sûr qu'elle l'était, mais Egwene lui demanda quand même :

— Avez-vous effectué les changements nécessaires ?

« Les changements nécessaires. » Par la Lumière, elle parlait aussi pompeusement que Romanda ! C'est seulement en dernier ressort qu'elle pensa à embrasser la *saidar* et à tisser une garde contre les écoutes. Quand la garde fut en place, elle réalisa que ce jour n'était pas le mieux choisi pour donner à penser qu'elle avait des affaires à discuter en privé avec Siuan.

Siuan ne donna aucun signe d'énervement. Elle avait surmonté bien des tempêtes et survécu à bien des naufrages. Aujourd'hui, c'était à peine un coup de vent pour elle.

— C'est inutile avant d'être renseignées sur les bateaux, Mère, répondit-elle avec calme, posant des dossiers sur la table, et les disposant bien au carré entre l'encrier et le pot à sable.

— Moins Bode aura de temps pour y penser, moins il y aura de risque qu'elle panique.

Calme comme un étang. Même le meurtre de deux sœurs ne déconcertait pas Siuan, tout comme l'envoi d'une novice d'à peine quelques mois pour remplacer l'une d'elles.

Mais son front se creusa d'un pli soucieux en lisant la note.

— D'abord, Faolain se terre, grommela-t-elle, et maintenant Theodrin vous apporte ce papier au lieu de me l'apporter à moi. Cette sotte a moins de cervelle qu'un oiseau-pêcheur ! On dirait qu'elle le fait exprès, pour qu'on découvre que vous l'avez chargée de garder un œil sur Romanda.

Garder un œil. Façon polie de dire « espionner ». Elles maniaient bien les euphémismes, toutes les deux. Cela allait avec le titre d'Aes Sedai. Mais aujourd'hui, les euphémismes agaçaient Egwene.

— Elle veut peut-être être découverte, ou se sent fatiguée que Romanda lui dise ce qu'elle doit faire, penser et dire. J'ai eu une Acceptée ici qui a *ricané* devant le châle de Theodrin, Siuan.

Siuan eut un geste dédaigneux.

— Romanda s'efforce de dire à chacune ce qu'elle doit faire. Et penser. Pour le reste, les choses changeront quand Faolain et Theodrin pourront jurer sur la Baguette aux Serments. Je ne pense pas que quelqu'une insistera afin qu'elles soient testées pour le châle en ce moment. Jusque-là, elles doivent accepter ce qui vient.

— Cela ne suffit pas.

Egwene parvint à parler d'un ton neutre, mais elle dut faire un effort. Elle avait soupçonné dans quoi elle engageait ces deux-là quand elle leur avait dit de s'attacher à Romanda et Lelaine. Elle avait besoin de savoir ce que les Députées mijotaient, mais elle avait un devoir envers elles. Elles avaient été les premières à lui jurer librement allégeance. De plus…

— Une bonne partie de ce qu'on raconte concernant Faolain et Theodrin pourrait aussi s'appliquer à moi. Si une *Acceptée* peut leur manquer de respect…

Bien, elle n'avait pas peur de *cela*. Les sœurs, c'était une autre histoire. En particulier les Députées.

— Siuan, il n'y a aucun espoir que j'unisse la Tour si les Aes Sedais doutent de moi.

Siuan renifla avec force.

— Mère, à l'heure actuelle, même Romanda et Lelaine savent que vous êtes véritablement le Siège d'Amyrlin, qu'elles l'admettent ou non. Ces deux-là n'auraient pas suivi Deana Aryman. Je crois qu'elles commencent à voir en vous une autre Edarna Noregovna.

— C'est possible, dit Egwene, ironique.

On considérait que Deana avait sauvé la Tour Blanche, après le désastre de Bonwhin avec Artur Aile-de-Faucon. On considérait aussi Edarna comme la plus habile politique à avoir jamais tenu le sceptre et le châle. Toutes les deux avaient été des Amyrlins très puissantes.

— Mais comme vous me l'avez rappelé, je dois m'assurer que je ne deviens pas comme Shein Chunla.

Shein avait commencé en Amyrlin forte, tenant fermement la Tour Blanche et l'Assemblée, et avait terminé en marionnette, faisant exactement ce qu'on lui disait de faire.

Siuan hocha la tête, l'air approbateur. Elle enseignait vraiment à Egwene l'histoire de la Tour, en parlant souvent d'Amyrlins qui avaient commis des erreurs fatales. Y compris elle-même.

— Mais ceci est une autre histoire, marmonna-t-elle, tapotant du doigt la note. Quand je mettrai la main sur Theodrin, je lui ferai regretter de ne plus être novice. Et Faolain ! Si elles croient pouvoir se dérober maintenant, je jure que je les éventrerai comme des truies !

— Vous éventrerez qui ? demanda Sheriam, franchissant la garde dans une bouffée d'air glacial.

De nouveau, la chaise d'Egwene faillit la renverser sur les tapis. Il fallait qu'elle se trouve un autre siège. Elle aurait parié qu'Edarna ne sursautait jamais comme si on lui mettait des orties dans le dos.

— Personne qui vous concerne, dit Siuan avec calme, approchant la feuille de la flamme de la lampe.

Elle la laissa brûler jusqu'au bout de ses doigts, puis froissa les cendres et s'épousseta les mains. Seules Egwene, Siuan et Leane savaient la vérité au sujet de Theodrin et Faolain. Et les deux intéressées elles-mêmes, naturellement. Mais il y avait beaucoup de choses qu'elles ignoraient toutes les deux.

Sheriam accepta ce refus avec sérénité. Elle semblait avoir complètement récupéré de son effondrement à l'Assemblée. Au moins, elle avait presque retrouvé sa dignité apparente. Regardant Siuan brûler la feuille, ses yeux verts s'étrécirent légèrement, et elle toucha l'étroite étole bleue drapée sur ses épaules comme pour se rappeler qu'elle la portait. Elle n'avait pas à accepter les ordres de Siuan – finalement, mettre sa Gardienne dans cette position avait paru trop dur à Egwene – mais Sheriam savait aussi que Siuan n'avait pas à accepter ses ordres non plus, ce qui devait l'exaspérer maintenant qu'elle lui était tellement inférieure dans le Pouvoir. Savoir qu'il y avait des secrets dont elle n'était pas au courant devait l'exaspérer également. Mais Sheriam devrait vivre avec.

Elle aussi avait apporté un papier qu'elle posa sur la table devant Egwene.

— J'ai rencontré Tiana en venant ici, Mère, et je lui ai dit que je vous donnerais ça.

« Ça », c'était la liste des fugitives du jour, quoiqu'il y en eût beaucoup moins, depuis que les novices avaient été organisées en familles. Les cousines se soutenaient mutuellement dans les moments de frustration et de larmes, et parvenaient à se convaincre les unes les autres d'éviter les erreurs les plus graves, comme la fuite. Aujourd'hui, il n'y avait qu'un seul nom sur la page. Nicola Treehill.

Egwene soupira et reposa le papier. Elle aurait cru que sa soif d'apprendre empêcherait Nicola de s'enfuir malgré sa frustration croissante. Et pourtant, Egwene ne pouvait pas dire qu'elle regrettait son départ. Nicola était fourbe et sans scrupules, prête à recourir au chantage ou à n'importe quel stratagème pour favoriser son avancement. Elle avait très probablement été aidée. Areina n'aurait sans doute pas refusé de voler des chevaux pour s'enfuir avec elle.

Brusquement, la date inscrite à côté du nom retint son attention. Deux dates, en fait, avec des points d'interrogation. Les mois étaient rarement mentionnés, encore moins le jour, sauf dans les traités et les documents officiels. « Signé et scellé devant témoins, dans la cité d'Illian, le douzième jour de Saven, cet An de Grâce… » Pour l'usage commun, nombre de jours avant ou après telle fête suffisaient. Les dates écrites lui paraissaient toujours un peu étranges. Elle devait compter sur ses doigts pour être sûre de ce qu'elle voyait.

— Nicola s'est enfuie il y a trois ou quatre jours, Sheriam, et c'est seulement maintenant que Tiana m'en avise ? Elle n'est même pas sûre qu'il s'agit de trois ou de quatre jours.

— Les cousines de Nicola ont couvert sa fuite, Mère.

Sheriam branla du chef avec tristesse, mais curieusement elle fit un petit sourire amusé, voire admiratif.

— Pas par affection. Apparemment, elles étaient contentes d'être débarrassées d'elle et ne tenaient pas trop à ce qu'on la ramène. Elle passait son temps à se vanter de son Don de Prophétie. Tiana est très contrariée de leur attitude. Aucune ne sera très à l'aise en cours, aujourd'hui, et les jours suivants, j'en ai peur. Tiana dit qu'elle a l'intention de leur donner une flagellation en guise de petit déjeuner, tous les jours jusqu'à ce qu'on retrouve Nicola. Mais je pense qu'elle se calmera d'ici là. Nicola ayant disparu depuis si longtemps, il faudra sans doute un bon moment avant qu'on la retrouve.

Egwene grimaça légèrement. Elle se rappelait ses propres visites au bureau de la Maîtresse des Novices, alors occupé par la femme qui lui faisait face. Sheriam avait le bras solide. Une flagellation quotidienne serait très pénible. Mais dissimuler la fuite d'une fugitive, c'était plus sérieux que de faire une farce ou de sortir après le couvre-feu. Elle poussa le rapport sur le côté.

— Tiana fera comme elle le jugera bon, dit-elle. Sheriam, y a-t-il eu un changement dans la façon dont les sœurs parlent de mon rêve ?

Elle avait raconté son rêve sur une attaque des Seanchans, le matin qui avait suivi ce rêve. Les femmes qui l'avaient écoutée étaient restées apathiques, apparemment à cause de la mort très récente d'Anaiya, qui avait stupéfié tout le monde.

Au lieu de répondre, Sheriam s'éclaircit la gorge et lissa ses jupes à taillades bleues.

— Vous ne le savez peut-être pas, Mère, mais l'une des cousines de Nicola est Larine Ayellin. Du Champ d'Emond, ajouta-t-cllc, comme si Egwene l'ignorait. Mais personne ne penserait que vous avez des favorites si vous pardonniez à toute la famille. En attendant, qu'elle se calme ou non, Tiana a l'intention d'être très sévère avec elles. Elles vont souffrir.

Se renversant prudemment sur sa chaise à cause du pied branlant, Egwene fronça les sourcils sur elle. Larine avait à peu près le même âge qu'elle, et elles avaient été très amies. Elles avaient passé des heures ensemble, à papoter et à s'exercer à natter leurs cheveux pour être prêtes quand le Cercle des Femmes décréterait qu'elles étaient assez grandes pour porter des tresses. Malgré ça, Larine avait été l'une des rares filles du Champ d'Emond à accepter qu'Egwene soit vraiment l'Amyrlin, même si elle ne le manifestait qu'en gardant ses distances. Mais Sheriam pensait elle vraiment qu'Egwene pouvait la *favoriser* ? Même Siuan sembla déconcertée.

— Vous devriez le savoir mieux que personne, Sheriam : la discipline des novices est le domaine de la Maîtresse des Novices. À moins qu'une fille ne soit abusée, chose que vous n'avez pas mentionnée. De plus, si Larine croit qu'elle peut aider la fuite d'une novice et s'en tirer sans dommage – aider une fugitive, Sheriam ! – de quoi sera-t-elle capable ? Elle peut arriver au châle, si elle a le courage de persévérer. Je ne la conduirai pas sur la voie qui se terminerait par son renvoi pour mauvaise conduite. Maintenant, que disent-elles de mon rêve ?

Sheriam cligna ses yeux verts et jeta un coup d'œil à Siuan. Par la Lumière, elle pensait qu'Egwene était dure parce que Siuan était là ? Parce que Siuan pouvait raconter la scène ? Elle aurait dû savoir que non. Elle *avait été* Maîtresse des Novices.

— Les sœurs pensent toujours que les Seanchans sont à un millier de miles, dit finalement Sheriam, qu'ils ne savent pas Voyager, et que s'ils se mettent à marcher sur Tar Valon, nous le saurons avant qu'ils n'aient parcouru deux cents lieues.

Siuan grommela entre ses dents quelque chose qui ressemblait fort à des jurons. Egwene avait envie de jurer, elle aussi. Sheriam ne croyait pas à son Don de Rêveuse. Anaiya y croyait, elle, mais Anaiya était morte. Siuan et Leane y croyaient aussi, mais ni l'une ni l'autre n'étaient assez élevées dans la hiérarchie pour qu'on les écoute autrement qu'avec une patience polie, et encore. À présent, après cette réponse évasive, il était assez clair que Sheriam n'y accordait aucun crédit. Elle respectait son serment d'allégeance aussi scrupuleusement qu'il était possible, mais Egwene ne pouvait obliger personne à la croire en ce domaine.

Quand Sheriam s'en alla, Egwene se demanda pourquoi elle était venue. Est-ce que ce pouvait être seulement pour lui faire remarquer que Larine allait être punie ? Sûrement pas. Mais elle n'avait rien dit d'autre, en dehors des réponses à ses questions.

Peu après, Myrelle arriva, suivie de près par Morvrin. Egwene les sentit toutes les deux relâcher la Source avant d'entrer dans la tente, et elles laissèrent leurs Liges dehors à les attendre. Elle les aperçut brièvement quand les rabats de la tente s'ouvrirent, mais elle eut quand même le temps de voir qu'ils avaient l'air méfiants, même pour des Liges. Les grands yeux noirs de Myrelle flamboyèrent à la vue de Siuan, et ses narines palpitèrent. Le visage rond de Morvrin demeura lisse comme de la pierre polie, mais elle épousseta à deux mains ses jupes brun foncé, comme pour essuyer une tache. Contrairement à Sheriam, elles devaient obéir aux ordres de Siuan, et cela ne leur plaisait pas du tout. Ce n'est pas qu'Egwene désirait pointer du doigt leurs erreurs, mais elle faisait confiance à Siuan, mais pas totalement aux autres. De plus, il y avait des moments où il était difficile, sinon impossible pour elle, de dire aux sœurs qui lui avaient juré allégeance ce qu'elle désirait qu'elles fassent. Siuan pouvait porter des messages, et de cette façon, Egwene était sûre qu'elles obéissaient à ses ordres.

Elle demanda tout de suite ce qu'on disait de son rêve. Comme elle s'y attendait, elles dirent la même chose que Sheriam. Les Seanchans étaient loin. S'ils se rapprochaient, elles auraient tout le temps d'être averties. C'était la même chose depuis plus d'une semaine. Pis…

— Ce serait peut-être différent si Anaiya était vivante, dit Morvrin, se posant en équilibre sur l'un des tabourets branlants devant la petite table.

Malgré sa corpulence, elle le fit facilement et avec grâce.

— Anaiya avait la réputation d'avoir des connaissances ésotériques. Personnellement, j'ai toujours pensé qu'elle aurait dû choisir l'Ajah Brune. Certes, elle disait que vous étiez une Rêveuse, mais…

Ses dents s'entrechoquèrent quand elle referma la bouche devant le regard acerbe d'Egwene. Quant à Myrelle, elle semblait plus préoccupée à se réchauffer les mains au brasero qu'autre chose.

Bref, ni l'une ni l'autre ne la croyaient non plus. À part Siuan et Leane, personne au camp ne pensait qu'Egwene avait fait un Rêve véritable. Varilin avait pris le pouvoir dans les pourparlers de Darein, reléguant adroitement Beonin à un rôle subalterne, et elle avait toujours une excuse expliquant pourquoi elle ne pouvait pas transmettre un avertissement pour le moment. Peut-être dans quelques jours, quand les discussions se dérouleraient mieux, comme si les sœurs ne passaient pas leur temps à tourner en rond sans dire un mot qui pût offenser la partie adverse.

Myrelle se détourna du brasero, comme rassemblant son courage pour mettre la main sur les braises.

— Mère, j'ai réfléchi au jour où Shadar Logoth a été détruit…

Elle s'interrompit et se retourna vers le brasero, tandis qu'une femme au long visage entrait, portant un tabouret aux pieds décorés de spirales brillantes.

Maigan était belle, avec de grands yeux et des lèvres pulpeuses, malgré sa silhouette filiforme. Bien qu'elle ne soit pas très grande, ses mains paraissaient longues. Elle salua froidement Morvrin de la tête et ignora ostensiblement Myrelle.

— J'ai apporté mon propre siège aujourd'hui, Mère, dit-elle, faisant la révérence comme elle put avec le tabouret dans une main. Les vôtres sont plutôt branlants, si je peux me permettre cette remarque.

Ce n'était pas une surprise qu'à la mort d'Anaiya, l'Ajah Bleue ait nommé une remplaçante au « conseil consultatif » d'Egwene, mais son nom l'avait réconfortée. Maigan avait été l'une des alliées de Siuan quand elle était Amyrlin.

— Si cela ne vous fait rien, Mère, puis-je envoyer Siuan chercher du thé ? dit Maigan, s'asseyant sur son tabouret. Vous devriez vraiment avoir une novice ou une Acceptée, mais Siuan fera l'affaire.

— Les novices ont classe, ma fille, et même avec la répartition en familles, les Acceptées ont à peine assez de temps pour leurs propres études.

De plus, elle serait obligée de les faire attendre dehors dans le froid chaque fois qu'elle voudrait parler en particulier à quelqu'un. Cela aurait été dur pour des femmes à qui l'on n'avait pas encore appris à ignorer le froid et le chaud, et aurait signifié, comme un drapeau planté devant la tente, qu'il y avait peut-être quelque chose d'intéressant à épier.

— Siuan, voulez-vous aller nous chercher du thé, s'il vous plaît ? Je suis sûre qu'une bonne tasse de thé bien chaud nous fera du bien à toutes.

Maigan leva sa main aux longs doigts fuselés comme Siuan se dirigeait vers l'entrée.

— J'ai un pot de miel de menthe dans ma tente, dit-elle d'un ton impérieux. Allez le chercher. Veillez à ne pas en chiper. Je me rappelle que vous avez le bec sucré. Allez vite maintenant.

Maigan avait été une alliée. Maintenant, elle faisait partie de celles qui rendaient Siuan responsable de la division de la Tour Blanche.

— À vos ordres, Maigan, répondit Siuan d'un ton soumis, esquissant même une révérence avant de sortir.

Et elle se hâta. Maigan avait un rang aussi élevé que Myrelle et Morvrin dans la hiérarchie, et il n'y avait ni ordres ni serments d'allégeance qui pouvaient la protéger ici. Maigan hocha la tête, l'air satisfait. Siuan avait dû supplier pour qu'on la réintègre dans l'Ajah Bleue, et on disait que Maigan avait été parmi celles qui avaient le plus fait durer le plaisir de la voir implorer son retour.

Morvrin prit congé pour sortir derrière Siuan, peut-être dans l'intention de la rattraper ; Myrelle s'assit alors sur un tabouret et s'engagea dans une compétition avec Maigan, qui pouvait l'ignorer presque complètement. Egwene ne comprenait pas cette animosité entre les deux femmes. Parfois, les gens se déplaisent, tout simplement. En tout cas, cela n'alimentait pas la conversation. Egwene profita de l'occasion pour feuilleter les dossiers de Siuan, mais elle ne put se concentrer sur les rumeurs de l'Illian et les insinuations du Cairhien. Rien ne semblait justifier ce que disait Theodrin au sujet d'une histoire qui faisait jaser les Sœurs Jaunes. Si Siuan avait su quelque chose, elle l'aurait dit.

Myrelle et Maigan fixaient les yeux sur elle comme si la regarder tourner des feuilles de papier était l'activité la plus fascinante du monde. Elle avait envie de les renvoyer toutes les deux, mais elle désirait savoir ce qu'avait pensé Myrelle le jour où Shadar Logoth avait été rayé de la face du monde. Elle ne pouvait pas en renvoyer une sans renvoyer l'autre. Qu'elles aillent au diable !

Quand Siuan revint avec un plateau en bois supportant une théière en argent et des tasses en porcelaine – plus le pot de miel en faïence blanche de Maigan –, elle était suivie par un soldat en armure à plates et à mailles, jeune Shienaran au crâne rasé à l'exception d'une mèche sur le haut de la tête. Jeune, mais pas tant que ça. La joue sombre de Ragan était barrée d'une cicatrice due à une flèche, blanche et plissée, et son visage était dur, comme seul peut l'être celui d'un homme qui côtoie la mort à toutes les heures de son existence. Tandis que Siuan distribuait les tasses, il s'inclina, une main tenant son casque sur la hanche, l'autre sur la poignée de son épée.

— Je m'honore de servir, Mère, dit-il cérémonieusement. Le Seigneur Bryne m'envoie. Il m'a demandé de vous dire qu'il semble que les commandos adverses ont sans doute traversé la rivière pour venir sur cette rive la nuit dernière. Avec des Aes Sedais. Le Seigneur Bryne double les patrouilles. Il conseille que les sœurs ne s'éloignent pas du camp pour éviter les incidents.

— Puis-je me retirer, Mère ? dit soudain Siuan, du ton légèrement déconcerté d'une femme prise soudain d'un besoin pressant.

— Oui, oui, fit distraitement Egwene, avant d'enchaîner sans même attendre que la Bleue soit sortie : Vous direz au Seigneur Bryne que les Aes Sedais vont où elles veulent, quand elles veulent…

Elle ferma la bouche juste avant d'ajouter « Ragan », mais cela ne servit qu'à lui donner l'air sévère. Elle l'espéra.

— Je le lui dirai, Mère, répondit-il, s'inclinant une fois de plus. Cœur et âme à votre service.

Maigan eut un petit sourire quand il sortit. Elle n'aimait pas les soldats – selon elle, les Liges étaient bons et nécessaires, quand les soldats ne faisaient que créer des désastres que d'autres devaient réparer –, mais elle favorisait tout ce qui semblait monter Egwene et Bryne l'un contre l'autre. Ou peut-être aurait-il été plus juste de dire que c'était plutôt Lelaine qui le faisait. En cela, Maigan était l'alliée de Lelaine jusqu'aux orteils. Myrelle semblait perplexe. Elle savait qu'Egwene s'entendait bien avec le Seigneur Gareth.

Egwene se leva et se servit une tasse de thé, avec un peu du miel de Maigan. Ses mains ne tremblaient pas. Les bateaux étaient en place. Dans quelques heures, Leane irait chercher Bode et elles quitteraient le camp à cheval sans expliquer ce qu'elles allaient faire. Larine devait accepter la punition qu'elle avait méritée, et Bode faire ce qui devait être fait. Egwene était plus jeune que Bode quand on l'avait chargée de rechercher des Sœurs Noires. Les Shienarans servaient leur guerre contre l'Ombre dans la Dévastation, cœur et âme. Les Aes Sedais, et celles qui le deviendraient, servaient la Tour. Une arme plus forte contre l'Ombre que n'importe quelle épée, et pas moins redoutable pour une main sans méfiance.

Quand Romanda arriva, accompagnée de Theodrin pour lui maintenir ouverts les rabats de la tente, la Jaune grisonnante fit une révérence précise, ni plus ni moins que ce que les convenances exigeaient d'une Députée envers une Amyrlin. Là, elles ne se trouvaient pas à l'Assemblée. Si l'Amyrlin y était la première entre égales, elle était ici dans son propre bureau. Mais elle n'offrit pas de baiser l'anneau d'Egwene. Il y avait des limites. Elle lorgna Myrelle et Maigan comme si elle allait leur demander de sortir. Ou peut-être le leur ordonner. C'était un point épineux. Les Députées s'attendaient à être obéies, mais ni l'une ni l'autre n'appartenait à son Ajah. Et elles étaient dans le bureau de l'Amyrlin.

Finalement, elle permit seulement à Theodrin de prendre sa cape, brodée de fleurs jaunes, et de lui remplir une tasse de thé. Theodrin n'eut pas besoin qu'elle lui dise ce qu'elle avait à faire, et elle se retira dans un coin, maussade, et tripotant son châle, tandis que Romanda s'asseyait sur le tabouret libre. Malgré les pieds bancals du tabouret, Romanda parvint à paraître assise comme sur un siège de la salle de l'Assemblée de la Tour, ou peut-être même un trône, ajustant sur ses épaules le châle frangé de jaune qu'elle portait sous sa cape.

— Les pourparlers se déroulent mal, dit-elle de sa voix flûtée de soprano, comme si elle faisait une proclamation. Varilin se mord les lèvres de frustration. Magla est frustrée elle aussi, de même que Saroiya. Et quand Saroiya commence à grincer des dents, la plupart des sœurs ont envie de hurler.

À part Janya, toutes les sœurs qui avaient occupé un siège de Députée avant la division s'étaient immiscées dans les négociations. Après tout, elles s'adressaient à des femmes qu'elles avaient connues à l'Assemblée. Beonin en était presque réduite à faire les commissions.

Romanda effleura sa tasse du bout des lèvres, puis la reposa sur sa soucoupe sans dire un mot. Theodrin se précipita pour la lui prendre, et revenir au plateau, ajoutant du miel avant de la lui rapporter et de retourner dans son coin. De nouveau, Romanda goûta le thé et hocha la tête avec approbation. Ce qui fit rougir de plaisir Theodrin.

— Les conversations se déroulent comme elles peuvent, dit Egwene prudemment.

Romanda s'était opposée à toute forme de négociations, fallacieuses ou non. Et elle savait ce qui arriverait le soir même. Maintenir l'Assemblée dans l'ignorance à ce sujet lui avait semblé un affront inutile.

Romanda hocha la tête, son chignon serré sur la nuque oscillant.

— Elles nous ont déjà appris une chose. Elaida ne permettra pas aux Députées qui parlent en son nom de bouger d'un pouce. Elle a creusé son trou à la Tour comme un rat dans un mur. La seule façon de la déloger, c'est d'envoyer des furets à ses trousses.

Myrelle émit un bruit étranglé, s'attirant un regard surpris de Maigan. Romanda continua à regarder Egwene dans les yeux.

— Elaida sera destituée d'une façon ou d'une autre, dit Egwene avec calme, reposant sa tasse sur sa soucoupe.

Sa main ne tremblait pas. Qu'est-ce que les femmes avaient appris ? Comment ?

Romanda fit une légère grimace en regardant son thé, comme si on n'y avait pas mis assez de miel. Ou parce qu'elle était déçue qu'Egwene n'en ait pas dit davantage. Elle remua sur son tabouret comme une épéiste relevant sa lame avant d'attaquer.

— Les choses que vous avez dites concernant les Femmes de la Famille, Mère, qu'elles sont plus de mille au lieu de quelques douzaines. Que certaines sont âgées de cinq ou six cents ans.

Elle branla du chef, incrédule.

— Comment tout cela a-t-il pu échapper à la Tour ?

Elle ne posait pas une question, elle lançait un défi.

— Nous n'avons appris que récemment le nombre d'Irrégulières parmi le Peuple de la Mer, répondit doucement Egwene. Et nous ne sommes toujours pas sûres de leur nombre exact.

Cette fois, la grimace de Romanda ne fut pas discrète. C'est la Sœur Jaune qui avait été la première à confirmer qu'il y avait des centaines d'Atha'an Mieres, seulement à Illian. Premier coup porté par Egwene.

Mais ça ne suffisait pas à abattre Romanda. Ni même à l'ébranler sérieusement.

— Nous devrons les pourchasser quand notre travail ici sera terminé, dit-elle d'un ton sinistre. En laisser quelques douzaines à Ebou Dar et Tar Valon pour nous aider à traquer les fugitives, c'était une chose, mais nous ne pouvons pas permettre à un millier d'Irrégulières de rester… *organisées.*

Elle mit encore plus de mépris dans le mot, dans le fait que des Irrégulières puissent être organisées, que dans tout le reste. Myrelle et Maigan les observaient et écoutaient attentivement. Maigan se penchait vers elles, concentrée. Aucune ne savait autre chose que les histoires qu'Egwene avait répandues, dont chacune pensait qu'elles venaient des yeux-et-oreilles de Siuan.

— Bien plus de mille, rectifia Egwene, et aucune n'est une Irrégulière. Toutes renvoyées de la Tour à part quelques fugitives qui ont évité la capture.

Elle n'éleva pas la voix, mais elle énonça fermement chaque argument, soutenant le regard de Romanda.

— D'ailleurs, comment proposez-vous de les pourchasser ? Elles sont dispersées dans tous les pays, travaillent dans tous les métiers. Ebou Dar était le seul endroit où elles se rassemblaient ou se rencontraient autrement que par hasard, et elles se sont toutes enfuies à l'arrivée des Seanchans. Depuis les Guerres Trolloques, la Famille a permis à la Tour de savoir uniquement ce qu'elle désirait. Deux mille ans, à se cacher sous le nez de la Tour. Leur nombre a augmenté pendant que celui des sœurs de la Tour diminuait. Comment proposez-vous de les retrouver, ces Irrégulières que la Tour a toujours ignorées parce qu'elles étaient trop « vieilles » pour être novices ? Les Femmes de la Famille ne se font remarquer en aucune façon, Romanda. Elles utilisent le Pouvoir presque aussi souvent que les Aes Sedais, mais elles vieillissent comme tout le monde, bien que plus lentement. Si elles veulent rester cachées, nous ne pourrons jamais les retrouver.

Et c'étaient plusieurs coups de plus donnés par Egwene, sans en recevoir aucun. Le front de Romanda brillait de sueur, signe évident de désespoir chez une Aes Sedai. Myrelle ne bougeait pas, mais Maigan semblait prête à tomber de son tabouret.

Romanda s'humecta les lèvres.

— Si elles canalisent, elles doivent acquérir l'air d'éternelle jeunesse. Si elles vieillissent, c'est qu'elles ne canalisent que rarement ou pas du tout. Et dans l'un et l'autre cas, elles ne peuvent pas vivre cinq ou six cents ans !

— Il n'y a qu'une seule vraie différence entre la Famille et les Aes Sedais, dit doucement Egwene.

Pourtant, elle semblait parler fort. Même Romanda paraissait retenir son souffle.

— Elles ont quitté la Tour Blanche avant de pouvoir jurer sur la Baguette aux Serments.

Enfin, c'était dit.

Romanda eut un soubresaut, comme si elle avait reçu un coup mortel.

— Vous n'avez pas encore prêté les Serments, vous non plus, dit-elle d'une voix rauque. Avez-vous l'intention d'y renoncer ? De demander aux sœurs d'y renoncer ?

Myrelle et Maigan en restèrent bouche bée.

— Non, dit sèchement Egwene. Ce sont les Trois Serments qui font de nous des Aes Sedais, et je jurerai sur la Baguette aux Serments dès que nous la posséderons !

Elle prit une profonde inspiration pour maîtriser le ton de sa voix. Mais elle se pencha vers Romanda pour mieux la convaincre. Elle lui tendit presque la main.

— Actuellement, les sœurs prennent leur retraite pour passer leurs dernières années dans la tranquillité, Romanda. Ne vaudrait-il pas mieux que *ce ne soient pas* leurs dernières années ? Si les sœurs prenaient leur retraite dans la Famille, elles pourraient attacher la Famille à la Tour. Alors, toute cette chasse deviendrait inutile.

Elle était parvenue si loin qu'elle pouvait bien continuer jusqu'au bout.

— La Baguette aux Serments peut délier aussi bien que lier.

Maigan tomba à genoux dans un bruit mat, et se releva péniblement, époussetant ses jupes avec autant d'indignation que si on l'avait poussée. Le visage olivâtre de Myrelle était un peu pâle.

Lentement, Romanda posa sa tasse au bord de la table et se leva, resserrant son châle autour d'elle. Impassible, elle toisa Egwene tandis que Theodrin posait sur ses épaules la cape brodée de jaune, la fermait avec sa broche en or, et en arrangeait les plis aussi soigneusement qu'une femme de chambre. Alors seulement, Romanda parla, d'une voix dure comme la pierre.

— Quand j'étais petite, je rêvais de devenir Aes Sedai. Depuis le jour où je suis arrivée à la Tour, je me suis efforcée de vivre en Aes Sedai. J'ai vécu en Aes Sedai et je mourrai en Aes Sedai. Je ne peux pas admettre qu'il en soit autrement !

Elle se retourna majestueusement pour partir, mais elle renversa son tabouret, apparemment sans le remarquer. Theodrin se hâta derrière elle, l'air inquiet.

— Mère ? dit Myrelle, prenant une profonde inspiration et tripotant ses jupes vert foncé. Mère, suggérez-vous vraiment… ?

Sa voix mourut, et elle se tut, apparemment incapable de continuer. Maigan resta immobile sur son tabouret comme se forçant à ne pas recommencer à trop se pencher en avant.

— Je vous ai exposé les faits, dit Egwene calmement. Toute décision sera prise par l'Assemblée. Dites-moi, mes filles, choisiriez-vous de mourir, alors que vous pourriez vivre et continuer à servir la Tour ?

La Sœur Verte et la Sœur Bleue échangèrent des regards, puis, réalisant ce qu'elles avaient fait, s'ignorèrent à nouveau. Ni l'une ni l'autre ne répondit, mais Egwene pouvait presque voir leurs pensées tournoyer dans leurs têtes. Au bout d'un moment, elle se leva et redressa le tabouret. Même cela ne leur arracha pas davantage que de molles excuses pour l'avoir laissée faire ça elle-même. Puis elles s'absorbèrent dans une réflexion silencieuse.

Egwene tenta de se replonger dans les dossiers de Siuan – l'impasse à la Pierre de Tear s'éternisait, et personne n'avait la moindre idée de la façon dont ça se terminerait –, quand, peu de temps après le départ de Romanda, Lelaine arriva.

Contrairement à Romanda, la svelte Députée était seule, et se servit du thé elle-même. S'asseyant sur le tabouret libre, elle repoussa sa cape doublée de fourrure derrière ses deux épaules, uniquement retenue par une broche en argent sertie de saphirs. Elle portait le châle, elle aussi. Lelaine était plus directe que Romanda, ou elle pouvait le sembler. Ses yeux avaient une lueur pénétrante.

— La mort de Kairen est un nouvel obstacle dans nos chances de conclure un accord avec la Tour Noire, murmura-t-elle en humant les vapeurs de son thé. Et il faudra s'occuper du pauvre Llyw. Myrelle voudra peut-être le prendre. Deux de ses trois Liges ont appartenu à une autre avant elle. Personne d'autre n'a jamais sauvé deux Liges dont l'Aes Sedai est morte.

Egwene ne fut pas la seule à détecter l'insistance dans ses paroles. Myrelle avait deux secrets, dont l'un était qu'elle avait quatre Liges. Le passage du lien de Lan Mandragoran de Moiraine à elle-même avait été un acte que personne n'avait accompli depuis plusieurs siècles. Aujourd'hui, c'était considéré comme lier un homme contre sa volonté.

— Trois me suffisent, dit-elle dans un souffle. Si vous voulez bien m'excuser, Mère ?

Maigan rit doucement tandis que Myrelle sortit précipitamment. Elle n'oublia cependant pas d'embrasser la *saidar* avant que les rabats de la tente ne retombent.

— Naturellement, dit Lelaine, échangeant un regard amusé avec l'autre Bleue, on dit qu'elle épouse ses Liges. Tous. Le pauvre Llyw ne lui convient peut-être pas comme mari.

— Il est large comme un cheval, intervint Maigan.

Bien qu'amusée par la fuite de Myrelle, il n'y avait aucune malice dans sa voix. Elle énonçait simplement un fait. Llyw était un homme imposant.

— Je crois connaître une jeune Bleue qui le prendra. Elle ne s'intéresse pas aux hommes de cette façon.

Lelaine hocha la tête, confirmant que la jeune Bleue avait trouvé son Lige.

— Les Vertes peuvent être très bizarres. Prenez Elayne Trakand, par exemple. En fait, je n'avais jamais pensé qu'Elayne choisirait l'Ajah Verte. Je l'avais notée pour la Bleue. Elle a un grand sens politique. Quoiqu'elle ait tendance à s'aventurer dans des eaux trop profondes pour elle. N'est-ce pas votre avis, Mère ?

Souriant, elle but une gorgée de thé.

Cela n'avait rien à voir avec les allusions subtiles de Romanda. C'étaient des coups d'estoc et de taille. Lelaine était-elle au courant pour Myrelle et Lan ? Avait-elle envoyé quelqu'un à Caemlyn, et si oui, qu'avait-elle appris ? Egwene se demanda si Romanda s'était sentie déséquilibrée et étourdie aussi.

— Pensez-vous que le meurtre de Kairen suffise à annuler un accord ? dit-elle. Pour ce que tout le monde en sait, c'est peut-être Logain revenu pour exercer une folle vengeance.

Par la Lumière, pourquoi avait-elle dit ça ? Il fallait qu'elle surveille sa langue et qu'elle garde les idées claires.

— Ou plus probablement, un pauvre diable d'une ferme voisine, ou quelqu'un des villes des ponts.

Le sourire de Lelaine s'accusa, moqueur. Par la Lumière, cette femme ne lui avait pas autant manqué de respect depuis des mois !

— Si Logain voulait se venger, Mère, je suppose qu'il serait dans la Tour Blanche en train de tuer des Rouges.

Malgré son sourire, sa voix était lisse. Un contraste dérangeant. C'était probablement intentionnel.

— C'est peut-être dommage qu'il ne le fasse pas. Il pourrait destituer Elaida. Mais elle ne mérite pas une solution aussi facile. Non, la mort de Kairen n'annulera pas un accord, pas plus que ne l'a fait celle d'Anaiya, mais les deux combinées pousseront les sœurs à demander davantage de garanties et de restrictions. Nous avons peut-être besoin de ces hommes, mais nous devons être certaines de contrôler totalement la situation.

Egwene hocha légèrement la tête. Elle était d'accord, mais…

— Nous rencontrerons peut-être des difficultés pour leur faire accepter ça, dit-elle.

Aujourd'hui, elle manifestait un talent tout particulier pour les euphémismes.

— Le lien du Lige pourrait être légèrement modifié, dit Maigan. Actuellement, on peut faire faire ce qu'on veut à un Lige en lui forçant un peu la main. On pourrait supprimer cette possibilité de contrainte assez facilement.

— Cela ressemble trop à de la Compulsion, dit Egwene avec fermeté.

Elle en avait appris le tissage par Moghedien, mais seulement pour le contrer. C'était odieux, ce vol de la volonté d'un autre, de son être même. Quelqu'un soumis à la Compulsion faisait tout ce qu'on lui ordonnait. N'importe quoi. En croyant que c'était son libre arbitre. Rien que d'y penser, elle se sentait souillée.

Maigan la regarda dans les yeux, presque aussi calme que Lelaine, et sa voix fut aussi lisse que son visage. Aucune idée de souillure.

— La Compulsion a été utilisée sur des sœurs à Cairhien. Cela semble certain maintenant. Mais je parlais du lien, ce qui est tout différent.

— Vous croyez pouvoir convaincre les Asha'man d'accepter le lien ? dit Egwene, incrédule. Mais comment procéder ? Même si chaque sœur sans Lige en prenait un, et que chaque Verte en prenne deux ou trois, elles ne seraient pas assez nombreuses. Sans compter celles qui pourraient refuser d'être liées à des hommes qui vont devenir fous.

Maigan hocha la tête à chaque argument, comme pour l'accepter, en ajustant ses jupes comme si elle n'écoutait pas vraiment.

— Si le lien peut être modifié d'une façon, dit-elle quand Egwene se tut, il peut l'être d'une autre. Il peut y avoir un moyen d'ôter le partage des émotions, peut-être une partie de la conscience qu'on a de l'autre. Alors, la folie ne serait pas un problème. Ce serait un lien d'un genre différent, pas du tout comme celui du Lige. Je suis certaine que toutes seront d'accord pour déclarer que ce n'est pas du tout la même chose qu'avoir un Lige. Chaque sœur pourrait lier autant d'Asha'man qu'il serait nécessaire.

Brusquement, Egwene réalisa ce qui se passait. Apparemment, Lelaine contemplait sa tasse, mais elle observait Egwene à travers ses cils, se servant de Maigan comme porte-parole. Réprimant sa colère, Egwene n'eut pas d'effort à faire pour parler avec froideur. Sa voix était de glace.

— Cela sonne *exactement* comme de la Compulsion, Lelaine. *C'est* de la Compulsion, et aucun artifice de langage n'en fera autre chose. Je le *soulignerai* à quiconque me fera la même suggestion. Et je ferai fouetter quiconque en fera usage. La Compulsion est interdite et le restera.

— Comme vous voudrez, dit Lelaine, ce qui pouvait signifier n'importe quoi.

Ce qui vint ensuite était plus délicat.

— La Tour Blanche commet parfois des fautes. Il est impossible de vivre et d'agir sans faire des erreurs. Mais nous vivons et continuons à aller de l'avant. Et s'il est parfois nécessaire de dissimuler nos fautes, chaque fois que c'est possible, nous les rectifions. Même quand c'est douloureux.

Reposant sa tasse sur le plateau, elle sortit, Maigan sur les talons. Maigan embrassa la Source avant de quitter la tente. Pas Lelaine.

Pendant un moment, Egwene se concentra pour calmer sa respiration. Elle imagina la rivière contenue par ses rives. Lelaine n'avait pas dit exactement qu'Egwene al'Vere en tant qu'Amyrlin était une erreur à rectifier, mais presque.

À midi, Chesa apporta le repas d'Egwene sur un autre plateau de bois, du pain croustillant ne contenant qu'une ou deux particules noires et un ragoût de lentilles avec des navets coriaces, des carottes filandreuses et des petits bouts de viande qui pouvaient être de la chèvre. Egwene ne put en avaler qu'une bouchée. Ce n'était pas Lelaine qui la troublait. Celle-ci l'avait déjà menacée avant ça, mais jamais depuis qu'elle lui avait clairement fait comprendre qu'elle *était* l'Amyrlin et non une marionnette. Au lieu de manger, elle fixait le rapport de Tiana posé sur la table. Nicola n'aurait peut-être pas gagné le châle malgré son potentiel, mais la Tour avait une longue expérience dans la transformation de novices têtes de mule bourrées de défauts en Aes Sedais pleines d'assurance. Larine avait un brillant avenir devant elle, mais elle devait apprendre à obéir aux règles avant de savoir comment et à quel moment on pouvait les contourner. La Tour Blanche savait très bien enseigner l'un et l'autre, mais il fallait toujours commencer par obéir. L'avenir de Bode serait brillant. Son potentiel égalait presque celui d'Egwene. Mais qu'on soit Aes Sedai, Acceptée, ou novice, la Tour exigeait toujours qu'on fasse ce qui était bon *pour* la Tour. Aes Sedai, Acceptée, novice ou Amyrlin.

À son retour, Chesa trouva le repas presque intact, et exprima sa déception, surtout après avoir trouvé auparavant le petit déjeuner dans le même état. Egwene voulut se justifier en évoquant des maux d'estomac, puis rejeta l'idée. Une infusion de Chesa l'avait guérie de sa migraine – au moins pour quelques jours, avant qu'elle ne revienne toutes les nuits plus violente que jamais –, après quoi, Chesa s'était constitué une collection d'infusions médicinales infâmes pour tous les genres de maux, achetées à des colporteurs beaux parleurs. Chesa avait l'air si abattu quand elle refusait d'avaler ces affreuses mixtures, qu'elle finissait par les boire pour calmer son inquiétude. Curieusement, elles étaient parfois efficaces, mais Egwene ne les ingurgitait jamais de bon cœur. Elle renvoya Chesa avec le plateau et la promesse de manger plus tard. Aucun doute que Chesa lui apporterait un dîner plantureux à gaver une oie.

Elle eut envie de sourire à cette idée – Chesa debout devant elle, se tordant les mains jusqu'à ce qu'elle ait mangé une bouchée –, mais son regard tomba sur le rapport de Tiana. Nicola, Larine, et Bode. La Tour Blanche était une maîtresse très exigeante. À moins que la Tour ne soit en guerre par décision de l'Assemblée, l'Amyrlin ne devait pas... Mais la Tour était en guerre. Elle n'aurait su dire combien de temps elle resta à fixer cette feuille portant un unique nom. Quand Siuan revint, elle avait pris sa décision.

— Leane et Bode sont-elles parties ? demanda-t-elle.

— Depuis au moins deux heures, Mère. Leane a dû délivrer Bode, puis elles sont sans doute parties à cheval en aval.

Egwene hocha la tête.

— Faites seller Brume, s'il vous plaît...

Non, pas lui. À présent, ils étaient trop nombreux à connaître le cheval de l'Amyrlin. Elle n'avait pas le temps de discuter et d'expliquer. Pas le temps d'affirmer son autorité.

— Sellez Bela, et retrouvez-moi au carrefour, deux rues plus loin vers le nord.

Presque tout le monde connaissait aussi Bela. Quant au cheval de Siuan, tout le monde savait à qui il appartenait.

— Qu'avez-vous en tête, Mère ? demanda Siuan, soucieuse.

— Je veux faire un tour. Et n'en parlez à personne, Siuan.

Elle chercha le regard de Siuan et la fixa dans les yeux. Siuan avait été Amyrlin, et capable de faire baisser les yeux à une pierre. Egwene était l'Amyrlin désormais.

— À personne, Siuan. Allez maintenant. Allez. Et pressez-vous.

Le front toujours plissé d'inquiétude, Siuan se hâta. Dès qu'elle fut seule, Egwene ôta son étole, la plia soigneusement et la mit dans son aumônière. Sa cape était en beau drap, mais sans ornements. Sans l'étole sortant de son capuchon, elle pouvait passer inaperçue.

Devant son bureau, le chemin de planches était désert, mais dès qu'elle eut traversé la rue verglacée, elle retrouva le flot blanc habituel des novices, parsemé d'Acceptées et, à l'occasion, d'une Aes Sedai. Les novices fléchissaient le genou devant elle sans ralentir, et les Aes Sedais avançaient à pas glissés, le visage dissimulé dans leur capuchon. Si on remarquait qu'elle n'était pas suivie par un Lige, eh bien, un certain nombre de sœurs n'en avaient pas non plus. Et toutes n'étaient pas entourées de l'aura de la *saidar*. À deux rues de son bureau, elle s'arrêta au bord du chemin de planches, tournant le dos au flot des femmes pressées. Elle s'efforça de ne pas s'énerver. Le soleil déclinait, à l'ouest, traversé par le sommet déchiqueté du Mont du Dragon. L'ombre de la montagne s'étendait déjà sur le camp, plongeant les tentes dans une pénombre crépusculaire.

Finalement, Siuan apparut, montée sur Bela. La petite jument hirsute avançait, le pied sûr, dans la rue verglacée, mais Siuan se cramponnait aux rênes et à la selle comme si elle allait tomber. Elle avait peut-être peur. Siuan était l'une des pires cavalières qu'Egwene eût jamais vues de sa vie. Quand elle dégringola de la selle dans un tourbillon de jupes, en étouffant des jurons, elle eut l'air soulagée de s'en sortir vivante. Bela hennit en reconnaissant Egwene. Rajustant son capuchon, Siuan ouvrit la bouche, mais Egwene la fit taire de la main avant qu'elle ait pu prononcer un mot. Elle vit les lèvres de Siuan former le mot « Mère ». Et elle l'aurait sans doute prononcé assez fort pour qu'on l'entende à cinquante pas.

— Ne dites rien à personne, dit doucement Egwene. Et ni rapport ni la moindre allusion.

Cela devait couvrir toutes les éventualités.

— Tenez compagnie à Chesa jusqu'à mon retour. Je ne veux pas qu'elle s'inquiète.

Siuan hocha la tête à contrecœur. Elle avait presque l'air boudeuse. Egwene se dit qu'elle avait été sage d'ajouter « rapport » et « allusion » à ses instructions. Laissant l'ancienne Amyrlin à son air d'adolescente contrariée, elle se mit prestement en selle sur Bela.

D'abord, elle laissa la solide jument aller au pas, à cause des ornières gelées dans les rues du camp. Ensuite, parce que tout le monde se serait étonné de voir Siuan monter Bela autrement qu'au pas. Elle s'efforça de monter comme Siuan, ballottant sur sa selle, se cramponnant au pommeau d'une main, et parfois des deux. Cela lui donna l'impression qu'elle allait tomber, elle aussi. Bela tourna la tête pour la regarder. Elle savait qui elle avait sur le dos, et qu'Egwene montait mieux que ça. Egwene continua à imiter Siuan, s'efforçant de ne pas penser à la course du soleil, pendant toute la traversée du camp, au-delà des rangées de chariots et jusqu'à ce que les arbres la cachent à la vue des tentes et des véhicules.

Puis elle se pencha sur l'encolure et pressa son visage contre la crinière de Bela.

— Tu m'as emportée loin des Deux Rivières, murmura-t-elle. Peux-tu galoper aussi vite maintenant ?

Se redressant, elle talonna Bela.

Bela ne pouvait pas galoper comme Brume, mais ses robustes jambes labouraient la neige. Bela avait été un cheval de trait autrefois, mais elle donnait tout ce qu'elle avait, étirant l'encolure aussi bravement que l'aurait fait Brume. Bela galopa, et le soleil descendit davantage. Couchée sur l'encolure, Egwene l'encourageait à accélérer. La course contre le soleil était impossible à gagner. Mais même si elle ne pouvait pas battre le soleil, elle avait encore du temps. Ses talons tambourinaient sur les flancs de Bela au rythme de ses sabots, et Bela galopait.

Avant qu'Egwene ne vît la lune scintiller sur les eaux de l'Erinin, le crépuscule tomba. Il lui restait du temps. Elle était presque à l'endroit exact où, montée sur Brume, elle avait observé avec Gareth les barges glisser vers Tar Valon. Arrêtant Bela, elle prêta l'oreille.

D'abord, ce fut le silence. Puis elle entendit un juron étouffé, des grognements et des raclements dans la neige provenant d'hommes qui s'efforçaient de ne pas faire de bruit. Elle tourna Bela vers les arbres. Des ombres remuèrent, et elle entendit le glissement de l'acier sortant du fourreau.

Puis, non loin, un homme marmonna entre ses dents :

— Je connais ce poney. C'est une sœur. Celle dont on dit qu'elle était l'Amyrlin. Je ne trouve pas qu'elle en a l'air.

— Bela n'est pas un poney, dit sèchement Egwene. Conduisez-moi à Bode Cauthon.

Une douzaine d'hommes se matérialisèrent hors de l'ombre régnant sous les arbres, les entourant, Bela et elle. Ils semblaient tous croire qu'elle était Siuan, mais peu importait. Pour eux, toutes les Aes Sedais étaient interchangeables, et ils l'amenèrent à l'endroit où Bode attendait sur un cheval de la taille de Bela, resserrant sa cape noire autour d'elle. Sa robe était noire également. Ce soir, le blanc aurait été trop visible dans la nuit.

Bode reconnut Bela, elle aussi, et tendit la main pour lui caresser les oreilles quand Egwene s'arrêta près d'elle.

— Attendez-moi sur la rive, dit doucement Egwene. Vous pourrez rentrer avec moi quand je reviendrai.

À la voix d'Egwene, Bode retira précipitamment sa main, comme piquée.

— Pourquoi ? dit-elle, d'un ton pas tout à fait interrogatif.

Au moins, elle avait appris ça.

— Je peux le faire. Leane Sedai m'a tout expliqué et je peux le faire.

— Je sais que vous le pouvez. Mais pas aussi bien que moi. Pas encore.

Cela ressemblait trop à une critique que Bode n'avait pas méritée.

— Je suis le Siège d'Amyrlin, Bode. Je suis seule à pouvoir prendre certaines décisions. Et il y a aussi certaines choses que je ne dois pas demander de faire à une novice alors que je peux mieux les faire moi-même.

Elle ne pouvait pas lui parler de Larine et de Nicola, ou du prix que la Tour Blanche exigeait de toutes ses filles.

Même dans le noir, l'attitude de Bode montrait qu'elle ne comprenait pas, mais elle avait appris à ne pas discuter avec une Aes Sedai, au moment même où elle avait su qu'Egwene *était* Aes Sedai. Le reste, elle finirait par l'apprendre avec l'expérience. La Tour pouvait prendre tout son temps pour le lui enseigner.

Démontant, Egwene tendit ses rênes à un soldat, et retroussa ses jupes pour patauger dans la neige vers les bruits de halage. C'était une grande barque, qu'on tirait et poussait dans la neige comme un traîneau volumineux qu'il fallait manœuvrer entre les arbres.

Ils descendirent doucement la barque dans le fleuve, en prenant soin de ne pas provoquer d'éclaboussements. Pieds nus pour éviter de faire du bruit dans la coque, six hommes montèrent rapidement à bord pour installer les rames dans les tolets garnis de chiffons. D'ordinaire, ils utilisaient des barques plus petites pour naviguer dans ces eaux. Mais ce soir, ils devaient maîtriser les courants. L'un des hommes restés sur la rive lui donna la main pour l'aider à embarquer. Elle s'assit sur un banc à la proue, resserrant sa cape autour d'elle. La barque s'éloigna lentement de la rive, sans bruit, à part le léger clapotis des rames entrant dans l'eau.

Egwene regardait droit devant elle, vers le sud et Tar Valon. Les murs blancs luisaient à la clarté de la lune déclinante, et les lampes allumées aux fenêtres donnaient à la cité un éclat étouffé, presque comme si toute l'île embrassait la *saidar*. La Tour Blanche ressortait dans le noir, ses fenêtres allumées, sa grosse masse luisant au clair de lune. Quelque chose fulgura à travers l'éclat de la lune, et son souffle s'arrêta. Un instant, elle pensa que c'était un Draghkar, un mauvais présage. Elle décida que ce n'était qu'une chauve-souris. Le printemps devait être assez proche pour qu'elles commencent à s'aventurer dehors. Resserrant encore sa cape, elle scruta la cité dont elle approchait.

Quand le haut mur du Port du Nord se dressa devant eux, les rameurs donnèrent un coup d'aviron vers l'arrière pour que la proue ne frôle pas le mur contigu à l'entrée du port. Egwene faillit tendre la main vers la pierre blanche pour empêcher la barque de heurter le mur. Le bruit aurait sûrement été entendu par les sentinelles de garde. Les rames n'émettaient qu'un léger bruit, et la barque s'arrêta, si près de la grosse chaîne barrant l'entrée du port qu'Egwene aurait pu toucher ses énormes maillons luisant de graisse au clair de lune. Mais elle n'en avait nul besoin. Nul besoin d'attendre non plus. Embrassant la *saidar*, elle eut à peine conscience du flot de vie qui l'inonda avant que le tissage soit en place. Terre, Feu et Air entouraient la chaîne ; Terre et Feu la touchaient. Le métal noir fulgura d'un éclair blanc sur toute la largeur de l'entrée du port.

Elle eut juste le temps de réaliser que quelqu'un avait embrassé la Source non loin d'elle, au-dessus sur les remparts. Puis quelque chose frappa la barque, l'atteignit elle-même, et elle prit conscience de l'eau froide qui l'enveloppait, emplissant son nez, sa bouche. Les ténèbres.

Egwene sentit la terre ferme sous elle. Elle entendit des voix de femmes excitées autour d'elle.

— Savez-vous qui c'est ?

— Tiens, tiens. Ce soir, le résultat dépasse nos espérances.

On la fit boire, et une onde de chaleur mentholée l'envahit. Elle déglutit convulsivement, prenant soudain conscience qu'elle frissonnait, transie. Ses yeux s'ouvrirent brusquement, et se fixèrent sur le visage de la femme qui lui tenait la tête et une tasse à la main. Des lanternes portées par les soldats qui l'entouraient répandaient assez de lumière pour qu'elle voie clairement ce visage. Un visage à l'éternelle jeunesse. Elle était à l'intérieur du Port du Nord.

— C'est fini, ma fille, dit l'Aes Sedai d'un ton réconfortant. Buvez tout. Ça suffira pour le moment.

Egwene tenta de repousser la tasse et d'embrasser la *saidar*, mais elle se sentit glisser de nouveau dans le noir. Ils l'attendaient. Elle avait été trahie. Mais par qui ?

ÉPILOGUE

Rand regardait par la fenêtre la pluie incessante tombant du ciel gris. Une nouvelle tempête venue de l'Échine du Monde. Le Mur du Dragon. Il se dit que le printemps était proche. Il finissait toujours par revenir. Plus tôt ici, à Tear, que chez lui, bien qu'il n'y en eût guère de signes avant-coureurs. Des éclairs bleu argent fulguraient dans le ciel, et de longs moments passaient avant que le tonnerre n'éclate. Les blessures de son flanc pulsaient. Par la Lumière, le héron marqué au fer rouge dans sa paume lui faisait encore mal !

Parfois, la souffrance est la seule chose vous faisant savoir que vous êtes vivant, murmura Lews Therin, mais Rand ignora la voix dans sa tête.

Derrière lui, la porte s'ouvrit en grinçant, et il regarda par-dessus son épaule l'homme qui entrait dans le salon. Bashere portait une courte tunique en soie grise, luxueuse et chatoyante, et il avait passé à sa ceinture, à côté de son épée au fourreau, le bâton de Maréchal-Général de Saldaea, baguette d'ivoire terminée par une tête de loup en or. Ses bottes à revers bien cirées brillaient comme des miroirs. Rand s'efforça de dissimuler son soulagement. Ses émissaires s'étaient absentés trop longtemps.

— Eh bien ? dit-il.

— Les Seanchans sont sensibles à votre proposition. Fous à lier, mais sensibles. Toutefois, ils exigent de vous voir en personne. Le Maréchal-Général de Saldaea n'est pas le Dragon Réincarné.

— Pour rencontrer cette Haute Dame Suroth ?

Bashere secoua la tête.

— Apparemment, un membre de leur famille royale est arrivé. Suroth veut que vous rencontriez quelqu'un qu'elle appelle la Fille des Neuf Lunes.

Des éclairs fulgurèrent et le tonnerre éclata au loin.

Nous chevauchâmes aux vents de la tempête
Nous chevauchâmes au bruit du tonnerre.
Nous dansâmes au milieu des éclairs,
Et nous détruisîmes le monde.

Fragment anonyme d'un poème
censé avoir été écrit vers la fin de l'Ère précédente
que certains nomment la Troisième Ère.
Parfois attribué au Dragon Réincarné.

FIN

GLOSSAIRE

Note sur les dates de ce glossaire : Le Calendrier Toman (imaginé par Toma dur Ahmid) fut adopté approximativement deux siècles après la mort du dernier Aes Sedai mâle, pour répertorier les années après la Destruction du Monde (DM). Tant d'archives avaient été détruites au cours des Guerres Trolloques que, quand elles cessèrent, de nombreuses discussions s'élevèrent, quant à savoir en quelle année l'on était selon l'ancien système. Un nouveau calendrier, proposé par Tiam de Gazar, célébra la disparition de la menace que représentaient les Trollocs, chaque année étant suivie de la mention Année Libre (AL). Le Calendrier Gazaran fut largement accepté une vingtaine d'années après les Guerres Trolloques. Artur Aile-de-Faucon tenta d'établir un nouveau calendrier, basé sur la Fondation de son Empire (FE, Fondation de l'Empire), mais seuls les historiens s'y réfèrent. Après les morts et les destructions causées par la Guerre des Cent Ans, un troisième calendrier fut établi par Uren din Jubai Goéland Planant, érudit du Peuple de la Mer, et promulgué par la Panarch Farede de Tarabon. Le Calendrier Farede, datant de la fin arbitrairement fixée de la Guerre des Cent Ans, et enregistrant les années du Nouvel Âge (NA) est actuellement en usage.

Arad Doman : Nation sur l'Océan d'Aryth, actuellement dévastée par la guerre civile et par des guerres contre ceux qui se sont déclarés pour le Dragon Réincarné. Capitale Bandar Eban. En Arad Doman, le souverain (roi ou reine) est élu par le conseil des chefs des guildes des marchands (le Conseil des Marchands), qui sont presque toujours des femmes. Le roi ou la reine doit appartenir à la noblesse, et est élu à vie. Légalement, le roi ou la reine dispose de l'autorité absolue, sinon que le souverain peut être destitué par un vote du Conseil à la majorité des trois quarts. Le souverain actuel est le Roi Alsalam Saeed Almadar, Seigneur d'Almadar, Haut Siège de la Maison Almadar. Sa résidence est enveloppée de mystère.

Asha'man : 1) Dans l'Ancienne Langue, « Gardiens » de la justice et de la vérité. 2) Nom donné collectivement, et indiquant aussi un rang, aux hommes venus à la Tour Noire, près de Caemlyn en Andor, pour apprendre à canaliser. Leur entraînement se concentre sur les différentes façons d'utiliser le Pouvoir Unique comme une arme, et, en une autre déviation des usages de la Tour Blanche. Une fois qu'ils ont appris à saisir le *saidin*, la partie mâle du Pouvoir, ils doivent accomplir tous les travaux et corvées à l'aide du Pouvoir. Lors de son enrôlement, la nouvelle recrue reçoit le nom de Soldat ; il porte une tunique noire à haut col, à la mode andorane. Une fois élevé au rang de Consacré, il acquiert le droit de porter une épingle en argent, appelée Épée, sur son col. La promotion au rang d'Asha'man lui donne le droit de porter une épingle représentant un Dragon, en or et émail rouge, sur son col, du côté opposé à l'Épée. Bien que beaucoup de femmes, y compris les épouses, s'enfuient quand elles apprennent que leur partenaire peut canaliser, bon nombre d'hommes de la Tour Noire sont mariés et utilisent une variante du lien du Lige pour renforcer l'union avec leur femme. Le même lien, modifié pour les contraindre à l'obéissance, est utilisé depuis peu pour les Aes Sedais capturées.

Avant-Courriers (les) : *voir* HAILENE.

Balwer, Sebban : Autrefois, officiellement secrétaire particulier de Pedron Niall (le Seigneur Capitaine-Commandant des Enfants de la Lumière), et secrètement son maître espion. Après la mort de Niall, Balwer, pour des raisons personnelles, a aidé Morgase (autrefois Reine d'Andor) à échapper aux Seanchans en Amador, et est actuellement employé comme secrétaire par Perrin t'Bashere Aybara et Faile ni Bashere t'Aybara. Perrin commence à soupçonner que Balwer est un homme plus important qu'il ne lui a paru au premier abord.

Bande de la Main Rouge (la) : *voir* SHEN AN CALHAR.

Bras Rouges : Soldats de la Bande de la Main Rouge choisis comme policiers temporaires pour s'assurer que d'autres membres de la Bande ne causent ni troubles ni dommages dans les villes et les villages.

Ainsi nommés parce que, lorsqu'ils sont de service, ils portent de larges brassards rouges qui couvrent presque toutes leurs manches. Généralement choisis parmi les soldats les plus fiables et expérimentés. Comme tous les dégâts doivent être payés par ceux qui font partie des Bras Rouges, ils font tout leur possible pour maintenir l'ordre et la paix. Un certain nombre d'anciens Bras Rouges ont été choisis pour accompagner Mat Cauthon à Ebou Dar. *Voir aussi Shen an Calhar.*

Calendrier : Il y a dix jours dans la semaine, vingt-huit jours dans le mois, et treize mois dans l'année. Plusieurs jours de fête ne font partie d'aucun mois ; ils comprennent le Jour du Soleil (le plus long jour de l'année), la Fête d'Action de Grâce (une fois tous les quatre ans à l'équinoxe de printemps), et la Fête du Salut de toutes les Âmes, aussi appelée Jour de toutes les Âmes (une fois tous les dix ans à l'équinoxe d'automne). Les mois ont des noms – Taisham, Jumara, Saban, Aine, Adar, Saven, Amadaine, Tammaz, Maigdhal, Choren, Shaldine, Nesan et Daru –, mais ils sont rarement utilisés sauf dans les documents officiels. Pour la plupart des gens, l'indication de la saison suffit.

Capitaine-à-l'Épée : *voir* LANCE-CAPITAINE.

Capitaine-Générale : 1) Rang militaire du chef de la Garde de la Reine en Andor. Ce poste est actuellement occupé par Dame Birgitte Trahelion. 2) Titre donné à la supérieure de l'Ajah Verte, bien qu'uniquement connu par les Sœurs Vertes. Ce poste est actuellement occupé par Adeloma Bastine à la Tour, et Myrelle Berengari parmi les rebelles, sous l'autorité d'Egwene al'Vere.

Cercle du Tricot (le) : Dirigeantes de la Famille. Comme aucune Femme de la Famille n'a jamais rien su de la hiérarchie des Aes Sedais – connaissance qui n'est communiquée à une Acceptée que lorsqu'elle a passé les tests la qualifiant pour le châle –, elles n'attachent pas d'importance à la puissance dans le Pouvoir, mais donnent beaucoup d'importance à l'âge, une ancienne étant toujours supérieure à une plus jeune. Le Cercle du Tricot (terme choisi, comme celui de Famille, parce qu'il est anodin) correspond aux treize femmes de la Famille résidant à Ebou Dar, la plus ancienne portant le titre d'Aînée. D'après leurs règles, toutes devront démissionner quand leur tour viendra de quitter la cité, mais jusque-là, elles jouissent de l'autorité suprême sur la Famille, à un degré que pourrait leur envier tout Siège d'Amyrlin. *Voir aussi FAMILLE (LA).*

***Cha Faile* :** 1) Dans l'Ancienne Langue, « la serre du faucon ». 2) Nom adopté par les jeunes Cairhienins et Tairens dans leurs tentatives pour se conformer aux règles du *ji'e'toh*, et qui ont juré allégeance à Faile ni Bashere t'Aybara. En secret, ils sont également ses éclaireurs et ses espions. Depuis sa capture par les Shaidos, ils continuent leurs activités sous la direction de Sebban Balwer.

Chasse Sauvage (la) : Beaucoup croient que le Ténébreux (aussi appelé le Sinistre ou le Vieux Sinistre, à Tear, en Illian, en Altara, au Murandy et au Ghealdan) sort la nuit avec les « Chiens Noirs » pour chasser les âmes. C'est la Chasse Sauvage. Beaucoup croient que voir passer la Chasse Sauvage est un présage de mort, soit pour le témoin, soit pour un de ses proches. On considère comme particulièrement dangereux de rencontrer la Chasse Sauvage à un carrefour, juste avant le lever du soleil ou juste après son coucher. *Voir aussi* CHIENS NOIRS.

Chercheurs : Plus officiellement, Chercheurs de Vérité. C'est un corps de police et d'espionnage du Trône Impérial du Seanchan. Bien que la plupart soient *da'covales* et propriété de la Famille Impériale, ils ont des pouvoirs étendus. Même un membre du Sang peut être arrêté pour n'avoir pas répondu aux questions d'un Chercheur, ou pour n'avoir pas pleinement coopéré avec lui, cette dernière offense étant définie par le Chercheur lui-même, et sujette à modification uniquement par l'Impératrice elle-même. Les Chercheurs qui sont *da'covales* sont marqués aux deux épaules d'un corbeau et d'une tour. Contrairement aux Gardes de la Mort, ils n'exhibent pas leurs corbeaux, en partie parce que ce serait révéler ce qu'ils sont.

Chiens Noirs : Engeances de l'Ombre créées par le Ténébreux à partir d'une souche de loup. Tout en ayant l'apparence des chiens, ils sont plus noirs que la nuit et de la taille de poneys, pesant chacun plusieurs centaines de livres. Ils se déplacent généralement en meutes de dix à douze, mais des traces de meutes plus importantes ont été relevées. Ils ne laissent pas de traces en terrain mou, mais laissent des empreintes sur la pierre, et sont fréquemment accompagnés d'une odeur de gaz sulfureux. Habituellement, ils ne sortent pas quand il pleut, mais s'ils sont déjà dehors, la pluie ne les arrête pas. Une fois qu'ils sont sur une piste, ils doivent être combattus et vaincus, faute de quoi la mort de la proie est inévitable. À moins que celle-ci ne puisse atteindre l'autre rive d'un fleuve ou d'un cours d'eau, car les Chiens Noirs ne traversent pas l'eau courante. Leur sang et leur salive sont empoisonnés, et au moindre contact avec la peau de leur victime, cette dernière mourra lentement et dans de grandes souffrances. *Voir aussi* CHASSE SAUVAGE (LA).

Cœur : Unité de base de l'organisation de l'Ajah Noire. En fait, cellule. Un cœur consiste en trois sœurs qui se connaissent ; chaque membre d'un cœur connaît une sœur supplémentaire de l'Ajah Noire.

Compagnons (les) : Formation militaire d'élite de l'Illian, actuellement commandée par le Premier Capitaine Demetre Marcolin. Les gardes du corps du Roi d'Illian sont toujours des Compagnons, et gardent également les points clés de tout le royaume. De plus, au cours d'une bataille, les Compagnons sont traditionnellement requis pour attaquer les positions les plus puissantes de l'ennemi, pour exploiter ses faiblesses, et, si nécessaire, couvrir la retraite du Roi. Contrairement à d'autres formations d'élite, les étrangers (à l'exception des Tairens, des Altarans et des Murandiens) y sont, non seulement les bienvenus, mais peuvent atteindre les grades les plus élevés, tout comme les roturiers, ce qui est rare. L'uniforme de Compagnon consiste en une tunique verte, un plastron portant les Neuf Abeilles de l'Illian, et un casque conique à visière pourvue de barreaux d'acier. Le Premier Capitaine arbore quatre galons d'or aux poignets de sa tunique et trois minces plumes d'or à son casque. Les Lieutenants ont deux galons jaunes aux manches et deux fines plumes vertes, les Sous-Lieutenants un galon jaune et une plume verte. Les Porte-Bannière se reconnaissent à deux galons jaunes brisés aux poignets, et une plume jaune, les hommes du rang à un galon jaune brisé.

Consolidation (la) : Quand les armées, envoyées par Artur Aile-de-Faucon sous le commandement de son fils Luthair, abordèrent au Seanchan, elles découvrirent une mosaïque de nations en guerre les unes contre les autres, où régnait souvent une Aes Sedai. Sans aucun équivalent de la Tour Blanche, les Aes Sedais travaillaient dans leur propre intérêt en utilisant le Pouvoir. Formant de petits groupes, elles intriguaient constamment les unes contre les autres. Ce fut en grande partie à cause de ces intrigues continuelles et des guerres qu'elles engendrèrent parmi ces myriades de nations, que les armées venant de l'est de l'Océan d'Aryth purent commencer la conquête de tout un continent, que leurs descendants achevèrent. Cette conquête, au cours de laquelle les descendants des armées originelles devinrent autant seanchans que les peuples conquis, prit plus de neuf cents ans et est appelée la Consolidation.

Corenne **:** Dans l'Ancienne Langue, « le Retour ». Nom donné par les Seanchans à la fois à la flotte de milliers de vaisseaux, et aux centaines de milliers de soldats, artisans et autres, transportés par ces vaisseaux, qui viendront après les Avant-Courriers pour reprendre les territoires volés aux descendants d'Artur Aile-de-Faucon. *Voir aussi* HAILENE.

Cuendillar **:** Substance indestructible créée durant l'Ère des Légendes. Toute force utilisée pour tenter de le briser est absorbée, rendant le *cuendillar* plus fort. Bien qu'on ait pensé que le secret de fabrication du *cuendillar* était perdu à jamais, des rumeurs circulent concernant la fabrication de nouveaux objets en *cuendillar*.

Da'covale **:** 1) Dans l'Ancienne Langue, « Celui qui est possédé » ou « Personne qui est une possession ». 2) Chez les Seanchans, le terme est souvent utilisé, avec celui de propriété, à la place d'esclave. Chez les Seanchans, l'esclavage a une histoire longue et insolite, les esclaves ayant la possibilité de s'élever à des situations de grande puissance et autorité, y compris sur les individus libres. *Voir aussi* SO'JHIN.

Dame des Ombres : Terme seanchan pour désigner la mort.

Défenseurs de la Pierre (les) : Formation militaire d'élite de Tear. L'actuel Capitaine de la Pierre (commandant des Défenseurs) est Rodrivar Tihera. Seuls les Tairens sont acceptés parmi les Défenseurs, et les officiers sont généralement de noble naissance, quoique issus de Maisons mineures ou de branches collatérales de grandes Maisons. Les Défenseurs ont pour tâche de tenir la grande forteresse appelée la Pierre de Tear, située dans la cité de Tear, de défendre la cité, et de remplir toutes les fonctions de police, en lieu et place d'une garde municipale. Sauf en temps de guerre, leurs fonctions les éloignent rarement de la cité. De plus, comme d'autres unités d'élite, ils constituent le noyau autour duquel l'armée se structure. L'uniforme des Défenseurs consiste en une tunique noire aux manches matelassées rayées noir et or à manchettes noires, en un plastron bruni, et en un casque cerclé à visière pourvue de barreaux d'acier. Le Capitaine de la Pierre arbore trois plumes blanches à son casque et à ses poignets, trois galons d'or entrelacés sur fond blanc. Les Capitaines ont deux plumes blanches, un galon doré sur manchettes blanches, les Lieutenants, une plume blanche et un galon noir sur manchettes blanches, et les Sous-Lieutenants, une courte plume noir et or et des manchettes blanches sans galon. Les Porte-Bannière ont des manchettes dorées sur leur tunique, et les hommes du rang des manchettes rayées noir et or.

***Der'morat'* :** Dans l'Ancienne Langue, « Maître Soigneur ». Parmi les Seanchans, le préfixe indique un soigneur d'expérience, hautement qualifié, de l'un des animaux exotiques, un homme qui en forme d'autres, comme dans *der'morat'raken*. Les *der'morats* peuvent jouir d'un statut social relativement élevé, le plus élevé étant celui de *der'sul'dam*, « qui entraîne les *sul'dams* », qui sont d'un rang égal à celui d'officiers haut gradés. *Voir aussi* MORAT'.

Erith : Fille d'Iva fille d'Alar. Jeune et séduisante Ogière, que Loial a l'intention d'épouser, quoiqu'il le nie pour le moment.

Fain, Padan : Autrefois Ami du Ténébreux, actuellement davantage et pire qu'un Ami du Ténébreux, et ennemi des Réprouvés autant que de Rand al'Thor, qu'il hait avec passion. Dernière apparition à Far Madding avec Toram Riatin.

Famille (la) : Même pendant les Guerres Trolloques, voilà plus de deux mille ans (vers 1000-1350 DM), la Tour Blanche continua à maintenir ses principes, rejetant toutes les femmes qui n'étaient pas à la hauteur de leurs exigences. Un groupe de ces femmes, craignant de retourner chez elles en pleine guerre, s'enfuirent à Barashta (près du site actuel d'Ebou Dar) aussi loin des combats qu'il était possible à l'époque. Adoptant les noms de Famille et Femmes de la Famille, elles restèrent cachées et donnèrent asile à d'autres refusées. Avec le temps, leurs contacts avec les femmes renvoyées de la Tour amenèrent aussi des contacts avec des fugitives, et, même si les raisons exactes n'en seront peut-être jamais connues, elles se mirent aussi à accepter des fugitives. Elles firent de grands efforts pour empêcher ces femmes d'apprendre quoi que ce soit sur la Famille, jusqu'à ce qu'elles soient certaines que les Aes Sedais ne viendraient pas assaillir la Famille pour les reprendre. Après tout, tout le monde savait que les fugitives étaient toujours reprises tôt ou tard, et les Femmes de la Famille savaient aussi qu'à moins de pouvoir garder leur existence secrète, elles seraient elles-mêmes sévèrement punies.

Bien que la Famille ne l'ait jamais su, la Tour connut son existence depuis le début, mais la poursuite des guerres ne lui laissa pas le temps de s'occuper d'elle. À la fin des guerres, la Tour réalisa qu'il n'était peut-être pas dans son intérêt d'anéantir la Famille. Avant cette époque, la majorité des fugitives était parvenue à retrouver leur liberté, quelle que fût la propagande de la Tour, mais quand la Famille commença à les aider, la Tour sut exactement où allaient les fugitives, et neuf sur dix furent reprises. Comme les Femmes de la Famille entraient et sortaient de Barashta (et plus tard d'Ebou Dar) pour cacher leur existence et leur nombre, ne restant jamais plus de dix ans en un même lieu, afin que personne ne remarque qu'elles ne vieillissaient pas à un rythme normal, la Tour croyait qu'elles étaient peu nombreuses, et ce d'autant plus qu'elles gardaient toujours profil bas. Afin d'utiliser la Famille comme un piège à fugitives, la Tour, contrairement à ses habitudes à l'égard des groupes d'insoumises, décida de les laisser tranquilles et de garder secrète l'existence de la Famille, uniquement connue des Aes Sedais confirmées.

La Famille n'a pas de lois, mais des règles basées sur celles des novices et des Acceptées de la Tour Blanche, et en partie sur la nécessité de conserver le secret de leur existence. Comme on peut s'y attendre étant donné l'origine de la Famille, leurs règles sont fermement imposées à tous ses membres.

Les contacts récents entre Aes Sedais et Femmes de la Famille, quoique uniquement connus d'une poignée de sœurs, ont provoqué chez elles un certain traumatisme, notamment lorsqu'il fut établi qu'il y avait deux fois plus de Femmes de la Famille que d'Aes Sedais, et que certaines ont cent ans de plus que toutes les Aes Sedais ayant vécu depuis les Guerres Trolloques. L'effet de ces révélations, à la fois sur les Aes Sedais et sur les Femmes de la Famille, est encore matière à conjectures. *Voir aussi FILLES DU SILENCE (LES)* et *CERCLE DU TRICOT (LE).*

Fel Herid : Auteur, entre autres, de *Raison et Déraison.* Fel était un étudiant (et professeur) d'histoire et de philosophie à l'Académie de Cairhien. Il fut découvert démembré dans son bureau.

Filles du Silence (les) : Au cours de l'histoire de la Tour Blanche (plus de trois mille ans), femmes qui en ont été renvoyées parce qu'elles ne voulaient pas accepter leur sort et avaient tenté de former des clans. Ces groupes – du moins la plupart d'entre eux – furent dispersés par la Tour Blanche dès qu'ils étaient repérés, et leurs membres punis, sévèrement et publiquement, pour s'assurer que toutes avaient compris la leçon. Les membres du dernier groupe qui comportait deux Acceptées et les vingt-trois femmes qu'elles avaient réunies et formées se donnèrent le nom de Filles du Silence (794-798 NE). Toutes furent ramenées à Tar Valon et punies, et les vingt-trois inscrites dans le livre des novices. Une seule d'entre elles, Saerin Asnobar, parvint à être élevée au châle. *Voir aussi Famille (la).*

Gardes Ailés (les) : Gardes du Corps personnels de la Première de Mayene et formation militaire d'élite de Mayene. Les membres de la Garde Ailée portent des plastrons peints en rouge, des casques couvrant la nuque, et sont armés de lances décorées de rubans rouges. Les officiers ont des ailes gravées sur les côtés de leurs casques, et leur grade est indiqué par de fines plumes.

Garde de la Mort (la) : Formation militaire d'élite de l'Empire seanchan, qui inclut à la fois des humains et des Ogiers. Les humains membres de la Garde de la Mort sont tous des *da'covales*, nés esclaves et choisis très jeunes pour servir l'Impératrice dont ils sont la propriété personnelle. D'une loyauté fanatique et d'une fierté farouche, ils arborent souvent des corbeaux tatoués sur leurs épaules, marque des *da'covales* de l'Impératrice. Les Ogiers membres de la Garde de la Mort sont connus sous le nom de Jardiniers, et ils ne sont pas *da'covales*. Toutefois les Jardiniers sont d'un loyalisme aussi farouche que les Gardes de la Mort humains, et sont encore plus redoutés. Tous, humains et Ogiers, sont non seulement prêts à mourir pour l'Impératrice et la Famille Impériale, mais ils croient que leur vie est la propriété de l'Impératrice, qui peut en disposer selon son bon plaisir. Leur casque et leur armure sont laqués vert foncé et rouge sang, leur bouclier est laqué noir, et leur lance et leur épée ornées de glands noirs. *Voir aussi* DA'COVALE.

Gardes de la Reine (les) : Formation militaire d'élite en Andor. En temps de paix, elle est chargée de faire respecter la loi de la Reine et de maintenir l'ordre. L'uniforme des Gardes de la Reine comprend une armure scintillante à mailles et à plates, une tunique rouge éclatante, et un casque conique à visière barrée. Les officiers supérieurs ont des nœuds sur l'épaule indiquant leur grade, et peuvent porter des éperons à tête de lion en or. Récemment constituée pour assurer la sécurité personnelle de la Fille-Héritière, la Garde du Corps est venue renforcer ce dispositif ; elle est composée uniquement de femmes, à la seule exception de son capitaine, Doilin Mellar.

Gregorin (nom complet **:** Gregorin Panar de Lushenos) : Membre du Conseil des Neuf en Illian, il sert actuellement comme Gouverneur d'Illian pour le Dragon Réincarné.

Guêpe gélatineuse : Petite créature aquatique qui semble en gélatine, et dont la piqûre est très douloureuse au moindre contact.

***Hailene* :** Dans l'Ancienne Langue, « Avant-courrier » ou « Ceux qui viennent devant ». Les Seanchans appliquent ce nom à la puissante force expéditionnaire envoyée de l'autre côté de l'Océan d'Aryth pour reconnaître les territoires où Artur Aile-de-Faucon régnait autrefois. Actuellement sous le commandement de la Haute Dame Suroth, les *Hailenes*, dont les rangs se sont étoffés de recrues enrôlées dans les pays conquis, ont largement dépassé leur objectif originel, et ont été suivis par le Retour. *Voir* CORENNE.

Hanlon Daved : Ami du Ténébreux, autrefois commandant des Lions Blancs au service du Réprouvé Rahvin, lorsqu'il tenait Caemlyn sous le nom de Seigneur Gaebril. À partir de là, Hanlon amena les Lions Blancs au Cairhien, avec ordre de fomenter la rébellion contre le Dragon Réincarné. Les Lions Blancs furent détruits par une « bulle de mal », et Hanlon a reçu l'ordre de retourner à Caemlyn, où, sous le nom de Doilin Mellar, il a su s'attirer les bonnes grâces d'Elayne, la Fille-Héritière. D'après la rumeur, il aurait fait beaucoup plus que cela.

Hiérarchie du Peuple de la Mer : Les Atha'an Mieres, ou Peuple de la Mer, sont gouvernés par la Maîtresse-des-Vaisseaux des Atha'an Mieres. Elle est assistée de la Pourvoyeuse-de-Vent de la Maîtresse-des-Vaisseaux ainsi que par le Maître-des-Armes. Au-dessous, viennent les Maîtresses-des-Vagues, chacune assistée de sa Pourvoyeuse-de-Vent et de son Maître-à-l'Épée. Encore au-dessous, viennent les Maîtresses-des-Voiles (capitaines d'un navire), chacune assistée de sa Pourvoyeuse-de-Vent et de son Maître-de-Cargaison. La Pourvoyeuse-de-Vent de la Maîtresse-des-Vaisseaux a autorité sur toutes les Pourvoyeuses-de-Vent de son clan. De même, le Maître-des-Armes a autorité sur tous les Maîtres-à-l'Épée, qui eux-mêmes ont autorité sur tous les Maîtres-de-Cargaison de leur clan. Le rang n'est pas héréditaire chez le Peuple de la Mer. La Maîtresse-des-Vaisseaux est élue à vie par les Douze Premières des Atha'an Mieres, c'est-à-dire les douze plus anciennes Maîtresses-des-Vagues de clan. Une Maîtresse-des-Vagues de clan est élue par les douze plus anciennes Maîtresses-des-Voiles de clan, appelées simplement les Douze Premières, terme également utilisé pour désigner les plus anciennes Maîtresses-des-Voiles présentes où que ce soit. Elle peut également être destituée par un vote de ces mêmes Douze Premières. En fait, à part la Maîtresse-des-Vaisseaux, tout le monde peut être destitué et même dégradé jusqu'au rang de matelot de pont, pour méfaits, lâcheté, ou autres crimes. De même, la Pourvoyeuse-de-Vent d'une Maîtresse-des-Vagues ou de la Maîtresse-des-Vaisseaux qui décède devra nécessairement servir une femme de moindre rang, son rang personnel étant rabaissé d'autant.

Hommes d'armes : Soldats devant allégeance ou fidélité à une dame ou à un seigneur particulier.

Illuminateurs (Guilde des) : Société qui détient le secret de fabrication des feux d'artifice. Ce secret est jalousement gardé, quitte à aller jusqu'au meurtre. La Guilde a acquis son nom après des exhibitions appelées Illuminations, données en l'honneur de souverains, ou parfois, de très grands seigneurs. Avertis de leur puissance de destruction, des clients de moindre importance réussirent à se procurer des fusées pour essayer d'en déterminer les composants. La Guilde avait autrefois une Maison de Chapitre au Cairhien et une à Tanchico, aujourd'hui détruites par les Seanchans ; ces derniers ont, en outre, réduit à l'état de *da'covales* les survivants des membres de la Maison de Tanchico, qui avaient tenté de leur résister, si bien que la Guilde n'existe plus en tant que telle. Toutefois, des Illuminateurs isolés ayant échappé à la domination seanchane, il est possible que d'autres grandes exhibitions se produisent dans un avenir assez proche. *Voir aussi* DA'COVALE.

Inquisiteurs (les) : Ordre à l'intérieur des Enfants de la Lumière. S'attribuant le nom de Main de la Lumière, ils se sont donné pour mission de faire éclater la vérité par la parole et de repérer les Amis du Ténébreux. Dans cette quête de la vérité absolue et de la Lumière, ils n'hésitent pas à recourir à la torture, considérant qu'ils détiennent eux-mêmes la vérité et qu'ils doivent seulement la faire avouer à leurs victimes. Ils agissent parfois hors de tout cadre, de toute hiérarchie, comme s'ils voulaient s'affranchir de la tutelle du Conseil des Oints qui préside aux destinées des Enfants de la Lumière. Le chef des Inquisiteurs est le Haut Inquisiteur, actuellement Rhadam Asunawa, qui siège au Conseil des Oints. Leur insigne est une houlette de berger rouge sang.

Ishara : Première reine d'Andor (environ 994-1020 AL). À la mort d'Artur Aile-de-Faucon, Ishara convainquit son mari, l'un des principaux généraux d'Aile-de-Faucon, de lever le siège de Tar Valon et de l'accompagner à Caemlyn avec autant de soldats qu'il pouvait prélever sur l'armée. Alors que d'autres s'épuisaient en vain à tenter de conquérir tout l'Empire d'Aile-de-Faucon, Ishara ne visa que la conquête d'une petite partie de l'Empire et y parvint. Aujourd'hui, presque toutes les Maisons d'Andor ont un peu de sang d'Ishara, et leur légitimité à revendiquer le Trône du Lion dépend des liens familiaux et branches collatérales plus ou moins directs qui les relient à elle.

Jeunes (les) : Les premiers Jeunes furent de jeunes hommes étudiant sous la direction des Liges à la Tour Blanche. Ils se rebellèrent contre leurs professeurs qui tentaient de libérer Siuan Sanchez quand elle fut destituée de sa fonction de Siège d'Amyrlin. Commandés par Gawyn Trakand, ils restèrent fidèles à la Tour Blanche, et eurent quelques accrochages avec les Blancs Manteaux d'Eamon Valda. Ils accompagnèrent l'ambassade d'Elaida auprès du Dragon Réincarné au Cairhien, et participèrent à l'action contre les Aiels et les Asha'man aux Sources de Dumai. À leur retour à Tar Valon, ils se virent interdits de cité.

Les Jeunes portent des capes vertes avec le Sanglier Blanc de Gawyn ; ceux qui ont combattu leurs professeurs de Tar Valon ont une petite tour en argent sur leur col. Ils acceptent les recrues partout où ils vont, mais refusent d'intégrer dans leur rang les anciens combattants et les hommes d'un certain âge. Les candidats doivent en outre renoncer à tout engagement autre que celui des Jeunes. Ayant renoncé à l'enseignement des Liges, et un certain nombre ayant aussi refusé des propositions de liage avec une Aes Sedai, ce sont les plus anciens qui instruisent les plus récents aux techniques des Liges. À bien des égards, ils semblent peu attachés à la Tour et aux Aes Sedais, en partie parce qu'ils soupçonnent qu'ils ne devraient pas survivre à leur expédition au Cairhien.

Kaensada : Région du Seanchan peuplée de tribus à peine civilisées. Ces tribus se battent beaucoup entre elles, comme le font aussi les familles à l'intérieur de chaque tribu. Chaque tribu a ses propres coutumes et tabous, ces derniers souvent totalement incompréhensibles pour quelqu'un d'extérieur à la tribu. La plupart des hommes évitent les habitants plus civilisés du Seanchan.

Katar : Cité de l'Arad Doman connue pour ses mines et ses forges. Katar est si riche qu'il est parfois nécessaire de rappeler à sa population qu'elle fait partie de l'Arad Doman.

Lance-Capitaine : Dans la plupart des pays, et dans des circonstances normales, les nobles dames ne dirigent pas elles-mêmes leurs troupes au combat, mais engagent un soldat professionnel, presque toujours un roturier, qui est responsable de l'entraînement et du commandement de ses hommes d'armes. Selon le pays, cet homme peut recevoir le titre de Lance-Capitaine, Capitaine-à-l'Épée, Maître d'Écurie ou Maître-des-Lanciers. Des rumeurs surgissent parfois concernant des rapports plus intimes qu'il ne devrait entre maîtresse et serviteur, ce qui est peut-être inévitable. Parfois, ces rumeurs sont vraies.

Légion du Dragon (la) : Large formation militaire, uniquement composée de fantassins, jurant allégeance au Dragon Réincarné, et entraînée par Davram Bashere, selon des principes – très éloignés de ceux qui s'appliquent habituellement aux hommes d'armes – mis au point par lui-même et Mat Cauthon. Volontaires pour la plupart d'entre eux, les hommes les plus déterminés à suivre le Dragon Réincarné sont d'abord rassemblés par les recruteurs de la Tour Noire, qui, au moyen d'un portail, les emmènent près de Caemlyn, où ils sont triés en fonction de leur aptitude à apprendre à canaliser. Les autres – de loin les plus nombreux – sont envoyés dans les camps d'entraînement de Bashere.

Longueur (unités de) : 10 pouces = 1 pied ; 3 pieds = 1 pas ; 2 pas = 1 empan ; 1000 empans = 1 mile ; 4 miles = 1 lieue.

Maître d'Écurie : *voir* *LANCE-CAPITAINE.*

Maître-des-Lanciers : *voir* *LANCE-CAPITAINE.*

***Marath'damane* :** Dans l'Ancienne Langue, « Celle(s) qui doi(ven)t être tenue(s) en laisse ». Les Seanchans appliquent ce terme à toute femme capable de canaliser qui ne porte pas le collier de *damane*.

***Mera'din* :** Dans l'Ancienne Langue, « les Sans-Frères ». Nom adopté collectivement par les Aiels qui ont abandonné leur clan et leur tribu pour se rallier aux Shaidos, parce qu'ils ne pouvaient pas accepter Rand al'Thor, homme des Terres Humides, pour le *car'a'carn*, ou parce qu'ils refusaient d'accepter ses révélations concernant l'histoire et l'origine des Aiels. Déserter le clan et la tribu, pour quelque raison que ce soit, est anathème chez les Aiels, c'est pourquoi leurs propres sociétés de guerriers chez les Shaidos ne voulurent pas les accepter, et qu'ils formèrent la société des Sans-Frères.

Monnaie : Après bien des siècles de commerce, les termes standards pour les pièces sont les mêmes dans tous les pays : couronne (la pièce la plus grosse par la taille), mark et penny. Les couronnes et les marks sont frappés en or ou en argent, alors que les pennies sont en argent ou en cuivre souvent appelés simplement « cuivre ». Toutefois, selon les pays, ces pièces peuvent être de poids et de taille différents et au sein d'une même nation, il peut aussi y avoir une différence de poids et de taille entre des pièces frappées par plusieurs souverains. Le commerce aidant, on trouve toutes sortes de pièces en circulation un peu partout ; pour cette raison, les banquiers, les changeurs et les marchands utilisent tous des balances pour déterminer la valeur d'une pièce donnée. La seule monnaie papier est constituée par les « lettres de change », émises par les banquiers, et garantissant qu'une certaine quantité d'or ou d'argent sera remise au porteur de la lettre de change. À cause de l'éloignement entre les cités, du temps nécessaire pour aller de l'une à l'autre et des difficultés de transactions à longue distance, une lettre de change peut être acceptée à sa pleine valeur dans une cité proche de la banque émettrice, mais à une moindre valeur dans une cité plus lointaine. Généralement, un homme fortuné, partant pour un long voyage, emportera une ou plusieurs lettres de change, à échanger contre des espèces selon ses besoins. En général, les lettres de change ne sont acceptées que par les banquiers et les marchands, et ne sont jamais utilisées dans les boutiques.

***Morat'* :** Dans l'Ancienne Langue, « soigneur ». Terme utilisé chez les Seanchans pour les soigneurs d'animaux exotiques, tels les *morat'rakens*, soigneurs ou cavaliers des *rakens*, appelés aussi familièrement pilotes. *Voir aussi* DER'MORAT'.

Poings du Ciel (les) : Infanterie légère et peu armée des Seanchans, transportés au combat sur le dos de créatures volantes appelées *to'rakens*. Tous sont des hommes et des femmes de petite taille, principalement à cause du poids limité que peut transporter un *to'raken* quelle que soit la distance. Considérés comme de farouches combattants, on les utilise principalement pour les raids, les attaques-surprises contre les arrière-gardes de l'ennemi, et chaque fois que l'issue décisive d'un affrontement réside dans la rapidité des combattants à prendre position.

Premier Clerc : Titre donné au chef de l'Ajah Grise. Actuellement, ce poste est occupé à la Tour par Serancha Colvine, qui a la réputation d'avoir un comportement méticuleux.

Première Raisonneuse : Titre donné au chef de l'Ajah Blanche. Ce poste est actuellement occupé par Ferane Neheran à la Tour Blanche. Ferane est l'une des deux seules chefs d'Ajah à siéger actuellement à l'Assemblée de la Tour.

Première Tisserande : Titre donné au chef de l'Ajah Jaune. Ce poste est actuellement occupé par Suana Dragand à la Tour Blanche. Suana Sedai est l'une des deux seules chefs d'Ajah à siéger à l'Assemblée de la Tour.

Prophète (le) : Plus officiellement, Prophète du Seigneur Dragon. Autrefois connu sous le nom de Masema Dagar, soldat shienaran, il eut une révélation et décida qu'il avait été appelé pour répandre la parole du Dragon Réincarné. Il croit que rien – absolument rien ! – n'est plus important que de reconnaître le Dragon Réincarné comme la source de la Lumière, et d'être prêt à répondre à son appel ; lui et ses disciples ne reculent devant aucun moyen pour forcer quiconque à chanter les louanges du Dragon Réincarné. Renonçant à toute appellation autre que celle de « Prophète », il a provoqué le chaos dans une grande partie du Ghealdan et de l'Amadicia, dont il contrôle de vastes régions. Il s'est joint à Perrin Aybara, envoyé pour le ramener à Rand, et, pour des raisons inconnues, il est resté à ses côtés, bien que ce délai retarde sa rencontre avec le Dragon Réincarné.

Réprouvés (les) : Nom donné aux treize puissants Aes Sedais, hommes et femmes, ralliés à l'Ombre pendant l'Ère des Légendes, et piégés dans la prison du Ténébreux lors du scellement du Forage. Quoiqu'on ait longtemps cru qu'ils étaient les seuls à avoir abandonné la Lumière durant la Guerre de l'Ombre, ils n'étaient, en fait, pas les seuls, mais seulement les plus haut placés. Le nombre des Réprouvés (qui se donnent le nom d'Élus) s'est cependant réduit depuis leur réveil à l'époque présente. Les survivants connus sont Demandred, Semirhage, Graendal, Mesaana, Moghedien, plus deux qui ont été réincarnés dans de nouveaux corps et ont reçu les nouveaux noms d'Osan'gar et Aran'gar. Récemment, un homme qui se fait appeler Moridin est apparu, et il est peut-être un autre de ces Réprouvés sortis de la tombe par le Ténébreux. Il est possible qu'il en soit de même pour la femme qui se fait appeler Cyndane, mais étant donné qu'Aran'gar était un homme ramené à la vie en tant que femme, les conjectures sur l'identité de Moridin et Cyndane sont vaines jusqu'à plus ample informé.

Réserve : Département de la Bibliothèque de la Tour. Il y a douze réserves publiquement connues, chacune contenant des livres et des archives se rapportant à un sujet particulier ou à des sujets connexes. Une Treizième Réserve, connue des seules Aes Sedais, contient des histoires, archives et documents secrets, accessibles uniquement au Siège d'Amyrlin, à la Gardienne des Chroniques et aux Députées de l'Assemblée de la Tour. Et, naturellement, à la poignée de bibliothécaires dévolues à son entretien.

Retour (le) : *Voir* CORENNE.

Sages-Femmes : Titre honorifique donné à Ebou Dar à des femmes réputées pour leur incroyable capacité à Guérir presque toutes les blessures. Une Sage-Femme se reconnaît généralement à sa large ceinture rouge. Bien que certains aient remarqué que beaucoup de Sages-Femmes, en fait la plupart, n'étaient pas originaires de l'Altara, et encore moins d'Ebou Dar, ce qu'on ignorait jusqu'à récemment – et qui n'est encore connu que d'un petit nombre –, c'est que toutes les Sages-Femmes sont en fait des Femmes de la Famille, utilisant diverses versions de la Guérison, les herbes et cataplasmes qu'elles prescrivent ne servant que de couverture. La Famille ayant fui Ebou Dar après la prise de la cité par les Seanchans, il n'y reste plus aucune Sage-Femme. *Voir aussi FAMILLE (LA).*

Sang (le) : Terme utilisé par les Seanchans pour désigner les nobles. Il y a chez eux trois degrés de noblesse. Ceux du Haut Sang se rasent les côtés de la tête et vernissent plusieurs de leurs ongles – plus le rang est haut, plus il y a d'ongles vernis – mais les nobles de moindre lignée, du Bas Sang, peuvent n'avoir que les ongles des auriculaires vernis. On peut être noble de naissance ou anobli, ce qui est fréquemment le cas pour récompenser des exploits exceptionnels ou des services rendus à l'Empire.

Seandar : Capitale impériale du Seanchan, située au nord-est du continent seanchan. C'est aussi la plus grande cité de l'Empire.

***Sei'mosiev* :** Dans l'Ancienne Langue, « baisser les yeux » ou « yeux baissés ». Chez les Seanchans, dire que quelqu'un est *« sei'mosiev »* signifie qu'il a perdu la face. *Voir aussi* SEI'TAER.

***Sei'taer* :** Dans l'Ancienne Langue, « regard droit » ou « regard direct ». Chez les Seanchans, se réfère à l'honneur et à la capacité de regarder quelqu'un dans les yeux. Il est possible d'« être » ou d'« avoir » *sei'taer*, ce qui signifie que la personne a de l'honneur et n'a pas perdu la face ; il est également possible de « gagner » ou de « perdre » le *sei'taer. Voir aussi* SEI'MOSIEV.

Shara : Pays mystérieux situé à l'est du Désert des Aiels. Le pays est protégé à la fois par une nature inhospitalière et par des remparts. On sait peu de chose sur Shara, car le peuple de ce pays semble vouloir garder sa culture secrète. Même le nom du pays n'est pas certain. On sait que les indigènes lui donnent des noms différents, dont Shamara, Co'dansin, Tomaka, Kigali et Shibouya. Les Sharans nient que les Guerres Trolloques les aient touchés, quoique les Aiels disent le contraire. Ils nient avoir connaissance de la tentative d'invasion d'Artur Aile-de-Faucon, malgré les récits de témoins oculaires du Peuple de la Mer. Le peu d'informations qui ont filtré sur eux révèlent que les Sharans sont gouvernés par un monarque absolu, nommé Sh'boan si c'est une femme et Sh'botay si c'est un homme. Ce monarque gouverne pendant exactement sept ans, puis meurt. Ce modèle se répète depuis l'époque de la Destruction du Monde. Les Sharans croient que ces morts sont l'expression de la « Volonté du Dessin ».

Il y a des canaliseurs à Shara, connus sous le nom d'Ayyads, dont on tatoue le visage à la naissance. Les femmes ayyads font strictement respecter les lois concernant les Ayyads. Tout rapport sexuel entre Ayyad et non-Ayyad est puni de mort pour le non-Ayyad, et l'Ayyad est également exécuté s'il est prouvé qu'il a fait usage de la force. Si un enfant naît de cette union, il est exposé aux éléments et meurt. Seuls les Ayyads mâles sont utilisés pour la reproduction. Quand ils atteignent l'âge de 21 ans ou qu'ils commencent à canaliser – ce qui survient en premier – ils sont tués par les femmes ayyads et leur corps est incinéré. Les Ayyads canalisent le Pouvoir Unique seulement sur l'ordre de la Sh'boan ou du Sh'botay, qui est toujours entouré de femmes ayyads.

***Shen an Calhar* :** Dans l'Ancienne Langue, « la Bande de la Main Rouge ». 1) Groupe légendaire de héros ayant accompli de nombreux exploits, et morts finalement lors de la défense de Manetheren, quand le pays fut détruit pendant les Guerres Trolloques. 2) Formation militaire rassemblée, presque par hasard, par Mat Cauthon, et organisée selon les principes en vigueur à l'époque où l'art militaire connut son apogée, c'est-à-dire celle d'Artur Aile-de-Faucon et des quelques siècles qui l'ont immédiatement précédée. *Voir aussi* BRAS ROUGES.

Sisnera, Darlin : Haut Seigneur de Tear, longtemps en rébellion contre le Dragon Réincarné, qui le sert aujourd'hui en qualité de Gouverneur.

***So'jhin* :** La traduction la plus proche de l'Ancienne Langue serait « une hauteur au milieu des bas-fonds », quoique certains traduisent « à la fois ciel et vallée », entre plusieurs autres possibilités. *So'jhin* est le terme appliqué par les Seanchans aux serviteurs héréditaires de haut rang. Ils sont *da'covales*, propriétés, pourtant ils occupent des postes d'autorité considérable et parfois de pouvoir. Même ceux du Sang adoptent profil bas devant les *so'jhins* de la Famille Impériale, et parlent aux *so'jhins* de l'Impératrice elle-même comme à des égaux. *Voir aussi* SANG (LE) *et* DA'COVALE.

Sondage : 1) La capacité d'utiliser le Pouvoir Unique pour diagnostiquer un état de santé ou une maladie. 2) Capacité de découvrir des gisements de minerais à l'aide du Pouvoir Unique. Le fait que cette aptitude soit perdue depuis longtemps parmi les Aes Sedais explique que le terme désigne à présent une autre capacité.

Souche : Réunion publique chez les Ogiers. La réunion concerne un *stedding* ou en réunit deux. Elle est présidée par le Conseil des Anciens d'un *stedding*, mais tout Ogier adulte peut y prendre la parole ou choisir un avocat pour parler à sa place. Une Souche est souvent réunie près de la plus grosse souche d'arbre d'un *stedding*, et peut durer plusieurs années. Quand se présente une question affectant tous les Ogiers, une Grande Souche est convoquée, et les Ogiers de tous les *steddings* se réunissent pour résoudre le problème. Chaque *stedding* à son tour est le lieu de réunion d'une Grande Souche.

Taborwin, Breane : Autrefois noble Dame blasonnée du Cairhien, elle a perdu sa fortune et son rang et n'est plus qu'une servante, mais elle entretient une relation amoureuse sérieuse avec un homme qu'elle aurait autrefois dédaigné.

Taborwin, Dobraine : Seigneur du Cairhien. Sert actuellement en qualité de gouverneur du Cairhien pour le Dragon Réincarné.

Tarabon : Nation sur l'Océan d'Aryth. Autrefois grand pays commerçant, producteur de tapis, teintures et feux d'artifice de la Guilde des Illuminateurs, le

Tarabon a ensuite connu des années difficiles. Déchiré par l'anarchie et la guerre civile, aggravées par des guerres contre l'Arad Doman et les Fidèles du Dragon, il était mûr pour la conquête à l'arrivée des Seanchans. Il est maintenant sous le contrôle absolu des Seanchans ; la maison de la Guilde des Illuminateurs a été détruite, et la plupart des Illuminateurs eux-mêmes ont été faits *da'covales*. La plupart des Tarabonais semblent reconnaissants aux Seanchans d'avoir restauré l'ordre, et comme les Seanchans leur permettent de continuer à vivre avec un minimum d'ingérence dans leurs affaires, ils n'ont aucun désir de se remettre en guerre pour tenter de les chasser. Il y a toutefois quelques seigneurs et soldats qui demeurent en dehors de leur sphère d'influence, et espèrent reconquérir leur pays.

Composé par Nord Compo Multimédia
7, rue de Fives, 59650 Villeneuve-d'Ascq

Achevé d'imprimer par GGP Media GmbH, Pößneck
en janvier 2011
pour le compte de France Loisirs,
Paris

N° d'éditeur : 62416
Dépôt légal : novembre 2010
Imprimé en Allemagne